FANTASY

Buch

Wieder kehrt Sario ins Königreich Tira Virte zurück, wo inzwischen Mechellas jüngster Sohn als Herzog herrscht. Sario übernimmt den Körper eines jungen Namensvetters und will der zwischenzeitlich recht degenerierten Familie Grijalva zu einer neuen künstlerischen Blüte verhelfen. Die junge Eleyna Grijalva rebelliert heftig gegen die Traditionen ihrer Familie, nach der nur Männer Maler werden dürfen. Doch ausgerechnet Eleyna wird vom Erben des Herzogs, Don Edoard, zur Mätresse erkoren.

Unterdessen kommt es in den Nachbarländern zu blutigen politischen Unruhen, die sich auch nach Tira Virte ausbreiten. Als der herzogliche Palast vom Volk belagert wird, überschlagen sich die Ereignisse. Ein Intrigant findet heraus, daß der Herzog ein Bastard ist. Und Eleyna entdeckt, daß sich die Gestalt der Saavedra in dem berühmten Gemälde bewegt hat ...

Autorinnen

Melanie Rawn, geboren 1953, lebt in Los Angeles und ist eine der beliebtesten und erfolgreichsten Fantasy-Autorinnen der letzten Jahre. Die sechsbändige »Drachenprinz-Saga« (Goldmann Verlag) war ihr erster großer Publikumshit.

Jennifer Roberson, geboren 1953, zählt seit längerem zu den beliebtesten Fantasy-Autorinnen. Sie wurde vor allem durch ihren Welterfolg »Herrin der Wälder« (Goldmann Verlag) bekannt.

Kate Elliott, geboren 1958, begann unter ihrem richtigen Namen Alis A. Rasmussen als Science-fiction-Autorin. Sie gilt als eine der neuen großen Hoffnungen auf dem Gebiet der Fantasy. Ihr erster epischer Fantasy-Zyklus befindet sich in Vorbereitung.

Die Chronik des Goldenen Schlüssels im Goldmann Verlag:

Die Chronik des Goldenen Schlüssels 1:
Das Bildnis der Unsterblichkeit. Roman (24649)
Die Chronik des Goldenen Schlüssels 2:
Die Farben der Unendlichkeit. Roman (24792)
Die Chronik des Goldenen Schlüssels 3:
Zeit der Wiederkunft. Roman (24793)

Melanie Rawn
Jennifer Roberson · Kate Elliott

DIE CHRONIK DES GOLDENEN SCHLÜSSELS 3

ZEIT DER WIEDERKUNFT

Roman

Aus dem Amerikanischen
von Regina Winter

GOLDMANN

Die amerikanische Originalausgabe erschien 1996
unter dem Titel »The Golden Key« (Part three)
bei Daw Books, New York

Umwelthinweis:
Alle bedruckten Materialien dieses Taschenbuches
sind chlorfrei und umweltschonend.
Das Papier enthält Recycling-Anteile.

Der Goldmann Verlag
ist ein Unternehmen der Verlagsgruppe Bertelsmann.

Deutsche Erstveröffentlichung 3/98

Published by arrangement with Baror International, Inc.,
Bedford Hills, New York, USA

Umschlaggestaltung: Design Team München
Umschlagmotiv: Michael Whelan
Satz: deutsch-türkischer fotosatz, Berlin
Druck: Elsnerdruck, Berlin
Verlagsnummer: 24793
Redaktion: Cornelia Köhler
V. B. · Herstellung: Heidrun Nawrot
Printed in Germany
ISBN 3-442-24793-4

1 3 5 7 9 10 8 6 4 2

Seit dem 18. Jahrhundert waren viele Maler besessen von der Idee eines Goldenen Schlüssels – einer Formel oder eines technischen Verfahrens, das die Geheimnisse der Malkunst enthüllen könnte ... Die Antwort lautet selbstverständlich, daß es so etwas nicht gibt.

Jonathan Stephenson
The Materials and Techniques of Painting

Nach
Merse
Friesemark
Vethia
Ghillas
Monteias Argenteias
Marro
Montes
Astrappas
Mallica
Baia di
Niapali
Casteya
Taglis
Niapali
Tira Virte
Rio Bianco
Elleon
Laggo Sonho
Meya Suerta
Diettro
Mareia
Joharra
Rio
Sanguo
Agua
Serenissa
Pracanza
Shagarra
Tza'ab Rih

Galerria 1304

Diese Person, der Fluch seiner derzeitigen Existenz, hatte sich nicht damit zufriedengegeben, sich in die Familienpolitik der do'Verradas einzumischen. Nein, sie hatte auch noch einen Sohn zur Welt bringen müssen, der es für geschmackvoll hielt, seinen Reichtum zur Schau zu stellen, und der, zusammen mit seiner vulgären Braut, den gesamten Palasso Verrada verunstaltet hatte.

Arriano Grijalva stand im Vorraum der Galerria und sah sich entsetzt um. Die einstmals klassischen Linien und sauberen, hellen Wände der Kunstgalerie hatten dem neuesten Zhinna-Stil weichen müssen: Unmengen spinnenbeiniger, schwarz lackierter Stühle, mit goldenen Drachen verziert, Podeste, beladen mit häßlichen schwarzen Vasen, alles sehr östlich und exotisch. Und was noch schlimmer war: Man hatte die Wände mit grellen, goldgemusterten Tapeten überzogen, die drohten, die Gemälde zu ersticken, die in der Galerie aufgehängt waren.

Auch die Bilder hatte man umgehängt. Statt der alten Tradition zu folgen und jedem dieser wunderbaren Kunstwerke, sei es nun ein *Vertrag*, eine *Geburt*, ein *Tod* oder eine *Hochzeit*, seinen eigenen Platz zuzugestehen, hatte man sie jetzt alle aneinandergequetscht, mit kaum einer Handbreit Platz zwischen den Rahmen. Es sah mehr wie ein grellbunter Lagerraum aus denn nach einer Galerie. Wie konnten die Leute nur so blind sein? Man hatte gegen Mechella sagen können, was man wollte, aber zumindest hatte sie keinen schlechten Geschmack gehabt. Mit ihrem Sohn sah das anders aus.

Er hinkte vorwärts, stützte sich auf den Stock. Arrianos Körper war jetzt dreiundfünfzig Jahre alt. Er hatte sich gut gehalten, besser als erwartet, aber seine Zeit war abgelaufen. Das Knochenfieber hatte seine Hände angegriffen.

Dort, in einem Erker mit Fenster zum Park, saß eine Zeichenklasse der Grijalvas, Jungen und ein paar Mädchen, die heute früh aus dem Palasso der Familie herübergebracht worden waren. Er selbst war heute hier, um einen letzten Blick auf den Jungen zu werfen, den er als seinen Nachfolger ausgewählt hatte.

Er blieb stehen, weil er Riobaros reizende *Hochzeit von Benetto I und Rosira della Marei* entdeckt hatte. Matra Dolcha! Diese Idioten hatten es fast unter die Decke gehängt, umgeben von einer Reihe unbedeutender *Verträge*, die die anmutige Schönheit der Linien vollkommen verdarb, der verschränkten Hände von Benetto und Rosira. Riobaro hatte die Aufmerksamkeit von dem schlichten Gesicht der Braut abgelenkt, indem er seine üppigen Pinselstriche und die Farbwirkung auf die smaragdgrüne Schleppe ihres Gewands konzentriert hatte, die sich, einem Wasserfall gleich, über die Stufen des Allerheiligsten der Kathedrale ergoß.

Diese Beleidigung ließ ihn so zornig werden, daß er zu zittern begann. Vorsichtig hinkte er zu einer Bank und sank darauf nieder. Seine Gelenke schmerzten. Nur mit Schwierigkeiten konnte er das Blatt entfalten, das den Besuchern der Galerria als Führer mitgegeben wurde.

Das schwere Papier war mit einer Bordüre von Rosen bedruckt, die mit Gold umrissen waren. Widerlich geziert! Er überflog die Namen der Herzöge, der Obersten Hofmaler. Stand hinter dieser Neuordnung der Galerie überhaupt *irgendein* System? Was hatten sie mit Saavedras Porträt gemacht?

Ein Schauder der Erleichterung durchzuckte ihn. Es hing immer noch an jenem Ehrenplatz, den Mechella ihm nach

Arrigos Tod zugewiesen hatte – vielleicht als Mahnung an ihre Söhne.

Mühsam folgte er der winzigen Schrift und suchte nach Riobaros Arbeiten. Die Anzahl der ausgestellten Bilder hatte sich in den letzten zwanzig Jahren verdoppelt. Vielleicht wollte Großherzog Renayo dafür sorgen, daß alle wußten, daß er unter allen gekrönten Häuptern die größte Kunstsammlung besaß.

Sein Blick blieb an einem Titel hängen, der mit schwarzer Tinte ausgestrichen worden war. *Geburt der Cossima.* Was hatten sie mit seinem Bild gemacht?

Zum Teufel mit der Höflichkeit. Er stieß laut mit dem Stock auf den Boden. Sofort kam der Hilfskurator angerannt. Sie kamen immer angerannt, wenn jemand die Chieva do'Orro trug.

»Botschafter, ist alles in Ordnung? Womit kann ich Euch dienen?« Der Hilfskurator war ein blasser, dicklicher junger Mann. Kein gutes Malermodell.

Seine Hände zitterten, als er auf den durchgestrichenen Titel zeigte. »Mein – Guilbarro Grijalvas Gemälde, seine *Geburt der Cossima.* Was hat das zu bedeuten?«

»Ah.« Der Kurator rang sich zu einem beschämten Blick durch. »Die *Geburt der Cossima.*«

»Ist es zur Reinigung abgehängt worden?«

»Nein, Botschafter. Letzten Monat feierte einer der jungen Herren seinen Namenstag. Don Rohario.«

Renayos Brut interessierte ihn kein bißchen.

»Er hat darum gebeten.«

»Darum *gebeten*?«

»Er verbringt viel Zeit in der Galerria. Wir witzeln schon darüber. Er liebt Bilder. Er hat sich sogar von Cabral Grijalva unterrichten lassen. Der Großherzog hat ihm versprochen, er könnte zu seinem zwölften Geburtstag ein Bild aus der Galerie haben und es in seinem Zimmer aufhängen.«

Ein verwöhnter Zwölfjähriger hatte sich eines seiner Meisterwerke angeeignet, das eigentlich allgemein bewundert und gefeiert werden sollte, und es sich übers Bett gehängt! Matra Dolcha!

Er hätte nicht so viele Jahre im Ausland bleiben dürfen, aber nach der Katastrophe mit Rafeyo hatte er es für sicherer gehalten, Tira Virte für längere Zeit zu verlassen. Und er hatte das Reisen genossen, war weiter gereist als je zuvor, als Botschafter – und Spion – bis in den hohen Norden, wo sich Fürstentümer und Stadtstaaten wie Friesemark und Merse und Vethia langsam entwickelten. Die Leute dort waren ein wenig grobschlächtig mit ihrem unerschöpflichen neuen Reichtum aus dem Handel, aber sie hatten ihn wie einen König behandelt und sein Talent ebenso gerühmt wie seine südländische Kultiviertheit. Er hatte sie gelehrt, die Kunst zu schätzen. Und er hatte Berichte nach Hause geschickt, die es zunächst Arrigo und dann Arrigos Söhnen erlaubt hatten, aus den neuen Handelsbeziehungen das Beste zu machen.

Und was fingen sie nun mit diesem Reichtum an? Er mußte sich nur in der Galerria umsehen. Er mußte nur einen Blick auf die Liste der Gemälde werfen, die darauf verwies, daß seine *Cossima* nun Teil der privaten Kunstgalerie eines kleinen Jungen war. Was würde das nächste sein? Würde dieser Herzogssprößling sich alle guten Bilder aneignen?

»Er wollte eigentlich *Die erste Mätresse* haben«, sagte der Hilfskurator und legte sein Gesicht in die unwahrscheinlichsten beschwichtigenden Falten. »Aber Seine Gnaden hat das verweigert. Er sagte, seine Mutter, die gesegnete Großherzogin Mechella, hätte nicht gewollt, daß es weggebracht wird.«

Arriano grunzte. Mehr konnte er nicht herausbringen. Was für eine Unverschämtheit! Und diese nervenzerreißende Dummheit des Großherzogs! Mühsam kam er wieder auf die Beine, verfluchte seine Krankheit und hinkte auf die Zeichenklasse zu. Der Hilfskurator folgte ihm eifrig und rang die dicklichen Hände.

»Ihr braucht mich nicht zu begleiten«, fauchte Arriano.

Der junge Mann senkte den Kopf und kehrte erleichtert an seinen Schalter zurück.

Dem Faltblatt zufolge hingen die neuesten Gemälde und Porträts – alles, was in den letzten achtzehn Jahren gemalt worden war – im Anbau. Arriano freute sich schon darauf, sich alles anzusehen. Die Arbeiten, die er in der vergangenen Woche im Palasso Grijalva gesehen hatte, hatten steif und flach gewirkt, lebensechte Abbildungen, denen jegliches *Leben* abging. Aber hier würde er die besten Werke finden, die während seiner Abwesenheit entstanden waren.

Selbst in der Malerei wechselten die Moden, obwohl die Viehos Fratos allzu radikalen Neuerern selbstverständlich die Zügel anlegten. So etwas konnte nicht gestattet werden. Er hatte sich im Lauf der Jahrhunderte angepaßt, aber er hatte nie die wesentlichen Züge von Sarios Genie verloren, seine Luza do'Orro.

Er blieb hinter einer Reihe von Bänken stehen, die in dem breiten Anbau des Erkers im Halbkreis aufgestellt waren. Zwei große Fenster gingen auf den Park hinaus. Heranwachsende Grijalvas zeichneten schweigend, die Köpfe über das Papier gebeugt. Ihr Lehrer begrüßte ihn.

»Arriano Grijalva, nicht wahr?« Auch dieser Mann trug die Chieva do'Orro. »Ich habe gehört, daß Ihr zurückgekommen seid. Ich bin Nicollo Grijalva.«

Arriano gelang kaum ein Nicken, während er voller Entsetzen die Wände anstarrte. *Das* waren die besten Arbeiten der letzten Generation?

Dort hing ein *Vertrag*, mit allem, was dazugehörte, alles realistisch gemalt, bis auf den kleinsten Fingernagel und die Goldschnüre an den Jacken der Männer. Es war wie ein

Relief auf einer Leinwand. Die Gestalten waren vollkommen starr. Der Mann dort war Renayo II., aber er sah aus wie eine gemalte Statue, nicht wie das Abbild eines lebenden, atmenden Menschen. Es war keinerlei Bewegung in diesem Gemälde.

Und dort – die *Hochzeit von Renayo II. und Mairie de Ghillas*. Das war sogar noch schlimmer. Der Maler hatte Talent, das konnte man erkennen, aber wie konnte er es nur auf so flache, tote Reproduktionen verschwenden – denn mehr als Reproduktionen waren das nicht.

»Die *Hochzeit* ist sehr gelungen, nicht wahr?« sagte der Maler neben ihm. »Andonio Grijalvas erste größere Arbeit als Oberster Hofmaler. Ihr seid lange nicht im Land gewesen, aber Andonio hat die Malerei wahrlich verändert. Er hat sich Meister Dionisos berühmte Rede wirklich zu Herzen genommen: Präzision und Detailgenauigkeit!« Die letzten Worte sprach er mit gewaltigem Nachdruck aus. »Und so hat Andonio die Grijalva-Malerei auf ihren wahren Weg zurückgeführt.« Nicollo umfaßte seinen goldenen Schlüssel und küßte seine Fingerspitzen als Segen für den verstorbenen Andonio. »Er war ein Genie!«

Er war ein Idiot! Präzision und Detailgenauigkeit, selbstverständlich. Aber das durfte doch das *Leben* nicht ausschließen!

»Hier ist das *Peintraddo Morta* der Herzoginwitwe Mechella«, fuhr Nicollo fort. »Das war Andreo Grijalvas Bewerbungsbild – er wird an Nov' viva offiziell zum nächsten Obersten Hofmaler berufen. Eine vollkommen exakte Reproduktion der Szene.«

Ohne auch nur eine Unze von Lebendigkeit. Aber Arriano schwieg. Nicollo war eindeutig vollkommen begeistert von diesem neuen Stil. Aber dieser neue Stil würde sich ändern müssen.

Arriano nickte dem anderen Mann steif zu und hinkte weiter, betrachtete sich die Arbeiten der Schüler. Jungen blickten zu ihm auf, sahen den Stock, den Schlüssel und wandten sich wieder ihrer Arbeit zu, einige konzentrierter, andere verbargen einen Fleck mit dem Ärmel, und ein Junge – *sein* Junge – lächelte ihm vertrauensvoll zu.

Sein Junge. So bezeichnete Arriano ihn in Gedanken. Er hatte den Jungen schon kennengelernt, sich seine Arbeiten genau angesehen, sich über seine Herkunft informiert. Der Junge hatte Talent, eine gute Hand, scharfe Augen und Sinn für Farben, außerdem gab es da etwas, das Arrianos Sinn für Ironie ansprach: Der Junge hieß Sario, zur Ehrung des lange verstorbenen Meisters.

Wie würde es nach all diesen Jahren sein, wieder beim eigenen Namen gerufen zu werden?

Aber nun, nachdem er gesehen hatte, was hier als Malerei durchging – der neue »Stil«! –, war Arriano nicht mehr so sicher. Er hielt inne und sah dem Jungen beim Zeichnen zu. Er beherrschte die Technik gut, aber er kopierte nur. War das nicht gerade das Problem dieses neuen »Stils«? Diese Bilder hatten keine Luza, nur Licht, das präzise Schatten warf, und Figuren, die bis ins kleinste Detail dargestellt waren. Hatte dieser Junge wirklich genug Talent, selbst wenn Sarios Geist ihn führte? Hatte er bereits genug Eigenständigkeit entwickelt, so daß es nicht allzusehr auffallen würde, wenn er Sario wurde und mit seinen Anstrengungen begann, die Malerei neu zu entwickeln, ihr wieder Würde, Kraft und Schönheit zu verleihen?

Es gab soviel zu tun.

Er ließ den Blick über die Arbeiten der anderen Schüler schweifen und verharrte auf zwei Skizzen, die auf einer Bank lagen.

Er hatte gefunden, was er suchte. Ein Skizzenblock zeigte die übliche Kopie: gut ausgeführt, lebensecht, ein Abbild, das einen Lehrer erfreuen würde, das aber keinerlei Originalität aufwies. Aber daneben! Eine unreife Hand, aber man konnte den Mut dahinter ahnen. Auch diese

Skizze zeigte die schauerliche *Hochzeit*, aber mit gewissen Veränderungen und Verbesserungen. Im Original stand die junge Braut, wie es die Tradition verlangte, und obwohl jede Falte ihres aufwendigen Gewands korrekt wiedergegeben war, hatte sie die Ausstrahlung eines Stoffballens mit blassem Kopf und hellen Locken. Auf der Skizze hielt die Braut ihre freie Hand dem Betrachter entgegen, hatte die Schultern leicht zur Seite gewandt, schien die Anwesenden zu bitten, ihr zu versichern, daß alles gut werde. Im Original war die Herzoginwitwe Mechella mit einer steifen Würde versehen, die sie einfach nur langweilig wirken ließ. Aber in der Skizze – aha! Dieses freche Kind hatte ihre Pose nur geringfügig verändert, aber nun ähnelte sie der von Saavedra auf seinem eigenen Bild, ließ ein lebenslanges Warten ahnen.

Ja, es war nur eine grobe Skizze, die Arbeit eines begabten Kindes, aber sie verfügte über mehr Originalität als das Original, das sie angeblich kopierte.

Arriano winkte Nicollo zu sich. »Wer hat das gezeichnet?« Er zeigte darauf.

Nicollo runzelte die Stirn. »Eine Schande, nicht wahr? Die Enkelkinder von Leilias Grijalva sind schrecklich verwöhnt, da können die anderen sagen, was sie wollen.«

Offenbar ging der Kampf zwischen den Verwandten von Tazia und den Anhängern Mechellas immer noch weiter.

»Ich meinte die vielversprechendere«, sagte Arriano und gestand dem anderen zu, daß die erste Skizze im Vergleich zu der Brillanz des anderen Schülers eher in einem trüben Licht erschien.

»Die da!« Nicollo wurde sofort lebhafter. »Ein kleiner Rebell, dieser Junge, aber nun ist er vierzehn –«

»Bestätigt?« Matra! Das war genug, um seinen ganzen Ekel über den bedauerlichen Zustand der Grijalva-Malerei auf einen Schlag abzuschütteln.

»Noch nicht offiziell, aber er hat die Gabe, das ist bekannt. Der Bengel hat, seit er dreizehn ist, eine Affäre mit einem Küchenmädchen, und sobald wir das wußten, haben wir sie überprüft, und von dem anderen wurde sie sofort schwanger. Also halten wir es für sehr wahrscheinlich. Wir haben große Hoffnungen für den Jungen.«

»Wie heißt er?«

»Alerrio. Er ist mein Neffe. Wir hoffen, daß er einmal Oberster Hofmaler wird.«

Nun, mein, Freund, Alerrio wird nur Oberster Hofmaler, wenn ich seinen Körper bewohne. Aber offenbar gab es immer noch Ränke und Intrigen innerhalb der Familie. Von denen er vielleicht profitieren konnte. »Wo ist der Junge jetzt?«

»Er und ... die andere ... sind weitergegangen, um sich *Die erste Mätresse* anzusehen. Da – jetzt kommen sie zurück.«

Arriano sah das Mädchen kaum, denn sein Blick war sofort an dem Jungen hängengeblieben. Ein gutaussehender Junge, vielleicht sogar ein wenig zu hübsch – wie er wohl wußte, konnte das problematisch werden – aber gut gebaut, kräftig, mit einem lebhaften Gesicht. Er lachte gerade über etwas, das seine Freundin gesagt hatte.

»Es ist eine Schande mit ihr!« sagte Nicollo.

Arriano hörte nicht mehr zu. Es war schade, auf die Ironie verzichten zu müssen, einen Jungen mit Namen Sario zu übernehmen, aber angesichts solchen Talents spielte das keine Rolle – durfte es keine Rolle spielen.

Die beiden jungen Leute setzten sich auf die Bank und griffen nach ihren Skizzenblöcken. Sie beachteten die Männer überhaupt nicht.

»Alle wissen, daß die Farben heutzutage besser sind«, sagte der Junge leise zu dem Mädchen.

»Glaubst du wirklich, daß das auch die *Bilder* besser macht?« fragte sie mit einer Stimme, die ein Flüstern sein sollte, aber wegen der Heftigkeit doch lauter ausfiel.

»Du möchtest immer wie die alten Meister malen«, neckte er.

»Will ich nicht! Aber lieber wie sie als so etwas!«

Sie warf den Kopf zurück, hatte sichtlich Freude am Streiten. Sie war noch jung, vielleicht zwölf; Arriano konnte sehen, daß sie später einmal – nun, keine Schönheit werden würde, aber eine Frau, die es wert sein würde, gemalt zu werden.

Dann bemerkte er, daß sie den falschen Skizzenblock in der Hand hielt.

Sie hatte den Block mit der Skizze, in der das Gemälde verändert worden war. Der Junge begann zu malen, fügte der werkgetreuen Kopie weitere Linien hinzu.

Sie.

Er beobachtete, wie sie zu zeichnen begann.

»Keinen Respekt vor der älteren Generation«, meinte Nicollo. Einer seiner Schüler rief nach ihm, und er nickte Arriano zu und ging. Ein Teil von Arrianos Geist war immer noch wie erstarrt. Der Rest nahm ein Inventar von Nicollo auf. Um die dreißig, ein bestätigter Meistermaler. Nicollo würde keine Bedrohung seiner Pläne darstellen, nicht, wenn er Andonio Grijalva für ein Genie hielt und glaubte, daß Andreo Grijalva, der diesen versteinerten, wenn auch vollkommen detailgetreuen *Tod* gemalt hatte, ein angemessener Kandidat für den Posten des Obersten Hofmalers sei.

Arriano warf dem Mädchen einen letzten Blick zu und ging dann langsam weiter. Er schenkte den Bildern keine Beachtung mehr. Er kannte sie entweder so gut wie seine eigenen Hände, oder er hatte sie schon einmal gesehen und wollte nicht Zeuge werden, wie sie jetzt umdrängt waren von anderen Insassen dieses neugestalteten Gefängnisses.

Am Ende der Galerria, am Ehrenplatz, hing *Die Erste Mätresse.* Zumindest hatten sie ihren Bereich unberührt gelassen. Keine anderen Bilder engten sie ein; sie war allein in ihrem Glanz.

Saavedra. Es war wirklich ein großartiges Gemälde. Die Erinnerung an jenen Schrecken, der ihn getroffen hatte, als ihm klargeworden war, daß sie sich im Bild bewegt hatte, durchzuckte ihn abermals. Auf dem Bild sah man durch die Bogenfenster in den dicken Mauern, daß das Licht des Frühlingsmorgens zu den helleren, ausdrucksvolleren Pinselstrichen des Mittagslichts gereift war. Die Stundenkerze war kalt, ihr Docht gebogen, schwarz, mit einem Hauch grauer Asche. Die Lampe brannte nicht mehr. Und Saavedra stand nicht mehr hinter dem Tisch.

Erstaunlich. In den beiden Jahrzehnten, seit er sie zum letzten Mal angesehen hatte, hatte sie sich so weit in dem Bild bewegt, als könnte sein Bann sie nicht mehr festhalten. Aber niemand hatte die Veränderungen bisher erwähnt. War es möglich, daß die Magie sie der Wahrheit gegenüber blind machte?

Saavedra stand nun beinahe vor der Tür, war nur noch im Profil zu sehen. Er entdeckte in dem Spiegel, der auf einer Staffelei hinter ihr stand, einen Hauch ihres Blicks. Sie schien nach draußen zu sehen, schien ihn anzuschauen.

»Verstehst du nun endlich, daß ich dich mehr liebe, als jeder andere Mann es könnte? Und daß du mich liebst?« fragte er leise. Er hatte das Gefühl, die Antwort zu hören.

Ich liebe Alejandro.

»Das ist nur eine vorübergehende Verliebtheit! Wir sind die wahren Seelenverwandten, du und ich, Vedra. Zusammen hätten wir alles schaffen können, hätten die Grijalvas vor ihren dummen Fehlern retten können, vor dieser Parodie, die sie jetzt als Kunst bezeichnen, dieser *Beleidigung* unseres Namens. Aber ich bin allein. Ich bin nur ein einzelner Mensch. Ich kann nicht *alles* tun und *alle* beaufsichtigen.«

Du hast es versucht. Sieh dir doch an, was du mir ange-

tan hast. Ihre Antwort funkelte beinahe von der Leinwand. *Laß mich frei, Sario. Es war lange genug. Wie lange bin ich schon hier?*

Konnte sie ihn tatsächlich sehen und hören? War das wirklich ihre Stimme, die er in seinem Kopf hörte? Wie sehr er sich danach sehnte, sie an seiner Seite zu haben! Alejandro war immerhin schon lange tot, zu Staub geworden. Nun hatte Saavedra nur noch ihn.

»Eines Tages wirst du mich lieben, wie es dir vorbestimmt war.«

Keine Antwort.

Nun gut. Die Zeit, sie freizulassen, war ohnehin noch nicht gekommen. Er mußte die neue Übernahme vollziehen, seinen neuen Wirt zu einem Maler von Bedeutung machen, dann Oberster Hofmaler werden. Dann würde er in der Lage sein, sie als seine Gefährtin in die Welt zurückzumalen, als die einzige Frau, die sein Genie wirklich zu schätzen wußte und sogar daran Anteil haben konnte.

Dieser Gedanke ließ ihn innehalten.

»Du würdest jetzt über mich lachen, nicht wahr?« fragte er leise. »Ich habe den perfekten Wirt gefunden, und dennoch ist es unmöglich, weil es ein Mädchen ist und daher die Gabe nicht hat.«

Ich habe die Gabe. Aber das sagte sie voller Angst und Zorn.

»Und ich habe dir die Wahrheit gezeigt! Du wirst mir eines Tages dafür danken. Du wirst erkennen, daß ich recht habe! Und wenn du die Gabe haben kannst, warum nicht auch eine andere Frau? Wie könnte es sein, daß ein solches Talent nicht mit der kostbaren Gabe der Grijalvas verbunden ist?«

Die Wahrscheinlichkeit war gering, verschwindend gering, das wußte er. Er hatte nie verstanden, welche Mischung von Erbanlagen oder Charakterzügen Saavedra die Gabe verschafft hatte. Er konnte sich kaum an ihre Mutter erinnern – aber er hatte auch kaum mehr Erinnerungen an seine eigene Mutter, die ihn nicht selbst aufgezogen hatte, oder vielleicht war sie gestorben, als er noch ein kleines Kind war. Es war schwer, sich das alles zu merken. An Saavedras Vater konnte er sich auch nur deshalb erinnern, weil er eine Kuriosität gewesen war: ein dicklicher, effeminierter Mann, der zwar bestätigt gewesen war, aber nie ein erfolgreiches magisches Bild zustande gebracht hatte. In relativ hohem Alter hatte er dieses eine Kind gezeugt und war wenige Jahre später gestorben, vermutlich aus Enttäuschung.

Viele Grijalva-Frauen hatten, wie die Männer, eine gewisse Begabung zur Malerei, obwohl so etwas selten ermutigt wurde. Er hatte darauf geachtet und ein paar der begabteren Mädchen im Lauf der Jahre überprüft. Keine andere hatte je Anzeichen der Gabe gezeigt.

Also gut. Er würde den anderen Sario nehmen und das Mädchen im Auge behalten. Selbst wenn sie nicht die Gabe hatte, würde sie eine gute, dankbare Schülerin abgeben, die sein Genie zu schätzen wissen würde, die begabt genug war, ihn nachzuahmen. Immerhin waren über all diese Jahre seine besten Schüler immer er selbst gewesen.

Er sah Saavedra in die Augen, die seinen Blick aus dem Spiegel erwiderten. Diese wunderschönen Augen.

Alles ist so verändert. Das kam mit zitternder Stimme. *Wieso sehe ich nie Alejandro, sondern nur Fremde? Was hast du mir angetan, Sario?*

»Lebe wohl, meine Liebste. Warte auf mich.«

Du läßt mir ja keine andere Wahl.

Er küßte seine Fingerspitzen und hielt sie ihr entgegen. Dann wandte er sich langsam ab und ging zum Eingang der Galerie zurück. Er würde sich erkundigen, wie dieses Mädchen hieß.

Es war angenehm gewesen, so viel zu reisen. Aber es war auch angenehm, wieder zu Hause zu sein und wieder ein

Ziel zu haben. Saavedra wartete auf ihn. Hatte sie es nicht selbst zugegeben?

Sario – nein, *Arriano* – Grijalva war sehr zufrieden mit sich.

Chieva do'Orro
1315–1316

1

Eleyna balancierte ihr Zeichenbrett auf den Oberschenkeln und spähte in die Morgensonne, als sich die Iluminares-Prozession langsam auf den Zocalo Grando vor der Kathedrale Imagos Brillantos schob. Sie führte ein paar schnelle Striche aus – mehr, um ihre Hände zu prüfen: die quastenbesetzten Stirnbänder der Bannerträger; die beiden Banner, die Mutter und Sohn symbolisierten, reines weißes Leinen, bestickt mit Gold; die heruntergebrannten Fackeln, die die nächtlichen Gebete um Regen beleuchtet hatten; die weiße Lilie, die den Mann und die Frau schmückten, den Weinbergsarbeiter und seine Frau, die Erhabenen.

Sie begann, die Frau zu zeichnen, deutete mit nur wenigen Linien ihre ausgeprägte Nase und ihr schwarzes Haar an, das von einem Lilienkranz gekrönt war. Dann blieb ihr Blick auf dem Mann hängen. Sie ballte die Fäuste. Es sah dem Großherzog ähnlich, sich einer Zeremonie seines Volkes auf solche Weise aufzudrängen, indem er seinen zweiten Sohn auf den Ehrenplatz in der Prozession schob. Muß er dem einfachen Volk denn jede Ehre nehmen?

Sie ließ die Stelle frei, an der der Weinbergsarbeiter sich befand, den Blick auf das Banner des Sohnes gerichtet. Statt dessen zeichnete sie hektisch die Sanctos und Sanctas, die die Prozession begleiteten, der weißgekleidete Premio Sancto an der Spitze. Sie sangen die Hymne »Il Pluvia ei Fuega«, und das Rascheln ihrer rituellen Gold- und Silberumhänge klang wie ein steifer Wind, der über den Platz fegte. Eleyna biß sich auf die Lippen und versuchte, nicht an jene andere Gelegenheit zu denken, an der sie Don Rohario, den zweiten Sohn des Großherzogs, gesehen hatte. Aber die Demütigung war noch zu frisch, als daß sie dazu imstande gewesen wäre.

Sie zeichnete hastig die Umrisse der Kathedrale, fügte dann die Schatten hinzu. Indem sie sich auf die beiden Glockentürme und ihre dicken Schatten über der langgezogenen Säulenhalle des Palasso Justissia konzentrierte, gelang es ihr schließlich, die unerwünschte Erinnerung beiseite zu schieben. Die Bannerträger stiegen die Treppe zum Vorplatz der Kathedrale empor und blieben seitlich der riesigen Tore stehen. Die Prozession zog an ihnen vorbei nach drinnen, und nun sangen sie die ernsthafteren Kadenzen des alten Weinbergarbeiterliedes »Hab Mitleid, Mutter, dein Strahlen versengt uns«.

Hinter der Prozession strömten die Städter auf den Platz, die Hüte mit goldenen und silbernen Bändern geschmückt, oder mit quastenbesetzten Stirnbändern, ähnlich denen der Bannerträger. Mitgerissen von ihrer Begeisterung, schlug Eleyna eine neue Seite auf und konzentrierte sich auf die Bänder, die in der Brise flatterten, Linien, die ein Gesicht mit dem anderen verbanden, die das Auge durch die Menge und all ihre Stimmungen zogen: das neckende Lachen junger Frauen; die echten Tränen der Frommen; die Aufregung der Kinder, die ihre erste Iluminarres-Prozession vor sich hatten; die demütig gesenkten Häupter der Älteren, für die dies vielleicht die letzte war.

Es genügte beinahe, um jeden Gedanken an diese schreckliche Begegnung verblassen zu lassen, bei der Don Rohario als Beauftragter seines älteren Bruders agiert hatte und ihre Eltern so intrigiert und gelogen hatten, daß ihr nichts anderes übriggeblieben war, als ausgesprochen heftig zu reagieren. Nun, sie hatte es noch nie geschafft, ihre Zunge im Zaum zu halten, wenn sie verlegen und wütend war, das wußte jeder. Aber nach dem unwürdigen Rückzug des Don hatten ihr alle versichert, wie mürrisch und undankbar sie war.

Einen Augenblick lang vergaß sie, wo sie sich befand. Sie sah die Menge nicht mehr, hörte nicht mehr das Singen und die freudigen Ausrufe. Die Ungerechtigkeit tat zu weh. Wäre sie ein Mann, hätte sie vielleicht die Gabe gehabt. Dann wären ihre Fertigkeiten mit Stiften, mit Farben, ein Anlaß zur Freude gewesen statt ein Hindernis bei dem Ansinnen, sie mit einem Mann zu verkuppeln.

Die Menge wurde immer größer. Eleyna begann wieder zu zeichnen, obwohl sie kaum auf die Bewegungen des Stifts auf dem Papier achtete. Es war einfach das einzige, das half, wenn sie sich aufregte.

»Ich bin zum Malen geboren«, flüsterte sie, und ihre Worte gingen in dem neuen Lied unter, das die Menge angestimmt hatte. »Ich werde mich nicht aufhalten lassen.«

Ganz von selbst hatten ihre Hände die starren Kanten eines schwarzen Hutes gezeichnet und darunter das mürrisch dreinblickende Gesicht eines Mannes in mittleren Jahren. Er hatte die breiten Backen eines wohlhabenden Gildeoberen. Eleynas Hände zeichneten den Kragen mit der kleinen Nadel – goldene Waagschalen –, bevor sie selbst das Symbol erkannte: Er war also ein Goldschmied oder Juwelier, denn die beiden Gilden hatten sich kürzlich zusammengetan, in Folge der neuen Mode, die aus Ghillas nach Tira Virte gekommen war, zusammen mit den neuen Kleidungsfreiheiten, die sich in den letzten fünf Jahren durchgesetzt hatten. Grazzo do'Matra! Keine peinigenden Korsettstangen mehr!

Eine Stimme erklang: »Laßt die Corteis zusammentreten!«

Danach erklangen auch noch andere.

»Nieder mit den do'Verradas!«

»Alle Klassen müssen regieren!«

»Keine Steuern ohne Zustimmung der Corteis!«

»Gebt uns Stimmrecht!« rief der Gildemann neben Eleyna und schob sich auf die Stufen der Kathedrale zu. Andere Männer folgten ihm. Ein schriller Schrei zerriß die Luft. Das Lied aus der Kathedrale ging im Protestgeschrei unter.

Eleyna, die auf der zweiten Etage des großen Brunnens inmitten des Platzes gesessen hatte, wurde nicht sofort mit der Menge vorwärtsgerissen, aber auch sie wurde von ihrem Fieber erfaßt, dem Wandel von freudiger Feierstimmung zu Protest. *Ich werde alles aufzeichnen!* Ihr Stift flog über das Papier, ein paar blinzelnde Augen zeichneten sich ab, ein energischer Mund, ein kleines Mädchen, das erschrocken die Arme nach seiner Mutter ausstreckte.

Ein paar junge Männer erkletterten den Brunnen, handgemalte Schilder oder Banner in der Hand, die mit drei breiten Streifen benäht waren: blau, schwarz und silbern. In ihrer Aufregung drängten sie Eleyna zur Seite. Sie konnte kaum ihren Skizzenblock festhalten, aber ihr Zeichenbrett fiel mit einem lauten Platschen ins Brunnenwasser. Leise schimpfend klemmte sie sich den Skizzenblock unter den Arm und steckte den Stift in eine Tasche, die sie in ihren Rock eingenäht hatte. Sie wollte herunterklettern, aber die Menge geriet ihr in den Weg. Unfähig, sich weiterzubewegen, klammerte Eleyna sich an die Steinstufen.

»Ich hole es, Maessa.« Ein Mann, der mehrere Stufen entfernt gestanden hatte, drängte sich zum Brunnenbecken durch, und ohne einen Gedanken an Schuhe und Hose zu verschwenden, watete er ins Wasser und holte ihr Zeichenbrett heraus. Es tropfte auf die Steine und ließ den Granit dunkelgrau werden, als er zu ihr zurückkletterte.

Hinter ihm kamen weitere junge Männer, die ein Trinklied sangen und begeistert mit ihren Schildern und Bannern wedelten. Sie waren so schnell, daß Eleyna sich eine weitere Stufe und halb um den Brunnen zurückziehen mußte. Von hier hatte sie keinen freien Blick mehr auf die Kathedrale. Sprühwasser glitzerte im Sonnenlicht.

Sie fand eine Steinplatte, auf der sie sicher stehenbleiben konnte. Dort war er! Während er sich auf sie zukämpfte, betrachtete sie ihn forschend. Er war Ende Zwanzig, hatte ein nichtssagendes rundes Gesicht, ein vertrautes Gesicht, das sie aber nicht einzuordnen wußte. Sein dunkles Haar war ohne Schick geschnitten, anders als das der meisten jungen Draufgänger hier, denen ihre Eitelkeit ebenso wichtig schien wie ihr politisches Ziel. Auch in seinen Bewegungen lag keine Anmut, er schlug sich das Knie an, als er zu ihr kletterte, murmelte einen Fluch. Aber seine Hände …

Hände fielen ihr immer auf, und die seinen hatten lange, schlanke Finger und breite, kräftige Handflächen – die Art von Händen, die man gerne malte. Und da! Ein verräterischer Farbfleck.

»Ihr seid eine Grijalva«, sagte er, ohne ihr das Zeichenbrett zu reichen.

Die Menge um sie herum tobte, ihr Skizzenblock war zerknittert ebenso wie ihr Kleid, und Eleyna verlor die Nerven. »Ich werde Euch keinen Zugang zum Palasso Grijalva verschaffen!« Sie griff nach dem Zeichenbrett und zog es ihm aus der Hand. »An der Avenida Shagarra gibt es eine Malschule. Ihr solltet Euch lieber dort bewerben.«

Er lächelte nur. Diese unnatürliche Ruhe inmitten der protestierenden Massen ließ sie aufmerksamer werden. Das Murmeln der Menge steigerte sich zum Crescendo, wurde hektisch und häßlich.

»Ich möchte Euch nur nach Hause begleiten, Maessa.« Er mußte schreien, damit sie ihn über den Krach noch verstehen konnte.

»Ich habe Euch beim Zeichnen beobachtet. Ihr seid begabt. Wirklich begabt.« Das war nicht als Schmeichelei gedacht, er stellte einfach eine Tatsache fest, die ihnen beiden klar sein sollte.

Und das ließ sie innehalten. Sie hätte gehen sollen, aber sie konnte sich nicht dazu überwinden. Dieser Mann, dieser Fremde, wußte etwas über sie, das seit Großmutter Leilias Tod niemand mehr wußte oder zugegeben hatte. Sie hatte die Gabe nicht – keine Frau konnte die Gabe haben –, aber sie war begabt, nicht weniger als ihre Vettern, die die Gabe hatten.

Weitere junge Männer erkletterten den Brunnen, kletterten höher und höher, bis drei sich schließlich sogar ins Sprühwasser der höchsten Brunnenschale wagten. Einer ihrer Freunde warf ihnen ein Banner zu, und sie drapierten es unter dem zustimmenden Gebrüll der Menge über die Statue von Herzog Alesso.

»Ruft die Corteis zusammen!«

»Keine Steuern ohne unsere Zustimmung!«

Mehr Menschen und immer noch mehr erkletterten den Brunnen, um besser sehen zu können. Eine Frau schrie auf, ein Kind jammerte verängstigt. Eleyna war gefangen und wurde weiter zurückgedrängt.

»Wer seid Ihr?« rief sie, aber ein Aufschrei ging durch die Menge, als ein zweites blau-silbern-schwarzes Banner auf dem Dach des Palasso Justissia entrollt wurde. Im Gedränge war Eleyna gezwungen, weiter nach hinten zu stolpern, während der Fremde von der Flut von ihr wegschoben wurde. Sie verlor ihn aus den Augen. Wasserspritzer verfehlten sie knapp. Eine Frau mit Schürze und ascheffleckigem Rock starrte sie an, ihren Skizzenblock, das Zeichenbrett, dann zeigte sie dorthin, wo eine grüne Linie aufgetaucht war, unten an einem der Boulevards.

»Schau dort, Amica, unten am Boulevard Benecitto. Der Herzog hat das Shagarra-Regiment aufmarschieren lassen. Chiros!« Die Frau spuckte in den Brunnen. Sie hatte einen Korb mit trockenen Brotkrusten dabei. »Es heißt, in Ghillas gäbe es für alle frisches Brot, selbst für die Armen, die es sich jetzt aus den Küchen der Adligen nehmen.«

Das Lied »Novva Pluvia«, Der neue Regen, begann an einer Ecke des Zocalo und wurde lauter, als die meisten aus der Menge begannen mitzusingen. Aber die Worte klangen nun mehr wie eine Drohung denn wie ein Flehen an den Himmel: »Mit dem neuen Regen werden wir frei sein!«

Spritzwasser brannte in Eleynas Augen – oder waren es Tränen? Warum sollten die Menschen von Meya Suerta sich nicht wehren? Waren sie nicht auch, ebenso wie sie selbst, gezwungen, sich den Entscheidungen anderer zu unterwerfen? Sie war jetzt einundzwanzig, seit zwei Jahren verwitwet, aber ihre Eltern betrachteten sie immer noch als Handelsgut in ihren ehrgeizigen Plänen.

Zunächst hatte man sie bei der Bestätigung eingesetzt, und als sie auch bei der zweiten Bestätigung nicht schwanger geworden war, hatte man sie mit Felippo Grijalva verheiratet, der schon zwei Ehefrauen überlebt hatte. Erst nach einer Fehlgeburt und Felippos Tod am Sommerfieber hatte man ihr widerwillig zugestanden, weiter im Atelier arbeiten zu dürfen, aber nur, weil Großmutter Leilias darauf bestanden hatte. Leilias' Wort hatte in der Familie etwas gegolten.

Nun jedoch war Leilias tot. Die Herzoginwitwe Mechella war tot. Mechellas Enkel Edoard, ältester Sohn und Erbe Großherzog Renayos II., hatte von seinem widerstrebenden Vater die Erlaubnis erhalten, die alte Tradition der Grijalva-Mätressen, der Marria do'Fantome, wiederzubeleben.

Und wer wäre besser geeignet gewesen als eine junge Witwe, die sich bisher als so gut wie unfruchtbar erwiesen hatte?

»Ich will nichts anderes als malen!« schrie sie, wenn auch nur dem Fremden hinterher, der ihr Talent bewundert hatte. Aber er war nicht mehr zu sehen, und der laute Gesang der Menge bei der letzten Strophe hätte es ohnehin verhindert, daß er ihre Worte hören konnte.

Auf der Flucht vor der Menge und den sich nähernden

Soldaten kamen immer mehr Leute zum Brunnen. Zu viele. Es war zu voll. Eleyna fiel auf ein Knie, fing sich mit der Hand am Steinboden ab und schürfte sich die Hand, umklammerte ihr kostbares Skizzenbuch, ließ das Zeichenbrett fallen und versuchte, sich zu befreien. Sie konnte nicht hierbleiben. Die Soldaten des Großherzogs waren im Anmarsch.

Sie senkte den Kopf und benutzte die Ellbogen, um sich die Stufen hinunter bis zum Platz zu drängen. Dort hätte sie beinahe wieder das Gleichgewicht verloren. Die Leute waren zusammengepfercht wie Hühner, die zum Markt gebracht werden. Ihre Rufe verwoben sich zu reinem Lärm, in dem keine einzelnen Worte mehr auszumachen waren. Eleyna schob und drängte, stolperte über jemanden, der am Boden lag, wurde erst nach rechts, dann nach links gestoßen, kämpfte gegen den Strom an, aber schließlich gelang es ihr zu entkommen. Als sie den Rand der Menge erreichte, auf dem der Kathedrale gegenüberliegenden Ende des Platzes, wurde es leichter. Sie hatte die Avenida Oriale erreicht, als die ersten Schüsse fielen.

Eleyna rannte und warf keinen Blick zurück – und haßte sich dafür, denn floh sie nicht zurück in die Sicherheit des Palasso Grijalva? Und das war keine Sicherheit, sondern ein Gefängnis!

Ihre Eltern wollten, daß sie Don Edoards Mätresse wurde. Mätresse des Thronerben – das war Macht! Das war Einfluß! So hätten sie auch die Viehos Fratos kontrollieren können, was dem Zweig ihrer Mutter schon zwei Generationen versagt gewesen war – ihrer Mutter, die die Nichte der berüchtigten Tazia war, der Mätresse Arrigos III. … der Frau, die es gewagt hatte, Großherzogin Mechella umbringen zu wollen.

Aber Eleyna war an dieser Art von Macht nicht interessiert. Sie wollte keinen Anteil daran. Und deshalb hatten sie sie nie verstanden.

Jetzt rannte sie zu ihnen zurück, nur, weil sie Angst hatte. Hinter ihr wurde der dumpfe Lärm zum Aufruhr, während die Mittagssonne auf Meya Suerta herniederbrannte und eine Musketensalve den Frieden der Iluminares-Prozession brach.

2

Rohario Alejandro Enricci Clemenzo do'Verrada, zweiter Sohn von Großherzog Renayo und der verstorbenen Großherzogin Mairie, war der letzte in der Kathedrale, der bemerkte, daß es draußen auf dem Zocalo Aufruhr gab.

Unter dem Gewicht des rituellen Gewands konnte er sich nur schwer bewegen, aber da er keine Antworten zu geben und keine Verse zu rezitieren hatte, hatte er schon lange den Überblick über die Zeremonie verloren. Er stand vor dem Altar – am festgelegten Platz – und starrte das gewaltige Altarbild an, das diesen Raum dominierte. Die Mutter, die ihren kleinen Sohn auf dem Schoß hielt, blickte zu ihm hernieder. Sie trug Gewänder aus Goldstoff im altmodischen Stil, elegant über einen Arm drapiert; der andere Arm lag im Schatten Ihres rundlichen Sohns. Es war ein altes Meisterwerk, der einzige Gegenstand, der aus der alten Kathedrale gerettet werden konnte, als sie 1155 niedergebrannt war. Als man die Kathedrale wieder aufbaute, war die *Geburt des Heiligen Kindes* in den Hauptaltar eingebaut worden.

Matra Dolcha! Ein wunderbares Gemälde. Rohario kannte seine Geschichte genau: Es war das letzte Meisterwerk des legendären Sario Grijalva. Schon über dreihundert Jahre alt, wirkte es dennoch, als wäre es gerade erst gemalt worden: der ruhige, liebevolle Blick der Mutter, das entzückende und entzückte Kinderlächeln ihres Sohnes, die dienenden Engel und sowohl Sonne als auch Mond, die den Thron beleuchteten. Die Luza selbst war so subtil ausgeführt, daß Rohario nur aus dieser Nähe erkennen konnte, wie das Licht in den Gewändern der Engel und an den Umrissen der Mutter entlangspielte; goldenes Sonnenlicht, das sich geringfügig, aber dennoch von den Silberstrahlen des Mondes unterschied.

Es hatte etwas beinahe Magisches an sich. Selbst bei großen Staatszeremonien wie dieser, wenn er zusammen mit tausend anderen Betern hier kniete, spürte Rohario immer noch Ihren Blick, so deutlich wie das Gewicht seines Gewands. Dieser Blick war nicht lastend, aber tröstlich, beinahe greifbar. Selbst nachdem seine liebe Mutter gestorben war und er weinend bei ihrer Gedenkfeier hier gekniet hatte, selbst damals hatte der ruhige Blick der Mutter ihn getröstet. Selbst als sein Vater diese schöne, aber hirnlose Prinzessin aus dem Norden geheiratet hatte, mit ihren Wagenladungen voller Gold und einer Handelsflotte als Mitgift – aber ohne Ohr für Musik, ohne Auge für die Kunst, und mit einem entsetzlichen Akzent –, selbst damals, als er die Hochzeitszeremonie hatte über sich ergehen lassen, waren sein Zorn und seine Enttäuschung und das Gefühl der Hilflosigkeit langsam vergangen.

Er ließ diesen Frieden auch jetzt auf sich wirken, als flüsterte die Mutter ihm, und nur ihm, zu: *Alles wird gut*.

Als ein Sancto ihn am Ellbogen berührte, zuckte Rohario zusammen. Ein seltsames Dröhnen hallte in der Kathedrale wider.

»Verzeiht, Euer Gnaden«, sagte der Sancto, ein weißhaariger Mann, den Rohario sofort wiedererkannte: Sancto Leo hielt die vierte Andacht jeden Monat, ein freundlicher alter Mann mit einer besonders sanften Stimme. »Bitte, Herr. Wir müssen uns beeilen. Ihr müßt dieses Gewand ablegen.«

»Aber die Zeremonie ist noch nicht vorüber.«

»Aber draußen gibt es ... Unruhen, Herr. Bitte. Wir müssen Euch zurück in den Palasso schaffen.«

Langsam dämmerte es Rohario, daß Sancto Leo trotz der beruhigenden Präsenz des Altarbildes Angst hatte.

»Was für Unruhen?« Er drückte den schweren Umhang einem bleichen Diener in die Arme, dann ging er ein paar Schritte auf das große Tor zu. Im breiten Schiff der Kathedrale herrschte Gedränge: Sanctos, Sanctas, andere Prozessionsteilnehmer. Das hohe Gewölbe ließ sie alle winzig und unbedeutend erscheinen, verglichen mit der Majestät von Matra ei Filho. Rohario konnte keine Spur des Premio Sancto oder der gebrechlichen Premia Sancta entdecken.

»Ich bitte um Verzeihung, Herr. Hier entlang. Wir gehen durch den Kapitelsaal. Es ist nicht –« Leo brach ab, schickte den Diener weg und packte Rohario am Arm, um ihn auf eine Tür zuzuziehen, die zu den Räumen hinter dem Altarraum führte.

»Es ist nicht was?« protestierte Rohario.

Der Griff des alten Mannes war erstaunlich fest und erinnerte Rohario an sein altes Kindermädchen, Otonna, die ihn jeden Mittag aus der Galerria zurück ins Schulzimmer gezerrt hatte. Weil er Szenen haßte, hatte er nachgegeben.

Sancto Leo führte Rohario durch ein Labyrinth kleiner Räume, in denen der Premio Sancto für gewöhnlich seine Ansprachen vorbereitete. Mehrere andere Männer, Diener und Sanctos, folgten ihnen wie verängstigte Schafe.

»Es ist nicht sicher«, sagte der alte Mann. »Ein Aufruhr ist ausgebrochen. Nommo do'Matra! Was ist nur aus der Welt geworden? So etwas wäre in meiner Jugendzeit nie passiert. Großherzogin Mechella, die Mutter segne sie, wäre einfach in ihrer Kutsche ausgefahren und die Menge hätte sich ihr schamerfüllt zu Füßen geworfen. Es ist schrecklich, einfach schrecklich.«

Diese kleinen Zimmer hatten keine Fenster, also konnte Rohario nicht sehen, was draußen vorging. Er hatte noch nie einen Aufstand erlebt und hätte auch nie angenommen, daß so etwas ausgerechnet in Meya Suerta passieren könnte. Aber er hatte gehört, daß vor einiger Zeit erzürnte Volksmassen den Palast des Königs von Taglis niedergebrannt hatten, und es war auch von Hungeraufständen in Niapali die Rede gewesen. Vielleicht hatte sich diese Seuche, diese Ruhelosigkeit, jetzt bis nach Tira Virte fortgepflanzt.

»Aha!« sagte Rohario plötzlich, als ihm etwas einfiel, das er vor ein paar Tagen bei einem Konzert im Vorbeigehen gehört hatte. »Es geht irgendwie um die Corteis, nicht wahr?«

»Matra ei Filho!« rief der alte Mann. »Was tut Ihr bloß den ganzen Tag, Junge? Wißt Ihr denn überhaupt nicht, was in dieser Stadt vor sich geht?«

»Selbstverständlich weiß ich das! Ich habe meinem Bruder Edoard gerade geholfen, sich um eine Mätresse zu bemühen.«

Sancto Leo blieb wie angewurzelt stehen. Es war finster hier, Licht kam nur von ein paar Kerzen in Leuchtern. Aber dort, über einem Kaminsims, hing ein reizendes Porträt von Premio Sancto Gregorrio IV. bei seiner Amtseinführung. Das mußte – wann? – vor hundert Jahren gewesen sein. Rohario erkannte es als eine Arbeit von Oaquino Grijalva. Wegen des aufwendigen Kopfputzes des Sancto war *Der Haarkünstler* hier nicht in der Lage gewesen, sein berühmtes Talent zu demonstrieren, Haar besonders lebensecht zu malen. Statt dessen hatte er den juwelengeschmückten Kopfputz bis ins kleinste Detail ausgearbeitet.

»Ist es nicht wunderschön?« flüsterte Rohario. »Eine Schande, es hier zu verstecken.«

Er sah den Sancto um Zustimmung heischend an, aber was immer er ansonsten noch hatte sagen wollen, blieb ihm im Hals stecken. Der alte Mann erwiderte seinen

Blick mit ... mit ... unzweifelhaft mit Hohn und Verachtung. An der Wand hinter Sancto Leo hing ein Spiegel in einem Blattgoldrahmen. Trübe sah Rohario sein Spiegelbild. Kein Wunder, daß Sancto Leo angewidert schien! Roharios Spitzenmanschetten waren verrutscht, und sein gestärktes weißes Halstuch war unter dem Gewicht des rituellen Gewands verknittert. Hastig versuchte Rohario sich herzurichten, und er spürte den Blick des alten Mannes deutlich.

»Und Ihr«, sagte Leo, »sollt der Intelligente in der Familie sein! Matra! Kein Wunder, daß die Leute randalieren. Was ist aus den do'Verradas geworden?«

Rohario starrte ihn an, den Mund weit aufgerissen, die Manschetten vergessen.

In das Schweigen drang das gedämpfte Krachen von Musketenschüssen.

»Wir müssen Don Rohario in Sicherheit bringen«, murmelte einer der Diener.

Rohario hörte ein seltsames Geräusch. Obwohl er nie zuvor Schmerzensschreie gehört hatte – abgesehen von einem Mal, als das Pferd seines Bruders, das dieser über eine zu hohe Hecke getrieben hatte, sich das Bein brach – erkannte er sie sofort. Das Geräusch ließ ihn schaudern.

»Kommt«, sagte Sancto Leo. »Wir müssen gehen. Wir können nur hoffen, daß die Avenida Shagarra frei geblieben ist.«

Rohario folgte demütig. Aber als sie durch eine Seitentür auf die Avenida hinaustraten, wurden sie sofort von den Menschenmengen mitgerissen. Rohario versuchte, sich an die hoch aufragende Mauer der Kathedrale zu drücken. Die Bewegung der Menge war wie das unaufhaltsame Brausen des Rio Sanguo bei Hochwasser. Es schien unmöglich, diese Menschenflut zu durchqueren. Erstaunlicherweise drängten sich jedoch ein paar schlecht gekleidete junge Männer in Gegenrichtung durch die panikerfüllte Menge, gegen den Strom, auf den Zocalo zu. Sie hatten Messer und abgebrochene Flaschen in den Händen. Die Menge strömte weiter, bemerkte nichts als ihre eigene Angst.

»Kommt, Herr.« Sancto Leo zog ihn vorwärts.

»Sind das die Armen der Stadt? Was sind das für Leute?« Rohario starrte die jungen Männer an. Was für Lumpen sie trugen! Kein Wunder, daß sie zornig waren.

Sancto Leo folgte seinem Blick. »Neosso do'Orro! Das sind keine Armen, Don Rohario. Wie sie aussehen, handelt es sich um ehrenhafte Handwerksgesellen.«

»Aber wie sie angezogen sind –!«

»Wir sollten lieber gehen!« drängte einer der Diener.

Eine Bewegung in der Menge bewirkte in diesem Augenblick, daß sich einer der jungen Männer, der ganz am Ende der Gruppe war, umdrehte und Rohario direkt ansah. Ein seltsamer Ausdruck stahl sich auf seine Miene. Dieser Mann sah irgendwie aus wie Roharios altes Kindermädchen Otonna, als seine kleine Schwester Timarra die Liebesgeschichte ihrer Großeltern, Großherzog Arrigo und Großherzogin Mechella, hören wollte, und wie ergeben sie einander waren.

Aber diesmal galt dieser Blick *ihm*.

Sancto Leo gab Rohario einen Stoß. »Geht!«

Sechs Gesellen rissen sich von den anderen los und drängten sich durch die Menge auf Rohario zu. Schüsse krachten in Salven vom Zocalo her. Dann waren wieder Schreie zu hören.

Diener zerrten an Roharios Arm. Er wollte rennen; er wußte, er hätte rennen sollen. Er erkannte den Ausdruck auf ihren Gesichtern. Als Rohario jünger war, hatte sein Bruder Edoard ihn immer verprügelt. Aber er konnte einfach nicht glauben, daß diese *einfachen Leute* ihm weh tun würden. Und außerdem konnte er den alten Mann nicht allein lassen.

»Merditto alba oder wie?« rief der Geselle, der ihm am nächsten war.

Obwohl sich die Menge weiter durch die Straße drängte, hatte Rohario plötzlich das Gefühl, daß er, seine wenigen Begleiter und dieses halbe Dutzend Gesellen allein auf der Welt waren. Er ignorierte die Beleidigung und blieb starr stehen.

Der junge Mann stieß Sancto Leo zur Seite und blieb direkt vor Rohario stehen, starrte ihn an. Sie waren von etwa gleicher Größe, aber die Schultern des Gesellen waren ungefähr doppelt so breit wie Rohario. »Wie geht's, Chi'patro?« fragte er frech.

»Sprich nicht so von meiner Mutter!« erwiderte Rohario, der langsam wütend wurde. Er gab ihm einen Stoß.

Leider hatten sich die Jahre des Fecht- und Boxunterrichts nie ausgezahlt. Edoard hatte keine Konkurrenz ertragen können, und Rohario hatte ihm gern den Gefallen getan und immer verloren oder war erst gar nicht zu den Übungsstunden erschienen.

Er wußte, daß es Schwierigkeiten geben würde, als der Geselle zurückschlug. Eine Faust krachte gegen seinen Kopf und ließ ihn herumwirbeln. Er taumelte gegen die Mauer, mußte einen weiteren Schlag einstecken und krachte wieder gegen den unnachgiebigen Stein. Obwohl ihm die Ohren klirrten, hörte er Sancto Leo flehen: »Das ist Don Rohario. Ihr dürft ihm nichts tun.«

Rohario hörte auch die Flüche, mit denen die Gesellen auf diese Bitte reagierten. Er hielt sich die Arme schützend vor den Kopf, aber sie traten ihm nur in den Magen. Schmerz stach ihm in die Eingeweide. Warum haßten diese Leute ihn so sehr? Sie kannten ihn doch nicht einmal!

Er hörte Leos entsetztes Keuchen. Mit dem Mut der Verzweiflung kämpfte er sich bis zu dem alten Mann durch. Zwei der Diener lagen am Boden. Der andere Sancto war geflohen.

»Hört auf!« schrie Rohario und schlug wild um sich, den

Kopf gesenkt, bis er den alten Mann erreicht hatte. Leo war auf den Knien. »Er ist doch ein alter Mann!«

Jemand trat ihn fest von hinten, und Rohario stolperte und stürzte auf ein Knie, richtete sich wieder auf. Sich von dieser Bande zu Boden schlagen zu lassen wäre tödlich.

Schüsse erklangen. Sancto Leo keuchte und verkrampfte sich. Blut spritzte aus seinem Hals. Rohario packte den alten Mann, bevor er umkippte. Er war auf weitere Schläge und Tritte gefaßt, aber die Gesellen rannten mit den anderen davon, schreiend, brüllend.

Ein Stein streifte Rohario's Ohr. Er blickte auf. Wie Racheengel rückte eine Reihe Shagarra-Soldaten vor.

»Herr! Herr!« rief der Diener, der sich hinter ihn duckte. »Sie schießen auf alle. Wir müssen fliehen.«

»Ich lasse den Sancto nicht hier.« Er beugte sich vor, hob den alten Mann auf. Blut floß ihm über die Hände.

Die Soldaten feuerten. Eine Frau stolperte und fiel, den Mund überrascht und entsetzt aufgerissen, und begann dann, hinter den anderen her zu kriechen, angestrengt, die Hände wie Klauen auf den Pflastersteinen. Die Menge trampelte sie nieder. Rohario riß seinen Blick von ihr los, schaute zu den Soldaten hin. Sie näherten sich stetig und gnadenlos.

Er legte den alten Mann nieder und richtete sich auf, um den Gardisten entgegenzutreten. Er hob die Hand. Zu seiner Überraschung zitterte sie nicht. »Halt! Im Namen von Matra ei Filho! Helft mir mit diesem heiligen Sancto.«

Wie durch ein Wunder wirkte das. Die Linie der Soldaten brach auf. Ein Hauptmann trieb sein Pferd durch die Menge und brachte es neben Rohario zum Stehen. »Matra Dolcha! Don Rohario! Was macht Ihr denn hier? Sarjeant Rivvas, bringt den Don zurück zum Palasso. Zehn Männer als Eskorte. Los.«

Starke Arme packten Rohario.

»Aber Sancto Leo –!« rief Rohario aufgebracht.

»Euer Vater wird meinen Kopf verlangen, wenn Ihr nicht sicher zurückgebracht werdet«, sagte der Hauptmann. »Steigt auf! Steigt auf!«

Rohario wurde auf einen Pferderücken geschoben und war gezwungen, sich wie ein Kind am Sarjeant festzuhalten, nicht wie ein Mann, der gerade seinen zweiundzwanzigsten Geburtstag gefeiert hat.

Soldaten zu Pferde drängten sich um ihn. Er konnte noch einen Blick auf Sancto Leo erhaschen, der auf dem Pflaster lag, aber dann trug ihn seine Eskorte davon. Sie ritten rasch durch die Straßen. Überall sah Rohario, was von dem Aufstand geblieben war, Männer und Frauen, tot, verwundet, vor Schmerzen schreiend, die man sich selbst überlassen hatte. Einmal sah er ein Kind – ein Kind! –, das mit ausgestreckten Armen am Boden lag wie eine zerbrochene Zhinna-Puppe. Wie konnte so etwas geschehen? Was war los in Meya Suerta?

Als sie den Palasso erreichten, war er zu betäubt, um etwas anderes tun zu können, als sich der Pflege des Hofarzts zu ergeben, der ihm schließlich erklärte, er habe nur ein paar Prellungen davongetragen, mehr nicht. Sein Leibdiener brachte ihn zu seinen Gemächern. Dort ließ er sich aufs Bett fallen und starrte die Wand an. Sie ließen ihn allein, aber er konnte hören, wie sie auf der anderen Seite der Tür flüsterten.

Nach ein paar Minuten konnte Rohario es nicht mehr aushalten. Das Zimmer schien ihn zu ersticken – ein solches Gefühl hatte er nie zuvor gehabt. Es war ein schönes Zimmer, ganz nach seinem Geschmack ausgestattet. Er starrte die Stuckverzierungen an, die die Tür und den Kamin umgaben, überzogen mit Blattgold, und den Parkettboden und die Holztäfelung an den Wänden, bemalt mit Blütenkränzen. Er starrte das Gemälde an, das er sich aus der Galerria genommen hatte: Guilbarro Grijalvas Meisterwerk, die *Geburt der Cossima*. Er hatte selbstverständlich ein anderes Bild haben wollen, aber weil das Großmutter Mechellas Lieblingsbild gewesen war, hatte sein Vater sich geweigert, es von seinem Ehrenplatz abhängen zu lassen, den sie ihm erst wieder zugeteilt hatte.

Als er nun das kleine Mädchen anstarrte, dessen tragisch früher Tod eine Atmosphäre unerklärlicher Traurigkeit über den Raum legte, fiel Rohario wieder das tote Kind ein, das er auf der Straße gesehen hatte. Dann drängte sich ein anderer Gedanke auf: Die kleine Cossima saß ganz ähnlich auf den Knien ihrer Mutter wie der Sohn auf dem Altarbild auf dem Schoß der heiligen Mutter, in der Kathedrale.

Was sollte das? Es war, als hätte man einen Vorhang von der Wand seines Zimmers zurückgerissen und die häßlichen Straßen draußen enthüllt. Alles hatte sich verändert. Er konnte sich nicht mehr an dem unvergleichlichen Genie des wunderbaren Gemäldes des längst verstorbenen Guilbarro erfreuen.

Rohario stand mühsam auf und schlurfte nach draußen, vorbei an seinen Dienern, schob sie zur Seite und hinkte den langen Weg durch den Palasso zu dem einzigen Ort, an dem er immer Frieden fand: zur Galerria. Sie war geschlossen, leer bis auf ihn und die beiden Diener, die ihm folgten und die sich aus Respekt in möglichst weiter Entfernung hielten.

Er ging bis zum Ende der Galerria, bis zu dem Ehrenplatz, an dem das berühmte Porträt von Saavedra Grijalva – der *Ersten Mätresse* – in seiner ganzen Pracht hing. Erschöpft von dem Weg, ließ er sich auf eine Bank sinken. Er wäre auf die Knie gesunken, um ihr die Ehrerbietung darzubringen, die sie verdiente, aber die Diener beobachteten ihn. Und außerdem taten seine Knie weh, waren aufgeschürft von den Pflastersteinen.

Rohario starrte sie an. Saavedra hatte eine Hand am Riegel der eisenbeschlagenen Tür, die aus ihrem Zimmer führte. Den Kopf halb zur Seite gewandt, schien sie in einen Spiegel zu sehen, der auf einer Staffelei stand. Sowohl im Profil als auch subtiler – im Spiegel erschienen ihm ihr Gesicht, ihre Miene, ihre intelligenten, ausdrucksvollen Augen lebendiger als die der meisten Damen bei Hof, denen er jeden Tag begegnete. Rohario stellte sich gern vor, daß sie auf die Rückkehr ihres Geliebten, Herzog Alejandro, wartete.

Anders als die Heilige Mutter, die heiter wirkte, strahlte Saavedra eine Kraft und Leidenschaft aus, die beinahe körperlich spürbar war. Rohario hatte sie bewundert, seit er ein kleiner Junge war. Seine Kinderfrau, selbst seine Eltern, hatten ihm oft genug erzählt, er sei als kleiner Junge ein solcher Wirbelwind gewesen und nur die Galerria habe ihn beruhigen können. Hier, vor diesem Porträt, war der einzige Ort, an dem sich seine Seele wirklich in Frieden befand.

»In Meya Suerta stimmt überhaupt nichts mehr«, flüsterte er ihr zu und wünschte sich verzweifelt, sie könnte ihn hören, ängstlich, daß seine Diener ihn für verrückt halten würden, weil er mit einem Bild sprach. »Ich verstehe die Welt nicht mehr. Ein alter Mann ist umgebracht worden, und sein einziger Fehler war, daß er versucht hat, mich zu retten.«

Selbstverständlich gab sie keine Antwort. Er stellte sich nur vor, daß es so war.

Alles ist so verändert. Warum hat es sich so verändert?

Er versuchte zu erklären, berichtete von den Aufständen in Nachbarländern wie Ghillas und Taglis und Niapali, wo das einfache Volk begonnen hatte, Forderungen zu stellen, als wollte es selbst das Land regieren. Aber es klang alles so absurd, und überhaupt hatte er der Welt außerhalb des Palasso so wenig Aufmerksamkeit geschenkt, daß er es ohnehin nicht richtig verstand.

Er gab auf. Immerhin bildete er sich nur ein, daß sie ihn irgendwie hören konnte; sie war vor über dreihundertfünfzig Jahren gestorben. Er seufzte, zupfte sich die Manschetten glatt und starrte sie an. Die Frauen bei Hof wirkten nur wie blasse Spiegelbilder von ihr, verschwunden, wenn man nur einen Kieselstein zwischen sie warf, weggefegt von einer Handbewegung.

Der Hof … der dieser Tage über sein neuestes Mitglied außer sich geriet. Edoard hatte sich wegen Johannah zum Narren gemacht. Ihre Schönheit war vollkommen geistlos, sie hatte keine Kraft, kein Blitzen in den Augen. Blaue Augen, schwarzes Herz. Nicht, daß Rohario Johannah von Friesemark, jetzt Großherzogin Johannah, für intelligent genug hielt, um boshaft sein zu können. Sie mochte ihre Kleider und ihren Schmuck und ihre winzigen Windspiele und ihren Tratsch. Aber selbst *sie* war nicht dumm genug, das alles aufs Spiel zu setzen, indem sie sich in den erwachsenen Sohn ihres Mannes verliebte.

Nur Edoard hatte nichts Besseres zu tun gehabt, als sich einzubilden, in die neue Braut seines Vaters verliebt zu sein. Rohario hatte das zweifelhafte Vergnügen gehabt, Zeuge ihres Streits zu werden.

»Mit einer Mätresse wärst du besser dran!« hatte der Großherzog gebrüllt.

»Dann nehme ich mir eine Grijalva-Mätresse!«

»Hast du denn gar keinen Respekt vor dem Andenken deiner Großmutter Mechella? Für die Qualen, die sie durchgemacht hat?«

Aber Edoard hatte sich störrisch gegen Großherzog Renayos Zorn durchgesetzt und bekommen, was er wollte. So war es immer.

Rohario mußte unwillkürlich lächeln, als er an die diplomatische Mission dachte, die man ihn *gebeten* hatte für seinen Bruder auf sich zu nehmen. Es gab eine junge Witwe, die auf ihre Grijalva-Art recht hübsch aussah. Sie war die Enkelin jener Leilias Grijalva, die die Vertraute der gesegneten Großherzogin Mechella gewesen war. In jeder

Hinsicht vollkommen, hatte der Oberste Hofmaler Andreo Edoard versichert.

Und Edoard, der sich die junge Frau während eines Gottesdienstes in der Sanctia der heiligen Brunnen durch ein geheimes Fenster angesehen hatte, hatte auf seine übliche impulsive Art beschlossen, daß sie tatsächlich vollkommen sei. Auf diese Weise kaufte er auch seine Pferde.

Oje! Bei dem Gespräch hatte sich die junge Witwe als sehr widerspenstig erwiesen, zur offensichtlichen Verlegenheit ihrer Eltern. Rohario betrachtete nun wieder Saavedra und fragte sich, ob zwischen den beiden Frauen nicht mehr als eine flüchtige Ähnlichkeit bestand. Oder vielleicht war es die Lebhaftigkeit der jungen Witwe – obwohl ihr Vater sie am Ende dieses peinlichen Gesprächs zänkisch genannt hatte. Vielleicht waren es vierhundert Jahre Grijalva-Blut, die sich in rabenschwarzen Locken, einer geraden Nase, geschwungenen Augenbrauen niederschlugen, eine Erinnerung in ihren Zügen an ihre Urahnin Saavedra.

Die Frau auf dem Bild wartete, so lebensecht, daß Rohario manchmal das Gefühl hatte, wenn er nur die Hand ausstreckte, würde sie sie ergreifen und aus dem Bild steigen. Ihr Gewand, im Stil jener Zeit, schien tatsächlich Gewicht zu haben, der aschrosa Samt schimmerte sanft. Hin und wieder, wenn das Licht richtig war oder die Galerria ruhig genug, stellte sich Rohario vor, sie hätte den Kopf ein winziges bißchen bewegt, oder die Hand oder einen der beringten Finger, oder daß sich das Licht in ihren Räumen vom Mittag zum Nachmittag veränderte.

Aber das war selbstverständlich unmöglich.

Er seufzte, stützte das Kinn auf die Hand, betrachtete ihr Gesicht. Und wurde von einer plötzlichen Erkenntnis überwältigt.

Sie war das Modell für die Heilige Mutter auf dem Altarbild in der Kathedrale. Wie konnte ihm das nur entgangen sein? Selbstverständlich gab es kleine Änderungen: Die

Haarfarbe war anders, die Kleidung der Heiligen Mutter bewußt noch altmodischer als Saavedras Gewand, und die Heilige Mutter trug keinen Schmuck bis auf Ihre Heiligkeit, während Saavedra in einer Hand eine Kette mit einem hübschen goldenen Schlüssel hielt, ein Symbol für den Reichtum und die Traditionen ihrer Familie.

Das Porträt war eine Studie nach dem Leben, während die Heilige Mutter nach der Erinnerung an ein Gesicht gemalt war, das hinter dem Schleier von Jahren lag. Und beide Bilder stammten von dem großen Sario Grijalva, das eine hatte er zu Beginn seiner Laufbahn gemalt, das andere am Ende.

Rohario hörte Schritte. Er drehte sich um, zuckte wegen der Schmerzen in Schultern und Rippen zusammen und entdeckte Ermaldo Graf do'Alva, Innenminister und entfernter Vetter der do'Verradas. Ermaldo blieb ein paar Schritte entfernt stehen und sah ihn eher ungeduldig als respektvoll an. »Herr, Seine Gnaden wünschen sofort mit Euch zu sprechen. Seine Gnaden sind zutiefst beunruhigt über den Tod unseres heiligen Bruders Sancto Leo, der der Lehrer Seiner Gnaden war.«

Rohario zog eine Grimasse, als er sich erhob, und nicht nur wegen der Schmerzen. Das war alles, was noch fehlte, um diesen schrecklichen Tag vollkommen zu verderben. Wieder war er verantwortlich für den Tod eines Menschen, den sein Vater geliebt hatte.

Er war die letzten beiden Jahre bestrebt gewesen, seinem Vater aus dem Weg zugehen. Jetzt würde er wieder von neuem an die häßliche Wahrheit erinnert werden: Es war Roharios und ausschließlich Roharios Schuld gewesen, daß seine geliebte Mutter Großherzogin Mairie vor zwei Jahren am Sommerfieber gestorben war. Er hatte nur ein paar Lilien in die Vase auf ihrem Nachttisch stellen wollen. Wie hätte er denn wissen sollen, daß die Blumenhändler schon das Sommerfieber hatten? Sein Vater hatte ihm nie verziehen.

»Ich komme«, sagte er zu Ermaldo. Er warf einen letzten flehenden Blick zu Saavedra, und wieder traf sein Blick den ihren im Spiegel.

Wo ist Alejandro?

War es das, woran sie dachte? An ihren Geliebten, Herzog Alejandro?

»Er ist schon lange tot«, flüsterte er und verspürte einen Stich von Trauer beim Gedanken an Geheimnis und Tragödie des Lebens dieser schönen Frau. Dann folgte er Ermaldo zum Arbeitszimmer des Großherzogs.

3

»Ich nehme an, du bist nicht schwer verletzt?« Der Großherzog blickte nicht von der Skizze eines *Vertrags* auf, die vor ihm auf dem Schreibtisch lag, und er gönnte auch dem Obersten Hofmaler keinen Blick. Andreo Grijalva stand halb im Schatten und sah aus dem Fenster in einen der Innenhöfe des Palasso Verrada, in dem Akazien blühten. Bevor Rohario etwas sagen konnte, trat der Oberste Hofmaler aus dem Schatten und sah den jungen Mann an. Er zog die Brauen hoch – ohne Zweifel ein Kommentar zu Roharios unordentlicher Kleidung. Ein leichter Duft von Öl und Terpentin ging von ihm aus.

»Du hast mir noch nicht geantwortet«, sagte der Großherzog, immer noch ohne aufzublicken.

»Ich bin nicht schwer verletzt«, erwiderte Rohario. »Euer Gnaden.«

»Ich höre, du hast versucht, Sancto Leo zu retten?«

»Er hat mich beschützt, Euer Gnaden. Jeder hätte versucht, ihm zu helfen.«

»Auf welche Weise seid ihr angegriffen worden?«

Rohario fielen plötzlich Leos zornige Worte wieder ein:

»*Wißt Ihr denn überhaupt nicht, was in dieser Stadt vor sich geht?*« »Die Iluminarres-Prozession hat sich zu einem Aufstand entwickelt!«

»Das haben mir meine Berater schon berichtet. Die Rädelsführer werden gefangengenommen und bestraft werden.«

Wie konnte der Großherzog so kühl sein nach all den Schrecken, die Rohario gesehen hatte? »Aber Patro, sollten wir nicht erst herausfinden, *wieso* sie diesen Aufruhr begonnen haben?«

»Wie freundlich von dir, ein wenig Interesse an der Regierungsarbeit zu zeigen, Rohario.« Der Tonfall des Großherzogs war so sarkastisch, daß Rohario zurückwich und die Fäuste ballte. Der Großherzog zeigte mit dem Finger auf die Skizze – Rohario konnte von dort, wo er stand, nicht erkennen, was sie darstellte – und winkte mit der anderen Hand den Obersten Hofmaler heran. »Andreo, ich möchte Graf do'Palenssia nicht an dieser Stelle stehen sehen. Wenn er so weit entfernt wie möglich von dem Vertreter der Familie do'Najerra entfernt steht, dann wird das nahelegen, sein Sohn sollte vom do'Najerra-Vermögen so weit wie möglich ferngehalten werden. Ich möchte aber die do'Najerra-Erbin für Benetto. Er wird all dieses Gold brauchen, weil er nie zu etwas anderem fähig sein wird, als mit seinen Zinnsoldaten zu spielen.«

Renayo schaute auf, eine unausgesprochene Anklage im Blick. Rohario wand sich innerlich. Das Fieber, das seine Mutter, seinen Bruder und seine kleine Schwester umgebracht hatte, hatte auch Benetto dauerhaft verkrüppelt, an Körper und Geist. Geringschätzig wandte sich Renayo wieder der Skizze zu.

»Selbstverständlich, Euer Gnaden«, sagte Andreo. »Ich werde tun, was nötig ist.« Er setzte sich auf einen Armsessel mit einem roten Brokatkissen. Die Schöße seines grünen Seidenfracks fielen bis auf den Teppich, und seine

Weste, bestickt in Grün und Gold, zeigte sich in vollem eleganten Glanz.

Der Großherzog war wie üblich schlichter gekleidet. Er trug einen hohen, umgeklappten Hemdkragen und ein Halstuch, nichts Auffälliges, und eine metallisch graue Jacke in dem neuen nördlichen Stil, gerade geschnitten und zweireihig geknöpft. Kleidung kümmerte ihn nicht, solange sie hervorragend geschnitten war und aus dem besten Material bestand. Es war Reichtum, dem sein Interesse galt.

Er rollte den *Vertrag* zusammen, behandelte das steife Papier mit Vorsicht und sah sich die beiden kleineren Zeichnungen an, die darunter lagen. Rohario trat unauffällig näher und sah, daß eine davon Bleistiftstudien von einem halben Dutzend junger Frauen zeigte, die andere eine Hafenszene mit zwei Schiffen, die gerade entladen wurden, und vier Kaufleuten, die dies beaufsichtigten. Es sah aus wie die Vorstudie zu einem *Vertrag*. Aber sie wirkte auch altmodisch, ohne die sauberen und – nach Rohario Ansicht langweiligen und affektierten – Linien des modernen Stils.

»Die gefallen mir nicht«, sagte der Großherzog. »Sie sehen irgendwie schlampig aus.«

Der Oberste Hofmaler seufzte wie ein Mann, der eine schwere Last tragen muß. »Einer unserer Wandermaler ist im letzten Monat zurückgekehrt. Er erhielt kurz nach seinem achtzehnten Geburtstag seinen ersten Auslandsauftrag, aber weil er den Palasso so jung verlassen hat, wurde er zu sehr von den Moden anderer Länder beeinflußt, die nicht mit dem Grijalva-Stil übereinstimmen. Zu viel Emotion.«

Rohario trat noch näher an den großen Schreibtisch. Renayo nahm ihn immer noch nicht zur Kenntnis. Die Hafenskizze war interessant, aber die Miniaturporträts ließen ihn nicht mehr los. Seit fünf Jahren hatten Könige und Fürsten benachbarter Länder nun Miniaturen ihrer Töchter nach Tira Virte geschickt, weil sie wußten, daß Don Edoard volljährig geworden war und irgendwann heiraten würde. Die meisten dieser Miniaturen waren gut ausgeführt, und nur wenige Maler konnten sich bei Hof durchsetzen, wenn sie ihren Modellen nicht schmeichelten. Aber diese Skizzen waren wirklich lebendig. Unter jedem Gesicht war sorgfältig der Name notiert: Lady Elwith von Merse, Prinzessin Alazais von Ghillas, Judit do'Brazzina, Gräfin Catarin do'Taglisi. Die ersten beiden waren reizende junge Frauen, die beiden anderen Mädchen von zwölf oder vierzehn, aber jede wirkte so individuell, daß Rohario beinahe das Gefühl hatte, sie zu kennen und vorhersagen zu können, wie sie bei einer ersten Begegnung reagierten. Elwith sah gesund und kräftig aus, Alazais sanft, und die schüchterne kleine Judit schien ein Lachen zu unterdrücken. Die zarte do'Taglisi-Gräfin machte den Eindruck eines Kaninchens, das sich von Hunden umgeben sieht.

»Aber er ist ein ehrgeiziger junger Mann«, fügte Andreo hinzu. »Arbeitet sehr hart. Hat nichts anderes als Malen im Kopf. Aber er ist zu sehr begeistert von den Alten Meistern und zu störrisch. Er glaubt offenbar, weil man ihn Sario getauft hat, sollte man ihm dieselbe Achtung entgegenbringen wie dem ersten Grijalva dieses Namens. Ach, diese jungen Leute.« Er warf Rohario einen Blick zu.

Renayo betrachtete die Porträtstudien stirnrunzelnd. Er hatte viele Falten auf der Stirn und um den Mund bekommen, seit Mairie gestorben war. »Edoard ist noch nicht reif genug für die Ehe.« Dann änderte sich sein Tonfall vollständig. »Rohario, Andreo sagte mir, die junge Frau habe der Verbindung nicht zugestimmt. Was hast du falsch gemacht?«

Die Anklage machte Rohario sprachlos.

»Verzeiht, Euer Gnaden«, warf der Oberste Hofmaler

ein, »aber ich habe selbst mit Eleynas Eltern gesprochen. Sie hatten nichts als Lob für Don Rohario Auftreten, und Ihr könnt sicher sein, daß sie jedes Hindernis auf dem Weg einer solchen Verbindung aufs lebhafteste kritisieren würden. Sie sagten, Don Rohario sei ausgesprochen höflich gewesen und habe das Angebot mit Höflichkeit und Nachdruck unterbreitet. Jede andere junge Frau hätte sich geschmeichelt gefühlt. Aber sie hat von seiten ihrer Mutter ein wenig schlechtes Blut. Obwohl ihre verwandtschaftlichen Beziehungen väterlicherseits untadelig sind, ist sie von seiten ihrer Mutter mit Tazia Grijalva verwandt. Zu diesem Thema brauche ich wohl nichts mehr zu sagen.«

»Sie will tatsächlich nicht Edoards Mätresse werden?« Renayo blickte verblüfft auf.

»Sie ist ... störrisch, Euer Gnaden. Ihre Großmutter hat sie verwöhnt und ihr eingeredet, sie könnte ihr Leben der Malerei widmen. Aber ich bin sicher, sie wird ihre Pflicht tun.«

Der Großherzog schien ehrlich erstaunt. »Ich habe eine Miniatur von ihr gesehen. Sie scheint ein recht hübsches Mädchen zu sein, und wir bieten ihr eine gute Gelegenheit. Edoard schien von ihr ganz angetan zu sein, und ich möchte, daß er bekommt, was er will, und zwar *sofort*.«

In anderen Worten, Renayo wollte ihn von der neuen Großherzogin abgelenkt wissen.

»Ich versichere Euch, Euer Gnaden, ihre Eltern werden sie schon zur Vernunft bringen. Don Edoard braucht sich darum keine Sorgen zu machen.«

Verhökert wie eine Stute auf dem Viehmarkt! Der Gedanke an die rebellische Eleyna Grijalva ließ Rohario an die rebellischen Handwerksgesellen denken. Waren auch sie nur Figuren in einem Spiel, über das sie keine Macht hatten?

»Nun gut.« Renayo schob die Porträtskizzen zur Seite und sah sich die Hafenstudie noch einmal an. »Arrangiert, daß Edoard und die junge Frau ein paar Tage in Chassierallo verbringen. Dort können sie die Marria do'Fantome vollziehen. Don Rohario kann sie begleiten. Etwas Landluft wird seinen Verletzungen guttun und ihn zudem lehren, sich neue Interessen zu suchen.«

Der Sarkasmus seines Vaters entging Rohario nicht, aber inzwischen war er beinahe dagegen immun. Viel schlimmer war die Aussicht, so lange Edoards Gesellschaft ertragen und sehen zu müssen, wie die Mätresse sich schließlich Edoards Aufmerksamkeiten ergab. Aber Frauen sagten oft zunächst nein, um dadurch die Belohnung zu erhöhen, die sie erhielten, wenn sie schließlich doch nachgaben. Rohario erinnerte sich allerdings an Eleyna weniger als eine Zusammenstellung von Augen und Mund und Kinn, sondern mehr als an einen Wirbelwind von zorniger Energie. Er würde ihr aus dem Weg gehen.

Der Großherzog fuhr mit einem manikürten Fingernagel über die Hafenskizze. »Ehe dieser junge Maler nicht präziser arbeitet, wird er keine offiziellen Dokumente malen.« Renayo entrollte den ersten *Vertrag* wieder – eine vollendete Skizze, Andreos Arbeit –, und seine Mundwinkel zuckten nach oben, als er sie betrachtete. Er lächelte dieser Tage nur selten. »Dies hier wird viel ausrichten.« Ohne noch einmal aufzublicken fügte er zerstreut hinzu: »Du darfst gehen, Rohario.«

Rohario verbeugte sich steif, nickte dem Obersten Hofmaler zu und verließ das Zimmer. Er war an den Stil seines Vaters gewohnt. Er war verbannt. Aber bevor er die Tür schloß, hielt er noch einmal inne. Das war einfach nicht richtig! Er sollte wieder hineingehen und herausfinden, was in der Stadt los war!

Durch die halboffene Tür hörte er seinen Vater sprechen.

»Ich weiß nicht, was wir wegen der Thronfolge unternehmen sollen, Andreo. Ghillas steht uns endlich offen, wenn es stimmt, was unsere Spione berichten. Aber meine Kinder sind alle Narren. Edoard hat nur Pferde, Frauen und Wein im Kopf. Benetto ist ein Idiot. Timarra hat Angst vor ihrem eigenen Schatten und ist zudem auch noch häßlich. Und Rohario – ach, er ist ein nutzloser Tölpel. Er schwirrt wie ein Schmetterling von einem Interesse zum anderen, nur schöne Farben und nichts dahinter. Ich habe ihm nur deshalb erlaubt, sich mit Malerei zu beschäftigen, weil Zio Cabral darauf bestanden hat, obwohl das für einen Adligen keine angemessene Beschäftigung ist. Aber nach vier Jahren gibt er über Nacht auf! Ohne jeglichen Grund! Matra Dolcha, Andreo! Wie kann ich einem von ihnen das Wissen anvertrauen, das ich irgendwann meinem Nachfolger ubergeben muß? Keiner von ihnen hat den Thron von Tira Virte verdient, und schon gar nicht den von Tira Virte und Ghillas zusammen.«

»Ihr seid noch jung, Euer Gnaden, und gesund«, sagte der Oberste Hofmaler ruhig. »Ihr werdet andere Kinder haben.«

Rohario erstarrte, dann wandte er sich ab. Dort stand Ermaldo do'Alva und bedachte ihn wie üblich mit einem verächtlichen Blick. War es denn allgemein bekannt, daß Großherzog Renayo seine eigenen Kinder so ablehnte? Mit Schmerzen in jedem Gelenk und jedem Muskel hinkte Rohario zurück zu seinen Gemächern. Resigniert wies er seinen Diener zum Packen an. Es hatte keinen Sinn, hier zu bleiben.

4

Beatriz sagte ihr immer, sie sollte zur Hintertür hereinkommen, durch den Dienstbotentrakt, aber Eleyna haßte diese Verstellung. Sie schob sich mit dem Handrücken die schwarzen Locken aus der Stirn und ging die Stufen zum Haupttor des Grijalvaanwesens hinauf. Die beiden alten Männer, die auf der Bank vor dem Laden saßen, beobachteten ihren dramatischen Auftritt. Einer senkte den Blick, der andere lächelte. Eleyna wußte nicht, ob sie wütend oder erleichtert sein sollte.

»Davo!« Sie sprach den Mann an, der den Blick gesenkt hatte, einen Diener, der schon seit sechzig Jahren für die Grijalvas Farben mischte. »Du solltest den Laden für heute lieber zumachen.«

»Setz dich, Mädchen«, sagte der andere Mann. Er zeigte auf die Bank. Sie war so alt, daß das Holz so glatt wie polierter Stein war. »Wo bist du gewesen?«

Sie hatte nicht erwartet, ihren Großonkel Cabral hier vorzufinden. Aber da sie mit ihrer Mutter gerechnet hatte, war sie auf einen größeren Streit vorbereitet und konnte sich nicht mehr zurückhalten. »Ich war bei der Hinrichtung. Das Shagarra-Regiment hat nach dem Aufstand zwanzig Männer als Rädelsführer festgenommen und sie vor Gericht gezerrt. Sie hatten sich nicht einmal verteidigen dürfen! Und jetzt – nur zehn Tage später! – hat man zwölf von ihnen gehängt. Was für eine Gerechtigkeit soll das sein?«

»Schnelle Gerechtigkeit, Mädchen«, sagte Cabral sanft. »Oder hattest du vor, dein Schlafzimmer einer Bettlerfamilie zu überlassen?«

»Es wird überall in der Stadt Unruhen geben. Noch heute nachmittag.«

»Und es wird auch hier im Haus Unruhen geben, wenn Ihr nicht so tut, als hättet Ihr den ganzen Nachmittag hier bei mir verbracht, Maessa Eleynita«, erwiderte der alte Davo, der immer lebhaft wurde, wenn er Eleyna für bedroht hielt. Sie hatte schon vor langer Zeit sein Herz gewonnen, weil sie *ihn* und nicht ihre Onkel gebeten hatte, ihr die Geheimnisse von Pigmenten und Farben zu erklären. Davo saß mit dem Rücken zum offenen Fenster. Der Geruch nach Öl und Lösungsmitteln, dem Lebensblut der Grijalvas, drang aus dem Ladenraum.

»Du bist der einzige, der für mich eintritt, Davo.« Sie griff nach seinen fleckigen, verkrümmten Händen.

»Ihr seid ein gutes Mädchen.«

»Du solltest nicht allein an solche Orte gehen, Eleynita«, sagte Cabral ebenso sanft wie zuvor.

»Ich bin eine ehrenhafte Witwe. Ich tue, was ich will.«

»Du willst sehen, wie Männer gehängt werden?«

»Jemand muß es bezeugen! Ich habe Skizzen gemacht. Hier.« Sie setzte sich neben Cabral auf die Bank und legte den Skizzenblock auf ihren Schoß, ohne sich um die feine grüne Seide ihres Rocks zu kümmern. Sie schlug den Block auf und blätterte langsam. »Schau dir an, wie ruhelos die Menge ist.« Einzelne Gesichter, der Schnitt eines Mantels oder einer Jacke, Gruppen von Männern, die zusahen, ein kurzer Blick auf Kinder, die in der Menge herumrannten: sie hatte alles eingefangen. »Sie haben die Galgen am Marschland aufgestellt. Wir sollten den Laden für heute schließen, aus Protest, wenn schon nicht aus anderen Gründen. Man hat diesen Männern nicht einmal erlaubt, für sich selbst zu sprechen.«

»Diese Entscheidung liegt nicht in unserer Hand, meine Liebe.«

»Den Männern das Sprechen zu gestatten? Oder den Laden zu schließen?« Sie zögerte, dann sprach sie schnell weiter. »Stört es dich denn gar nicht, Großonkel? Ihre Befehle entgegenzunehmen, dir alles gefallen zu lassen? Und dabei bist du doppelt so alt wie sie.«

»Von wem sprichst du?« Sie hörte die Zurückhaltung in seiner Stimme. Er warf Davo einen Blick zu, aber Davo hatte der Familie so lange gedient, daß es unmöglich war, daß er nicht auch Bescheid wußte.

Es war nicht gerade diplomatisch, aber Eleyna hatte sich

von so etwas nie aufhalten lassen. »Von den Viehos Fratos. Von den Männern mit dem Goldenen Schlüssel.«

Cabral schwieg lange, aber er machte eine Geste mit der Hand, und der alte Davo erhob sich gehorsam und zog sich in den Laden zurück. Hier, auf dem friedlichen Grijalva-Anwesen, schienen die Hinrichtungen weit entfernt zu sein – und das war ja auch tatsächlich so: Sie hatten auf der anderen Seite der Stadt stattgefunden, so weit vom Palasso Verrada entfernt wie möglich. Hier, im Palasso Grijalva, herrschte ein anderes Leben, eines, das nicht vom Gewicht der Leichen erdrückt wurde, vom zornigen Flüstern und der Atmosphäre von Angst und Haß, vom schrecklichen Zucken und Schwanken der hingerichteten Männer, die in der Schlinge hingen. Hier döste die Straße träge im Sonnenlicht vor sich hin. Jemand schob einen Wagen voller Zitronen vorbei. Zwei Kinder rollten ihre Reifen zur Kreuzung. Aus dem Bogengang, der zum Haupthof des Anwesens gehörte, hörte Eleyna das leise Singen und Lachen von Dienerinnen, die Kleider im Wassertrog vor den Ställen wuschen: »*Mein Geliebter wartet am Brunnen.*«

»Leilias hat offen mit dir gesprochen«, sagte Cabral schließlich und faltete die Hände im Schoß.

»Das weißt du doch! Meine Großmutter hat an meine Begabung geglaubt!«

»Das tue ich ebenfalls, Mädchen.«

Eleyna schloß die plötzlich tränenfeuchten Augen, senkte den Kopf, stützte ihn auf seine Hände. Seine Haut war schwielig und zerkratzt, das Erbe von Jahren, in denen er Pigmente gemahlen und sie zu Farben gemischt hatte. »Jetzt, nachdem Großmutter tot ist, bist du der einzige, der an mich glaubt.«

Er streichelte ihr sanft übers Haar. »Der Wandermaler, Sario, hat sich deine Bilder angesehen. Er hat die Gabe, und er bewundert dein Werk.«

Sie blickte auf und spürte, daß ihre Wangen heiß wurden. »Ich habe ihn noch nicht kennengelernt. Seit den Iluminarres-Aufständen hat Mutter mich im Hof der Matronen eingesperrt und mich Porträts dieser schrecklichen Schoßhündchen malen lassen, die die Damen bei Hofe haben. Matra ei Filho, jetzt will Großherzogin Johannah ein Porträt ihrer Windspiele. Sie hat die Miniatur gesehen, die ich von den Möpsen der Gräfin do'Casteya gemalt habe, und will, daß ich auch ihre Hündchen male, aber in einer ländlichen Szenerie, vor einem Bauernhaus. Mir wird übel, wenn ich nur daran denke! Schau dir das an! Schau nur!« Sie richtete sich wieder auf und blätterte weiter im Skizzenblock. »Kinder in Lumpen. Männer, die vor Hunger kaum laufen können, alle waren sie bei der Hinrichtung aber warum? Sie haben von Ghillas gesprochen. Es gab ein schreckliches Gerücht, daß das Volk in Aute-Ghillas sieben Tage nach den Hungeraufständen den dortigen Palast angezündet und den König umgebracht hat. Stimmt das?«

Das Gerücht schien ihn nicht zu erstaunen. »Wie könnte ich hoffen, daß solche Nachrichten wahr sind? Alle wissen, daß wir Grijalvas dem Großherzog dienen. Wenn der Großherzog von Leuten angegriffen wird, die solchen Gerüchten glauben, dann werden sie auch *uns* angreifen.«

»Das ist wohl wahr. Wie eine Krankheit breitet es sich von einer Stadt zur anderen aus. Aber es war trotzdem nicht recht, diese Männer einfach aufzuhängen.«

»Ein Kunde war hier und hat sich deine *Schlacht am Rio Sanguo* angesehen.«

»Du willst mich nur ablenken! Nicollo hat gesagt, ich sollte es verbrennen. Aber es ist keine Schande, auch wenn er es für eine hält.« Sie legte den Kopf schief, weil sie plötzlich eine ferne Gewehrsalve gehört hatte, eine rauhe Melodie, die die Brise heranwehte. »Matra!«

Cabral stand auf und ging vorsichtig ein paar Schritte, starrte die leere Straße entlang. Sein Haar war so hell wie das Zinkweiß, das sie für die kältesten, reinsten Weißtöne benutzten, aber er bewegte sich immer noch wie ein Mann von vierzig. Er mußte beinahe achtzig sein, aber er war kräftiger als Maler mit der Gabe, die halb so alt waren wie er. Hatte er diese Gesundheit je bedauert oder gewünscht, er könnte sie gegen die Gabe eintauschen? Sie hatte nie den Mut gefunden, ihn das zu fragen.

Nun schüttelte er nur den Kopf. »Nichts. Geh hinein, Eleynita. Ich kümmere mich um die Dinge hier.« Er brummte tadelnd. »Schwere Zeiten.«

Sie küßte ihn auf die Wange und eilte hinein, in vollkommen veränderter Stimmung. Wer hatte sich ihr Bild angesehen? Würde er es kaufen? Vielleicht würde es in der Galerria Verrada ausgestellt werden?

»Nein!« Eleyna erkannte Agustins Stimme. Einen Augenblick später kam der Junge den Säulengang entlang, der zu den Gärten führte. Er sah Eleyna und stürzte auf sie zu. »Ich werde die Bestätigung nicht mitmachen«, murmelte er und versteckte sich hinter ihr. »Es ist einfach demütigend!«

»Agustin!«

»Man kann es doch auch anders herausfinden. Warum muß ich geprüft werden? Die wollen mir doch nur dasselbe antun, was ihnen schon angetan wurde! Ich will einfach nicht.«

Sie seufzte. Dort kamen sie auch schon, ihre Stimmen wie das Gemurmel der Menge bei den Hinrichtungen: ein Onkel, drei Vettern und ihre Mutter. Eleyna versuchte, sich zusammenzunehmen.

Dionisa kam als erste, quetschte ihren altmodisch weiten Rock durch die enge Stelle, an der der Säulengang in den Hof mündete. Sie näherte sich ihrer Tochter und ihrem Sohn mit dem Selbstvertrauen einer Frau, die ihr höchstes Ziel erreicht hat: Mutter eines Sohnes zu sein, der die Gabe hatte. Sie warf Eleyna einen erbosten Blick zu. »Genügt es denn nicht, daß *du* dich so benimmst? Jetzt mußt du ihn auch noch aufhetzen. Geh sofort auf dein Zimmer Ich werde später mit dir sprechen.«

»Ich bleibe hier«, sagte Eleyna leise.

»Er ist ihr so ergeben wie ein Hündchen«, murmelte ihr Onkel Giaberto.

Agustin drängte sich dichter an seine Schwester. Obwohl er schon größer war als sie, obwohl er jetzt fünfzehn war, konnte er ihnen nur kurz die Stirn bieten. Seine Künstlerseele war wie feines Porzellan: Wenn man sie bewunderte und nur sanft berührte, würde sie mit ihrer Schönheit ein ganzes Zimmer verändern; wenn man sie unsachgemäß behandelte, würde sie zerbrechen. Eleyna war nicht so zart. Dionisa ließ sich keine Gelegenheit entgehen zu verkünden, sie wünschte sich, ihr Sohn verfügte über die leidenschaftliche Entschlossenheit ihrer Tochter, die ihrerseits lieber demütig und empfindsam sein sollte.

»Das hier sind Ratsangelegenheiten«, wandte Nicollo ein. »Du darfst gehen, Eleyna.«

»Dann wird Agustin mich begleiten. Komm, Agustin.« Aber sie zitterte, als sie das sagte, und nicht nur vor Zorn. Es war nicht klug, die Viehos Fratos zu sehr zu provozieren. Sie hatten mehr Macht als andere. Das hatte sie vor fünf Jahren schmerzlich erfahren.

»Jetzt habe ich aber genug!« Nicollo war wütend.

»Laß sie gehen«, sagte Dionisa, »und den Jungen soll sie mitnehmen. Es ist immerhin nur eine Formalität. Er hat seine Fähigkeiten bereits gezeigt.« Immer taten sie geheimnisvoll, wenn es um die Gabe ging, selbst untereinander. »Wir werden besprechen, was als nächstes zu tun ist.«

In solchen Augenblicken bewunderte Eleyna ihre Mutter dafür, wie sie den männlichen Verwandten ihren Willen aufzwang. Agustin war eine Seltenheit; es hatte in dieser letzten Generation nur wenig Jungen gegeben, deren Gabe bestätigt worden war – sie hatte Leilias oft darüber sprechen hören. Leilias hatte selbst zwei Söhne zur Welt gebracht, die die Gabe hatten, aber seitdem hatte keine andere Grijalva-Frau mehr als einen Sohn mit der Gabe geboren. Dionisa kannte ihren Wert, die Viehos Fratos wußten, daß sie es wußte, und ihnen war darüber hinaus auch klar, daß sie nicht einfach zulassen würde, daß nur die Fratos ihren Sohn anleiteten.

Eleyna traute ihrer Mutter nicht. Aber nachdem sie verkündet hatte, sie werde gehen, konnte sie jetzt kaum mehr etwas dagegen einwenden. Sie nahm Agustin an der Hand, und zusammen gingen sie durch den Großen Ballsaal in den südlichen Hof und von dort durch einen oleanderüberwucherten Säulengang in den Innenhof mit dem Mosaikbrunnen, um den die Privatwohnungen lagen.

Obwohl es kühl war, schwitzte Agustin. Er tunkte eine Hand in den Brunnen, strich mit den Fingern über die kühlen Fliesen und wischte sich über die Stirn. Beatriz, die Schwester der beiden, kam aus der Bibliothek in den Hof hinaus und auf sie zu.

»Sie brauchen mich nicht zu prüfen«, fuhr Agustin fort, als Beatriz bei ihnen stehenblieb und ihm sanft eine Locke aus der Stirn strich, »wenn sie doch ohnehin schon wissen, daß –« Er hielt inne, weil ihre Base Yberra aus dem Säulengang kam. Yberra entstammte jener Linie der Familie, die gar keine Söhne mit der Gabe mehr hervorbrachte. Andreo war der letzte gewesen. Yberra argwöhnte vielleicht, daß die Viehos Fratos Geheimnisse hatten, aber sie hatte keine Ahnung von der wahren Macht der Grijalvas.

»Dein Rocksaum ist schmutzig«, sagte Agustin zu Beatriz. »Du hast versucht, es wegzuwischen, aber du mußt im Dreck gekniet haben.«

»Beatriz!« Yberra drückte eine Hand an den Busen – einen beachtlichen Busen – und schaute entsetzt drein. »Du hast doch nicht schon wieder mit den Dienstboten im Garten gearbeitet? Ich dachte, du wolltest lesen. Oh, ich habe *Neuigkeiten*!« Das letzte Wort sprach sie sehr dramatisch aus. »Ich habe zufällig gehört, wie Andreo Mama sagte, du solltest Fransisso heiraten.«

Eleyna schauderte.

»Ich werde selbstverständlich tun, was meine Eltern von mir verlangen«, sagte Beatriz ruhig.

»Selbstverständlich wirst du das«, sagte Yberra zuckersüß und warf Eleyna einen stechenden und triumphierenden Blick zu.

»Es tut mir so leid, daß wir schon wieder gehen müssen, Yberra.« Eleyna packte Agustin am Ellbogen und zerrte ihn weg.

Beatriz rannte ihnen hinterher. »Eleyna!« flüsterte sie, als sie die Treppe hinaufgingen, die Treppe in der Hofecke, bis zum dritten Absatz. Hier öffnete Eleyna eine Tür, die in eine Reihe von Räumen führte, die ihrer Mutter und deren Basen gehörten – hierher, in diese unbeliebteste Ecke des Anwesens, hatte sie ihre Verwandtschaft mit Tazia verbannt, obwohl sie die Mätresse nicht einmal hatten leiden können.

Aber es waren schöne Zimmer, dachte Eleyna. Hohe Fenster gingen auf den Innenhof hinaus, und die gekalkten Wände hatten Bordüren aus jenen blau-weißen Rosettenkacheln, die das Symbol des Palasso Grijalva waren. Tatsächlich waren diese Räume so schön, daß Dionisa sich nicht die Mühe gemacht hatte, Yberras Mutter, die keine Söhne hatte, aus ihren besser gelegenen Zimmern zu vertreiben. Statt dessen hatte sie ihre eigenen so angenehm wie möglich gestaltet, als weigerte sie sich einfach, sich von Tazias schlechtem Ruf etwas anhaben zu lassen.

Endlich waren sie sicher im Wohnzimmer angelangt. Eleyna warf ihren Skizzenblock und ihren Schal auf eine Couch.

»Du hättest Yberra nicht verärgern müssen«, sagte Beatriz.

Eleyna warf ihr einen Blick zu, sagte aber nichts. Beatriz

war so sanftmütig, daß es unmöglich war, auf sie wütend zu sein.

»Ich gehe wieder ins Atelier«, sagte Agustin. »Davo sagt, er hat eine neue Lieferung Krapp bekommen, und wir werden Krapprosa für Aquarelle mischen.«

»Mach keine Dummheiten«, sagte Eleyna.

»Das wird Davo schon nicht zulassen«, meinte Beatriz.

Agustins schmaler Mund erbebte zu einem Lächeln. Jahre zarter Gesundheit hatten ihn nicht gerade hübscher gemacht. Das Sommerfieber vor zwei Jahren hatte er nur wie durch ein Wunder überlebt. Seine robusten Zwillingsgeschwister hatten nicht so viel Glück gehabt.

»Ich werde mich benehmen«, versprach er. Er küßte seine Schwestern und ging davon, in Gedanken schon ganz woanders. Eleyna trat hinaus auf den Balkon an der Straßenseite. Beatriz folgte ihr. Sie lehnten sich über das schmiedeeiserne Gitter, das die Form von Schlüsseln hatte: reichverzierte Torschlüssel, Dietriche und winzige Schmuckkastenschlüssel, die das Muster an den Kanten bildeten.

Eleyna betrachtete die breite Avenida. »Sieh nur, wie wenig Leute unterwegs sind. Es ist viel zu still, und nicht nur wegen der Tageszeit.« Sie konnte kein Musketenfeuer mehr hören.

»Mutter wird intrigieren, bis Agustin der nächste Oberste Hofmaler wird«, erinnerte Beatriz sie sanft. Sie sah reizend aus in ihrem lavendelfarbenen Tageskleid, die weißen Spitzenhandschuhe locker in der Hand, einen schwarzen Spitzenschal dekorativ um das dunkle Haar geschlungen.

Eleynas Spitzenschal hatte sich an den Schultern verdreht, und jetzt zupfte sie nervös daran herum, obwohl Beatriz die letzte gewesen wäre, die sie wegen ihrer Achtlosigkeit getadelt hätte. »Agustin ist nicht stark genug, um Oberster Hofmaler zu werden. Er wird sich weigern.«

»Kann er Mutter etwas verweigern?«

»Er kann es zumindest dieses eine Mal tun. Danach kann ich es in seinem Namen weiterführen.«

»Du wirst ihm nicht ewig zur Seite stehen können, Eleyna.«

Liebe und verzweifelter Zorn ließen ihre Stimme zittern. »Ach nein? Ich werde nicht wieder heiraten und vermutlich länger leben als er. Er muß beschützt werden.«

Ein Krachen ertönte aus dem Wohnzimmer, gefolgt von einem Aufschrei. Beatriz zuckte zusammen und eilte zurück ins Zimmer.

»Wo ist sie?« erklang eine laute Männerstimme. »Wo ist dieses undankbare Kind?«

»Bitte, Patro«, begann Beatriz leise.

Eleyna trat durch die Vorhänge vor der Balkontür, blieb stehen, um die Glastür hinter sich zu schließen, in aller Ruhe, und sie zu verriegeln. »Ich bin hier, Patro.« Sie wandte sich ihm zu.

Revirdin hatte seinen Stock verloren – vielleicht war er an der Teppichkante hängengeblieben – und dann einen kleinen Beistelltisch umgeworfen und eine Zhinna-Vase zerbrochen. Jetzt führte Beatriz ihn zu einem Sessel, während er wütend Eleyna anstarrte, als wäre das Mißgeschick mit der Vase ihre Schuld. Der Kutschenunfall, der dazu geführt hatte, daß er nicht mehr malen konnte, hatte ihn noch cholerischer werden lassen, und das war in den letzten Jahren, als sich das Talent seiner Tochter immer deutlicher zeigte, nicht besser geworden.

»Habe ich recht gehört, du hast den jungen Erben wieder abgewiesen?« fragte er drohend. »Wenn ich daran denke, wie lange wir mit Andreo und den Viehos Fratos gestritten haben, damit sie *dich* vorschlagen, als deutlich wurde, daß der Erbe nach einer Grijalva-Mätresse sucht! Nein, nein, sagten sie, du wärest zu widerspenstig. Aber selbst ich habe angenommen, du würdest deine Pflicht gegenüber deiner Familie erfüllen. Oder zumindest würden dich die vielen Geschenke, mit denen er dich überhäufen würde, zugänglicher stimmen. Es ist sogar anzunehmen, daß er dir Land und ein Herrenhaus schenken wird – so verlangt es die Tradition. Viele Grijalva-Mätressen haben in den Adel eingeheiratet, nachdem ihr Geliebter verheiratet wurde. Habe ich eine Närrin großgezogen?«

»Ich will keine Geschenke! Ich will keinen Adligen heiraten!«

»Kein Wort mehr davon, Filha. Da kommt deine Mutter! Beatriz, gib mir meinen Stock.«

Sie hatte ihn bereits in der Hand. Jetzt reichte sie ihn ihrem Vater, und Revirdin Grijalva legte den Ebenholzstock über die Oberschenkel und umklammerte ihn mit seiner linken – nun seiner einzigen – Hand. Sein rechter Arm endete direkt unterhalb des Ellbogens. Ein schwarzes Band hielt seinen Jackenärmel zurück, damit er nicht flatterte oder bei Bewegungen im Weg war. Er hatte sich auch geweigert, Räume im Erdgeschoß zu beziehen und sich den anstrengenden Weg die drei Stockwerke hinauf zu ersparen. Nun erhob er sich höflich, wie es ein Mann eben tat, wenn eine Frau das Zimmer betrat, obwohl die Geste ihn dazu veranlaßte, das Gesicht zu verziehen, auch wenn er den Schmerz erwartet hatte.

Dionisa war allein, hatte ihren Bruder, die Vettern und anderen Verwandten nicht mitgebracht. »Setz dich doch, Revirdin.« Sie gab ihrem Mann einen förmlichen Kuß auf die Wange und nickte Beatriz zu, die ihrem Vater sofort half, sich wieder hinzusetzen. Dionisa fixierte ihren eisigen Blick auf Eleyna. Wie üblich gab es zwischen ihnen keine Höflichkeiten. »Du wirst Don Edoards Mätresse werden. Du bist ohnehin für nichts anderes zu gebrauchen.«

»Ich kann malen.«

»Du bist unfruchtbar.«

»Ich werde es nicht tun!«

»Don Edoard hat dich gesehen und will dich zur Mätresse, obwohl die Mutter ihm helfen möge, wenn du deine Stimmungen an ihm ausläßt.«

Revirdin schnaubte. »Meine Mutter sagte immer, daß Arrigo, Friede seiner Seele, von Tazias spitzer Zunge ganz gebannt war.«

Dionisa warf ihrem Mann einen Seitenblick zu, dann klopfte sie fest mit den Knöcheln auf den Tisch. »Es ist beschlossen, Eleyna. Wir werden deine Weigerung nicht länger dulden. Ich habe schon mit Giaberto gesprochen. Er wollte selbst Oberster Hofmaler werden, er ist ebenso gut wie Andreo. Aber selbstverständlich hat der Großherzog das nicht erlaubt, weil Giaberto Tazias Neffe ist. Es spielte überhaupt keine Rolle, wie sehr ihre Schwestern sie verachtet haben. Nun gut, vergangen ist vergangen. Jetzt hat Don Edoard dich gesehen und will dich haben. Alle sagen, er sei starrsinnig, verwöhnt und ein bißchen dumm. Du kannst alles haben, die ganze Macht –«

»Und wie Tazia werden, deren Schwestern sie verachteten?«

Auf Dionisas Miene wich der herrschaftliche Zorn kaum mehr zu bändigender Wut. »Beatriz, geh auf dein Zimmer.«

»Ja, Mama.«

Eleyna versuchte nicht, ihre Schwester zurückzuhalten. Sie wollte nicht, daß Beatriz der Tirade ausgesetzt war, die unweigerlich folgen würde.

Aber Dionisa erhob die Stimme diesmal nicht. Sie sprach in vernichtend normalem Tonfall. »Wir haben einen Brief des Großherzogs erhalten, daß du in drei Tagen nach Chassierallo gebracht werden sollst. Und du solltest wissen: Giaberto und ich haben beschlossen, wenn du Edoard nicht aus eigenem Willen zustimmst, dann wirst du ihm *gegen* deinen Willen zustimmen müssen.«

In Eleynas Ohren rauschte es nur noch, als sie erkannte, was diese Worte ihrer Mutter zu bedeuten hatten. Sie war sprachlos vor Angst und Zorn. Es wurde so still im Zimmer, daß das Hüsteln ihres Vaters so laut wie ein Musketenschuß klang.

Eleyna mußte sich auf die Unterlippe beißen, damit sie nicht mehr so zitterte. »Ihr würdet mir wirklich wieder antun, was ihr wegen Felippo getan habt?« Sie hätte beinahe laut aufgeschluchzt. »Wie könnt ihr nur!«

»Wir werden tun, was wir tun müssen. Ein Porträt ist schon halb fertig – nicht gerade eine von Giabertos besten Arbeiten, aber es wird genügen. In drei Tagen wird der Großherzog Leute schicken, die dich nach Chassierallo begleiten sollen. Wir überlassen es dir, in welchem Geisteszustand du gehen willst. Ich erwarte deine Antwort morgen. Wenn du zustimmst und mir dein Wort auf die Ehre deiner Großmutter Leilias gibst, wird dir nichts geschehen. Und jetzt geh auf dein Zimmer. Dein Vater und ich haben etwas zu besprechen.«

Beinahe starr vor hilfloser Wut, konnte Eleyna kaum genug Fassung aufbringen, um das Zimmer zu verlassen. Als sie ins Schlafzimmer kam, das sie mit Beatriz teilte, brach sie auf dem Bett zusammen.

Wie konnten sie nur! *Wie konnten sie nur!*

Vor fünf Jahren ... Matra Dolcha! Sie hatten es damals getan, wieso also nicht jetzt? Sie war sechzehn gewesen, trotzig, störrisch, entschlossen, sich als Grijalva zu bewähren – und zwar, indem sie malte. Sie hatte die Bestätigung über sich ergehen lassen – zweimal! – und war nicht schwanger geworden, obwohl alle beteiligten Jungen sich später als zeugungsfähig erwiesen. Aus diesem Grund und weil sie sich weigerte, ihrer Mutter als pflichteifrige Tochter zu gehorchen, hatten ihre Eltern zugestimmt, sie mit Felippo Grijalva zu verheiraten.

Mit sechzig hatte Felippo bereits zwei Frauen überlebt, die ihm einen Sohn mit der Gabe und fünf andere Kinder geboren hatten. Aber das wichtigste war, daß er seiner

Pflicht als kompetenter, aber geistloser Kopist seiner berühmteren Verwandten nachgekommen war und nichtmagische Kopien der mit Magie versehenen *Verträge* gemalt hatte, die als Dokumente dieser Übereinkünfte an ausländische Höfe geschickt worden waren. Besonders war er an jener komplizierten Aktion beteiligt gewesen, die dazu führte, daß Mairie von Ghillas schließlich Renayo II. geheiratet hatte und nicht ihren ghillasischen Vetter Ivo IV., der Renayo den Thron von Ghillas vor der Nase weggestohlen hatte.

Also hatten die Viehos Fratos in ihrer Weisheit Felippo mit einer neuen, jungen Braut belohnt.

Und die Braut hatte sich geweigert.

Jetzt flossen Eleynas Tränen schnell. Sie drückte sich die Fingerknöchel gegen die Augen, wollte nicht noch einmal an diese Demütigung denken.

Aber sie konnte den Tag seiner Beerdigung nicht vergessen, als sie auf dem Witwenstuhl neben seinem Totenbett gesessen hatte, eine Hand in echter Trauer an die Brust gedrückt … nur um festzustellen, daß die mädchenhafte Verliebtheit, die sie ihrem ältlichen Gatten entgegengebracht hatte, plötzlich verschwand, sich auflöste, als sie sein totes Gesicht betrachtete. Trauergäste kamen und gingen, während sie versuchte, ihre Gedanken zu ordnen.

Matra Dolcha! Er widerte sie an! Alt und gierig, mit der schorfigen Haut eines Mannes, der sein Leben lang mit Farben zu tun gehabt hatte … und dennoch hatte sie ihn geliebt, ihn gehätschelt, ihm geschmeichelt. Jetzt fielen diese Gefühle von ihr ab. Sie hatte ihn nie ausstehen können. Sie hatte sich geweigert, ihn zu heiraten. Sie hatte sich gegen die Entscheidung ihrer Eltern gewehrt, mit aller Kraft.

»Ich werde Felippo Grijalva nicht heiraten.«

An diesem Tag hatte sie an seinem Totenbett gesessen und endlich verstanden, daß sie beinahe drei Jahre wie im Traum umhergewandert war. Erwachend hatte sie verwirrt ihre schwarzen Spitzenhandschuhe und das alte schwarze Kleid angestarrt, das seit zwanzig Jahren aus der Mode war, eng geschnitten, mit festem Korsett, das ihr beinahe die Luft nahm. Sie hatte die Beileidsbezeugungen ihrer Verwandten wie durch eine Wand gehört, gedämpft durch Stein.

Schließlich hatte Leilias ihr die Wahrheit gesagt: Die Meistermaler hatten sich ihr Blut und ihre Tränen beschafft und ihre Gabe – ihre Magie – benutzt, sie gehorsam zu malen.

»Ich war dagegen!« hatte Leilias geschimpft. »Da kannst du sicher sein. Aber Tazias Blut fließt in dieser Linie, was immer auch ihre Schwestern behaupten. Dionisa und Giaberto haben es getan, ohne daß jemand davon wußte. Und als es erst einmal geschehen war – nun ja. ›Es schadet doch niemandem.‹ Das haben sie gesagt, alle. ›Es wird dem Mädchen nicht schaden, ein wenig Demut zu lernen.‹ Und Zevierin war tot, die Mutter möge ihn segnen, und mein Justino ebenfalls, das arme Kind, und Vitorrio immer noch im Ausland – ich konnte nichts tun, als an ihre Ehre zu appellieren. Daß einer meiner Söhne so etwas zulassen konnte! Du kannst sicher sein, daß ich Revirdin deutlich gesagt habe, was ich davon halte zuzulassen, Magie gegen seine eigene Tochter anzuwenden! Aber jetzt bis du wieder bei mir, Kleine. Ich werde nicht zulassen, daß sie dich noch einmal anrühren.«

Nun jedoch war Leilias tot, gestorben an jenem letzten, verspäteten Ausbruch des Sommerfiebers, das schon Felippo dahingerafft hatte. Zwei Monate nach seinem Tod hatte auch Eleyna sich angesteckt und eine Fehlgeburt gehabt, ein verkrüppeltes Kind, ihre letzte Strafe.

»Sie werden mich nicht wieder anrühren«, murmelte sie in ihr Kissen. Das Kissen antwortete selbstverständlich nicht, aber die weiche Leinenhülle nahm die letzte ihrer Tränen auf. Eleyna hörte, wie die Tür aufging und leise wieder geschlossen wurde, und richtete sich auf, bereit, sich dem Eindringling entgegenzustellen.

Es war Beatriz. Sie hatte einen Korb mit Orangen und Trauben gebracht. »Ich dachte, du hast vielleicht Hunger.«

Eleyna ließ sich wieder aufs Bett fallen. »Nein.«

»Vielleicht später. Mama hat beschlossen, dich hier einzuschließen. Ich habe deinen Skizzenblock aus dem Wohnzimmer gerettet.«

»Danke.« Sie war zu erschöpft, um sich noch über diese letzte Demütigung aufzuregen. In ihrem Zimmer eingeschlossen!

»Draußen wartet Großonkel Cabral. Er möchte mit dir sprechen.«

»Ich will nicht.«

Eleynas Ausbrüche hatten auf Beatriz nie eine Wirkung gehabt. »Natürlich nicht, aber da du ohnehin keine Wahl hast, kannst du auch freundlich zu ihm sein.«

Eleyna mußte gegen ihren Willen kichern. »O Beatriz, wie schaffst du das nur? Wenn ich keine Wahl habe, kann ich auch ebensogut meine wahren Gefühle zeigen. Hast du denn überhaupt keine?«

Beatriz lächelte und ging zur Tür. Normalerweise hatten nur ihr Vater oder ihr Bruder Zutritt zu diesen Räumen, aber Cabral war nicht nur ihr Großonkel, sondern ein Mann, der selbst dem Großherzog ins Gesicht sagen konnte, was er dachte. Wenn er mit seiner Großnichte in deren Schafzimmer sprechen wollte, konnten ihn nicht einmal die Viehos Fratos davon abhalten.

Cabral betrat das Zimmer mit ernster Miene, ein Gemälde unter dem Arm. Er stellte es auf die Staffelei, die in einer Ecke des Zimmers stand, und zog das Tuch weg: Eleynas Gemälde der *Schlacht am Rio Sanguo.*

Im Vordergrund hielt der zukünftige Herzog Renayo seinen sterbenden Vater Alesso im Arm, während sich ihm von links ein gefangener Tza'ab-Krieger zu Füßen warf. Dahinter lag das Schlachtfeld selbst, übersät mit Toten, und die Ebenen von Joharra erstreckten sich in der Ferne im goldenen Licht der Sonne, die gerade durch die Wolken brach.

»Ein sehr gutes Bild, und das weißt du auch«, sagte Cabral und ignorierte Eleynas tränenfeuchte Wangen und das verdrückte Bettzeug, die Zeugnisse ihrer Verzweiflung. »Die meisten Maler können nicht widerstehen, Bartollins *Schlacht* zu kopieren, aber du hast dich statt dessen entschieden, den alten *Tod des Verro Grijalva* von Piedro Grijalva wieder aufzugreifen. Ein Echo, nichts weiter, gerade ausreichend, um Auge und Herz zu berühren. Aber es ist nicht im modernen Stil ausgeführt. Ich frage mich, ob du dem Hintergrund nicht zu viel Aufmerksamkeit geschenkt hast. Das lenkt die Aufmerksamkeit von diesem Dreieck ab, das du –«

»Sie sagen immer, ich benutze keine klassischen Formen, Zio, aber genau das tue ich doch! Du hast es gleich erkannt, nicht wahr? Renayo im Mittelpunkt mit den beiden anderen vor ihm, einer auf jeder Seite.«

»Eine gut ausbalancierte Komposition«, sagte Cabral.

Eleyna hatte für einen Augenblick alles andere vergessen. *Eine gut ausbalancierte Komposition.* Diese Worte würde sie im Herzen bewahren.

»Ein Vertreter des do'Casteya-Haushalts hat mich wissen lassen, daß er es gern für Graf Maldonnos Galerria kaufen würde.«

Graf Maldonno – der Vetter des Großherzogs! – wollte ihr Bild kaufen! »Und was hat Andreo dazu gesagt?« wollte sie wissen.

Cabral zupfte an seinen Ärmeln. Er hatte immer noch schöne Hände, dunkel vom Alter und den beißenden Farbstoffen, aber kräftig. Er verzog den Mund in einer Weise, die Eleyna nicht deuten konnte. »Er sagte, es sei kein Stil, der auf klassischen Formen beruhte. Zu wild, zu undiszipliniert.«

Eleyna seufzte. Das hatte sie schon viel zu oft gehört.

»Aber« – Cabral zog das Tuch wieder über das Gemälde – »es zeigt, daß du Farben einsetzen kannst, es ist gut aufgebaut, und es ist lebendig. Du wirst eine hervorragende Malerin.«

»Ich bin nicht schlechter als die anderen.« Dann wurde sie rot. »Aber ich habe die Gabe nicht. Also bin ich für sie nichts wert, besonders weil ich keine gute Kopistin bin.«

»Gerade *weil* du keine gute Kopistin bist, bist du so begabt, und das können sie dir nicht verzeihen. Für sie zählt Kunst nur, wenn sie der Gabe und damit der Familie dient.« Er seufzte und ließ sich neben ihr auf dem Bett nieder, fuhr mit dem Finger über eine der Grijalva-Rosetten, die auf die Tagesdecke gestickt waren – Beatriz' Arbeit. »Ich habe einmal genauso gedacht. Was wirst du tun, Eleynita?«

Eleyna faltete die Hände fest im Schoß und weigerte sich, Cabral in die Augen zu sehen. »Was wolltest du mir raten?«

»Werde Edoards Mätresse. Mach ihn ein paar Jahre lang glücklich. Er hat viele Pflichten. Während er damit beschäftigt ist, hast du Zeit zu malen, und weder deine Eltern noch dein Onkel werden dich stören. Wenn er heiratet, wird man dir einen ehrenhaften Ruhestand ermöglichen. Vielleicht überschreibt er dir ein Landhaus. Dort kannst du allein wohnen, ohne gegen die guten Sitten zu verstoßen, weil du Witwe bist, und du kannst malen, soviel es dein Herz begehrt. Es ist der leichteste Weg zu deinem Ziel.«

»Als Hure zu dienen?«

»Wir sind alle hin und wieder gezwungen, Entscheidungen zu treffen, die uns nicht gefallen.«

Sie sprang auf, ging zum Fenster, zur Tür, wieder zum Bett zurück. »Eine schreckliche Wahl. Ich kann mich ihm überlassen, im Austausch für das, was ich von ihm bekomme. Oder ich kann mich weigern, und dann wird Zio Giaberto mich einfach gehorsam malen.« Sie starrte ihn herausfordernd an und wartete auf eine schockierte Reaktion.

Er schien nicht einmal überrascht zu sein. »Es ist besser, den Weg mit offenen Augen zu wählen.«

»Ich werde nur wissen, daß sie mich nicht dazu *gemalt* haben, ihn zu mögen, wenn ich ihn weiterhin ablehne! Wie kann ich seine Mätresse sein, wenn ich sein Gesicht sehe und mich am liebsten abwenden würde? Es wäre besser, sie mich malen zu lassen. Dann würde ich wenigstens nichts empfinden.«

Cabral strich sich die Jackenärmel glatt, die unruhigen Bewegungen eines Mannes, der vielleicht einmal stolz auf sein Äußeres gewesen war. Oder dem es wichtig gewesen war, wie er auf andere wirkte. »Frauen heiraten nun einmal zum Nutzen ihrer Familien und nicht nach den Entschlüssen ihres eigenen Herzens. Deine Großmutter Leilias, meine liebe Schwester, war eine Ausnahme. Sie heiratete den Mann, zu dem ihr Herz sie geführt hatte, und selbst damals wußte sie, daß Zevierin weit vor ihr sterben würde. Großherzog Renayo möchte, daß Edoard Alazais von Ghillas heiratet, nicht wegen ihres hübschen Gesichts, sondern weil diese Ehe Edoard unwiderruflich das Anrecht auf den Thron beider Länder verschaffen würde. Renayo hat nicht vergessen, daß Enrei *ihn* als seinen Erben auserwählt hatte und nicht Ivo. Edoard wird nicht lange unverheiratet bleiben. Bestenfalls ein Jahr oder zwei.«

Eleyna ging zum Fenster, schaute hinunter in den Hof, auf den Mosaikbrunnen. Wasser plätscherte über den Rand des oberen Beckens und über Muster in Gelb und Blau bis in das leuchtend gelbe Becken darunter.

»Vielleicht wäre es einfacher für Eleyna«, sagte Beatriz leise, »wenn Mama und Papa mir erlauben würden, sie nach Chassierallo zu begleiten. Dann wäre sie dort nicht so allein.«

»Du bist ein unverheiratetes Mädchen«, sagte Cabral.

»Ich habe immerhin schon einen Sohn.«

»Das stimmt, und das ist eine wunderbare Idee, Beatriz. Don Edoard ist nicht unbedingt der interessanteste Gesellschafter, es sei denn, man begeistert sich ausschließlich für Pferde und Hunde. Dennoch, du bist keine passende Duennia.«

»Dann kann Davos Frau Mara mitkommen«, sagte Beatriz sofort. Als hätte sie bereits darüber nachgedacht. »Sie kann die Duennia sein. Und ich bin Eleynas Gesellschafterin.«

»Warum nicht?« meinte Eleyna und wandte sich wieder vom Fenster ab. »Ich wäre froh, wenn du mitkommen würdest, Beatriz. Ich bin immer froh, dich in meiner Nähe zu haben. Vielleicht wird es ja gar nicht so schlimm.« Aber sie stotterte beinahe bei diesen Worten.

»Dann wirst du also zustimmen?« fragte Cabral.

Sie weigerte sich, den Kopf zu senken. Wenn sie diesen Weg wählte, dann mit offenen Augen. »Ja. Ich gebe mein Wort. Wenn man mir gestatten wird zu malen –«

»Zwischen den Anproben, Mädchen«, sagte Cabral. »Du brauchst Festkleider und Reitkleider und Tageskleider, all dieses Zeug. Du wirst Empfänge geben, Bälle besuchen –«

Das Hofleben! Sie wollte lieber gar nicht daran denken. Aber es blieb ihr nichts anderes übrig.

»Ich kann dich bei den Anproben vertreten«, sagte Beatriz schnell, wie um einem Ausbruch zuvorzukommen. Um Beatriz' willen hielt Eleyna sich zurück.

Cabral erhob sich und gab beiden einen Kuß. »Darf ich den Casteyaner also wissen lassen, daß du nichts dagegen hast, daß Graf Maldonno dein Bild kauft?« Das war als letztes Wort sehr wirkungsvoll. Ihr Gemälde in der Sammlung der do'Casteyas! Sie konnte nur noch stumm nicken. Cabral verabschiedete sich, das Bild unter dem Arm.

Matra Dolcha, das ging alles so schnell. Und man stelle sich vor, Beatriz wollte *sie* beschützen! Plötzlich mußte

Eleyna lachen. »Du kannst mich bei den Anproben nicht vertreten, obwohl das ein sehr freundliches Angebot war.«

»Möchtest du bei den Anproben stundenlang herumstehen?«

»Selbstverständlich nicht. Du weißt doch, wie sehr ich es hasse –«

»Dann sei still. Wir sind uns ähnlich genug, daß es nicht auffallen wird. Verlaß dich auf mich, Eleyna. Sag nichts. Alles wird gut werden.«

Und damit mußte Eleyna sich zufriedengeben.

5

Sario Grijalva stand neben den großen Bogenfenstern, die das Sonnenlicht ins Atelier fallen ließen. Die Sonne war warm und hell, ein weiterer wolkenloser Tag in einem unangenehm trockenen Winter. Die anderen Viehos Fratos standen am Ende des langgezogenen Atelierraums, neben dem Ofen, und beobachteten den jungen Agustin Grijalva, der sich auf die Unterlippe biß und sich dann mit einer Lanzette in den Zeigefinger stach.

All diese Veränderungen! Statt wie bisher jedem Meistermaler sein eigenes Atelier einzuräumen, hatten sie vor zehn Jahren das Atelier ausgebaut, in dem die Kopisten gearbeitet hatten. Wie es ihn ärgerte, Zustimmung heucheln zu müssen, wenn eine alte Sitte beiseite geworfen wurde wie eine verdorbene Leinwand, aber zu oft wurde seine einzelne protestierende Stimme ignoriert oder – noch schlimmer – als verdächtig bemerkt. Erbost beobachtete Sario mit seinen wieder jungen und angenehm scharfen Augen, wie das Blut aus Agustins bleicher Haut trat und in eine kleine Glasphiole tropfte.

Die anderen Männer – nur sieben, von denen einer schon

mit achtunddreißig vom Knochenfieber gezeichnet war – murmelten anerkennend. Giaberto ging so weit, dem jungen Agustin die Schulter zu tätscheln. Es war ein bedeutender Augenblick, wenn die Viehos Fratos einen neuen Schüler akzeptierten – selbst einen, der nicht die übliche Bestätigung hinter sich gebracht hatte. Aber es würde noch Jahre dauern, bis der Junge sein *Peintraddo Chieva* malen würde.

Zu schwach, dachte Sario. *Er wird nicht lange leben. Er ist zu zerbrechlich, zu empfindlich, zu gefügig.*

Der Teufel sollte diese säuerlichen Pedanten holen! Sie hatten das Grijalva-Blut ruiniert. Dieser entsetzlich steife Klassizismus, den er schon vor zehn Jahren an Arriano Grijalva so verachtet hatte, war leider in den dazwischenliegenden Jahren nicht durch ein Wunder verschwunden. Als neuer Sario hatte er sich zunächst zum Leben eines Wandermalers entschlossen, so daß seine Jahre im Ausland als Grund für seinen neuen, lebendigeren Stil gelten konnten, den er »mitbringen« wollte – einen Stil, der das wiederbeleben und verändern würde, was inzwischen der »Stil der Akademie« genannt wurde.

Aber er hatte feststellen müssen, daß ebendieser »Akademie«-Stil inzwischen alles überzog wie ein antikes Gewand und unter seinem starren Faltenwurf alles erstickte.

Nach dem Sommerfieber, das so katastrophal an die Nerro Lingua erinnerte, die die Familie Grijalva beinahe vernichtet hätte und dennoch paradoxerweise vielleicht für die Gabe verantwortlich war, waren nur noch wenige Meistermaler am Leben. Früher einmal war der Zugang zum innersten Kreis – zu den Rängen von Aguo, Semino oder Sanguo – eine Ehre gewesen, die nur den Besten und Einflußreichsten zuteil wurde. Aber so war es nicht mehr. Sie nannten Giaberto Premio Frato, aber das bedeutete nur noch, daß Giaberto Andreos wahrscheinlichster Nachfolger war. Und man sprach bereits darüber, Agustin die Teilnahme an Besprechungen der Viehos Fratos zu erlauben – noch *bevor* er sein *Peintraddo Chieva* abgeliefert hatte. Einfluß wurde nur noch anhand der Beziehungen innerhalb der Familie gemessen.

Er war nun Vieho Frato Sario, aber die anderen weigerten sich, sein Genie anzuerkennen. Die Mutter dieses Sario war, Dank sei der Mutter, in den Jahren seiner Wanderschaft gestorben, und seine verbleibenden Verwandten waren schwach. Cabrals und Leilias' Fraktion regierte nun die Fratos, obwohl Leilias – und ihr gefährliches Wissen um eine Nacht vor langer Zeit – lange tot war.

Er hatte keine Anhänger, keine Helfer. Die einzigen Bilder, die ihm einige Achtung abgerungen hatten, stammten ausgerechnet von einer jungen Frau, die nun, wie er gerade erfahren hatte, weggebracht wurde, um dem Erben des Großherzogs als Bettgespielin zu dienen. Sie glaubten tatsächlich, daß sie ihnen als Mätresse mehr nützen konnte denn als Malerin, nur weil eine Frau die Gabe nicht haben konnte!

Chieva do'Orro! Was war nur aus den Grijalvas geworden? Hatten sie denn alles vergessen, was mit Malerei zu tun hatte, hatten sie die Geheimnisse der Tza'ab vergessen, die er ihnen unter solchen Mühen zugänglich gemacht hatte, und den Goldenen Schlüssel selbst in ihrem Streben nach Reichtum und Macht? War die Gabe nun wichtiger als die Kunst?

Das werde ich nicht zulassen. Das darf ich nicht zulassen.

Sario war nun sechsundzwanzig. Aber er hätte gern diesen Körper abgestreift und einen anderen Wirt übernommen, einen mit einflußreicheren Verwandten, aber es gab keine passenden Kandidaten. Mindestens zehn vielversprechende Jungen – von einem hatte man schon gewußt, daß er die Gabe hatte – waren vor zwei Jahren an dem großen Fieber gestorben. Die Überlebenden hatten die

Gabe nicht gehabt, bis auf diesen Agustin, der gute verwandtschaftliche Beziehungen hatte, aber bei schlechter Gesundheit war. Er würde nichts nützen. Und einen älteren Mann zu übernehmen war zu gefährlich.

Sario war des Wartens müde.

»Nun, Sario, der Junge hat Talent, oder?« Nicollo Grijalva trat zu ihm.

»Die Schwester malt besser.«

Nicollo lächelte herablassend. »Du bist erst sechsundzwanzig. Du kannst dir diese neumodischen romantischen Ideen noch leisten. Das mag draußen auf den Straßen, akzeptabel sein, aber nicht für die höfische Kunst.«

»Selbstverständlich haben die Großherzöge immer die Mode vorgeschrieben.« Er lachelte höhnisch. »Aber diktieren sie jetzt auch, was in der Kunst wahr und schön sein soll?«

»So ist es immer gewesen«, sagte Nicollo mit einer spöttischen Verbeugung. Nun gut. Nicollo hatte Arriano respektvoll behandelt, als er ihm vor elf Jahren kurz begegnet und Arriano ein geachteter und mächtiger Botschafter gewesen war und Nicollo nur ein junger Maler, der um seinen Aufstieg kämpfte. Aber Nicollo gehörte zu den Männern, die, wenn sie die Macht einmal in Händen hielten, auf die weniger Glücklichen nur noch herabsahen.

»Es ist nicht immer so gewesen!« erwiderte Sario, dann hielt er inne. Was half es, mit diesen Idioten zu streiten? Sie hatten keine Ahnung. Kopisten!

Nicollo zog eine Braue hoch, wie er es immer tat, wenn er seine Schüler einschüchtern wollte. Sario kochte vor Wut.

Die anderen Maler hatten sich verabschiedet und Agustin mit seinem Onkel vor einem hohen Spiegel allein gelassen. Sario nickte Nicollo knapp zu, dann ging er zu den beiden hinüber, um zuzusehen, wie der Junge seine ersten Magieversuche unter Anleitung unternahm.

»Das habe ich schon früher ausprobiert«, sagte der Junge mit ungewohntem Mut.

»Ach ja?« fragte Giaberto ruhig. »In deinem Zimmer? Ich hoffe, daß niemand dabei war.«

»Nein. Ich habe es unter Eleynas Aufsicht getan. Ich habe bunte Kreiden auf einem Stück Seide benutzt, ein wenig von meinem Speichel und einen Hauch Kiefernöl. Ich habe Rosen gemalt, und dann haben wir die Seide unter Beatriz' Kissen gesteckt und abgewartet, wovon sie träumen würde.«

Schockiert erwartete Sario Giabertos Reaktion. Wie hatte die junge *Frau* diese Geheimnisse herausfinden können? Aber Giaberto blieb ruhig. »Und? Hat sie von Rosen geträumt?«

»Nein. Von Schweinen. Sie träumt immer von Schweinen. Aber sie hat gesagt, es seien rosa Schweine gewesen.« Agustin kicherte. Sario, der nach langer, langer Erfahrung das Mienenspiel eines Menschen sehr genau deuten konnte, sah, daß Giaberto wütend war, es aber verbarg.

»Was ist wirklich passiert?« fragte Sario plötzlich.

Erschrocken begann Agustin, mit dem Stift in seiner Hand zu spielen, ließ ihn immer wieder über seine Finger rollen. »Ich hab es mit der Traumseide versucht, Rosen in einer Nacht, Schweine in der anderen, Großmutter Leilias bei dritten Mal und eine Glocke in der vierten Nacht. Und jeden Morgen hatte Beatriz tatsächlich von den Dingen geträumt, die ich gemalt hatte.«

»Und?« fragte Sario weiter.

Agustin wand sich.

»Gibt es noch mehr?« warf Giaberto ein. Agustin begann, an seinen Nägeln zu knabbern. Sein Onkel gab ihm einen Klaps. »Laß das, Junge! Deine Hände sind dein Leben!«

»Eleyna weiß nichts davon, aber ich habe ein Seidenbild gemalt, das sie beim Malen zeigt, und es meiner Mutter unters Kissen gesteckt. Ich hab sogar ein bißchen von meinem Blut in die Wasserfarben gemischt. Ich ... ich habe gehört, Blut macht die Magie wirkungsvoller. Ich habe auch noch ein paar Schlüssel in den Rand gemalt. Ich dachte, daß Mutter vielleicht davon träumen würde, daß Eleyna malen sollte, statt –«

»Matra ei Filho, du kleiner Mistkerl!« schimpfte Giaberto.

Agustin sackte sichtlich zusammen.

»Eine kluge Idee«, mischte Sario sich wieder ein, dem der Mut des Jungen gefiel. »Aber du mußt die Geheimnisse der Magie ergründen, bevor du sie richtig nutzen kannst. Es gibt noch viel, was du lernen mußt.«

»Ich dachte, es würde funktionieren. Aber es hat nichts geholfen.«

Giabertos verdrießliche Miene hellte sich ein wenig auf. »Ach, es stimmt schon, ich erinnere mich noch daran, wie mir zum ersten Mal klar wurde, welche Macht ich in Händen hielt. Ich glaubte, ich könnte alles erreichen.«

Das hättest du auch, wenn du die Fähigkeit und den Ehrgeiz gehabt hättest. Aber wie der Rest dieser Familie bist du einfach zu engstirnig.

»Dann wirst du mich also trotzdem unterrichten?« fragte Agustin demütig.

»Aber selbstverständlich«, sagte sein Onkel schnell. »Ein Sohn der Grijalvas, der die Gabe hat, wird von den anderen Malern nie abgewiesen, solange er den Goldenen Schlüssel achtet. Nun gut. Ich habe darüber nachgedacht, was du an diesem Nachmittag versuchen könntest. Geh ans Fenster. Davo fegt um diese Zeit immer. Wenn er zur vierten Ebene des Pfads kommt, am weitesten vom Portikus entfernt, macht er eine Pause und setzt sich einige Zeit auf die Bank dort. Du mußt ihn zeichnen, mit hellen Kohlestiften, aufs Glas, und dabei ein wenig von deinem Speichel benutzen. Und dabei konzentrierst du dich darauf, daß einer von uns hier oben ihn sprechen will. Laß ihn zu uns kommen. So etwas ist als Suggestivmagie bekannt. Eines der grundlegendsten Verfahren und eines der sichersten, da Speichel wieder weggewischt werden kann, ohne daß es auf dich zurückfallen würde. Diese Art Magie solltest du als erste zu beherrschen lernen, bevor du zu den anderen fortschreitest. Fang an.«

Halb zweifelnd, halb aufgeregt ging der Junge hinüber zum Fenster und reckte den Hals, um hinauszusehen.

»Was für eine gute Idee von dir«, sagte Giaberto zu Sario, »die Neugier des Jungen zu loben, um dadurch Gelegenheit zu erhalten, ihn vor den Gefahren der Magie zu warnen.«

Eine gute Idee! Sario betrachtete den anderen mit Unbehagen. Hatte Giaberto denn als Junge nicht ähnlich gedacht? Hatte er keine Experimente gemacht? Es gab immer ein paar bedauernswerte Kreaturen, die nur das taten, was man ihnen sagte, aber diesen Eindruck hatte er von Giaberto nicht unbedingt gehabt.

Giaberto Grijalva war ungefähr achtunddreißig. Er mochte unter der Fuchtel seiner Zwillingsschwester stehen, die eine Stunde älter war als er, aber man durfte ihn zweifellos nicht unterschätzen, er hatte vermutlich nicht weniger Ehrgeiz als Dionisa. Und daß sie einen Bruder mit der Gabe hatte, hatte es sehr viel wahrscheinlicher werden lassen, daß Dionisa selbst Söhnen das Leben schenkte, die ebenfalls über die Gabe verfügten. Mit zwei weiteren Söhnen – noch Kleinkinder – und vier überlebenden Töchtern konnte sie tatsächlich erheblichen Einfluß ausüben.

»Und ich habe meinerseits bemerkt, daß du begabt bist«, fuhr Giaberto fort. Sario erkannte die Taktik: Auf solche Weise warben die Kandidaten für den Posten des Obersten Hofmalers ihre Mitstreiter. »Du könntest weit kommen – aber nicht, indem du Andreo und Nicollo gegen dich aufbringst.«

»Sie haben keine Ahnung mehr von Kunst!«

»Da, siehst du? Ich billige diesen neuen emotionalen Stil, den du bevorzugst, ebenfalls nicht sonderlich. Er hat keine Würde und ist nicht detailgetreu genug. Ich bin allerdings auch nicht blind gegenüber dem Talent meiner Nichte Eleyna, das ich für beträchtlich halte, selbst wenn andere es ignorieren. Und ich sehe, daß du ebenfalls einen ausgeprägten, originellen Stil hast. Aber deine Mutter ist tot, und du bist seit acht Jahren nicht im Palasso gewesen. Du hast das Fieber nicht miterlebt, das unsere Familie so dezimiert hat. Man betrachtet dich immer noch als Außenseiter. Unterwirf dich lieber den anderen, solange du keine einflußreichen Verbündeten hast.«

Wenn du nur wüßtest, dann würdest du es nie wagen, so mit mir zu sprechen! Du würdest auf den Knien liegen und mich anflehen, dich zu unterrichten, dir auch nur ein Zehntel des Wissens abzugeben, das ich im Lauf der Jahrhunderte gesammelt habe.

»Sario!«

Der Klang eines Namens – seines *wahren* Namens – erschreckte ihn immer noch. Als er sich umwandte, sah er sich selbst im Spiegel. Er erstarrte. Wer war dieser junge Mann, der ihn da anstarrte? Das war nicht Sario!

Selbstverständlich nicht. Es war nur Fleisch. Wieder einmal bedauerte er, nicht den anderen Jungen gewählt zu haben – wie hatte er noch geheißen – Alerrio? Wenigstens hatte er gut ausgesehen, und Sario hatte genug von dem durchschnittlichen Gesicht seines derzeitigen Wirts, das bestenfalls dazu dienen konnte, andere glauben zu lassen, er sei harmlos. Aber Alerrio war einer der vielen Grijalvas, die am Fieber gestorben waren.

»Sario, ich bin erfreut, endlich eine Gelegenheit zu haben, mit dir zu sprechen.« Andreo blieb stehen und nickte Giaberto zu, der sich sofort entschuldigte und zum Fenster ging, um Agustins Fortschritte zu überwachen. »Ich will nicht um den heißen Brei herumreden. Großherzog Renayo hält deinen Stil für undiszipliniert. Er möchte nicht, daß du den *Vertrag* mit Merse malst. Dennoch –«

»Aber niemand wird mit dem *Vertrag* so gut zurechtkommen wie ich. Ich kenne den dortigen Hof! Ich habe persönlich mit Königin Angwyn gesprochen – einer Frau, die nicht einfach zu malen ist. Ihr anderen würdet nach meinen Skizzen arbeiten müssen –«

»Sario! Laß mich ausreden!«

Damals, als Riobaro, hätte er auf dieselbe Weise zu einem übereifrigen jungen Kollegen gesprochen. Die Ironie entging ihm nicht.

»Die Skizzen, die du von den jungen Damen gemacht hast, gefielen Seiner Gnaden«, fuhr Andreo fort. »Er möchte, daß du alle noch einmal malst, ganz natürlich, in Öl. Er will innerhalb des nächsten halben Jahres eine Entscheidung darüber treffen, welche von ihnen die Braut Don Edoards werden soll, und dann mit den Verhandlungen beginnen. Er zieht Prinzessin Alazais von Ghillas vor, also könnte es sein, daß du gebeten wirst, ihrem Porträt eine Andeutung hinzuzufügen – eine Andeutung, die auf Edoard wirken sollte. Wenn du entsprechend vorsichtig vorgehst und so malst, wie es einem Grijalva ansteht, könnte es sein, daß man dich die *Verlobung* malen läßt und an der Komposition der *Hochzeit* beteiligt.«

»Und wenn ich mich weigere?«

»Wenn du nicht innerhalb der Einschränkungen des Hoflebens arbeiten kannst?« Andreo zuckte die Achseln. »Deine Arbeit als Wandermaler war hervorragend, deine Kontakte unersetzlich. Es tut mir nur leid, daß du Ghillas vor den dortigen Unruhen verlassen hast. Ansonsten hättest du für uns Zeuge der Ereignisse sein können. Im Augenblick liefern die Agenten des Großherzogs jeden Tag eine andere Geschichte. Wir haben nun schon zum zweiten Mal gehört, König Ivo sei umgebracht worden. Was ist nur aus der Welt geworden?« Er gab ein glucksendes Geräusch von sich wie eine Henne.

Eine Henne? Mehr ein Hähnchen, in dieser lächerlichen neuen Mode, die immer aussah, als könnte man sich nicht entscheiden, ob man die Schlichtheit der Arbeitskleidung eines Maurers oder den Aufputz einer billigen Hure vorzog: gerade Schnitte und grelle Farben! Aber Sario zwang sich, ruhig zu bleiben. »Man erlaubt mir also nicht, *Verträge* oder etwas anderes zu malen, das in der Galerria hängen wird?«

»Manchmal eignen sich Wandermaler nicht für die Arbeit bei Hofe. Es liegt an dir, uns und den Großherzog vom Gegenteil zu überzeugen, Sario. Und es gibt noch andere, die auf diese Gelegenheit warten, deren Fähigkeiten den deinen überlegen sind und die hier im Palasso schwer gearbeitet haben, um den Wohlstand der Familie zu vermehren.«

Deren Fähigkeiten den deinen überlegen sind! Sario brauchte seine gesamte Selbstbeherrschung, um dem Obersten Hofmaler nicht ins selbstgefällige Gesicht zu spucken. Es war mehr als offensichtlich, daß er gut daran getan hatte, noch eine zweite Verteidigungslinie vorzubereiten. Oh, er war überzeugt gewesen, daß sie ihn zu Hause willkommen heißen, ihm die Positionen überlassen, die ihm zustanden, ihn mit Lob überhäufen, seine Überlegenheit akzeptieren würden ... aber er hatte auch gelernt, sich immer ein Schlupfloch zu lassen, Geheimnisse zurückzuhalten.

»Vielleicht sollte ich tatsächlich lieber weiter als Wandermaler arbeiten. Es könnte besser sein, genaue Informationen über die Vorgänge in Ghillas und Taglis und Niapali zu beschaffen. Wie haben es die gelehrten Ärzte doch genannt? Eine Seuche der Rastlosigkeit. Was ist zum Beispiel aus dem Rest der königlichen Familie von Ghillas geworden?«

Andreo zuckte die Achseln. »Die Berichte sind widersprüchlich. Sie stimmen nur darin überein, daß König Ivo tot ist und der Palast gestürmt wurde.«

»Das läßt nicht hoffen, daß Königin Iriene und die Tochter, Alazais, ein besseres Schicksal ereilt hat. So ein hübsches Mädchen.« Sario beobachtete Andreos Miene aufmerksam, aber die Erwähnung von Alazais Namen bewirkte keine Veränderung.

»Du kannst sicher sein, daß Großherzog Renayo ausgesprochen besorgt um Prinzessin Alazais ist. Dir ist selbstverständlich bewußt, daß der verstorbene König Enrei Renayo als seinen Erben bezeichnete.«

Bewußt! Als Dioniso hatte er selbst dafür gesorgt, daß Enrei keine Kinder haben würde. »Aber die ghillasischen Adligen waren anderer Meinung.« Das war das Problem mit den Adligen: Es gab immer zu viele von ihnen, und sie waren immer anderer Meinung. Sie hatten sich damals für Prinz Ivo eingesetzt, von dem sie mit Recht annahmen, er werde ein schwacher König werden. Aber Ivos Schwäche hatte schließlich auch zu seinem Tod durch den aufständischen Mob geführt.

Andreo machte eine geringschätzige Geste. »Pluvio en laggo. Nun allerdings hat sich die Situation verändert. Don Edoards Anspruch auf den Thron ist durch Großherzogin Mairie, gesegnet sei ihr Andenken, doppelt untermauert. Und wenn Edoard Alazais heiratet ... nun, solltest du gute Nachrichten von der Prinzessin bringen, bin ich sicher, daß Großherzog Renayo deine Bilder in Zukunft gnädiger betrachtet.«

»Laß mir noch einen Tag Bedenkzeit«, sagte Sario. »Vielleicht ziehe ich es wirklich vor, wieder Wandermaler zu werden. Wenn du mich jetzt entschuldigen würdest.«

Er nickte Andreo zu und ging zum anderen Ende des langgezogenen Ateliers. Hier pflegten sich nun die Maler zu versammeln und die meisten ihrer Bilder zu malen; es wurde als unhöflich und reichlich seltsam betrachtet, wenn ein Maler in der Abgeschiedenheit seines eigenen Ateliers arbeitete. Zumindest war der Raum gut beleuchtet und bequem. Es war beinahe ein Saal mit Fenstern nach beiden Seiten, zur Straße und zum Innenhof hin. Eichenbalken zogen sich über die Decke, und eine Reihe von Stützbalken bildete einen Mittelgang. Diese Stützbalken waren so massiv, daß sie als Porträtgalerie der Meister benutzt wurden. Auf jeder der vier Seiten der gewaltigen Säulen hing eines der Selbstporträts der Meister, eine Galerria des Familienstammbaums. Die Porträts der lebenden Maler wurden selbstverständlich in der Crechetta aufbewahrt. Aber sobald einer gestorben war, wurde sein Porträt entweder in einen Lagerraum geschafft – wenn er der Familie keine größeren Dienste erwiesen hatte – oder hier, im Atelier, ausgestellt.

Sario schritt die Jahrhunderte ab und schaute in Augen, die ihm vertraut waren, Augen von Männern, die er gekannt, gemocht, gehaßt, bekämpft hatte. Männer, die er selbst gewesen war.

Er sah sich auf beinahe einem Dutzend Porträts: Arriano, Dioniso, Ettoro (dessen brillante Laufbahn von schwerem Knochenfieber verkürzt worden war); Oaquino. Der Mutter sei Dank, man hatte Renzio in den Lagerraum geschafft. Dieses unansehnliche Gesicht wollte er wirklich nicht noch einmal sehen. Selbst Domaos war in der Galerria geblieben als abschreckendes Beispiel für junge Grijalvas, die sich zu sehr zu Frauen hingezogen fühlten, die außerhalb ihrer gesellschaftlichen Reichweite standen. Und dort war Riobaro, sein großes Meisterwerk eines Lebens, dieses wunderbare Selbstporträt bei Kerzenlicht, umgeben von einem goldenen Rahmen, der ihm als Oberster Hofmaler zustand. Timirrin, der großzügige Matteyo, sogar Guilbarro, der nur so kurz gelebt, aber so hervorragend gemalt hatte. Verreio, Martain, Zandor – und der erste, Ignaddio.

Und dann, beinahe schon an der Tür, fand er sich seinem eigenen Gesicht gegenüber. Er hatte beinahe vergessen, wie strahlend er gewesen war, wie leidenschaftlich. Kein Wunder, daß Saavedra ihn geliebt hatte.

Wenn nur der verdammte Alejandro mir nicht in die Quere gekommen wäre ... Er schüttelte den alten Zorn wieder ab. Das spielte keine Rolle mehr. Saavedra war in Sicherheit. Sie würde immer in Sicherheit sein, sie wartete auf ihn. Die Zeit war einfach noch nicht gekommen. Er mußte noch so vieles erledigen.

Auf der Treppe begegnete er Davo, der mit einem verwirrten Ausdruck auf dem faltigen alten Gesicht nach oben kam.

Draußen schlenderte er nachdenklich die Straße entlang. Das war der Vorteil des Alters. Er verstand, wie notwendig es war, zu planen, vorbereitet zu sein, sich Möglichkeiten offenzuhalten. Er hatte lange schon gelernt, daß er nicht in jedem Leben denselben Einfluß erreichen würde. Wie oft hatte er wieder ganz von vorn beginnen müssen! Selbst bei sorgfältiger Planung passierten so viele Fehler. Zum Beispiel hätte er Alerrio übernehmen sollen, statt dem Bedürfnis nachzugeben, seinen eigenen Namen wiederhaben zu wollen. Dann wäre Alerrio nicht in Meya Suerta gewesen, als das Fieber ausbrach, und er wäre nicht gestorben; Alerrios Familie hatte intensiv darauf hingearbeitet, daß er einmal Oberster Hofmaler würde.

Er hätte auch nie in seinem Leben als Domaos dieses Verhältnis mit Benecitta do'Verrada beginnen sollen, diesem herzlosen Geschöpf. Er hätte nie Renzio übernehmen sollen, diesen unansehnlichen Tölpel. Und Rafeyo! Das war eine Katastrophe, von der er sich noch kaum hatte erholen können. Bei jedem neuen Leben ergaben sich neue Risiken, die er nicht vorhersagen konnte. Schlechte Gesundheit. Ein Unfall. Oder die Viehos Fratos akzeptierten ihn nicht.

Und er war immer, immer wieder allein.

Sario hatte keine Lust zu warten, nicht in diesem Leben. Arriano war geduldig gewesen. Jetzt war es an der Zeit zu handeln.

Er bemerkte die Stadt um sich her kaum, die jetzt, zwei Tage nach den Hinrichtungen, wieder ruhig war. Beinahe automatisch ging er zur Weinhandlung und die Treppe zum Atelier hinauf, das durch Magie versiegelt war. Er warf kaum einen Blick auf sein *Peintraddo Memorrio*. Statt dessen ging er direkt zum Bett und holte seine Reisetruhe darunter hervor. Er schloß sie auf und klappte den schweren Deckel zurück.

Drinnen befanden sich Kleidung, ein antikes Seidengewand, in Papier verpackt, sein Schädel, in Samt gewickelt, und ein Stück Stoff von einem von Saavedras Kleidern. In der Ecke lag eine kleine Schachtel, etwa so lang wie sein Unterarm und halb so breit. Vorsichtig holte er sie heraus und stellte sie auf den Tisch.

Er schloß sie auf und hob ehrfürchtig den Deckel.

Er hatte sie selbstverständlich belogen. Es tat nicht gut, zu viele wichtige Informationen preiszugeben.

Oben in der Schachtel lag ein schwerer goldener Siegelring mit dem in Viertel aufgeteilten Wappen der königlichen Familie von Ghillas. Darunter war ein Stück blaßgoldener Samt um einen Gegenstand gewickelt. Daneben befanden sich diverse kleine Behälter, einige von ihnen edelsteinbesetzt – er hatte nehmen müssen, was gerade zur Hand gewesen war – und winzige Glasvasen, die in dunkelroten Samt gepackt waren, der nach süßem Klee roch.

Wenn der Großherzog alles beherrschte, dann würde man eben den Großherzog beherrschen müssen.

Man hatte einmal – das erste und letzte Mal – versucht, den Herzog zu einer Marionette zu machen. War es der erste Clemenzo gewesen oder der zweite? Er konnte sich nicht mehr erinnern. Der Oberste Hofmaler Alfonso war auf die Idee gekommen, den Herzog sprechen, denken und handeln zu lassen, wie es die Grijalvas wollten. Sario – er war damals Zandor gewesen – hatte ihnen von diesem Experiment abgeraten, und er hatte recht gehabt.

Nach zwei Tagen hatten die Hofärzte verkündet, Clemenzo sei geisteskrank, weil er unzusammenhängend redete und sich nur noch ruckartig bewegt, weil er plötzlich nichts mehr von Pferden verstand oder von militärischer Taktik und hin und wieder nur noch vor sich hin starrte. Die Viehos Fratos hatten das Bild vernichtet und mit ihm auch den anmaßenden Alfonso. Aber solche Experimente waren immer nützlich, weil sie die Grenzen der Macht auf die Probe stellten.

Es war zum Beispiel eine Sache, eine Frau in einen Mann verliebt zu malen – das würde sie ansonsten nicht verändern. Suggestivmagie wirkte nur auf einen Teil des Geistes einer Person, normalerweise auf den Teil, der für Gefühle und Impulse zuständig war. Ein Mensch war ein unendlich kompliziertes Wesen, von einer Subtilität, die selbst die besten Pinselstriche nicht kopieren konnten … außer, der Pinsel befand sich in den Händen eines wahren Meisters. Aber hier griff er sich selbst vor.

Sario hatte Herzog Alejandro auch ohne die Hilfe von Magie und Farben manipulieren können. Er und Alejandro hatten einander gegenseitig genützt. Beide Familien hatten davon profitiert. Und so hatte die Allianz zwischen do'Verradas und Grijalvas über die Jahrhunderte weiterbestanden.

Und dennoch, es stand nicht gut in Meya Suerta. Schwächen hatten sich eingeschlichen: Die Grijalvas verfielen, die do'Verradas waren nutzlos, und diese allgemeine Ruhelosigkeit gefährdete alles, was sie je aufgebaut hatten. Es würde die Hand eines Meisters brauchen, um das zu korrigieren. Als Oberster Hofmaler würde er Handlungsfreiheit haben. Der Großherzog benannte den nächsten

Obersten Hofmaler. Und um den Großherzog zu beherrschen, mußte man das besitzen, was *er* unbedingt haben wollte.

Sario öffnete einen der edelsteinbesetzten Behälter. Inmitten des elfenbeinfarbenen Seidenfutters schimmerte die goldblonde Haarlocke wie an dem Tag, an dem sie abgeschnitten worden war. In einem Seitenfach befanden sich dunklere, kürzere Schamhaare und daneben die feinen Härchen von Armen und Beinen.

Er schloß die Schachtel und stellte sie beiseite.

Es stimmte, daß die Aufrührer den Palast von Aute-Ghillas gestürmt hatten. Die wütende Menge hatte nicht einmal, wie die in Taglis, so getan, als gäbe es eine Rechtfertigung für ihr Toben und Plündern. Sie hatten sich mit Musketen bewaffnet, mit Schaufeln, Mistgabeln und Metzgermessern und die Palastgarde überrannt, ohne Rücksicht auf die eigenen Verluste, auf diejenigen, die in Massen fielen oder von der Menge niedergetrampelt wurden. Offensichtlich hielten sie das für einen geringfügigen Preis für ihre Rache.

Er hatte die Wimpern in eine andere Schachtel getan, weil sie so zart waren, so schnell zu verlieren und so selten. Die Finger- und Zehennägel befanden sich in einem einfacheren Holzkästchen, sie brauchten nicht so sorgfältig behandelt zu werden. An ihnen klebte immer noch getrocknetes Blut.

Er hatte rechtzeitig vorher bemerkt, was im Gange war (der Mob war nicht zu überhören), um einen groben Suggestivzauber über sich selbst zu werfen. »Es ist niemand hier.« Der Geist der Menge war leicht zu überzeugen gewesen, obwohl die Magie in großer Hast erzeugt wurde: Sie hatten ihn nicht bemerkt. Sie waren zu sehr auf ihre wahre Beute versessen.

Es waren nur fünf Glasphiolen mit Blut übrig. Die sechste war leider bei der eiligen Flucht aus dem Durcheinander, das Aute-Ghillas erfaßt hatte, zerbrochen. Aber fünf würden genügen. Das Blut bewegte sich träge, als er die Phiolen, eine nach der anderen, zur Seite legte, aber die Essenz des Süßklees hatte es vor dem Gerinnen bewahrt.

Also hatte er dagestanden, geschützt von den Schatten, die er über ihren Geist geworfen hatte, halb verborgen hinter einem Gobelin im Thronsaal, und zugesehen, wie der Mob die königliche Familie ermordete. Genauer gesagt waren sie zerrissen worden, die königliche Familie und ihre treuen Diener, die bis zum Ende bei ihnen geblieben waren.

König Ivo hatte man weggezerrt, um ihn auf einer Stange an einem der Fenster zur Schau zu stellen, das auf die Gärten und die Einfahrt hinausging. Die arme Königin Iriene, eine in jeder Hinsicht unauffällige Frau, war einfach unter den anderen Leichen verschwunden.

Sario war nicht sicher, ob die Menge wirklich vorgehabt hatte, auch Prinzessin Alazais zu töten, den Liebling des Hofes, das einzige und spät geborene Kind ihrer Eltern. Aber sie hatten schließlich unterschiedslos alle umgebracht, und sie war einfach zu den Leichen ihrer Hofdamen geworfen worden, ebenso unschuldiger und dummer und verwöhnter junger Frauen, wie sie eine gewesen war. Keine der anderen war so schön, aber auch Schönheit war kein Schutz vor Mördern, die keine Unterschiede machten.

Er entrollte einen Stoffstreifen. Darin lagen Seidenfetzen, die aus fein genähten Unterkleidern gerissen waren, und auf diesen Seidenfetzen hatte er zwei Hand- und Fußabdrücke festgehalten. Die Reise hatte sie nicht beschädigt. Er war vorsichtig genug gewesen, sie mit Kreide zu umreißen. Ein wenig Puder hing immer noch an dem Stoff. Er legte sie neben die Schachtel mit dem goldblonden Haar.

Nachdem die Massen erst einmal weitergestürmt waren, begierig, König Ivos Leiche ihren auf dem Rasen draußen versammelten Brüdern zu zeigen, hatte sich Sario darangemacht, den Leichenhaufen im Thronsaal zu durchwühlen.

Nach so vielen Lebensjahren hatte er gelernt, keine Gelegenheit verstreichen zu lassen – und ganz bestimmt nicht eine wie diese, da er die langen und komplizierten Beziehungen zwischen Tira Virte und Ghillas so genau kannte und wußte, daß die Grijalvas und do'Verradas schon lange gemeinsam intrigierten, aus Tira Virte ein großes Königreich zu machen, zusammengesetzt aus vielen kleineren Ländern.

Was wollte Renayo? Er wollte Ghillas, einen großen, strahlenden Edelstein, den er dem Glanz Tira Virtes hinzufügen konnte.

Und Sario würde ihn ihm verschaffen.

Er holte ein weiteres edelsteinbesetztes Kästchen heraus – dieses stammte aus dem Musikzimmer des Pallaiso Milia Luminnai – und öffnete es. Er hatte Gewürznelken hineingetan, um den Gestank zu überdecken, aber trotzdem drang ein schwacher Verwesungsgeruch heraus. Das Kästchen enthielt Streifen eines weißen Leinenhemds und Hautfetzen, nicht mehr so bleich wie vor zwei Monaten, nicht mehr so weich. Er hatte sehr eilig vorgehen müssen.

Er wickelte Samt von Fingerknochen. Auf dem Weg nach Süden hatte er sie kochen und Fleisch und Haut und Blut entfernen können – davon hatte er anderswo genug –, so daß sie jetzt weiß vor dem Schwarz des Samts schimmerten.

Lange betrachtete er diese Überreste. Die Uhr auf dem Kaminsims hinter ihm tickte laut, und dann schlug sie die halbe Stunde.

Er ging zum Arbeitstisch, einen der zarten Fingerknochen in der Hand, und legte ihn auf eine Marmorplatte. Mit unendlicher Sorgfalt begann er, den Knochen zu Staub zu mahlen, den er mit Pigmenten und Lösungsmittel zu einer neuen Palette von Farben mischen würde.

6

Eleyna starrte aus dem Atelierfenster und spürte die Wärme der Morgensonne. Sie umklammerte die Armlehnen des Stuhls; ihr linker Mittelfinger tat immer noch weh, wo man ihr Blut abgenommen hatte. Sie sah nicht zu, wie Giaberto das Gemälde vollendet, das sie unfruchtbar machen würde. Oder zumindest, dachte sie verbittert, besiegeln würde, was ohnehin bereits wahr war.

Aber entsprach es nicht auch der Wahrheit, daß sie durch ihre Kunst Leben schaffen konnte? Vielleicht war alles, was in ihr schöpferisch war, direkt von den Augen in ihre Hände geflossen? Wie unähnlich sie ihrer Mutter doch war: Dionisa hatte neun Kinder geboren, von denen nur zwei gestorben waren, die älteren Zwillinge. Achtjährige Zwillingsmädchen und zwei jüngere Knaben waren immer noch in der Crechetta. Es war kein allzu großes Opfer für Dionisa, Grijalva zu erlauben, daß eine ihrer Töchter unfruchtbar gemacht wurde, besonders, wenn es sich um jene Tochter handelte, die ohnehin nach zwei Bestätigungen und drei Jahren Ehe kein lebendes Kind zur Welt gebracht hatte.

Schlimmstenfalls ein oder zwei Jahre. So schrecklich würde es nicht sein.

»Es ist geschehen«, sagte Giaberto.

Sie saß da, unfähig, sich zu rühren, erstaunt und entsetzt, daß sie nichts gespürt hatte. Sie war von einem Stadium in ein anderes übergegangen, aber sie hatte keine Erinnerung an diese Veränderung. Sie hatte nichts gespürt. Sonne schien auf ihr Kleid, auf den Boden. Sicher hätte eine Wolke die Sonne verhüllen müssen, das Licht verändern, ihren Körper überschatten. Sie hätte es jedenfalls so gemalt, Licht und Schatten und die Komposition benutzt, um diese Geschichte eines Verlustes zu erzählen.

»Die Kutsche kommt in einer Stunde«, fügte Giaberto unnötigerweise hinzu.

Kleider waren genäht und eingepackt worden. Ihre Stifte, Kreiden, Farben und Papier, selbst zwei vorbereitete Holzpaneele, befanden sich zusammen mit ein paar Schmuckstücken in einer verschlossenen Truhe: die Gegenstände, die ihr und ihrer Mutter am wichtigsten waren, wenn sie sich auch nicht einig darüber waren, was sie jeweils meinten.

Sie erhob sich und trat, ohne ihren Onkel um die Erlaubnis zu bitten, vor die Staffelei und sah sich das Bild an. Am anderen Ende des Ateliers malte Agustin auf Glas, ganz versunken in seine Arbeit. Giaberto zögerte, als wollte er das Porträt vor ihr verbergen. Als er sich schließlich bewegte, steckte er rasch eine Phiole mit Öl ein: Fenchel, dachte sie, wenn man dem Geruch nach ging.

Sie betrachtete sich selbst. Nur ihr Körper vom Hals bis zu den Hüften war vollständig gemalt, ihr Bauch und ihre Brüste unter dem weißen Musselin. Der Rest, Kopf und Röcke und die Hände, die auf den Armlehnen lagen, waren unvollendet, nur angedeutet.

Sie fühlte sich plötzlich seltsam erleichtert: Die Familie kontrollierte nur ihren Rumpf. Es stand ihr selbst frei, den Rest zu vollenden.

Sie nickte Giaberto kühl zu. Sie konnte nicht wirklich zornig auf ihn sein. Wie sie, so hatte auch er seinen verborgenen Ehrgeiz. Sie verließ das Atelier, ging die Treppe hinunter und auf den Innenhof hinaus. Dort wartete sie am Brunnen, ließ sich vom Wasserspiel auf den Mosaikkacheln beruhigen.

Um die Mittagsstunde brachten die Diener vier Truhen nach unten, drei für sie und eine für Beatriz, und die Reisetaschen der Duennia, Mara. Beatriz sah sommerlich und reizend aus in ihrem Reisekleid aus weißem Musselin mit einem so winzigen lila Muster, daß es eher angedeutet als wirklich schien. Mara, eine rüstige weißhaarige Frau, trug ein schlichtes graues Kleid im Stil der Großherzogin Mechella; sie war eine von »Mechellas Waisen«, die im Palasso Grijalva Arbeit gefunden hatte.

Endlich kam auch die Kutsche. Dionisa kam herunter – um sich zu überzeugen, daß Eleyna auch wirklich einstieg. Grijalva-Diener begleiteten sie bis zur Straße, und ein Livrierter half Eleyna in die Kutsche. Beatriz und Mara folgten. Die Tür fiel ins Schloß. Mit einem Ruck fuhr die Kutsche an.

Die Fahrt nach Chassierallo schien viel zu kurz. Sie fuhren ins Hügelland, weg von den Marschen. Um diese Jahreszeit war dort alles grün. Nur noch ein paar Pfützen erinnerten an den morgendlichen Regen. Weinberge und Olivenbäume überzogen die Hügel. Eine Reihe von Zypressen führte zur Villa eines Adligen.

»Das Jagdhaus dort gehört den do'Casteyas«, sagte Mara. »Sie züchten dort ihre Hunde.«

Es wäre schön gewesen, Jagdhunde zu malen, diese langgliedrigen, anmutigen Geschöpfe, statt der schrecklich fetten Möpse, die die Gräfin do'Casteya so liebte. Aber immerhin hatte Graf Maldonno ihr Bild gefallen!

»Warst du schon früher einmal hier, Mara?« wollte Beatriz wissen.

»Ich bin schon öfter im Dienst der Grijalvas gereist.« Die alte Frau küßte ihre Fingerspitzen und drückte sie ans Herz. »Ich habe viel gesehen, Gutes und Schlechtes.«

»Zum Beispiel?« Beatriz liebte Geschichten über alte Zeiten, je haarsträubender, desto besser.

»Pluvio en laggo, Kleines. Es ist besser, Erinnerungen ruhen zu lassen, die keinem mehr nützen.«

Die Kutsche wurde langsamer und bog ab, holperte einen Weg zwischen Pappeln entlang. Dahinter breiteten sich Wiesen aus, auf denen Schafe grasten. Die Kutsche fuhr eine Anhöhe hinauf, dann sahen sie in der Senke dahinter das Dach und den Steinturm des Jagdhauses. Als sie hügelabwärts fuhren, verschwand es wieder aus dem Blickfeld. Dafür kamen mehr Bäume in Sicht, ein Obstgarten mit Mandarinen-, Limetten-, Zitronen- und Feigenbäumen.

Eleyna schloß die Augen. Ihr war übel.

»Sieh nur, die Gärten!« rief Beatriz ehrfurchtsvoll. »Hier werde ich glücklich sein!«

Das war eine solch seltsame Bemerkung und so nachdrücklich geäußert, daß Eleyna ihre eigene Angst ganz vergaß. Sie öffnete die Augen wieder und sah, wie Beatriz strahlend zum Fenster hinaussah.

Die Kutsche knirschte über Kies, als die Pferde unter einem Torbogen hindurchtrabten. Im Hof von Chassierallo angekommen, öffnete der Kutscher die Tür, und ein Diener half den Damen hinaus.

Der Hof lag in der Sonne, bis auf die Westmauer, deren umschattete Krone zeigte, daß der Abend nicht mehr fern war. Weißer Kies war zu Mustern gerecht, ließ den Hof festlich aussehen, und an jedem Fenster des Hauses blühten Chrysanthemen und Ringelblumen in Kästen. Aber der Hof war leer. Keine Dienstboten warteten unter dem Torbogen. Keine neugierigen Zofen starrten sie von den Balkonen aus an. Don Edoard war nicht erschienen, um seine neue Mätresse zu begrüßen.

Die Türen, die zum Haus führten, flogen auf. Ein älterer Mann eilte heraus, gefolgt von Dienern, die sich um das Gepäck kümmerten.

»Ich bitte um Verzeihung, Maessa. Ich bin Bernardin, Don Edoards Verwalter. Wenn Ihr bitte mit mir kommen würdet.« Wie es sich gehörte, hatte er sich an Mara gewandt. Eleyna fühlte sich ein wenig elend, als ihr klar wurde, daß sie vielleicht auch noch eine komplizierte Scharade ertragen müßte, um den wahren Zweck ihres Aufenthaltes hier zu verschleiern. »Die jungen Herren sind gestern eingetroffen, aber dann haben wir gehört, daß es im Dorf Ramo Treio, das zwanzig Meilen weiter in den Hügeln liegt, ein Fest geben soll.« Sie betraten das Jagdhaus. Die Eingangshalle war dunkel und klamm, sehr altmodisch. »Es war alles sehr unerwartet, man sprach von Hahnenkämpfen – ich muß um Verzeihung bitten, so etwas vor jungen Damen zu erwähnen –, einem Pferderennen, vielleicht einem Pferdemarkt. So! Da sind wir!«

Bernardin, der den Eindruck machte, eine Last losgeworden zu sein, führte sie in ein Wohnzimmer, das durch Unmengen Vergoldungen an der Decke bunt und lebhaft wirkte. Eleyna sah dem Verwalter hinterher und war verblüfft über den monumentalen Rahmen, den zwei Marmorsäulen und ein Marmorfries mit spielenden Nymphen der Tür gaben. Sie kam sich vor wie in einem Mausoleum.

Neben einem Kohlenbecken stand ein schlanker Mann und wärmte sich. Neben ihm konnte man durch ein riesiges Fenster auf ein Feld mit Mohnblüten und Gräsern hinaussehen. Dieses Fenster war ebenfalls von einem beeindruckend häßlichen Rahmen umgeben, diesmal aus hölzernen, vergoldeten Säulen und einem Giebeldreieck, das zwei ruhende, aus hellem Holz geschnitzte Damen zeigte.

Nach einem Augenblick drehte sich der Mann um. Sein Mienenspiel war beinahe erheiternd: Bedrücktheit, die schnell einem heldenhaften Versuch wich, höfliches Interesse zu heucheln. Der junge Mann hatte helles Haar und sah recht attraktiv aus. Aber es war nicht sein Gesicht, das Eleynas Aufmerksamkeit fesselte, sondern die Perfektion seiner Kleidung. Er war so unglaublich gut angezogen, daß er selbst einen Kommentar zu der abscheulichen Inneneinrichtung darstellte.

»Das ist aber nicht Don Edoard«, flüsterte Beatriz.

Eleyna wandte den Blick von seinem vollendet geschlungenen Halstuch ab. Sie spürte, wie sie errötete. »Das ist Don Rohario.«

Der junge Mann hob unwillkürlich die Hand zum Halstuch, betastete es prüfend. »Ihr seid angekommen«, stellte er fest – reichlich unnötig, wie Eleyna dachte.

Einen Augenblick schwiegen alle und überlegten, was zu tun sei. Über ihnen erklangen Schritte – Dienstboten waren dort beschäftigt. Die Uhr auf einem Beistelltisch klickte über die Viertelstunde und ließ ein helles Läuten erklingen. Schließlich räusperte sich Rohario und trat ein paar Schritte vor. »Es sieht aus, als wäre ich für die nächsten Tage Euer Gastgeber. Mein Bruder ist leider im Augenblick nicht hier.« Er kam noch ein paar Schritte näher. »Ihr seid Eleyna Grijalva.«

»Ja. Wir hatten bereits die Ehre, einander zu begegnen, nicht wahr, Don Rohario? Darf ich Euch meine Schwester Beatriz und Maessa Mara vorstellen? Wo *ist* Euer Bruder denn?«

Er rieb sich die Hände, als wäre ihm kalt. Er hustete. »Äh. Ja.« Zögernd fuhr er fort, offensichtlich verlegen. »Edoard hörte, daß ein Dorffest stattfinden sollte –«

»In Ramo Treio. Euer Verwalter hat es erwähnt.« Langsam begann Eleyna, die Situation amüsant zu finden. Sollte *er* sich doch zur Abwechslung einmal winden!

»Ja. Mein Bruder interessiert sich sehr für –« Wieder hüstelte er. Er war nicht nur verlegen, er schämte sich zu Tode. »Er begeistert sich für Pferderennen. Ich, äh, ich –«

»Ihr mögt Rennen nicht?« fragte Eleyna zuckersüß.

»Eleyna!« tadelte Mara im Flüsterton.

»Nein. Er hat vor, ein oder zwei Pferde zu kaufen, aber er hat eigentlich gar kein Auge dafür. Wenn nicht einer der Stallburschen dabei ist, schleppt er die räudigsten alten Mähren an –« Erschrocken hielt er inne.

Mit jeder Minute wurde die Situation absurder und Eleynas Herz leichter. »Wann wird er zurück sein?«

Rohario wandte den Kopf und starrte bedrückt ein Bild an, das zur Jagd reitende Männer zeigte, in allzu grellen Farben die alten Meister kopierend, ohne ihr Genie im geringsten zu verstehen. »Das ist es ja«, sagte er widerstrebend. »Ich weiß es nicht.«

»Matra ei Filho«, hauchte Beatriz.

Mara drückte eine Hand an die Brust. »Neosso do'Orro.«

Eleyna schnaubte. Sie konnte sich nicht mehr bremsen – sie begann, laut zu lachen.

7

Es war einfach ein Desaster. Rohario konnte nur annehmen, daß es sein Schicksal war, sich immer wieder vor Eleyna Grijalva zu demütigen. Er nestelte an den Knöpfen an seinem Jackenärmel herum, ertappte sich dabei, hielt inne und räusperte sich.

»Das Abendessen wird in drei Stunden serviert«, sagte er schließlich.

Die beiden Schwestern sahen einander sehr ähnlich, waren attraktiv, wie man es von den meisten Grijalva-Frauen behauptete. Eleyna war zierlich, Beatriz ein wenig robuster. Aber bei aller scheinbaren Zerbrechlichkeit Eleynas traute Rohario dem eisernen Glitzern ihrer Augen nicht; sie war jetzt höflich, aber er hatte auch schon einen ihrer Wutanfälle erlebt. Beatriz wirkte fügsamer.

Die Duennia flüsterte Eleyna etwas zu.

»Ich bin nicht müde.« Das Glitzern in Eleynas Augen wurde intensiver.

»Es wäre mir eine Ehre, Euch das Haus zu zeigen«, sagte Rohario eilig. Er hatte sich ohnehin gelangweilt.

»Sind alle Zimmer wie dieses hier?« fragte Eleyna. »Es erinnert mich an die Galerria.«

Matra Dolcha! Rohario verkniff sich ein Grinsen, da es sich für einen Mann nicht gehörte, über den Geschmack der eigenen Mutter zu lästern. »Großherzogin Mairie war eine wunderbare Frau, gesegnet sei ihr Andenken, aber es stimmt, daß sie und mein Vater Gold und üppige Dekorationen für die Hauptkennzeichen guten Geschmacks hielten.«

»Solide, bequem und aufwendig dekoriert.«

Er lachte. »Die drei wichtigsten Eigenschaften eines gelungenen Gebäudes. Ihr habt Ottonio della Marianos Monographie gelesen?«

»Seine Architekturstudien sind sehr gut. Aber wenn es schon derart viele Ornamente braucht, würde es mir besser gefallen, wenn sie weniger plump und mehr aus einem Guß wären.«

»Eleyna!« Diese Offenheit hatte die Duennia eindeutig schockiert.

Aber Rohario war entzückt. »Ihr müßt Euch die Bankethalle ansehen! Sie ist seit dreihundert Jahren nicht verändert worden. Die meisten Räume im ersten Stock wurden vor zwanzig Jahren renoviert, als meine Mutter beschloß, Chassierallo als eine Art Zuflucht zu nutzen. Damals sind auch die unteren Räume umdekoriert und größere Fenster eingesetzt worden.«

»Alles in diesem Stil?« fragte Eleyna zweifelnd. Und mit Recht.

»Weniger Monumente, mehr Ornamente«, sagte er, und sie kicherte. Endlich! Hier war jemand, der diesen Stil ebenso ablehnte wie er.

»Dürften wir auch die Gärten sehen?« fragte Beatriz mit angenehm zurückhaltender Stimme.

Wieder hüstelte die Duennia bedeutungsvoll, aber Rohario war nicht in der Stimmung, sich um altmodische Auffassungen von Anstand zu scheren, nicht, nachdem sein Vater ihn in dieses schreckliche alte Haus geschickt hatte, das nur über zwei Kamine verfügte und aufs scheußlichste tapeziert war.

»Es wäre mir ein Vergnügen«, sagte er begeistert.

Der Nachmittag wich schnell dem Abend, während er ihnen die Zimmer zeigte. Schließlich ließen die Frauen ihn allein und gingen nach oben, um sich zum Abendessen umzuziehen. Rohario pfiff vor sich hin, als er in seinem Schlafzimmer sein Halstuch mit ganz besonderem Schwung band. Sollte er den untersten Manschettenknopf offenlassen, wie es derzeit bei Hofe Mode war? Oder sollte er sich förmlicher geben? Nach langer Überlegung und nachdem er sich die Wirkung aus jedem erdenklichen Winkel angesehen hatte, entschied er sich für den konservativeren Stil. Der Mutter sei Dank, seine Weste biß sich nicht mit der Tapete; das hätte wirklich bedeutet, das Schicksal herauszufordern. Und da er bei seiner Abendgarderobe ohnehin das feinste Grau bevorzugte, eine vollkommen untadelige Farbe, würde er damit ganz sichergehen. Endlich war er zufrieden. Selbst eine Frau mit so scharfen Augen wie Eleyna Grijalva würde nichts Unziemliches an ihm bemerken können.

Aber bald würde Edoard zurückkehren. Rohario zog eine Grimasse. Edoard war so versessen darauf gewesen, eine Grijalva-Mätresse zu haben, aber wie viele seiner Ideen hatte auch diese die Beständigkeit des ersten Morgenfrostes an einem kühlen Frühlingstag. Sobald die Sonne aufging, schmolz sie dahin.

Und Edoard war im Augenblick nicht hier.

Während des Abendessens unterhielten sich Rohario und Eleyna darüber, welcher der Alten Meister der beste war. »Nein, ich kann Euch nicht zustimmen«, sagte er über dem Kalbsfrikassee. »Nur, weil Guilbarro Grijalvas Leben so tragisch früh endete, heißt das nicht, daß man ihn zu den größten Meistern zählen kann.«

»Ich halte seine *Geburt der Cossima* sehr wohl für ein Meisterwerk.«

»Und was ist mit Riobaro? Alle sind der Ansicht, er sei einer der besten Maler der Grijalva-Linie.«

Sie dachte darüber nach, während ein Diener ihr Kaninchencurry vorlegte. »Seine Arbeiten sind selbstverständlich wunderschön, aber ich finde sie trotzdem gekünstelt. Als hätte er versucht, einen anderen durch seine Hände sprechen zu lassen. Ich kann es nicht erklären.«

Rohario lachte. »Wer also sonst?

»Selbstverständlich Sario Grijalva. Sein Altarbild, sein Porträt der Saavedra –«

Unbehagliches Schweigen hielt Einzug. *Die erste Mätresse.* Rohario saß unbehaglich da, während die Dienstboten die Nachspeisen und einen gebutterten Hummer hereinbrachten.

Mara hüstelte. Was für eine unangenehme Angewohnheit! Aber Rohario war dankbar, daß sie das Schweigen gebrochen hatte. »Jeder Maler versucht auf seine Art, Sario Grijalva nachzuahmen«, sagte Mara.

Mit einer Geste, die dramatischer wirkte, weil sie noch die silberne Gabel in der Hand hatte, erwachte Eleyna wieder zum Leben. »Aber zu viele haben versucht, seinen Stil zu kopieren, statt einen eigenen zu entwickeln. Aldaberto und Tazioni haben auf ihre eigene Art gemalt. Von ihnen können wir viel lernen. Und Miquellan Serrano war –«

»Eleyna!« Wieder schaute die alte Duennia schockiert drein. »Daß es je so weit kommen würde, daß eine Grijalva den Schöpfer dieser skandalösen *Rettung* lobt!« Dann schwieg sie verlegen, denn selbstverständlich hatte sie nicht vorgehabt, Rohario an die Chi'patro-Vorfahren der Grijalvas zu erinnern.

»Er war ein guter Maler«, meinte Eleyna unbeirrt. »Ganz gleich, welche Auseinandersetzungen er mit unserer Familie hatte. Es ist lächerlich, wenn wir nur Grijalvas gelten lassen. Auch andere haben Genie. In Friesemark gab es einen Maler namens Huesandt, der vor etwa fünfzig Jahren starb. *Er* ist ein wahrer Meister! Er malt die Menschen so wunderbar, daß man glaubt, ihr ganzes Herz zu kennen.

Und es gibt noch einen anderen guten Mann in Friesemark, Meyseer. Er kann wunderbar mit dem Licht umgehen. Er hatte eine Schülerin, die als ›die Vethierin‹ bekannt war. Sie hat ihre Familie und ihren Mann in Vethien verlassen, um mit Meyseer arbeiten zu können, hat ihr altes Leben weggeworfen, um zu malen.« Ihr Gesicht leuchtete auf, wenn sie so leidenschaftlich erzählte. Das verblüffte und verstörte Rohario. Am Hof seines Vaters war Begeisterung etwas Verdächtiges, man gab sich lieber indifferent. »Habt Ihr diese Reproduktionen gesehen? Die Arbeiten dieser Maler?« fuhr sie fort und beugte sich vor. Ihr Haar, mit Elfenbeinkämmen aufgesteckt, und die einfache Perlenkette um ihren Hals schimmerten im flackernden Licht der Kerzen.

Ihre Worte führten ihm wieder mit schrecklicher Klarheit den Iluminarres-Aufstand vor Augen: die jungen Handwerksgesellen, die ihn mit solcher Wut angegriffen hatten, und Sancto Leos sinnloses Sterben. Was hatte dazu geführt? Was gab es dort draußen in der Welt, das er bisher ignoriert, von dem er nicht einmal gewußt hatte, daß es existierte?

»Nein«, sagte er leise und bedrückt. »Wir haben keine ihrer Werke im Palasso. Mein Vater möchte nur Bilder aus Tira Virte in der Galerria haben, und Großherzogin Johannah interessiert sich nicht für Kunst.« Und dann fügte er hinzu, weil er wieder sehen wollte, wie ihre Miene sich aufhellte: »Aber vielleicht könnt Ihr mir mehr von ihnen erzählen.«

Am nächsten Tag stand Rohario gegen Mittag auf, wie üblich, aber er fand das Frühstückszimmer leer. Er aß nur ein Brötchen und trank Tee, dann ging er nach draußen.

Die Gärten lagen hinter der Hofmauer. Einstmals Teil der Befestigungen des Hauses, war die Mauer nun eine pittoreske Ruine, von den Jahren und vom Regen halb abgetragen. Durch die Risse darin konnte Rohario die Gartenwege sehen, die kunstvoll beschnittenen Bäume und Hecken und Unmengen weißer Blüten, die nach dem Regen aufgeblüht waren. Die letzten Tropfen des morgendlichen Regens hingen noch an den Blütenblättern und den Blättern der Bäume, obwohl der Himmel nun aufgeklart war und die Sonne schien.

Dort, inmitten der Blüten, entdeckte er Beatriz. Sie sah reizend aus, schnitt sorgfältig Blumen ab und legte sie in einen Korb. Sie trug eine hübsche Haube und ein Morgenkleid, das ihren anmutigen Hals zur Geltung brachte.

Sie grüßte ihn höflich und ohne jegliches Anzeichen von Verlegenheit. »Was für ein reizender Garten, Don Rohario! Euer Gärtner sagte, man habe den Kräutergarten verwildern lassen.« So äußerte sie ihre Bitte, ohne sie direkt auszusprechen.

Er lächelte höflich. »Ich bin sicher, er würde Euch den Garten gern überlassen.« Dann schaute er sich um. »Ich sehe Eure Schwester nicht.«

»Sie malt«, sagte Beatriz.

Plötzlich entdeckte er eine Ecke einer Staffelei hinter hohen Rhododendren. »Danke.« Sie malte! Selbstverständlich, sie war schließlich eine Grijalva. Möge die Mutter fügen, daß sie die Technik zumindest einigermaßen beherrschte. Er war nie imstande gewesen zu lügen, was Kunst anging. Nie. Nicht einmal, was seine eigenen Arbeiten anging.

Eleyna war so konzentriert, daß sie nicht bemerkte, daß er sich näherte. Die Duennia hingegen sah ihn sofort, grüßte ihn mit einem Nicken und wandte sich wieder ihrer Stickarbeit zu.

An ihm hatte sie keinerlei Interesse. Rohario blieb in sicherem Abstand stehen und betrachtete das Werk, das auf einer Baumwolleinwand mit rötlichbrauner Grundierung entstand.

Eleyna arbeitete mit einer Palette von sechs Farben, malte rasch, aber selbstsicher. Vor seinen Augen nahm der Garten Form an, die eingestürzte Mauer, die überhängenden Bäume, die Blüten, und Beatriz in ihrer Mitte, auf den Knien, an einem Ort, an dem sie vor etwa einer Stunde gekniet haben mußte, obwohl sie sich inzwischen weiterbewegt hatte. Irgendwie führte alles, die Wolken, der Turm, die Anlage des Gartens selbst, den Blick zu Beatriz hin, die, weiß gekleidet und mit dunklen Locken, die unter der Haube hervorquollen, den Geist des Morgens selbst zu verkörpern schien. Anders als bei dem derzeit geläufigen Stil, bei dem die Maler sich anstrengten, die Spuren der Pinselstriche zu tilgen, damit die Oberfläche glatt und glänzend wurde, ließ Eleyna ihre Pinselarbeit Teil der Struktur des Gemäldes werden.

Rohario sah einfach zu, wollte auf keinen Fall ihre Konzentration stören. Als ein Diener vorbeikam, winkte er nach einem Stuhl und setzte sich dann hin. Den Blick auf das Bild gerichtet, das vor ihm entstand, bemerkte er überhaupt nicht, wie die Zeit verging. Eleyna arbeitete mit bemerkenswerter Konzentration, als wäre sie in Trance.

Matra Dolcha! Sie war wirklich gut! Selbst bei einem fapresto-Bild wie diesem, wo sie gleichzeitig mit dem Entwurf und der Form und den Farben zurechtkommen mußte, erreichte sie ein Strahlen, eine Lebendigkeit, von der der Oberste Hofmaler nur hätte träumen können. Sicher gab es Mängel, aber die Spontaneität des Landschaftsbildes war ebenso wichtig wie seine Komposition.

Ein Diener brachte Kaffee und Pflaumenkuchen und stellte alles auf einem Tisch ab. Eleyna bemerkte die Bewegung und schaute dann hinüber zu Rohario. Sie lächelte, als spürte sie seine Zustimmung, und machte sich wieder an die Arbeit. Unwillkürlich erwiderte er das Lächeln. Er hatte das Gefühl, nie in seinem Leben glücklicher gewesen zu sein.

»Fertig«, sagte Eleyna und lehnte sich zurück.

»Es ist wunderschön!« Er sprang auf. Dann trat er vorsichtig an die Staffelei heran.

Eleyna sah ihn verblüfft an. Ihr Sonnenhut war heruntergerutscht und hing ihr auf dem Rücken, die blauen Bänder flatterten. »Glaubt Ihr wirklich? Ihr braucht mir nicht zu schmeicheln, nur um höflich zu sein.«

»Ihr müßt doch wissen, wie gut Ihr seid! Selbstverständlich ist es ein wenig grob, weil Ihr es in einer einzigen Sitzung gemalt habt, ohne Skizze, aber das macht auch einen Teil des Zaubers aus.«

Wieder lächelte sie, diesmal so strahlend, daß es ihn beinahe zum Taumeln gebracht hätte. »Ihr versteht!«

Er verstand.

Einen Augenblick lang glaubte er, eine Wolke habe sich vor die Sonne geschoben, weil sich sein Gesichtsfeld verdunkelte. Aber am Sonnenlicht hatte sich nichts verändert. Es war, als steckte er wieder mitten im Aufstand, als würde er hierhin und dorthin gestoßen, unfähig, sich zu fassen, verloren im Tumult.

Rohario wußte, daß er sich verliebt hatte ... in die Mätresse seines Bruders, eine Grijalva, die – trotz ihres ersten Widerstrebens – erkannt hatte, welche Vorteile es ihr bringen würde, die Geliebte des herzoglichen Erben zu werden.

Er lächelte dünn und sah sich um, suchte nach Worten, die die schrecklichen Gefühle nicht verraten würden, die in ihm kochten. Beatriz blickte ebenfalls auf, aufgestört von etwas, das er nicht erkennen konnte. Sie erhob sich, den Blumenkorb am Arm, ein fesselnder Anblick.

Ein Reiter kam in Sicht. Die Gärten waren selbstverständlich kein angemessener Ort zum Reiten, besonders nicht auf einem offensichtlich so wilden Tier wie diesem. Es scheute vor jedem Busch, jedem Blumenbeet.

Der Reiter brachte das Pferd schließlich herrisch zum

Stehen und sprang ab. Er reichte die Zügel einem Stallburschen und ging auf Beatriz zu. Er hatte den Gang eines Mannes, der sich ganz in seinem Körper und seiner Stellung in der Welt zu Hause fühlt, dichtes hellbraunes Haar und ein ansteckendes Lachen, das nie gezwungen wirkte. Seit er vierzehn war, hatten sich die Frauen schier überschlagen, ihn auf sich aufmerksam zu machen, und das nicht nur, weil er der Sohn des Großherzogs war.

Eleyna stand auf. »Wer ist das?« Sie hob eine farbfleckige Hand, um sich das Haar aus der Stirn zu streichen. Erst jetzt bemerkte sie, daß ihr Hut heruntergerutscht war. Hektisch griff sie danach.

»Das«, sagte Rohario freudlos, »ist mein Bruder, Don Edoard.«

8

Sie hatte Farbflecke an den Fingern, und sie wußte, daß ihr Haar wirr und aufgelöst war; aber es war zu spät, mehr zu unternehmen, als hastig den Sonnenhut wieder aufzusetzen. Selbst ihr Kleid war voller Farbflecke, aber das zarte geometrische Muster, mit dem der weiße Musselin bedruckt war, verbarg das beinahe. Das Bild war vergessen, und Eleyna starrte geradeaus, während Don Edoard Beatriz den Arm bot und mit ihr zusammen den Gartenweg entlang auf sie zukam. Ihr langsamer Schritt ließ Eleyna genug Zeit, ihn forschend zu betrachten. Er war kaum größer als sein Bruder, hatte aber die geschmeidigen Bewegungen eines Sportlers. Rohario hatte die zarten Züge seiner Großmutter geerbt, aber Edoard war eindeutig ein Sohn Tira Virtes, und seine ausgeprägten Züge wurden nur von seinem hellen ghillasischen Haar gemildert. Ein interessantes Gesicht.

Ich werde ihn überreden, für ein Porträt Modell zu sitzen.

Edoard und Beatriz verschwanden hinter einer Hecke, dann tauchten sie zehn Schritte von der Staffelei entfernt wieder auf. Beatriz lächelte, Edoard lachte. Er hatte ein wunderbares Lachen.

»Hier ist Eleyna«, sagte Beatriz.

Er trat vor, nahm ihre Hand, beugte sich darüber. Der Mutter sei Dank, er versuchte nicht, ihr die Hand zu küssen, obwohl sie den Druck seiner Finger deutlich spürte. »Eleyna. Es ist mir ein Vergnügen, Euch kennenzulernen. Eure reizende Schwester sagte mir, Ihr wäret Malerin, was mich nicht überrascht – immerhin seid Ihr eine Grijalva –, aber ich wußte nicht, daß auch die Frauen malen, oder vielleicht dachte ich, Ihr würdet nur zeichnen wie manche Damen bei Hof, um sich die Zeit zu vertreiben.«

»Ja«, sagte sie und entzog ihm vorsichtig ihre Hand. »Ich habe gemalt.«

Er stellte sich vor die Staffelei, um sich das Bild anzusehen. »Ah ja, sehr schön. Ich kann Eure Schwester hier erkennen. Wie angemessen. Und wer ist diese reizende Dame? Es passiert nicht jeden Tag, daß ich gleich drei schöne Frauen in meinem Versteck begrüßen kann. Mara? Ihr seid ein willkommener Gast, das versichere ich Euch.« Er küßte der Duennia die Hand. Mara errötete und versuchte einen beinahe neckischen Augenaufschlag.

»Rohario! Du willst doch sicher das Jagdpferd sehen, das ich gekauft habe. Und nun, mein Herz«, fuhr er fort, wandte sich besitzergreifend wieder Eleynas Hand zu und zog sie in seine Armbeuge, »gehen wir zum Mittagessen, das, soweit ich weiß, aus Wachteln in irgendeiner Soße besteht – Ihr wißt ja, wie Köche sind, es gibt alle möglichen Soßen und mehrere Gänge, die ich nicht einmal aussprechen kann, weil unsere Köche alle aus Ghillas kommen, und obwohl meine liebe verstorbene Mutter versucht hat mir beizubringen, wie man all diese Wörter ausspricht, ist es mir nie richtig gelungen. Sie hat es schließlich aufgegeben. ›Edoard‹, sagte sie dann, ›die einzige Sprache, die du beherrschst, ist die deiner Jagdhunde, aber zumindest mit denen kannst du reden.‹«

Auf diese Weise schwatzte er weiter und gab sich zufrieden, wenn Eleyna hin und wieder zustimmend murmelte. Sie gingen ins Haus und aßen in dem kleinen, familiären Eßzimmer.

Edoard war nicht unbedingt ein langweiliger Gesprächspartner, aber während er seinen Monolog fortsetzte, merkte sie, daß ihre Aufmerksamkeit nachzulassen begann. Es war, als würde sie an Sperranssia zu Hause im Hof mit dem Mosaikbrunnen sitzen und zeichnen, während sie den umherwandernden Lautenspielern zuhörte, die den Damen Serenaden darbrachten in der Hoffnung auf einen Kuß.

»... selbstverständlich hätte niemand damit gerechnet, daß Zio Alesso so früh sterben würde; das ist tatsächlich auch der Grund, wieso unsere liebe Mama nie wollte, daß ich jage, weil er abgeworfen wurde, als sein Pferd eine Hecke übersprang, aber Patro sagte, er habe immer einen schrecklichen Sitz gehabt, also nehme ich an, es war ohnehin nur eine Frage der Zeit.« Edoard lächelte.

Eleyna hatte nicht mehr die geringste Ahnung, worum es überhaupt ging. »Nur eine Frage der Zeit, bis er abgeworfen wurde?« fragte sie, ängstlich, daß er ihre Unaufmerksamkeit bemerken würde.

»Was für eine kluge und schöne Frau Ihr doch seid, meine Liebe. Das hat Mama auch immer über Teressa gesagt – meine Tante, meine ich, die diesen Mann aus Diettro Mareia geheiratet hat, dessen Namen ich nicht aussprechen kann –, daß es einer Frau nicht guttut, wenn sie dumm bleibt.«

Eleyna lächelte und wußte, wie blöde sie aussehen mußte. *Dumme Kuh!* Sie wußte überhaupt nicht mehr, was sie sagen sollte. »Unser Zio Alesso«, warf Rohario gereizt ein, »war oft in diesem Jagdhaus, er liebte es und die Gärten sehr, und vier Jahre nachdem er Großherzog geworden war, fiel er vom Pferd, gleich hier, noch in Sichtweite des Hauses.«

»Großherzog Alesso ist *hier* gestorben?« Beatriz war entzückt von diesen schauerlichen Einzelheiten.

»Ich kann selbst weitererzählen, Rohario.« Edoard schob den Stuhl von sich. Die anderen erhoben sich ebenfalls hastig. »Ich würde Euch gern mein neues Jagdpferd zeigen«, fügte er hinzu und bot Eleyna den Arm.

»Selbstverständlich.«

Sie gingen in den Hof hinaus und von dort zu den Ställen. Edoard war ungewöhnlich still. Rohario, der verärgert aussah, begleitete Mara und Beatriz. Es war ganz offensichtlich, daß er nicht hier sein wollte. Nur der Großherzog hatte die Macht, ihn zum Bleiben zu bewegen. Aber warum? Genau das erwartete ihre Mutter wahrscheinlich von ihr: alle Geheimnisse der Familie do'Verrada zu ergründen. Eleyna schauderte. Das war alles so unangenehm!

»Ist Euch kalt?« fragte Edoard. »Wir könnten zurückgehen, damit Ihr Euch eine Stola holen könnt.«

»Nein, danke.«

»Da sind wir. Mögt Ihr Pferde?«

»Es ist mir noch nie gelungen, sie richtig zu zeichnen.«

Im Stall war es dunkler, und sie brauchte einen Moment, bis ihre Augen sich angepaßt hatten. Vor ihnen trat etwas fest gegen eine Wand.

»Herr!« Ein Stallknecht eilte herbei. »Dieses neue Pferd ist sehr wild, sehr feurig. Ihr hört ja, wie es um sich tritt. Es wäre besser, wenn Ihr Euch fernhieltet, bis wir es beruhigt haben.«

»Dann komme ich später zurück. Hier entlang, meine Liebe. Dann sehen wir uns eben die Hunde an.«

Als sie wieder draußen waren, lebte er merklich auf. Sie hatten die anderen weit zurückgelassen. Edoard legte die andere Hand über ihre, die auf seinem Unterarm ruhte. Eleyna lächelte zittrig und wurde innerlich taub. Sie konnte sich an Felippos eheliche Aufmerksamkeiten wie durch einen Schleier erinnern, konnte sie sehen, spüren, seine Hände und seinen Körper und seine Lippen, aber das alles schien einer anderen passiert zu sein, einer Frau, die sie nicht mehr kannte.

»Wenn Euch kalt ist, können wir wieder ins Haus gehen. In meinen Räumen gibt es einen Kamin. Ich werde ein Feuer anzünden lassen.«

Und dann wären sie in seinen Privaträumen.

»Ich würde die Hunde wirklich gern sehen.« Sie brachte die Worte kaum heraus.

»Ja, es sind gute Hunde. Wir do'Verradas züchten schon seit vielen Generationen, und ich glaube, die ersten drei Hündinnen waren ein Hochzeitsgeschenk aus Casteya. Ich kann mich an keine weiteren Einzelheiten erinnern, aber wenn sie Euch interessieren, es gibt Akten, die die Angestellten im Palasso sicher leicht finden könnten – ich bin sicher, die langweilen sich ohnehin den ganzen Tag. Patro interessiert sich kaum für die alten Akten, es sei denn, sie haben etwas mit dem Handel zu tun, und was uns andere angeht ... wir Kinder waren der Bildung nie sonderlich zugewandt, was eine große Enttäuschung für unsere liebe Mama war, denn sie wußte ein gutes philosophisches Gespräch zu schätzen, und nur Rohario hat sich die Mühe gemacht, ein paar der alten Gelehrten zu lesen. Aber seine Bemerkungen darüber waren häufig zu boshaft, und Mama weigerte sich bald, ihn in die Gespräche einzubeziehen. Hier sind die Zwinger. Die beiden Hündinnen heißen Framba und Fraga. Vuonno ist selbstverständlich nach seiner Größe benannt, aber Suerto ist der Beste, nicht wahr, mein Junge?«

Edoard ließ Eleynas Hand los und schenkte seine vollständige Aufmerksamkeit dem rötlichbraunen Jagdhund, der an ihm hochsprang. Es war deutlich zu sehen, daß der Hund seinen Herrn liebte, so wie Edoard seine Hunde. Eleyna wußte sofort, wie sie ihn malen würde.

»Ich werde ein paar Skizzen anfertigen«, sagte sie, begeistert von der Idee. »Ihr solltet auf dem Feld stehen, mit Eurer Muskete, den Hund neben Euch.«

»Wunderbar! Ihr könnt Skizzen von sämtlichen Hunden machen. Wir werden hier in Chassierallo eine kleine Gallerria mit Hundebildern beginnen.«

Eleyna mußte einfach lachen über soviel Begeisterungsfähigkeit. Wieder nahm er ihre Hand, beugte sich darüber und küßte ihre Finger. Er lächelte sie an. Er hatte wirklich sehr schöne Augen. Vielleicht würde es ja doch nicht vollkommen unmöglich sein …

Sie hörte Beatriz' Stimme. Auch Edoard hörte sie – sie erkannte es an seiner Miene – aber er ließ ihre Hand nicht los. Und so fanden sie Beatriz und Rohario und Mara am Ende dieser ein wenig vertraulichen Szene. Aus irgendeinem Grund wurde Eleyna rot. Matra ei Filho! Sie war doch kein unerfahrenes Mädchen mehr, zu erröten, nur weil ein Mann ihr den Hof machte! Sie wußten schließlich alle, wieso sie hier war. Dennoch entzog sie Edoard sanft ihre Hand und wandte sich ab, damit sie den anderen nicht ins Gesicht sehen mußte.

»Ich werde gleich anfangen«, sagte sie, um über ihre Verwirrung hinwegzutäuschen.

Edoard schnippte mit den Fingern, und ein Diener eilte herbei, der nach Staffelei, Pergament und der Schachtel mit den Stiften geschickt wurde.

»Ich liebe Hunde«, sagte Beatriz zu Edoard.

Rohario ging ein paar Schritte weiter und starrte auf die Felder hinaus.

Diener kamen. Eleyna setzte sich und legte ihr Arbeitsmaterial bereit. »Ich werde mit den Hunden beginnen«, sagte sie. »Ein paar Skizzen, damit ich sie kennenlerne.«

»Kommt, Don Edoard«, sagte Beatriz auf ihre sanfte Art. »Ihr müßt mir die Gärten zeigen.«

»Werdet Ihr mich auch malen?« fragte Edoard bittend.

»Selbstverständlich.« Eleyna spitzte einen Bleistift mit dem Messer. Die Hunde hatten solch klare, interessante Gesichter, und anders als die verwöhnten, mürrischen Schoßhündchen der Damen bei Hofe waren sie lebhaft und verfügten wie Edoard über einen gewissen Charme.

»Ich hoffe, Don Edoard, Ihr seht, daß meine Schwester jetzt sehr gut ohne uns zurechtkommen wird.« Beatriz' Worte trieben an ihr vorüber. Eleyna bemerkte nur noch aus dem Augenwinkel, daß Beatriz Edoard wegführte und Mara ihnen folgte. »Euer Vater hat Euch Chassierallo vor fünf Jahren überschrieben?«

»Ja, so will es die Tradition. Ich war gerade neunzehn geworden ...« Seine Stimme verklang, als er weiterging. Eleyna bemerkte kaum, daß die anderen fort waren. Ihr erstes Modell war Vuonno, und er war ein gutmütiges, aber ruheloses Tier, also mußte sie schnell arbeiten, um ihn aufs Pergament zu bannen.

Rohario stand immer noch in der Nähe, wandte ihr sein Profil zu. Seine Pose war so verblüffend theatralisch, daß sie der Verdacht beschlich, er habe sie bewußt eingenommen. Schnell zeichnete sie ihn, runzelte die Stirn, versuchte es abermals. Das war besser, aber es fing immer noch nicht so recht die Haltung seiner Schultern ein, die unzufrieden verschränkten Arme, das vorgeschobene Kinn.

Wieder zeichnete sie ihn, diesmal in größerem Format, auf ein ganzes Blatt. Der Diener brachte Framba. Hastig, errötend, holte Eleyna ein neues Blatt heraus, verdeckte die Skizzen. Aber sie war sich stets Roharios Anwesenheit bewußt. Er war zu weit entfernt, als daß sie sich hätten unterhalten können, aber zu nahe, um ihn zu vergessen. Sie versuchte immer wieder, sich vollkommen auf ihre Zeichnungen zu konzentrieren, aber sie spürte, daß er sie beobachtete – oder, wenn er sah, daß sie in seine Richtung schaute, *nicht* beobachtete. Endlich ging er, und sie konnte in Frieden arbeiten. Viel später kehrte Beatriz zurück.

»Wo ist denn Don Edoard?« fragte Eleyna.

»Er wollte sich sein neues Pferd ansehen. Es hat sich jetzt beruhigt.« Beatriz band sich die Haube neu. Man sah ihren Fingern an, daß sie in der Erde gegraben hatte.

»Ich danke dir, Beatriz. Ich weiß, daß du nur helfen willst, aber ich werde mich an ihn gewöhnen müssen.«

»Selbstverständlich mußt du das, aber du solltest dir keine Sorgen um etwas machen, das seine eigene Zeit braucht.«

Eleyna fragte sich – und nicht zum ersten Mal –, wie es sein konnte, daß ein solch verständnisvoller und sanfter Mensch einen mitunter so ärgern konnte.

Alle sahen sich beim Abendessen wieder, das sie im Speisesaal einnahmen, im schimmernden Kerzenlicht.

»Ihr seht heute abend ganz besonders reizend aus, meine Liebe«, sagte Edoard, als er Eleyna zu ihrem Stuhl geleitete. Und dann machte er alles wieder kaputt, indem er sich Beatriz zuwandte und sie von Rohario wegzog. »Ebenso wie Ihr, Beatriz. Wenn Ihr zu meinen beiden Seiten sitzen würdet, wäre ich der glücklichste Mann der Welt. Ich habe mir die Skizzen angesehen. Ich hoffe, es stört Euch nicht, daß ich das getan habe, ohne Euch vorher um Erlaubnis zu fragen –«

Er hatte sich einfach ihr Skizzenbuch angesehen! Eleyna unterdrückte einen zornigen Aufschrei und lächelte ihn an.

»– aber ich konnte es kaum erwarten, meine lieben Freunde zu sehen, obwohl mir aufgefallen ist, daß Ihr auch ein paar Zeichnungen von meinem Bruder gemacht habt. Ich bin schrecklich eifersüchtig, daß Ihr *mich* noch nicht entsprechend gewürdigt habt …«

Eleyna wagte nicht, Rohario anzusehen. »Ich wollte mich nur ein wenig üben, Don Edoard.«

»Dann werdet Ihr mich heute abend zeichnen?«

Sie errötete, war sich vollkommen seines Interesses bewußt, der wahren Bedeutung hinter den harmlosen Worten.

»Die Blumen aus dem Garten sehen in diesen Vasen reizend aus, findet Ihr nicht auch, Don Edoard?« sagte Beatriz. »Ihr habt beim Pflücken ein gutes Auge für Farben bewiesen.«

Abgelenkt wandte sich Edoard ihr zu. »Ich bin nur Euren Wünschen gefolgt. Ich habe von Blumen wenig Ahnung.«

»Ihr wißt mehr darüber, als Ihr glaubt, Don Edoard. Unsere Großmutter Leilias hat Parfums hergestellt, und sie hat mich viel über Blumen und Kräuter und Düfte gelehrt. Die roten Chrysanthemen hier sind ein Symbol für Liebe, Geißblatt für Zuneigung und Lilien für Frieden. Und Euer Koch hat das Huhn heute abend mit einem Hauch Majoran gewürzt.«

»Was für eine erstaunlich kluge Frau Ihr doch seid, solche Dinge zu bemerken. Hat Majoran auch eine Bedeutung?«

Beatriz lächelte, ihre Wangen glühten ein wenig. »Erröten.«

»Ich wußte gar nicht, daß Blumen und Kräuter so viel aussagen können.«

»Die Dinge der Welt haben viele verborgene Bedeutungen, wenn wir nur wissen, wo wir sie suchen sollen.«

Etwas daran, wie Beatriz diese Worte aussprach, sträubte Eleyna die Nackenhaare. Sie warf Rohario einen Blick zu, aber er saß nur mürrisch da, die Gabel in der Hand, und starrte seine Pastete mit Geflügelinnereien an, die halb zerpflückt auf dem Teller vor ihm lag. Mara beobachtete die ihr Anvertrauten mit sanfter Zustimmung.

»Was meint Ihr nur damit?« Edoard beugte sich zu Beatriz, seine Augen blitzten. »Ihr klingt sehr geheimnisvoll.«

Mara erwachte zum Leben. »Es ist Zeit, daß wir uns ins Wohnzimmer zurückziehen.« Sie erhob sich rasch und scheuchte Eleyna und Beatriz nach draußen. Der Verwalter führte sie ins Wohnzimmer, wo Eleyna ihren Skizzenblock auf einem Beistelltisch fand.

Mara setzte sich auf die Couch und begann mit ihrer Stickerei. Eleyna zog Beatriz beiseite. »Was hast du dir dabei gedacht, Don Edoard so etwas zu sagen?«

Beatriz ließ sich nicht beirren. »Wenn es stimmt, was Großmutter gesagt hat, dann wird er die Geheimnisse der Maler früher oder später erfahren müssen.«

»Aber –«

»Aber? Er hat offenbar nicht die geringste Ahnung, nicht den geringsten Verdacht. Das sieht man ihm an.«

»Ich bin nicht sicher, ob er überhaupt intelligent genug ist –«

»Eleyna! Er kann sehr vernünftig sein, wenn es um Gärtnerei und die Verwaltung des Besitzes geht.«

»Ach, *darüber* habt ihr den ganzen Nachmittag gesprochen?«

Die Tür ging auf, und Edoard kam herein. »Ich möchte um Verzeihung bitten«, sagte er leichthin. »Mein Bruder hat Kopfschmerzen und mußte sich zurückziehen.«

»Ich fühle mich ebenfalls nicht sonderlich wohl«, sagte Mara und erhob sich. »Beatriz, würdest du mich auf mein Zimmer bringen? Ich brauche jemanden, der mich stützt.«

Beatriz berührte rasch noch einmal Eleynas Hand, nur flüchtig, aber die Berührung tröstete. Es war alles so durchschaubar. Und dennoch ... es gab keinen Grund, das Unvermeidliche aufzuschieben. Sie gingen. Eleyna erhob sich, eine Hand auf dem Skizzenblock, und lächelte Edoard nervös an.

»Setzt Euch, meine Liebe.« Er begann, auf und ab zu gehen. Ihr kam erst jetzt der Gedanke, daß auch er nervös sein könnte.

»Ich werde Euch zeichnen«, sagte sie.

Er lächelte und setzte sich auf einen Eichenstuhl, dessen einfacher Stil seine goldene Jacke und die silberne Weste gut zur Geltung brachte. Die helle Aquarelltapete war ein guter Hintergrund für sein braunes Haar und die dunklen Augen. Aber er konnte kaum besser stillsitzen als ein Kleinkind – oder als seine Jagdhunde. Dennoch, solange er dort saß, konnte er ihr nicht näher kommen. Wie hatte sie dieser Sache je zustimmen können? Vor ihrem geistigen Auge sah sie, wie sich der Abend vermutlich weiterentwickeln würde: Konversation, ein Glas Madeira, Vertraulichkeiten, das Bett. Sie glühte vor Verlegenheit. Er wurde unruhig.

»Das erinnert mich an ein Familienbild, das vor ein paar Jahren gemalt wurde, vor dem Fieber, denn damals war die liebe Mama selbstverständlich noch am Leben und die kleine Mechellita und Alessio und mein armer Bruder Benetto, der so unter dem Fieber gelitten hat. Seitdem ist er nicht mehr richtig im Kopf. Es stimmt, daß Großmutter Mechella nicht zugelassen hat, daß ihre Söhne sich Grijalva-Mätressen nehmen. Ich hätte das nicht vor Eurer Schwester erwähnen sollen; sie ist so jung und unschuldig –«

Matra Dolcha! Was würde Edoard sagen, wenn er jemals von den Bestätigungen erfuhr, die Beatriz laut ihrer eigenen Aussage ungeheuer genossen hatte, oder von Beatriz' kleinem Sohn, der um diese Zeit sicher schon lange in der Crechetta im Palasso Grijalva schlief.

»– aber nun, nachdem Großmutter tot ist, sah ich keinen Grund, Patro nicht zu fragen, ob man die Marria do'Fantome nicht wieder einführen könnte.« Er hielt inne, wartete auf eine Antwort. Auf eine Einladung.

»Arrigos Mätresse Tazia war meine Großtante.« Sie beugte sich über den Skizzenblock. Die abgelegene Ecke des Wohnzimmers wurde plötzlich ungeheuer interessant. Verwirrt konzentrierte sie sich darauf, diese Ecke bis in die kleinste Einzelheit nachzuzeichnen, den einfachen kleinen Tisch und die Vase und die einzelne Öllampe vor der gestreiften Tapete.

Sie spürte, wie er aufstand. Ihre Wangen glühten. Wenn sie sich nur genügend konzentrierte, würde sie ihn irgendwie aus dem Zimmer verbannen können, als könnte er nicht neben ihr existieren, wenn er auch keinen Platz in ihren Gedanken fand.

Aber sie hatte die Gabe nicht.

Er blieb neben ihr stehen und legte ihr ganz sachte eine Hand auf die Schulter.

Agustin.

Agustin hatte die Gabe.

»Ich dachte, Ihr wolltet mich zeichnen«, sagte er.

»Das ist für meinen Bruder Agustin«, improvisierte sie rasch. Man sagte, sie könne die Gabe nicht haben, weil sie eine Frau war, und dennoch wußte sie tief drinnen, daß sie eine begabte Künstlerin war und es ihre Pflicht vor Mutter und Sohn war, in ihren Bildern die Welt zum Leben zu erwecken. So etwas wie jetzt wäre ihr nie passiert, wenn sie, wie ihr Bruder, ein bestätigter Maler gewesen wäre.

»Er hat gerade erst mit der Ausbildung begonnen«, fuhr sie fort. Sie wußte kaum, was sie als nächstes sagen sollte, wollte Edoard auf keinen Fall beleidigen, »und ich habe ihm versprochen, ich würde ein paar Skizzen machen, damit er andere Häuser sehen kann, andere Orte. Er ist nicht bei sonderlich guter Gesundheit, wißt Ihr, und er verläßt den Palasso so gut wie nie, also will ich ihm ein paar Geschenke machen ...« Ihre Stimme verklang.

»Ich werde Bernardin rufen und diese Skizze sofort nach Meya Suerta schicken lassen.«

»Das ist nicht notwendig –«

»Selbstverständlich ist es nicht notwendig, aber da ich die Möglichkeit dazu habe, wieso sollte ich es nicht tun? Ihr müßt einen kurzen Brief an Euren Bruder dazuschreiben. Ich werde nach Bernardin läuten. Nein, nein, schreibt nur. Ich werde still sein. Wie heißt Euer Bruder?«

Sie holte ein Blatt Papier heraus, griff nach der Feder, dem Tintenfaß. Sie wußte kaum, was sie schreiben sollte. »Agustin. Er ist gerade erst fünfzehn.«

»Ah, im selben Alter wie meine Schwester Timarra. Sie ist ein liebes Mädchen, sehr still. Mein Vater macht ihr angst. Nicht, daß er das will, aber er hat so strenge Ansichten und, nun, Timarra hat überhaupt keine. Sie wäre vollkommen damit zufrieden, im Garten zu sitzen und zu nähen und eine treue Ehefrau zu sein, wenn ihre Zeit zum Heiraten gekommen ist, aber wie ich Patro kenne, wird er sie ins fernste Vethia schicken, wo sie frieren und sich ganz elend fühlen wird. Aber entschuldigt mich.« Bernardin kam herein. »Ihr wollt sicher Euren Brief zu Ende schreiben. Schon fertig? Bernardin, laß das hier zum Palasso Grijalva bringen. Ja, der Bote soll *sofort* losreiten. Er soll auf eine Antwort warten, wenn der Junge eine schicken möchte. Agustin Grijalva, ja, genau.«

Nachdem Bernardin gegangen war sagte Eleyna mit leicht zitternder Stimme: »Ich danke Euch, Don Edoard. Ihr seid sehr freundlich.«

Er wandte sich ihr zu, und der leichte Spott in seiner Miene verschwand sofort, als er sprach. »Ach ja? Ich glaube, ich bin einfach nur selbstsüchtig.«

Sie wurde rot. Er näherte sich vorsichtig. Sie mußte sich anstrengen, sich nicht wieder abzuwenden. Er blieb neben ihrem Stuhl stehen und streckte die Hand aus. Gehorsam nahm sie sie, und er zog sie hoch, so daß sie dicht vor ihm stand. Mit der anderen Hand schob er ihr eine Locke aus der Stirn. »Sind alle Grijalva-Frauen so schön wie Ihr und Eure Schwester?«

Sie lächelte, wußte aber nicht, was sie sagen sollte. Wenn sie sprach, würde sie sich verraten. Matra! Wovor fürchtete sie sich eigentlich? Das war ihr doch alles nicht neu.

Er beugte sich vor und küßte sie auf den Mund. Sie kämpfte darum, sich zu entspannen, aber sie ballte die freie Hand fest zur Faust, und ihr gesamter Körper erstarrte.

Nach einem Augenblick trat er zurück und ließ ihre Hand los. Er hatte die Spur eines Lächelns auf den Lippen, aber sie wußte nicht, was das zu bedeuten hatte.

Er trat einen Schritt vor, ging um sie herum, um sich den Skizzenblock anzusehen. »Ich kann mir nicht vorstellen, wie es ist, diese Linien aufs Papier zu bringen, aus denen dann Bilder werden. Es ist, als würde ich durch Eure Augen sehen, nicht wahr? Rohario hat mir so oft gesagt, ich hätte kein Auge für Kunst, was immer das zu bedeuten hat, und was Patro sagt ... nun ja! Ich werde Euch nicht damit langweilen, was Patro sagt. Er mag seine Kinder nicht sonderlich –«

»Das ist doch sicher nicht wahr!«

»Wir enttäuschen ihn.«

Sie zwang sich zu schlucken. Es war die einzige Möglichkeit, wieder atmen zu können. Diese Geständnisse waren ihr sehr unangenehm.

»Benetto ist ein Idiot – ich will damit nichts Schlechtes über den armen Jungen sagen, es ist nicht seine Schuld –, und Timarra ist zu schüchtern, um auch nur einen Satz zu Ende zu bringen. Und sie ist nicht einmal hübsch, was schrecklich für sie ist, weil sowohl Großmutter Mechella als auch unsere liebe verstorbene Mama Schönheiten waren. Rohario – na ja!« Er machte eine hilflose, zornige Geste. »*Rohario!* Also hat Patro noch einmal geheiratet und hofft, bessere Kinder zeugen zu können.«

Auf ihren entsetzten Ausruf hin hob er die Hand. Edoard mochte nicht sonderlich klug sein, aber er war, das bemerkte sie jetzt, auch nicht sonderlich dumm. »Sorgt Euch nicht um mich, mein Herz. Mein Anspruch auf den Thron von Ghillas ist ebenso legitim wie der von König Ivo, einige würden sogar sagen, legitimer. Patro möchte mich mit Ivos Tochter verheiraten – wie heißt sie noch? Ich habe erst neulich eine gute Zeichnung von ihr gesehen, einer Eurer Vettern hat sie mitgebracht – ich nehme jedenfalls an, daß alle Grijalvas irgendwie Vettern und Basen sind.«

Er lächelte sie an. Es war dasselbe Lächeln, mit dem er auch Mara oder Beatriz bedachte. Oder seine Hunde.

Eleyna wurde plötzlich etwas klar: Dieses endlose Reden war Edoards Art, andere zu beruhigen – oder vielleicht auch sich selbst. Oder dienten seine Monologe beiden Zwecken gleichzeitig?

»Ich bin nicht so klug wie Ihr, mein Herz. Ihr könnt solche Schönheit schaffen, und ich … ich kann nur auf die Jagd gehen und schöne Frauen bewundern.«

Er legte ihr die Hand auf den Arm, immer noch lächelnd, und sie versuchte es, sie versuchte es wirklich, aber sie konnte nicht. Er war zu nah.

»Es ist zu früh«, sagte er, ließ sie los und wandte sich ab. Aber sie hatte gesehen, wie sein Lächeln verschwand.

»Es liegt nicht an Euch. Verzeiht mir.«

»Da gibt es nichts zu verzeihen. Bernardin wird Euch auf Euer Zimmer bringen.«

Errötend und erniedrigt floh sie, ohne auch nur ihre Sachen mitzunehmen.

9

Sario verließ den Palasso Grijalva einen Monat nach seiner Rückkehr, angeblich, um seine Tätigkeit als Wandermaler wieder aufzunehmen. Er ritt bis Mittag nach Norden und machte in einem Dorfgasthaus Rast, wo er vor einem Monat genug Geld ausgegeben hatte, um sich bei seiner Rückkehr ein herzliches Willkommen zu sichern. Dort stellte er sein Pferd unter und ließ sich für den nächsten Tag einen Platz in einer Kutsche reservieren, die nach Meya Suerta zurückfuhr. Dann mietete er ein frisches Pferd und ritt bis zum Abend weiter nach Norden, nach Argueña, einer Stadt an einer wichtigen Kreuzung.

Im Gasthaus zur Blauen Rose fand er die ghillasischen Dienstboten, die er dort zurückgelassen hatte, ein Mädchen, das für Königin Iriene und ihre Hofdamen genäht hatte, und zwei Brüder, die in der Palastwache gedient hatten. Er hatte sie sich mit Trinkgeldern und Gefallen für sich gewonnen und sie bei dem Massaker an den Bewohnern des Palasts retten können. Jetzt warteten sie hier auf ihm.

Der Wirt schickte ihn zu den Ställen, wo sich die ehemaligen Soldaten Kost und Logis als Stallburschen verdienten.

»Habt Ihr Neuigkeiten?« wollte der ältere der Brüder sofort wissen.

»Möglich.« Sario setzte eine ernste Miene auf. »Ich muß allein weiterreisen. Die Agenten, mit denen ich gesprochen habe, müssen um ihr Leben fürchten, wenn entdeckt wird, daß sie etwas damit zu tun hatten, daß ein Mitglied der königlichen Familie gerettet wurde.«

»Warum dauert das alles so lange?« fragte der jüngere Bruder. »Diese Leute sind keine treuen Untertanen unseres Königs.« Er spuckte ins Stroh. »Sie warten nur darauf, daß ein gutes Lösegeld angeboten wird.«

»Wir werden sehen. Inzwischen solltet ihr hier weiter auf mich warten. In zehn Tagen werdet ihr am Läuten der Glocken hören, daß Imago, der Tag, an dem das Leben selbst gefeiert wird, begonnen hat. Danach werde ich zurückkehren. Gebt eurer Base diese Münzen. Sie soll Goldstoff kaufen und ein paar Kleider nähen. Ich nehme an, daß der Dame nichts geblieben ist, falls sie noch leben sollte. Und nachdem sie so viel durchgemacht hat, solltet ihr euch nicht wundern, wenn sie sich ein wenig seltsam benimmt.«

Die beiden Soldaten knieten nieder, die Hände ans Herz gedrückt, dann erhoben sie sich und nahmen das Geld entgegen.

Am Morgen ritt Sario weiter nach Norden. Nach ein paar Meilen schlug er einen Bogen, der ihn sicher um Argueña herumführte, und erreichte um die Mittagszeit das Dorfgasthaus, wo er das Pferd zurückgab und die Kutsche nach Meya Suerta nahm. In der Dämmerung war er bereits wieder in seinem Atelier über der Weinhandlung.

Zu ruhelos, um schlafen zu können, entzündete er Laternen und stellte sie auf den Tisch, hängte sie an die Dachbalken und arbeitete bis tief in die Nacht, rieb und mischte Farben, bastelte Pinsel. Als er müde wurde, pochte das Blut in seinen Schläfen wie entfernte Trommeln. Ihm wurde zu warm, er zog Jacke und Weste aus und arbeitete nur in Hemdsärmeln; nach einiger Zeit entledigte er sich auch der Stiefel und spürte in den Fußsohlen seinen Pulsschlag und das leise Knarren und die Bewegungen des alten Hauses, und alles vermischte sich zu einem einzigen Eindruck. Leise murmelte er Worte vor sich hin, die aus den Randzeichnungen des *Folio* stammten, den Seiten, die er vor so langer Zeit Il-Adib abgenommen hatte.

Die Farbstoffe mischte er mit Mohnöl und gab auch ein wenig Bienenwachs und Bernstein hinzu, die er in heißem Öl gelöst hatte. Zu den Weißtönen fügte er den Knochenstaub hinzu und den Puder, den er aus der getrockneten Haut gewonnen hatte, zu den Gelbtönen winzige Stücke des goldenen Haars. Finger- und Zehennägel mahlte er ebenfalls zu Puder und mischte sie ins Ultramarin und Himmelblau. Mit den Resten des Leinenhemdes, geschabt, bis sie so fein wie Sand waren, gab er den Grüntönen Struktur. Die restlichen Haare mischte er zu den Siennas und Umbras, zum Rot das Blut, und Blut mit Lavendelöl benutzte er, um sein Krapprosa zu mischen. Ins Schwarz mischte er von allen Überresten etwas, gerade genug, um es zu würzen.

Er bereitete den Untergrund vor, ein Eichenpaneel, so hoch wie er selbst, und überzog es mit grauer Grundierung, vermischt mit Myrrhenessenz für die Toten und Iris für magische Energie.

Vielleicht ging draußen die Sonne auf. Vielleicht ging sie wieder unter. Er ließ die Fensterläden geschlossen, und er hätte es nicht sagen können. Daß Zeit verging, fiel ihm nur deshalb auf, weil der Pächter der Weinhandlung zweimal täglich mit Essen und Bier zur Tür des Speicherraums kam und wieder abholte, was Sario dort abstellte.

Aber nun war ihm selbst für ein Hemd noch zu heiß. Er zog auch dieses aus. Die Wärme im Atelier weckte seine Haut wie die Berührung einer Geliebten, obwohl er keine Geliebte mehr gehabt hatte, seit er den Körper dieses Sario übernommen hatte. Das hätte seine Liebe zu Saavedra irgendwie beschmutzt.

Er tastete nach einer Lanzette. Er hielt sie in die Kerzenflamme, bis das Metall ein wenig zu glühen begann. Er hielt es hoch, weg von der Kerze, und beobachtete, wie Hitzeschlieren von dem scharfkantigen Metall aufstiegen. Dann senkte er es zu seinem Arm.

Die Klinge lag scharf und heiß an seiner Haut. Die Berührung erregte ihn. Er schnitt.

Als ihm das Blut über die Haut floß, erbebte er am ganzen Körper. Vor langer Zeit einmal hatte er so etwas empfunden, wenn er eine Frau berührte, sie streichelte, in sie eindrang. Jetzt war es nur noch die Kunst, das Malen, die Magie, das Wissen darum, was folgen würde, die Farben, selbst die Luft im Raum, die schwer von Räucherwerk war … sein Atem beschleunigte sich, und er schaffte es gerade noch, sein Sperma in einer Glasphiole aufzufangen. Ein wenig Blut tropfte auf den Boden, aber davon gab es noch mehr; er nahm sich, was er brauchte, und drückte die Hand auf die Wunde. Das Brennen ließ nach, wie immer. Der Schmerz war nichts im Vergleich mit dem Versprechen der Macht.

Er lachte, und das Lachen brachte Tränen. Der Duft von Kräutern bewirkte Erinnerungen an Geschmack, und so war er vorbereitet, mit Blut und Samen, Tränen und Speichel. Mit diesen Essenzen mischte er sein eigenes Selbst in die Farben.

Es war Zeit, mit dem Zauber zu beginnen. Er stellte Kerzen auf den Tisch und einen Halter für das Räucherwerk, einen Altar für Matra ei Filho. Auf die andere Seite legte er die vielen Zeichnungen, die er von seinem Modell gemacht hatte. Nun holte er den *Folio* aus der verschlossenen Truhe und legte ihn vorsichtig mitten auf den Tisch. Er blätterte langsam bis zu dem gewünschten Spruch, ließ jede Seite durch seine Finger gleiten, spürte die Struktur des Pergaments und die feinen Spuren der Schrift, jede Rune ein Funken an seiner Haut.

Als Arriano war er faul geworden, von einem ausländischen Hof zum anderen gereist und hatte sich von dem Geschwätz reicher Kaufleute und den Schmeicheleien nordischer Schönheiten in einen Dämmerzustand bringen lassen, der Jahre angedauert hatte. Vielleicht hatte er nach der Katastrophe mit Rafeyo diese Ruhe gebraucht. Vielleicht wurde er einfach nur müde.

Nein! Niemals. Es war Zeit, wieder aufzuwachen. Es war schon zu lange her, seit er das letzte Mal ein Meisterwerk geschaffen hatte. Und dies würde ein wahres Meisterwerk werden, ein Spruch, über den er schon seit langem nachgedacht, an dem er sich aber nie versucht hatte.

Dies ist die größte Abscheulichkeit von allen.

So stand es im *Folio*, brennende Buchstaben auf weißem Hintergrund. Aber was interessierten ihn die Gebote eines Gottes, an den er nicht glaubte? Er war ein Meister. *Der*

Meister. Es gab keinen sonst, der war wie er, es würde auch nie einen geben, niemals. War er denn nicht der Auserwählte?

Er zündete Kerzen und Räucherwerk an. Mit leiser Stimme sprach er die Worte, die man ihm vor so vielen Jahren, Jahrhunderten beigebracht hatte. »Chieva do'Orro. Öffne mir die Augen für deine Geheimnisse. Blut und Hände haben die Macht, alles zu verändern.« Laut erklang seine Stimme in dem kleinen Atelier, dessen Luft vom Duft von Räucherwerk und Öl geschwängert war. »Matra ei Filho, gewährt mir die Macht über Tod und Leben.«

Er öffnete die Schachtel mit den Ölen, tunkte den Finger in sein magisches Veilchenöl, berührte damit seine Zunge, schmeckte es, berührte seine nackte Brust, den Bauch, den Penis, die Oberschenkel. Mit einem Graphitstift zeichnete er die Gestalt auf die Grundierung, achtete besonders auf Handflächen, Lippen und Augen. Mit den Fingern rieb er eine weitere dünne Farbschicht über die Zeichnung.

Er begann die Worte aus dem *Folio* zu rezitieren. Die Silben kamen ihm rasch auf die Lippen. Während er sie sprach, veränderte sich sein Bewußtsein, seine Wahrnehmung, so daß er sich selbst davonglitt, tiefer in seinen Malergeist, aber auch hinaus zu dem Bild, als könnte er durch seine Hände strömen, durch den Pinsel.

Er begann zu malen.

Sie nahm vor ihm Gestalt an, zunächst nur schemenhaft, dann wurde sie langsam lebendig, in vielen Schichten von Farbe, zunächst hellen Tönen, gefolgt von intensiveren Farben. Es mußte alles in einem Zug geschehen. Er durfte nicht länger innehalten, als er brauchte, um neue Kerzen zu entzünden, ein paar Schlucke Bier zu trinken, ein paar Bissen Brot zu essen, am Kaffee zu nippen oder Öl auf seine Lippen zu streichen, um sich Kraft zu verleihen. Innehalten hätte bedeutet, daß das Gemälde trocknete in die Starrheit des Todes. Dennoch mußte er die Perfektion eines vollendeten Gemäldes schaffen, das normalerweise Zeit gehabt hätte, nach Aufbringung der ersten Farbschichten zu trocknen.

Während der ganzen Zeit hatte er die Worte der Tza'ab-Magier, der Al-Fansihirro, auf den Lippen. Er sah die Frau vor seinem geistigen Auge, stellte sich ihren jungen Körper im Licht vor, wie sie unter ihren modischen Kleidern ausgesehen haben mußte. Die Vision ging von seinem Auge direkt in seine Hände über, und sie nahm Gestalt an.

In den Schatten und Linien ihrer Haut begann er mit der Reihe von Symbolen, die das Gemälde an die Wahrheit binden würden. Ihre Hände ruhten sanft auf den Hüften, die Handflächen vorgestreckt; ihre Füße standen fest auf eichenen Dielen. Ihre Haut nahm eine rosige Färbung an, und ihre Lippen schimmerten. Ihre Augen waren vom schönsten Blau, das er je gesehen hatte, vollkommener vielleicht, als sie es in Wirklichkeit gewesen waren, aber war es nicht die Pflicht eines Künstlers, das Herz seines Modells wiederzugeben, nicht nur den äußeren Anschein?

Von fern hörte er die Glocken läuten. Ein dünner Lichtstrahl fiel durch die Fensterläden, Sonnenaufgang oder Sonnenuntergang. Früher einmal hatte er gewußt, in welche Richtung das Fenster zeigte, aber das war nicht mehr wichtig.

Er band die Stellen an ihr, die im Schatten lagen, mit winzigen Runen und Symbolen der Oscurra. Mit einem Pinsel aus einem einzigen dicken Haar malte er die Oscurra in die Linien ihrer Handflächen, verwob sie mit der zarten Haut ihrer Lippen und streute sie über die zarten blauen Stellen der Regenbogenhäute ihrer Augen.

Das Echo der Glocken klang ihm in den Ohren. Er trat zurück, taumelte beinahe. Eine Woge der Erschöpfung schlug über ihm zusammen, wie es immer war; soviel Blut hatte er benutzt, soviel von seiner Kraft, um neu zu schöpfen. Er tauchte den Finger in Myrrhenöl und vollführte das Zeichen für *Herz* auf ihrer Brust, unsichtbar für das Auge. Der Pinsel fiel ihm aus plötzlich taub gewordenen Fingern. Das Zimmer wirbelte um ihn, aber er faßte sich wieder. Er tastete auf dem Tisch herum, fand eine Schale mit Nelken. Er kaute eine davon, richtete sich auf, tief atmend, berührte den *Folio*, obwohl er die letzten Worte nicht mehr nachlesen mußte.

Er trat vor das Gemälde. Seine Sicht trübte sich, als die Trance von ihm fiel, konnte aber erkennen, daß sein Werk vollkommen war, ein vollkommenes Abbild, ein junges, frisches, unschuldiges Mädchen, das nackt in seinem Atelier stand und wartete ...

Er trat näher, noch näher, und hauchte ihr Leben ein – seiner Schöpfung.

Das Gemälde zitterte. Es war, als rührte sich die feuchte Farbe aus eigener Kraft, etwas schob sich aus dem Holz, entfaltete sich wie eine Blüte in der Morgendämmerung. Verblüfft trat er einen Schritt zurück.

Sie folgte ihm.

Schatten wurden feste Umrisse, Linien wurden Fleisch. Prinzessin Alazais von Ghillas trat aus dem Gemälde auf den kalten Eichenboden. Sie blieb stehen, betrachtete ihn mit einer Art leerer Neugier. Sie atmete. Ihre Haut schimmerte wie von Schweiß überzogen. Die hellgraue Grundierung, die ihren Umriß umgab, und Leere waren alles, was im Porträt geblieben war.

»Du bist Prinzessin Alazais«, sagte er mit leiser Stimme, sanft vor Staunen, vom Wissen um sein eigenes Genie.

»Ich bin Prinzessin Alazais«, sagte sie. Ihr Tonfall ahmte den seinen nach, aber ihre Stimme war ein zarter Sopran. Ihr Gesichtsausdruck änderte sich nicht.

»Setz dich«, sagte er und zeigte auf den Stuhl.

Sie setzte sich.

Er sah sein Bett. Mit der letzten ihm verbliebenen Kraft

taumelte er darauf zu. Es gab viel zu tun. Er mußte sie lehren. Was war mit dem Essen? Wußte sie, wie man aß? Würde sie einfach blind aus der Tür rennen? Wieviel verstand sie? Woraus bestand sie wirklich? Mohn und Myrrhe und Iris, sein Blut und das ihre, der Staub ihres anderen Körpers? Es gab soviel zu tun.

Aber er hatte keine Kraft mehr. Die Magie hatte alles genommen. Er brach auf dem Bett zusammen und sank in tiefen Schlaf, sobald sein Kopf das Kissen berührte.

10

Am Morgen des Imagofestes hingen die Wolken schwer über den Feldern und dem von Ranken überzogenen Jagdhaus. Früh am Morgen, bevor außer den Dienstboten jemand wach war, saß Rohario an einem der alten Tische in der Bankettahalle und blätterte in einem staubigen alten Buch. Draußen regnete es, ein verheißungsvoller Beginn für einen Tag, der die Erscheinung der Heiligen Mutter und ihres Sohnes vor einem einfachen Bauern und seiner Frau feierte, die bei Sonnenaufgang im Nieselregen die Rebstöcke beschnitten hatten. Rohario sah durch die dicken Fensterscheiben in den stetigen Regen hinaus; das Glas verzerrte alles zu Wellen über Wellen.

Die letzten acht Tage waren das reine Elend gewesen. Edoard war ihm gegenüber gereizt und kurz angebunden, gegenüber den Frauen aber überwältigend höflich. Mara trug ständig eine nur ungenügend verschleierte Mißbilligung zur Schau. Eleyna war selten zu sehen, es sei denn vor ihrer Staffelei, wo sie die Hunde malte oder komplizierte Studien der diversen Räume von Chassierallo anfertigte. Nur Beatriz Grijalva blieb gleichermaßen sanftmütig und guter Dinge, und Rohario begann, ihr liebenswertes Wesen anstrengend zu finden, und sei es nur, weil dadurch sein Schmollen auffälliger wurde.

Denn wie seine liebe Mama immer gesagt hatte, war schmollen nicht nur unattraktiv, es war auch sinnlos. *»Du bist zu alt, um zu schmollen, Rohario. Es ermüdet mich, verärgert deinen Vater und hilft dir überhaupt nichts.«* Mama hatte immer recht gehabt.

Trotzdem förderte diese Situation seine schlechtesten Seiten zutage, auch wenn er sich selbst beobachtete, während er sich wie ein trotziger Knabe benahm, als wäre er ein Besucher der Galerria, der ein Gemälde kritisch betrachtet. In dieser Hinsicht hatte die Mutter Edoard wirklich gesegnet: Ihm war es gleich, wie sein Verhalten auf die Menschen in seiner Nähe wirkte.

Rohario seufzte, betrachtete die kaum leserliche Schrift auf der Seite und begann, laut mitzulesen:

> So stand Herzogin Jesminia, gestützt auf ihre Dienerinnen, die keine Angst hatten, sich mit der Seuche anzustecken, und die ihr so ergeben waren, daß sie auch mit ihr gestorben wären. Ihr Körper mochte gebrechlich sein, aber ihre Stimme war noch stark. Und so sprach sie zu der versammelten Menge, und dies waren ihre Worte, niedergeschrieben von *Sancta Silvestra:* »Bei meinem Glauben an Mutter und Sohn werde ich nicht erlauben, daß meine treuen Diener, die Grijalvas, unter solch unverdientem Verdacht stehen. Sie sind unschuldig, sie haben nichts von dem getan, wessen man sie anklagt. Und so sollen sie mit meinem Segen wieder in die Ecclesia aufgenommen werden –«

Er brach ab und hob den Kopf.

Sie stand in einer schattigen Ecke nahe der Tür, reglos wie eine Statue, und hörte zu. Ihr Anblick traf ihn wie ein Blitz. Es war einfach ungerecht, daß er so auf sie reagieren mußte!

»Was tut Ihr hier?« fauchte er.

Sie zuckte zusammen, machte einen Augenblick lang den Eindruck, als wollte sie davonlaufen, dann kam sie ein paar Schritte auf ihn zu. »Das scheint ein sehr altes Buch zu sein.«

»Ich habe es in der Bibliothek hier gefunden.«

In den letzten paar Tagen hatte sie viel von ihrem Ingrimm verloren. Sie schien überhaupt nicht mehr sie selbst zu sein. »Entschuldigt. Ich wollte Euch nicht stören.« Sie wich zurück zur Wand, ging weiter auf die abgelegenste Ecke zu. »Mein Bruder Agustin hat mir einen Brief geschickt. Ich habe ihn gestern abend hiergelassen ...«

Wieso sollte sie einen Brief in der Banketthalle gelassen haben? Niemand sonst kam hierher; deshalb zog er sich ja so gern in diesen Raum zurück, selbst wenn die Diener hin und wieder vergaßen, die Tische und Bänke abzustauben, und seine Sachen deshalb schmutzig wurden.

Er folgte Eleyna Grijalvas Blick und sah plötzlich ein Stück weißes Pergament auf einem Tisch in der Ecke liegen. Vor einer Stunde war dieser Tisch noch leer gewesen!

»Hier ist er ja.« Sie griff nach dem Blatt. »Verzeiht, ich werde Euch nicht länger stören.«

»Nein! Ich meine – Ihr solltet nicht denken, daß Ihr mich stört!«

»Ich arbeite an Edoards Porträt.«

Sie ist unglücklich. Der Gedanke brach in seinen Kopf ein, mit der Waghalsigkeit eines fünfjährigen Kindes, das in ein Zimmer rennt, in dem es nichts zu suchen hat. Sie war tatsächlich unglücklich. Das machte ihn einen Augenblick lang sprachlos, während sie zur Tür zurückkehrte.

»Ich könnte Euch vorlesen«, entfuhr es ihm, dann war er selbst verblüfft. Er war eher zufällig auf dieses Buch gestoßen, ihm war nur der verblaßte und gerissene Ledereinband aufgefallen, aber dann hatte ihn der Bericht dieses längst verstorbenen Gelehrten über die Fehde zwischen der Ecclesia und der Familie Grijalva in ihren Bann geschlagen. Sicherlich wollte Eleyna nicht auf diese Weise mit den Chi'patro-Ursprüngen ihrer Familie konfrontiert werden.

Sie nahm den Brief nervös von einer in die andere Hand. »Ihr lest gut.«

Sie war nachsichtig mit ihm. So war es sein ganzes Leben lang gewesen. »Ja«, sagte er bitter. »Ich habe eine angenehme Lesestimme. Und eine passable Begabung zur Kunst.«

»Ach ja«, unterbrach sie ihn abrupt, als sei ihr etwas eingefallen. »Großonkel Cabral hat Euch unterrichtet –«

Das tat weh.

»Nicht böse sein«, sagte sie schnell.

Er stand auf und wischte sich den Staub von den Frackschößen. »Cabral Grijalva hat sein Bestes getan, aber er konnte nicht mehr als eine passable Begabung zutage fördern.« Er versuchte zu lächeln, aber das wollte ihm nicht gelingen. »Ich weiß nicht, wer von uns beiden enttäuschter war, er oder ich.«

»Das tut mir leid.«

»Keine Ursache. Wenn Ihr gehen wollt –« Er machte eine Geste.

»Nein, ich ... danke ... ich nehme Euer Angebot gerne an. Lest mir ruhig vor, während ich male. Was ich gehört habe, klang interessant.«

Sie verspürte Mitleid für ihn und seine passable Begabung – sie, die tatsächlich begabt war. Aber selbst jetzt konnte er nicht widerstehen. »Wie Ihr wünscht.«

Als er ihr die breite Treppe hinunter folgte, die zu den herzoglichen Gemächern führte, wünschte er sich sehnlichst einen anderen Körper, ein anderes Leben. Er war es wirklich müde, ein »nutzloser Geck« zu sein, aber junge Adlige hatten nun einmal keine Berufe, keine Berufung, worauf seine Mutter ihn auch immer wieder hingewiesen hatte. *»Es ist unsere muttergegebene Pflicht zu regieren, Rohario, ebenso wie die Pflicht der anderen darin besteht, zu arbeiten und zu dienen.«*

Er stieß mit Eleyna zusammen, als sie plötzlich stehenblieb. Sein Herz schlug schneller, als sie gegen ihn zurückwich.

Er wußte, wie es sich anfühlte, wenn sich eine Frau gegen ihn drängte. Mama hatte dafür gesorgt, daß auch dieser Teil seiner Erziehung nicht vernachlässigt wurde. *»Du wirst nicht hinter den hübschen Dienerinnen im Palasso herjagen. Das ist kein angemessenes Verhalten für einen do'Verrada, und ich habe mich sehr angestrengt, Mädchen aus Meya Suerta zu finden, die in ihren Livreen gut aussehen und ihren Pflichten fleißig nachkommen. Ich werde nicht zulassen, daß du sie belästigst. Es gibt respektable Häuser, in denen Jungen in solche Geheimnisse eingeführt werden, und dort wirst du deine Neugier befriedigen können.«*

Das hatte er getan.

Jetzt fiel ihm auf, daß die geschnitzte Tür zu den herzoglichen Gemächern ein wenig offenstand. Hier, in der Ecke, wo der Flur im Treppenhaus begann, beobachteten er und Eleyna unbemerkt, wie Beatriz Grijalva aus der Tür schlüpfte, in einem Morgenmantel aus Brokat über einem eleganten Spitzennachthemd. Sie drehte sich noch einmal zu dem Mann um, der in der Tür stand.

Sie strahlte. Sie beugte sich vor – um ihn zu *küssen*! Und das war kein schwesterlicher Kuß.

»Oh!« murmelte Rohario.

Eleyna drückte ihn weiter zurück. Er stolperte zwei Stufen hinauf, rückwärts, blieb dort lange stehen, schwer atmend, nicht sicher, was er als schockierender empfand: daß Eleyna Grijalva sich an ihn lehnte, ohne darüber in Verlegenheit zu geraten, oder daß Edoard sich tatsächlich, wie er es wollte, eine Grijalva-Mätresse genommen hatte.

»Was habe ich getan!« murmelte Eleyna leise. Sie schlug die Hände vors Gesicht und sank weiter gegen ihn. Er konnte gerade noch das Buch ablegen und sie auffangen.

Es war ein wunderbares Gefühl, sie so im Arm zu halten. Er hatte schon andere Frauen in den Armen gehalten, aber nie hatte es sich so angefühlt.

»Es ist alles meine Schuld«, murmelte Eleyna. »Dieses dumme Mädchen! Was konnte ich denn anderes erwarten?« Sie löste sich von ihm. »Verzeiht mir«, sagte sie förmlich. Tränen liefen ihr über die Wangen. Er streckte die Hand aus, um sie wegzuwischen, aber Eleyna hatte sich schon wieder aufgerichtet und ging die Treppe hinunter, als hätte sie ihn bereits vergessen.

Er griff nach dem Buch und eilte ihr nach. Der Flur war jetzt leer, die Tür zu den herzoglichen Gemächern fest geschlossen.

War das alles nur ein Traum gewesen?

Eleyna ging wie in Trance in den Salon, den Edoard ihr als Atelier überlassen hatte. Sie sank auf den Hocker vor der Staffelei und starrte ihr halb vollendetes Bild an. Den Brief ihres Bruders hatte sie immer noch in der rechten Hand. Rohario blieb in der Tür stehen, unsicher, ob er eintreten oder gehen sollte. Er konnte es nicht ertragen, sie allein zu lassen, nicht, nachdem man ihr einen solchen Schock versetzt hatte. Aber sie standen kaum in einem solch vertrauten Verhältnis, daß er ihr hätte Trost anbieten können. Nur der Regen war zu hören, überzog die hohen Fenster, die auf die Gärten hinausgingen, wie mit einem Schleier.

Sie steckte den ungelesenen Brief zwischen ihre Skizzen, dann betrachtete sie das Gemälde: Edoard, immer noch nur in matten Farbtönen, die Muskete in die Armbeuge gelehnt, umgeben von seinen vier Lieblingshunden vor der eingestürzten Mauer, der Garten als Hintergrund. Es war so still, daß Rohario hören konnte, wie die Dienstboten den Tisch im Frühstücksraum deckten. Es roch nach frisch gebackenem Brot.

Eleyna schüttelte sich, schien zu einem Entschluß zu kommen.

Sie warf einen kritischen Blick auf die Palette, dann wählte sie ein helles Blau als Grundlage und fügte in die nur angedeutete Landschaft hinter der Mauer eine winzige weibliche Gestalt ein, in einem weißen Morgenkleid und einfacher Haube. Sie malte ganz bewußt ihre Schwester in Edoards Porträt.

So war es Sitte bei den Grijalvas: Jedes Peintraddo enthielt eine Aussage. Nun würde man sich an den jungen Edoard für immer gemeinsam mit seiner Mätresse erinnern – und daß sie im Garten stand, war selbstverständlich vollkommen angemessen, denn Beatriz war nicht nur eine Blumenliebhaberin, sondern selbst wie eine zarte Blüte.

Traurigkeit überfiel Rohario. Er wußte nicht, wo sie herrührte, nur, daß es ihn traurig machte, wie Eleyna so pragmatisch ihren Schmerz auslöschte, indem sie die Wahrheit für alle festhielt.

Durch eine Tür in der Wand gegenüber von Eleyna und ihrer Staffelei konnte Rohario ins Eßzimmer sehen, das um diese Zeit leerstand. Eleyna hatte ihn immer noch nicht bemerkt. Er schob sich hinter den Möbeln entlang, sorgfältigt darauf bedacht, nirgendwo anzustoßen, und entkam ins Eßzimmer, ließ die Tür hinter sich offen. Er legte das Buch auf den Tisch und sank erschüttert auf einen Stuhl, stützte das Kinn in die Hände.

Wie konnte Edoard die Frau, die er selbst gewählt hatte, so demütigen? Wie sollte sie jetzt zu ihrer Familie zurückkehren können? Man folgte bestimmten Regeln: Eine Mätresse mußte unfruchtbar sein und wenn möglich verwitwet. Man wählte keine junge Rose – Beatriz konnte kaum älter als achtzehn sein – in der ersten Blüte der Jugend, die für ihre Eltern von offensichtlichem Wert war, weil sie verheiratet werden konnte und vermutlich noch viele Kinder zur Welt bringen würde.

Patro würde sehr, sehr verärgert sein.

Aber Edoard hatte sich noch nie um Patros Zorn geschert.

»Ach, da bist du ja, Eleynita. Was machst du –«

Eleyna schnitt Beatriz das Wort ab. »Wie konntest du nur? Mutter wird außer sich sein!«

Von dort, wo er saß, konnte Rohario nicht in das andere Zimmer schauen, aber er hörte jedes Wort.

Beatriz lachte leise. »Ich werde dich vor ihr beschützen, das verspreche ich.«

»Ich habe nicht um meinetwillen Angst vor ihrem Zorn! Matra Dolcha! Wie mußt du mich verachten! Es tut mir leid, Beatriz, es tut mir so leid! Wenn ich mich nur benommen hätte, wie man es von mir erwartete, hättest du nie –«

»Aber es war doch genau das, was ich wollte!«

»Du *wolltest* es?«

Rohario hätte nur zu gern um die Ecke gespäht, aber er wagte es nicht, sich zu rühren. Was Beatriz Grijalva, diese jungfräuliche Unschuld, die ganze Zeit gewollt hatte! Er konnte es nicht glauben.

»Ich habe beobachtet, wie du gegen sie angekämpft hast, Eleynita. Und was hat es dir gebracht? Siehst du? Es war schlimmer, als eingeschlossen zu werden. Man mußte nicht sonderlich intelligent sein, um deine Veränderung zu bemerken, nach dem Tag, an dem du Mutter sagtest, du würdest Felippo nie heiraten – und dann standest du bei der Hochzeit schmachtend neben ihm! Ich habe mir geschworen, daß mir so etwas nie passieren würde.«

»Aber ich dachte –«

»Daß ich der Familie als Zuchtstute dienen will?«

»Du hast dich nie gegen die Bestätigungen gewehrt. Ich habe das gehaßt!«

Beatriz lachte wieder ohne einen Hauch von Bosheit oder Selbstzufriedenheit. »Du hattest Fransisso und Jonio und diese schrecklichen Chiros-Brüder. Kein Wunder, daß du es nicht ausstehen konntest. Ich hatte einfach mehr Glück.« Rohario stellte sich in der darauffolgenden kurzen Stille vor, daß Beatriz errötete. »Es hat mir Spaß gemacht, und warum auch nicht? Sie waren jung und sauber und begeistert, und sie sahen einigermaßen gut aus. Warum sollte ich es nicht genießen, wenn es möglich war, statt dagegen anzukämpfen, nur, um meinen Standpunkt deutlich zu machen?«

»Ich hatte guten Grund für meine Proteste!«

»Selbstverständlich hattest du den. Ich hätte auch nichts anderes von dir erwartet. Aber für mich selbst will ich etwas ganz anderes.«

»Ich glaube fast, ich kenne dich überhaupt nicht.«

»Das tut mir leid, aber du selbst bist so durchschaubar, daß ich dir kaum alles sagen konnte, was ich dachte – ich mußte immer befürchten, daß du eines Tages die Nerven verlieren und damit herausplatzen würdest.«

»Matra ei Filho! Vielleicht könntest du mir jetzt endlich sagen, was du planst! Ich dachte, du wärest nur aus Freundlichkeit mit hergekommen, aber nun –« Ihre Stimme zitterte. »Ich dachte, du wärest damit zufrieden, den Weg zu gehen, den dir Mutter und Vater und Giaberto vorgezeichnet haben.«

»Glaubst du denn, mir gefällt es im Palasso besser als dir? Glaubst du, ich lasse mich gern von den Viehos Fratos regieren? Ich wollte auf Bälle gehen, Konzerte hören, modische Kleider tragen und meinen Spaß haben. Und bestimmt nicht Fransisso Grijalva heiraten und ein Kind nach dem anderen bekommen, und alle würden genau untersucht und in die Crechetta gebracht, während ich weiter pflichtergeben auf der Bank am Brunnen sitze und plane, die Viehos Fratos durch meine Söhne, die die Gabe haben, zu regieren. Ich wollte einen Garten haben mit allen Blumen und Kräutern, die mich interessieren, um Großmutter Leilias' Notizen und Beobachtungen über Pflanzen fortzusetzen. Ich möchte selbst bestimmen, wann ich Kinder bekomme, und wenn sie groß sind, werde ich in eine Sanctia eintreten und mich dort um die Gärten kümmern und in Frieden beten. *Weit weg* von der Familie.«

Das klang überhaupt nicht nach der unschuldigen Beatriz, die Rohario kennengelernt hatte!

»Du bist nicht unfruchtbar, Liebes. Wenn du schwanger wirst –«

»Du kannst sicher sein, daß Großmutter mir beigebracht hat, welche Pflanzenessenzen das verhindern. Dafür brauche ich keine Maler!«

Schweigen folgte, und Rohario wunderte sich über diese seltsamen Hinweise, die Beatriz ihm unbeabsichtigt über das Leben im Palasso Grijalva gegeben hatte. Das Bild, das sie gezeichnet hatte, paßte überhaupt nicht zu seinen eigenen liebgewordenen Vorstellungen.

»Du hättest Schauspielerin werden sollen«, sagte Eleyna schließlich. Rohario hätte dem Klang ihrer Stimme nicht entnehmen können, ob sie gleich weinen oder lachen würde.

»Als ob man mir das erlaubt hätte! Und wenn ich mich gewehrt hätte, so wie du, wenn ich darauf bestanden hätte, hätten sie mich auch gehorsam gemalt. Wie sie es mit dir getan haben.«

Er hörte ein leises Geräusch, ein wortloses Nach-Luft-Schnappen, das zweifellos Eleynas Reaktion war – mehr konnte sie offenbar nicht hervorbringen.

»Eleynita! Großmutter Leilias wollte, daß wir verstehen, was man dir angetan hat, damit wir dagegen ankämpfen können!«

»Wie können wir kämpfen?« murmelte Eleyna. »Du weißt doch, wozu sie in der Lage sind.«

»Ich glaube langsam, daß ich *dich* auch überhaupt nicht kenne! Es war dein Beispiel, dem ich immer gefolgt bin. Du hast mich gelehrt, daß es Gründe zur Flucht gibt.«

»Du verstehst es einfach nicht! Sie können dich immer noch zu allem zwingen.«

»Aber jetzt ist Edoard da.« Rohario hörte den Triumph in Beatriz' ansonsten liebenswerter Stimme.

»Sie könnten –«

»Du denkst einfach nicht nach!« rief Beatriz. »Warum sollten sie denn? Sie haben, was sie wollen – eine Grijalva-Mätresse für den Erben. Und ich habe, was ich will. Wenn Edoard heiratet, werde ich ein Landhaus und eine gute Mitgift bekommen. Vielleicht heirate ich dann einen Grafen, wie Großtante Tazia es getan hat, obwohl ich nicht hoffe, daß ich dasselbe unglückliche Schicksal erleide! Ich will bestimmt nicht als Nazha Coronna regieren. Ich will einfach nur in Ruhe gelassen werden und mein Leben führen, *wie ich es will.* Ich will heiraten, wen ich will, wenn ich überhaupt heirate. Und dann kann ich meine Kinder großziehen, wie Großmutter Leilias und Onkel Cabral großgezogen wurden – in meinem eigenen Haus, wir alle zusammen, auch mein kleiner Rico.«

»Aber –«

»Das paßt so überhaupt nicht zu dir, Eleyna! Du hast so viele Einwände. Ich dachte, du würdest dich freuen! Ich hätte das nie getan, wenn ich gedacht hätte, daß du seine Mätresse werden willst, aber ich nahm an, daß du Edoard nicht wolltest.«

Rohario hielt die Luft an.

Eleynas Antwort ließ ewig auf sich warten, ewig und noch länger. Draußen war der Regen in Nieseln übergegangen. Ein Gärtner kam am Fenster vorbei, das Gesicht im Schatten eines breitkrempigen Hutes. Er hatte ein paar Weinblätter ans Hemd gesteckt, Symbole der Visitassion, und in der rechten Hand hatte er eine Gartenschere. Mit lauter Stimme, so daß es auch durchs Fenster zu hören war, sang er das Lied des Tages: »Ila Visitassion.«

Als Eleyna endlich sprach, kamen ihre Worte nur zögernd, wie im Kontrast zu dem freudigen Gesang des Gärtners. »Es ist nicht, daß ich Edoard will oder nicht will, ich kann ... ich kann mich einfach nicht überwinden –«

»Ich kann es, und ich habe es getan, und es tut mir überhaupt nicht leid, Eleynita. Und es wird dir noch leid tun, wenn ich dir all die schönen Kleider aus dem Schrank stehle und mir dann noch ein Dutzend mehr bestelle. Aber du solltest wirklich nicht glauben, daß ich es für dich getan habe!«

Rohario konnte kaum mehr denken, er war überwältigt von einem Rausch von Glück. Eleyna wollte Edoard nicht!

Aber warum um alles auf der Welt sollte sie statt dessen ihn wollen? Edoard war erheblich attraktiver. »Du Dummkopf«, flüsterte er.

»– und sie werden von dir erwarten, daß du Söhne bekommst, die die Gabe haben«, sagte Eleyna gerade. »Sie werden dich nicht einfach heiraten lassen, wen du willst, oder außerhalb des Palasso wohnen, selbst wenn du ein Landhaus hast und den Schutz von Don Edoard.«

»Darüber habe ich oft mit Großmutter gesprochen, während du an nichts anderes als deine Kunst und dann an deinen Mann gedacht hast.« Beatriz klang aufreizend pragmatisch. »Nur Männer haben die Gabe, aber es sind die Grijalva-*Frauen*, die diese Söhne zur Welt bringen, ganz gleich, wer die Väter sind. Der Samen des Mannes spielt offenbar keine Rolle. Großmutter hatte zwei Söhne mit der Gabe, und beide von Männern, die keine Grijalvas waren. Also kann auch ich Söhne mit der Gabe bekommen, ohne deshalb einen Grijalva heiraten zu müssen. Es ist wie mit diesen Erbsen, die Großmutter gezüchtet hat. Ein paar waren groß, andere klein. Einige hatten rote Blüten, andere weiße. Einige hatten runzlige Erbsen, andere nicht. Es muß eine Möglichkeit geben festzustellen, was bewirkt, daß eine Pflanze anders wird als die andere. Genau so, wie wir die Linie von Grijalvas, die die Gabe haben, zurückverfolgen können auf ihre Mütter und die Mütter ihrer Mütter.«

Eleyna lachte – ein erfrischender Klang! »Du und Großmutter und diese langweiligen Erbsen. Das kommt von zuviel Gartenarbeit.«

»Ah!« sagte Beatriz in vollkommen anderem Tonfall. »Hier ist Edoard.«

Edoard! Einen Augenblick später hörte Rohario die Stimme seines Bruders.

»Mein Herz.«

Ein Augenblick verlegenen Schweigens trat ein. Rohario stand auf und schlich zur Tür.

»Eleyna, ich begegne Euch mit einiger Verlegenheit. Ich hoffe, Ihr werdet mir verzeihen. Eure Schwester hat mir versichert –«

»Don Edoard, ich freue mich sehr für Euch und Beatriz. Ich glaube, es ist zu unser aller Bestem.«

»Das ist sehr großzügig von Euch. Nun, meine Schöne, ich habe Patro einen Brief geschickt und ihn gebeten, einen Dia-Fuega-Ball für uns vorzubereiten, an Penitenssia, im Palasso Verrada. Aber inzwischen habe ich auch an meine besten Freunde geschrieben, nur zwölf oder fünfzehn junge Leute, die bei Hof meine Vertrauten sind, die uns hier in einer Woche in Chassierallo besuchen sollen. Wir werden uns mit Tänzen und Spielen und der Jagd vergnügen, mit Gartenspaziergängen und Musik, was immer du willst. Wenn es dir nicht gefällt, werde ich Boten aussenden und sie wieder ausladen –«

»Ganz bestimmt nicht, Edoard! Ich möchte mich nur zu gerne amüsieren! Du kannst dir nicht vorstellen, wie langweilig mein Leben bisher war. Aber – oh, Edoard! Habe ich die richtigen Kleider, um mich vor deinen Freunden zu zeigen?«

»Laß dir doch noch ein paar andere schneidern! Und du

brauchst Schmuck! Ich schicke nach Meya Suerta und lasse eine Schneiderin herbringen – nur die beste. Ich werde Lizia fragen. Sie hat das do'Dregez-Vermögen geerbt, wie du vielleicht weißt. Wir sind im selben Alter, sie ist eine Base von mir, und sie kann dir sicher eine gute Schneiderin empfehlen, denn Lizia ist eine Frau, die sich mit solchen Dingen bestens auskennt. Sie wird dir bei allem helfen, was du tun willst, um dich zur schönsten Frau in Tira Virte zu machen. Du wirst Lizia mögen.«

Aber wird Lizia Beatriz mögen? Lizia do'Dregez war die Enkelin von Arrigos III. Schwester Lizia und ebenso unerschrocken und durchsetzungsfähig, wie ihre Großmutter es gewesen war. Lizia würde es nicht nötig haben, mit Beatriz zu rivalisieren. Und wenn Lizia Beatriz erst einmal öffentlich akzeptiert hatte, würde niemand mehr wagen, die neue Grijalva-Mätresse zu brüskieren. Vielleicht war Edoard doch klüger, als Rohario geglaubt hatte.

»Und wir müssen ein Pferd für dich finden«, fuhr Edoard fort, »einen ruhigen Wallach, würde ich sagen, da du nicht viel Erfahrung im Reiten hast. Komm, wir gehen gleich und reden mit dem Stallmeister.«

»Edoard, du hast mir versprochen, wir würden mit dem Gärtner über einen neuen Kräutergarten sprechen.«

So beschäftigt, gingen sie beide nach draußen. Man konnte sie noch im Flur weiterschwatzen hören.

In der Stille, die darauf folgte, hörte er ein leises Geräusch aus dem Salon. Eleyna weinte.

11

Schon lange tot? Kann das wahr sein? Es sind doch sicher nur drei Tage vergangen. Und dennoch, der Junge, den ich immer im Spiegel sehe, ist erwachsen geworden, und die

Kleider, die diese Leute tragen, all diese Leute, die ich vorbeigehen sehe, wenn ich in den Spiegel schaue, sind alle so seltsam.

Hat er mich wirklich hören können? Hat er gewußt, daß ich von Alejandro sprach, als er diese Worte sagte: »Schon lange tot?«

Es kann einfach nicht wahr sein. Selbst Sario kann nicht so grausam sein.

Matra Dolcha, laß es nicht umsonst gewesen sein, daß ich Sarios Folio *gelesen und einen Weg gefunden habe, um mich aus diesem Gefängnis zu befreien, obwohl er mir nichts gelassen hat, keine Farben, keine Pinsel. Laß Alejandros Kind zur Welt kommen und seinen Vater kennenlernen. Laß es nicht umsonst gewesen sein, ich flehe dich an.*

Alles umsonst.

Sie hatte ihre Chance, jemals Kinder zu bekommen – so klein diese Chance gewesen sein mochte – weggeworfen, und für nichts. Der Suggestivzauber, mit dem man sie belegt hatte, war mit Felippo gestorben, aber diese andere Magie würde weiterbestehen, bis sie selbst tot war, und dann wäre es gleichgültig. Sie tastete nach einem Taschentuch und wischte sich die Augen. Es hatte ihr nicht viel ausgemacht, sich unfruchtbar malen zu lassen, als sie angenommen hatte, es würde einen Zweck erfüllen. Jetzt fühlte sie sich wie ein Baum, der so weit zurückgeschnitten wurde, daß er nie Früchte tragen kann.

Und dennoch. Sie war nun frei zu malen. Sie konnte ihnen nichts mehr nützen.

Sie blätterte in ihren Skizzen und holte die drei Briefe heraus, die Agustin ihr geschickt hatte, strich über das marmorierte Papier, eine Erinnerung an die Manufaktur, die den Grijalvas ihr erstes Vermögen eingebracht hatte. Welch erstaunliche Magie diese einfachen Pergamentblätter enthüllten! Agustin hatte eine schöne, wenn auch noch ein wenig kindliche Schrift.

Liebste Eleynita,
Onkel Giaberto sagt, wir können durch Gemälde und sorgfältig ausgeführte Studien von Zimmern und Fluren in die Palassos anderer Länder spähen. Deshalb werden die Wandermaler an ausländische Höfe geschickt. Als Du mir daher die Zeichnung dieser Ecke des Wohnzimmers in Chassierallo geschickt hast – so präzise! so detailgetreu! –, dachte ich, wenn das möglich ist, könnte ich doch auch dieselbe Szene ebenso detailgetreu zeichnen, zur selben Tageszeit, mit demselben Licht, und nur diesen Brief an Dich hinzufügen, und er würde Dich erreichen. Bitte laß mich durch einen Boten wissen, ob du ihn erhalten hast, denn dann werden wir wissen, ob es funktioniert.
Dein Dich liebender Bruder Agustin.
Bitte vergiß nicht, diesen Brief zu verbrennen.

Sie hatte den Brief vor einer Woche in der Ecke des Wohnzimmers gefunden, am Abend, nach einem Essen, das durch ihre Verlegenheit und Edoards verwunderte, aber förmliche Höflichkeit quälend gewesen war. Eigentlich war es Edoard gewesen, der den Brief gefunden hatte, und sie hatte ihn ihm – einer Ahnung folgend – aus der Hand gerissen, bevor er ihn hatte lesen können. Aber vielleicht hatte Beatriz recht: Vielleicht hatte Edoard es verdient, von den Grijalva-Malern und ihrer Magie zu erfahren. Wissen, das gehortet wurde, konnte auch schrecklich mißbraucht werden.

Eleyna verbiß sich weitere Tränen und öffnete den zweiten Brief.

Liebste Eleynita,
es ist wahr! Es funktioniert! Ich habe Deinen Brief und die Zeichnung des Speisezimmers heute vom Boten erhalten, und Mutter versuchte, ihn mir wegzuschnappen, aber ich dachte daran, was Du zu ihr sagen würdest, und habe es dann selbst gesagt, und ich war erstaunt, daß sie mich nicht ausgeschimpft hat, aber so war es! Vielleicht wird es gar nicht so übel sein, Meister zu werden, obwohl ich den ganzen Tag malen muß und keine Zeit mehr habe, mit den Kleinen zu spielen, und ich bin immer müde. Aber mach Dir bitte keine Sorgen um mich. Es ist so verblüffend, ich wünschte nur, Du könntest hier mit mir studieren. Ich würde Dir gern meine Gabe geben, da Du sie viel mehr verdient hast als ich. Ich weiß, Dir macht es nicht viel aus, keine Kinder zu bekommen, aber ich weine nachts, wenn ich daran denke, daß ich nie welche haben werde. Ich hoffe, Betbriz und die Zwillinge werden viele Nichten und Neffen für mich bekommen, die ich lieben kann. Glaub nicht, daß ich traurig bin, weil ich die Gabe habe, aber manchmal denke ich eben auch daran, was ich dadurch verliere. Das darf ich Mama nie sagen, weil sie mir ständig erzählt, ich sei »ihre einzige wahre Hoffnung«. Du fehlst mir sehr.
Dein Dich liebender Bruder Agustin.
Falls Du dich fragst, was ich benutzt habe: Es war Tinte auf Pergament, und ich habe Tränen und Schweiß in die Tinte gemischt, um ihr Kraft zu geben.

Um ihr Kraft zu geben. Hatten die anderen Maler auch so angefangen? Mit dem Bedauern darüber, was sie verloren hatten? Aber die Maler, die sie kannte, hatten es kein bißchen bedauert, unfruchtbar zu sein, wenn sie statt dessen die Macht der Chieva do'Orro erhielten. Ihr selbst wäre es nicht anders gegangen.

Sie ballte die Hand zur Faust. *Ich werde nicht bedauern, was ich ohnehin nicht ändern kann.* Sie öffnete den dritten Brief.

Liebste Eleynita,
bitte vergiß nicht, meine Briefe zu verbrennen. Ich fürchte, Zio Giaberto verdächtigt mich schon, aber ich werde ihm nichts sagen. Ich werde es einfach nicht tun. Ich mag es nicht, wie sie mich beherrschen wollen. Sie wollen, daß ich ihnen gehorche, ohne zu fragen. Wenn ich Fragen stelle, glucken sie wie fette Hennen und sagen unfreundliche Dinge über Dich, und ich lasse nicht zu, daß sie Dich kritisieren. Du malst besser als sie alle zusammen! Selbst wenn sie die Gabe haben! Nun, Du bist eben eine Künstlerin. Also! Ich habe schlechte Nachrichten. Nicollos Kutsche ist von Schurken überfallen und umgestoßen worden. Er hat sich die Beine und einen Arm gebrochen, und der Arm ist so entzündet, daß die Viehos Fratos eine Sancta holen mußten. Aber es gibt ein Gerücht, daß es nicht Banditen waren, die die Kutsche umgestoßen haben, sondern Aufständische, ehrliche Handwerksgesellen, die wollen, daß die Corteis zusammentreten. Sie sind der Ansicht, die Corteis sollten abstimmen, welche Steuern der Großherzog erheben darf. Zio Giaberto sagt, es sei der Einfluß des Abschaums, eine Krankheit aus dem Norden. Einige Leute erzählen sogar, die gesamte königliche Familie von Ghillas sei von Aufständischen ermordet worden, aber ich glaube nicht, daß Leute so etwas Schreckliches tun können. Mutter kommt immer herein, um nachzusehen, ob ich schlafe, also wage ich nicht, die Kerze zu lange brennen zu lassen. Ich hoffe, Du bist glücklich. Deine Briefe sind sehr kurz, aber ich nehme an, Du mußt vorsichtig sein.
Dein Dich liebender Bruder Agustin.

Sie war nicht unfruchtbar.

Sie war eine *Künstlerin.*

Sie kicherte. Die Worte eines Malers, der die Gabe hatte, also mußte es wahr sein. Selbst wenn dieser Maler ihr sie liebender kleiner Bruder war.

»Bitte vergiß nicht, meine Briefe zu verbrennen.«

Sie sollte es nun auch endlich tun. Sie ging zu einem Beistelltisch, auf dem eine Öllampe stand. Sie entzündete die Lampe, nahm den Glasschirm ab und hielt den ersten Brief in die Flamme. Er verbrannte schnell und mit angenehmem Duft.

»Eleyna? Ich roch –« Don Rohario hielt inne, starrte sie an, noch in der Tür stehend. Hinter ihm erstreckte sich das elegante Speisezimmer, der langgestreckte Ebenholztisch und zwölf passende Stühle, zwei lange Kredenzen, eingelegt mit Elfenbein und Fayence, und die hohen Fenster zum Park hinaus. Und diese schreckliche Tapete. Einen Augenblick lang starrte sie ihn an, während das Pergament weiterbrannte, sah seine geschmackvolle Kleidung, gerahmt von gräßlich bleichen Putten, die durch einen vergoldeten Wald mit Ranken und seltsamen Blättern flatterten.

»Vorsicht!«

Sie lachte, ließ die verbrannte Ecke fallen und pustete auf ihre Finger. »Verzeiht! Ihr habt mich bei Heimlichkeiten ertappt.«

»Aha.« Er hatte das Buch noch in der Hand; das gerissene, verstaubte Leder bildete einen seltsamen Kontrast zu seinem nüchternen Frack und den ordentlich geknöpften Manschetten.

Selbstverständlich. Sie hatte ganz vergessen, daß er ihr angeboten hatte, ihr beim Malen vorzulesen. »Das hier sind Briefe meines Bruders. Er ist gerade erst fünfzehn. Er vertraut sich mir an, und dann bittet er mich, seine Briefe zu verbrennen, damit sie niemand anderem in die Hände fallen.«

Zu ihrer Überraschung erbleichte Rohario. Er trat ans Fenster. »Ich habe mit fünfzehn einmal Gedichte an ein Mädchen geschrieben«, sagte er, ohne sie anzusehen.

»Hat sie sie verbrannt?«

Er wandte ihr den Rücken zu, also konnte sie sein Gesicht nicht sehen, nur ein Kopfschütteln. »Meine Mutter hat sie gefunden.«

»Oh.« Etwas daran, wie er das sagte, ließ sie wünschen, er würde ihr erzählen, was seine Mutter getan hatte – aber sie wagte nicht zu fragen. Sie hielt den zweiten Brief in die Flamme und sah zu, wie er rasch aufflackerte. Dann den dritten. Agustins Geheimnisse waren in Sicherheit.

Das Schweigen wurde bedrückend. Plötzlich wurde Eleyna klar, wie viele Menschen von Edoard und Beatriz erfahren würden. Die Erniedrigung brannte in ihr.

»Es muß seltsam für Euch sein«, sagte Rohario plötzlich, »daß Edoard nun Eure Schwester an Euer Stelle zur Mätresse genommen hat. Ich hoffe ... es macht Euch nicht allzu viel aus.«

»Ich wollte gar nicht Edoards Mätresse werden«, sagte sie viel zu schnell. »Nicht, daß ich etwas gegen Edoard hätte, es war der Wunsch meiner Mutter, und ich habe zugestimmt – aber – ich habe nur ...« Sie hielt inne. »Ach, ich mache mich wirklich zum Narren, nicht wahr?«

»Das finde ich nicht.«

Sie wischte sich die letzten Aschereste von den Fingern und trat zu ihrem Porträt Edoards. »Ich muß damit fertig werden, bevor die Gäste eintreffen.«

»Matra Dolcha! Die hatte ich ganz vergessen. Ich kann Edoards Feste nicht ausstehen.«

»Ich mag so etwas auch nicht. Aber ich nehme an, Beatriz wird froh sein.«

Er seufzte. »Ich hoffe, Ihr verzeiht mir, wenn ich sage, ich wünschte, ich müßte nicht hiersein.«

»Müssen wir das denn unbedingt?« Der Gedanke war so

verblüffend wie unerwünscht. »Ich muß nur noch das Porträt fertig malen. Ich habe keine Lust, das Mitgefühl der adligen Gäste Eures Bruders über mich ergehen zu lassen!«

»*Eure* Familie wird Euch vielleicht zu Hause willkommen heißen, aber ich bin nicht so sicher, daß mein Vater mich jetzt sehen möchte.«

»Warum müssen wir überhaupt nach Hause gehen?« Der Gedanke hatte die leichtsinnige Schönheit eines Gemäldes, das man in einer einzigen inspirierten Sitzung vollendet. *Sie brauchte ihre Familie nicht mehr, ebenso wenig wie die Grijalvas umgekehrt sie brauchten.* »Ich habe eine kleine Summe von meiner Großmutter geerbt. Nicht viel, aber ich könnte mir in Meya Suerta ein Zimmer nehmen. Ich könnte genug verdienen, um davon zu leben, *Verträge* und *Testamente* und *Hochzeiten* malen. Viele Maler machen es ähnlich.« Aber das waren keine alleinstehenden Frauen. »Selbstverständlich ist das unmöglich. Es wäre nicht sicher, und es gehört sich auch nicht.«

Sie betrachtete das Porträt. Warum hatte sie nicht zuvor an so etwas gedacht? Maler und Zeichner konnten immer ihren Lebensunterhalt verdienen. Wenn sie wohlhabende Kunden fand ... aber eine junge Frau ohne Vater oder Bruder oder Ehemann, der sie schützte, war in der Welt außerhalb der Palassomauern Freiwild.

Sie wandte sich wieder Rohario zu. *Warum nicht?* Es war riskant, selbstverständlich, aber es gab Zeiten im Leben, da mußte man die Augen schließen und auf guten Glauben hin vorwärtsspringen. Die Waghalsigkeit ihrer Idee ließ sie ganz schwindlig werden. Sie konnte nicht allein und ohne Freunde in Meya Suerta wohnen – es sei denn, sie hatte einen Begleiter, jemanden, der für ihre Sicherheit sorgte, einen *Bruder*.

12

Agustin Grijalva saß in einem der stickigen Speicherschränke hinter dem Lagerraum oberhalb des Ateliers und versuchte, nicht zu atmen. Wenn er zu tief Luft holte, würde er einen Hustenanfall bekommen. Das war vor drei Tagen schon einmal passiert, als er es zum ersten Mal versucht hatte, und er hatte gerade noch rechtzeitig fliehen können. Jetzt hatte er sich Wasser mitgenommen und Fencheltee mit Honig.

Der Dielenboden war kalt und unbequem. Seine Haut schmerzte. Er hatte gestern einen schrecklichen Ausschlag bekommen, aber eine Aloesalbe hatte das schlimmste Brennen gemildert. Trotz seiner Schmerzen konzentrierte sich Agustin angestrengt auf das Pergamentrechteck, das er auf den Knien, auf einem dünnen Brett, liegen hatte. In dieser unbequemen Position tat ihm der Hals weh. Die Haut juckte und brannte. Wahrscheinlich würde er überall Blasen bekommen.

Aber er rührte sich nicht von der Stelle. Er starrte die ausgefeilte Skizze an, umgeben von einem Rand von Symbolen, die er mit Stiften und Tusche gezeichnet hatte, der sein eigenes Blut beigemischt war.

Er hatte eine Abbildung des langen Tischs am Ende des Ateliers vor sich. Die untergehende Sonne schien und warf die Schatten der Fenstergitter über den Tisch, genau, wie er es um die siebte Stunde nach Mittag beobachtet hatte. Zu dieser Stunde trat an den hohen Feiertagen der Rat der Grijalvas zusammen. Einmal hatte der Rat nur aus den wichtigsten Malern bestanden, die die Gabe hatten; jetzt schloß er alle Familienmitglieder ein, die von hohem Alter oder großem Einfluß waren, selbst die Frauen.

Agustin hatte vor, sie zu beobachten. Er betete zu Matra ei Filho, daß es funktionieren möge.

Er wußte, er hätte nie alle Teilnehmer genau einzeichnen können oder auch nur raten, in welcher Reihenfolge sie um den Tisch sitzen würden, also hatte er sich auf den Tisch und die Schatten konzentriert. Wenn er das Licht genau richtig getroffen hatte und die Magie freisetzen konnte, direkt bevor die Versammlung begann, würde er alles mithören können. Aber war die Skizze auch akkurat genug? Er hatte Eleynas Zeichnungen – diejenigen, die sie ihm aus Chassierallo geschickt hatte – mit größter Sorgfalt studiert, aber seine Schwester hatte ihm sieben Jahre voraus, und sie hatte das bessere Auge. Dennoch, er hatte sein Bestes getan, die Lichtstrahlen genauso wiederzugeben, wie sie auf die Maserung fallen, die hochlehnigen Stühle umreißen, den dicken Tza'ab-Teppich berühren würden.

»*Das ist die Bedingung für die Magie*«, hatte Zio Giaberto gesagt. »*Damit ein Zauber funktioniert, muß die Zeichnung vollkommen sein. Nichts sonst wird genügen.*«

»*Was, wenn jemand die Gabe hat, aber nicht gut zeichnen kann?*« hatte Agustin gefragt.

»*Dann ist seine Gabe nutzlos. Aber obwohl es größere und geringere Begabungen geben mag, kann ich mich doch an nur drei Fälle in der langen Geschichte der Familie erinnern, die einfach nicht lernen konnten, ihre Gabe zu nutzen. Mit genügend Schulung und Übung könnte selbst ein Kind mit nur wenig angeborenen künstlerischen Fähigkeiten als Kopist genügen und der Familie dienen, indem es gewisse Routineaufgaben übernimmt, die dennoch den Gebrauch der Magie erfordern, aber vielleicht kein großes Talent. Du solltest dir allerdings keine Sorgen machen, Agustin, du gehörst nicht zu dieser bedauernswerten Minderheit. Deine Begabung ist eindeutig.*«

»*Eleyna hätte meine Gabe haben sollen*«, hatte er leichtsinnigerweise gesagt.

»*Ich habe keine Lust, dieses Gespräch noch einmal zu führen, mein Junge. Deine Ergebenheit für deine Schwe-*

ster ist bewundernswert, aber fehl am Platze. Und jetzt fahr mit der Rezitation fort.« Und er hatte rezitiert, wie auch jetzt, Worte aus dem *Folio*, um die Magie in Gang zu setzen. Vor sich hin zu flüstern half auch gegen den Hustenreiz. Aber während er wartete, wurde die Luft stickiger und stickiger von etwas, das er nicht kannte. Und dann drangen, wie verbunden mit der Luft, Stimmen herein.

»... Cabral wird wieder gegen uns stimmen ... zuviel Einfluß ... er hat die Gabe nicht, aber er wird immer Einfluß auf den Großherzog haben ... still, jetzt kommen die anderen ...«

Ein Durcheinander von leisen Geräuschen. Agustin bewegte sich selbst ein wenig. Seine Schultern schmerzten. Es stand tatsächlich niemand direkt vor der Schranktür – die Magie funktionierte!

»Ich grüße Euch, Vettern und Basen. Wir haben uns hier versammelt, um mit diesem guten palenssischen Roten auf Imago zu trinken. Ich weiß, es gibt Streitigkeiten in der Ecclesia darum, ob die Auserwählten Weinstöcke für roten oder weißen Wein beschnitten, als sie die Erscheinung von Matra ei Filho hatten, aber ich denke, wir können ihnen für ihre gesegnete Visitassion mit jedem guten Jahrgang danken und die Erbsenzählerei den Gelehrten überlassen.«

Leises Lachen erklang. Agustin verstand nicht, worin der Witz bestehen sollte, und überhaupt war er verärgert. Er konnte niemanden sehen. Dieser Zauber sollte doch eigentlich dafür sorgen, daß er die Angehörigen des Familienrats sowohl sehen als auch hören konnte. *Merditto!* Eleyna hätte es richtig gemacht. Sie hatte ihm bei den Traumbildern geholfen und ihm von den Geheimnissen der Grijalva-Magie erzählt, die Großmutter Leilias ihr verraten hatte. *Sie* hätte das alles besser verstanden. Er hatte immer nur das Gefühl, etwas leisten zu können, wenn er versuchte so zu denken, wie sie denken würde.

Nun ja, es würde genügen müssen, alles mitzuhören.

Den Trinkspruch hatte selbstverständlich der Oberste Hofmaler Andreo ausgebracht. Aber Agustin fragte sich, wer wohl sonst noch anwesend war – Großonkel Cabral, dem Flüstern nach zu schließen, das er als erstes vernommen hatte. Aber diese Stimmen waren so gedämpft gewesen, daß er sie nicht hatte identifizieren können.

»*... bevor wir in die Kathedrale gehen, habe ich unerwartete Neuigkeiten zu berichten. Gerade erst hat mich ein Kurier aus Chassierallo aufgesucht ...*«

»*Matra ei Filho! Hat es ein Unglück gegeben?*«

»*Immer mit der Ruhe, Nicollo. Wir wollen die Dinge nicht immer im schlimmsten Licht sehen. Sagen wir einmal, es ergibt sich eine gewisse Veränderung unserer Pläne.*«

»*Ich werde sie umbringen.*« Das war eindeutig Agustins Mutter.

»*Keine Sorge, Dionisa.*« Selbst durch Magie und Pergament hindurch konnte Agustin hören, daß Andreo ebenso amüsiert wie verärgert war. »*Zumindest eine deiner Töchter kennt ihre Pflicht gegenüber der Familie.*«

»*Beatriz!*«

Viele Stimmen sprachen durcheinander und lachten.

»*Matra Dolcha, Cabral, hast du denn keine Scham?*« Das war wieder Dionisa. »*Beatriz ist so schutzlos, sie ist noch so jung – und sie ist fruchtbar!*«

»*Leilias wird ihr schon alles beigebracht haben, was sie wissen muß. Ich glaube, ich habe diese Mädchen unterschätzt.*«

»*Cabral hat recht.*« Das war wieder Andreo. »*Eleyna war aus vielen Gründen die bessere Wahl, aber eindeutig nicht die Wahl Don Edoards.*«

»*Daran ist nur Eleyna schuld! Sie hat Beatriz dazu gebracht, das weiß ich einfach! Und ich werde sie auspeitschen lassen, wenn sie wieder hier ist! Matra! Ich werde es sogar selbst machen!*«

»Ich versichere dir, Dionisa, Beatriz wird Edoard keine Kinder gebären. Und jetzt vergiß nicht: Die Marria do'Fantome ist wiederhergestellt. Das *ist der wichtige Punkt.«*

Eleyna war nicht Don Edoards Mätresse, sondern Beatriz!

Agustin verschluckte sich. Er schnappte nach Luft, griff nach dem Wasser, stieß den Becher um und ließ das Pergament fallen, als ihn ein Hustenanfall überwältigte.

Durch seine eigenen angestrengten Atemzüge hindurch hörte er wieder ihre Stimmen. Sie hatten das Thema gewechselt, aber er konnte nicht mehr folgen. Er versuchte verzweifelt, Luft zu bekommen. Was würden sie Eleyna antun?

»Hier drin, glaube ich.« Diese Worte waren nicht durch das Pergament gekommen.

Die Schranktür ging auf. Agustin blinzelte, immer noch hustend, und entdeckte Giaberto und dicht hinter ihm das schneeweiße Haar und das faltige Gesicht von Cabral.

»Holt dem Jungen etwas zu trinken«, fauchte Giaberto und griff schnell nach dem Pergament.

Cabral schob Giaberto zur Seite und zog Agustin auf die Beine. »Schon gut, Junge, schon gut. Ich möchte, daß du mir ganz genau zuhörst. Lausch auf meinen Atem. Wenn ich einatme – so –«

Das Einatmen klang in Agustins Ohren, die schon von seinem Pulsschlag dröhnten, wie ein Rauschen.

»– dann atmest du ebenfalls. Nicht tief. Dann mußt du nur wieder husten – da, siehst du. Atme mit mir. Genau. Und jetzt komm, geh einen Schritt. Komm aus diesem staubigen Schrank.«

Als sie im Atelier ankamen, hatte Agustin immer noch Mühe mit dem Atmen, aber der Husten hatte aufgehört.

»Hier ist dein Sohn, Dionisa«, sagte Cabral. »Ich glaube, es wäre gut, wenn sich eine Sancta um ihn kümmern würde.«

»Als ob eine Sancta sich dazu herablassen würde, unseren Chi'patro-Palasso zu betreten«, sagte seine Mutter wütend.

»Dennoch«, sagte Cabral besänftigend, »sie mögen dich brüskiert haben, Dionisa, aber das hier ist dein Sohn, der künftige Meistermaler, der Atembeschwerden hat. Sie werden wissen, was zu tun ist.«

Man brachte Agustin ins Bett, und später kam eine Sancta zu ihm, deren Miene so kalt war wie die der Statuen in der Kathedrale. Aber sobald Dionisa die Kammer verlassen hatte – auf direkte Anweisung der Sancta – und die alte Frau Agustin untersuchte, wurde ihr Blick milder.

»Armer Junge«, sagte sie. »Du erinnerst mich an meinen Großneffen, nur Knochen und große Augen. Wie alt bist du denn? Heb einfach nur die Finger. Sprich nicht. Fünfzehn, ja? Als ich in diesem Alter war, haben mich meine Eltern der Ecclesia geweiht.« Agustin hätte sie gerne gefragt, ob auch sie, so wie er, keine Wahl in dieser Angelegenheit gehabt hatte, aber er wagte es nicht. »Laß mich deine Lungen abhorchen. Wonach riecht denn dein Atem? Fenchel? Hast du selbst daran gedacht? Sehr vernünftig.« Diese Bemerkung erinnerte ihn an Eleyna. Er konnte sich Eleyna nicht so alt und faltig vorstellen, aber diese Sancta hatte eine eiserne Kraft, die der seiner Schwester ähnelte.

Anders als Beatriz. Aber nun war Beatriz Don Edoards Mätresse ... der Gedanke rief einen neuen Hustenanfall hervor.

Die Sancta klaschte laut in die Hände, und Dionisa eilte herein. »Ich brauche einen Becher heißen Wassers.«

»Aber –«

»Sofort.«

Agustin konnte vor lauter Husten nicht richtig lachen, aber er hätte es gerne getan, als er die Miene seiner Mutter sah.

»Hattest du diese Hustenanfälle immer schon?« fragte

ihn die Sancta. »Bist du in der feuchten Jahreszeit oft erkältet? Ist es zu bestimmten Zeiten im Jahr schlimmer? Sprich nicht. Du brachst nur zu nicken oder den Kopf zu schütteln. Warst du immer ein wenig schwächer als die anderen Kinder? Hast du manchmal Schwierigkeiten beim Luftholen? Ja, ja.« Die Sancta seufzte, faßte sich wieder und drehte sich gerade rechtzeitig um, um das heiße Wasser entgegenzunehmen. Sie suchte in ihrer Stofftasche, holte eine Holzschachtel heraus, öffnete sie, sortierte kleinere Tüten. Agustin wußte, daß es Kräuter sein mußten, aber diesmal konnte er nichts riechen.

Sie bereitete ihm einen Tee. Nach ein paar Schlucken ließen die Krämpfe nach.

»Du hast schwache Lungen, mein Kind. Es gibt nicht viel, was ich oder andere Heiler dagegen tun könnten. Du mußt viel spazierengehen, nicht die ganze Zeit im Zimmer sitzen – und an deiner Blässe sehe ich, daß du das tust –, aber du darfst dich auch nicht überanstrengen. Ein Tee aus Huflattich, Süßholz und Manzinellen wird dir bei Anfällen helfen. Wenn du ein gutes Gleichgewicht zwischen Ruhe und frischer Luft findest, gut ißt und nicht zu viel Wein trinkst, kannst du ein ganz normales Leben führen. Es liegt an dir. Laß dich nicht von deiner Mutter einschüchtern. Gut. Ich werde deiner Mutter und deinem Vater jetzt dasselbe sagen.«

Sie segnete ihn und ging.

Agustin starrte verzweifelt die Zimmerdecke an, eine einfache, weiße Decke, angemessen für einen Jungen, der an nichts als Malerei denken und sich vor seinem geistigen Auge Bilder vor diesem Weiß vorstellen sollte. Immerhin hatte er die Gabe.

Er kniff die Augen fest zu, um nicht weinen zu müssen. Was half es schon zu weinen? Er konnte nichts dagegen tun. Er trank noch einen Schluck Tee und spürte, wie sich seine Lungen ein wenig mehr öffneten.

Er würde nie tun können, was er wirklich wollte: Söhne und Töchter auf seinen Knien wiegen, ein eigenes Haus haben, ein eigenes Leben, das nicht seiner Mutter und der Familie Grijalva gehörte. Was machte es schon, wenn seine Lungen schwach waren? Er würde ohnehin jung sterben.

Immerhin hatte er die Gabe.

Und er wünschte sich verzweifelt, daß das nicht so wäre.

Dionisa verbot ihm zwei Tage lang aufzustehen und gab ihm nicht einmal Papier und Bleistift, um sich die Zeit zu vertreiben. Er war dankbar, daß er am dritten Morgen nach Imago endlich aus dem Bett durfte. Gerade, als er im Wohnzimmer seiner Mutter saß und ein leichtes Frühstück, bestehend aus Käsebrötchen und Süßholztee, zu sich nahm, kam Cabral herein – unangemeldet.

»Du siehst schon wieder besser aus«, stellte Cabral fest. »Worüber hast du denn so angestrengt nachgedacht, junger Mann?«

»Darüber, wie ich Eleyna schützen kann«, brach es aus ihm heraus.

»Ich vertraue darauf, daß Eleyna auf sich selbst aufpassen kann, aber ich verstehe, was du meinst. Im Augenblick solltest du allerdings daran denken, dich selbst zu schützen. Man hat dir die Strafe bisher erspart, weil du krank warst, aber ich wollte dich warnen, daß man dich vor die Viehos Fratos rufen wird. Was auch bedeutet, daß ich nicht dabeisein kann.«

Agustin verschluckte sich und hustete, konnte den Bissen aber herunterschlucken, ohne einen neuen Anfall zu erleiden. »Werden sie mir etwas Schreckliches antun?«

»Erwähne lieber nicht, daß ich mit dir gesprochen habe. Hör mir genau zu. Sie werden dir drohen, denn sie mögen es nicht, wenn man sie hinters Licht führt. Ich selbst habe es für eine schlaue Idee gehalten, aber ich war gegenüber Leuten mit der Gabe immer im Nachteil, und ich kann mich über Dinge amüsieren, die sie überhaupt nicht komisch finden. Aber es sind viele junge Leute am Sommerfieber gestorben, und du stellst jetzt eine Ware dar, Agustin, die Art von Ware, auf der sich der Wohlstand der Grijalvas gründet. Sie werden dir drohen, aber sie können nicht riskieren, dir wirklich weh zu tun, es sei denn, du stellst für sie eine ernsthafte Bedrohung dar, und wir wissen beide, daß das nicht der Fall ist. Oh! Ich höre Schritte. Sei tapfer!«

Cabral verschwand durch eine Tür, gerade als Giaberto und Dionisa durch die andere hereinkamen. Agustin hätte diesen Effekt witzig gefunden, hätte er nicht vor Angst gezittert. Giabertos Miene war ernst, und Dionisa sah gleichzeitig wütend und besorgt aus. Vielleicht hätte Agustin tapfer sein können, wenn Eleyna hier gewesen wäre. Aber er war allein.

»Hör auf, dich zu winden!« fauchte seine Mutter. »Du erinnerst mich an ein Küchenmädchen, das gerade mit den Fingern im Siruptopf ertappt wurde.« Sie hielt inne und eilte zu dem Sofa, auf dem er saß, geradeaus starrend, zu verängstigt, sich auch nur zu rühren, und streichelte ihm über die Schultern. »Schon gut, mein Junge. Du weißt doch, daß ich dich schützen werde. Niemand wird dir etwas tun. Giaberto und ich wollen nur dein Bestes. Aber du mußt dich wie der Mann verhalten, der du nun bist, und mit deinem Onkel gehen.«

Gewohnt daran, den Befehlen der Älteren zu gehorchen, ging Agustin mit.

Sie warteten in der Crechetta auf ihn: elf mürrische Männer, der jüngste sein Vetter Damiano, der älteste ein Mann von fünfundvierzig, verkrüppelt von Knochenfieber im letzten Stadium, das ihn bald umbringen würde.

Agustin stellte fest, daß er den alten Zosio ganz ruhig betrachten konnte. Er würde nie diese Schmerzen versagender Gelenke erleiden müssen: Seine Lungen würden ihn schon vorher umbringen. Ausgerechnet diese trübe Aussicht gab ihm die Kraft, sich ihnen zu stellen.

Der Oberste Hofmaler hob die Hand. »Setz dich, Giaberto. Agustin, stell dich dorthin.«

Agustin gehorchte, stellte sich dorthin, wo ihn alle sehen konnten. Die Maler starrten ihn zornig an, alle, bis auf den jungen Damiano, der ihm, den anderen sein Profil zuwendend, zuzwinkerte. Nicollo machte einen gänzlich säuerlichen Eindruck, wie er da so verrenkt auf seinem Stuhl saß; seine Haut hatte die teigige Mattigkeit, wie man sie bei Menschen findet, deren Lebensmut langsam versiegt.

»Weiß du, Agustin, wie diejenigen, die die Gabe haben, jene strafen, die gegen die strengen Regeln verstoßen, die wir uns selbst gesetzt haben?«

Er schüttelte den Kopf. Verängstigt wie er war, klammerte er sich dennoch an zwei Gedanken: Cabral hatte ihm gesagt, er sei wertvoll und er würde ohnehin jung sterben, was immer sie ihm auch antun würden.

Andreo fuhr streng fort: »Wir verfügen über eine große Gabe, aber auch über eine schreckliche Verantwortung, und wir schulden unsere Dienste der Familie und den Großherzögen von Tira Virte. Du weißt, welches Opfer Verro Grijalva gebracht hat. Du weißt, daß seine Schwestern von Tza'ab-Banditen gefangengenommen wurden, du weißt von ihrer Rettung durch den ersten Herzog Renayo. Du weißt, daß wir sie mehr als alle anderen Frauen verehren, weil sie so mitleidig und großherzig waren, die Chi'patro-Kinder in die Familie einzubringen. Du weißt auch, daß unsere Familie während der Nerro Lingua nur deshalb nicht vom Pöbel umgebracht wurde, weil Herzogin Jesmina einschritt. All diese Dinge dürfen wir Grijalvas nie vergessen. Wir überleben durch die Duldung der do'Verradas, genau, wie sie durch unsere Hilfe gewinnen. Und zusammen mehren wir den Wohlstand Tira Virtes.

Aber wir sind nie sicher, wenn Seuchen in der Stadt wüten und man auf den Straßen wieder von Schwarzer Magie flüstert, wenn unser Name in den Sanctias nur mit Mißtrauen ausgesprochen wird – oder wenn ein übereifriger Junge glaubt, die Macht, die er in Händen hält, zu seinen eigenen Zwecken nutzen zu können.

Du verstehst die Macht noch nicht, die in deinen eigenen Händen liegt, aber du sollst nun erfahren, wie es ist, von denen bestraft zu werden, die dieselbe Gabe haben. Damiano, bring das Porträt von Domaos.«

Inzwischen war die tröstliche Wirkung von Cabrals Worten von Andreos Tirade längst weggeschwemmt worden. Andreos starrer Blick, der quälende Husten des alten Zosio (schlimmer als sein eigener), die mißbilligenden Mienen, all das versetzte Agustin in einen Zustand, der Panik sehr nahe kam.

Damiano kam mit dem Porträt zurück – einem schönen Porträt eines gutaussehenden jungen Mannes mit glühendem, ehrgeizigem Blick und den breiten Schultern eines Sportlers.

Andreo sah so grimmig aus, als wollte er gleich eine Todesstrafe aussprechen. »Domaos Grijalva hat sich sein Schicksal selbst gewählt. Er war unverschämt genug zu glauben, er könne ein Verhältnis mit einer do'Verrada haben, ohne den Preis dafür zu zahlen. In seinem Fall waren die Viehos Fratos gnädig: Er wurde verbannt und gezwungen, sein Leben im Ausland zu verbringen – nicht als offiziell bestallter Wandermaler, der an jedem Hof mit höchsten Ehren empfangen worden wäre, sondern als armseliger reisender Kritzler, der jede Arbeit annehmen mußte, die sich ihm bot.«

Andreo hielt inne, damit Agustin angemessen über das schreckliche Schicksal des Domaos Grijalva nachdenken konnte.

Aber warum sollte das so schlimm gewesen sein? In Tira

Virte wurden alle Vertragsabschlüsse durch Gemälde dokumentiert. Wie das alte Sprichwort sagte: Ein Wort konnte zehn Bedeutungen oder überhaupt keine haben. Für einen guten Maler gab es immer etwas zu tun.

»In einiger Zeit, Agustin, wirst du ein Selbstporträt malen, dein *Peintraddo Chieva*, mit dem du dich als würdig erweisen wirst, deinen Platz unter uns Viehos Fratos einzunehmen. Es wird mit deinem eigenen Schweiß, deinen Tränen, deinem Speichel und Urin und Samen gemalt werden, und mit deinem Blut. Es wird in der Crechetta hängen.« Andreo zeigte auf die Wände der alten Kammer, an denen die Porträts der noch lebenden Meister zu sehen waren.

»Was glaubst du wohl, was geschehen würde, wenn wir dieses Gemälde verbrennen?«

Seine Tränen und sein Schweiß, gemischt in Tinte. Brennen ... vor vier Tagen hatte er einen Ausschlag gehabt wie schweren Sonnenbrand. Er schauderte, begann zu husten.

Giaberto sprang auf. »Erschrick den Jungen nicht, Andreo. Er ist immer noch schwach.«

Andreo schlug mit der Hand gegen die Lehne seines Stuhls. Der Knall riß Agustin aus dem Hustenanfall, und er rang darum, sich wieder zu fassen.

»*Der Junge muß verstehen, worum es geht*. Wir Grijalvas können es uns nicht leisten, einen Neosso Irrado unter uns zu haben. Jemand wie er muß bestraft oder entfernt werden. Wir gehorchen. Wir dienen. Und durch unser Werk werden wir belohnt.«

Genau wie man den Mädchen der Familie sagte, sie würden durch Söhne mit der Gabe belohnt, und den Malern ohne Gabe, ihre Belohnung bestünde in Sicherheit und einer Ehefrau und dem Wohlstand des Palasso. Eleyna hatte oft gesagt, sie habe das Gefühl, in der Falle zu sitzen. Langsam verstand Agustin, was sie damit gemeint hatte.

»Agustin«, fuhr Andreo fort, »hast du etwas zu sagen?«

Ich will die Gabe nicht. Agustin öffnete den Mund, aber er konnte die Worte nicht aussprechen. Er konnte sich ihrem Zorn nicht stellen, ihrer Empörung, ihrem Tadel. Er konnte gegen sie nicht bestehen.

»Ich werde gehorchen«, sagte er demütig. Allein konnte er nichts anderes tun. Sie machten ihm angst. Sie waren stärker als er. Matra Dolcha! Wie er es haßte, ständig Angst zu haben.

Andreo nickte zufrieden. »Du bist ein guter Junge, und du wirst ein guter Maler werden. Du wirst der Familie dienen, und deine Belohnung wird darin bestehen, daß die Familie blüht. Hast du verstanden?«

»W-wie könnt ihr es nur eine Gabe nennen?« stotterte Agustin. »Warum müssen wir alle so jung sterben, und so schrecklich? Warum sind wir steril? Warum könnt ihr daran nichts ändern?«

Andreo lächelte sanft, aber Agustin fand das Lächeln furchterregend. »Die Macht fordert ihren Zoll von unseren Körpern. Sterilität und früher Tod, wie schrecklich sie auch sein mögen, sind der Preis, den wir für unsere Magie zahlen, mein Junge. Vergiß das nie.«

Als ob ich das könnte.

»Wir sind nur so wenige«, fuhrt Andreo nachdenklich fort. »Und es gibt soviel zu tun. Es leben nur noch weniger als zwei Dutzend Maler, die die Gabe haben.«

Kein Wunder, daß sie so jung starben. Sie bluteten sich selbst zu Tode, genau wie es von den alten heidnischen Buchmalern der Tza'ab hieß, den Al-Fansihirro, sie hätten sich buchstäblich selbst umgebracht, indem sie ihr Blut, vermischt mit Tinte, benutzten, um ihr heiliges Buch, den *Kita'ab*, auszuschmücken. Die heidnischen Tza'ab ... deren Blut durch seine Chi'patro-Ahnen auch in seinen eigenen Adern floß.

»Es ist nicht so einfach, wie es aussieht«, sagte Agustin schließlich und wurde von einem zustimmenden Lächeln

Andreos und einem Rückentätscheln seines Onkels belohnt.

»Immerhin hast du etwas gelernt«, sagte Andreo. »Viehos Fratos, kehren wir an unsere Arbeit zurück.«

Als sie sich gerade erheben wollten, ließ sie ein lautes Klopfen an der Tür erstarren. Der junge Damiano eilte und öffnete die Tür, nur einen Spalt. Dann trat er zurück, mit verblüffter Miene.

»*Euer Gnaden!*« Er wich weiter zurück und verbeugte sich.

Agustin hatte nicht gewußt, daß Andreo sich so schnell bewegen konnte. Der Oberste Hofmaler war vorgetreten und hatte sich schon verbeugt, bevor Großherzog Renayo die Crechetta so recht betreten hatte. Aber er konnte den Großherzog wohl kaum daran hindern, das innerste Heiligtum der Grijalvas zu betreten. Die anderen Maler erhoben sich, alle – bis auf Zosio und Nicollo. Der Großherzog sah verärgert aus, und ihm schien gar nicht bewußt zu sein, daß er hier nicht willkommen war. »Andreo! Ich bin in Eile.« Er ließ den Blick durch den Raum schweifen, schien nicht interessiert. Er konzentrierte sich auf die versammelten Grijalvas, am längsten auf Agustin, der sich wand und versuchte, einen harmlosen Eindruck zu machen. Agustin hatte den Großherzog noch nie von so nahe gesehen: Renayo war ein gutaussehender, untersetzter Mann und hatte das helle Haar und die zarten Züge seiner ghillasischen Mutter. Tatsächlich konnte Agustin kaum eine Ähnlichkeit zwischen Renayo II. und einem seiner berühmten do'Verrada-Vorfahren entdecken. »Ich nehme an, daß ich hier frei sprechen kann?«

Andreo machte eine einladende Geste. »Selbstverständlich, Euer Gnaden. Darf ich Euch einen Stuhl anbieten?«

»Nein. Ich werde ganz offen sein. Ich komme gerade aus Chassierallo.«

Die Atmosphäre in der Kammer, die vorher bereits unbehaglich gewesen war, war nun endgültig zum Zerreißen angespannt.

»Ich habe mit meinem Sohn Edoard gesprochen. Zu meiner Überraschung war zumindest ein Drittel von dem, was er äußerte, vernünftig, woraus ich schließe, daß Eure Tochter einen guten Einfluß auf ihn hat, der an Wunder grenzt. Es ist nicht, was ich mir gewünscht hätte – man hat mich glauben lassen, daß die ältere Tochter, diese Witwe, Edoards Wahl war, und auch unter unseren Gesichtspunkten die bessere Wahl, ebenso wie die schönere Frau, aber dieses andere Mädchen ist sehr hübsch, wenn auch noch recht jung. Traditionell hat man sich meist für ältere Frauen entschieden. Sei das, wie es mag. Ich habe meinen Frieden mit dieser Entscheidung gemacht. Es ist, wie Mairie immer sagte: ‚Eine starke Frau wird Edoard verändern.' Und das ist ein guter Anfang, trotz meines Unbehagens.«

»Euer Gnaden«, sagte Andreo. Das beantwortete nichts, aber es schien die Erwiderung zu sein, die von ihm erwartet wurde.

Agustin war beeindruckt von Renayos Energie und der Leichtigkeit, mit der er die Aufmerksamkeit aller im Raum auf sich zog. Jetzt nickte der Großherzog. »Die junge Frau wird beim Dia-Fuega-Ball offiziell in die Gesellschaft eingeführt.«

»Wie Ihr wünscht, Euer Gnaden. Darf ich fragen –?«

»Matra ei Filho, Andreo! Selbstverständlich dürft Ihr fragen. Ihr braucht Euch nicht zu erniedrigen. Was macht Euch Sorgen?

Ach, vielleicht seid Ihr einfach nur ebenso überrascht wie ich. Selbstverständlich war es Eure Absicht, daß das ältere Mädchen – hat sie sich geweigert, nach Chassierallo zu fahren, nachdem schon alles abgesprochen war?«

Andreo blinzelte. »Nein, überhaupt nicht. Habt Ihr sie dort nicht gesehen?«

»In Chassierallo? Nein, ich habe nur mit Edoard und seiner reizenden Beatriz gesprochen. Sie ist ein liebes Mädchen. Ich wünschte, meine Tochter Timarra hätte auch nur ein Zehntel ihres Charmes. Ich mag sie wirklich gern. Die Ältere – wie hieß sie noch? Augenblick. Sagt es mir nicht. Selbstverständlich.« Renayo schnippte mit den Fingern. »Eleyna. Nein, sie war nicht dort.«

»Nicht dort?« Der Ausruf kam von Giaberto.

Nicht dort!

»Und Rohario auch nicht. Ich habe ihn mit seinem Bruder zusammen nach Chassierallo geschickt, um ihn aus dem Palasso zu haben. Oh, wenn er nur so gut denken könnte, wie er sich anzieht! Also war Eleyna Grijalva tatsächlich dort, ja? Edoard hat ein paar verwirrte Bemerkungen von sich gegeben. Ich habe es nicht so recht zusammenfügen können, aber nun –«

Es klopfte dreimal an der Tür. Damiano öffnete sie einen Spaltbreit.

»Ich bitte um Verzeihung, Zio«, sagte der junge Mann mit einer Stimme, die ein Flüstern sein sollte, aber von allen anderen gut verstanden werden konnte, »aber ich darf dich nicht –«

»Ist das Cabral?« Renayo klatschte in die Hände.

»Selbstverständlich müßt Ihr ihn hereinlassen! Zio Cabral!«

Selbstverständlich müßt Ihr ihn hereinlassen! Kein Maler wagte, sich einer direkten Anordnung des Großherzogs zu widersetzen, auch nicht hier, mitten in ihrem eigenen Palasso. Ihre konsternierten Mienen entzückten Agustin.

Der Großherzog eilte, um den alten Mann in die Kammer zu ziehen, die Cabral mit Sicherheit in seinem gesamten Leben noch nicht gesehen hatte. Cabral folgte zögernd. Aber es war Renayos Verhalten, das Agustin überraschte: Der Großherzog hatte Andreo offen und vertrauensvoll angesprochen, aber Cabral behandelte er mit echter Zuneigung.

»Zio«, sagte der Großherzog, die Hand vertraulich auf Cabrals Arm, »du hast mich gebeten vorbeizukommen, wenn die weiße Iris blüht. Und jetzt bin ich hier, um dich abzuholen.«

»Es ist freundlich, daß Ihr Euch daran erinnert, Euer Gnaden«, sagte Cabral, aber aus seinem Mund klangen die höflichen Worte regelrecht liebevoll. Er sah sich einmal in der Crechetta um, die Augen weit offen, dann konzentrierte er sich wieder auf den Großherzog. »Ich höre, Ihr habt auch Neuigkeiten aus Chassierallo. Wie geht es meiner Nichte Eleyna?«

Renayo brach in Lachen aus. Agustin wagte kaum zu atmen. Der Großherzog und ein Grijalva, der die Gabe nicht hatte, standen in der Crechetta! Und, noch schlimmer, was war mit Eleyna?

»Niemand weiß, wo sie steckt! Es sieht so aus, als hätte mein Sohn Rohario die erste männliche Tat seines Lebens vollbracht: Er ist mit einer schönen Frau davongerannt!« Immer noch lachend, zog er Cabral mit sich nach draußen. Ihre Schritte verklangen auf dem Flur.

In der Crechetta herrschte verblüfftes Schweigen.

»Diese Frau soll verflucht sein«, sagte Nicollo schließlich, mit einer Stimme, die vor Schmerz rauh war.

»Giaberto, bereite eine Leinwand vor.« Andreo erwachte wieder zum Leben und ging zu einem eisernen Lampenständer. Er drehte am Docht in der Lampe, obwohl Agustin den Ölbehälter an diesem Morgen nachgefüllt hatte und das Licht hell genug war, dann wandte er sich den anderen zu. »Wir müssen Eleyna finden, ohne dabei zu viel Aufsehen zu erregen. Wir müssen sie unbedingt finden. Sie weiß zuviel.«

Zu Agustins Entsetzten sah Andreo dann *ihn* an.

»Junge – wenn deine Schwester dir schreibt, wenn du irgend etwas von ihr hörst, wirst du sofort zu mir kommen. Sie kennt ein paar der Geheimnisse der Viehos Fratos, aber selbst wenige sind noch zuviel in den Händen jener, die dieses Wissen gegen uns verwenden könnten, die mit einem einzigen Streich alles zerstören könnten, wofür wir so lange gearbeitet haben, so viele Generationen lang. Sie muß in den Palasso Grijalva zurückkehren. Sie muß hier bleiben. Hast du das verstanden?«

Agustin schluckte seine Angst herunter. Er hatte verstanden. Er begann, die Macht der Grijalvas sehr genau zu verstehen. »Jawohl, Oberster Hofmaler«, sagte er gehorsam.

Aber tief in seinem Herzen wußte er, daß er Eleyna nie verraten würde.

13

Alazais war dumm.

Nein, dumm war das falsche Wort. Sie war leer. Sie war eine weiße Leinwand, vorbereitet, aber unbemalt.

Sario mußte seine Pläne ändern. Er hatte noch eine Menge zu tun, bevor er, ihr Retter, sie einem dankbaren Herzog Renayo präsentieren konnte. Jede Handlung brachte unbeabsichtigte Konsequenzen mit sich: Es wäre ihm einfach nicht eingefallen, daß sich zwar ihr Körper mit absoluter Genauigkeit rekonstruieren ließe, ihr Geist aber nicht unbedingt folgen würde.

Was durchaus auch sein Gutes haben konnte. Sario würde die Möglichkeit haben, sie selbst zu formen.

»Ihr seid Prinzessin Alazais, Tochter von König Ivo und Königin Iriene von Ghillas, die leider verstorben sind, ermordet vom aufständischen Pöbel. Kein Wunder, daß Eure Erinnerung versagt – Eure Nerven sind einfach überanstrengt, nachdem Ihr Zeugin einer solch entsetzlichen Szene wurdet.«

»Ich bin Prinzessin Alazais, Tochter von König Ivo und Königin Iriene. Sie sind –« Hier brach ihre Stimme. »– tot. Leider. Ich sah, ich sah ... ich sah, wie es geschah.«

Sario betrachtete sie zufrieden. Sie ahmte ihn hervorragend nach, begriff jedes Wort, jede Gefühlsnuance, und nahm sie in ihre zerbrechliche Existenz auf. Ebenso wie Holz oder Stoff, Papier oder Gips eine Oberfläche bot, auf die man Farbe auftragen konnte, war sie die Grundlage, auf der er das Meisterwerk errichten würde, das seinen Aufstieg zum Obersten Hofmaler sichern sollte. Er mußte nur noch die letzte Schicht auftragen – eine Schicht von Worten und Gedanken diesmal, nicht von Pinselstrichen.

Er hörte Schritte auf der Treppe. Draußen fand er ein Tablett mit Essen. Es war nichts Besonderes, aber die Schaumkrone auf dem frisch gezapften Bier, die Fleischpasteten und der Duft von frisch gebackenem Brot ließ ihm das Wasser im Mund zusammenlaufen. Er war immer noch geschwächt, obwohl er in den vergangenen drei Tagen mehr geschlafen und gegessen hatte als sonst. Aber er hatte zehn Tage damit verbracht, sie zu malen, und war die meiste Zeit in Trance gewesen, so daß er nicht einmal gespürt hatte, wie die Zeit verging. Er trug das Tablett ins Zimmer, stellte es auf den Tisch und servierte ihnen beiden.

»Prinzessin Alazais wird immer von anderen bedient. Sie wartet darauf, sie rührt sich nie selbst, um sich etwas zu nehmen.«

Also wartete sie, benutzte Messer und Gabel vorsichtig, nippte neugierig am Bier und mit mehr Vergnügen an einem Becher gewürzten Tees, wie er es ihr in den drei Tagen seit ihrer Schöpfung beigebracht hatte.

»Wer seid Ihr?« fragte er noch einmal. »Wie ist Eure Abstammung?«

Ihre Stimme war mehr Flüstern als Klang, einer Feder gleich, die in Sturmwinde geworfen und unbeschadet wieder auftauchen konnte. »Ich bin Prinzessin Alazais, Tochter von König Ivo von Ghillas. Meine Mutter Iriene war die zweite Tochter von Fretherik, Fürst von Sar-Kathebarg. Mein Vater ist der Urgroßneffe von König Pepennar dem Zweiten von Ghillas, der kinderlos im Jahr 1238 starb. Der Thron von Ghillas fiel danach an Enrei den Zweiten, der Mechella zeugte, die Großherzogin von Tira Virte wurde, und Enrei den Dritten, der im Jahr 1287 ohne legitime Kinder starb. Nach dem Tod Enreis des Dritten ging der Thron an meinen Vater Ivo, seinen Vetter. Und so gebührt er nun mir, als letzter Überlebender der Pepenniden und einzigem Kind König Ivos.«

»Und wenn ein Mann Euch heiratete, der selbst von Mechella von Ghillas und Mairie von Lillone abstammte?«

»Die Familie Lillone ist ein Zweig der Pepennidenfamilie. Ihr Anspruch ist nicht so gut wie meiner, da sie nur Vettern Enreis des Ersten waren, die Kinder des jüngsten Bruders seines Vaters, aber es gibt Söhne, Abkömmlinge der Familie Lillone …«

Hier zögerte sie. Hatte sie Schwierigkeiten, sich an die vielen Fakten zu erinnern, die er sie gelehrt hatte, oder war das mädchenhafte Zurückhaltung? Selbst er, ihr Schöpfer, konnte das nicht wissen. Ebenso wie eine leere Leinwand innerhalb ihrer Substanz bestimmte einzigartige Qualitäten enthielt, die unvorhersehbar waren.

Sie fuhr fort: »In Ghillas bevorzugt man die männliche Abstammungslinie. Daher haben die Adelshäuser Renayos Anspruch abgewiesen, weil er ihn durch seine Mutter hatte. Aber Pepennar selbst erhielt den Thron und wurde in seinem Anspruch bestätigt, weil er durch die Mutter seines Vaters mit König Enrei dem Ersten verwandt war. Sie war Enreis einzige Tochter, und ihre Kinder waren die einzigen seiner Enkel, die das Erwachsenenalter erreichten.«

Es war seltsam, diese sanfte Stimme – die in Ghillas nie mehr geäußert hatte als eine Bitte um Lob für ihre neueste

Stickerei oder die Beherrschung eines neuen Tanzschrittes oder ihr Aussehen in einem neuen Kleid – zu hören, wie sie den komplizierten Stammbaum der ghillasischen Königsfamilie herunterleierte.

»Darüber hinaus«, fuhr sie fort, jedes Wort vollkommen, »ist es in diesen schrecklichen Zeiten wichtig, daß der Thron und die königliche Familie von Ghillas bewahrt werden und daß kein Kampf zwischen rivalisierenden Fraktionen entsteht, denn sonst könnte der Pöbel, der König Ivo und Königin Iriene so schändlich ermordete, an Kraft gewinnen und Ghillas vollkommen zerstören. Wo soll es enden, wenn man dem gemeinen Volk erlaubt, auf den Thron von Ghillas zu setzen, wen immer es will, wenn Fischweiber und Kesselflicker das königliche Zepter schwingen können, wenn Gastwirte und Straßenkehrer glauben, sie können ebenso gut regieren wie der König und seine Ratgeber, denen Matra ei Filho das Recht zu regieren als Gnade gewährten? Die Ordnung muß wiederhergestellt werden, oder wir werden alle darunter leiden.«

»Und Ihr«, fügte er hinzu, »seid die einzige, hinter der die Adelsfamilien von Ghillas, die Fürsten der Nachbarländer, die Landbesitzer und die reichen Kaufleute zusammenstehen werden.«

Sie sah ihn ernst mit ihren strahlenden blauen Augen an. Nun ja, vielleicht hatte er es übertrieben, hatte ihr vollkommene Schönheit gegeben, wo sie doch nur ein hübsches Mädchen gewesen war, aber nicht mehr als das.

»Ich bin die rechtmäßige Königin von Ghillas«, sagte sie.

Er lächelte und tätschelte ihr den Kopf, wie er ihn einem Schoßhündchen getätschelt hätte – wenn er ein Mann gewesen wäre, der Schoßtiere hielt. Sie war wirklich schön, ein wenig üppiger gebaut als im wirklichen Leben, was jetzt nur zu offensichtlich war, weil sie nur ein dünnes Hemd trug. Sie erweckte nicht die geringste sexuelle Reaktion in ihm; seit Jahrzehnten fühlte er sich jetzt nur noch ganz am Leben, wenn er malte. Das andere war nur ein kurzer Augenblick der Sättigung.

Sie wartete, während er wieder darüber nachdachte, was er ihr beibringen mußte. Er mußte eine Frau finden, die ihr das Sticken beibrachte. Alazais hatte gern gestickt – kleine Kissen, Ärmel, Säume, Bänder, Hüte, Beutel, all diese kleinen Dinge, die eine verwöhnte Dame bei Hof brauchte. An König Ivos Hof hatte man es als eine Auszeichnung betrachtet, mit einer dieser kleinen Handarbeiten der Prinzessin beschenkt zu werden.

Sie mußte auch lernen, mit ghillasischem Akzent zu sprechen. Er sprach abwechselnd mit ihr in seiner eigenen Sprache und in Ghillasisch, aber er konnte ihren ursprünglichen reizenden Akzent nicht wiedergeben. Die echte Prinzessin hatte eine Begabung für Sprachen gehabt, vielleicht, weil sie auch ein so gutes Ohr für Musik hatte.

Das durfte er ebenfalls nicht vergessen. Sie mußte Musik hören, damit sie Kompositionen wiedererkennen und ein paar Lieder singen konnte. Sie mußte tanzen lernen. Sie mußte sich mit Wein auskennen. Niemand würde eine ghillasische Prinzessin für echt halten, wenn sie nicht, ganz gleich, welch traumatische Ereignisse sie auch erlebt hatte, die guten Jahrgänge erkannte.

Und obwohl es notwendig wäre, daß sie bei ihrer Ankunft bescheiden gekleidet war, um ihrer Geschichte Glaubwürdigkeit zu verleihen, mußte sie sich auch mit Stoffen und Kleidern auskennen, mit den Feinheiten der Mode. Die echte Prinzessin hatte sich gern »geschmückt«, wie sie es in ihrer naiven Art bezeichnet hatte. Sie war sogar noch naiver gewesen als die junge Mechella, wenn so etwas möglich war, aber Mechella hatte ein gutes Auge für Farben und einen natürlichen guten Geschmack gehabt, was Schnitte und Gewebe anging. Die echte Alazais war mit so etwas nicht gesegnet gewesen. *Diese* Alazais würde einen makellosen Geschmack haben.

Und all das würde viel länger dauern, als er geplant hatte.

Er ließ sie zusehen, während er einen Brief schrieb – er würde ihr auch das Schreiben beibringen müssen –, den er nach Argueña schicken würde, um ihre Diener wissen zu lassen, daß es zu Verzögerungen kam. Dann machte er eine Liste von allem, was sie brauchen würde, und ließ sie sie kopieren. Auch dabei erwies sie sich als äußerst lernbegierig.

»Arbeitet weiter an Eurer Schrift«, sagte er zu ihr, »bis ich zurückkomme. Und denkt immer daran, daß Ihr niemandem von Eurer Vergangenheit erzählen dürft, solange ich es Euch nicht erlaube. Ihr seid ständig in Gefahr. Wir müssen Eure Identität geheimhalten.«

»Ich werde mit niemandem darüber sprechen«, versprach sie.

Er ließ das Tablett mit dem schmutzigen Geschirr neben der Tür und ging langsam die Treppe hinab, sah sich das Wandgemälde im Treppenhaus an. Es zog sich in sorgfältig ausgearbeiteten Schritten durch das gesamte Treppenhaus, folgte den Schritten des jeweiligen Betreibers der Weinhandlung, der Sario während seiner Anwesenheit im Atelier mit Speise und Trank, sauberer Bettwäsche und Kleidung versorgte. Das Gemälde war gerahmt mit Girlanden aus Ranken und Blüten und Kräutern; innerhalb dieses Rahmens war eine Geschichte dargestellt: Ein Mann diente seinem Herrn voller Treue und ergebener Zuneigung; er gründete eine Familie und gab seine Pflichten an einen Sohn oder Neffen weiter, der dann seinerseits diese Treppe hinauf- und hinabging.

Für diese scheinbar harmlose, aber wirkungsvolle Bildergeschichte, die sich von Treppenstufe zu Treppenstufe entwickelte, hatte Sario beim Malen – und beim Erneuern des Bildes, wenn dies notwendig geworden war – sein eigenes Blut und seine Tränen in die Farben gemischt, ebenso wie

Öle und Essenzen der Kräuter und Pflanzen, die abgebildet waren: Veilchen für Treue, Pflaume für Ergebenheit, Verbene für Verzauberung und Belladonna für Schweigen.

Er hatte ähnliche, wenn auch besser verborgene Magie in die Girlanden gemalt, die die Türen und Fenster der Weinhandlung umgaben. So war das Haus versiegelt. Hier hatte er seit dreihundert Jahren Zuflucht gefunden, im alten Marktviertel der Stadt, das sich im Lauf der Jahrhunderte nicht sonderlich verändert hatte. Er hatte das Gemälde in seinen späten Jahren als Arriano überarbeitet und würde es wieder überarbeiten, bevor er diesen Körper abstreifte. Als er ins Hinterzimmer der Weinhandlung trat, überraschte er den Pächter, einen kräftigen Mann Mitte Vierzig, der sich gerade ein bedrucktes Blatt ansah.

»Verzeiht, Maesso.« Der Pächter sprang auf und zerknüllte das feste Papier mit beiden Händen.

»Ist das ein Flugblatt?« fragte Sario, der gern wissen wollte, weshalb Oliviano eine solch intensive Purpurfärbung angenommen hatte. »Ich nehme an, etwas Subversives?«

»Überhaupt nicht, Maesso.«

»Laßt mich sehen.« Es handelte sich tatsächlich um ein Flugblatt, das mit schlecht gedruckten Lettern und in miserabler Tinte gegen die Weigerung des Großherzogs, die Corteis zusammentreten zu lassen, und gegen die kürzlich erfolgten Hinrichtungen protestierte. »Gefährliche Ansichten.« Sario reichte Oliviano das Blatt wieder zurück. »Ich hoffe, Ihr werdet das verbrennen.«

»Jawohl, Maesso. Ich werde es sofort tun.«

Sario konnte diese neuen höflichen Anreden, Maesso und Maessa, die jetzt in den Kaufmanns- und Gildevierteln der Stadt so modern waren, nicht ausstehen; sie waren unschöne Ableitungen vom alten Gildentitel des Meisters. Aber er hatte gelernt, sich anzupassen. »Ich bräuchte einige Dinge, Maesso Oliviano. Wie Ihr wißt, hat meine

Schwester mir ihre Nichte aus Ghillas hergeschickt –« Das war eine dreiste Lüge, und beide wußten das, aber sie diente dazu, unangenehme Fragen zu vermeiden. »– und ich bräuchte eine Frau, die für zehn oder zwanzig Tage hier einzieht, um sie in den feineren Künsten zu unterrichten. Ihr kennt die Stadt gut. Es müßte eine Frau aus gutem Haus sein, geboren in Ghillas oder die Tochter von Ghillasiern, eine, die die Sprache mit eindeutigem Akzent spricht, eine, die sticken kann, die Laute spielen und meiner Nichte ein paar Lieder und ein paar Tanzschritte beibringen könnte.«

Inzwischen hatte sich der Pächter ein wenig von Sarios Entdeckung des Flugblatts erholt. Er war ein fähiger Mann. Sein Vater hatte sich damit zufriedengegeben, zu Dionisos Lebzeiten die Weinhandlung weiterzuführen. Oliviano hatte, mit Arrianos Erlaubnis, sein Geschäft erweitert, wie die Stadt selbst sich ausgedehnt hatte.

»Es wird ein paar Tage dauern.«

»Seht zu, daß es schnell geht, und ich werde dafür sorgen, daß Eure älteste Tochter eine gute Mitgift erhält.«

»Ihr seid sehr großzügig.«

»Das glaube ich nicht. Diese Frau müßte außerdem bei Euch und Eurer Frau wohnen, während sie meine Nichte unterrichtet.«

»Nun ja.« Oliviano dachte darüber nach. Sein Vater hätte ohne weitere Fragen gehorcht, aber Oliviano unterwarf sich dem »jungen« Sario nicht so leicht, wie er es gegenüber Arriano getan hatte. »Wir werden schon Platz finden.« Beunruhigenderweise zwinkerte er Sario zu. »Wollt Ihr das Mädchen mit einem jungen Mann aus guter Familie verheiraten? Hübsch genug wäre sie ja.«

In Sario sträubte sich alles. Es gefiel ihm nicht, so vertraulich angesprochen zu werden. »Das ist meine Angelegenheit, nicht die Eure. Tut, um was ich Euch bitte, und es wird zum Nutzen Eurer Familie sein.«

»Wie Ihr wünscht, Maesso.« Der Pächter verbeugte sich.

Zufrieden stieg Sario wieder die Treppe zum Speicher hinauf, wo Alazais immer noch sorgfältig Buchstaben kopierte. Sie hatte eine schöne Schrift, und es verstörte ihn ein wenig zu sehen, wie diese Finger, die gestern noch nicht dazu imstande gewesen waren, jetzt seine präzise Schrift so vollendet nachahmten.

Maessa Louissa war eine Frau von zurückhaltenden Manieren, mit einem schmalen Gesicht, einem vollendeten ghillasischen Akzent und einem Kleid, das so ausgeblichen war wie gut geschneidert, seit etwa zehn Jahren aus der Mode, aber bis ins kleinste Detail nachgearbeitet. Sie war die einzige Tochter von Isobella, einer Hofdame, die mit Großherzogin Mairie aus Lillone gekommen und dann in Ungnade gefallen war, weil sie sich – ohne die Erlaubnis ihrer Herrin! – in einen gutaussehenden Hauptmann des Shagarra-Regiments verliebt hatte. Entlassen aus dem herzoglichen Dienst, verlassen von ihrem Geliebten, hatte Isobella Louissa in ärmlichen Umständen dazu erzogen, den jungen Damen von Meya Suerta, die sich bilden wollten, gutes Benehmen und diverse der schönen Künste beibringen zu können.

Louissa hatte nie ein Porträt von Prinzessin Alazais von Ghillas gesehen und war auch, wie Sario annahm, nicht neugierig genug, das Geheimnis herauszufinden oder auch nur anzunehmen, daß es eines gab. Sie war arm, hatte keine Aussichten zu heiraten und war verzweifelt darauf bedacht, Geld zu verdienen, um sich und ihre Mutter, die ein schwaches Herz hatte, durchzubringen.

Schon nach dem zweiten Tag schüttete sie Alazais ihr Herz aus, die ihr mit mitleidiger Miene zuhörte, was Sario sehr angemessen fand, während er selbst diverse Skizzen von Maessa Louissas Gesicht anfertigte, um sich auf etwas anderes als den Klang ihrer leisen, aber auf Dauer nervtötenden Stimme konzentrieren zu können.

Sie unterrichtete Alazais für den verbleibenden Rest des Monats nach Imago und bis in den Monat von Penitenssia, an dessen Ende das Jahr zu Ende ging. Welches Jahr war das nur? Ach, es war schwer, auf dem laufenden zu bleiben.

Alazais lernte, einfache Melodien auf der Laute zu spielen und dazu zu singen. Ihre Stimme war klar und ungekünstelt. Sie lernte auch einige der einfacheren höfischen Tänze, wobei Sario als ihr Partner diente, während Louissa den Takt schlug und die Melodie mit durchdringender Sopranstimme sang.

Und Alazais stickte.

»Noch nie hat eine meiner Schülerinnen so schnell solche Kunstfertigkeit erreicht!« rief Louissa eines Morgens und zeigte ein Leinenquadrat, das mit einem zarten grünen Efeumuster bedeckt war. Sie sah so stolz aus, als wäre Alazais ihre eigene Tochter – die Tochter, die sie selbstverständlich nie haben würde.

Sario nickte nur, aber auch er war stolz. Er hatte das Potential, solche Dinge zu tun, in Alazais hineingemalt. Sie war eine wunderbare Frucht seiner Arbeit. Als Louissa zu ihrer Schülerin zurückkehrte, wandte er sich wieder seinen Skizzen zu, leckte sich den Finger und berührte den Speichel mit der Bleistiftspitze. Er hatte mehrere sehr exakte Zeichnungen von Louissa angefertigt. Er brauchte nur zu warten, bis er mit ihr fertig war, dann würde er sicherstellen, daß sie nie von der Arbeit sprechen würde, die sie hier verrichtet hatte.

14

Eleyna sah sich bestürzt das Wohnzimmer an. Dahinter lagen zwei weitere Räume, Schlafzimmer, möbliert mit alten Betten mit Holzrahmen und Gurtgeflecht, dünnen Matratzen, die vermutlich vor Flöhen nur so wimmelten, und vergilbten Laken.

»Für Zimmer wie diese ist das ein unverschämter Preis!«

»Ja?« fragte Rohario.

»Habt Ihr gefeilscht?«

»Gefeilscht?«

»Ihr habt nicht mit dem Wirt gefeilscht?«

Er ging durchs Zimmer, sah sich den Tisch mit den beiden Stühlen an, die zerbrochenen Fensterscheiben, das Brokatsofa, dessen ursprüngliche Farbe in der Sonne zu einem unklaren Gelbweiß verschwommen war, das Muster von größeren Mengen Weinflecken unkenntlich gemacht.

»So etwas habe ich noch nie zuvor gesehen«, sagte er und kam wieder zu ihr zurück. Er wirkte weniger angewidert als erstaunt. »Gibt es wirklich Leute, die so leben?«

»Wie Ihr, Don Rohario«, sagte sie steif, »bin auch ich in einem Palasso aufgewachsen. Aber Großmutter hat dafür gesorgt, daß wir etwas vom Leben außerhalb erfahren. Jedes Mädchen, das im Palasso Grijalva aufwächst, lernt, als Verwalterin für die Familie zu dienen. Großmutter hat uns sogar mit zum Markt genommen, damit wir handeln lernen, und einmal –« sie lachte, als sie sich an den Skandal erinnerte, »– als ich sechzehn war und Beatriz dreizehn, hat Großmutter uns mit in eine Taverne genommen, an Madurassia, damit wir sehen konnten, wie die Töpfergesellen singen und tanzen. Es war ein Skandal, weil die neuen Wandergesellen jedes unverheiratete Mädchen um einen Kuß bitten können, und wir wurden um ziemlich viele gebeten. Selbst Großmutter wurde ein paarmal gefragt, denn ihr Mann war damals schon tot und sie trug immer ihr Witwentuch, auch nachdem die Trauerzeit lange vorüber war.«

Auf diese Erzählung folgte keine Antwort, nur Schweigen.

Eleyna ging zu dem schmutzigen Fenster und rieb mit einer Ecke ihres Spitzenschals darüber, versuchte, in den Hof hinunterzuschauen. Der Wirt hatte sein Gasthaus um die kleinen Wohnungen im Nebenhaus erweitert, einen alten Palasso, dessen Außenwände ziegelrot gefliest waren und dessen Inneneinrichtung so schäbig und verblaßt war wie das aus dritter Hand bezogene Festkleid eines Küchenmädchens.

Eleyna gab ihren Versuch am Fenster auf und zog die Fransen ihres »Witwentuchs« durch die Finger. Die schwarze Spitze war mit Hyazinthen bestickt. Wenn sie diese purpurblauen Blüten ans Gesicht hob und einatmete, würde sie dann auch ihren Duft riechen können? Würde er ihr die Trauer erleichtern, wie man behauptete?

Nur, daß sie nicht um ihren toten Mann trauerte. Sie trug das Tuch nur, um sich zu schützen.

»Natürlich«, sagte Rohario plötzlich, als hätte er so lange gebraucht, um ihre letzten Worte zu verstehen. »Jedes Jahr an Madurassia wird eine andere Gilde in den Palasso Verrada eingeladen, um die Gesellen zu feiern, die auf Wanderschaft gehen. Sie kommen in den Thronsaal, wo mein Vater den Segen ausspricht und sie feierlich auf die Reise schickt. Ich fand immer, daß sie ziemlich schäbig angezogen waren, aber nie so ärmlich wie die Leute, die ich in diesen letzten beiden Tagen in Meya Suerta gesehen habe.«

Eleyna sah Roharios elegante Kleidung an, kaum verknittert von ihrer Reise, und sein vollendet geschlungenes Halstuch – schon für sich ein Kunstwerk – und kicherte. Er schien vollkommen fehl am Platz. Kein Wunder, daß der Wirt einen solch unverschämten Preis verlangt hatte: Wenn Rohario sich wie ein vornehmer Herr kleidete, mußte er auch zahlen wie einer.

»Diese Gesellen und ihre Verwandten haben vermutlich ihre besten Kleider getragen, um vor dem Großherzog zu erscheinen«, sagte sie. »Was sie jetzt hier anhaben, sind ihre Alltagssachen. Ziehen sich die Diener im Palasso Verrada denn anders an?«

»Nun, die sind alle in Livree. Meine Mutter mochte es nicht, wenn jemand schäbig oder fehl am Platz aussah. Ihre Familie war adlig, aber arm, wißt Ihr. Sie sagte mir einmal, als sie meinen Vater heiratete, habe sie sich geschworen, ihre Dienstboten besser zu kleiden, als sie als Mädchen angezogen war.«

»Selbst die in den Küchen?«

»Ich bin nie in den Küchen gewesen.«

»Rohario, Ihr macht mir angst!«

»Ihr haltet mich wohl für dumm!« Er stakste aus dem Zimmer. Als sie sich erst einmal von ihrer Überraschung erholt hatte, folgte Eleyna ihm. Sie holte ihn auf dem Hof ein, wo er sich zu einer Tirade aufgeschwungen hatte, die selbst ein Fischweib beschämt hätte. Es hatten sich bereits eine Menge Schaulustige versammelt.

»... wie viele Eurer Kunden betrügt Ihr noch? Soll ich die Herren hier jetzt gleich fragen? Ihr, Maesso? Hat er Euch auch zu viel abverlangt? Nun, ich bin nur froh, daß meine Mutter, gesegnet sei ihr Andenken, nicht sehen muß, daß meine Schwester und ich in solch erbärmlichen Räumen hausen müssen! Eure eigene Mutter, Herr Wirt – würde sie Euch in solcher Umgebung sehen wollen?«

Nachdem er auf diese Weise beim Kern der Sache angekommen war, hielt Rohario inne, um die Reaktion seiner Zuschauer abzuwarten. Sofort packte der Wirt ihn am Arm. Rohario wich zurück, faßte sich dann aber und ließ sich von dem rot angelaufenen Mann in sein Arbeitszimmer führen.

Eleyna wollte folgen, wurde aber von einer Gruppe von Männern aufgehalten.

»Liebste. Bitte, mein Herz gehört dir, wenn du es nur haben willst.«

»Ich würde gern das trauernde Herz sehen, das sie unter diesem schönen Spitzenschal hat.«

»Wieviel zahlt er dir, Kleine? Ich zahle das Doppelte!«

Errötet und zornig zog sich Eleyna ins Wohnzimmer zurück. Fluchend tigerte sie darin auf und ab. Wieder in der Falle! Ohne einen Mann, der sie beschützte, konnte sie sich nicht einmal vor die Tür wagen!

Eine dünne Schicht von fettigem Schmutz überzog die Tischplatte, hinterlassen von Tellern oder Fingern, und sie wollte ihr kostbares Papier nicht auf einer solchen Oberfläche ausbreiten. Wie sollte sie hier arbeiten können?

War sie denn wirklich so viel besser als Don Rohario? Sie hatte in ihrem ganzen Leben nie ein Zimmer putzen müssen. Sie nahm an, man brauchte einen Eimer Wasser und Lappen, aber woher sollte sie die Lappen und den Eimer nehmen, vom Wasser nicht zu reden?

Nach Meya Suerta zu fliehen war ein leichtsinniger Entschluß gewesen, vielleicht sogar ein dummer. Aber sie würde nicht besiegt zum Palasso Grijalva zurückkriechen. Sie konnte sich gut vorstellen, was ihre Eltern sagen würden – mit einem jungen Adligen davonzulaufen!

Nur, daß sie nicht Don Roharios Mätresse war.

Matra ei Filho! Jetzt werde ich auch noch rot! Sie ging zum Fenster und konnte es endlich öffnen, nachdem sie fest gegen die untere Ecke geschlagen hatte. Die frische Luft kühlte ihr die Wangen. Wenn die Tür aufging, würde sie sich umdrehen und Rohario ganz gelassen entgegentreten können...

... und dem Wirt und zwei Mädchen, die mit Eimern und Lappen und Besen bewaffnet waren.

»Mein Freund Maesso Gaspar hier hat uns eingeladen, heute abend an seinem Tisch zu speisen, Sorella. Wir werden gleich mitgehen, solange diese Mädchen hier die Zimmer saubermachen und dafür sorgen, daß man wirklich darin wohnen kann.«

»Selbstverständlich, Frato.« Bruder.

Er bot ihr den Arm. Sie fühlte sich schrecklich unbehaglich. Jeder, der auch nur ein bißchen Verstand hatte, würde an ihrer Haltung, ihren Gesichtern, ihrer Art, sich auszudrücken, bemerken, daß sie keine Geschwister waren. Aber was machte das schon? Die Männer würden ohnehin denken, was sie wollten, aber solange Rohario offiziell als ihr Bruder auftrat, konnte er ihr als Beschützer dienen. Sie mußte an die Männer denken, die sie im Hof angesprochen hatten, und schauderte.

»Was ist denn?« fragte Rohario sie, als sie dem Wirt durch ein im bedrückendsten Lehmbraun gestrichenes Treppenhaus ins Erdgeschoß folgten.

»Nichts, ich friere nur.« Sie fixierte den Blick auf seine Hände, weil sie befürchtete, ihr Gesicht könnte sie verraten. Er hatte schöne, gutproportionierte Hände.

Edoard war einfach zu malen gewesen, weil er zu jenen Männern gehörte, die man mit einfachen Farben und Linien wiedergeben konnte. Rohario würde ein schwieriges, erheblich weniger einprägsames Modell sein. Und in zehn Jahren könnte er sehr anders aussehen als jetzt. Darin bestand der grundlegende Unterschied zwischen den beiden Brüdern. Edoard war bereits der Mann, der er immer bleiben würde; Rohario begann gerade erst, Gestalt anzunehmen.

»Da sind wir.« Maesso Gaspar führte sie in ein sauber geschrubbtes Gastzimmer, das nach Kiefernöl und Mandeln roch. Er stellte sie seinen anderen Gästen vor. Der Raum teilte eine große Feuerstelle mit der Wirtsstube. Wenn Eleyna den Hals reckte, konnte sie durch die flackernden Flammen einen Blick in den Nebenraum werfen, auf die lauteren, weniger gepflegten Gäste dort.

Als der erste Gang – eine Zwiebelsuppe – serviert wurde, beugte sich Rohario zu Eleyna. »Um einen besseren Preis zu bekommen, mußte ich im voraus zahlen. Er wollte nicht anschreiben!«

»Woher soll er auch wissen, ob Ihr kreditwürdig seid?«

»Es stimmt, ich habe ihm nicht gesagt, wer ich wirklich bin. Aber ich habe nur noch zehn Mareias übrig. Laut Maesso Gaspar, den ich fragte, welchen Wein er zum Essen serviert, reichen zehn Mareias nicht einmal, um eine Flasche palenssischen Roten zu kaufen!«

Er war so empört, daß sie laut lachen mußte. »Ohne Zweifel ist das alles, was Ihr zu trinken gewöhnt seid. Wir werden für unseren Lebensunterhalt arbeiten müssen.«

»Arbeiten?« Er erbleichte. »Wie macht man das – *arbeiten*?«

Eleyna sah sich im Zimmer um. Es war ein großer, langweiliger, rechteckiger Raum. An einem Ende befand sich die große Feuerstelle, die dieses Zimmer von der Wirtsstube abtrennte.

Dann gab es eine Wand mit Fenstern zum Hof hin, und die Wand gegenüber war weiß gekalkt. Eleyna stand auf, griff in ihre Rocktasche und holte die Kohlen- und Kreidestücke heraus, die sie – wie jeder Grijalva – immer bei sich trug.

»Ich bitte um Verzeihung, Maesso Gaspar. Ich sehe, daß dieser Raum für die besseren Gäste reserviert ist. Aber vielleicht möchtet Ihr noch mehr und vornehmere Kunden haben.«

Überrascht sah der Wirt sie an und verbeugte sich höflich. »Das möchte doch jeder Geschäftsmann, oder?«

»Wenn ich jede Mahlzeit hier in der Gesellschaft von Frauen einnehmen könnte, die so schön sind wie Ihr, Maessa«, sagte einer der Männer, der ihr am Tisch gegenübergesessen hatte, »würde ich öfter herkommen.« Dann wurde er plötzlich verlegen und lächelte Rohario beschwichtigend zu. »Ich bitte um Verzeihung, Maesso.«

»Ihr solltet Euch lieber bei meiner Schwester entschuldigen«, sagte Rohario leise, aber mit einer Spur von Drohung.

Eleyna nahm die Kreide und zeichnete mit ein paar raschen Strichen eine Karikatur des Mannes auf das weißleinene Tischtuch. Die anderen Gäste lachten.

»Maesso Gaspar, ich bin gelernte Zeichnerin und Malerin. Aber ich muß für meinen Lebensunterhalt arbeiten wie Ihr auch. Mein Bruder und ich haben wenig Geld, und ich würde gern im Austausch für unsere Zimmer arbeiten. Zum Beispiel so.« Während sie sprach, begann sie, die Zeichnung zu erweitern, und Rohario schob schnell die Teller und Schüsseln weg, damit sie mehr Platz hatte. »Diese weiße Wand da ist ein guter Hintergrund, um ein paar Gemälde aufzuhängen. Oder noch besser, beauftragt mich mit einem Wandgemälde. Es könnte das Fest Providenssia darstellen, die Traubenlese, deren Üppigkeit Ihr sicher hier gerne nachvollziehen wollt. Aber zusätzlich werde ich auch die Gesichter Eurer Stammgäste festhalten, so daß diese Gäste ihre Verwandten und Nachbarn mitbringen werden, damit diese sich die Bilder ansehen. Und ich werde Bilder von bekannten Orten in Meya Suerta einfügen, von Männern und Frauen aus lang vergangenen Tagen, deren Geschichte wir alle schon Hunderte von Malen in unserer Kindheit gehört haben, so daß nicht nur Eure Stammgäste, sondern auch neue Kunden kommen werden, um die Wandmalerei zu sehen.«

Inzwischen hatten auch die anderen ihr Geschirr zur Seite geräumt, um ihr mehr Platz zu lassen. Sie mußte sich weit vorbeugen, mußte Stühle zur Seite schieben, und sie hatte keine Zeit mehr zum Reden. Dieses Tischtuch mußte der Entwurf für die Wandmalerei sein – die Modellskizze; es sollte die Gesichter aller Anwesenden enthalten, mußte helfen, dem Wirt ihren Vorschlag schmackhaft zu machen. Denn solch ein Auftrag würde ihnen nicht nur ein Dach über dem Kopf und Essen verschaffen, solange sie zur Ausführung des Bildes brauchte, sondern ihre Arbeit würde auch bekannt werden, und das fertige Bild würde auch *ihr* neue Kunden bringen.

Erst als sie fertig war und vor dem Signieren innehielt, bemerkte sie, wie still es geworden war. Alle beobachteten sie begierig, als erwarteten sie, sie werde mit dem letzten Kreidestrich verschwinden.

Eleyna betrachtete ihre Arbeit kritisch. Es waren keine größeren Fehler zu bemerken: Sie hatte mit sicherer Hand gemalt. Sie hatte Gaspar als den Patron des Erntefests gezeichnet, wie er Wein und Brot an eine Versammlung austeilte, die jeden Mann und die beiden anderen Frauen einschloß, die an diesem Abend hier am Tisch saßen, ebenso wie die vier Dienstboten, die ihnen serviert hatten und die jetzt in der Küchentür standen und die Hälse reckten, um einen guten Blick auf die Zeichnung zu bekommen. Die Komposition war nicht so recht im Gleichgewicht. Die Versammelten wirkten ein wenig zu starr, und Gaspar brauchte einen Hintergrund, einen Blick auf sein Gasthaus vielleicht, geschmückt mit Rebengirlanden und Vasen mit Weizenähren, die auf kommenden Reichtum hinwiesen. Aber insgesamt war sie damit zufrieden.

Maesso Gaspar drückte die Hand aufs Herz, in der Pose eines Mannes, der gerade von Brustschmerzen überrascht wird, die ihn fast umbringen. »Wunderbar! Ich bin einverstanden! Wann könnt Ihr anfangen?«

Sie verkniff sich ein Lächeln. »Wir haben die Bedingungen noch nicht ausgehandelt, Maesso Gaspar.«

»Wieviel wollt Ihr für das Tischtuch?« fragte der Mann, der am Anfang so unhöflich gewesen war. Wie oft bei solchen Menschen, war er leicht zu gewinnen.

Sie schloß die Augen, genoß den Augenblick. Dann signierte sie die Zeichnung schwungvoll mit »Riobaro«.

»Das ist doch gar nicht dein Name«, wandte Rohario ein. »Hier steht –« Er hielt inne, starrte sie an.

»Ich bitte um Verzeihung, Maesso«, sagte Eleyna zu ihrem neuen Bewunderer, »aber ich fürchte, einer Familientradition entsprechend muß ich Maesso Gaspar bitten, dieses Tischtuch als Bezahlung für das Essen anzunehmen – für uns alle, die wir hier sitzen – und als Sicherheit für unseren Vertrag, da ich nichts weiter besitze.«

»Neu im Geschäft, wie?« fragte der Mann. Er rieb sich die Hände. »Ich bin Gildemann, Zespiarre ist mein Name, und nächsten Monat wird meine Tochter sich verloben. Ich werde Euch einstellen, um die *Verlobung* zu malen.«

»Ich nehme das Angebot an, Maesso Zespiarre, wenn Ihr mir genügend bietet.«

»Einen Augenblick!« Der Wirt hob die Hand. »Ich möchte aber erst mein Wandbild!«

»Ihr müßt die Wand verputzen, Maesso Gaspar, und der Verputz muß trocknen, bevor ich mit dem Aufriß beginnen kann. Für das Gemälde selbst werde ich eine zweite, dünne Gipsschicht brauchen, und ich kann jeden Tag nur eine Fläche bemalen, die einen Arm hoch und breit ist, da die Farbe aufgetragen werden muß, solange der Gips noch feucht ist. Also werde ich Zeit genug für ein paar andere ausgewählte Aufträge haben. Wenn Ihr einen Teil dieses Zimmers entbehren könnt – oder ein anderes, in dem ich diese Porträts malen kann, dann würde ich gestatten, daß mir Eure Gäste zeitweilig beim Malen zusehen können.« Sie konnte dem Wirt ansehen, daß er bereits dabei war, alles im Kopf zusammenzurechnen, und daß vor seinem geistigen Auge Unmengen neuer Kunden vorbeizogen.

»Niemand würde glauben, daß eine hübsche junge Frau wie Ihr so etwas kann!« rief Gaspar. »Was für ein glücklicher Umstand hat Euch hergeführt!« Er zwinkerte. »Wer Ihr auch immer wirklich sein mögt ...«

Aus der Wirtsstube hörte man Musik, eine Laute und eine Trommel, dann einen Sänger. Es war ein altes Lied, ein Liebeslied mit dem Titel »Am Abend von Astraventa«.

Eleyna setzte sich hin, plötzlich erschöpft. Sie wartete ruhig, bis die Diener das alte Tischtuch weggebracht, den

Tisch neu gedeckt und den zweiten Gang aufgetragen hatten. Mechanisch aß sie, schmeckte kaum, was sie zu sich nahm. Statt dessen betrachtete sie die Wand, paßte ihren Entwurf den neuen Ausmaßen an.

»Und was soll ich tun?« fragte Rohario.

»Was?« Beim Klang seiner Stimme fuhr sie erschrocken auf.

Bevor Rohario antworten konnte, waren aus dem Nebenzimmer erregte Stimmen zu hören, über das Flackern der Flammen hinweg. Die Tür zur Küche ging auf, und ein Mann mit Schürze kam herein.

»Gaspar! Die Shagarras sind da! Sie wollen die Musiker verhaften, weil sie aufrührerische Lieder gesungen haben.«

Gebrüll von nebenan ließ seine nächsten Worte untergehen: »Im Namen des Großherzogs! Ergebt Euch!«

»Laßt sie in Ruhe! Es sind doch nur Sänger.«

»Wann läßt der Großherzog endlich die Corteis zusammentreten?«

»Mörder!«

Aufruhr. Ein Stuhl flog gegen die Wand. Ein Mann schrie schmerzerfüllt auf.

»Matra!« Gaspar sprang auf und rannte in die Küche.

Seine anderen Gäste, Gildemann Zespiarre eingeschlossen, machten sich eilig davon. Aber Rohario folgte Gaspar. Eleyna schluckte den letzten Bissen herunter und folgte ebenfalls. In der Wirtsstube war ein Kampf im Gang, wütende Gesellen und Gildeleute wehrten sich mit Fäusten und Stühlen gegen die bewaffneten Soldaten. Ein hoffnungsloser Kampf, wenn man von ihrer Überzahl absah und ihrem Zorn, der so überdeutlich war, daß er beinahe die Farben des Zimmers veränderte.

»Hört auf, ich bitte Euch!« Niemand kümmerte sich um Gaspar.

Wo war Rohario geblieben?

Zu ihrem Entsetzen sah Eleyna ihn auf der Theke stehen, wo er mit einem schmutzigen Lappen wedelte, um die Aufmerksamkeit auf sich zu lenken.

»Genug! Hört auf!« schrie Rohario mit der Stimme eines Mannes, der daran gewöhnt ist, daß alle seine Befehle sofort befolgt werden. Aber das schmutzige Tuch hatte eine grausilberne Farbe, und Roharios Jacke, die er ausgewählt hatte, weil es die unauffälligste in seiner ausgedehnten Garderobe war, war dunkelblau, dazu trug er eine schwarze Weste und schwarze Stiefel. Insgesamt schien er, wie er so dastand, die Farben der verbotenen Banner zu zeigen, die die Aufrührer immer schwenkten.

Ein Serjeant drängte sich durch die Menge und schlug ihm mit dem Knauf seiner Lanze seitlich gegen den Kopf. Wie ein Stein fiel Rohario von der Theke und auf den Boden.

15

Rohario stöhnte.

Eine Frauenstimme murmelte etwas. Einen Augenblick später spürte er ein kühles, feuchtes Tuch an seiner Stirn. Er öffnete die Augen.

Panik schnürte ihm die Kehle zu. Er konnte nicht sehen!

Dann bemerkte er, daß er nur deshalb nichts sehen konnte, weil es dunkel war. Sein Herz klopfte immer noch heftig. Auf einem kleinen Tisch brannte eine Kerze. Er setzte sich auf.

Ihm wurde übel, und er übergab sich. Erst nachdem er aufgehört hatte und wieder normal atmen konnte, fiel ihm auf, daß eins von Gaspars Dienstmädchen einen Eimer neben das Bett hielt.

Sie wischte ihm Gesicht und Kragen mit dem feuchten Lappen ab. »Ist das alles, Maesso? Ihr dürft Euch nicht hinsetzen, wenn Ihr so eine Beule am Kopf habt.«

»Ich werde mich wieder hinlegen«, murmelte er. In seinem Kopf drehte sich alles, aber es wurde ein wenig ruhiger, als er sich hinlegte. »Was ist passiert?«

»Die Gardisten haben Euch geschlagen, aber Eure Schwester hat Euch aus der Gaststube gezogen, und wir haben Euch hier hinauf gebracht, damit man Euch nicht verhaftet. Gaspar ist wütend, weil die Gardisten die meisten Möbel zerbrochen haben und nicht einmal daran denken, für den Schaden zu zahlen. Er wird vor Gericht gehen. Aber das wird ihm nichts nützen, denn der Großherzog hört die einfachen Leute nie an.«

»Nein?«

Sie schnaubte. Sie klang erstaunlich hartherzig für ein Mädchen, das kaum das heiratsfähige Alter erreicht hatte. »Entschuldigung, Maesso, aber woher kommt Ihr denn?«

»Nicht von hier, das sehe ich. Was ist mit den anderen?«

»Die Gardisten haben alle Musiker mitgenommen. Meine Tante sagt, sie verhaften in der ganzen Stadt Musiker und Drucker, weil sie aufrührerische Sachen singen und drucken. Nur, weil wir sagen, was wir denken! Aber hier in Meya Suerta ist schon das ein Verbrechen.«

»Wo ist Eleyna?«

Sie zeigte zur Seite. »Im Wohnzimmer, mit Maesso Azéma. Er möchte mit Euch sprechen.«

Sie stand auf, griff nach dem Eimer und ging hinaus. Er wagte nicht, den Kopf zu wenden, um ihrer Bewegung zu folgen. Was für ein unerträglicher Gedanke, daß Eleyna hereinkommen könnte, wenn er sich gerade übergab. Es war einfach zu demütigend! Matra Dolcha! Im Palasso Verrada würde ein ganzes Heer von Dienstboten um ihn herumschwirren, und seine geringste Bewegung wäre Gegenstand intensiver Aufmerksamkeit. Hier wurde er einfach der Obhut dieses Dienstmädchens überlassen. Das allein genügte schon, um ihn in Selbstmitleid versinken zu lassen.

Und dennoch, hatte er nicht selbst sehen wollen, wie die Menschen außerhalb des Palasso lebten? Hatte er nicht darum gebeten, mit demselben Mangel an Sorgfalt behandelt zu werden, den offenbar die einfachen Leute erfuhren?

Als Eleyna hereinkam und sich zu ihm setzte, ging sie tatsächlich so weit, seine Hand in die ihre zu nehmen. »Geht es dir besser?« fragte sie ernst.

»Ich glaube schon.« Rohario lächelte sie an, dann wandte er seine Aufmerksamkeit ihrem Begleiter zu. Ein alter, silberhaariger, einfach gekleideter Mann, aber der Schnitt und der Stoff von Jacke und Weste verrieten ihn: Er war entweder wohlhabend oder aus adligem Haus. Niemand sonst konnte sich solch feine, wenn auch zurückhaltende Kleidung leisten. Tatsächlich kam er Rohario irgendwie bekannt vor.

»Das hier ist Maesso Azéma«, stellte Eleyna vor. »Er hat mir von den Protesten erzählt, die diese Stadt aufrütteln.«

»Die Aufwiegler«, sagte Rohario.

Der alte Mann zog die Brauen hoch. »Wir nennen uns selbst Libertistas.«

»Ihr seid kein Gildenmann.«

»Ich bin enttäuscht! Ihr erkennt mich nicht?«

Rohario errötete bei dem Sarkasmus im Tonfall des alten Mannes.

Azéma verbeugte sich. »Mein wahrer Name ist Leono do'Brendizia. Ich bin der jüngere Bruder von Sebastiano do'Brendizia. Er starb viele Jahre vor Eurer Geburt, mein Sohn. Er wurde während der Regierung Großherzog Cossimios des Zweiten im Gefängnis ermordet.«

»Das kann doch nicht sein! Das war sicher –«

»– ein Irrtum? Ich glaube nicht. Er war bei bester Gesundheit. Ich hatte auch andere Quellen, Gardisten des Palasso, die der Sache, die mein Bruder vertrat, sagen wir mal, ein wenig verständnisvoller gegenüberstanden. Mein Bruder hatte die Corteis zusammenrufen wollen, die Arrigo der Zweite aufgelöst hatte. Als ich entdeckte, daß mein Bruder ermordet worden war, schwor ich, seine Arbeit fortzusetzen. Allerdings –« Er hatte Handschuhe aus feinem Leder in der Hand, und jetzt schlug er damit auf die Armlehne des Stuhls. »– hatte ich nicht vor, ebenfalls im Gefängnis zu sterben. Ich habe im geheimen gearbeitet und gewartet, bis die Zeit reif war. Und jetzt finde ich mich hier, am Bett eines jungen Mannes, der sich im Blau, Schwarz und Silber von Libera, der Freiheit, gekleidet hat.«

»*Ihr* habt den Aufruhr in Gang gebracht?«

Er kicherte. »Nicht im geringsten. Als ich sah, was passierte, die Proteste, die sich überall in Meya Suerta erhoben, die Unzufriedenheit, den Zorn, den Ruf, die Corteis und ihre Macht wiederzubeleben, die Nachrichten aus anderen Königreichen von Revolten gegen die Tyrannei von Königen und Fürsten, habe ich mich nur in die Öffentlichkeit begeben und diesen Gildeleuten und Gesellen, Händlern und ehrenhaften Hausbesitzern meine Möglichkeiten zur Verfügung gestellt und ein paar Wege vorgeschlagen, wie sie sich besser organisieren und mehr erreichen können. Die Gildeleute von Meya Suerta sind ganz allein rebellisch geworden. Zunächst haben sie mir nicht getraut. Warum sollten sie auch dem Vetter des Barons do'Brendizia trauen? Aber dann haben sie eingesehen, daß ich nützlich sein konnte, weil ich Zugang zum Hof hatte. So. Und warum seid *Ihr* hier, Rohario do'Verrada, und nicht im Palasso do'Verrada? Ich muß hinzufügen, daß Eure reizende ›Schwester‹ hier mir keinen Hinweis auf Eure wahre Identität und den Zweck Eurer Anwesenheit hier gegeben hat.«

Es gefiel Rohario nicht, wie er Eleyna anlächelte und was er über ihr Beisammensein andeuten wollte. Alte, reiche Männer wie dieser glaubten immer, alles und jeder wäre käuflich.

Gereizt ließ er Eleynas Hand los. »Ich bin *nicht* der Sohn von Großherzog Renayo.«

»Ihr erwartet doch nicht von mir, daß ich das wirklich glaube?«

»Ich wollte sagen, ich erwarte von niemandem zu wissen, wer meine Eltern sind. Ich will mich hier nicht im Schutz der Autorität meines Vaters bewegen. Ich wäre Euch dankbar, wenn Ihr Euer Wissen für Euch behalten würdet.«

»Das werde ich gern tun«, sagte der alte Mann mit einem täuschend freundlichen Lächeln, »es sei denn, ich stelle fest, daß Eure Anwesenheit hier die Sicherheit jener bedroht, die sich so angestrengt um Reformen bemühen. Und ich möchte auch nicht die Sicherheit Eurer reizenden Schwester aufs Spiel setzen, deren Identität ich leider noch nicht ausmachen konnte – allerdings könnte ich sie nach dem Klatsch, den man seit zwei Tagen bei Hofe hört, vielleicht erraten.«

»Ich hoffe, das werdet Ihr nicht in der Öffentlichkeit tun!« Inzwischen war Rohario ernstlich verärgert über Azémas arrogantes Benehmen. Wahrlich, ein Mann, der in einem Castello geboren war, sollte nicht seinen Ursprung verleugnen.

Azémas Lächeln wirkte ausgesprochen falsch. »Ich bin immer bemüht, schöne Frauen zu schützen. Ich muß jetzt gehen. Gaspar weiß, wie ich zu erreichen bin.« Er verbeugte sich leicht, wandte sich Eleyna zu und küßte ihr die Hand. »Meine Liebe, wenn es irgendwelche Schwierigkeiten gibt, zögert nicht, mich um meinen Schutz zu bitten.«

»Ich danke Euch«, sagte Eleyna steif. Sie sah alles andere als dankbar aus.

Azéma verbeugte sich und verließ das Zimmer.

Rohario, plötzlich müde, rieb sich die Augen. Er hatte Kopfschmerzen.

»Alle glauben, daß ich deine Mätresse bin«, brach Eleyna das Schweigen.

Wenn es doch nur so wäre!

»Aber ich werde mir einen solchen Ruf erwerben«, fügte sie mit leiser, leidenschaftlicher Stimme hinzu, »daß in einiger Zeit niemand in Meya Suerta oder irgendwo sonst in Tira Virte etwas anderes in mir sieht als *die Künstlerin Eleyna Grijalva.*«

Rohario zuckte zusammen, was einen stechenden Schmerz in seiner rechten Schläfe bewirkte. Er biß die Zähne zusammen, um nicht aufzuschreien, aber ein leises Grunzen entfuhr ihm dennoch.

»Oh! Es tut mir leid, daß ich zugelassen habe, daß Masso Azéma dich stört, aber er gehört nicht zu den Menschen, denen man leicht etwas verweigern kann.«

»Ich bin müde«, murmelte er. Sie tätschelte ihm sanft die Hand und ging, um nach dem Dienstmädchen zu suchen.

Er seufzte bedrückt, verachtete sich selbst im Augenblick genauso, wie er oft angenommen hatte, daß seine eigene Mutter ihn verachtete, obwohl er das selbstverständlich nie genau gewußt hatte. Immer hatte er den einfachen Weg gewählt und den wahren Konflikt vermieden. Vermieden, mit Eleyna darüber zu sprechen, was er wirklich für sie empfand. Oder sie für ihn.

Sie mochte ihn, da war er sicher. Aber selbst wenn sie ihn liebte, was war er oder jeder andere Mann für sie – nur etwas, das zwischen ihr und ihrer Malerei stand. Und obwohl andere Männer – Edoard, sein Vater, die Grijalvas – in ihr nur die Frau sahen, die sie zu ihrem Vorteil oder Vergnügen benutzen konnten, und nicht als Künstlerin, konnte Rohario sich nicht einreden, daß es besser für sie wäre, ihn zu lieben, als zu malen. Nicht, nachdem er sie beim Malen beobachtet hatte. Nicht, nachdem er sich gerade wegen ihrer Begabung in sie verliebt hatte, einer Begabung, die er nicht teilte. *Ein passables Talent für die Kunst.*

Endlich, immer noch mit schmerzendem Kopf, schlief er

ein, in diesem schäbigen, dunklen und nach Kiefernöl stinkenden Zimmer.

Am nächsten Morgen fühlte Rohario sich zwar noch erschöpft, aber nicht krank. Er fand Eleyna im Speisezimmer, das Gaspar ihr vollkommen überlassen hatte, bis sie mit dem Wandgemälde fertig war – unter der Bedingung, daß Gäste an einem kleinen Tisch in der Ecke sitzen, essen und trinken und ihr zusehen durften. Nasser Verputz bedeckte bereits die halbe Wand.

»Du siehst viel besser aus«, sagte sie, aber nach einem ersten prüfenden Blick achtete sie nicht mehr auf ihn.

Er entschuldigte sich und ging in die Stadt hinaus, um sich Arbeit zu suchen. Den ganzen Tag wanderte er herum und starrte und kam mit leeren Händen zurück. Er hatte keine Ahnung, wie man sich überhaupt Arbeit suchte, und seine gute Kleidung veranlaßte mehr als einen Passanten dazu, ihn zu verspotten. Verlegen wegen seines Versagens, verbrachte er die folgenden neun Tage damit, sich in der Stadt umzusehen, und kehrte immer erst am Abend zurück. Neun seiner zehn Mareias waren ausgegeben für Wäschereidienste, billigen Wein, zwei neue Halstücher, Stiefelputzen und Brot für die schmutzigen Bettelkinder, deren Gesichter ihm das Herz brachen. Es quälte ihn zu wissen, daß Eleyna für seine Unterkunft und das Essen bezahlte. Aber was konnte er anderes tun, als jetzt bei ihr zu bleiben in der Hoffnung, es ihr später zurückzahlen zu können? Er hatte keinerlei Fertigkeiten – selbstverständlich nicht! So etwas erwartete man von einem Adligen nicht. Sein passables Talent für die Kunst würde in einem abgelegenen Dorf vielleicht ausreichen, ihn als Zeichner durchzubringen, aber nicht in Meya Suerta. Er war zu nichts gut, er konnte nur in den Palasso zurückkehren, seinen Vater um Verzeihung bitten und wieder mit seinem alten Leben beginnen. Und das wollte er auf keinen Fall.

Eleyna hatte mit Kohle einen riesigen Entwurf auf die verputzte Wand in Gaspars Speiseraum gezeichnet, die Skizze, nach der sie das Wandgemälde anfertigen würde. Wenn Rohario zurückkam, fand er jeden Tag einen weiteren Abschnitt in leuchtenden Farben vor. Padron Gaspar erschien, mit großzügigem Blick und runden roten Wangen, das Urbild eines wohlhabenden Hirten, der seinen Reichtum mit einer dankbaren Herde teilt. Ranken umgaben den Eingang zum Gasthaus und Weizen wuchs aus jeder Nische, so strahlend und lebensecht, daß Rohario die goldenen Ähren am liebsten angefaßt hätte.

Jeden Tag fand er neben der Staffelei neue Skizzen für weitere Aufträge, für *Testamente* und *Verträge*, für *Geburten, Tode, Hochzeiten*, für die *Verlobung* von Maesso Zespiarres Tochter mit dem Sohn eines Tuchmachers.

Je mehr Eleyna arbeitete, desto schöner wurde sie in seinen Augen. Sie blühte auf.

»Zuerst kamen sie nur, weil ich jung und eine Frau bin«, erzählte sie ihm, »aus Neugier, wie Leute, die einen Fisch sehen wollen, der ohne Wasser leben kann, oder einen Hund, der auf den Hinterbeinen läuft. Jetzt kommen sie, weil sie wissen, daß ich gut bin.« Sie blickte auf, und sein Herz zog sich zusammen, aber er sagte nichts. »Und du?«

Er zuckte die Achseln.

Sie sah sich um, nahm ein Blatt Papier unter dem Stapel hervor. »Sieh dir das an«, sagte sie leise. Das Thema überraschte ihn: Er erkannte den Raum nicht, einen Halbkreis von Bänken, terrassenartig aufsteigend, ein wenig wie in einem Theater, aber aus den altmodischen Gewändern der Versammelten erkannte er, daß es eine Sitzung der Corteis darstellen sollte.

»Eleyna!«

»Still!« Und flüsternd: »Gefällt es dir?«

»Du könntest dafür verhaftet werden!«

»Man wird es nicht zu mir zurückverfolgen können. Ich

werde ein paar Tuschezeichnungen für Maesso Azéma machen, für die Flugblätter. Es ist ja schön und gut, Worte zu drucken, aber was ist mit denen, die nicht lesen können? Was ist mit den Frauen, die gerade genug lernen, damit sie rechnen und die Heiligen Verse lesen können? Genauso wie *Testamente* und *Verträge* und *Hochzeiten* gemalt werden, kann man auch *Protest* malen. Ein Wort kann tausend Bedeutungen haben oder keine einzige. Aber wenn diese Ideen als Bilder dargestellt werden, damit jeder Mann, jede Frau sie erkennen kann, wird es mehr Menschen geben, die es verstehen.«

»Aber warum tust du das?«

Sie schaute beunruhigt drein. »Es stimmt, zum Teil traue ich Azéma nicht. Wenn ich den Libertistas helfe, wird er meiner Familie doch wohl kaum mehr verraten können, wo ich bin?«

»Du sagtest doch, es wäre ihnen ohnehin gleich, wo du bist.«

»Das hoffe ich, aber ich weiß es nicht. Und überhaupt, Rohario, ist es denn so viel, was die Libertistas verlangen? Daß die Menschen, die die Steuern zahlen, die der Großherzog erläßt, das Recht haben, darüber abzustimmen, bevor er noch mehr verlangt? Daß der Großherzog und die Adligen denselben Gesetzen unterliegen wie alle anderen?« Jetzt wurde ihr Tonfall bitter. »Im Palasso Grijalva ist es nicht anders. Einigen gewährt man mehr Privilegien und Ehren als anderen.«

»Es scheint wirklich nicht zu viel verlangt.«

Sie schob die Skizze wieder unter die anderen Blätter und wandte sich von ihm ab, ihrer Staffelei zu. Sie roch jetzt nach Farben, Öl und Terpentin und anderen, seltsameren Düften. »Es tut mir leid – ich sollte deinen Vater nicht kritisieren.«

»Du solltest wissen, Eleyna, daß du mir alles sagen kannst, was du willst!«

Wieder lächelte sie, aber zerstreut, und kehrte an ihre Arbeit zurück.

Als er am nächsten Tag in einer Weinhandlung herumstand und überlegte, ob er seine letzte Mareia für einen erträglichen Wein ausgeben und ihn Eleyna als Geschenk bringen sollte, hörte Rohario zufällig, wie sich der Besitzer bei einem Kunden beschwerte.

»Bah! Zelio hat wieder Knochenfieber, und ich brauche jemanden, der mir einen Brief schreibt, bis morgen früh dieses Schiff nach Niapali ausläuft.«

Einen Brief schreiben. Rohario trat an die Theke. »Ich kann schreiben, Maesso.«

Der Besitzer beäugte ihn mißtrauisch. »Habt Ihr eine gute Handschrift? Der Brief ist für einen niapalesischen Weinhändler und muß in der besten Schrift geschrieben sein, fehlerfrei.«

»Ich habe eine sehr gute Handschrift.« Das entsprach zweifellos der Wahrheit. »Ich wurde von einem Mann unterrichtet, der jetzt in den Archiven des Palasso Verrada arbeitet.« Ebenfalls wahr, wenn auch irreführend.

»Aha.« Beeindruckt ließ der Ladenbesitzer den Blick über Rohario teure Weste schweifen. »Schlechte Zeiten, wie? Ich werde Euch einstellen, Maesso, aber ich zahle nur, wenn mir die Arbeit gefällt.«

Rohario dachte nach. »Stellt Ihr Papier und Feder zur Verfügung?«

»Das Pergament, so ist es üblich.«

Aber er brauchte seine eigenen Federn und Tinte. »Ich werde meine Sachen holen und zurückkommen.« Er rannte fast aus dem Laden.

Der Besitzer rief ihm noch hinterher: »Aber beeilt Euch, oder ich suche mir einen anderen.«

Rohario brauchte eine halbe Stunde, um einen Laden zu finden, in dem es Schreibgeräte gab, und zwei Fragen, um festzustellen, daß seine Mareia nicht genügen würde, um zu kaufen, was er brauchte. Als er fluchend vor dem Laden stand, wurde ihm klar, daß er keine andere Wahl hatte. Er ging zur Avenida Shagarra und dann den Hügel hinauf zum Palasso Verrada. Er hatte nie gewußt, was für ein langer Weg es war.

Der Palasso erhob sich in all seinem eleganten Glanz über ihm. Das Gebäude sah riesig und abweisend aus, und die Tore waren geschlossen. Rohario blieb stehen und wischte sich den Staub von der Jacke. Der Stoff war zwar noch sauber, hatte aber seinen seidigen Glanz verloren: Die Mädchen bei Gaspar waren keine gelernten Wäscherinnen wie jene, die im Palasso arbeiteten, und Rohario hatte nur einen Satz Kleidung zum Wechseln aus Chassierallo mitgebracht, nur so viel, wie er auf dem Pferd mitnehmen konnte, das mit dem Stallknecht, der ihnen geholfen hatte, ins Jagdhaus zurückgekehrt war – gut bezahlt, damit er den Mund hielt. Matra! Er sah eher wie ein Schreiber als wie ein Herzogssohn aus. Aber hatte er nicht auch vor, genau das zu werden?

Die Gardisten der Wache erkannten ihn sofort. Keine Möglichkeit, sich heimlich in seine Gemächer zu schleichen. Mit einer Eskorte von vier Shagarra-Gardisten mit goldenen Schärpen wurde er die gewaltige Treppe hinauf zum Arbeitszimmer des Großherzogs gebracht.

Der Großherzog blickte nicht auf, als sein Sohn hereinkam. Er unterschrieb ein Papier und schob es zur Seite, um sich dann das nächste Dokument anzusehen. Seine Stimme zeugte von keinerlei Gefühlen. »Ihr könnt gehen, Hauptmann. Nun, Rohario, erweist du uns die Ehre, zu uns zurückzukehren? Ist die Grijalva bei dir?«

»Nein.« Der sachliche Ton seines Vaters machte Rohario nervös.

»Aber ich hoffe, du weißt, wo sie ist?«

»Ja.«

»Und wo?«

»Das kann ich dir nicht sagen.«

Jetzt erst geruhte Renayo den Kopf zu heben und Rohario anzusehen. Seine Miene war vollkommen ausdruckslos. Dann brach er unerwartet in Lachen aus. »Nun, ich höre, sie ist sehr hübsch. Ich hoffe, du hattest deinen Spaß, aber sie muß zu ihrer Familie zurückkehren.«

»Sie ist ihre eigene Herrin, Patro, und nicht meine Mätresse.«

Auf Renayos Schreibtisch stand eine blau-weiße Zhinna-Vase mit einem Landschaftsmotiv, darin ein Strauß weißer Iris. Jetzt strich er über eine der Blüten, schaute finsterer drein und drehte die Vase, so daß die anderen Bilder darauf zu sehen waren: ein Mann mit einer Traglast, der über eine Brücke ging; ein Hügel und zwei dürre Bäume, ebenfalls in Blau, bogen sich zur abgewandten Seite. »Das ist kein Spiel, Rohario. Die Grijalvas sind für unsere Familie wichtiger, als du dir vorstellen kannst. Edoard und seine Beatriz sind, nach allem, was man hört, sehr glücklich. Und ich fand deinen jugendlichen Wagemut zwar amüsant, aber das wird nicht ewig vorhalten.«

»Sie möchte nicht zu ihrer Familie zurückkehren.«

»Also hast du sie verlassen?« Das klang drohend.

Aber Rohario bemerkte zu seiner Überraschung, daß ihn die Drohungen seines Vaters nicht mehr ängstigten. »Nein. Ich bin nur zurückgekommen, um mir mein Schreibzeug zu holen.«

»Dein *Schreibzeug*?«

»Ja. Ich werde als Schreiber arbeiten.«

Renayo schlug mit der flachen Hand auf den Schreibtisch, und Papier flatterte. Er stand auf. »Ein *Schreiber*?« brüllte er.

Die Tür ging auf. »Euer Gnaden?« Ein Höfling spähte hinein, mit verblüffter Miene.

»Tür zu! Raus hier! Und du setzt dich hin, Junge.«

»Nein danke. Wenn du mich entschuldigst, werde ich jetzt wieder gehen.«

»Du wirst nicht gehen. Du wirst gefälligst erklären, was mit dir los ist.«

»Es gibt nichts zu erklären.« Sobald er die Worte ausgesprochen hatte, verspürte Rohario eine unglaubliche Erleichterung, gefolgt von einer Woge so heftiger Aufregung, daß er sich zwingen mußte, nicht zu zittern. »Ich werde nicht mehr im Palasso wohnen.«

»Du kannst nicht einfach –«

»Ich bin volljährig.«

»Du hast kein Geld –!«

»Ich habe Marissiallo und Colara Asaddo, zwei Güter, die du mir überschrieben hast, als ich zwölf war. Sobald ich –« Er hielt inne. *»Sobald ich genug Geld verdient habe, um mir ein Pferd zu mieten, um hinauszureiten, werde ich mir dort einen Teil der Pacht abholen, damit ich mich niederlassen ... und für mich und Eleyna eine anständige Wohnung finden kann, groß genug für ein Atelier für sie, und dann wäre es vielleicht angemessen, sie zu fragen ... ob sie ...* Er schluckte, hatte plötzlich einen Kloß im Hals und konnte nicht weitersprechen.

Das Arbeitszimmer des Großherzogs war einmal ein düsterer Raum mit dunklen Holzpaneelen gewesen, den gewichtigen Verantwortungen eines Herzogs angemessen. Nach Renayos Heirat mit Johannah war das Zimmer im Stil von Friesemark eingerichtet worden: Man hatte die Täfelung entfernt, die Wände verputzt und in einem hellen Mandarinton angestrichen, mit zarten Blumenranken hier und da. Es war der einzige geschmackvolle Raum im ganzen Palasso, und er gefiel dem Großherzog überhaupt nicht.

»Ich weiß wirklich nicht, was du dir da einbildest.« Renayo klang beinahe verdutzt.

Ich befreie mich. Aber Rohario konnte es nicht aussprechen.

»Ich habe langsam das Gefühl, ich kenne dich überhaupt nicht mehr, junger Rohario. Denk doch, was deine Mutter zu all dem sagen würde.«

Rohario zuckte zusammen. Er konnte sich gut vorstellen, was seine Mutter zu all dem sagen würde. Aber er war entschlossen, sich davon nicht aufhalten zu lassen. »Wußtest du«, sagte er bedächtig, wählte die Worte sehr zögernd, »daß viele der einfachen Leute in der Stadt unzufrieden sind? Sie sind wütend auf dich, weil du Sänger und Drucker verhaften läßt, nur weil sie ihre Meinung sagen.«

»Weil sie *gegen mich* sprechen. Ich wäre ein Narr, wenn ich so etwas zuließe, wenn ich Agitatoren – die sich zweifellos aus Ghillas und Taglis wie die Geier eingefunden haben – erlauben würde, das Volk von Meya Suerta aufzuwiegeln. Aber vielleicht würdest du dich ja freuen, wenn sie den Palasso stürmen. Vielleicht sollten wir ihnen Timarra vorwerfen, damit sie nicht mehr *unzufrieden* sind.«

»Ich habe nicht gehört, daß jemand den Palasso stürmen will. Sie wollen die Corteis wieder einberufen. Die Corteis werden nicht einmal so viel Macht haben wie deine Ratgeber –«

»Nur die Macht, Einfluß auf die Steuergesetze zu nehmen und Unmengen lächerlicher Petitionen vorzulegen, die sie dann als Gesetz verabschiedet sehen wollen. Und selbst das Recht, über Adlige und mich selbst zu Gericht zu sitzen, wenn sie es unbedingt wollen! Wie soll ich mit solchen Einschränkungen regieren können? Wir do'Verradas haben Tira Virte reich gemacht, der Wohlstand blüht, und wir haben den Frieden gesichert, damit wir ihn genießen können. Sie werden mit ihren Streitereien und Aufständen und Forderungen innerhalb von einem Jahrzehnt alles zerstören.«

»Das kannst du nicht wissen. Die Corteis werden nur beratende Funktion haben.«

»Und dann?« Renayo ging zu einem Beistelltisch und

goß sich Tee aus einer silbernen Kanne ein. Alles in diesem Zimmer, von den weißen Irisblüten einmal abgesehen, kam von seiner neuen Gattin. Renayo trank die Tasse in einem Zug leer und setzte sie so fest ab, daß sie einen Sprung bekam. Er war vor Zorn rot angelaufen. »Du kannst sicher sein, daß Schurken und Raufbolde und Männer, denen es nur um ihr eigenes Wohl geht, sich in alles einmischen werden. Du kannst sicher sein, daß alle Kriminellen der Stadt den Palasso in Brand stecken und alle Männer, Frauen und Kinder umbringen, die sie in seinen Mauern finden. Ebenso wie in Ghillas. Ist es das, was du willst?«

»Selbstverständlich nicht! Aber die meisten dieser Unzufriedenen sind ehrliche Gildeleute und Händler. Sie haben ebenso viel zu verlieren wie du.«

»Ich habe einen Verrückten großgezogen!« Renayo kehrte hinter den Schreibtisch zurück, schob den Tischglobus beiseite, ein Federkiel fiel über den Tischrand, und der Großherzog beugte sich vor, um seinen Sohn wütend anzustarren. »Und jetzt hör mir zu, junger Mann. Junge Adlige haben sich schon öfter Aufwieglern angeschlossen, weil sie es für eine angenehme Abwechslung gegenüber der Jagd hielten. Sie haben alle ein übles Ende gefunden. Ich sehe, daß du ebenso leichtsinnig bist. Ich will nichts mehr mit dir zu tun haben, bis du bereit bist, mich für diese Dummheiten um Verzeihung zu bitten.«

Rohario konnte den Blick nicht von der Feder nehmen, die jetzt schwarze Tinte auf den hellen lillonischen Teppich mit dem Frost-und-Lilien-Muster tropfte. Er wußte jetzt, daß dieser Teppich mehr kostete als ein Jahr Unterkunft und Verpflegung in Gaspars Gasthaus. Er zwang sich, seinen Vater anzusehen. »Das kann ich nicht.«

Der Großherzog schien am Rande eines Schlaganfalls. »Dann verbanne ich dich aus meiner Nähe.«

»Habe ich Eure Erlaubnis zu gehen, Euer Gnaden?«

»Raus hier! *Sofort!*«

Rohario verbeugte sich steif. Er drehte sich um. Er fühlte sich wie eine Bogensaite, so fest gespannt, daß ein Luftzug sie zum Schwirren bringen würde. Aber er ging aufrecht weiter, verließ das Zimmer ohne Zögern und sprach draußen kurz mit dem Kammerherrn.

»Ich werde erst noch meine Gemächer aufsuchen.«

Die nicht mehr seine Gemächer waren. Daß sein Vater ihn so einfach gehen ließ, verblüffte ihn. Aber vielleicht war Großherzogin Johannah schon schwanger; vielleicht glaubte Renayo, er brauchte seinen lästigen zweiten Sohn nicht mehr. Zwei Diener und zwei Gardisten begleiteten ihn. Dann kam sein Kammerdiener auf ihn zu, aufgeregt und bleich.

»Don Rohario! Wie ist es Euch ergangen? Geht es Euch gut? Stimmt es, daß Seine Gnaden Euch verbannt hat? Wenn Ihr ihn um Verzeihung bittet, wird er sicher –«

Immer noch halb betäubt, suchte Rohario seine Schreibsachen zusammen und wühlte in einer Truhe, bis er die Besitzurkunden der beiden Landsitze fand. Er entrollte die Gemälde und bewunderte die gute Hand von Cabral Grijalva, der die Szene und die Übergabe mit liebevollem Blick für Einzelheiten aufgezeichnet hatte. Er rollte sie wieder auf, steckte sie in eine kleinere Truhe. Er konnte nicht widerstehen, mehr Kleidung mitzunehmen. Schließlich sah er sich noch lange die *Geburt der Cossima* an, die über dem Kaminsims hing. Es fiel ihm schwer, dem lachenden Kind Lebewohl zu sagen, dessen Anblick ihn jeden Morgen erfreut hatte.

»Es tut mir leid«, sagte er zu seinem nervösen Kammerdiener und dem niedergedrückten Verwalter, »aber ich muß gehen. Wendet Euch an Don Edoard. Er wird Euch neue Stellungen finden.«

»Das ist unmöglich, Don Rohario! Niemand kleidet sich so gut wie Ihr. An einen Dummkopf, der sich das Halstuch nicht mit auch nur einer Spur von Stil binden oder einen gutgeschnittenen Frack von einem unterscheiden kann, der einfach nur der Mode entspricht, wird meine Mühe nur verschwendet sein. Laßt mich mit Euch kommen!«

»Wenn ich wieder in Verhältnissen lebe, die mir einen Kammerdiener erlauben, dann wirst du bestimmt der einzige sein, dem ich diese Stellung anvertraue. Aber im Augenblick ist das leider nicht möglich.«

Schließlich konnte er sich ihnen entziehen. Er schleppte die Truhe nach draußen, und die Tore schlossen sich hinter ihm. Weil er nur noch wenig Geld übrig hatte, trug er die Truhe noch ein langes Stück den Hügel hinunter. Aber er war nicht an solche Arbeit gewöhnt und mußte innehalten.

»He, Freund!« Er winkte, und ein junger Mann, der einen Pferdewagen mit Olivenölfässern fuhr, hielt neben ihm an. »Würdest du mich gegen Bezahlung zum Gastbaus Weizengarbe bringen?«

Der junge Mann hatte ein rundes, freundliches Gesicht und trug ein blau-schwarz gemustertes Tuch um den Hals, das mit einem silbernen Band eingefaßt war. »Das Gasthaus kenne ich. Aber es wäre ein großer Umweg. Wieviel zahlst du denn?«

»Hier ist alles, was ich habe.« Rohario holte seine letzte Mareia heraus.

»Du siehst aus, als wärst du ein Bursche nach meinem Herzen, obwohl ich mich frage, wo man so gute Kleidung findet wie die deine. Ich nehme dich einfach so mit.«

Rohario hievte die Truhe auf den Wagen und stieg auf. »Meinen Dank.«

Aus dem Vaterhaus geworfen. Endlich von der letzten Erinnerung an seine Mutter abgeschnitten. Es war zu schrecklich, auch nur darüber nachzudenken.

Frei, seinen eigenen Weg zu machen, wie ungeschickt auch immer. Und nicht allein. Der Tag sah schon erheblich besser aus.

16

Fünfunddreißig Tage von Louissas Geschnatter hätten jeden in den Wahnsinn getrieben. Obwohl sie sehr leise sprach, war ihre Stimme doch seltsam durchdringend. Noch zwei Tage bis zu den Penitenssia-Feiertagen, sechs bis zum Dia-Fuega-Ball. Es war Zeit zu handeln. Aber im Augenblick, an diesem letzten Abend, als ein eisiger Regen an die Fensterscheiben klatschte und Alazais dabei war, ein Kissen zu besticken, während Louissa ihr aus dem letzten Doumas-Roman vorlas, wollte Sario nur noch aus diesem Zimmer herauskommen.

Louissa war nicht neugierig und würde nicht alles durchsuchen, sobald er gegangen war. Außerdem hatte er Alazais gut unterrichtet: Sie würde seine Geheimnisse ebenso gut hüten wie die ihren. Er entschuldigte sich und ging.

Auf Olivianos Arbeitstisch lagen ein paar Flugblätter. Sario nahm sie stirnrunzelnd zur Kenntnis, dann beugte er sich interessiert vor. Jemand hatte daran gedacht, die Traktate zu illustrieren.

Die gedruckte Tuschzeichnung zeigte die Hinrichtungen im Marschland. Sieben Männer hingen schon leblos wie Marionetten, der achte kämpfte noch. Frauen weinten. Alte Männer rangen die Hände. Ein Kind mit schmalem Gesicht, klug in den Vordergrund gestellt, wickelte abgetragene Lumpen um sich, zitternd vor Kälte. Dahinter sahen Gardisten des Shagarra-Regiments unbeteiligt zu.

Er kannte diesen Stil. Er hatte die Gemälde und Zeichnungen der Malerin in jenem kurzen Monat im Palasso Grijalva nach seiner Rückkehr aus Ghillas ausführlich studiert. Er war nie dazu gekommen, mit ihr zu sprechen, nur dieses eine Mal, auf dem Zocalo, wo ihr Gespräch von dem verdammten Aufruhr unterbrochen wurde, der bei der Iluminarres-Prozession entstanden war.

Er legte das erste Flugblatt zurück und griff nach einem anderen. Dies zeigte die künftigen Corteis bei einer Versammlung im Palasso Justissia.

Eleyna Grijalva lieferte den Libertistas aufrührerische Zeichnungen. Wie hatte das geschehen können? Ihre Eltern und ihr Onkel hatten doch geplant, sie dem Erben des Großherzogs als nächste Mätresse anzudienen.

Das dritte Flugblatt zeigte eine Familie, die auf der Straße bettelte, während man hinter ihnen, durch ein erleuchtetes Fenster, in die Bankettalle des Palasso eines Adligen schauen konnte, wo gerade ein Festmahl eingenommen wurde. Für seinen Geschmack ein bißchen zu sentimental. Nahm Eleyna an, daß die Armut plötzlich verschwinden würde, wenn sich die Corteis wieder zusammensetzte? Während der meisten seiner Leben hatten sich die Corteis hin und wieder zusammengefunden. Die Versammlungen waren erst in – *wessen Körper war es noch gewesen?* – in Etorros Zeit verboten worden, als Arrigo II. Großherzog war. Die Abgeordneten der Corteis hatten sich nur um ihresgleichen gekümmert, und das hatte, soviel er wußte, nie die Bedürftigen eingeschlossen. Es hatte immer Arme gegeben, und diese Armen würden auch zweifellos an dem ihnen von der Mutter bestimmten Platz bleiben. Er hatte kein sonderliches Mitgefühl mit ihnen, obwohl das von Hunger gezeichnete Gesicht des Kindes einen Hauch von Mitleid in ihm erweckte. Schritte und Lachen waren aus dem benachbarten Zimmer zu hören.

Sario schob die drei Flugblätter unter ein Rechnungsbuch und öffnete die Tür, die in den Ladenraum führte. Hier drängten sich die Kunden, zweifellos, weil sie für die nahen Penitenssia-Festtage noch Wein und Bier kaufen wollten. Früher einmal war es an diesen Heiligen Tagen ernster zugegangen. In den letzten Jahren schien das Fest vor allem eine Gelegenheit zu sein, sich vier Tage lang zu betrinken. Aber was machte das schon?

Olivianos Frau und die vier Söhne waren hinter der Theke beschäftigt; Oliviano selbst saß an einem kleinen Tisch und redete hektisch auf einen jungen Mann ein, der, seiner Feder und den tintenfleckigen Fingern nach zu schließen, der neue Schreiber war. Der Mann kam ihm irgendwie bekannt vor, aber Sario konnte ihn nicht einordnen. Nach all diesen Jahren flossen die Gesichter leicht ineinander; eine Nase, der Schwung einer Braue, ein Grübchen am Kinn riefen vielleicht Erinnerungen an andere Gesichter wach, an andere Zeiten, und dann vermischte sich alles, verlor die eigene Substanz und wurde zu einer weiteren halb erinnerten Vision. Zufallsbegegnungen, *Verträge*, Porträts, Geliebte, ganze Versammlungen von Menschen waren zu einem einzigen unvollendeten Wandgemälde geworden, aus dem nur ein paar Augenblicke ein wenig farbenprächtiger herausragten. Einzig sein Porträt von Saavedra blieb ihm klar und deutlich vor Augen wie an dem Tag, an dem er die Pinselstriche ausgeführt hatte.

Die Tür zur Straße ging auf. Eine Frau kam herein, den Kopf mit einem Witwentuch vor der Kälte geschützt. Sie schob es weg und enthüllte üppiges schwarzes Haar. Oaquino der Haarkünstler hätte es sicher gern gemalt. Der Schreiber blickte auf, die beiden tauschten einen dieser Blicke aus, die Sario bei sich immer »vielsagend« nannte.

Und dann erkannte er sie.

Eleyna Grijalva! Nicht im Bett mit Don Edoard, nicht innerhalb der sicheren Mauern des Palasso Grijalva. Was bildeten sich ihre Eltern eigentlich ein? Sie mochte zwar verwitwet sein, aber sie war jung und hübsch und besaß – was das wichtigste war – ein Talent, das *er* zu formen gedachte. Auf keinen Fall sollte man ihr erlauben, sich auf den Straßen von Meya Suerta herumzutreiben.

Die Tür ging wieder auf, ließ den Geruch des Marschlands herein und die Geräusche, die die Ausrufer bei ihrer abendlichen Runde machten. »Sperrstunde! Sperrstunde!«

Die Kunden verschwanden, leise über die Ausgangssperre murrend, die vor zehn Tagen vom Kommandanten der Stadtgarde verhängt worden war. Der Schreiber erhielt seine Bezahlung – wie Sario Oliviano kannte, wenig genug – und erhob sich. Er und Eleyna gingen zusammen weg.

Sario folgte ihnen.

Er hielt sich in den Schatten, ebenso wie die beiden. Er hatte erwartet, daß sie den Zocalo Grando einfach überqueren würden, aber hier, auf dem großen Platz vor der Kathedrale, blieben sie stehen. Es war kalt und tödlich still; niemand rührte sich. Der Regen hatte aufgehört. Aber es war die Ausgangssperre und nicht der Winterregen, der die Stadt trotz aller Vorbereitungen für Penitenssia wieder hatte nüchtern werden lassen.

Der Schreiber entzündete eine Laterne. *Moronno!* Ein Licht würde die Garden sofort auf den Plan rufen.

Dann sah Sario, was Eleyna Grijalva tat: Sie zeichnete auf die Steinmauer der Kathedrale, schnell, aber sicher. Großherzog Renayo, das Shagarra-Regiment im Rücken, hielt ein Schwert über eine Gruppe Armer, die auf dem Boden knieten; hinter ihnen schwenkte ein junger Mann in Gesellenkluft das Banner der Libertistas.

Die Kathedrale zu beschmutzen! Das war Blasphemie. Sario bewunderte ihre Dreistigkeit. Genau das hätte er auch getan: Karikaturen gezeichnet. Mit vergifteter Feder.

Dann deckte der Schreiber die Laterne wieder ab. Verborgen im Schatten des Säulengangs, beobachtete Sario einen Trupp Gardisten, der im Licht eigener Fackeln auf den Platz hinausritt. Ohne etwas zu bemerken, ritten sie weiter zur Avenida Shagarra.

Die Laterne flackerte wieder auf. Eine einzelne Glocke schlug die Stunde, dann war Eleyna fertig. Sie löschten das Licht, dann eilten sie eine Seitenstraße entlang, graue Schatten vor hellerem Stein.

Sario folgte ihnen weiter. Einmal verbargen sie sich vor

einer Patrouille. Einmal begegneten sie anderen nächtlichen Wanderern, aber ein paar geflüsterte Worte, ein Zischen von *Corteis!* – und sie zogen ungehindert weiter. Endlich führten sie Sario zu ihrem Unterschlupf, einem unauffälligen Gasthaus mit einer Weizengarbe auf dem Schild. Eleyna und der Schreiber verschwanden zusammen im Eingang.

Eleyna Grijalva und ihr Talent gehören mir. Sie sind mein, sie zu nähren und zu lehren, sie zur Blüte zu bringen. Ich werde sie erblühen lassen, wie es kein anderer Mann könnte.

Er hatte ganz bestimmt nicht vor, sie an einen Schreiber zu verlieren! An die unausgegorene, sentimentale Kunst der Libertista-Politik! Möge die Mutter verhindern, daß ihr Talent auf solche Weise verschwendet wurde.

Nur er konnte dafür sorgen, daß sie den ihr angemessenen Platz unter den großen Künstlern der Grijalva-Linie fand, selbst wenn sie nicht mit der Luza do'Orro gesegnet war. Ein Licht leuchtete in ihr, selbst wenn sie die Gabe nicht hatte. Das war der Fehler, den die Moualimos immer wieder gemacht hatten: zu glauben, daß nur ein Mann, und nur einer, der die Gabe hatte, ein großer Maler sein könnte.

Im Lauf der Jahre hatte Sario viele Gegenbeweise gefunden. Selbstverständlich kam ihm kein anderer gleich, aber in vielen Leben hatte er Maler gekannt, unterrichtet, mit ihnen debattiert und sie geachtet, Grijalvas und andere, die keine Gabe hatten, nur ihre Augen, ihre Hände und ihren Ehrgeiz. Selbst Ausländer, Fremde, denen er nie begegnet war – aber er kannte ihre Arbeiten – waren in der Lage, seinem eigenen Talent nahe zu kommen, wenn sie es auch nie übertrafen. Alles mußte beachtet, studiert, ja verschlungen werden, damit er endlich jenes Meisterwerk schaffen konnte, das alle anderen in den Schatten stellen und allen zeigen würde, daß er über den Goldenen Schlüssel verfügte.

Sario kehrte in der Morgendämmerung in sein Atelier zurück. Alazais schlief friedlich. Die Arbeit der Nacht brachte alte und beunruhigende Erinnerungen zurück: Karikaturen an Mauern.

Es war Zevierin, der diese Karikaturen von Arrigo gezeichnet hatte. Sario hatte nie einen Beweis gefunden, aber er wußte einfach, daß es Zevierin gewesen war, mit Leilias' Hilfe. Und was hatten all diese Streitereien zwischen Tazia und Mechella erbracht? Nichts Wichtiges – sie hatten nur Rafeyos Hoffnung und Leben vernichtet.

Sario öffnete die Truhe und wickelte vorsichtig seinen Schädel aus, stellte ihn auf den Tisch. Sie sahen einander an, er und der Schädel, der Blick lebendiger Augen begegnete leeren, toten Höhlen. Und dennoch nicht tot, denn Sario lebte immer noch und würde ewig leben. Seine eigenen Augen starrten ihn aus dem *Peintraddo Memorrio* an, es waren immer *seine* Augen, wenn auch in einem Dutzend verschiedener Gesichter. Er konnte sich nicht immer bei jedem Gesicht an den zugehörigen Namen erinnern, aber was machte das schon? Alle waren sie Sario, und nur Sario zählte.

Und selbstverständlich Saavedra. Was er tat, tat er für sie und für den Ruhm der Grijalva-Kunst. Nicht für sich selbst.

Er setzte sich auf den Stuhl – Alejandros oft reparierter Stuhl, dachte er –, benetzte einen Pinsel mit Speichel und begann ein Aquarellporträt von Louissa. Ihre zarten Hände, in denen sie eine Girlande wilder Geranien hielt, verkrümmten sich und schwollen, als er die Farben einfügte. In den nächsten beiden Tagen, während er und Alazais sie noch brauchten, weil sie sich zur Abreise vorbereiteten, würde sie sich wundern, wieso ihre Hände so schmerzten. Der endgültige Ausbruch des Knochenfiebers – Arthritis, wie es die Ärzte jetzt nannten – mußte noch warten. Louissas Verfall durfte nicht mit ihm in Verbindung gebracht werden. Ihre Augen im Porträt erhielten eine feine weiße Schicht ...

Aber nein. Er mußte an Tomaz denken. Es bestand kein Grund, sie blind zu machen. Er malte feine Risse in ihre Lippen und eine leichte Schwellung an ihrem Hals. Es war besser, wenn sie verstummte. Wenn die Viehos Fratos Tomaz stumm gemalt hätten, hätte Sario nie erfahren, was er heute wußte, aber das war der Fehler der Moualimos gewesen, die glaubten, nichts Wichtiges werde übrigbleiben, wenn Tomaz erst einmal seine Hände und Augen nicht mehr nutzen konnte. Matra! Das war so lange her. Er warf einen Blick zu dem Schädel. Lange her, und Tomaz war längst zu Staub geworden.

Alazais rührte sich und war dann sofort wach. Das war eine seltsame Angewohnheit von ihr, nichts, was er ihr beigebracht hatte. Sie war entweder aufmerksam, oder sie schlief.

»Was macht Ihr da?« fragte sie auf ihre kindliche Art. Er konnte nie vorhersagen, welche Fragen sie stellen würde.

»Ich beschütze Euch.« Er beendete das Porträt und betrachtete es stirnrunzelnd. Nicht seine beste Arbeit, aber es würde genügen. Er ließ es trocknen, während er einen kurzen Brief verfaßte.

An die Familie Grijalva. Wenn Ihr mehr über den Verbleib einer der Euren wissen wollt, werdet Ihr sie im Gasthaus »Weizengarbe« finden. Zu Eurer eigenen Sicherheit wäre es angeraten, sie zurückzuholen, da sie in die Agitationen der Libertistas verwickelt ist.
Seht Euch die Flugblätter an. Daß sie in einem gewöhnlichen Gasthaus wohnt, dient zudem nicht dem Ruf der Familie.
Zu Eurem eigenen Wohl verbleibe ich – ein unbekannter besorgter Beobachter.

»Wenn Maessa Louissa kommt, Alazais, werdet Ihr sie darum bitten, unsere Sachen zu packen.« Sobald das Aquarell trocken war, steckte er das Blatt in die Truhe und verschloß sie. Dann nahm er den Brief mit nach unten und bat Oliviano, ihn von einem Jungen zum Palasso Grijalva bringen zu lassen.

Louissa erschien. Sie nahm die Neuigkeiten – daß sie in zwei Tagen abreisen würden – mit gesenktem Kopf entgegen und tat sofort ihre Betrübnis kund – mit einer veränderten, ein wenig heiseren Stimme. Aber sie holte die Kleider ab, die Sario von mehreren Schneiderinnen hatte anfertigen lassen, zeigte Alazais, wie man sich darin hielt, wie man mit Handschuhen umging, einer Stola, einem Fächer. Sie packte alles sorgfältig ein und erinnerte ihre Schülerin an die Bezeichnungen für die Stoffe, lehrte sie, welche Kleider zu welchen Anlässen paßten. Sie beschwerte sich nicht über Schmerzen in den Händen, aber Sario beobachtete sie sorgfältig und sah, daß sie sich hin und wieder die Knöchel rieb. Nachdem er selbst in mehreren Leben an Knochenfieber gelitten hatte, erkannte er die Geste sofort.

Am zweiten Abend zahlte er Louissa eine großzügige Summe, und sie verließ das Haus, immer noch weinend.

»Werdet Ihr sie umbringen?« wollte Alazais wissen.

»Wieso sollte ich das tun?« fragte er ernsthaft neugierig. Er hatte so etwas nie angedeutet.

»Sie weiß, daß wir hier gewesen sind.«

Er zog die Brauen hoch. »Ich sehe, Ihr verfügt über die politischen Instinkte Eures Vaters. Sollte ich sie denn töten?«

»Sie war freundlich, aber sie ist nicht mehr von Nutzen.«

»Nicht für uns, nein. Aber sie ist eine Ghillasierin im Exil wie Ihr selbst, Alazais. Das sollte bei Euch Mitgefühl hervorrufen.«

»Sollte es das?« fragte sie ohne jede Ironie.

»Ja. Es ist Eure Pflicht, Mitleid zu haben. Freundlich zu sein. Die Menschen werden Euch dafür lieben. Eure Verwandte, die Großherzogin Mechella, war eine Meisterin darin, ihr sanftes Herz einzusetzen, ihre Freundlichkeit, und mitfühlend zu sein, um die Loyalität des Volks zu gewinnen. Ihr würdet gut daran tun, ihr nachzueifern.«

»Dann solltet ihr Maessa Louissas Leben verschonen.«

»Das ist *Euer* Grund. *Ich* verschone ihr Leben, weil es verdächtiger wäre, sie umzubringen, statt sie einfach durch Krankheit verfallen zu lassen. Und jetzt ist es Zeit zu schlafen. Im Morgengrauen reisen wir nach Argueña, wo wir Eure treuen Diener treffen werden.«

Sie schlief.

Am Morgen öffnete er die Truhe ein letztes Mal, bevor er sein Atelier abschloß. Er wickelte seinen Schädel in Samt und legte ihn hinein, dann holte er den schweren Goldring mit dem Siegel des ghillasischen Königshauses, dem Schwan, und reichte ihn Alazais. »Das gehört Euch. Euer Vater ließ es für Euch machen, als Ihr vierzehn wurdet und Euren ersten Mirraflores-Mond feiertet. Es ist das Symbol für Euer Recht, den Namen Alazais von Ghillas zu tragen, Erbin des Thrones Eures Vaters.«

Sie nickte ernst und steckte den Ring auf ihren rechten Ringfinger. Er paßte tadellos.

Dann schloß Sario das Zimmer ab und führte sie hinaus, in einen Umhang gehüllt, den Seidenschal über ihr Haar und Gesicht drapiert. Das seltsame Gemälde – von Atelier und Dielen und geisterhafter Grundierung in Form einer Frau – hatte er in Decken gewickelt und trug es selbst zur Kutsche. Sie reisten nach Norden, am Dia Sola. Es war schließlich angemessen, daß sie beide am Tag der Einsamkeit allein reisten.

Als an Dia Memorrio die Mittagsglocken läuteten, hatten sie Argueña erreicht, und es herrschte große Freude, als

Prinzessin Alazais sich mit ihrer Dienerin wiedervereint fand – die sich weinend zu Füßen der Prinzessin warf – und mit den beiden Soldaten. So, dachte Sario, werden also die Toten mit den Lebenden vereint.

Sario erzählte den dreien die schreckliche Geschichte von Alazais' Entkommen um Haaresbreite: Er betonte, sie habe Entsetzliches durchgemacht, was sie beinahe den Verstand gekostet habe. Er erzählte von seiner Entdeckung, daß sie noch lebte, vom Feilschen mit ihren Folterknechten, von ihrer Rettung und daß er plante, sie sicher an den Hof der do'Verradas zu bringen.

»Wir haben keine Zeit zu verlieren«, sagte er ernst. »Ist es nicht angemessen, daß Prinzessin Alazais zu einer Zeit in Sicherheit gebracht wird, in der wir der Toten gedenken?«

»Können wir den do'Verradas denn trauen?« fragte der ältere der beiden Brüder.

»Nun, mein Freund, Ihr dürft nicht vergessen, daß Großherzog Renayos eigene Mutter eine ghillasische Prinzessin war. Er und seine Söhne haben Anspruch auf den Thron von Ghillas. Und Prinzessin Alazais braucht einen Ehemann. Ist es nicht besser, wenn sie einen mitfühlenden Gatten bekommt?«

»Ich weiß nicht, was ich denken soll«, murmelte der ältere Bruder mit einem Blick auf Sarios goldenen Schlüssel, aber er war schon halb umgestimmt.

»Laßt mich ganz offen sein, mein Freund.« Nicht zu offen, denn es wäre voreilig gewesen, seinen gesamten Plan zu enthüllen.

»Dieses Mädchen tut mir sehr leid, das ist wahr. Sie würde jedem leid tun. Aber besonders habe ich etwas gegen das Chaos, gegen diese Schurken, diese Barbaren, die den Pallaiso Millia Luminnai in Aute-Ghillas zerstört haben. Sie haben Grijalva-Gemälde verbrannt. *Meine!*« Aus früheren Leben, so daß das Blut ihn nicht mehr verletzen konnte. Aber dennoch! »Ihr könnt Euch nicht vorstellen, was für eine Schmach das für einen Mann wie mich darstellt! Wir Grijalvas können in der Anarchie nicht leben. Ich möchte, daß wieder Ruhe und Ordnung einkehren. Die Krone von Ghillas liegt in der Gosse. Sollen wir sie dort liegenlassen? Oder sollen wir jenen helfen, die sie an ihren rechtmäßig angestammten Platz zurückbringen wollen?«

Sie verließen Argueña am nächsten Morgen in einer Mietkutsche, fuhren nach Süden, nach Meya Suerta. Es war der Tag von Herva ei Ferro, an dem Strohpuppen durch die Straßen getragen wurden. Niemand hätte dieses Unternehmen so vollkommen planen können.

Niemand – außer Sario Grijalva.

17

Als Rohario müde von einem Tag des Briefeschreibens und -entwerfens zu Gaspars Gasthaus zurückkehrte, machte er sich zunächst gar keine Gedanken wegen des Trupps von Gardisten, der auf der Straße vor der »Weizengarbe« stand. Die Glocken zur Ausgangssperre hatten noch nicht geläutet, aber um diese Tageszeit, wenn die Läden schon geschlossen hatten und die Leute nach Hause eilten, ereigneten sich immer mehr kleine »Vorfälle«. Der Großherzog schickte die Regimenter nun in voller Stärke aus, um Ruhe und Ordnung aufrechtzuerhalten.

Rohario lächelte, als er an den Aufruhr dachte, der gestern auf dem Zocalo ausgebrochen war, als Eleynas Zeichnungen an der Mauer entdeckt wurden. Ein Dutzend Gardisten hatte den halben Morgen damit zugebracht, die Kreide von den Steinen zu schrubben. Und während sie damit beschäftigt waren, hatte sich eine Menschenmenge versammelt, um zuzusehen, zu singen, zu necken. Ein paar voreilige junge Männer hatten Schläge von ebenso voreiligen jungen Gardisten bezogen. Schlimmeres war durch das Erscheinen der Premia Sancta verhindert worden, einer zierlichen alten Frau, vor der alle respektvoll niederknieten.

Rohario ging mit gesenktem Kopf an den Gardisten vorbei und durch den Bogengang, der in den Hof des Gasthauses führte. Es war schließlich nicht nötig, daß sie ihn erkannten. Im Hof hörte er erregte Stimmen: Gaspar hatte wohl wieder Streit mit einem Kunden.

Rohario blinzelte, als er auf den Hof kam. Überall brannten Fackeln, hüllten alles in Rauch. Gardisten in den grünen Tuniken und mit den goldenen Wehrgehenken des Shagarra-Regiments standen überall. Angst schnürte Rohario die Kehle zu, als er den hochgewachsenen, schlanken Mann sah, der sich mit Gaspar stritt. Gut, aber einfach gekleidet, trug dieser Mann ein Abzeichen am Hals: einen goldenen Schlüssel.

Rohario stürzte auf die beiden zu, und im selben Augenblick flogen die Türen des Gasthauses auf und drei Männer – keine Gardisten, sondern Dienstboten in der Livree des Palasso Grijalva – zerrten eine um sich schlagende Eleyna hinaus in den Hof.

Eleyna kochte vor Wut. Sie starrte den Mann mit dem goldenen Schlüssel an. »Zio Giaberto! Wie kannst du dich nur so weit herablassen, dich an einer solchen Entführungsaktion zu beteiligen? Ich werde nicht wieder zurückgehen!« Sie trat einen der Diener vors Schienbein. Mit einem Aufschrei ließ er sie los.

»Eleyna!« Ihr Onkel schien kein bißchen weniger wütend zu sein. »Und wenn wir dich einschließen müssen – du wirst in den Palasso Grijalva zurückkehren und tun, was deine Verwandten dir sagen!«

»Ich bin nicht eure Dienerin! Ich bin volljährig und Witwe. Ich kann tun und lassen, was ich will.«

Inzwischen war Rohario nur noch ein paar Schritte von Eleynas Onkel entfernt und hörte ihn leiser erwidern: »Kein Grijalva kann tun und lassen, was er will. Du nicht, keiner von uns. Esteban, Gonsalvo, wenn es sein muß, dann tragt sie. Ich werde eine Kutsche mieten. Ich brauche euch wohl nicht daran zu erinnern, was euch erwartet, wenn sie den Palasso nicht unbeschadet erreicht.«

Die beiden Dienstboten rissen Eleyna nach hinten. Rohario stürzte auf sie zu, schob sich zwischen zwei verblüfften Gardisten hindurch. Er schlug nicht nach Giaberto Grijalvas Kopf oder Brust, er packte seine rechte Hand und bog Giabertos Mittel- und Ringfinger zurück.

Giaberto erstarrte. »Halt!« sagte er heiser zu den Gardisten, die sich um sie drängten.

»Laßt sie los«, verlangte Rohario. »Ihr habt kein Recht, sie mitzunehmen, wenn sie nicht gehen will.«

»Wir haben alles Recht. Sie ist eine Grijalva.« Giaberto war kreidebleich geworden. »Diese Gardisten stehen unter dem Befehl Eures Vaters, Don Rohario. Werdet Ihr Euch seinen Wünschen widersetzen?«

»Ja.«

»Nein.« Eleyna sprach hastig, atemlos. »Gegen so viele können wir nicht gewinnen. Es gibt andere Möglichkeiten …«

Ihre Worte waren so drängend, daß er seinen Griff lockerte. Sofort riß Giaberto seine Hand los. Gardisten drängten sich zwischen sie, drückten Rohario gegen eine Mauer. Durch den Schmerz hindurch glaubte er einen Augenblick lang, das Gesicht eines der Gesellen zu sehen, die ihn bei der Iluminarres-Prozession angegriffen hatten. Aber nein, das hier waren dieselben Shagarra-Gardisten, die geschworen hatten, ihn zu schützen.

»Eleyna!« Sie zerrten sie weg. Er konnte sich nicht losreißen. »Verbietet ihr wenigstens nicht zu malen!« schrie er ihnen nach. Ihr Onkel zuckte beim Klang von Rohario's Stimme einmal kurz zusammen, dann wandte er sich entschlossen ab.

Quer über den Hof erhaschte Rohario einen letzten Blick auf Eleynas bleiches Gesicht. Sie starrte ihn an. Die Kraft ihres Blickes war so intensiv, daß er wieder versuchte, sich zu befreien. Sie versuchte, ihm etwas mitzuteilen. Die Gardisten rissen ihn zurück, sein Kopf stieß gegen die Mauer, und einen Augenblick lang sah er nichts als Grau.

Dann war er frei. Die Soldaten eilten hinaus auf die Straße. Eleyna war verschwunden.

Er sackte zu Boden, rieb sich den Kopf, drückte die andere Hand an die Brust. Feuchtigkeit drang durch seine Kleidung: Er saß in einer Schlammpfütze, die der Morgenregen zurückgelassen hatte, aber das war ihm gleich.

»Maesso Rohario! Seid Ihr verletzt? Könnt Ihr aufstehen?« Gaspar half ihm auf die Beine, obwohl es Rohario ganz gleichgültig war, ob er saß oder stand. »Schweine! Sie dringen in mein Haus ein und zerren eine unschuldige Frau weg! Wer wird der nächste sein?« Leute drängten aus der Gaststube, um sie anzustarren. Rohario erspähte durch die Fenster des Speisesaals Eleynas Wandgemälde, ein Gemisch brillanter Farben, nur noch eine letzte Ecke war weiß geblieben. »Wen werden sie als nächsten wegschleppen? Haben wir nicht einmal mehr die Freiheit, in unseren eigenen Häusern zu bleiben? Und eine Malerin einzustellen, die einem ein Wandgemälde malt?«

Langsam drangen Gaspars Worte in Rohario's schmerzenden Kopf und sein nicht weniger schmerzendes Herz. Er hob den Kopf, obwohl das schrecklich weh tat.

»War es nicht das, was die Corteis leisten sollten?« fragte Rohario, und seine Stimme wurde langsam kräftiger. »Sollte diese Körperschaft von Bürgern nicht die Menschen von Meya Suerta vor den Übergriffen des Großherzogs beschützen? Jede mächtige Adelsfamilie kann den Großherzog zu Hilfe rufen. Aber was ist mit Euch, Maesso? Könnt Ihr zu Renayo gehen und ihn um Hilfe bitten, wenn Euch eine Ungerechtigkeit widerfahren ist? Wenn die Steuern einfach erhöht werden? Wer wird uns helfen, wenn die Gardisten kommen? Wer wird euch allen helfen?« Schmerz stach ihm in die Schläfen, und er mußte seine Tränen mit der Hand verbergen.

»Kommt, mein Freund«, sagte Gaspar. »Ihr müßt Euch hinlegen.«

Aber in der düsteren Kammer, auf seinem weichen Bett, konnte Rohario nicht ruhig liegenbleiben. »Schickt eine Botschaft an Maesso Azéma«, sagte er zu Gaspar. »Ich muß mit ihm reden.«

Gaspar zögerte, dann sagte er: »Ihr seid keiner von uns, nicht wahr? Ich habe gehört, wie dieser Chi'patro-Maler Euch *Don* Rohario nannte.«

»Macht es denn etwas aus, wer ich bin? Matra ei Filho! Wir sollten unseren Verbündeten nicht mißtrauen, sonst werden sie noch zu Feinden.«

»Selbstverständlich macht es etwas aus«, sagte Gaspar leise. »Wenn Ihr wirklich der Sohn des Großherzogs seid, dann könnt *Ihr* der Anführer der Libertistas werden.«

Das war wirklich zuviel. Rohario Kopf schmerzte entsetzlich. »Höchstens eine Galionsfigur. Das ist es, was sie sich von mir erhoffen würden.«

»Ich nehme an, das hinge von Eurer eigenen Stärke ab.« Gaspar lächelte mit echtem Mitgefühl. »Und jetzt ruht Euch aus, mein Freund. Es wird später noch genug Zeit zum Reden sein.«

In dieser Nacht steckte jemand den Palasso Justissia am Zocalo Grando in Brand. Rohario sah das häßliche rötliche Licht vor seinen Fenstern, jedesmal, wenn er aus unruhigem Schlaf erwachte. Gegen Morgengrauen ließ das Feuer nach, aber Rauch und niedrige Wolken hüllten Meya Suerta den ganzen Tag lang ein, ein trübes Spiegelbild des Unbehagens, das über dem Gasthaus, den Straßen, der gesamten Stadt hing.

18

Im Morgengrauen ging sie in ihrem Gefängnis auf und ab, vermaß es, bemerkte die Couch mit dem feinen blauen Zhinnaseidenbezug, den niapalesischen Tisch mit passendem Stuhl und das einzige Gemälde, eine bemerkenswerte Studie von Großherzogin Mechella als junger Frau beim Astraventafest, eine Hand auf dem Lockenkopf ihres jüngeren Sohns Renayo, in der anderen einen Spiegel, der einen Stern reflektierte. Und dennoch mußte Cabrals sehr gelungenes Porträt in diesem Nebenzimmer hängen, weil die Ecclesia vor Jahrhunderten verboten hatte, in der Kunst Mutter und Sohn darzustellen, mit der Ausnahme von Matra ei Filho. Dennoch, hätte Cabral die Gabe, dachte sie, dann hätten die Grijalvas sein wunderschönes Gemälde stolz vorgezeigt und nicht hier versteckt.

Cabral war ohne Frage der beste derzeit lebende Maler. Wieder begann sie, auf und ab zu gehen. Nun gut, vielleicht nicht unbedingt besser als dieser junge Wandermaler, Sario, der schon wieder abgereist war, bevor sie ihn kennenlernen konnte. Sie konnte sich vage an ihn aus dem Unterricht in der herzoglichen Galerria erinnern, vor zehn Jahren etwa. Er hatte damals kein sonderlich bemerkenswertes Talent gezeigt, aber es war nicht selten, daß sich so etwas bei einem Jungen erst spät entwickelte. Die Skizzen, die Sario während seiner Jahre als Wandermaler angefertigt hatte, waren faszinierend gewesen. Sie war sicher, er würde verstehen, was sie vorhatte.

Aber leider war Sario Grijalva wieder abgereist, um weiter als Wandermaler zu arbeiten. Andreo war zu dumm gewesen, ihn hier zu halten. Moronnos! Sie erkannten Qualität nicht einmal, wenn sie sie direkt vor der Nase hatten.

Sinnlos, auch nur darüber nachzudenken.

Sie ging auf und ab. Maß den Raum. Vierzehn mal neun Schritte, im zweiten Stock, in jenem Labyrinth, das den ältesten Teil des Besitzes bildete. Eine Couch, ein Stuhl und ein Tisch, ein Bett und ein Waschgestell; alles beste Handwerksarbeit, aber dennoch Gefängnismöbel. Wenigstens konnte sie Cabrals Gemälde ansehen. Und der Mutter sei Dank, das Zimmer hatte Fenster. Sie würde tagsüber genügend Licht zum Malen haben. Wenn sie ihr Papier und Farben geben würden.

Was hatten sie mit ihr vor?

Felippo.

Was, wenn sie sie wieder gehorsam malen wollten? Es gab andere Männer, die Ehefrauen brauchten, Familien, die sich an Tira Virtes Wohlstand bereichert hatten und es sicher für wünschenswert hielten, sich ihr Heim mit einer Grijalva zu schmücken, selbst mit einer unfruchtbaren. Besonders wenn die Schwester der Braut die Mätresse des Erben war.

Entsetzt begann sie, mit zitternden Händen in der Tasche herumzusuchen, die in ihren Unterrock eingenäht war. Sie seufzte erleichtert, als sie Papier und Kreide und einen Bleistift fand. Als Giaberto ins Gasthaus gekommen war, hatte sie nicht daran gedacht, noch etwas einzustecken. Sie strich das Papier auf dem Tisch glatt und begann zu schreiben, hastig, immer wieder zur Tür schauend.

Jedes Knarren, jeder weit entfernte Schritt ließ sie aufschrecken. Bald würden sie kommen.

Ich bin Eleyna Grijalva. Ich bin Malerin. Ich schreibe diese Zeilen jetzt auf, damit ich mich, was immer sie mir antun, daran erinnern werde, wer ich wirklich bin. Ich bin Eleyna Grijalva. Ich bin Malerin. Ich werde malen. Das ist die Gabe, die die Matra mir bei meiner Geburt geschenkt hat. Es ist mein Leben. Ich vertraue Agustin und Beatriz und Großonkel Cabral, aber niemandem sonst. Ich vertraue Rohario do'Verrada.

Verblüfft über diese letzten Zeilen, errötete sie. Es wurde seltsam warm im Zimmer, obwohl das Kohlebecken nicht brannte.

Sie biß sich auf die Lippe und fügte eine weitere Zeile hinzu, in winzigen Buchstaben.

Ich glaube, ich liebe Rohario do'Verrada.

Sie legte die Kreide hin und schlug die Hände vors Gesicht.

Diese Gefühle waren so plötzlich und unerwartet, als hätte sie ihr jemand aufgemalt. All diese gemeinsamen Wochen im Gasthaus – Matra ei Filho, sie war einfach nur glücklich gewesen. Und dennoch hatte sie das bis jetzt nicht gespürt. Was hatte das ausgelöst? Vor ihrem geistigen Auge sah sie Roharios Gesicht, halb verschwommen durch den Rauch der flackernden Fackeln. Sie hörte seine letzten Worte: »*Verbietet ihr wenigstens nicht zu malen!*«

Schritte auf dem Flur. Ein Schlüssel wurde ins Schloß ge steckt. Schnell faltete sie das Papier zusammen und steckte es in die Tasche, dann ging auch schon die Tür auf, und Giaberto und Dionisa kamen herein.

»Was für einen Nutzen habe ich noch für Euch?« wollte Eleyna wissen.

»Du Ungeheuer! Daß meine Erstgeborene sich in eine solche Schlange verwandeln würde!« Dionisa ging energisch zum Fenster und wieder zurück zur Tür, unfähig, ruhig zu stehen. Sie trug heute ein Kleid in do'Verrada-Blau, wie es sich für die Mutter der Mätresse des Erben ziemte. »Du hast Schande über den Palasso Grijalva gebracht. Als gemeine Mätresse eines Mannes in einem gewöhnlichen Gasthaus zu wohnen! Hast du denn gar keine Scham?«

Eleyna hielt es für sinnlos, ihr zu antworten.

»Der Großherzog kocht vor Wut. Er gibt dir die Schuld daran, seinen Sohn von Chassierallo weggelockt und verführt zu haben. Wieso konntest du nicht tun, was man dir gesagt hat, und Edoards Mätresse werden? Moronna! Du wärest reich geworden, hättest alles gehabt, was du wolltest, und dennoch wirfst du das alles weg, zum Hohn deiner Familie! Jetzt ist deine arme Schwester für immer vernichtet –«

»Sicherlich übertreibst du, Mama. Soweit ich mich erinnern kann, hat Großtante Tazia einen wohlhabenden Mann geheiratet, nachdem Arrigo selbst verheiratet war.«

»Wage es nicht, ihren Namen noch einmal vor mir auszusprechen! Giftschlange!«

»Dionisa!« Giaberto war während dieses Austauschs ruhig geblieben, hatte sich nur die rechte Hand massiert. »Das Kind ist nicht giftig, nur starrsinnig.«

»Sei doch still, Berto! Der Großherzog ist außer sich. Andreo denkt, Revirdin und ich hätten die Grijalvas blamiert, und er wird seinen Zorn gegen uns sicher in der einen oder anderen Weise auslassen. Beatriz wird nie eine gute Ehe schließen können. Agustin ist krank geworden –«

Eleyna hielt die Luft an. »Was ist mit Agustin?«

»Ich werde ganz bestimmt nicht zulassen, daß du ihn weiter verdirbst, Eleyna. Du wirst hier in diesem Zimmer bleiben, bis wir entschieden haben, was wir mit dir machen sollen. Komm, Berto.«

Dionisa rauschte hinaus. Giaberto folgte langsamer, schaute drein, als wollte er noch etwas sagen, traute sich aber nicht. Die Tür fiel zu, und der Schlüssel wurde umgedreht. Eleyna trat sofort ans Fenster, aber durch die Gitter konnte sie nur den Garten der Dienstboten und eine Reihe von Eichenfässern sehen, in denen Regenwasser aufgefangen wurde. Sie klammerte sich an die kalten Eisenstäbe und dachte nach. Ihr Geist war in Aufruhr.

Ein vollkommenes Abbild. Ein Porträt, gemalt mit dem Blut oder den Tränen oder dem Speichel oder Samen eines Malers, der die Gabe hatte. Gab es etwas, das sie gegen diese Magie schützen konnte? Sie würde alle Möbel im Zimmer umstellen, jeden Tag, zweimal am Tag vielleicht. Die Bettdecke immer wieder wenden. Mit dem Kopf am Fußende des Bettes schlafen. Auf der Couch. Aber nach allem, was sie Agustins Andeutungen und Leilias Murmeln entnommen hatte, hatte sie den Eindruck gewonnen, daß Suggestivmagie nicht so direkt wirkte. Was, wenn es keinen Schutz gegen eine ganz langsame, subtile Veränderung ihrer Interessen, ihrer Vorlieben gab? Keinen Schutz außer dem Gewissen der Maler? Kein tröstlicher Gedanke.

Nein, Agustin würde nie so etwas tun. Auch Leilias geliebter Zevierin hätte es nie getan, ebenso wenig wie ihre beiden Söhne, die die Gabe gehabt hatten und nun beide schon tot waren. Ebenso wenig wie Cabral, selbst wenn er die Gabe hätte. Aber die anderen! Sie hatte bereits erfahren, wozu sie fähig und willens waren.

Rauch überschattete die Stadt, löste sich im Abendwind auf, der von den Marschen herüberwehte. Eine Dienerin brachte ihr zur Mittagsstunde etwas zu essen, am Abend noch einmal. Sie verbrachte den Tag damit, auf und ab zu gehen, in den Heiligen Versen zu blättern, die auf dem Tisch lagen, und immer ausgefeiltere, unmöglich winzige Porträts von Rohario in und um die Buchstaben der Notiz zu malen, die sie für sich selbst geschrieben hatte. Die Abendglocke läutete. Als ihr Widerhall zitternd verklang, hörte sie das Kratzen von Schuhen und das Klirren des Schlüssels im Schloß. Dann roch sie Manzanillentee und frischgebackenes Brot und entspannte sich ein wenig. Nur ein Diener, der das Abendessen brachte.

Aber es war jemand anders.

»Agustin!« Sie sprang auf und nahm ihm das Tablett ab. Er war in den vergangenen Wochen erstaunlich gewachsen, aber er sah blaß aus. Der Diener, der im Flur stehengeblieben war, schloß die Tür hinter ihnen. Agustin zog eine Grimasse, als die Tür von außen wieder verschlossen wurde.

»Du bist krank?« Eleyna stellte das Tablett ab und umarmte ihren Bruder, sah ihn forschend an.

Er lächelte vergnügt. »Ach, das ist nichts. Ich habe nur schwache Lungen. Wenn mich meine Lungen nicht umbringen, dann die Gabe. Was zählt es schon, was schneller geht?«

»Agustin!«

Auf seinem Gesicht zeichnete sich eine neue Reife ab. »Pluvio en laggo. Ich kann nichts dagegen tun. Wichtiger ist, daß ich in den vergangenen drei Wochen so viel gelernt habe.« Es brach alles aus ihm heraus: Suggestivmagie, das geblutete Pergament, durch das er die Besprechung der Räte belauscht hatte, der vorsichtige Gebrauch von Blut und Tränen, um Magie in ein Bild zu bringen.

»Nun, junger Meister! Ich sehe, du erweist dich deiner Gabe als würdig. Kannst du mich nicht vor Suggestivmagie beschützen?«

Er setzte sich auf die Couch. »Ich stehe hier und rede, während du eigentlich essen solltest. Hier ist eine Zwiebel-und-Tomaten-Suppe, noch kalt. Safranhuhn mit Reis und Erbsen. Brot, wie du siehst. Obstkuchen. Alles, was du am liebsten magst. Ich habe die Köchin gebeten, dir all deine Lieblingsspeisen zu kochen.«

Eleyna lachte, aber dann setzte sie sich. Das Essen roch tatsächlich köstlich. »Hast du keinen Hunger?«

»Überhaupt nicht. Ich habe alle Puddingreste aufgegessen.«

Die Suppe war großartig wie immer. »Du hast meine Frage nicht beantwortet, Agustin.«

»Ich weiß es nicht«, sagte er ernst. »Der *Folio* wird immer weggeschlossen, aber man hat mir einen Schlüssel gegeben – aus Bronze, aber in derselben Form wie die Goldenen Schlüssel der Meister –, weil ich jetzt als Geselle anerkannt bin. Ich lese mehr, als mir erlaubt ist.«

»Tu nichts, was dich in Gefahr bringen könnte.«

»Damiano ist vierundzwanzig und schon einer der Viehos Fratos. *Ich* bin der einzige Geselle. Sie brauchen mich.«

»Sicher können sie dich irgendwie beherrschen, ebenso wie die Verwandten, die keine Gabe haben, so wie ich«, sagte sie verbittert.

Er runzelte die Stirn, knabberte an seinen Nägeln herum.

»Deine Hände!«

»Schon gut.« Er nahm die Finger vom Mund und lächelte sie verlegen an. »Eine schlechte Angewohnheit. In ein paar Jahren werde ich mein *Peintraddo Chieva* malen, was mich in den Meisterstand erhebt. Mit all den – oh! Das weißt du auch noch nicht. In Öl, mit meinem Blut. Öl und Blut ergibt die stärkste Magie. Aber dadurch können sie das Gemälde benutzen, um mich zu strafen oder um mir zu drohen, damit ich mich auch ganz bestimmt an die Entscheidungen der Viehos Fratos halte.«

Eleyna schob den Teller mit Huhn weg – plötzlich war ihr übel vor schlechten Vorahnungen. »Das würde bedeuten, wenn deine Essenz mit dem Gemälde verbunden ist, wenn es dein Blut enthält, würde jeder Schaden, der dem Bild zugefügt wird, auch dich treffen.«

»Genau.«

»Die Grijalvas haben die Ihren immer fest im Griff behalten, nicht wahr?« Kein ehrgeiziger Grijalva-Junge mit der Gabe hatte je die Welt im Sturm genommen und nur getan, was ihm gefiel. Alle hatten der Familie gedient. »So beherrschen sie uns also. Wenn man nicht tut, was sie wollen, vernichten sie einen.«

Agustin griff nach der Kreide, die sie auf dem Tisch liegengelassen hatte, und drehte sie immer wieder in den Fingern, ein ums andere Mal, als spiegelte die Bewegung seine Gedanken wider. »Heute früh habe ich ein paar alte Dokumente aus der Zeit von Herzog Baltran gelesen. Damals stellte die Familie Serrano noch die Obersten Hofmaler. Sie klagten die Grijalvas an, Schwarze Magie zu benutzen. Und du weißt, was nach der Nerro Lingua passiert ist. Wenn wir uns nicht schützen, könnten wir alle verdammt werden und verarmen. Oder sie würden uns umbringen.«

»Du sprichst sicher die Wahrheit, Agustin. Es ist eine wirkungsvolle Möglichkeit, die Exzesse jener zu zügeln, die ihre Macht mißbrauchen könnten. Aber für dich, der du die Gabe hast, ist es einfacher, so darüber zu denken. Ich kann nur ein Opfer sein. Und das gefällt mir nicht.«

»Iß dein Essen. Es ist unhöflich, etwas übrigzulassen, wo die Köchin sich doch so viel Mühe gegeben hat.«

»Du wirst erwachsen, kleiner Bruder.« Gehorsam aß sie alles auf. Sie war zu praktisch veranlagt, gutes Essen zu verschwenden, besonders, nachdem sie so viele hungrige Gesichter gezeichnet hatte. Und sie mochte die alte Köchin gern, die den Grijalva-Kindern, die sich auch nur ein bißchen um sie bemüht hatten, immer Süßigkeiten zugesteckt hatte. Der Obstkuchen mit Aprikosen und geriebenen Nüssen war köstlich.

»Morgen«, sagte Agustin, nachdem sie fertig war, »werde ich dir ein paar neue Zeichnungen bringen, die ich gemacht habe.«

Draußen hörten sie einen gedämpften Aufschrei.

»Matra Dolcha!« Agustin setzte sich aufrecht hin.

Die Tür ging auf, Dionisa erschien, ein paar Blätter Papier zerknüllt in der Hand. »Agustin, geh sofort auf dein Zimmer.«

Er sah sie ruhig an. »Nein, Mama, das werde ich nicht tun. Ich werde Eleyna besuchen, wann immer ich will, wie es mein Recht als Bruder ist.«

»Agustin! Wie kannst du es wagen, so ungehorsam zu sein!«

Wenn es ihn beunruhigte, seiner Mutter so entgegentreten zu müssen, sah man es ihm bestenfalls an den Händen an, die er verschränkt und zwischen die Knie geklemmt hatte. Eleyna wartete auf die Explosion, aber zu ihrem Erstaunen reagierte ihre Mutter nicht auf seine Rebellion. Statt dessen konzentrierte sie, nachdem ihr diese Möglichkeit versagt war, ihren ganzen Zorn auf ihre Tochter.

»Giaberto hat mir gesagt, daß du – *du!* – Anteil an dieser Aufwiegelei der Libertistas hattest.« Sie wedelte mit den Blättern herum, die Eleyna jetzt als Flugblätter erkannte. »Ist das wahr?«

»Du hast meine Zeichnungen nicht selbst erkannt, sondern mußtest dich dabei auf Giaberto verlassen?« Der Zorn ihrer Mutter schmerzte weniger als das Wissen, daß Dionisa sich so wenig um die Kunst ihrer Tochter scherte, daß sie nicht einmal ihren Stil erkannte.

»Deine geliebten Libertistas haben gestern nacht den Westflügel des Palasso Justissia niedergebrannt! Und wir haben diese ... diese *Dinger*, diesen *Dreck*, auf den Straßen gefunden. Wo jeder die Arbeit eines Grijalva erkennen könnte! Du solltest dich eigentlich schämen, aber du hast ja keine Scham.«

»Ich muß mit meinem Talent tun, was ich für richtig halte.«

Dionisa riß die Flugblätter in winzige Fetzen und warf sie wie Konfetti auf den Dielenboden. »Du wirst mir nicht mehr lange trotzen! Du hast einen Besucher. Ich hätte verhindert, daß er dich sehen kann, aber Andreo und Nicollo haben mich überstimmt. Es ist gut und schön zu sagen, der Großherzog habe ihn aus dem Palasso geworfen, aber ich kann mir nicht vorstellen, daß sich der Großherzog vollkommen von ihm abwendet oder sich weigern wird, ihm zu helfen, wenn man ihn nicht mit der Achtung behandelt, die seiner Stellung gebührt. Also habe ich eingelenkt. Schlange! Du hast all meine Pläne ruiniert!«

Eleyna sprang so schnell auf, daß sie ihre Tasse umstieß und ihren Tee verschüttete. Rohario kam herein, begleitet von Giaberto und – Matra! – dem Obersten Hofmaler Andreo persönlich.

Rohario hatte sich mit seiner Kleidung große Mühe gegeben, obschon sie die abgetragenen Stellen an den Ellbogen sehen konnte, verblaßt, aber noch nicht durchgescheuert. Neben seiner nüchternen Eleganz wirkten Andreos Jacke und Weste nur noch grell und geschmacklos. Aber in all diesen winzigen Porträts, die sie heute gemalt hatte, hatte sie Rohario kein einziges Mal richtig getroffen, hatte seinen Mund zu schmal gezeichnet oder die Augen nicht dunkel genug, die Brauen zu gebogen, die Hände zu schlaff und ohne eine Feder darin.

Sein Blick wich nicht von ihr. Es war so offensichtlich, nun, nachdem auch ihre Augen offen waren. Er liebte sie.

»Nach all dem, was geschehen ist«, sagte Andreo ohne weitere Einleitung, »hätte es der Familienrat vorgezogen, daß diese Begegnung nicht stattfindet, aber wir haben einem kurzen Gespräch zugestimmt.«

Sie versuchte zu sprechen, konnte es aber nicht, nicht einmal seinen Namen sagen. Statt dessen trat sie unter den strafenden Blicken ihrer Mutter und Andreos zu Rohario und reichte ihm die Hände. Er griff begierig danach. Seine Haut war heiß, beinahe fiebrig.

»Ihr könnt sie nicht so einsperren«, sagte Rohario und riß den Blick von ihr los, um Andreo anzusehen.

»Sie ist eine Grijalva, und der Familienrat hat entschieden«, erwiderte Andreo steif.

»Eleyna ist meine Verlobte.« Rohario ließ eine ihrer Hände los und zog die andere in seine Ellbogenbeuge.

Ihr schwindelte, erschüttert von dieser Erklärung. Die Welt war unter ihren Füßen ins Wanken geraten.

»Unmöglich!« rief Dionisa.

»Großherzog Renayo wird eine solche Verbindung nie erlauben, und seine Kinder können nicht ohne seine Zustimmung heiraten«, sagte Giaberto.

»Der Familienrat wird es verbieten!« warf Andreo ein. »Es ist Grijalva-Frauen schon lange verboten, sich mit do'Verradas einzulassen, abgesehen von den ausgewählten Mätressen.«

Agustin starrte alle mit weit aufgerissenen Augen an, den Mund offen.

Ich darf niemanden heiraten, dachte Eleyna, aber ein kurzer, scharfer Blick Roharios, der vielleicht gespürt hatte, wie sie Luft holte, um zu sprechen, überzeugte sie, daß es klüger sei, den Mund zu halten.

»Ich besitze zwei Landgüter«, fuhr Rohario fort. »Sie werden für unseren Unterhalt genügen. Wir sind beide mündig und mit der Heirat einverstanden.«

»Das versteht Ihr nicht, Herr!« sagte Andreo, plötzlich sehr grimmig. »Es gibt vieles an den do'Verradas und den Grijalvas, das ihr nicht versteht. Wenn Euer Vater seine Zustimmung gäbe, würde ich die meine nicht verweigern, aber *das kann er nicht*. Und das wird er auch nicht. Geht und fragt ihn, wenn es sein muß, denn ich habe kein Recht, ohne seine Erlaubnis mit Euch über diese Dinge zu sprechen.«

Großherzöge heirateten keine Malerinnen, deren Blut für immer durch ihre Chi'patro-Herkunft besudelt war. Aber was wäre mit den Großherzögen, wenn bekannt würde, daß sie Magie benutzt hatten – verbotene Magie von derselben Herkunft wie die Chi'patros –, um Reichtum und Macht zu erlangen? Sowohl die Grijalvas als auch die do'Verradas würden alles tun, um zu verhindern, daß ihre schrecklichen Geheimnisse ans Licht kamen.

»*Ihr* versteht nicht, worum es geht!« erwiderte Rohario, der plötzlich sowohl arrogant als auch störrisch aussah.

Eleyna hatte ihn nie so ... so herrschaftlich auftreten sehen. »Ich stehe im Augenblick vielleicht nicht in der Gunst meines Vaters, aber ich bin immer noch sein Sohn – und Bruder des nächsten Großherzogs. Ein do'Verrada – ein Abkömmling von Herzogin Jesminia, der ihr Grijalvas eure Leben verdankt!« Er sah wieder Eleyna an. »Ich werde dich aus diesem Haus befreien«, versprach er ihr.

»Du sollst wissen, wie ich empfinde«, sagte sie, und ihr war gleich, daß die anderen alles mithörten, denn dies war vielleicht ihre letzte Gelegenheit, mit ihm zu sprechen, bevor ihr Wille gebrochen war. Sie küßte ihn auf die Wange, und er wurde feuerrot. »Dies ist die Wahrheit, ganz gleich, was ich sagen werde, wenn wir uns das nächste Mal begegnen. Erinnere dich daran.«

»Wie kannst du an mir zweifeln?« murmelte er, verwirrt, aber begeistert. Er küßte sie auf die Stirn, dann ließ er sie los. »Ich komme wieder«, sagte er zu Andreo.

Als er sich umwandte, um zu gehen, erhob Andreo wieder die Stimme. »Seid vorsichtig draußen, Don Rohario. Ich habe gehört, die Straßen seien nicht mehr sicher für treue Untertanen des Großherzogs.«

»Für mich sind sie sicher.« Rohario küßte Eleynas Hand, warf ihr noch einen vielsagenden Blick zu und ging dann, begleitet von Giaberto.

Dionisa machte ein paar Schritte auf Eleyna zu und schlug ihr ins Gesicht.

»Mutter!« Agustin war aufgesprungen.

Eleyna wandte ihrer Mutter nur den Rücken zu und setzte sich auf den Stuhl. »Du hast keine Macht mehr, mir weh zu tun.«

»Eleyna!« Dies kam von Andreo, streng und verärgert. »Muß ich dir erklären, wieso wir eine Heirat zwischen do'Verradas und Grijalvas verbieten müssen?«

Sie stellte sich seinem Blick. »Ich verstehe, Oberster Hofmaler. Aber wie könnt ihr hoffen, ein solches Geheimnis für immer zu bewahren? Wenn die Beschwerden der Menschen jetzt nicht gehört werden, wie könnt ihr sicher sein, daß die Großherzöge von Tira Virte nicht dasselbe Schicksal erleiden wie die Könige von Taglis und Ghillas?«

Dionisa schnappte hörbar nach Luft.

Andreo erbleichte. »Versuch nicht, dich gegen die natürliche Ordnung zu stellen, Mädchen. Wir haben immer für Frieden und Wohlstand gearbeitet.«

»Und für den Vorteil der Grijalvas.«

»Warum sollten wir uns auch nicht schützen? Warum nicht den do'Verradas helfen, die uns ihrerseits geholfen haben, als wir sie brauchten? Und warum sonst sollte die Matra uns mit der Gabe gesegnet haben?«

Eleyna erhob sich wieder. Ein Feuer brannte in ihr, so heftig, daß sie einfach sprechen mußte, um nicht vom Fieber ihrer eigenen Leidenschaft verbrannt zu werden. Obwohl Andreo einen Kopf größer war als sie, hatte sie nicht das Gefühl, zu ihm aufzublicken. »Es sei denn, es ist überhaupt keine Gabe, sondern ein Fluch! Wie lange wird Agustin leben? Mein geliebter Bruder, dazu verurteilt, jung zu sterben? Wie schnell sterbt ihr alle, die ihr so gesegnet seid, und wie schrecklich leidet ihr am Ende? Deshalb müßt ihr euch ständig auf eure Gabe berufen, euch für besser als andere halten, obwohl keiner der derzeitigen Viehos Fratos je etwas so Schönes geschaffen hat wie dieses Gemälde von Cabral.«

Sie streckte die Hand aus und zeigte auf das Porträt Mechellas und des jungen Renayo, der, der damaligen Mode entsprechend, eine perfekte Imitation von Erwachsenenkleidung trug: einen breitkrempigen Filzhut, einen Frack aus Silberstoff, Schuhe mit Goldschnallen. Er und seine Mutter waren so liebreizend dargestellt, daß es das Herz jedes Betrachters rühren mußte.

»Sieh dir *das* an, und sage mir, daß ich lüge! Ihr habt euch immer von anderen abgesondert, und nun sterbt ihr aus.

Immer weniger Jungen kommen zur Welt. Die Gabe versiegt. Und was dann? Ihr habt diejenigen unter uns verraten – Cabral, mich selbst, unzählige andere –, die ebenfalls über Luza do'Orro verfügen, in unseren Händen und Augen, weil wir diese andere Sache nicht haben, diesen *Segen*, der in eurem Blut steckt und nicht in unserem. Aber wenn die Gabe endgültig versiegen wird, wenn die do'Verradas ihre Macht verlieren oder keinen Grund mehr sehen, sich Mätressen und Hofmaler aus dieser Familie zu nehmen, werden *wir* diejenigen sein, die den Wohlstand der Familie bewahren, den eure Gabe aufgebaut hat. Ihr solltet uns alle nähren, und das habt ihr nicht getan. Das wird euer Untergang sein.«

»So etwas muß ich mir nicht anhören«, sagte Andreo, aber an seiner erschütterten Miene erkannte sie, daß er sie sehr wohl verstanden hatte. »Komm, Dionisa.«

Gehorsam begleitete Dionisa ihn.

Danach herrschte Schweigen.

»Es tut mir leid, Agustin«, sagte Eleyna schließlich.

Er lächelte. »Mach dir keine Sorgen, Eleyna. Du hattest immer ein Talent dazu, die Wahrheit zu malen. Du solltest jetzt nicht damit aufhören.« Er stand auf und trat zu ihr, legte ihr eine bleiche Hand auf die Schulter, beugte sich vor und flüsterte ihr ins Ohr. »Ich werde wiederkommen, aber ich bringe dir ein paar Phiolen mit. Um dich zu schützen, wenn ich kann. Du weißt, was wir tun müssen. Wenn du mir soweit vertrauen kannst.«

Ihm ihr Blut und ihre Tränen geben. Sich selbst der Macht überlassen, die er in seinem Blut und seinen Händen hatte. Eleyna betrachtete sein Gesicht: ihr kleiner Agustin, den sie während so mancher Kinderkrankheit gepflegt hatte – all diese Krankheiten hatten an ihm gezehrt. Aber hinter dem zerbrechlichen Äußeren wuchs er zum Mann heran.

»Selbstverständlich traue ich dir. Ich werde dir geben, was du brauchst.«

Es klopfte an der Tür, und man hörte Andreos Stimme. »Agustin!«

Sie ließ ihn nur ungern gehen. »Was, wenn sie nicht mehr zulassen, daß du mich besuchst?« fragte sie. Sie würden sie gehorsam malen – aber gehorsam wofür? Sie schauderte.

Er küßte sie auf die Wange. »Wir können es genauso machen wie in Chassierallo. Sie können nicht verhindern, daß wir weiter in Verbindung bleiben, das verspreche ich dir.« Mit diesem Trost verließ er sie. Hinter ihm wurde die Tür wieder abgeschlossen.

In den nächsten Tagen gestand man ihr Papier und Stifte und Kreide zu, aber keine Farben. Die Feiertage kamen, und sie wartete allein den ganzen Dia Sola lang. Sie zeichnete die Toten, jene, die sie verloren hatte und betrauerte, und andere. Leilias, ihren Freund und Vetter Alerrio, Felippo und das totgeborene Kind, ihre verstorbenen Geschwister, Zevierin, Leilias' Söhne. Alle waren sie nicht mehr hier, aber sie erinnerte sich noch an sie. Am Abend kam dann endlich Agustin, als die Dienerin ihr das Essen brachte. Er sah blaß und zornig aus.

»Sie haben dir verboten, mich zu besuchen«, riet sie.

»Andreo persönlich hat es getan.« Er nickte der Dienerin zu, die das Tablett abstellte und hinaus auf den Flur ging – um Wache zu halten, obwohl auch sie die Tür hinter sich verschloß. »Ich *hasse* sie! Ich hasse es, wie sie versuchen, mich zu beherrschen!«

»Wir werden eine Zeichnung davon machen –« sie zeigte auf eine leere Ecke des Zimmers, »– und dann kannst du mir Briefe schicken.«

»Aber du kannst mir nicht antworten, es sei denn, du gibst die Briefe den Dienern mit.« Er schüttelte den Kopf. »Das wäre zu gefährlich.«

Sie ging auf und ab – das war die einzige Möglichkeit, wie sie in diesem Gefängnis denken konnte. »Du kannst bewirken, daß ein Brief irgendwo auftaucht. Du kannst durch eine Zeichnung hören. Warum –« Sie hielt inne und betrachtete stirnrunzelnd Cabrals Gemälde: Großherzogin Mechella hatte Irisblüten, die für Liebe standen, zu ihren Füßen. »Warum kann ich dann nicht durch ein geblutetes Bild zu dir sprechen, wenn wir beide eines besitzen, präzise gemalt, präzise plaziert?«

»Im *Folio* steht nichts davon.«

»Vielleicht weiß der *Folio* nicht alles!« rief sie gereizt. »Sind denn alle, die die Gabe haben, begriffsstutzig?« Hilflos hob sie die Hände. »Du kannst durch *ein* magisches Bild hören. Was, wenn man zwei davon verwendet?«

Seine Augen wurden größer, als er über ihre Worte nachdachte, und er begann, wieder an den Nägeln zu kauen, ertappte sich, senkte die Hand. »Zwei magische Bilder an zwei Orten, miteinander verbunden. Ich muß darüber nachdenken, Eleynita.«

Dann lachte er. »Es wäre wirklich besser, wenn *du* die Gabe hättest. Du wärst in kürzester Zeit Premia *Sorella* geworden.«

Die Dienerin streckte den Kopf herein. »Meister Agustin, ich wage nicht länger zu warten –«

»Schon gut«, sagte Agustin ungeduldig. Er küßte Eleyna und ging, bereits versunken in die Möglichkeiten eines neuen Experiments.

Nachdem er weg war, setzte sie sich und zeichnete mit unendlicher Detailgenauigkeit alle vier Ecken des Zimmers.

Der nächste Tag war Herva ei Ferro. Agustin erschien abermals – diesmal mit einem halbvollendeten Aquarellporträt von ihr, und wieder blieb ein Diener draußen und wachte. »Ich habe eine Lanzette mitgebracht«, sagte Agustin, »und Phiolen, um dein Blut, die Tränen und den Speichel aufzufangen. Wirst du mir vertrauen?«

»Selbstverständlich!« Sie holte die vier besten Zeichnungen des Zimmers unter ihrem Skizzenblock hervor. »Das hier habe ich inzwischen vorbereitet.«

Er biß sich auf den Finger. Heute trug er eine einfache graue Jacke und eine Weste mit schwarzer Einfassung, angemessen für Penitenssia. Sie selbst hatte noch dasselbe einfache, hoch taillierte Kleid an, in dem man sie hergebracht hatte, obwohl die Dienerin, die sich um sie kümmerte, ihr schwarze Bänder darauf genäht hatte.

Seine Reaktion verwunderte sie. »Woran denkst du?«

Er zögerte, dann stand er auf und ging zu dem Porträt, das auf einer Staffelei stand. »Du bist die begabteste von uns alle, Eleyna, aber *dich* hat nie jemand geprüft.«

»Ich bin eine Frau. Ich kann die Gabe nicht haben.«

»Woher wissen wir das eigentlich?« Er hatte einen solch drängenden Blick, es war, als öffnete sich ein Fenster zu einem ganz anderen Agustin, der ihr beinahe ein wenig angst machte. Wäre er so geworden, wenn ihn seine schlechte Gesundheit nicht zermürbt hätte? »Du solltest es wenigstens versuchen!«

Matra ei Filho. Stimmte es denn nicht, daß die besten Grijalva-Maler alle die Gabe hatten? Warum nicht sie? Sie atmete tief ein. Wenn das wahr sein konnte. »Laß es mich versuchen«, flehte er.

Als Antwort wischte sie sich eine Träne aus dem Augenwinkel und nickte schweigend.

Er erhitzte die Lanzette über der Kerzenflamme. Eleyna schloß die Augen nicht, sondern sah zu, wie er ihr in die Hand schnitt. Die Klinge brannte, und sofort quoll Blut hervor. Mit einem Pinsel tupfte Agustin das Blut auf das Porträt, auf die Schulterpartie, dann zog er die Lanzette nach unten, fest, schnitt in die Farbe, kratzte über das Papier darunter.

Er schrie schmerzerfüllt auf, faßte sich an die *eigene* Schulter. Senkte die Hand. Ein frischer Blutfleck erschien auf seinem Hemd, breitete sich schnell aus.

Aber sie spürte nichts. Sie hielt sich an der Stuhllehne fest, setzte sich langsam. Tränen brannten ihr in den Augen. Nein, keine Gabe.

»Merditto!« rief Agustin.

Sie blickte auf und war erstaunt über seine Tränen. Aber er weinte nicht vor Schmerz. In diesem Augenblick wußte sie, daß sie nicht mehr erwartete, die Gabe zu haben. Sie brauchte sie auch nicht mehr. Sie hatte ihre eigene Luza und würde folgen, wohin diese sie führte.

Der Morgen von Dia Fuega graute trüb und still. Eleyna roch Rauch in der Luft. Ihre Mutter erschien mit der Dienerin, die beim Klang der Morgenglocke Brötchen und Tee brachte.

Dionisa war, wie üblich, ärgerlich. »Cabral möchte dich sehen.«

»Setz dich, Mutter. Macht es dich nicht müde, immer so auf und ab zu gehen?«

»Zu denken, daß ich eine solche Tochter großgezogen habe!« Sie nahm sich zusammen, als Cabral und Beatriz das Zimmer betraten. »Cabral! *Beatriz*!«

Beatriz, in einem hinreißenden Morgenkleid aus weißer Baumwolle, die mit goldenen Sonnen bestickt war, kam ins Zimmer, als wäre sie selbst ein Sonnenstrahl, wie die Verkörperung wärmenden Feuers. »Mutter! Du siehst wirklich gut aus, wie immer. Wenn ich nur deine Taille hätte, aber leider ...« Sie küßte ihre Mutter und wandte sich dann Eleyna zu. »Ach, Eleyna! Du machst einen ganz abgezehrten Eindruck. Das kann ich nicht zulassen. Du wirst mit mir kommen. Wir fahren sofort zum Palasso Verrada. Dort werde ich vielleicht Zeit haben, dich anständig auszustatten.«

»Was geht hier vor?« wollte Dionisa wissen, aber die Hälfte ihrer Aufmerksamkeit hatte sie noch darauf konzentriert, sich über die Taille zu streichen, die tatsächlich sehr vorteilhaft war, wenn auch nur dank fester Schnürung unter dem Kleid im altmodischen Schnitt.

»Edoard möchte, daß Eleyna am Dia-Fuega-Ball teilnimmt, Mama. Und ich möchte lieber nicht gegen seine Wünsche verstoßen. Du etwa?« Sie sagte das sehr freundlich, aber unter ihrem zuckersüßen Tonfall lag Eisen.

»All meine Kinder sind Schlangen!« rief Dionisa, aber das klang mehr wie eine Pflichtübung. Es war ihr nie gelungen, erinnerte sich Eleyna, Beatriz lange böse zu sein.

Beatriz packte Eleyna bei der Hand und zog sie zur Tür. »Du brauchst nichts mitzunehmen, mein Herz. Ich habe alles, was du brauchst, ein Kleid, Schuhe, einen Friseur. Matra Dolcha! Du brauchst unbedingt einen Friseur. Du siehst wirklich schrecklich aus!«

Und so ging es weiter den Flur entlang und durch den Palasso, mit Cabral wie einen treuen Hirtenhund auf den Fersen, während Beatriz weiterschnatterte, über den Ball und die Dekorationen und die Erfrischungen und die wunderbaren goldgestickten Tanzschuhe, die so gut zu ihrem Ballkleid paßten.

Dann waren sie draußen auf dem Hof, Eleyna außer Atem, und Beatriz holte kaum Luft zwischen ihren Satzfluten. Eine Kutsche wartete. Cabral half ihnen beim Einsteigen, schloß die Tür hinter ihnen und beugte sich zum Fenster herein.

»Eleynita, hör auf mich – ich mag zwar ein alter Mann sein, aber das bedeutet auch, daß ich vieles überlebt habe. Bleib im Palasso, bis sich dieser ganze Aufruhr gelegt hat. Dann werden wir sehen. Du kannst sicher sein, daß ich für dich eintreten werde, wo immer meine Stimme gehört wird. Und glaube nicht, meine Kleine, daß sie so wenig zählt, wenn ich auch die Gabe nicht habe. Denn ich verfüge über etwas, das unsere Meistermaler, auch die besten, nicht haben.« Mit dieser geheimnisvollen Äußerung schloß er das Fenster und trat zurück.

Die Kutsche ruckte vorwärts, ratterte über das Pflaster. Durch die Schlitze des Fensterladens sah Eleyna, wie sie durch den Torbogen und hinaus auf die Straße fuhren. »Ist das denn sicher?« fragte sie. »Es gibt so viele Gerüchte über Unruhen in der Stadt.«

»Kannst du sie nicht hören?« Beatriz wirkte unnatürlich ruhig. »Man hat uns eine Ehrengarde von fünfzig Gardisten gewährt.«

Tatsächlich, das Geräusch der Pferdehufe begleitete sie auf ihrem Weg, als sie weiterfuhren. »Wann bist du aus Chassierallo zurückgekommen?« fragte Eleyna.

»Vor zehn Tagen. Ich war die ganze Zeit im Palasso, obwohl das offenbar nicht üblich ist – dabei haben sie bestimmt zwanzig Gästesuiten. Aber es ist nicht mehr sicher, innerhalb der Stadt zu reisen. Wir halten uns von den Straßen fern.«

Als sie weiter die Avenidas entlangfuhren, die Gardisten immer hinter sich, hatte Eleyna das Gefühl, mehr von einer Armee als einer Eskorte begleitet zu sein. »Es gefällt mir nicht, wie es sich hier draußen anfühlt.«

»Das macht nichts«, erwiderte Beatriz. »Im Palasso Verrada sind wir in Sicherheit.«

19

Sario hatte schon früher Städte am Rande des Aufruhrs gesehen. Er hatte gesehen, wie Unruhe in Zerstörungswut umschlug. An diesem Tag hatte er Stunden gebraucht, einen Fuhrmann aus einem Dorf vor der Stadt zu überreden, Prinzessin Alazais und ihre Begleiter nach Meya Suerta zu fahren.

»Zum Palasso? Matra Dia, mein Freund, wißt Ihr denn, was Ihr da verlangt? Überall Truppen, die alles durchsuchen, Handwerksgesellen zusammenschlagen, und in den Gassen, in die sich die Soldaten nicht trauen, lauern Schurken. Es ist eine richtige Krankheit, heißt es, eine Seuche aus dem Norden, aus Taglis und Ghillas.«

»Seid Ihr selbst schon dort gewesen und habt es gesehen?« wollte Sario ungeduldig wissen.

»Ich bin doch nicht dumm! Ich weiß das alles von –« Und dann begann die Liste: einem Bruder, Onkel, Nachbarn, einem Vetter oder der Frau des Schmieds.

Schließlich verschaffte ihnen ihr Gold doch noch einen Karren und einen nervösen, aber jungen und daher leichtsinnigen Fuhrmann.

Die Stadt war ruhig an Dia Fuega, dem Tag des Feuers, dem letzten Penitenssia-Feiertag, aber als sich die Dämmerung herabsenkte, war überall eine unterdrückte, unangenehme Energie zu spüren. Ja, Sario hatte so etwas schon öfter erlebt. Wenn er den Palasso nicht rechtzeitig erreichte, um Großherzog Renayo angemessen zu beraten, wie er die Ordnung wiederherstellen sollte, war seine Möglichkeit, Oberster Hofmaler zu werden und die Grijalva-Kunst wieder zur Blüte zu bringen, vertan. Was, wenn der Pöbel jetzt angriff? Was, wenn sie den Palast anzündeten?

Er schauderte, als er an Rafeyo dachte. Er würde nicht noch einmal riskieren, Saavedras Porträt zu verlieren.

»Seid Ihr krank?« fragte Alazais, eher neugierig als beunruhigt. Sie trug einen Umhang über ihrem Festkleid und einen schwarzen Spitzenschal um ihr schimmerndes Haar, der auch ihr Gesicht halb verhüllte.

»Mir ist nur kalt«, sagte er. *Als wäre jemand über mein Grab gegangen.*

Sie kamen gut voran, weil wenig Verkehr in den Straßen war, aber als sie sich dem Hügel und den Straßen zum Palasso Verrada näherten, stießen sie auf eine ständig wachsende Volksmenge. Diese Leute trugen die für den Feiertag üblichen Strohpuppen – Gier, Zorn, Unfruchtbarkeit und die anderen –, aber nicht, wie sonst, zur Kathedrale. Sie trugen sie auf den Platz vor dem Palasso Verrada. Die Menge war ruhig, aber sie verhielten sich ganz bewußt so – wie ein Raubtier, das sich an seine Beute anschleicht. Ständig kamen noch mehr aus den Seitenstraßen, aus den Gassen, aus den Wohnungen.

Sario griff nach seinem Skizzenblock. Jedesmal wenn der Wagen stehenblieb, berührte er mit der Bleistiftspitze die Zunge und zeichnete den Wagen, den Fuhrmann, sich selbst und Prinzessin Alazais, wobei er unaufhörlich vor sich hin murmelte: Silben, die einen Suggestivzauber bewirken sollten. *Macht Platz für den Wagen. Laßt sie durch. Geht weg.*

Sie kamen schließlich auf den Zocalo und sahen die Tore des Palasso vor sich aufragen, vor einem Meer von Fackeln und Menschen, das gegen die Gebäude brandete. Groteske Skelette, die großen Strohfiguren, die für Sünden und Unglück standen, tanzten in unheimlicher Stille über der Menge auf und ab. Zahllose Laternen erhellten die gewaltige Treppe zum Haupteingang des Palasso, wetteiferten mit den aufziehenden Sternen. Aus der Ferne hörte man Musik, Lautenklänge und Händeklatschen: Der Dia-Fuega-Ball hatte begonnen. Als sie noch näher kamen, hörte er auch die Stimmen aus der Menge.

»Sie tanzen, während wir verhungern.«

»Was ist mit den Corteis?«

»Sie haben zuviel mit den Feiern zu tun, um an so etwas zu denken.«

»Wir sind für sie nur Vieh, das sie züchten oder schlachten, wenn ihnen gerade danach zumute ist.«

»Vorwärts«, wies Sario den Fahrer an. »Zum Tor.«

»Aber Maesso, die Menge –«

»– wird uns durchlassen.« Und das tat sie, mit erstaunten Blicken und ein wenig Geschiebe.

Als sie die Tore erreichten, sprang Sario ab und umklammerte die Gitterstäbe. Gardisten – mindestens zwanzig – starrten ihn ungerührt an. »Ich muß mit eurem Hauptmann sprechen! Sofort, du Dummkopf! Ich bin ein Grijalva!« Er nahm den goldenen Schlüssel in die Hand, verbarg ihn aber vor der Menge, die sich unruhig nur fünf Schritte hinter ihm bewegte.

Der Hauptmann eilte heran. »Was wollt Ihr? Wir können das Tor nicht öffnen!«

Sario beugte sich zu ihm, sprach mit ihm durch die Gitterstäbe aus Schmiedeeisen. »Ich habe Prinzessin Alazais von Ghillas gerettet. Sie ist entkommen, als ihr Vater und ihre Mutter umgebracht wurden. Ich habe Leute bestochen und sie aus Ghillas herausgeschmuggelt.«

»Wenn das stimmt – oh! Aber wenn nicht, und ich die Tore öffne –«

Hinter ihnen, auf dem Zocalo, hatte man zu singen begonnen: »Die Mutter segnet uns alle.« Aber das Lied hatte einen zornigen Unterton, und Sario spürte, wie die Menge hinter seinem Rücken Kraft sammelte wie ein drohendes Unwetter. *Tag des Feuers.* Sario dachte an Rafeyo, an das geblutete Gemälde im Wagen hinter ihm – *sein* Blut – und schauderte.

»Bringt sie her«, sagte er zu einem der ghillasischen Soldaten. Der Mann half Alazais vom Wagen und führte sie ans Tor, und während der Hauptmann sie noch anstarrte, suchte Sario in seiner Tasche nach dem kleinen Messer, mit dem er immer seine Stifte anspitzte. Er stach sich in den Finger und schmierte Blut auf ein Stück Papier, dann zeichnete er schnell den Hauptmann und rieb das Blut über die Zeichnung. »Ihr müßt uns *sofort* hereinlassen«, flüsterte er.

»Schnell«, sagte der Hauptmann und winkte seinen Leuten. »Laßt sie durch.«

Eine Seite des Tors schwang auf. Sie fuhren hindurch, und obwohl es hinter ihnen unruhig wurde, als sie den Weg zur Treppe entlangeilten, schaute Sario nicht mehr zurück. Der Hauptmann folgte ihnen nicht – vielleicht war es ihm nicht möglich.

»Wartet hier«, sagte Sario zu dem Fuhrmann und den ghillasischen Dienern, als sie am Fuß der Treppe standen. »Laßt nicht zu, daß jemand diesen Wagen anrührt oder die Truhen darauf. Ich werde zurückkommen. Kommt mit mir, Hoheit.«

Er nahm Alazais an der Hand und stieg die Treppe hinauf. Inzwischen war die Nacht hereingebrochen. Als sie die laternenbeleuchteten Stufen hinaufgingen, schaute er zum Zocalo hinüber, wo Fackeln brannten und die Strohpuppen immer noch in unheilverkündendem Schweigen darauf warteten, verbrannt zu werden. König Ivo hatte versucht, die Menge zu beschwichtigen. Das hatte ihn das Leben gekostet.

»Ihr müßt Euch beeilen«, sagte er zu Alazais, obwohl er es war, der außer Atem geriet, nicht sie.

Überall standen Soldaten, bewachten die Tore, die zum Palasso führten, den breiten Portikus, die Bogengänge, die von Laternen beleuchteten Durchgänge und Höfe. Jedesmal hielten sie das Paar an, fragten nach ihrem Begehr, aber Sarios Chieva do'Orro erschloß ihnen jedes Tor. Die Musik, das fröhliche Händeklatschen, die rhythmischen Tanzschritte klangen nun lauter. Moronnos! Gedankenlos tanzten sie hier weiter, während draußen ihre Vernichtung lauerte. Genau wie die Adligen in Ghillas.

Die vergoldeten Tore des Thronsaals standen offen. Die Wärme der Tanzenden drang heraus, eine Welle, so spürbar wie der Zorn der Menge. Sario blieb in der Tür stehen, sah sich um. Silberne und schwarze Girlanden dekorierten den Saal, und daran hingen stilisierte Schädel, die die Toten symbolisierten, an die man sich erinnern sollte. Totentanzfiguren, von Silberdraht zusammengehalten, tanzten von Drähten, die unter der Gewölbedecke entlang gespannt waren. Er erinnerte sich – vage – an seine Kindheit, als er den ganzen Abend auf hartem Steinboden gekniet hatte, während man Gebete für die Verstorbenen sprach und Papier verbrannte, um sich der alten Leiden zu entledigen. Und jetzt lachten diese Idioten und tranken und tanzten!

Die Quadrille war zu Ende. Als die Tänzer sich zerstreuten, führte Sario Alazais mitten in den Saal. Sie starrte erstaunt die leuchtenden Farben und kostbaren Gewänder an.

»Vergeßt nicht, wer Ihr seid«, flüsterte er ihr ins Ohr.

Großherzog Renayo stand auf dem Podest. Bei ihm war eine schlanke, sehr junge blonde Frau in einem weißen Kleid mit roter Schärpe. Sie war zu blaß, um hübsch zu sein. Neben ihr stand der Erbe, ein kräftiger, gutaussehender junger Mann – Arrigo? Nein, das hier war Arrigos *Enkel*. Er sah überhaupt nicht wie Arrigo aus. Und bei ihm stand eine schöne junge Frau, die ganz bestimmt seine Grijalvamätresse war.

Sario ging auf sie zu. »Zieht den Umhang aus.«

Mit sicherem Gespür für dramatische Gesten ließ Alazais den Umhang von den Schultern sinken, gerade als der Großherzog sie bemerkte und sich ihnen mit erstaunter Miene zuwandte. Der schwarze Umhang flatterte zu Boden und lenkte damit alle Blicke im Ballsaal auf die beiden.

»Euer Gnaden.« Sario blieb stehen und verbeugte sich. »Ich bin Sario Grijalva, der Wandermaler, der nach Ghillas geschickt wurde. Die Gerüchte sind wahr. König Ivo und Königin Iriene sind tot.« Ein Aufkeuchen von den versammelten Adligen. Dann Murmeln, das leiser wurde, als Renayo – der nicht überrascht wirkte – die Hand hob. Sario fuhr rasch fort: »Aber wir haben einen wertvollen Schatz aus dem Massaker retten können, und den habe ich Euch gebracht, damit Ihr Euch darum kümmern könnt.«

»Vetter! Ich bitte Euch, gewährt mir Zuflucht!« Alazais fiel auf die Knie, in vollendeter Bittstellerhaltung, umklammerte den Saum von Renayos Abendjacke. Sario hatte sie nicht angewiesen, das zu tun, aber wie jedes Meisterwerk hatte sie eine Präsenz, die alles, was ihr Schöpfer angestrebt hatte, übertraf. Der Großherzog griff automatisch nach ihrer Hand – die den Siegelring von Ghillas trug – und half ihr auf. Er sah den Ring, er erkannte ihr Gesicht.

Alle waren starr vor Staunen. Als sich der Großherzog langsam erholte, als Don Edoard vortrat, um Prinzessin Alazais' zarte Hand in die seine zu nehmen, schmiedete Sario bereits wieder Pläne.

Er mußte Bannsprüche vorbereiten. Porträts malen. Er hatte nicht die Zeit und die Energie, sie mit Worten zu überzeugen. Warum sonst hatte die Mutter ihm diese Gabe geschenkt, wenn er sie nicht nutzen sollte, wie er es für richtig hielt?

20

Eleyna floh früh vom Ball und fand Zuflucht in der Stille der leeren Galerria. Laternen brannten hell neben den mit Gold verzierten Türen, die zur Galerria führten. Sie nahm eine Lampe und betrat den langgezogenen Flügel des Palasso, der die Gemäldesammlung der do'Verradas beherbergte. In größeren Abständen standen hier Lampen auf Podesten, so eingestellt, daß ihr Licht nur Mauern und Fenster umriß. Die Gemälde selbst wirkten wie Bilder aus der Erinnerung.

Wie seltsam, hier in dieser Stille zu stehen. Eleyna war bisher nur mit Gruppen aus dem Palasso Grijalva hier gewesen, als Schülerin, die kopieren und von den alten Meistern lernen sollte. Immer war die Galerria von der Sonne beleuchtet gewesen und erfüllt vom erwartungsvollen Flüstern der Besucher, die sich die großen Meisterwerke ansahen, von Lehrern, die mit gedämpfter Stimme diesen *Ver-*

trag oder jene *Hochzeit* erläuterten, diese *Geburt* oder jenen *Tod,* die man alle hier an den Wänden sehen konnte, wo sie von der stolzen Geschichte der do'Verradas zeugten.

Die all diese Jahre mit den Grijalvas verbunden gewesen waren, die der herzoglichen Familie bei jedem Schritt behilflich gewesen waren. Mit verbotener Magie.

Von weitem hörte sie ein Echo der Ballmusik, das sich durch die Flure zog. Sie ging weiter ins Dunkel hinein. Das Licht veränderte sich um sie herum wie ein lebendes Wesen, als sie die Lampe hob, um erst ein, dann ein anderes Gemälde zu beleuchten.

Da: Riobaro Grijalvas berühmter *Vertrag von Diettro Mareia,* der so klug die bald darauf stattfindende Hochzeit von Benetto I. mit der Erbin Rosira della Marei vorwegnahm, die ihrerseits dazu führte, daß Benetto sich als erster do'Verrada mit dem Titel eines Großherzogs schmückte.

Tazioni Grijalvas Bild von der *Sommerhochzeit* einer do'Verrada-Tochter, an deren Namen sich Eleyna nicht mehr erinnern konnte; jedenfalls hatte sich Tazioni mehr für den atemberaubend üppigen Garten des Hintergrunds denn für die säuerliche Braut und ihren angesäuselten Gatten interessiert.

Zevierin Grijalvas wunderschöner *Mirrafloresmond,* in dem er seine geliebte Frau, Eleynas Großmutter Leilias, unsterblich gemacht hattet, als heranwachsendes Mädchen, das mit beiden Händen Blütenblätter schöpfte.

Die Geister ihrer Vorfahren schienen hinter ihr zu stehen und ihr ins Ohr zu flüstern: *Siehst du, wie Bennidito mit Farben gemalt hat, die so fein abgemischt waren, daß sie noch heute leuchten wie an dem Tag, an dem die Farbstoffe gemahlen wurden?*

Und Aldeberto – diese Stola, sorglos weggeworfen von einem Mädchen, das gerade zum Fenster gerannt ist, um zu sehen, ob ihr Geliebter ihr an diesem Speranssiamorgen eine Serenade bringt, verleitet einen unwillkürlich dazu, die Hand auszustrecken und das Tuch festhalten zu wollen, bevor es von der Stuhllehne rutscht.

Schau hier, die Blumen, die Dioniso so sorgfältig gemalt hat, denn die Sprache der Blumen ist eine von denen, die wir Grijalvas in unseren Bildern sprechen; schau, wie die Komposition dieses Vertrags *durch die Plazierung der Blüten verbessert und der* Vertrag *dadurch gleichzeitig bindender wird.*

Und außerdem durch das Blut, das Dioniso, der ein Zeitgenosse von Großmutter Leilias gewesen war, hineingemalt hatte. Welcher dieser Maler hatte die wahre Gabe besessen? Welches dieser Bilder verfügte nur über den Zauber großer Kunst, welches über noch andere Magie?

Hatten die Bräute der do'Verrada-Erben denn bei ihrer Heirat eine Wahl gehabt? Waren all diese Hochzeiten – selbst Andreos *Hochzeit von Renayo II. und Johannah von Friesemark* – mit Magie versehen, die Leben und Macht durch Blut und Speichel von Grijalva-Meistern gewann? Die Gemälde, die hier in der dunklen Galerria so dicht zusammenhingen, nahmen plötzlich eine viel größere Bedeutung an, so viele in so vielen Jahren. Auf diese Weise war Tira Virte zum Wohlstand gelangt. Auf diese Weise war so mancher Grijalva-Junge zum Mann geworden und lange vor seiner Zeit gestorben.

Und dennoch, wie viele Kinder starben ohnehin viel zu früh? Wie viele junge Frauen und Männer aus jeder Familie heirateten nur, um den Wünschen ihrer Familie zu entsprechen oder sie zu bereichern?

Liebe mochte für die Armen ganz gut sein, aber für den Adel war sie eher hinderlich. Zu viel Ehre und Prestige hing von solchen Verbindungen ab, von der sorgfältigen Verteilung des Wohlstands, von Erben, von Allianzen für eine Zukunft, die man zwar zu gestalten versuchen, aber nie genau vorausbestimmen konnte.

Wie hätte Großherzog Renayo je ahnen können, daß sich

Unruhe in sein reiches, friedliches Land einschleichen würde? Alle hatten auf dem Ball von den Libertistas geflüstert, von dieser Seuche der Unzufriedenheit, davon, sich zu einer langen Siesta auf die Landsitze zurückzuziehen, bis die Aufstände niedergeschlagen waren.

Wo war Rohario? Hatte sein Vater ihn tatsächlich verstoßen, wie man ebenfalls flüsterte? Rohario hatte immer noch Freunde im Palasso. Es war nicht Edoard gewesen, der ihre Anwesenheit auf dem Ball gewünscht hatte. Rohario hatte Beatriz eine Botschaft geschickt, und Beatriz hatte sich an Cabral gewandt, und zusammen hatten sie Eleyna aus dem Palasso Grijalva befreit. Wie Giaberto sie in der »Weizengarbe« gefunden hatte, wußte nicht einmal Cabral. Hatte Azéma sie verraten? Wer außer ihm wußte, wer sie war? Wen sonst hätte es gekümmert?

Langsam, von einem Gemälde zum andern wandernd, kam sie zum Ende der Galerria, wo *Die Erste Mätresse* hing. Eleyna hob die Lampe. In ihrem Licht starrte sie lange Zeit Saavedra Grijalva an. Es war ein riesiges Eichenpaneel, in Lebensgröße, und das Gemälde war hervorragend ausgeführt, wie zu erwarten war. Aber es war mehr als das. Dieses Bild *lebte.*

Sario Grijalva hatte sich offensichtlich beim Mischen der Farben die größte Mühe gegeben. Der Rest des Bildes ließ dessen Alter ahnen – winzige Risse, nachgedunkelte Farbstoffe –, aber die Gestalt der Saavedra selbst wies keine Spuren dieses Alterungsprozesses auf. Eleyna konnte beinahe glauben, tatsächlich die lange verstorbene Saavedra vor sich zu haben, die Frau, die, wenn man der Legende glauben dufte, die beiden mächtigsten Männer ihrer Zeit zutiefst beeinflußt hatte und dennoch auf geheimnisvolle Weise verschwunden war.

Wer seid Ihr, und wieso seid Ihr hier, um mich anzustarren? Erkenne ich eine Verwandtschaft in Euren Zügen, in Euren Augen? Wißt Ihr, wer ich bin und wieso ich hier bin? Ich bin Saavedra Grijalva, und ich bin hier, weil mein Vetter Sario mich hier gefangen hat.

Eleyna riß sich aus ihren Gedanken. Rings um sie her warteten die Geister ihrer Vorfahren und beobachteten sie. Und nun kam es ihr schon so vor, als wollten sie zu ihr sprechen, als hätten sie durch ihre Hände auch eine Spur ihrer Stimmen hinterlassen. Als könnte durch ihre Augen und dadurch, was ihre Augen gesehen und die Hände festgehalten hatten, die Vergangenheit sprechen.

»Ein wunderschönes Gemälde, nicht wahr?«

Sie zuckte zusammen. Ein Tropfen heißen Lampenöls fiel ihr auf die Hand, und sie unterdrückte einen Schmerzensschrei.

Sofort nahm ihr der Fremde die Lampe ab. Sie blies auf ihre Hand, kühlte die kleine Verbrennung direkt über ihrem Daumen.

»Ich hoffe, Ihr habt Euch nicht schlimm verbrannt. Es tut mir leid.«

»Schon gut.« Sie hob den Kopf und sah im Lampenlicht sein Gesicht deutlich vor sich. »Sind wir uns schon einmal begegnet?«

Er hatte ein freundliches Lächeln, täuschend vielleicht, denn sein Blick war ernst. »Wir wurden einander nie vorgestellt. Ich bin Sario Grijalva.«

Sie lachte. »Aber selbstverständlich. Und dies ist ein angemessener Platz, um Euch zu begegnen, nicht wahr? Hier, vor dem schönsten Meisterwerk des ersten Sario.«

»Es ist tatsächlich ein Meisterwerk.« Er hielt die Lampe so, daß ihr Licht auf das Porträt fiel.

»Wahrhaftig. Niemand kann heute mehr so malen.«

»Ihr könntet es vielleicht«, sagte er.

Eine seltsame Bemerkung, aufregend, aber merkwürdig verstörend. Sie sah ihn an, aber er studierte das Gemälde, hielt die Lampe näher an Saavedra, die eine Hand am Türriegel hatte. Er runzelte die Stirn.

»Ich hoffe sehr, daß ich so gut malen werde, wie ich kann«, sagte sie vorsichtig, »aber nicht in diesem Stil.«

Ein scharfer Seitenblick. »Ihr möchtet Sario Grijalva nicht nachahmen?«

»Ihn nachahmen? Wenn Ihr damit meint, ob ich so gut sein möchte wie er, ja, dann bin ich so ehrgeizig. Aber wenn es nur darum geht, ihn zu imitieren, nein. Diesen Wunsch habe ich nicht.«

»Ihr glaubt, Ihr könnt nichts aus seinen Bildern lernen?«

Dieser junge, rebellische Grijalva war offenbar zornig, weil sie den Mann kritisierte, nach dem er benannt war! »Nein, man kann viel aus seinen Bildern lernen. Seht nur, wie genau er die Hände abgebildet hat, dort am Riegel, eine schon bereit, ihn aufzuschieben.«

»Auf dem Riegel«, murmelte er und kniff die Augen ein wenig zusammen, um genauer hinzusehen. »Mein Herz, versuchst du etwa zu entkommen?«

»Wie bitte?« Er war mehr als nur ein wenig seltsam, dieser Sario.

Er zuckte zusammen, wurde sich ihrer Anwesenheit wieder bewußt. »Ich meine, glaubt Ihr, sie versucht zu fliehen?«

»Ich nehme an, sie will gerade die Tür öffnen, um ihren Geliebten, Herzog Alejandro, hereinzulassen. Aber ich kann selbstverständlich nicht wissen, was Sario Grijalva im Sinn hatte, oder ob er irgend etwas im Sinn hatte – außer sie so festzuhalten.«

»Ich nehme an, diese Annahme entspricht der Wahrheit.«

»Ich habe mich immer gefragt«, fügte sie zögernd hinzu, »wieso sie einen goldenen Schlüssel hat.«

Sein Interesse an dem Gemälde verschwand ganz plötzlich, und er wandte sich ab. Sie hatte die Wahl: Sie konnte ihm folgen, denn nun hatte er die Lampe, oder sie würde im Dunkeln zurückbleiben. Sie entschloß sich, ihm zu folgen, und fragte sich, ob ihn die Erwähnung des goldenen Schlüssels irgendwie verärgert hatte. Der seine, abgewetzt von vielen Berührungen, hing ihm an einer Kette vor der Brust. Nach zwanzig Schritten blieb Sario stehen und sah sie an.

»Ja, Eleyna Grijalva«, sagte er. »Ihr dürft meine Schülerin sein.«

»Ich ... ich darf?« Sie war inzwischen vollkommen durcheinander. Er war kaum sechs Jahre älter als sie, und die Viehos Fratos hatten ihn so gut wie ausgestoßen. Aber er hatte die Gabe, und er war tatsächlich ein besserer Maler als sie, mit all seinem Wissen um die Familiengeheimnisse und mit der Ausbildung, die man jungen Männern, die die Gabe hatten, zugänglich machte. »Ihr wollt in Meya Suerta bleiben? Ich dachte, Ihr hättet den Dienst als Wandermaler wieder aufgenommen.«

Sein Ausdruck veränderte sich. Eleyna hatte keine Ahnung, was er dachte. Sein merkwürdiges Verhalten beunruhigte sie, und dennoch, sein Angebot ... wenn er es ernst gemeint hatte ...

»Ihr solltet die Mätresse sein.«

»Wir ... äh ... wir paßten nicht zusammen.«

»Ja. Nun ist es Eure Schwester. Und dennoch seid Ihr nicht im Palasso Grijalva.«

»Ebenso wenig wie Ihr, Sario Grijalva. Ihr habt es vorgezogen zu gehen, statt Euch an die Regeln des Obersten Hofmalers Andreo zu halten, wenn ich mich recht erinnere. Wieso sollte ich es anders machen?«

Er legte zwei Finger ans Kinn und betrachtete sie. Er hatte ein durchschnittliches Gesicht, das aber durch seinen Ausdruck, seinen Blick interessant wurde. Wie konnte man solch einen Geist auf eine derart gewöhnliche Leinwand bannen?

Dann fiel es ihr ein. »Ich weiß, wo ich Euch schon einmal begegnet bin! Auf dem Zocalo bei der Iluminarres-Prozession.« Sie vergaß, daß er die Gabe hatte und sie nur eine einfache Malerin war. »Ich hielt Euch für einen unverschämten jungen Mann, der mir wegen einer Arbeit im Atelier der Grijalvas nachsteigt!« Aber er hatte ihre Zeichnungen gelobt. Dieses Lob wärmte sie immer noch.

»Ich werde Euch unterrichten«, sagte er kurz angebunden. Er drehte sich um und ging davon. »Kommt mit. Ich habe viel zu tun.«

»Viel zu tun?«

»Ihr wart nicht im Ballsaal? Selbstverständlich nicht. Ihr wart in der Galerria, wo Ihr hingehört. Ich habe Prinzessin Alazais mitgebracht. Ich werde als ihr Ratgeber hierbleiben. Und Ihr seid meine Assistentin.«

»Nur Oberste Hofmaler erhalten Räume im Palasso Verrada.«

»Es ist schon alles besprochen.«

»Und was hatte Andreo dazu zu sagen?« wollte Eleyna wissen, beinahe amüsiert über Sarios Unverfrorenheit.

Die Andeutung eines Lächelns zog über seine Lippen. »Ihr seid nicht überzeugt, meine Schülerin? Zweifelt nicht an mir. Prinzessin Alazais steht unter meinem Schutz. Sie ist die Erbin von Ghillas. Eine solch geringe Bitte wie meine Anwesenheit hier ist eine Kleinigkeit. Renayo hat sie ihr bereits gewährt. Außerdem hat sich auf dem Zocalo draußen eine Menschenmenge versammelt. Wir sind dort draußen nicht mehr sicher.« Sie kamen zum Eingang der Galerria. Sario öffnete die Tür, bat Eleyna mit einer Geste vorauszugehen, dann verbeugte er sich und reichte ihr die Lampe. »Ich muß gehen«, sagte er. »Wir werden morgen beginnen. Ihr werdet mich aufsuchen, sobald Ihr gefrühstückt habt.«

»Einverstanden«, sagte sie, betäubt von der Sicherheit, mit der er seine Rechte beanspruchte. »Braucht Ihr ein Licht, um in Eure Gemächer zurückzufinden?«

»Nein. Ich kenne diesen Palasso sehr gut. Er hat sich in

all den Jahren nicht sonderlich verändert.« Zerstreut nickte er ihr zu, dann bog er in einen Seitenflur ab.

Ein ausgesprochen seltsamer Mann, vor allem, da er noch so jung war. Aber morgen würde sie von einem Meister unterrichtet werden, einem, der die Chieva do'Orro trug. Das hatte man ihr so lange verweigert. Nun konnte sie ernsthaft zu lernen beginnen.

21

Sario war sehr zufrieden mit den Gemächern, die man Prinzessin Alazais überlassen hatte. Sie waren für seine Zwecke gut geeignet. Sonnenlicht fiel in ihr Wohnzimmer, und so hatte er es zu seinem Atelier gewählt. Es war ruhig hier, an diesem zweiten Morgen nach ihrer Ankunft bei Hofe. Alazais saß an einem Fenster, die Hände über ihrer Stickarbeit gefaltet. Ihre treue Dienerin stand zehn Schritte von ihr entfernt, bereit, auf das kleinste Zeichen ihrer Herrin zu reagieren. Einer ihrer Soldaten wachte an der Doppeltür, die zu den langen Fluren des Palasso führte; er und sein Bruder teilten sich in diese Pflicht.

Die Fenster gingen auf einen der privaten Innenhöfe hinaus, die den do'Verradas und ihren wichtigsten Gästen vorbehalten waren. Der Garten war üppig grün vom Regen, aber nichts blühte.

Sario beobachtete Eleyna beim Zeichnen.

Wie er gefordert hatte, arbeitete sie an ihrer dritten Studie von Prinzessin Alazais. Wenn die Zeichnungen erst zu seiner Zufriedenheit ausfielen, würde sie eine Leinwand vorbereiten und die Zeichnung auf einen weißen Grund übertragen und dann die Farbe auftragen.

Auf diese Weise konnte er jede Stufe ihrer Technik überwachen. Er hatte sofort erkannt, daß sie ebenso talentiert war wie die Jungen, die er in all den Jahren zu seinen Schülern gemacht hatte. Sie hatte die Gabe nicht, aber sie würde seinem Zweck trotzdem dienen. Sie war die Leinwand, auf der er sich beweisen konnte, denn ein Lehrer ist immer nur so gut wie sein bester Schüler.

Er war natürlich immer selbst sein bester Schüler gewesen. Schon in seinem ersten Leben hatte er das gesamte Schicksal der Familie Grijalva verändert, ja das Schicksal Tira Virtes. Als Riobaro hatte er Maßstäbe als Oberster Hofmaler gesetzt, und jeder Nachfolger hatte sich an ihm messen müssen. Aber in der letzten Zeit hatte er immer mehr das Gefühl, gegen eine starke Strömung ankämpfen zu müssen. Es war immer leichter gewesen, ins Ausland zu gehen – und dennoch schwieriger, denn von dort aus hatte er die Malerei der Grijalvas kaum mehr beeinflussen können. Als Riobaro hatten ihm einmal alle Grijalvas gehorchen müssen. Aber nun hatte, trotz seines großen Einflusses als Maler, der neue Stil alles verloren, was Sario der Grijalva-Tradition geschenkt hatte, bis auf diese idiotische Betonung von Genauigkeit und Detailtreue. Er hätte das alles nie erwähnt, wenn er gewußt hätte, daß sie seine Kritik so wörtlich nahmen. Ach, sie waren seiner einfach nicht würdig!

Er brauchte einen Schüler, dessen Fähigkeiten er zum Erblühen bringen konnte, damit sie am Ende ein und für allemal die Wahrheit beleuchteten: Sario Grijalva hatte nicht seinesgleichen.

»Ihre Hoheit bewegt sich kaum«, sagte Eleyna. »Ich habe selten jemanden erlebt, der so lange so ruhig sitzen konnte.«

Er nahm ihr den Stift aus der Hand, beugte sich über sie und fügte der Zeichnung von Alazais' Hand ein paar Linien hinzu. »Ihre Hände sind still. Ihr laßt sie aussehen, als wollte sie sie gleich bewegen.«

Sie runzelte die Stirn, betrachtete die Veränderung, ohne

etwas zu sagen. Saavedra hätte sich mit ihm gestritten oder ihn für seine Unverschämtheit ausgeschimpft. Aber wie Saavedra mußte auch diese hier zugeben, daß er am Ende recht hatte.

»Ja. Ich sehe es!« Und sobald sie es sah, hellte sich ihre Miene auf – die Luza do'Orro, er erkannte sie sofort. Sie griff nach einem neuen Blatt und begann eifrig von vorn.

Ja, diese Eigenschaft war es gewesen, die ihn von ihrer Fähigkeit überzeugt hatte. Ihr intensiver Wunsch zu malen, der sich in stetiger Anstrengung niederschlug. Und dennoch unterschied sie sich von den Jungen, die er ausgewählt hatte. Ihnen war die Macht ebenso wichtig gewesen wie die Kunst; sie hatten Anerkennung und Autorität ebenso ersehnt wie das Wissen um das Geheimnis des Goldenen Schlüssels. Eleyna wollte nur die Kunst. Sie *hatte* nur die Kunst.

Selbstsicherer geworden, begann Eleyna schneller zu zeichnen.

»Ja«, sagte er, als er sah, wie es sich entwickelte; er wußte, dies hier war die Zeichnung, die sie brauchten. »Wenn Ihr fertig seid, werdet Ihr ein Paneel mit einer Kreidegrundierung vorbereiten, mit Knochenleim und einen Drittel Titaniumweiß. Wenn es getrocknet ist und Ihr es geschmirgelt habt, werdet Ihr die Zeichnung übertragen –«

»Aber das ist eine so altmodische Technik! Auf diese Weise kann ein Gemälde Monate brauchen.«

»Ich bin noch nicht fertig.«

»Verzeiht, Meister Sario.«

»Wir werden andere Techniken üben, weitere Zeichnungen anfertigen, in verschiedenen Medien, alla prima und so weiter, und während der restlichen Zeit werdet Ihr an diesem Porträt im alten Stil arbeiten.«

»Selbstverständlich, Meister Sario.« Sie hatte den Anstand, beschämt dreinzuschauen, weil sie an ihm gezweifelt hatte. »Es stimmt, ich bin dem Stil der Alten Meister nie so nahe gekommen.«

»In der Tat. Die Moualimos unterrichten die Ölmalerei nicht mehr so wie früher.«

»Die Moualimos?« Sie hielt inne, verblüfft, und dann kicherte sie. »Ach ja, so hat man früher die Lehrer genannt, vor fünfzig Jahren und mehr.«

Unverschämtes Kind! »Die Ausbildung, die man dieser Tage erhält, ist nicht annähernd so ausführlich wie in meiner Ju–» er konnte sich gerade noch rechtzeitig bremsen, »– wie in den Tagen, als die Grijalvas immer noch um ihren Ruf zu kämpfen hatten, damals, nach der Nerro Lingua. Aber ich habe beobachtet, daß all diese Jahre als anerkannte Meister der Kunst in Tira Virte die Grijalvas faul gemacht haben.«

Sie warf ihm einen seltsamen Blick zu, dann wandte sie sich wieder Prinzessin Alazais zu. »Sie haben auch die Viehos Fratos zu selbstzufrieden werden lassen, wobei sie wegen ihrer Gabe so arrogant geblieben sind, wie sie wohl immer waren.«

»Ihr wißt eine Menge über die Viehos Fratos.«

»Meine Großmutter Leilias hat mir vieles erzählt.«

Leilias war mit den Familiengeheimnissen sehr freizügig umgegangen!

»Mir ist bewußt, daß sie mir vieles gesagt hat, was ich nicht wissen sollte«, fügte Eleyna zögernd hinzu.

War das als Warnung zu verstehen? Oder als Aufforderung? »Dann wißt Ihr, daß die Geheimnisse der Grijalvas Geheimnisse bleiben müssen.«

»Und ich verstehe, warum ... obwohl es so aussieht, als hätten diese wenigen sich und die Familie auf Kosten anderer bereichert.«

»Eleyna, wenn Ihr das Kind einer armen Familie wäret, hättet Ihr nicht dieses Talent. So zeigt die Matra ihre Gnade.«

»Aber in den Akademien gibt es junge Männer aus Familien, die keinerlei Beziehungen zu den Künsten haben. Wie könnt Ihr sagen, daß nur uns dieses Privileg zusteht?«

»Laßt uns einmal annehmen, Ihr wäret das Kind einer solchen Familie.« Er zeigte auf das Zimmer, in dem sie sich befanden, seine Weitläufigkeit, die hohe Decke mit himmelblauen Rondellen, die Simse mit den winzigen geschnitzten Cheruben, die, für immer erstarrt, Trompeten an die gespitzten Lippen hielten. Die Tapete würde selbstverständlich verschwinden müssen: Sario war dieser erdrückenden süßlichen Szenen mehr als müde: Schäferinnen in goldbestickten antiken Gewändern, die sich in pastoraler Landschaft tummelten. Die Handwerksarbeit war angemessen, besser als die Zusammenstellung. Aber es würde alles in dem zurückhaltenderen und geschmackvolleren Stil Friesemarks neu eingerichtet werden.

Eleyna starrte die Tapete an, mit einer Miene zwischen Entsetzen und Gelächter. Er nahm ihr den Stift wieder aus der Hand. »Wäret Ihr dann hier?« fragte er.

»Nein.« Sie sagte es widerstrebend. »Hier in Meya Suerta werden keine Frauen an den Kunstschulen zugelassen. Aber in Friesemark –«

»Wir sind aber nicht in Friesemark! Und jetzt beendet bitte, was Ihr angefangen habt.«

»Ja, Meister Sario.«

Keine einfache Schülerin, soviel war klar. Aber eine einfache Schülerin wäre auch keine Herausforderung gewesen, noch würde eine gehorsamere Schülerin so weit kommen, wie er es für sie vorgesehen hatte. Eleyna Grijalva würde, auf ihre Art, ein weiteres Meisterwerk sein, das er seinen anderen Werken hinzufügen wollte. Er beobachtete, wie sie die Zeichnung beendete. Alazais wurde unter ihren Händen lebendig. Ja, das würde genügen.

Ein Höfling trat ein und kündigte den Großherzog an. Renayo hatte, nebst anderen Fehlern, auch keine Begabung, sich wichtig zu machen. Er bewegte sich im Palasso mit einem Minimum an Gefolge, anders als zum Beispiel der alte – wie hatte er noch geheißen? Welcher Herzog war es gewesen, der sich ohne zwölf Ratgeber, Unmengen Kammerherren und Diener, die über jedes seiner Worte vor Begeisterung schier außer sich geraten waren, nicht einmal aus dem Bett gerührt hatte? Ach, es war ja auch gleich: Renayo kam, um Alazais zu huldigen.

Sario schickte Eleyna weg, die ihren Skizzenblock nahm und sich zur Tür zurückzog. Sario trat neben Alazais, die den Großherzog freundlich genug begrüßte, sich aber nicht erhob, sondern zuließ, daß er sich über ihrer Hand verbeugte wie ein geringerer Herrscher vor einem größeren.

»Euer Hoheit.« Renayo setzte sich neben Alazais auf einen Stuhl, der von einem Diener gebracht wurde. Er sprach sie auf ghillasisch an – eine Sprache, die Renayo schon als Kind von seiner Mutter gelernt hatte. »Ich freue mich, Euch hier allein zu finden, so daß wir ein vertrauliches kleines Gespräch führen können.« Vielsagend blickte er zu Sario auf, der höflich zurücklächelte.

»Ihr könnt frei sprechen, Euer Gnaden. Es war Meister Sario, der mich gerettet hat vor –« ein zartes Schaudern, so vollendet ausgeführt, »– diesen ... diesen Schurken, die mich verschleppt hatten und ... meinen geliebten Vater und meine Mutter ...« Sie konnte nicht weitersprechen.

Renayo tätschelte väterlich ihre Hand. »Schon gut, mein Kind. Wie sehr Ihr gelitten habt! Aber Ihr seid eine junge Frau von bemerkenswerter Kraft! Eine Zierde Eures Geschlechts. Und obwohl wir um Eure Eltern trauern, müßt Ihr wissen, daß sie sicher stolz auf Euch blicken, wenn sie sicher in den Armen von Matra ei Filho verweilen.«

»Und was wird aus mir?« fragte Alazais leise.

»Ihr seid bei uns in Sicherheit, meine Tochter.«

Alazais trug ihr Haar nach der neuen Mode frisiert, blonde Locken rahmten ihr hübsches Gesicht. Niemand konnte in diesem zarten Geschöpf etwas anderes sehen als ein bedauernswertes Mädchen, dem alles entrissen worden war, was es kannte, und das jetzt verzweifelt versuchte, seine neue Umgebung zu verstehen. Selbst wenn seine folgenden Worte, mit derselben leisen Stimme ausgesprochen, diesen Eindruck Lügen straften: »Und was wird aus Ghillas? Ich bin die rechtmäßige Königin, wie Ihr wißt, aber wie kann ich zurückerhalten, was Matreia e Filei meiner Familie schon vor so vielen Jahren gewährten? Es würde sicher gegen ihre Gebote verstoßen, wenn diese Schurken die natürliche Ordnung einfach umstoßen dürften.«

»Laßt uns noch ein paar Tage warten, bevor wir Pläne machen. Wir sollten nichts übereilen. Ihr müßt ruhen und Eure Kraft zurückgewinnen.«

Sario runzelte die Stirn. Renayo schnappte nicht so schnell nach dem Köder, wie er erhofft hatte. Alazais warf Sario, als hätte sie seine Enttäuschung gespürt, einen fragenden Blick zu.

»Wenn Ihr gestattet, Euer Gnaden«, sagte Sario. »Euch muß doch ebenso deutlich sein wie mir, daß eine zarte junge Frau wie Prinzessin Alazais einen Beschützer braucht.«

»Ich will diese Dinge nicht übereilen«, erwiderte Renayo streng, ließ Alazais' Hand los und erhob sich. »Ihr seid jung und versteht nichts von Staatsangelegenheiten. Ich muß meine Ratgeber konsultieren. Ich muß den Obersten Hofmaler konsultieren, dem auch Ihr untersteht. Aber leider sind wir hier gefangen, bis sich der Pöbel zerstreut hat. Ich habe mich an den Premio Sancto und die Premia Sancta gewandt, die Rechtgläubigen in der Menge dort draußen daran zu erinnern, was in dieser Sache dem Willen der Matra entspricht. Wenn die Ecclesia den Anführern der Rebellion keine Vernunft beibringen kann, dann werde ich Gewalt anwenden müssen. Aber ich will nicht zu schnell vorgehen.«

»Ihr wolltet Alazais nicht mit Edoard verheiraten?« fragte Sario. *Moronno!* »Ihr wäret ein Narr, diese Gelegenheit, Tira Virtes Wohlstand zu mehren, verstreichen zu lassen!«

»Ich wäre ein Narr, die Aufmerksamkeit meines Erben zwischen zwei Länder aufzuspalten! Und Ihr vergeßt, wen Ihr vor Euch habt, junger Mann!«

Warum konnte dieser Idiot nicht einfach tun, wovon Sario so vollkommen überzeugt war? »Ihr habt nicht vor, diese Gelegenheit zu nutzen, Tira Virtes Zukunft weiter mit der von Ghillas zu verbinden?«

»Ich habe andere Söhne«, sagte Renayo eisig, aber sein Zorn schreckte Sario nicht ab.

»Einer davon ist nur halb bei Verstand, und der andere ist, wenn man den Gerüchten glauben, kann, mit den Libertistas draußen auf der Straße.«

Inzwischen hatte Renayo sich wieder gefaßt. Jetzt wirkte er amüsiert. »Manche junge Männer müssen eben rebellieren, bevor sie vernünftig werden. Und Ihr, mein impertinenter junger Freund, solltet wissen, daß ich andere Möglichkeiten habe, falls ich sie brauchen sollte. Ihr könnt gehen.« Die Stimme des Großherzogs troff vor Herablassung.

Sario blieb nichts anderes übrig, als sich zurückzuziehen.

Aber als er das Wohnzimmer durchquerte, warf er einen Blick zurück und sah, wie sich Renayo wieder zu Alazais setzte. Der Großherzog mochte seinen Ehrgeiz leugnen, aber dieser Ehrgeiz existierte sehr wohl.

Die Gemächer, die man Alazais zur Verfügung gestellt hatte, waren groß genug, um erheblich mehr Dienstboten unterzubringen.

Außer dem Wohnzimmer hatte Sario noch ein weiteres Zimmer.

Es hatte ein Fenster, eine einfache Tür und war gnädig

sparsam dekoriert: holzgetäfelte Wände, an denen seit hundert Jahren nichts verändert worden war.

Jetzt betrat er diese Kammer, schloß die Tür hinter sich, sah sich um und rückte dann einen Tisch eine Handbreit nach rechts, schob die Couch von der Wand weg, schlug die Decken auf seinem Bett zurück. Dann stellte er einen Kerzenleuchter an eine andere Stelle auf dem Beistelltisch.

Schließlich nahm er das Tuch von seiner neuesten Leinwand. Er betrachtete das Porträt Renayos, immer noch in Halbtönen, die Grundierung noch sichtbar. Renayo stand in einer Parklandschaft, im Gras, was Unterwerfung symbolisierte, in den Händen einen Strauß blaublühenden Flachses – der einzige Farbfleck bisher –, dessen Blüten für das Schicksal standen. Sario wurde noch Baldriantinktur brauchen, um Renayos Zugänglichkeit für seine Vorschläge zu erhöhen. Er sollte auch noch einen blühenden Pfirsichbaum hinzufügen, ein paar der Blütenblätter auf Renayos Schultern fallen lassen und gemahlene Pfirsichblüte in die Farbe mischen. »Ich bin dein Gefangener.«

Vor langer Zeit hatte Alfonso Grijalva versucht, sich die vollständige Macht über einen Großherzog zu verschaffen, und war gescheitert. Er war nicht subtil genug vorgegangen. Und er war nicht Sario gewesen. Aber Renayo war nicht das größte Problem, nicht im Augenblick.

Sario lehnte das Porträt des Großherzogs gegen eine Wand, dann stellte er eine neue Leinwand auf die Staffelei, schon vorbereitet mit einer honigfarbenen Grundierung, vermischt mit seinen Tränen, seinem Samen und einer Gewürzmischung. Er schnitt sich, ließ das Blut in Mohnöl tropfen und benutzte dieses Öl, um die Farbstoffe zu verdünnen. Dann entzündete er die Kerzen auf dem Beistelltisch und suchte in der Truhe nach dem Räucherwerk. Die intensiven Düfte stiegen ihm sofort in den Kopf. Er atmete sie in tiefen Zügen ein, bis ihm schwindlig war.

Nein, nicht schwindlig, aber er spürte jetzt die Luft an

seinen Fingerspitzen, hörte die gedämpften Geräusche des Lebens innerhalb des Palasso, weit von ihm entfernt.

»Chieva do'Orro«, murmelte er. »Gewähre mir die Macht über Leben und Tod.«

Er tupfte Öl auf seine Zunge und begann zu malen. Die alten Tza'ab-Worte gingen ihm leicht von der Zunge, ein direktes Echo der Stimme des alten Mannes, der sie ihm beigebracht hatte. So viele Stimmen, Gesichter, Namen – verloren unter dem Schleier der Jahre –, aber nie hatte er Il-Adib vergessen. Er schob diesen Gedanken beiseite. Er mußte sich auf das konzentrieren, was vor ihm lag.

Die Zypressen, deren Schatten der Tod war.

Erst eine grobe Skizze, dann die Temperagrundierung, die mit jeder Tonabstufung, jeder Einzelheit an Leben gewann. Dann fügte er an den dunklen Stellen, den Schatten, den Schattierungen, jene Zeichen hinzu, die Krankheit und Gift und Tod verbanden, verwob sie mit der Temperagrundierung, so daß kein Zeichen der Magie mehr an die Oberfläche dringen konnte. Leise flüsterte er jede Silbe vor sich hin, während er die passende Rune hinzufügte.

Oscurra in die Kränze aus Oleander, die die schlanken Handgelenke umgaben. Oscurra in die Augen, die Finger, in das schwarze Haar.

Die Kerzen waren weit heruntergebrannt, und das Licht draußen wurde trüber.

So. Nun hatte er die Oscurra angebracht. Jetzt der Abschluß. Er griff nach einem neuen Pinsel, einem aus seinem eigenen Haar, und benetzte ihn mit Speichel. Er hob den Pinsel.

Es klopfte an der Tür.

»Meister Sario? Verzeiht.« Einer der ghillasischen Soldaten. Die Stimme zerrte Sario zurück auf den Boden. Der Aufprall erschütterte ihn. »Prinzessin Alazais fragt nach Euch, Meister Sario.«

Alazais. Wer war Alazais?

Ja, ja, selbstverständlich. Er mußte gehen. Aber das war gleich. Die Farben würden trocknen, und er würde später alles vollenden.

Jetzt, da er bald seinen angestammten Platz einnehmen würde, bestand kein Anlaß zur Eile.

22

Agustin stand an der Staffelei und tupfte halbherzig an einer Aquarellstudie der Vorderfront des Palasso Grijalva herum, während er seine ganze Aufmerksamkeit auf die Ratsbesprechung konzentrierte, die am anderen Ende des Raums stattfand. Die Viehos Fratos waren alles andere als zufrieden.

»– können nicht einmal mehr unsere Dienstboten sicher zum Markt schicken!« Wie sehr er Nicollos Gejammer hassen gelernt hatte. »Wann wird der Großherzog endlich zur Tat schreiten und diese Diebe und Straßenräuber hinwegfegen? Oder müssen wir selbst einschreiten? Das ist wirklich unerträglich!«

Der Husten des Obersten Hofmalers klang schrecklich. Andreo bemühte sich, bewußt langsam zu sprechen. »Nicollo, du weißt, daß ich immer noch versuche, mich mit Großherzog Renayo in Verbindung zu setzen. Ich habe versucht, Briefe in sein Arbeitszimmer zu schicken, aber dort sind offenbar die Möbel verrückt worden. Die Magie funktioniert nicht.«

Es dauerte einige Zeit, bis Andreo wieder zu Atem kam. Er stützte sich auf die Lehne seines Stuhls, vor Schmerzen grau im Gesicht. Diese Krankheit hatte ihn gestern plötzlich befallen, und er wurde mit jeder Stunde schwächer.

»Wir haben Gerüchte gehört«, sagte Giaberto, »daß die ghillasische Prinzessin eingetroffen ist. Es könnte sein, daß

Sario sich im Palasso befindet. Du könntest dich doch sicher mit ihm in Verbindung setzen.«

»Das habe ich versucht.«

»Setz dich endlich«, fauchte der alte Zosio. »Ruh dich aus, Andreo. Überlaß die anstrengende Arbeit den anderen.«

»Das kann ich nicht – ich muß einfach durchkommen – die Barrikaden auf den Avenidas – der Palasso selbst wie belagert ...«

Andreo verstummte. Dann erklangen Aufschreie, und danach hörte man, wie jemand schwer zu Boden fiel. Agustin ließ den Pinsel fallen und rannte hinüber.

Andreo lag auf dem Boden. Alle anderen waren aufgesprungen, sogar Zosio, bis auf Nicollo, der dazu nicht in der Lage war. Sie starrten Andreo entsetzt an.

Sie sind hilflos, dachte Agustin überrascht. Er drehte sich um, rannte zur Tür, die Treppe hinunter, auf der Suche nach Cabral. Er fand seinen Großonkel im Hof mit dem Mosaikbrunnen, wo er auf einer Bank in der Sonne saß, mit geschlossenen Augen. Vielleicht lauschte er dem Plätschern des Brunnens, dem konstanten, beruhigenden Geräusch des Wassers. Vielleicht war er auch in Gedanken in der Vergangenheit, wie es alten Leuten manchmal passierte; auf seinen Zügen mischten sich Trauer und Freude.

»Zio! Zio! Komm schnell! Es ist etwas Schreckliches passiert!«

Trotz seines hohen Alters war Cabral noch bemerkenswert rüstig. Agustin mit seiner schwachen Lunge war außer Atem, als sie das Atelier erreichten. Durch einen Zauber, den er nicht verstand, hatte seine Mutter die schlechten Nachrichten ebenfalls bereits erfahren. Sie stand neben Giaberto und überwachte ganz ruhig, wie zwei Dienstboten eine Trage vorbereiteten.

»Was ist passiert?« wollte Cabral wissen und drängte sich an den anderen vorbei.

»Er ist zusammengebrochen.« Giaberto war immer noch halb betäubt. »Er atmet kaum mehr. Möge die Matra ihm gnädig sein!«

Cabral betrachtete stirnrunzelnd Andreo, der auch im Schlaf noch schwer atmete. Andreo hatte die Hände wie zu Klauen verkrampft, wie ein Mann mit Knochenfieber, obwohl seine Gelenke nicht geschwollen waren. Seine Brust hob und senkte sich unregelmäßig – es tat weh zuzusehen.

»Hat jemand sein *Peintraddo* überprüft?« fragte Cabral leise.

Entsetzt sah Agustin, wie sich auf den Gesichtern der anderen derselbe Schrecken spiegelte.

»Andreo war immer bei bester Gesundheit«, fuhr Cabral fort. »Es gibt keinen Grund, daß er so plötzlich zusammenbrechen sollte, selbst wenn er sich eine Krankheit zugezogen hat. Mit der sich, wie ich feststelle, kein anderer hier angesteckt hat.«

»*Mir* geht es gar nicht gut«, protestierte Nicollo, aber niemand beachtete ihn.

»Glaubst du, man hat ihn vergiftet?« fragte Dionisa atemlos.

Die versammelten Viehos Fratos schauten erst sie an, dann Giaberto.

»Dionisa«, sagte Giaberto schnell, »du mußt gehen und ein Zimmer für Andreo vorbereiten. Er braucht vollkommene Ruhe. Und wir müssen nach einer Sancta schicken.«

»Ich gehe«, sagte Cabral.

Andreo wurde hinausgetragen, immer noch bewußtlos. Dionisa folgte ihm, und der alte Davo half Nicollo auf sein Zimmer. Die anderen gingen zusammen in die Crechetta, wo sie sprachlos und verwirrt herumstanden und vor sich hin starrten.

Agustin sah sich Andreos *Peintraddo* an. Vor zwanzig Jahren war Andreo ein gutaussehender junger Mann gewesen; die Jahre waren ihm nicht gut bekommen, er war einer jener Männer, die nach der ersten Jugendblüte schnell verfallen. Agustin hatte gehört, daß Dionisa an Andreos Bestätigung beteiligt gewesen war, aber wenn sie einmal so etwas wie Zuneigung zueinander empfunden hatten, dann war sie längst an Dionisas Fruchtbarkeit, ihrem Ehrgeiz und dem schockierenden Benehmen ihrer ältesten Tochter zerbrochen.

Das Selbstporträt sah nicht anders aus als am Vortag oder in der Vorwoche ... bis auf ...

»Zio Giaberto«, sagte Agustin. »Schau dir das an.« Er wartete ungeduldig, bis sein Onkel neben ihn getreten war. »Wenn du genauer hinschaust, auf die Stellen, an denen man die unteren Farbschichten sehen kann – sieht es nicht beinahe so aus, als würden dort feine Risse beginnen, wie sie in Ölgemälden auftreten, die sehr, sehr alt sind?«

Zunächst hatte Giaberto nur uninteressiert gewirkt, als gäbe er nichts auf die Worte des Jungen. Aber nun beugte er sich langsam nach vorn und kniff die Augen ein wenig zusammen.

»Ja. Ja!« Seine Stimme überschlug sich. »Das sind keine normalen Risse. Dieses Porträt ist kaum zwanzig Jahre alt, und Andreo hat es vollkommen korrekt gemalt. Es sollte nicht so schnell altern.«

Er verschränkte die Hände auf dem Rücken, ging zu den anderen zurück, und sie begannen, leise und aufgeregt aufeinander einzureden, während sie ins Atelier zurückkehrten.

Agustin ging noch näher an das Porträt heran und betrachtete es angestrengt. Es sah beinahe aus, als wären es überhaupt keine Risse, hier und da, an den Lippen und seitlich der Nase, an den Augenlidern und am Kragen von Andreos Jacke, sondern Pinselstriche oder Pinselspuren, geschwungen und gebogen ... er schüttelte den Kopf und eilte hinter den anderen her, die schon wieder im Atelier waren.

Sie stritten sich.

»Als Ältester unter Euch –«

»Du kannst überhaupt nicht mehr malen, Zosio. Wenn Andreo sich nicht wieder erholt –«

»Matra Dolcha, Giaberto! Das sagst du nur, weil deine Schwester immer schon wollte, daß du Oberster Hofmaler wirst!«

»Was soll das?« Agustin drehte sich gerade noch rechtzeitig um, um zu sehen, wie Giaberto Andreos Stuhl packte und ihn einmal fest auf die Dielen stieß. »Wieso streiten wir uns hier? Morgen schon könnte der Pöbel den Palasso niederbrennen! Moronnos! Bis sich Andreo erholt hat – *wenn* er sich denn erholt, was wir alle zutiefst hoffen –, brauchen wir einen Plan. Wir müssen uns mit dem Palasso in Verbindung setzen, damit wir vorgewarnt sind, wenn der Herzog drastische Maßnahmen gegen die Rebellen ergreift. Wir Grijalvas sind untrennbar mit dem Geschick der do'Verradas verbunden. Wir stehen und fallen mit ihnen.«

Agustin hatte seinen Onkel nie so energisch sprechen hören, nie so pragmatisch. Zuvor war er immer das widerstrebende Sprachrohr Dionisas gewesen.

»Du kannst doch sicher nicht glauben, daß diese Leute uns alle vernichten wollen?« fragte der junge Damiano mit ängstlicher Stimme.

»Nicollo ist wegen dieser Leute da bereits verkrüppelt«, sagte der alte Zosio und klammerte sich nervös mit den arthritischen Händen an seinen Stock. »Matra ei Filho! Ich bin froh, daß ich ein alter Mann bin. All diese neuen Ideen, dieses Gerede von den Corteis und den Gesellen, die mitreden wollen ... davon wird nichts Gutes kommen. Nichts Gutes! Ihr habt ja gesehen, was in Ghillas und Taglis passiert ist, wo die Könige diese Rebellen nicht mit einem Streich niederstreckten!«

»Sei still, Zosio.« Giaberto hob gebieterisch die Hand.

»Ob wir wollen oder nicht, wir sitzen hier fest. Da die Straßen nicht sicher sind, werden wir einen Weg finden müssen, uns mit dem Palasso in Verbindung zu setzen.«

»Wir können mit Eleyna reden«, sagte Agustin. Alle drehten sich um und starrten ihn an. Er schluckte seine Angst herunter und ging zum Tisch. Der Anblick der großen dunklen Tischplatte, wie geprägt von dem Gewicht all der Jahrhunderte von Besprechungen, die hier abgehalten worden waren, tröstete ihn. »Als sie in Chassierallo war, hat sie mir detaillierte Zeichnungen des Jagdhauses geschickt, und ich habe ihr Botschaften geschickt –«

Aufruhr.

Agustin rang die Hände und bedauerte, je etwas davon erwähnt zu haben.

Schließlich schrie Giaberto die anderen nieder. »Du hast *was?*«

Agustin lächelte bebend. »Ich habe im *Folio* weiter gelesen, als ich durfte. Das haben Grijalvas schließlich schon seit Jahrzehnten getan. Ich sehe nicht ein, wieso ich warten soll, bis es mir jemand beibringt. Und –« Er sprach jetzt schneller, weil ihn alle wütend ansahen. »Eleyna ist im Palasso.«

»Aber sie hat die Gabe nicht. Wenn wir nur sicher sein könnten, daß Sario im Palasso ist, wenn wir uns mit ihm in Verbindung setzen könnten ...«

Wieder begannen sie, zu reden, zu streiten, verschwendeten ihre Zeit. Agustin wich langsam nach hinten zurück, dann nach links. Niemandem fiel sein Verschwinden auf. Er war zu jung, nicht wichtig genug. Aber Cabral hatte mit Don Rohario gesprochen, und Don Rohario hatte mit den Libertistas zu tun. Sicher konnte Don Rohario sich, auf die eine oder andere Weise, mit denen in Verbindung setzen, die durch die Barrikaden im Palasso gefangen waren. Sicherlich konnte Agustin Eleyna durch Rohario jenen ersten Brief schicken – denn er hatte lange über Eleynas Idee nachgedacht, durch zwei geblutete Skizzen miteinander zu sprechen. Es könnte möglich sein. Als er den Hof erreicht hatte, zerriß ein Schrei die Stille.

»Ai! Ai! Matra ei Filho! Kommt schnell!« Eine der Dienerinnen.

Agustin rannte schnaufend, mit brennenden Lungen, in die Kammer nahe der großen Halle, aus der die Schreie drangen. Er traf als erster dort ein, und dort stand er, als nach und nach die anderen, erst seine Mutter und dann der alte Davo und dann die Diener und schließlich die anderen Maler, sich hinter ihm drängten.

Andreo hatte Krämpfe. Es war alles so schnell gegangen, so heftig ... er zuckte, die Augen weit aufgerissen, aber glasig. Schaum trat ihm aus dem Mund. Blut lief ihm aus der Nase. Er schlug und trat um sich, gegen die Wand, bis er vom Bett und auf den Boden fiel.

Agustin stürzte zu ihm. Die Dienerin hockte verängstigt in der Zimmerecke.

Agustin packte Andreo an der Schulter und drehte ihn auf den Rücken. Ein Blutrinnsal lief über das Kinn des Obersten Hofmalers, und noch einmal ergoß sich Blut aus seinem Mund und lief bis zum Hals. Von seinen Augen war nur noch das Weiße zu sehen.

»Matra!« Agustin starrte ihn entsetzt an.

»Geh weg von ihm!« schrie seine Mutter. Wie durch Nebel spürte er, daß sie ihn an den Schultern packte und auf die Beine zog, nach hinten, weg von diesem schrecklichen Wrack, das einmal Andreo Grijalva gewesen war.

»Matra ei Filho, beschützt uns«, murmelte Giaberto. »Er ist tot.«

23

Rohario hatte noch nie eine so unruhige Ratsversammlung gesehen. Die Ratgeber seines Vaters sprachen nur, wenn man es ihnen gestattete, und sagten selten etwas, das von der Meinung des Großherzogs abweichen könnte. Das war einer der Gründe, wieso Rohario den Ministerrat so langweilig fand.

Aber das hier, die zweite offizielle Versammlung der Libertistas, war alles andere als langweilig.

»Ich sagte, wir nennen uns selbst Corteis – und zur Hölle mit denen, die glauben, wie bräuchten die Erlaubnis des Großherzogs!« Das kam von einem dreisten jungen Wandergesellen, der das Zeichen der Steinmetzgilde trug, der wichtigsten im Baugewerbe.

»Setzt Euch, junger Mann! Maesso Torrejon hat noch nicht ausgeredet. Wir kommen alle nacheinander dran. Oder muß ich Euch an die Regeln erinnern, die wir für diese Versammlung festgelegt haben?«

Der Wandergeselle setzte sich wieder auf eine Bank, die nur fünf Schritte von Rohario entfernt stand, mürrisch, aber nicht unzufrieden mit seinem Ausbruch. Ein ebenso junger Mann, der die fransenbesetzte Mütze der jüngeren Architekten trug, flüsterte dem Gesellen etwas ins Ohr. Das überraschte Rohario, denn Architekten wurden bei Hofe empfangen und Handwerker so gut wie nie, wenn man von den förmlichen Audienzen an bestimmten Feiertagen einmal absah. Irgendwie hatten diese jungen Männer eine Gemeinsamkeit gefunden. Andere gaben jetzt Kommentare zu der wütenden Erklärung des Gesellen ab.

Maesso Velasco schlug mit der Faust auf den Tisch, den er als Rednerpult benutzte. Er hatte eine laute, dröhnende Stimme und eine joviale Art, die aber über seine eiserne Willenskraft nicht ganz hinwegtäuschen konnte. »Freunde, Kollegen, laßt uns bitte still sein, damit Maesso Torrejon fortfahren kann.«

Langsam beruhigte sich die Menge, die in Gaspars Speisezimmer gedrängt war, wieder. Sie mochten, was Einzelheiten anging, vielleicht sehr unterschiedlicher Ansicht sein, aber sie hatten zugestimmt, daß jeder von ihnen das Recht haben sollte zu sprechen.

Und sie sprachen. Maesso Torrejon, der Vertreter der Tuchhändler. Maesso Araujo, ein protziger Mann, der einer von Meya Suertas größten Bankiersfamilien vorstand. Ein Goldschmied. Ein Notar aus dem Palasso Justissio. Maesso Lienas, ein Hausbesitzer, der so reich war, daß es ihm gelungen war, seine hübscheste Tochter an einen verarmten Grafen zu verheiraten. Zwei Sanctos, deren Ansichten, was die Unterstützung der Ecclesia für den Großherzog anging, geradezu blasphemisch waren. Und selbst ein Mann, den Rohario vom Hof her erkannte, ein notorischer Querulant, der jüngere Sohn von einem von Renayos Ratgebern. Rohario blieb in seiner Ecke und hoffte, daß niemand ihn erkannte.

Was Maesso Velasco anging – seine Ahnen hatten ihre Werften, die sie zunächst nur in der Provinz Shagarra besaßen, zu einem Handelsunternehmen ausgeweitet, das ganz Tira Virte und noch mehr umspannte. Rohario kannte den Namen der Velascos gut von vielen *Verträgen*, die in der Galerria hingen. Und nun stand der Sproß dieses Hauses der Versammlung vor, hegte größte Nachsicht selbst für die unverschämtesten Sprecher und achtete strikt darauf, daß jedem die gleiche Zeit zur Verfügung stand, seine Ansichten darzulegen.

Und was sie verlangten, hörte sich für Rohario nicht nach den Forderungen von Strauchdieben und Schurken an.

Mitspracherecht bei den Steuern; das Recht, bei allen ungewöhnlichen Steuerforderungen des Großherzogs um

Zustimmung gebeten zu werden. Das Recht zu einem eigenen, vom Großherzog unabhängigen Gerichtswesen, das für all diese Handwerker, Land- und Hausbesitzer gelten würde, die sich selbst als das Rückgrat Tira Virtes bezeichneten. Das Recht, die Corteis einzuberufen als eine Versammlung, die den Ratgebern des Großherzogs gleichgestellt war – jenen Ratgebern, die ausschließlich Adelsfamilien entstammten.

Einer der Sanctos schlug vor, das Wahlrecht für diese Versammlung sollte allen gleichermaßen gegeben werden, weil alle in den Augen von Matra ei Filho gleich seien. »*Fraternite*, wie sie es in Ghillas verlangen!« rief er. Er wurde ausgezischt.

Rohario runzelte die Stirn, als sich der nächste Sprecher erhob.

»Meine Herren, Ihr kennt mich als Maesso Azéma.« Sein silbrigweißes Haar bildete einen scharfen Kontrast zu seinem schwarzen, gutgeschnittenen Gehrock.

»Verfluchter Aristokrat!« schrie der Steinmetzgeselle, nicht ohne Stolz auf seinen eigenen Mut.

Azéma lächelte nur. Rohario traute einem Mann, der sich so geschmeidig durch die Welt bewegte, nicht sonderlich. »Es ist wahr, mein junger Freund, daß ich ein Verwandter des Barons do'Brendizia bin. Für jene, die nicht wissen, wieso ich heute hier bin –«

»Geh doch zurück in den Palasso, wenn sie dich durch die Barrikaden lassen!«

»Ruhe!« forderte Velasco streng. »Laßt unseren Freund sprechen. Er hat viel zu sagen.«

Azéma fuhr fort. »Ich bin hier, weil mein geliebter Bruder Sebastiano im Gefängnis des Großherzogs Cossimio, des dritten dieses Namens, gestorben ist. Sebastiano hat dieselbe Sache unterstützt, um derentwillen wir heute hier versammelt sind: die Wiedereinberufung der Corteis. Ich habe mir geschworen, sein Werk fortzusetzen.«

Dieses Geständnis löste ein staunendes Gemurmel aus. Rohario seufzte und sackte tiefer in sich zusammen. Gaspars Speisezimmer war überfüllt, und daher konnte Rohario nur den obersten Teil von Eleynas wunderschönem Wandgemälde sehen. Ein weißer Fleck, auf dem noch vage die Linien des Entwurfs zu sehen waren, war die einzig unvollendete Stelle. Dieses weiße Feld, zwischen Anfang und Vollendung, wirkte verlassen.

Hatte sie wirklich diese Worte ausgesprochen? *»Du sollst wissen, wie ich empfinde.«* Matra Dolcha! Sie hatte ihn geküßt. Auf die Wange. Er hob die Hand, um die Stelle zu berühren. Er konnte immer noch ihre Lippen auf seiner Haut spüren, selbst nach so vielen Tagen.

»Um Erfolg zu haben«, sagte Azéma mit derselben öligen Stimme, »müßt ihr alle uneinigen Gruppierungen in Tira Virte vereinen, nicht nur die Gilden. Wenn das bedeutet, eure Hand auch denen zu reichen, die bei Hofe aufgewachsen sind, dann bitte. Nein!« Er zeigte auf den Gesellen, der wieder aufgesprungen war. »Mein junger Freund, Ihr seht so wütend aus, aber wenn Ihr wollt, daß es Euren Kindern besser geht, müßt Ihr einsehen, daß wir stärker sind, wenn wir uns von einem gemeinsamen Ziel vereinen lassen, statt uns der Geburt entsprechend zu trennen.

Und um das zu erreichen, haben wir eine mächtige Waffe zur Hand, die wir weise nutzen müssen. Hier in diesem Zimmer sitzt der zweite Sohn von Großherzog Renayo, von dessen Sympathien für unsere Sache ich schon seit einiger Zeit weiß.«

Matra ei Filho! Aber es war zu spät. Erst einer, dann ein anderer, dann alle: sie folgten Azémas Blick und starrten ihn an. Und dieses eine Mal herrschte völliges Schweigen.

»Don Rohario, vielleicht habt Ihr unseren Genossen etwas zu sagen?« frage Azéma.

Merditto! Diesen Brendizias hatte man noch nie trauen können. Das hatte seine Mutter immer gesagt. Obwohl er ernstlich erzürnt war, wußte Rohario, daß er jetzt mitspielen mußte. Er stand auf. Die Männer bewegten sich unruhig, wie Raubtiere, die noch nicht entschieden haben, ob sie angreifen wollen oder nicht. Gaspar, der Wirt, der an der Tür stand, hatte eine beinahe komisch verzweifelte Miene aufgesetzt – das Geheimnis, das er gehütet hatte, war nun endlich enthüllt.

»Meine Freunde«, begann Rohario, obwohl es ihm schwerfiel, diese Männer mit solcher Vertraulichkeit anzusprechen. »Ich stehe hier vor Euch ... und weiß nicht, was ich sagen soll. Ich habe nicht erwartet, daß man mich zu einer Ansprache auffordert.«

Die Versammelten lachten leise. Er wartete ein wenig, versuchte, klar zu denken. Azéma lächelte immer noch, aber sein Ausdruck schien Rohario eher boshaft als ermutigend.

Rohario griff an sein Halstuch, verzichtete dann aber darauf, es unter den Augen aller zurechtzuzupfen. »Ich kenne mich in der Politik nicht aus. Und ich hatte keine Ahnung, was in Meya Suerta vor sich geht, bevor ich kurz nach Imago zum ersten Mal in dieses Gasthaus kam.«

»Was hat Euch denn hergebracht?« wollte der Wandergeselle wissen. Daß er ihn nicht mit Namen und Titel ansprach, kam einer offenen Beleidigung gleich.

Filho do'Canna! Rohario mußte sich anstrengen, seinen Zorn zu zügeln. Konnte er ihnen denn eine glaubwürdige Geschichte erzählen?

Zu seinem Erstaunen drängte sich Gaspar nach vorn. Der Wirt zeigte mit großer Geste auf das Gemälde auf der gegenüberliegenden Wand. »Er hat sich in die schöne junge Frau verliebt, die ich eingestellt hatte, um dieses Wandbild zu malen.«

Das bewirkte Gelächter. Rohario wurde rot, aber er spürte, wie die Stimmung umschlug. Es war an der Zeit für den nächsten Schritt.

»Aber das war es nicht, was mich hier gehalten hat!« Jetzt befand er sich auf festerem Boden. »Ich habe gearbeitet –« er mußte einen Augenblick warten, bis das allgemeine Gemurmel sich wieder gelegt hatte, »– als Schreiber. Aber ich habe auch zugehört, habe den Stimmen des Volkes von Meya Suerta gelauscht. Als ich meinen Vater fragte, was er wegen dieser Beschwerden tun will – dieser berechtigten Beschwerden –, *hat er mich rausgeworfen!*« Er wartete, bis seine Erklärung Wirkung zeigte, und schloß mit leiserer Stimme. »Und deshalb bin ich hier.«

Sie beobachteten ihn schweigend, nachdenklich, nicht mehr unbedingt mißtrauisch, aber auch noch nicht überzeugt.

»Was wollt Ihr tun, um uns zu helfen?« fragte der Geselle und sprang auf.

Velasco schlug mit der flachen Hand auf den Tisch. »Junger Ruis, wenn Ihr noch ein einziges Mal sprecht, ohne an der Reihe zu sein, werde ich Euch rauswerfen lassen. Genug davon! Laßt Don Rohario ausreden!«

Aber Don Rohario starrte seine Zuhörer hilflos an, wußte nicht, was er sagen sollte. Azémas selbstzufriedenes Grinsen wurde breiter, er schien regelrecht vergnügt.

Vielleicht war es nur Zufall. Vielleicht schützte die Matra ihre treuen Söhne tatsächlich. In diesem Augenblick klopfte es an der Tür, die Tür ging auf, und davor stand ein kräftiger junger Mann mit einem Knüppel.

»Maesso Velasco«, sagte der Jüngling, der wie ein Berufsringer aussah, aber auf der Jacke das Zeichen der achtbaren Seidenmachergilde trug, »entschuldigt, aber hier ist ein Mann …«

»Verzeiht«, sagte jemand hinter ihm und strafte gleichzeitig seine eigene Höflichkeit Lügen, indem er sich an dem jungen Mann vorbeidrängte und ins Zimmer schob. Er war ein rüstiger alter Herr mit weißem Haar. An einer Kette um den Hals trug er einen silbernen Schlüssel.

Sobald er hereingekommen war, begannen einige der Versammelten zu zischen.

»– Lakaien der Großherzöge –«

»– Chi'patro –«

»– Verfluchte Maler –«

»Ruhe!« dröhnte Velasco, der nun wütend war. »Hier dürfen *alle* sprechen.«

»Ich bitte um Verzeihung«, sagte der alte Mann, den Rohario nur zu gut kannte. »Ich bin Cabral Grijalva. Ich bin hergekommen, um mit –« er drehte sich um, »– mit Don Rohario zu sprechen. Ich wollte Eure Versammlung nicht unterbrechen.«

»Wollt Ihr uns an den Großherzog verraten?« fragte der junge Ruis.

Cabral sah ihn freundlich an, verblüfft über die Feindseligkeit, die ihm, einem Mann, der überall als guter Freund des Großherzogs bekannt war, entgegengebracht wurde. »Junger Mann, solange Ihr Eure Petition vorbringt, ohne den Frieden zu stören, kann ich Euch versichern, daß Großherzog Renayo Euren Beschwerden höchste Aufmerksamkeit entgegenbringen wird.«

Mehrere Männer schrien durcheinander. »Werft ihn raus! Setzt euch! Hinsetzen! Unverschämtheit! Chiros!«

Velasco griff nach einem Messer und schlug mit dem Knauf fest auf den Tisch. »Ruhe! Ich fordere Ruhe!« Als die Versammelten einlenkten, wandte er sich Cabral Grijalva zu. »Was ist Euer Begehr, Meister Cabral?«

»Maesso Velasco, wie geht es Euch? Und Eurer reizenden Frau? Ich erinnere mich noch sehr lebhaft daran, was für eine hübsche Braut sie war.«

»Das Hochzeitsporträt, das Ihr gemalt habt, hängt immer noch in unserer Eingangshalle, Meister. In der Tat hat sich meine Tochter kürzlich verlobt, und wir haben gerade angefangen, über ihr *Peintraddo Marria* nachzudenken. Wir dachten daran, Euch dafür zu gewinnen.«

Cabral verbeugte sich höflich. »Ich hoffe, daß Ihr auch hier, vor diesem feindseligen Publikum, für meinen guten Namen bürgt, Maesso. Meine Anwesenheit hier zu dieser Zeit ist rein zufällig. Ich habe gehört, daß ich Don Rohario hier finden könnte. Ich muß ihn in einer persönlichen Angelegenheit sprechen.«

»Verzeiht mir, aber ich muß Euch bitten, Euch genauer auszudrücken.«

Cabral zupfte sorgfältig die Spitzenmanschetten zurecht, als wollte er seine Worte noch abwägen. »Es hat mit einer jungen Frau zu tun, deren guten Namen ich nicht in der Öffentlichkeit preisgeben darf. Ich hoffe, das versteht Ihr.«

Rohario hatte seinen Platz verlassen, ehe ihm selbst klargeworden war, daß er einen Fuß vor den anderen gesetzt hatte. »Laßt mich ein paar Minuten mit ihm allein sprechen, ich flehe Euch an«, sagte er laut zu Velasco. »Dann werde ich zurückkommen.« Er war rot geworden, das wußte er, aber der Gedanke, daß Cabral Neuigkeiten von Eleyna brachte, beunruhigte ihn.

Sie gaben nach, aber nur so weit, daß sie die beiden Männer in der Küche miteinander sprechen ließen. Hier, an der Feuerstelle, war es heiß, aber niemand konnte sie hören, solange sie leise sprachen.

»Eleyna –«, sagte Rohario, bevor Cabral sich auch nur auf den Hocker setzen konnte, den sonst das Küchenmädchen benutzte, wenn sie den Bratspieß drehte.

»– ist sicher im Palasso Verrada. Ich halte es für unklug, daß Ihr Euch mit diesen Unruhestiftern einlaßt, Don Rohario.«

»Ich werde tun, was ich für nötig und richtig halte. Vieles, was sie verlangen, ist nicht unvernünftig. Der Unvernünftige ist in diesem Fall mein Vater. Wenn ich sie unterstütze –«

»Damit verleiht Ihr einer Bande von Aufrührern Rechtmäßigkeit –«

»Es sind keine Aufrührer, Zio! Das seht Ihr doch selbst. Die meisten sind ehrenhafte Männer, die an der Regierung des Großherzogtums beteiligt werden wollen –«

»Und wohin soll das führen?« Ein Scheit fiel in der Feuerstelle zur Seite, und Funken sprühten auf. »Aha! Aber ich bin nicht hier, um über Politik zu streiten, mein Junge.« Wieder zupfte er an den Manschetten, casteyischer Spitze, wie Rohario unwillkürlich feststellte, von der besten Qualität. Dann fuhr der alte Mann fort: »Dieser Brief muß Eleyna unbedingt überbracht werden.« Er holte ein gefaltetes Blatt aus seiner Jacke. »Sie wird Euch im Gegenzug eine Nachricht für den Palasso Grijalva geben, für mich oder Agustin. Niemand darf davon erfahren.«

»Ich werde einen Weg finden!« Aber draußen im Speiseraum hörte er das Gemurmel der Versammlung. Er begann, auf und ab zu gehen, fünf Schritte vor, fünf Schritte zurück. Er hatte das Vertrauen der Männer dort drüben noch nicht gewonnen. Wenn er jetzt zum Palasso ging, würden sie ihn zweifellos verdächtigen. Aber was hatte ihr Mißtrauen schon zu bedeuten, im Vergleich mit Eleyna? Er griff nach dem Brief und steckte ihn ein.

»Ihr solltet noch etwas anderes wissen«, fügte Cabral ernst hinzu. »Gestern ist der Oberste Hofmaler Andreo plötzlich verstorben.«

»Ich trauere mit Euch, Zio. Wer wird sein Nachfolger?«

Cabral runzelte die Stirn. Es war ein Zeichen seiner Vertrautheit mit Renayo und seines offenen Wesens, daß er darauf zählte, ganz deutlich sprechen zu können. Vier Jahre lang, von seinem zwölften Lebensjahr an, hatte Rohario bei seinem »Zio« – wie sie Cabral alle liebevoll nannten, obwohl er selbstverständlich kein Verwandter war – Malerei studiert, bis zu jenem schicksalhaften Tag, als er den alten Mann um eine ehrliche Einschätzung seiner Begabung gebeten hatte. *Passabel,* hatte Cabral gesagt, *gut genug für die meisten, aber Ihr werdet nie ein großer Künstler sein.*

Es war besser, überhaupt nicht mehr zu malen, als nur passabel zu sein. Rohario hatte nie wieder einen Pinsel in die Hand genommen.

Cabral lächelte sanft und drückte Rohario Schulter, wie es einem Lieblingsonkel zustand. »Ich weiß nicht, wer Oberster Hofmaler wird. Ich muß gehen, mein Junge.«

»Wirst du denn auf dem Rückweg sicher sein? Einer der jungen Gesellen könnte dich begleiten.«

Cabrals Lächeln war beinahe spöttisch. »Könnt Ihr ihnen das befehlen? Nein, Don Rohario, ich bin ein alter Mann. Ich habe in meinem Leben zu viel gesehen, als daß ich Angst hätte, bei Tageslicht durch die Straßen von Meya Suerta zu gehen.« Und er ging.

Rohario kehrte zur Versammlung zurück. Die drei Dutzend Männer, die dort auf ihn warteten, wirkten unruhig, mißtrauisch, und würden nicht leicht zu überreden sein. Plötzlich schien es nicht mehr so leicht, ihnen die Neuigkeiten zu überbringen: Er, Don Rohario, der an dieser Versammlung teilgenommen hatte, wollte nun in den Palasso Verrada zurückkehren. Er dachte nach.

»Die Familie Grijalva hat einen tragischen Verlust erlitten. Der Oberste Hofmaler Andreo ist tot. Aber sie wissen nicht, wie sie Großherzog Renayo diese Nachricht überbringen sollen.«

»Hängt den verfluchten Maler einfach an eine der Barrikaden!«

»Junger Mann! Das reicht jetzt. Bringt ihn raus.« Velasco hatte nun wirklich genug. Vier Männer schleppten den fluchenden Ruis nach draußen. Es dauerte einige Minuten, bis wieder Ruhe eingekehrt war.

»Ich bin noch nicht fertig!« rief Rohario. Das brachte auch den Rest zum Schweigen. »Wenn diese Versammlung sich heute abend noch auf eine offizielle Liste von Forderungen einigen kann, werde ich in Eurem Namen auftreten und diese Forderungen zum Palasso Verrada bringen. Und ich werde mit einer Antwort des Großherzogs zurückkehren.«

Velasco brauchte zehn Minuten heftigen Tischklopfens, um den darauffolgenden Aufruhr zu beschwichtigen. Azéma beobachtete alles mit einer ausdruckslosen Miene, die Rohario nervös machte.

Aber schließlich stimmten sie ab. Was für eine seltsame Idee, daß jeder über eine Frage abstimmen konnte, die einer Versammlung vorgelegt worden war. Mit knapper Mehrheit erklärte sich die Libertista-Versammlung einverstanden, Rohario ihre erste offizielle Liste von Beschwerden zum Großherzog bringen zu lassen. Jetzt führte kein Weg mehr zurück.

24

Eleyna sah Sario bei der Arbeit zu. Sie sollte eigentlich den Brunnen zeichnen, aber sie konnte nicht widerstehen, diesen Mann zu beobachten, dessen Technik, dessen vollkommene Selbstsicherheit sie sich so sehr für sich selbst wünschte. Sie mußte ihm einfach zusehen, denn wenn er malte, loderte er wie ein Hochofen, weißglühend, und blendete sie für alles andere.

Er malte Beatriz. Porträts machten sie nervös, nach allem, was man ihr angetan hatte, damit sie Felippo heiratete, aber sie hatte Sario geholfen, die Palette vorzubereiten, die am besten geeignet war, Beatriz lebendig werden zu lassen. Diesmal waren seine Farben so unschuldig wie die ihren.

Matra Dolcha! Wieso war das denn keinem anderen aufgefallen? Sario Grijalva war ein so brillanter, sicherer, reifer Maler, so viel besser als alle anderen lebenden Grijalvas, daß sie seine Arbeiten nur mit denen der größten der Alten Meister vergleichen konnte. War es ein Sakrileg zu glauben, daß er sogar besser als Riobaro war, daß sein Genie an das des ersten Sario heranreichte? Wie hatten die Viehos Fratos das nur übersehen konnen? Sie waren blind, alle miteinander.

Verstört von der Leidenschaft dieser Gedanken, legte Eleyna die Kreide nieder und ging zu den großen Fenstern, die zum Hof hinaus gingen. Nachmittagssonne fiel auf den grünen Rasen und tauchte den Garten in einen goldenen Glanz. Der Brunnen, eine Nachbildung des berühmten Hundert-Glocken-Brunnens in dem alten Tza'ab-Palasso im Castello do'Joharra, plätscherte ununterbrochen, Licht und Wasser sprühten von den Glöckchen. Unter dem Plätschern war eine leise Melodie zu vernehmen.

Beatriz, die durch das Eintreten von Ermaldo Graf do'Alva vom Modellstehen befreit worden war, kam herüber und stellte sich neben Eleyna. »Es ist ziemlich geschmeichelt, nicht wahr?«

»Was?«

»Das Porträt. Ich werde sehr schön aussehen, nicht wahr?«

»Du bist sehr schön, Beatriz! Sieh doch nur, wie Edoard dich beobachtet.«

Beatriz wandte sich ein wenig zur Seite. Alazais saß auf einer Couch, die mit blaßblauer Zhinna-Seide bezogen war. Diese Seide war aus jenem weit entfernten Land der Wolken und verborgenen Kaiser auf dem Seeweg hergelangt, auf Schiffen, die unter dem Schutz von Tira Virte standen. Don Edoard unterhielt die Prinzessin mit einer Anekdote, offenbar über die Jagd, aber vor allem betrachtete er Beatriz mit einer Art hündischer Verwirrung im Blick. Beatriz nickte ihm zu, ein Lächeln auf den Lippen. Er hielt mitten im Satz inne, zögerte, dann fand er den Faden wieder. Alazais stickte ohne Unterlaß. Sie blickte einmal auf, aber nur, um zu sehen, wohin Sario gegangen war. Er unterhielt sich mit dem Grafen do'Alva.

»Wie bald werden sie heiraten, was meinst du?« fragte Eleyna.

Beatriz zuckte die Achseln und beugte sich der Wärme des Fensters entgegen. »Ich weiß es nicht. Edoard sagt, sein Vater habe noch nichts davon erwähnt, obwohl er es zweifellos für ratsam hält.«

»Und du?«

»Und ich?« fragte Beatriz, deutlich überrascht. »Wenn die Verlobung angekündigt wird, werde ich meinen Landsitz und meine Freiheit bekommen.«

»Macht es dir denn gar nichts aus?«

»Edoard ist ein netter, attraktiver Mann und ein wenig langweilig – das nur unter uns. Er wird heiraten, wie es sein Vater verlangt, und danach wird er mich hin und wieder aufsuchen, wic es sich für unsere Beziehung gehört. Und ich werde ihm geben, was er will.«

»Wie kaltblütig! Du mußt doch etwas empfinden!«

Beatriz zupfte den Spitzenschal zurecht, der verrutscht war. Sie trug ihr Haar in dem neuesten Stil, *Ila Revvolucion*, hinten aufgesteckt, mit ein paar Locken, die ihr so natürlich ins Gesicht fielen, daß Eleyna wußte, daß die Zofe Stunden gebraucht hatte, um diesen Effekt zu erreichen. Eleyna konnte sich nicht vorstellen, so lange stillzusitzen und nichts zu tun. Aber Beatriz hatte schon lange die hohe Kunst der Ruhe gemeistert. Sie war auch jetzt ganz ruhig. »Sprich leise, Eleyna. Ich bin Edoard, so nett er sein mag, weniger ergeben als du deinem Meister Sario.«

»Ich –!«

»Still, dolcha Eleynita. Ich weiß, es passiert nicht jeden Tag, daß ein Maler, der die Gabe hat, sich bereit erklärt, eine Frau zu unterrichten. Er ist sehr gut.«

»Er ist nicht gut, Bellitta«, sagte sie empört, »er ist *brillant*!«

»Aha, ich sehe, du setzt dich für ihn ein.«

»Magst du ihn nicht?« fragte Eleyna, wild entschlossen, ihren Lehrer zu verteidigen.

»Ich finde, er benimmt sich ein bißchen seltsam. Ich glaube nicht, daß es dein oder mein Schicksal ist, einen Mann so zu lieben, wie Großmutter ihren Zevierin liebte.«

Eleyna fiel plötzlich Rohario ein, wie ein verspäteter Gruß, den jemand im Weitergehen noch über die Schulter ausspricht.

Sein Name traf sie wie ein Blitz kalten Lichts in einem warmen, dunklen Raum. Sie hatte nur noch ans Malen gedacht.

»Das ist nicht wahr!« widersprach sie, und plötzlich hatte sie Rohario vor ihrem geistigen Auge, seine Zaghaftigkeit, die so leicht über seinen störrisch rebellischen Geist hinwegtäuschte, seine Kinnlinie, der Schnitt seiner Jacke. »Das trifft nicht auf mich zu!« Oder doch? Würde sie je einen Mann so lieben wie das Malen?

Beatriz warf einen Blick auf Sario, der sich vor Ermaldo verbeugte und zurück an seine Staffelei trat. Matra! Beatriz hatte sie falsch verstanden. Sie glaubte tatsächlich, sie, Eleyna, hätte sich in Sario Grijalva verliebt!

»Beatriz«, sagte Sario, »wenn Ihr jetzt Eure Position wieder einnehmen würdet, werde ich bald fertig sein. Eleyna. Bitte.«

Beatriz tätschelte ihr voller Mitgefühl die Hand und ging. Eleyna zögerte.

»Eleyna?« Diesmal klang Sarios Stimme scharf. Er sah sie an, sein Blick düster wie Schatten. Ohne nachzudenken, ging sie zwei Schritte auf ihn zu.

Matra Dolcha! Liebte sie ihn nicht tatsächlich? Nicht ihn, nicht Sario als Mann, aber was er war und was er ihr angeboten hatte? Eine ernüchternde Erkenntnis. Gehorsam trat sie an seine Seite. Beatriz bedachte sie mit einem wissenden Blick.

Eleyna zeichnete, aber sie war jetzt viel zu abgelenkt, um mehr als eine flüchtige Studie des Brunnens anfertigen zu können. Die Tür zum Atelier ging auf und schloß sich wieder, ging auf und schloß sich. In den letzten Tagen war Alazais' Wohnzimmer – Sarios Atelier – zum Herz des Hofes geworden.

»Ihr konzentriert Euch nicht«, sagte Sario, ohne aufzublicken. Er hatte Beatriz' Wesen genau erfaßt. Eleyna sah den störrischen Winkel ihres hübschen Kinns, das verborgene Feuer in ihrem Blick, das nachgiebige Lächeln, das so viel versprach, aber nichts Wichtiges verriet. Sario hatte allein mit dem Auge mehr begriffen als sie, Beatriz' eigene Schwester, bis vor kurzem auch nur geahnt hatte.

Eleyna biß sich auf die Unterlippe und zeichnete weiter. Sie griff nach einem weißen Stift und versuchte, den Glocken Glanzlichter aufzusetzen.

»Merditto«, murmelte sie leise. Es funktionierte einfach nicht.

Er knurrte, drehte sich um, ging zu ihr, nahm ihr die Kreide aus der Hand und setzte drei Punkte aufs Papier. »Da. Da. Und da.«

Es war perfekt. Sonnenlicht glitzerte auf den Glocken, im Nebel des Sprühwassers.

»Ihr seid abgelenkt«, sagte er. »Es hat keinen Sinn, jetzt weiterzuarbeiten. Ihr könnt morgen früh weitermachen.«

Getroffen stand sie auf, während er ihr die Kreide wieder in die Hand drückte und zu seinem Porträt zurückkehrte. Hinter ihr räusperte sich jemand. Sie fuhr erschrocken herum und hatte einen Mann mittleren Alters vor sich, der die do'Verrada-Livree trug.

»Maessa Eleyna.« Er verbeugte sich, eine Hand am Jackenaufschlag. Der Rand eines gefalteten Blatts Papier lugte unter dem Stoff hervor. »Ich bitte um Verzeihung, wenn ich gestört habe. Ich habe eine Botschaft ...« Er zog eine Braue hoch.

»Ich bin fertig.« Sie wischte sich die Kreide von den Händen, warf einen letzten zornigen Blick auf ihre Skizze, als könnte sie sie dadurch ändern, entschuldigte sich dann und verließ das Zimmer. Der Diener folgte ihr nach draußen. Im Flur reichte er ihr das zusammengefaltete Blatt. Sie las.

Liebste Eleynita,
schreckliche Nachrichten. Der Oberste Hofmaler Andreo ist vor drei Tagen verstorben, wir wissen immer noch nicht, ob es eine Art Seuche war, aber es ist sonst niemand krank geworden, nur Nicollo geht es seit gestern schlechter, und wir fürchten auch um sein Leben. Niemand weiß, was zu tun ist. Sie wollen es sich nicht eingestehen, aber ich kann sehen, daß sie alle Angst haben. Niemand wagt, nach draußen zu gehen. Folge sorgfältig meiner Anleitung, und vielleicht können wir dann miteinander sprechen. Schick mir zunächst eine Zeichnung Deines Schlafzimmers im Morgengrauen. Verändere nichts in diesem Zimmer, stell nur das kleine Bild, das ich gemalt habe, auf einen Tisch, irgendwohin, wo Du Dich ganz ruhig davorsetzen und es beobachten kannst, und markiere auf Deiner Zeichnung, wo Du es hinstellen willst. In der Morgendämmerung, wenn die Schatten auf dieselbe Art fallen, mußt Du Dich dann wieder an dieselbe Stelle setzen. Hab Geduld. Wenn ich Deine Zeichnung mit meinem eigenen Blut nachzeichne und an die Stelle lege, die ich Dir gezeichnet habe, sollte es möglich sein, daß wir miteinander reden können. Du darfst diesen Brief oder das kleine Bild auf keinen Fall verbrennen. Du fragst dich vielleicht, wie ich es zu Dir geschickt habe? Nun, Dein Bewunderer hilft uns. Er hat sich bereit erklärt, den Brief im Palasso Verrada abzugeben. Tu, was ich Dir gesagt habe.
Dein Dich liebender Bruder Agustin. Bitte denke daran,

diesen Brief NICHT zu verbrennen. Du wirst wissen, warum.

Sie drückte das Papier an die Brust. Agustin mußte sein eigenes Blut in die Farben für das kleine Ölgemälde gemischt haben – es stellte mit höchster Genauigkeit eine Ecke des Ateliers dar. Die Schatten waren blaß, was auf Dämmerung schließen ließ.

Endlich riß sie sich zusammen, blickte auf und erkannte, daß der Diener immer noch wartete.

»Don Rohario möchte Euch sehen«, sagte er leise. »Er spricht gerade mit dem Großherzog –«

So wenig Zeit! Sie wußte nicht, wie lange Rohario im Palasso bleiben würde. »Ich muß erst auf mein Zimmer gehen. Kommt mit.«

Sie rannte. Der Diener wartete diskret vor der Tür, während sie ihre Zeichnungen durchging und nach einer suchte, die sie in der Morgendämmerung angefertigt hatte. Sie fand eine, betrachtete sie und zeichnete dann rasch das Papier ein, wie es flach auf ihrem Tisch liegend aussehen würde. Sie merkte sich, wo alle anderen Gegenstände standen. Sah sich alles noch einmal an. Ja, das war perfekt. So perfekt wie das Glitzern der Glocken, das Sario auf ihrer Zeichnung eingefügt hatte. Sie rollte die Zeichnung zusammen, wickelte ein Blatt Papier darum und band es mit einer Schnur zusammen.

Der Diener verzog keine Miene. »Hier entlang, Maessa.« Aus seinem Verhalten hätte niemand schließen können, daß sie es eilig hatten.

Er führte sie auf Umwegen, durch schmale Gänge – die Flure für die Dienstboten – zu der großen geschwungenen Treppe zum Arbeitszimmer des Großherzogs. Oben angekommen, öffnete er ihr die Tür zu einem Vorzimmer, angenehm eingerichtet mit einem zierlichen Beistelltisch, der mit Elfenbein eingelegt war, und vier Sevris-Stühlen aus hellem Holz, deren Sitzbezüge mit saphirblauen Sternenhimmeln bestickt waren. Zwei Türen führten von hier aus weiter, und eine davon stand offen.

»Hier hinein, bitte.« Der Diener führte sie durch die offene Tür. Sie blieb auf der Schwelle stehen. Vor ihr stand ein langgezogener schwarzer Tisch mit vielen Stühlen. Das hier war ein Sitzungszimmer, aber nun war es leer. Zwei schmale Fenster ließen Licht herein.

In diesem Augenblick wurde die Tür zum Arbeitszimmer des Herzogs aufgerissen.

»– und laß dich nie wieder hier blicken! Du bist nicht mehr mein Sohn!«

Ein schlanker junger Mann wich ins Vorzimmer zurück. Die Tür wurde hinter ihm zugeschlagen. In der Stille schauderte der Knall in der Luft wie ein lebendiges Wesen und verhallte dann. Unten am Fuß der Treppe regte sich nervös ein Wachsoldat.

»Herr.« Der Diener sprach leise, aber der junge Mann zuckte zusammen, als hätte er eine Explosion gehört, und fuhr herum.

Der Diener schob Eleyna sanft ins Sitzungszimmer. Einen Augenblick später kam auch Rohario herein. Die Tür wurde leise hinter ihm geschlossen. Rohario starrte Eleyna an. Ein leises Geräusch, das sie zuvor nicht bemerkt hatte, drang jetzt an ihr Ohr: das Geräusch der Stadt vor dem Palast. Es klang wie unruhiges Murmeln. Draußen wurde es dunkel.

»Rohario«, sagte sie und war erstaunt, daß ihr der Name so glatt von den Lippen kam.

»Er will, daß ich Prinzessin Alazais heirate«, brach es aus ihm heraus. »Er hat mir die Beschwerdeliste aus der Hand gerissen und sie ins Feuer geworfen. Sagte, er brauchte sich das Geschimpfe des Pöbels nicht anzusehen. Aber bei dieser Versammlung waren Männer, die er hier bei Hofe empfangen hat. Männer, die auf den *Verträgen* abgebildet sind, die sie zusammen mit anderen zustande brachten. Dann sagte er mir, ich solle Prinzessin Alazais heiraten und König von Ghillas werden.«

Eleyna fühlte sich wie jemand, der im Nebel herumtastet und dabei auf einen spitzen Stein stößt.

»Ich habe natürlich nein gesagt.« Er schnaubte. »Ich will nicht König werden. Vor einem Jahr hätte ich vielleicht noch zugestimmt, aber – Matra Dolcha, Eleyna. Bist du es wirklich?«

»Ja. Ich bin wirklich hier.«

Er griff nach ihrer Hand, hob sie an die Lippen. Küßte sie, während er mit den Augen ihren Blick suchte.

»Du wirst mich heiraten, nicht wahr? Ich habe dir keinen Titel mehr zu bieten, jetzt nicht mehr. Mein Schicksal ist mit dem der Corteis verbunden.« Sein grimmiges Lächeln verbarg nur ungenügend, wie angespannt er war. »Aber ich habe zwei Landsitze. Die kann mir keiner abnehmen, selbst mein Vater nicht. Sag, daß du mich heiraten wirst, und alles andere ist gleich.«

Sario wird es nie erlauben.

Und wenn! In Gedanken riß sie sich los von ihrer Verpflichtung gegenüber Sario Grijalva, von ihren Pflichten gegenüber ihrer Familie. Sie versuchte, Rohario mit dem professionellen Blick der Malerin zu betrachten.

Grünbraune Augen wie seine Mutter. Das hellbraune Haar seines Vaters. Ein schmales, zartes Gesicht, das durch das störrische Kinn und die Andeutung eiserner Entschlossenheit in seinem Blick nicht mehr schwach wirkte. Schlank und eher zierlich, hatte er in diesen letzten Monaten eine Lebendigkeit gewonnen, die ihn unübersehbar machte. Und selbstverständlich war seine Kleidung perfekt. Niemand hätte je behaupten können, Rohario do'Verrada sei nicht der bestgekleidete Mann seiner Zeit.

Sie lachte, und dennoch schwangen im Lachen auch Tränen mit. Sie sank in seine Umarmung, drückte ihn fest an sich, spürte seine Lippen auf ihrem Haar. Sie spürte ihn, den leichten Druck seines Atems, seine Arme um ihren Rücken, auf eine beinahe schmerzhaft drängende Weise, fest, und sehr *nahe*. Sie wollte ihm nahe sein. Noch näher. Alte, ungewollte Erinnerungen bewirkten, daß sie vor Scham um das, was sich zwischen ihr und Felippo abgespielt hatte, errötete.

Und dennoch ... diese alte Scham würde nie zwischen sie und Rohario treten können. Sie konnte nicht die Wärme vertreiben, die sie jetzt spürten.

»Verzeihung, Herr. Ich muß Euch hinausführen. Wenn der Großherzog Euch immer noch hier findet ...«

Rohario seufzte, dann riß er sich los, hielt noch einmal inne, um sie auf die Stirn zu küssen. Er umklammerte ihre Finger, bis sie schmerzten.

»Mein Herz«, murmelte er, dann ließ er sie los.

Sie reichte ihm wortlos die zusammengerollte Skizze. Er nahm sie und ging.

»Wenn ich je heirate, Rohario do'Verrada«, sagte sie leise, »dann dich.«

Sie brauchte lange, um sich wieder zu fassen, und noch länger, um genug Mut zu haben, das Ratszimmer zu verlassen. Die alte Hahnenuhr auf dem Tisch schlug die volle Stunde, und der Hahn flatterte mit den Flügeln. Es war beinahe zu dunkel, um etwas in dem unbeleuchteten Zimmer zu sehen. Eleyna schlüpfte hinaus, schlich die fackelbeleuchtete Treppe hinunter. Niemand bemerkte sie. Wie betäubt kehrte sie ins Atelier zurück.

Es war leer bis auf Prinzessin Alazais, ihre drei treuen Diener und Sario. Bei Kerzenlicht legte er letzte Hand an ein Porträt von Großherzog Renayo. Eine wunderbare Komposition: Renayo stand auf einem Rasen unter einem Pfirsichbaum, hielt eine Garbe Flachs in Händen. Wie seltsam. Großmutter Leilias' Belehrungen kamen ihr ungebeten in den Sinn. Flachs für Schicksal. Gras für Unterwerfung.

Unterwerfung.

Ihr wurde plötzlich eiskalt.

Selbstverständlich war das ein lächerlicher Gedanke. Die Grijalvas arbeiteten im Einklang mit den do'Verradas. Der Großherzog hatte das Porträt des Obersten Hofmalers in seinem Arbeitszimmer, damit er – nun, Eleyna wußte nicht genau, was er tun konnte. Aber sie konnte es erraten. Nein, es war nur ihre Phantasie, die mit ihr durchging. Sie würde sich von der Bosheit ihrer Mutter nicht beeinflussen lassen. Sario würde ihr alles geben, wonach sie sich verzweifelt gesehnt hatte.

Alles außer Rohario. Aber wenn sie in den Palasso Grijalva zurückkehrte, würde sie wieder eine Gefangene sein. Sie schüttete den Kopf, versuchte, nicht an diese schrecklichen Dinge zu denken. Das war nur der Schrecken über Andreos Tod, sonst nichts. Alazais saß beinahe reglos da, wie immer, und stickte im Lampenlicht.

Endlich gelang es Eleyna, sich zum Gehen zu zwingen, und sie trat neben den Maler.

»Meister Sario.« Sie schluckte. Zwang die Worte heraus. »Ich habe gerade eine Nachricht aus dem Palasso Grijalva erhalten. Der Oberste Hofmaler Andreo ist tot.«

»Ja«, sagte er. »Morgen werdet Ihr Euch das Inventarverzeichnis der Galerria verschaffen. Ich möchte, daß Ihr feststellt, welche Gemälde von Riobaro Grijalva, von Dioniso, Arriano, Ettoro, Domaos – nein, nicht Domaos –, Oaquino, Guilbarro, Martain, Zandor, Ignaddio, Verreio, Matteyo, Timirrin, Renzio ... Renzio! Was für ein Tölpel! – noch in der Galerria vorhanden sind. Diejenigen, welche ausgelagert sind, sollen ausgepackt und aufgehängt werden.«

Er hatte die erschütternde Nachricht so schnell abgetan, daß sie kaum mehr wußte, was sie sagen sollte. »Nur diese? Es gibt noch so viele andere, Sario –«

»Sario! Selbstverständlich, Sario! Ich werde auch Tazioni und Aldaberto zulassen. Und Benedetto. Er hatte ein gutes

Auge für Farben, dieser Benedetto. Fangt mit denen an. Ihr werdet sie ganz besonders sorgfältig studieren. Habe ich eigentlich je erwähnt, wie sehr ich Eure *Schlacht am Rio Sanguo* bewundere? Ein echtes Meisterwerk. Ich ziehe sie Bartollins Darstellung vor.«

Meisterwerk! Das Lob ließ sie die Sprache wiederfinden. »Meint Ihr das wirklich?«

Er wandte sich von seinem Gemälde ab. »Matra ei Filho! Ich würde es nicht sagen, wenn ich es nicht ernst meinte! Ihr seht – seht her! –, wie die letzten Pinselstriche einem Gemälde seine Wirkung verleihen können.«

Sie bewunderte sein Porträt Renayos. So malen zu können! Sicher gab es eine andere Erklärung für die Symbole, die er benutzt hatte, eine harmlose. Er wollte niemandem schaden.

»Auch Ihr werdet eines Tages so gut malen könne, wenn Ihr nur genügend arbeitet. Werdet Ihr arbeiten?« Er sah sie fragend an. Er war so lebendig. Seine Begabung war wie ein Feuer – die Luza do'Orro, sie brachte alles in seiner Umgebung zum Strahlen. Wo immer er sich aufhielt, leuchtete es hell.

»Welche Wahl habe ich denn?«

Er nickte zufrieden. »Wir sehen uns morgen früh.«

Am nächsten Morgen stand sie früh auf und ging zur Galerria, aber der Hilfskurator, der an diesem Tag Dienst tat, hatte nur diesen lächerlichen Ausstellungsführer mit Golddruck. Sie kreuzte pflichtschuldig alle Gemälde der Maler an, die Sario erwähnt hatte, dann betrachtete sie alle. Das dauerte den ganzen Morgen.

»Aber es muß auch noch einen Lagerraum geben.«

»Selbstverständlich gibt es einen Lagerraum«, sagte der Hilfskurator, dem sie äußerst lästig war.

Er führte sie hin, öffnete ihr die Tür zu einem langgezogenen Speicherraum voll mit verhüllten Gemälden, Kisten und Staub. Sie kniete nieder und zog ein Tuch von einem Bild. Ein ernstes kleines Mädchen in einem altmodischen Gewand starrte sie an.

»Matra ei Filho! Ich werde Wochen brauchen, um das alles durchzusehen, selbst wenn ich sie alle identifizieren könnte … Maesso, es gibt doch sicher ein Verzeichnis? Ich kann mir nicht vorstellen, daß diese Bilder alle weggestellt wurden, ohne vorher aufgelistet worden zu sein.«

»Nicht in meiner Zeit«, sagte der Mann. »Und ich habe andere Pflichten. Wenn Ihr mich jetzt entschuldigen wollt.« Und dann ließ er sie einfach stehen.

Sie schüttelte den Staub von ihren Röcken und öffnete die Fensterläden. Licht fiel in den Raum, gefleckt von Staub. Methodisch begann Eleyna, die Gemälde zu enthüllen oder aus den Kisten zu holen.

Auf seltsame Weise war sie bald besessen von der langsam vorangehenden Arbeit. Gesichter lange Verstorbener starrten sie an, einige erfreut, andere traurig, wieder andere ohne das geringste Anzeichen von Interesse, als hätten sie nur ungern Modell gestanden und sich gewünscht, bald wieder woanders zu sein. Nun, sie waren jetzt alle woanders: in ihren Gräbern. Hier und da erkannte Eleyna auch einen ihrer Vorfahren, Männer mit Rüschenkragen, Frauen in gewagt tief ausgeschnittenen Kleidern, mit den charakteristischen Grijalva-Nasen, der dunklen Haut und den grauen Augen, die in ihren Nachkommen fortlebten: Oberste Hofmaler, berühmte Künstler, geliebte Mätressen.

Alte *Verträge. Verlobungen. Testamente* und *Tode* und hin und wieder eine *Scheidung,* versehen mit einem schwarzen Rand. Matra! Wer war diese kühne Schönheit, eine Peitsche in der einen Hand und einen Strauß weißer Mohnblüten – *Mein Verhängnis* – in der anderen? Sie suchte am unteren Rand nach einem Hinweis.

Benecitta do'Verrada? Noch ein Name, der ihr nichts bedeutete.

Sie stellte das Bild weg und machte weiter.

Inzwischen war ihr Rock voller Staub, wie zweifellos auch ihr Haar. Aber das war gleich. Nach einer Weile bemerkte sie, daß es draußen dunkel wurde. Eine große Kommode mit breiten, flachen Schubladen stand ihr im Weg. Sie zog an einem Knauf, und eine der Schubladen kam auf trockenen Rollen herausgeglitten.

Zeichnungen! Sie nieste. Hier waren Studien zu den *Verträgen*, und in einer anderen Schublade befanden sich Studien der Porträts. In einer weiteren Schublade fand sie eine Ausschnittsskizze eines Gemäldes, das wohl an die Ausrufung des ersten Renayo zum Herzog erinnern sollte. Es war mit dem geschwungenen »S« eines anonymen Serrano signiert.

Sie zog eine weitere Lade auf. Oh! Hier gab es eine ganze Reihe von Karikaturen von Höflingen, darunter ausgesprochen boshafte. Sie kicherte, wirbelte eine Staubwolke auf und mußte husten.

Es lag neben der Kommode, wohin es offensichtlich vor sehr vielen Jahren gefallen war. Sie zog einen Stapel Blätter heraus, die diagonal gefaltet waren. Das Papier riß, als sie es entfaltete. In dem schlechten Licht war die kleine Schrift nicht zu lesen.

Die Kerze war heruntergebrannt. Eleyna hob sie auf und ging nach draußen. Lampen mit Glaszylindern beleuchteten den Flur. In ihren Händen hielt sie ein altes Inventarverzeichnis, an dessen Ende ein Datum vermerkt war: Zusammengestellt auf Anordnung von Tazita Grijalva, im Jahr 1216. Vor genau hundert Jahren.

Man stelle sich das vor! Sie umklammerte das wertvolle Dokument und eilte zum Ausgang der Galerria. Die Räume waren dunkel und leer, aber noch nicht abgeschlossen. Ihr Magen knurrte. Matra! Sie hatte den ganzen Tag noch nichts gegessen. Aber ihre Neugier setzte sich gegen den Hunger durch.

Sie entzündete eine Lampe und stellte sie auf den Schreibtisch des Kurators. Das Verzeichnis war in zwei Teile gegliedert, führte die Gemälde in der Galerria und die im Lagerraum auf.

Ganz oben auf der Lagerraumliste stand *Die erste Mätresse, ein Porträt von Saavedra Grijalva von Sario Grijalva.* Eine kurze Beschreibung war angefügt. *Porträt in Lebensgröße. Saavedra Grijalva steht hinter einem Tisch. Es ist Nacht. Sie trägt ein Kleid aus aschrosa Samt. Sie hat eine Perlenkette um den Hals, und ihr Kleid ist perlenbestickt. Auf dem Tisch liegt ein aufgeschlagenes Buch. Eine Hand Saavedras ruht auf dem Tisch, die andere zeigt auf eine Zeichnung im Buch.*

Eleyna erhob sich, die Hand fest um die Liste geschlossen. Wie betäubt hob sie die Lampe an ihrem bemalten Keramikgriff vom Tisch und ging – langsam, denn eigentlich wollte sie ihr Ziel nicht erreichen – ans andere Ende der Galerria. Es war still wie in einem Grab.

Die erste Mätresse hing an ihrem angestammten Platz. Sie war von einer Schönheit, die einen nicht mehr losließ, so überwältigend traurig war sie. Für immer verloren, wie alles verloren ist. Nur, daß Saavedra Grijalva nie vergessen würde, dank Sario Grijalvas Genie.

Aber Saavedras Gesicht und Augen fesselten Eleynas Aufmerksamkeit nur einen Moment. Mit einer Art krankhaftem Entsetzen betrachtete Eleyna den Rest des Bildes, als sähe sie es zum ersten Mal.

Saavedra stand nicht *hinter* dem Tisch. Es war *nicht* Nacht. Wenn man von dem Fehlen von Schatten und der Art des Lichtes hinter den Bogenfenstern ausging, war es Mittag. Die Lampe war gelöscht. Die Kerze, eine dicke Bienenwachskerze, stand auf dem Sims. Ein Buch lag auf dem Tisch, aber geschlossen, der Buchrücken von ihr abgewandt, als hätte sie gerade die letzte Seite gelesen und das Buch dann zugeklappt.

Und Saavedra stand an der eisenbeschlagenen Tür, die linke Hand am Riegel, den Kopf zur Seite gewandt, um in den Spiegel zu sehen. Entweder hatte jemand bei der Beschreibung für die alte Inventarliste einen Fehler gemacht, oder jemand hatte das Bild falsch kopiert.

Weit entfernt ging eine Tür auf. Eleyna zuckte zusammen. Ohne nachzudenken pustete sie die Lampe aus und versteckte sich hinter den Vorhängen in der abgelegensten, dunkelsten Ecke. Die Dunkelheit, die gemessenen Schritte mehrerer Personen, die sich ihrem Versteck näherten, die Stille der Nacht, all das ließ sie beinahe zittern. Selbst das matte Licht der wenigen abgeschirmten Lampen schien bedrohlich.

»Ihr müßt handeln, Euer Gnaden«, sagte Sario. Seine Stimme war leise, aber in der langgezogenen Galerria deutlich zu verstehen. So glatt, so selbstsicher. So voller Macht. »Ihr wißt, daß die do'Verradas ohne einen Obersten Hofmaler an ihrer Seite wie verkrüppelt sind.«

Die Schritte kamen näher. Eleynas Herz klopfte. Sie mußten doch merken, daß sie hier war! Aber sie blieben vor dem Porträt von Saavedra Grijalva stehen, standen so, daß Eleyna im Licht der Lampe, die Sario hielt, ihre Schatten sehen konnte, die auf die Wand und das Gemälde fielen, Sarios Schatten über Saavedras gemalter Gestalt.

»Diese Nachricht über Andreo ... ich bin entsetzt! Seid Ihr sicher, daß es wahr ist?«

»Es ist leider wahr, ja.«

»Aber Ihr seid noch so jung! Ihr sagt, Eure Wahl wird von den anderen bestätigt werden?«

»Ihr seid derjenige, der die Entscheidung fällen muß, Euer Gnaden. Wenn Ihr mich den Viehos Fratos als Euren neuen Obersten Hofmaler vorstellt –«

Eleyna hielt den Atem an. Sie wagte nicht, sich zu rühren.

»Ich kenne Euch nicht –« Das war nicht mehr der Mann,

der Rohario hinausgeworfen hatte. Er klang so unsicher. Großherzog Renayo hatte doch nie an sich gezweifelt!

»Selbstverständlich könnt Ihr mir vertrauen, Euer Gnaden. Wenn ich gegen unseren Ehrenkodex verstoße, haben meine Brüder die Mittel, mich zu vernichten.«

»Ach ja, selbstverständlich. Schaurig, an so etwas zu denken …

»Aber notwendig, damit die Macht, mit der Matra ei Filho uns gesegnet haben, nicht von einem ehr- und gewissenlosen Mann mißbraucht werden kann.«

»Selbstverständlich. Wie Ihr es sagt. Ihr werdet mich morgen früh gleich aufsuchen, Oberster Hofmaler?«

»Ich fühle mich geehrt, Euer Gnaden. Ich werde Euch so treu dienen, wie mein Namensvetter Alejandro do'Verrada gedient hat.« Sein Schatten verbeugte sich vor dem Herzog, glitt über Saavedras Körper.

Renayos Schatten machte eine seltsame Geste mit einer Hand, aber sie konnte sie nicht deuten. Dann ging er davon. Seine Schritte verhallten in der Galerria.

Ihre Nase kitzelte schrecklich, und sie mußte sich ungemein anstrengen, nicht zu niesen. Sario rührte sich nicht. Sie würde das nicht viel länger aushalten können.

Er trat vor, in ihr Blickfeld, hob die Lampe und stellte sich direkt vor das Porträt von Saavedra. Er drückte einen Kuß auf seine Fingerspitzen, griff nach oben und drückte seine Hand auf ihre gemalten Lippen. Er mußte sich sehr strecken.

»Meine Liebste. Bald wirst du das Leben führen können, das du verdienst. Aber du darfst nicht ungeduldig sein, Vedra. Denk daran, daß ich am besten weiß, was für dich gut ist.« Er blieb noch lange stehen, sah ihr ins Gesicht, ihr regloses gemaltes Gesicht.

Eleyna wagte kaum zu schlucken. Die Inventarliste brannte in ihrer Hand. Bei der kleinsten Bewegung würde das Papier rascheln und sie verraten.

Er schüttelte den Kopf, wie als Antwort auf eine unausgesprochene Frage. »Die Zeit, dich freizulassen, ist noch nicht gekommen«, sagte er zu dem Bild. Und dann – der Mutter sei Dank! – ging er endlich, schritt langsam über den langen Galerriateppich davon. Eleyna rührte sich nicht, bis sie weit entfernt die Tür zufallen hörte.

Sario Grijalva hatte den Verstand verloren!

Und Großherzog Renayo hatte ihn gerade zum Obersten Hofmaler berufen.

Eleyna schlüpfte hinter dem Vorhang hervor und starrte *Die erste Mätresse* an: Saavedra Grijalva, so lebensecht, so vollendet gemalt, als könnte sie so lebendig aus diesem Bild heraustreten, wie sie vor dreihundert Jahren dafür Modell gesessen hatte.

»Wieviel Macht haben die Grijalva-Meister wirklich?« flüsterte Eleyna und begegnete Saavedras Blick im Spiegel. Wie wunderbar Sario dieses Gesicht erfaßt hatte, seine Zartheit, seinen Zorn, seine Leidenschaft!

Sie haben genug Macht, mir dies anzutun. Wer bist du, Schwester? Ich habe dich schon zuvor gesehen. Kannst du mir nicht helfen? Verstehst du nicht, was man mir und meinem Kind angetan hat?

Es war unmöglich. Es mußte einfach unmöglich sein.

Aber was, wenn es stimmte? Was, wenn Saavedra Grijalva nicht gestorben oder geflohen war? Was, wenn ihr Vetter Sario sie in ihrem eigenen Porträt gefangen hatte? Aber wieso sollte er etwas so Schreckliches tun?

Und woher sollte Sario Grijalva – *dieser* Sario – davon wissen?

25

Es war nicht nötig, dem Großherzog zu sagen, daß die Viehos Fratos, diese erbärmlichen Speichellecker, keine Macht über Sario Grijalva hatten! Nicht mehr.

Keine Sorgen mehr wegen Affären mit do'Verrada-Töchtern. Lächerlich, Domaos' Talent für zwei leidenschaftliche Jahre mit Benecitta geopfert zu haben. Keine häßlichen Renzios mehr. Kein Junge mit so viel ungeschliffener Begabung wie Rafeyo würde mehr vor ungezügeltem Ehrgeiz und Haß brennen müssen. Es hatte so viele Katastrophen gegeben. Nichts, kein Leben außer dem Riobaros, war so verlaufen, wie er es geplant hatte.

Matra ei Filho! Die Grijalvas wurden immer schwächer. Wie konnte er Saavedra in diesem Leben willkommen heißen, wenn er in diesem durchschnittlichen Körper steckte? Aber es standen keine brauchbaren Nachfolger zur Verfügung. Schwach, alt oder tot. Damit waren die Grijalvas exakt beschrieben.

Bis auf seine Schülerin. Wenn sie doch nur die Gabe hätte wie Saavedra. Aber die Viehos Fratos würden nie auf eine Frau hören, also war es vielleicht besser so. Er würde nicht in Versuchung geführt werden. Er würde sich nicht von diesem hell lodernden Feuer ihrer Begabung einfangen lassen, nur um dann feststellen zu müssen, daß jedes Wort, das sein Geist durch ihre Lippen verkündete, ignoriert oder lächerlich gemacht wurde. Er würde sie zur größten Künstlerin ihres Zeitalters machen – von ihm selbstverständlich einmal abgesehen – und durch sie, unter seiner Anleitung als Oberster Hofmaler, eine neue künstlerische Tradition ins Leben rufen, eine, die die öden Werke eines Andonio oder Andreo vergessen ließ. Wenn die letzte Generation von Jungen im Palasso Grijalva mündig wurde, würde er den besten Kandidaten unter ihnen mit seiner Gegenwart ehren. Und dann konnte er daran denken, Saavedra zu befreien. Wenn alles so war, wie es sein sollte.

Wen mußte er als nächsten malen? Wer würde ihm noch im Wege stehen? Edoard hatte viel Zeit mit Alazais verbracht. Was würde seiner Sache besser dienen, als wenn Edoard das Mädchen heiratete, oder sein Bruder? Wie hieß er noch? Cossimio? Alessio? Matteyo? Nein, das waren andere Brüder gewesen, zu anderen Zeiten.

Nun, wie sollte er ein Porträt des rebellischen Bruders malen, wenn er ihn nie gesehen hatte? Nachdem sie nun alle von diesem Pöbel da draußen im Palasso festgehalten wurden, konnte er sich ebensogut Edoard widmen. Es war gleich, welcher der beiden jungen Männer nach Ghillas ging: Edoard konnte auch gern beide Länder unter seiner Regierung vereinigen.

Sario bemerkte plötzlich, daß es draußen dunkel war. Wie lange hatte er hier schon vor seinem Porträt von Renayo gestanden? Er hatte jegliches Zeitgefühl verloren.

Es klopfte an der Tür. »Meister Sario?«

»Kommt herein, Eleyna.« Es gab so viel zu tun, aber er würde noch Jahre haben, um seine wichtigste Pflicht zu tun: Eleyna Grijalva zu unterrichten, die Kunst in Tira Virte zu erneuern und einen neuen Jungen für sich vorzubereiten. Politische Überlegungen waren im Vergleich zu seiner Pflicht gegenüber der Kunst nebensächlich. Er sah sich schnell um: Sein *Tod des Andreo* und das Gemälde von Alazais waren verhängt, sicher vor neugierigen Augen. Dann fiel ihm ein, daß er die Tür abgeschlossen hatte, und er öffnete sie.

»Meister Sario, verzeiht, daß ich Euch störe.«

»Macht nichts. Kommt herein.«

Sie sah Renayos Porträt sofort. Er erkannte das Entsetzen in ihrer Miene.

»Ich sehe, Ihr kennt Euch mit der Sprache aus, die wir bei unseren Bildern verwenden«, sagte er leise.

Sie wurde bleich, versuchte aber, sich zu fassen.

»Sagt es mir«, verlangte er. »Wenn Ihr es wißt, dann sagt mir, was es bedeutet.«

Sie wurde noch bleicher, gehorchte aber. »Gras für Unterwerfung. Flachs für Schicksal. Pfirsichblüten, die sagen ›Ich bin dein Gefangener.‹«

Wie leicht ihr die Symbolsprache von den Lippen ging. »Leilias hat Euch gut unterrichtet. Ich bin nicht überrascht. Ich habe sie nie leiden können, aber ich habe gelernt, sie zu achten.«

»Ihr kanntet meine Großmutter? Sie hat Euch nie erwähnt.«

»Selbstverständlich kannte sie mich!« Er hielt inne, geriet beinahe ins Taumeln von dem plötzlichen Ruck, den er sich geben mußte. Er war nicht mehr Dioniso. Dieser Sario hatte Leilias Grijalva bestenfalls als alte Frau gekannt, die, ebenso wie ihr Bruder Cabral, einen ungehörig großen Einfluß auf die Familie ausübte. Nur weil *sie* Mechella unterstützt hatten, deren Anhänger sich gegenüber der beschämten und verhöhnten Tazia durchsetzen konnten. »Sie kannte uns alle.«

Er ging steif zum Fenster und starrte in den Hof hinab. Alazais ging dort im Fackellicht spazieren, begleitet von einigen der Damen. Von Arrigos Schwester Lizia. Nein, nein, das da unten war Lizias Enkelin, eine hübsche junge Frau, die dieselbe forsche Art hatte wie ihre Großmutter. Was für ein Glück, daß sie denselben Namen trugen. Er drehte sich wieder um. »Es gibt so viel zu tun. Das versteht Ihr doch sicher.«

»Warum malt Ihr Euch nicht selbst zum Großherzog?« wollte sie wissen.

Er lachte, beinahe ebenso sehr über ihre empörte Miene wie über den absurden Vorschlag. Wieso bezichtigten ihn alle, etwas zu wollen, was ihn nie interessiert hatte? »Wieso sollte ich Großherzog werden wollen? Die do'Verradas haben ihren Platz, und wir Grijalvas haben den unseren. Glaubt Ihr wirklich, der Adel von Tira Virte würde einen Chi'patro als Herzog willkommen heißen? Sie würden auf der Stelle rebellieren, und selbst ich kann nicht jeden einzelnen Mann in diesem Land unterwürfig malen. So viel Blut habe ich nicht. Matra ei Filho, Mädchen, denkt doch nach! Wieso sollte ein Maler Großherzog sein wollen? Ich bin ein Maler, kein Herrscher. Kein Großherzog hätte neben seinen Pflichten noch genügend Zeit, mehr als ein begabter Amateur zu sein und hübsche Bildchen für die Damen zu malen. Ich will die Kunst der Grijalvas wieder zur Blüte bringen, zu jener Größe erheben, die sie einmal besaß, und wenn ich dazu Oberster Hofmaler sein muß, dann sorge ich eben dafür.«

Sie starrte lange Zeit Renayos Porträt an, als hätte sie Sario überhaupt nicht gehört. Plötzlich sagte sie dann leise: »Woher habt Ihr gewußt, daß Andreo sterben würde –?« Sie warf ihm einen Blick zu, immer noch bleich.

Sie verdächtigte ihn, das war ganz deutlich.

»Auch ich bin bedrückt über den zu frühen Tod Andreos.« Lügen fiel ihm nach all diesen Jahren nicht schwer. »Aber es gibt keinen Grund, wichtige Entscheidungen aus verfehltem Mitgefühl zu lange aufzuschieben.« Nach all diesen Jahren konnte er das Mienenspiel anderer gut lesen. Jetzt sah er, daß sie an ihren eigenen Schlüssen zweifelte. Daß sie zweifeln *wollte.* »Setzt Euch, Eleyna. Ich muß ein paar Studien von Euch anfertigen.«

Sie setzte sich nicht. Ihre Augen blitzten. Ja, diese Augen waren ihr bester Zug. »Niemals! Wie könnt Ihr auch nur annehmen, daß ich mich dazu hergebe, mich zu Eurer willigen Sklavin malen zu lassen? Das wurde mir schon einmal angetan, und ich habe damals geschworen –«

»Schon einmal angetan?«

»Ihr wißt doch sicher, daß ich mich geweigert habe, Felippo Grijalva zu heiraten, aber Giaberto hat mich unter

Mithilfe meiner Mutter gehorsam gemalt, so daß ich ihn schließlich akzeptiert habe.« Tränen standen ihr in den Augen, glitzerten im Lampenlicht.

Es gab nur noch weniges, was ihn anwidern konnte. Aber dies gehörte dazu. »Matra! Felippo Grijalva! Er hatte die Selbstbeherrschung eines Hundes!«

Tränen liefen ihr über die Wangen, während sie darum rang, sich wieder zu fassen. Er bewunderte ihre Kraft.

»Ich war im Ausland. Ich hoffe, das habt Ihr nicht vergessen,« sagte er leise. »Ich hätte einer solchen Sache nie zugestimmt. *Niemals*, Eleyna.« Jetzt war sie verwundbar. Er bot ihr, was sie wollte – er würde sie unterrichten können –, und sie würde tun, was er wollte, um es zu bekommen. »Ihr wißt, daß die Viehos Fratos sterben. Sie sind verbraucht und träge. Das läßt einem diese dummen Libertistas direkt sympathisch werden.« Sie starrte ihn an, mit suchendem Blick – aber was suchte sie? Er konnte die Fragen in ihren Augen sehen, in ihrer ganzen Haltung, aber er konnte ihre Gedanken nicht lesen. »Wollt Ihr lernen, was ich zu lehren habe?« Er kannte ihre Antwort bereits.

»Selbstverständlich!«

»Dann gehorcht mir!« Warum waren die Begabten immer auch die Schwierigsten? »Sitzt mir Modell.«

»Um Eure Gefangene zu werden?« erwiderte sie. »Wenn ich Eure Schülerin bin und Ihr mir meinen freien Willen raubt, werde ich nur noch ein Spiegel sein.«

Was für ein unmögliches Geschöpf! »Moronna! Es ist meine Pflicht, Euch vor den anderen zu schützen. Deshalb *muß* ich ein Porträt von Euch malen, eines, das dafür sorgt, daß Ihr von meiner und jeder anderen Hand unberührt bleibt.« Das brachte sie zum Schweigen. So sollte es nicht sein! Sie mußte doch verstehen, daß er sie nur schützen wollte, wie er auch Saavedra geschützt hatte. »Seid nicht so störrisch! Habt Ihr die Viehos Fratos nicht selbst kritisiert?«

»Ja«, sagte sie leise.

»Und seid Ihr nicht auch der Ansicht, daß der Akademiestil nichts wert ist? Daß die Grijalvas nur noch um sich selbst kreisen? Daß der Kurs, den sie eingeschlagen haben, zu ihrer Vernichtung führen wird?«

»Das stimmt.«

»Dann laßt zu, daß ich Euch schütze, damit Ihr von mir lernen könnt, ohne daß sie sich einmischen. *Ich habe recht!* Und das wißt Ihr. Also hören wir endlich mit diesem Streit auf und tun, was nötig ist. Wir haben noch so viel vor! Ein Verzeichnis der Grijalva-Gemälde im Palasso. Eine vollständige Neugestaltung der Ausbildung der jungen Grijalvas. Ein neuer Malstil, der unsere Familie wiederbeleben wird, und die Kunst in Tira Virte.« Er seufzte tief und wartete auf ihre Zustimmung.

»Dieses Verzeichnis«, sagte sie zögernd. »Ich habe eines gefunden, das zu Zeiten Arrigos II. erstellt wurde.«

Vor so vielen Leben. Er konnte sich jetzt nur noch daran erinnern, daß er Arrigos II. Krönung ausgenutzt hatte, um Renzio loszuwerden. Er streckte die Hand aus. »Darf ich es sehen?«

Ihr Zögern ärgerte ihn. »Ich ... ich habe es nicht dabei.«

Es ging gar nicht um das Verzeichnis. Sie brauchte ihn, wie Alejandro ihn damals gebraucht hatte. Er würde keine Magie anwenden müssen, nur die richtigen Worte, mit dem richtigen Gefühl ausgesprochen. »Eleyna, Ihr müßt mir vertrauen. Ich will – ich brauche – eine Schülerin, die mir Ruhm einbringt, eine, deren Brillanz aufstrahlt, weil ich sie unterrichtet habe. Wenn ich eine Kopistin wollte, dann würde ich mich dem, was aus den Viehos Fratos geworden ist, doch nicht widersetzen, oder?« Er sprach jetzt leise und sanft, weil er wußte, daß sie immer noch unruhig war. Und kein Wunder, nach allem, was sie mit ihr gemacht hatten! Sie zu zwingen, Felippo zu heiraten, diesen widerlichen Chiros. Widerwärtig. Wie konnte man so mit einem Kind mit solcher Luza do'Orro umgehen! Er *mußte* sie einfach überzeugen, damit so etwas nie wieder geschehen konnte. »Laßt mich dieses Porträt malen. Ich werde Chrysanthemen verwenden für Wahrheit, weiße Eiche für Unabhängigkeit, Weiden für Freiheit und Wacholder für Schutz und Reinheit. Ihr werdet mir helfen, die Farben vorzubereiten. Ihr werdet jeden Pinselstrich sehen, den ich ausführe. Ihr werdet das Bild mitnehmen, wenn ich nicht daran arbeite. Laßt mich Euch auf diese Weise schützen. Es ist ganz und gar eigensüchtig von mir, ich weiß, Euch zur Schülerin haben zu wollen. Und ich will, daß Ihr immer frei seid, wie es Euch zusteht, mit mir oder ohne mich. Gewährt mir diesen Wunsch, Eleyna.«

Sie kämpfte gegen ihre Angst an, aber er wußte schon, was sie tun würde. Sie hatte keine Wahl, ebenso wie er selbst. Sie war ebenso wie er im Bann ihrer eigenen Luza do'Orro, dieses goldenen Lichts. Von allen Grijalvas war sie ihm am ähnlichsten.

»Ich werde Euch vertrauen«, sagte sie leise, als tue es ihr weh, ihm das zuzugestehen. Sie setzte sich.

Zufrieden holte er ein neues Blatt heraus.

26

Eleyna stand schon vor Morgengrauen auf und setzte sich auf den Stuhl vor dem Schreibtisch. Sie rückte Agustins Zeichnung ein letztes Mal zurecht, dann wartete sie.

War sie verrückt gewesen, Sario zu gestatten, dieses Porträt von ihr zu malen? Sie hätte sich gern umgedreht und die beiden Studien angesehen, die er bei Kerzenlicht angefertigt hatte, aber sie wagte nicht, sich zu rühren. Wieso war sie Sario auf sein Zimmer gefolgt? Was, wenn er Andreo tatsächlich umgebracht hatte?

Aber was, wenn er wirklich ein *Peintraddo* malen konnte, das sie für immer vor der Magie der Grijalvas schützen würde?

Das Feuer knisterte hinter ihr. Die Dienerin kam vor Morgengrauen herein und legte neues Holz auf. An diesem Morgen war Eleyna aufgestanden und hatte die Tür verschlossen, sobald das Mädchen gegangen war. Jetzt starrte sie das Pergament an, das flach vor ihr auf dem Schreibtisch lag. Plötzlich hörte sie ein entferntes Flüstern.

»Eleyna, ich bin es, Agustin. Glaubst du, sie kann mich hören, Zio?«

Obwohl sie sich nicht verändert hatte, sah die Zeichnung einer Ecke des Grijalva-Ateliers nun erstaunlich lebensecht aus. Eleyna erwartete jeden Augenblick, daß Agustin ins Bild treten würde, aber das geschah selbstverständlich nicht. Dennoch war es seine Stimme, die sie nun wie durch ein Schlüsselloch hörte. *Ein Wunder!*

»Agustin. Ich kann dich hören.«

»Matra Dolcha!« rief Giaberto, eher entsetzt als erfreut.

»Ich habe dir doch gesagt, es würde funktionieren!« Agustin klang selbstzufrieden. »Giaberto und Cabral sind hier bei mir, Eleyna. Cabral möchte, daß du den Großherzog bittest, morgen früh bei dir zu sein, außerhalb des Winkels der Zeichnung, so daß er mithören kann –«

»Unmöglich!« Das war wieder Giaberto. »Es wird einen Skandal geben, wenn der Großherzog im Morgengrauen ihr Schlafzimmer betritt.«

»Aber wir müssen mit ihm darüber sprechen, wer nächster Oberster Hofmaler wird«, sagte Cabral.

»Bitte, laßt mich doch endlich etwas sagen«, versuchte Eleyna verzweifelt, sich einzumischen. »Der Großherzog hat Sario zum neuen Obersten Hofmaler ernannt.«

»Sario –!«

»Dieser Chi'patro Chiros –!«

»Verzeih, Onkel.« Sie mußte die Wahrheit herausfinden,

aber sie zögerte immer noch. Sie hatte das Gefühl, Sario zu verraten. »Wie ... wie ist Andreo gestorben?«

Cabral schilderte die Symptome. »Eine plötzliche Krankheit. Blutungen.«

»Wäre es möglich –« sie zwang sich, die Worte auszusprechen, »– daß ein Maler mit der Gabe einen anderen umbringt?«

»Willst du damit sagen, daß Sario Andreo umgebracht hat?« Wie konnte Cabral so ruhig bleiben?

»Eleyna.« Giaberto war nicht ruhig, aber er sprach mit Autorität. »Sag niemandem etwas von diesem Verdacht. Wenn möglich, sieh nach, ob Andreos Porträt als Oberster Hofmaler immer noch im Arbeitszimmer des Großherzogs hängt und ob es unberührt geblieben ist. Es liegen mächtige Schutzzauber über dem Porträt, und es *sollte* eigentlich unmöglich sein, daß ein anderer Maler ihm Schaden zufügt, außer durch dieses Porträt.«

»Ich werde tun, was ich kann, Zio.« Sie merktc, daß ihre Hände zitterten und ihr Rücken schrecklich weh tat, aber sie konnte sich nicht rühren, denn sonst würde sie die Verbindung zu Agustin verlieren. »Ist es möglich, daß ein Maler mit der Gabe einen anderen in einem Bild einsperrt?«

Sie hörte, wie Agustin entsetzt nach Luft schnappte. Die beiden anderen gaben unverständliche Geräusche von sich.

»Daß ich über solche Dinge vor einem Maler, der die Gabe nicht hat, und vor einer Frau sprechen muß!« rief Giaberto schließlich. »Aber ich habe nie etwas im Folio gelesen, das vermuten läßt, daß Grijalvas jemals etwas so Entsetzliches versucht haben.«

»Ist es dann möglich, daß einmal eine Kopie der *Ersten Mätresse* gemalt wurde?«

»Von dem Porträt Saavedra Grijalvas?« fragte Cabral. »Ich habe nie von einer Kopie gehört, aber ich nehme an, es könnte durchaus vor meiner Zeit eine angefertigt worden sein. Aber ich versichere dir, das Bild in der Galerria ist das Original.«

Es war nur eine Vermutung, aber sie mußte diese Fragen stellen. Er war beinahe achtzig Jahre alt. »War es nicht einmal ausgelagert?«

Sie konnte Cabrals Lächeln beinahe hören. »Ja. Großherzogin Mechella und ich haben es gefunden. Deshalb weiß ich ja, daß es das Original ist.«

»Kannst du dich noch daran erinnern, wo Saavedra stand?«

Er brauchte für seine Antwort so lange, daß sie schon zu hören glaubte, wie sich der Staub auf den Tisch senkte. »Hinter dem Tisch, glaube ich. Sie las in einem Buch. Mädchen, daran habe ich seit Jahren nicht mehr gedacht.« Er lachte auf, ein bittersüßes Lachen. »Frauen fallen solch merkwürdige Dinge auf. Die Großherzogin glaubte, Saavedra sei schwanger gewesen. Ist das nicht seltsam, daß mir das nach all den Jahren wieder einfällt?«

Hinter dem Tisch. »Zio«, flüsterte sie. Endlich fand sie ihre Stimme wieder. »Wenn es nicht möglich ist, einen Menschen in einem Bild zu fangen, dann erkläre mir, wie es sein kann, daß Saavedra jetzt an der Tür steht. Und warum, wenn es keine Kopie gibt, beschreibt ein Inventarverzeichnis aus dem Jahr 1216, das ich gefunden habe, sie ebenfalls als hinter dem Tisch stehend, am Abend?«

»Am Abend!« Es war unheimlich, den Schrecken in Cabrals Stimme zu hören und dennoch sein Gesicht nicht zu sehen. »Es dämmerte gerade. Daran kann ich mich genau erinnern. Die Kerze war gerade gelöscht worden. Mechella hat noch etwas darüber gesagt, wie kunstfertig das Bild ausgeführt war ...« Seine Stimme verklang, dann hob er mit einer Art entsetztem Staunen wieder an. *»Das alles hatte ich vollkommen vergessen!«*

»Sario glaubt, daß Saavedra in diesem Bild *lebt.*«

»Ich bin nicht mehr in der Galerria gewesen, seit Chella

zu krank wurde, um mit mir hinzugehen«, flüsterte Cabral. *Chella?* Seit wann sprach ein einfacher Maler so vertraulich von der Großherzogin?

»Merditto!« fluchte Giaberto. »Eleyna, wir müssen dieses Bild ins Atelier schaffen, damit die Viehos Fratos es untersuchen können.«

»Wie soll sie ein Bild von dieser Größe an den Barrikaden vorbeischaffen?« fragte Agustin.

»Wir müssen sehen, was Don Rohario erreichen kann«, sagte Cabral. »Giaberto hat recht. Wir müssen das Bild hier haben.«

Ihre Worte erschreckten sie. »Das würde Sario sofort auffallen! Ihr versteht das nicht – er beherrscht hier beinahe jeden!«

Giaberto schnaubte. »Um Sario Grijalva werden wir uns schon kümmern. Schick uns nur das Bild, wie auch immer du es anfängst. Das ist ein Befehl, Eleyna. Hast du verstanden?«

»Ja.« *Sie* waren diejenigen, die nichts verstanden. Sie waren blind gegenüber Sarios Macht.

»Das genügt für heute, Agustin. Du kannst morgen wieder mit Eleyna sprechen.«

»Ja, aber –« Agustin wollte beruhigt werden.

Sie tat es. »Beatriz geht es gut. Mir auch. Und dir?«

»Ja, aber –«

»Komm«, sagte Giaberto barsch. »Wir müssen jetzt darüber sprechen, wie du dazu gekommen bist, so etwas zu entwickeln, ohne darüber mit den Viehos Fratos zu sprechen.«

»Agustin? Agustin?« Aber sie hörte nichts mehr. Der Bann war gebrochen.

Um Sario Grijalva werden wir uns schon kümmern.

Daran glaubte Eleyna nicht mehr. Die Viehos Fratos hatten nicht die geringste Ahnung davon, wie mächtig Sario war. Sie war die einzige, die ihn wirklich *sah*, einen Meister bei der Arbeit, die einzige, die seine Brillanz verstand. Sie wollte nicht, daß sie ihn vernichteten – er, der alles war, was sie als Künstlerin einmal zu sein hoffte. Und dennoch: Was, wenn Saavedra wirklich noch lebte, in diesem Porträt? Was, wenn sie wirklich Saavedras Stimme gehört hatte? »*Wer bist du, Schwester? Kannst du mir helfen?*« Nur ein Maler, der die Gabe hatte, würde sie befreien können, wenn das wirklich stimmte, und sie hatte gehört, wie Sario Saavedra sagte, daß er nicht vorhatte, sie zu befreien … noch nicht.

Es war einfach unmöglich. Es konnte nicht sein.

Aber um dieser Frau im Bild willen durfte sie kein Risiko eingehen. Irgendwie mußte sie *Die erste Mätresse* in den Palasso Grijalva schaffen, ohne daß Sario davon erfuhr.

27

Die Erste Provisorische Versammlung der Corteis dauerte nun schon fünfzehn Tage. Rohario hatte eine Ansprache gehalten, die unter dem Stichwort »Nichts übereilen« ins Protokoll aufgenommen wurde. Aber er hatte die Versammelten immerhin davon überzeugen können, daß es besser war zu verhandeln, als anzugreifen.

»Wir sind keine Barbaren. Wir töten keine Kinder im Namen der Freiheit.« Und ähnliche Worte. »Der Großherzog wird Gewalt mit Gewalt beantworten. Auf beiden Seiten werden Menschen sterben –«

»Ein geringer Preis für unsere Freiheit!« rief Ruis, der sich zum Sprecher einer Gruppe ungebärdiger junger Männer gemacht hatte.

Rohario fand es inzwischen nicht mehr so schwierig, vor vielen Menschen zu sprechen. Tatsächlich erwies sich sogar, daß er eine Begabung dafür hatte. »Habt Ihr eine jüngere Schwester, so wie ich, Maesso?« hatte er erwidert. »Vielleicht möchtet Ihr sie in die erste Reihe stellen? Wenn es einen Kampf geben muß, dann halte ich es für besser, schriftlich eine Liste von Prinzipien festzuhalten, denen die Corteis zugestimmt haben, bevor der Kampf beginnt, so daß jeder hier seine Meinung zu diesen Prinzipien kundtun und seine Stimme abgeben kann, bevor wir anfangen, uns über die Gewinne zu streiten. So könnt Ihr auch jene auf Eure Seite bringen, die anders vielleicht befürchten, daß sie alles an den Zorn des Mobs verlieren, wofür ihre Familien seit Generationen hart gearbeitet haben.«

Seine Ansprache war nur eine in einer langen Reihe von Reden gewesen. Aber es wäre naiv zu denken, daß er keinen Einfluß auf die wohlhabenderen Angehörigen der Gesellschaft von Meya Suerta ausgeübt hatte, denn einige von ihnen begannen sofort, sich für Verhandlungen einzusetzen.

Zwanzig Tage nach Penitenssia hatten sie einen Waffenstillstand erreicht. Jetzt stritten sie sich über die Prinzipien, die in jenes Dokument eingeschlossen werden sollten, mit dem sie die Corteis legitimieren wollten – mit oder ohne Zustimmung des Großherzogs.

Speranssia war gekommen und wieder vergangen. Diesmal hatten keine angehenden Wandergesellen die Straßen auf der Jagd nach Küssen durchstreift. Nach wie vor waren die Avenidas verbarrikadiert. Der Markt blieb offen, aber der Verkehr in die und aus der Stadt war eingeschränkt. Man ließ Fuhrwerke zum Palasso durch, aber nicht, ohne sie zuvor zu durchsuchen. Großherzog Renayo reagierte nicht. Er hatte seit seinem verhängnisvollen Gespräch mit Rohario am Tag nach Nov'viva nicht einmal mehr in der Öffentlichkeit gesprochen. Einige sagten, er verlasse sich auf die Ecclesia, und tatsächlich nahmen jeden Tag Vertreter von Premia Sancta und Premio Sancto an den Versammlungen in der Gildehalle teil, in der die Provisorischen Corteis tagten.

Rohario verstand nicht, wieso sein Vater nicht zu drastischen Maßnahmen griff. Renayo war kein geduldiger Mensch, obwohl er immer pragmatisch war. Aber er konnte wohl auch kaum den größten Teil seiner Armee dafür einsetzen, hier in Meya Suerta Ruhe und Ordnung wiederherzustellen und gleichzeitig Prinzessin Alazais – und einen seiner Söhne – auf den Thron von Ghillas setzen. Er würde nicht all seine Kraft hier in der Stadt binden, wenn im Ausland so viel auf dem Spiel stand.

Noch zehn Tage bis zum Mirrafiloresmond. Rohario lauschte jeder ermüdenden Stunde der Debatte. Solange sie noch redeten, kämpften sie nicht. Um nichts in der Welt wollte er das schöne Meya Suerta durch Gewalttätigkeit zerstört sehen, wie es mit Aute-Ghillas geschehen war. Er wollte nicht, daß seine geliebte Galerria geplündert und niedergebrannt wurde.

Wenn sich die Welt schon verändern mußte, dann durch die Feder, nicht durch das Schwert.

Und dennoch, als die Vorgänge protokolliert wurden – und das Dokument verfaßt war, das all die Prinzipien enthielt, über die man abgestimmt hatte –, bemerkte er, daß dies vor allem in Worten geschah. Nicht in Gemälden. Die *Verträge* und *Hochzeiten*, die die Grundlage des Handels in Meya Suerta bildeten, basierten auf einer festgelegten Sprache, auf die man sich vor vielen Jahren geeinigt hatte, einer Sprache, die jeder Kaufmann, jeder gebildete Bürger, ob Mann oder Frau, verstehen konnte. Dies hier war neu. Die Sprache der Gemälde konnte so etwas nicht ausdrücken. Wie würde sich das für Familien wie die Grijalvas auswirken, deren Wohlstand sich auf Malerei gründete?

»Wir, die gewählten Vertreter der Corteis, werden uns zu einer Körperschaft versammeln, die der Versammlung der großherzoglichen Ratgeber gleichgestellt ist.«

Das wurde einstimmig angenommen.

»Die Abgeordneten der Corteis werden ohne Rücksicht auf Anweisungen oder Privilegien oder ererbte Rechte gewählt.«

»Die Corteis sollen das Recht haben einzuschreiten, wenn einzelnen oder Gruppen von einzelnen, von welchem Rang auch immer, Ungerechtigkeiten von seiten des Großherzogs oder seiner Vertreter zugefügt werden, und zu verlangen, daß der Gerechtigkeit Genüge getan wird.«

»Keine Steuerforderungen dürfen ohne Zustimmung der Corteis verabschiedet werden.«

Rohario schrieb ein paar Sätze nieder und ließ das Blatt an Maesso Velasco weiterreichen, der immer noch als inoffizieller Premio Oratorrio agierte. *Ich verlasse die Versammlung für diesen Nachmittag, um mich unseren Genossen zuzugesellen, die mit der Durchsuchung der Akten des Palasso Justissio befaßt sind.*

Er stand selbstverständlich unter Beobachtung. Man zeigte heftiges Interesse an ihm. Er hatte eine ständige Eskorte junger Wandergesellen – Freunde von Ruis. Sie waren etwa im selben Alter wie er selbst, und obwohl sie seinen Titel und seine Privilegien ablehnten, behandelten sie ihn inzwischen mit widerstrebender Achtung. Gewöhnt an die Sprache von Gemälden, hatten sie nicht die Geduld, die Bände mit den in winziger Schrift aufgezeichneten Protokollen der Corteissitzungen früherer Jahrhunderte durchzugehen. Vor vierhundert Jahren hatten sich in Tira Virte die Corteis regelmäßig zusammengefunden. Damals hatte Herzog Renayo sie gebraucht, um das neue Land zu regieren. Ihre Macht war immer mehr geschwunden, und vor hundert Jahren hatte Arrigo II. die Versammlung verboten. Die alten Corteis hatten nicht viel Macht besessen, und Rohario hatte auch entdeckt, daß es zum Beispiel nicht neu war, daß sie sich selbst das Recht der Mitsprache bei Steuergesetzen zusprachen und ihren Mitgliedern Privilegien verschafften, die denen des Adels ähnelten. Die Unterlagen darüber waren weggeschlossen gewesen, nur dem Großherzog und seinen Ratgebern zugänglich. Bis jetzt.

Rohario führte seine Begleiter in den Keller des Palasso Justissia. In den düsteren Räumen roch es immer noch nach Rauch, eine Erinnerung an das Feuer, das vor einem Monat einen Flügel des Palasso niedergebrannt hatte. Hier arbeiteten emsige Sanctos und Schreiber, sammelten Stück für Stück Wissen über die Worte und Pflichten und Rechte der alten Corteis. Sie arbeiteten im Licht von Laternen, die entlang von Reihen grobgezimmerter Tische standen, die man hier heruntergeschafft hatte. Rohario gesellte sich zu ihnen. Er holte einen alten Band von einem Stapel, gebunden in rissiges Leder, und öffnete ihn. Sofort mußte er niesen, denn eine Staubwolke stieg von den Seiten auf. Ein höflicher junger Sancto reichte ihm ein Taschentuch. Rohario bedankte sich und staubte das Buch ab. Im Palasso Verrada hätte er Diener gehabt, die so etwas für ihn übernahmen. Er seufzte und begann zu lesen.

Da der Oberste Hofmaler Zaragosa Serrano erkrankt ist, beruft Herzog Alejandro hiermit den obengenannten Sario Grijalva zum Obersten Hofmaler, mit der Gnade von Matra ei Filho und der Macht, die ihm von der Ecclesia und dem Volk von Tira Virte verliehen wurde.

Das Dokument stammte aus dem Jahr 951. Sario Grijalva, der Meister, der das Altarbild und *Die erste Mätresse* gemalt hatte. Interessiert las Rohario weiter, durch Monate langweiliger Handelsverträge, die auf diesen nicht einmal vergilbten Seiten festgehalten waren. Er gähnte. Als er weiterblätterte, fand er ein loses Blatt Pergament, das im Buch gelegen hatte. Vorsichtig nahm er es heraus.

Es sah aus wie eine Art Rezept, aber die Worte schienen

unsinnig, und die Ränder des Blatts waren mit winzigen Zeichen bedeckt, einer ihm unbekannten Schrift, miteinander verbunden wie die endlosen Risse, die ein Stück trockenen Bodens durchfurchten. Er drehte das Blatt herum.

Hier war in derselben Schrift hastig und mit vielen durchgestrichenen Passagen ein Erlaß festgehalten. Die Schrift war unverwechselbar, aber seltsam ungeübt, als wäre der Schreiber an so etwas nicht gewöhnt. Hier und da war die Tinte verschmiert, aber Rohario konnte den Sinn erraten, und als er dies tat, beschlich ihn ein ungutes Gefühl.

Hiermit wird festgelegt, daß der Palasso Grijalva und nur der Palasso Grijalva den Erben mit einer Mätresse versorgen wird, der einzigen, mit der er die Marria do'Fantome eingeht. So ergeht der Erlaß von Herzog Alejandro, festgehalten im Peintraddo des Sario Grijalva, für alle Zeiten.

Matra Dolcha! Wie erstaunlich, gerade über dieses Dokument gestolpert zu sein, die Grundlage dieser lange bestehenden und seltsamen Beziehung zwischen den do'Verradas und den Grijalvas. Aber wer hatte es aufgesetzt, der Oberste Hofmaler oder der Herzog? Oder beide gemeinsam? Dann fielen ihm Beatriz' Worte in Chassierallo ein.

»Man mußte nicht sonderlich intelligent sein, um deine Veränderung zu bemerken, nach dem Tag, an dem du Mutter sagtest, du würdest Felippo nie heiraten – und dann standest du bei der Hochzeit schmachtend neben ihm! ... Und wenn ich mich gewehrt hätte, so wie du, wenn ich darauf bestanden hätte, hätten sie mich auch gehorsam gemalt. Wie sie es mit dir getan haben .... Nur Männer haben die Gabe, aber es sind die Grijalva-Frauen, die diese Söhne zur Welt bringen, ganz gleich, wer die Väter sind.

Er faltete das Pergament und steckte es in seine Tasche, dann blätterte er weiter in dem Band, suchte, ob die Grijalvas erwähnt wurden, bevor Herzog Alejandro Sario Grijalva zum Obersten Hofmaler ernannt hatte. Die Anklage sprang ihm zehn Seiten weiter vorn entgegen, in einer Krakelschrift, die zwischen die perfekten Zeilen des Schreibers gequetscht war, der den Verlauf einer vertraulichen Versammlung beschrieb, die Herzog Baltran, Alejandros Vater, einberufen hatte.

Der Oberste Hofmaler Zaragosa Serrano hat den Herzog gebeten, den Schutzedikt zurückzunehmen, der der Familie Grijalva gewährt wurde. Er behauptet, es gäbe Gerüchte, die besagten Grijalvas benutzten Schwarze Magie, um ihre Position bei Hofe zu verbessern.

Matra Dolcha!

Schritte erklangen von der Treppe draußen. Es war eine Erleichterung, den Blick von diesen Warnungen abwenden zu können – bis er sah, wer dort den Raum betrat.

Maesso Azéma kam direkt auf Rohario zu. »Ich bin überrascht, Euch hier zu finden, Don Rohario, und so fleißig. Seid Ihr ein Gelehrter? Ich wußte nicht, daß die do'Verradas sich auch der Philosophie widmen.«

Da dies keine Möglichkeit zu einer höflichen Erwiderung ließ, nickte Rohario Azéma nur knapp zu. Vorsichtig klappte er das Buch zu und legte es wieder auf den Stapel zurück, als interessierte es ihn nicht mehr.

»Aber da ich Euch nun schon einmal begegnet bin, Don Rohario, könnten wir vielleicht einmal privat miteinander sprechen? Bitte.«

Weil er keine Szene machen wollte, stimmte Rohario zu. Sie gingen hinaus auf den Flur und blieben im zugigen Treppenhaus stehen. »Ihr fragt Euch vielleicht, wieso ich hergekommen bin«, meinte Azéma. »Auch ich suche nach

Akten, Don Rohario. Nach den Einzelteilen eines Rätsels, die sich vielleicht endlich zu einem zusammenhängenden Bild fügen werden.«

Azéma hatte ein wildes, triumphierendes Glitzern in den Augen, das Rohario nervös machte, besonders nach allem, was er gerade über die Magie der Grijalvas gelesen hatte. Aber das war einfach verrückt! Sich von den Geschichten leichtgläubiger Männer erschrecken zu lassen, die schon seit dreihundert Jahren tot waren! Es war kalt auf der Treppe. Rohario verschränkte die Arme und wartete, was der alte Mann zu sagen hatte.

»Ich habe keinen Grund, die do'Verradas zu lieben. Nein, wahrhaftig keinen Grund, Ihnen auch nur Gutes zu wünschen.«

Sollte das eine Drohung sein? »Es sollte in Eurem Interesse und in dem aller Männer Eures Ranges sein, sich Wohlstand, Frieden und Ordnung in Tira Virte zu wünschen.«

»Selbstverständlich, Don Rohario. Aber ich muß euch daran erinnern, daß ich jetzt ein alter Mann bin, und es heißt, ein Sterbender weiß, daß er die Schneiderrechnung nicht mehr zahlen muß.«

»Es tut mir leid, daß Euer Bruder gestorben ist, aber das hat nichts mit mir zu tun.«

»Es hat sehr viel mit Euch zu tun, denn Ihr seid ein do'Verrada. Aber darum geht es, nicht wahr? Seid Ihr wirklich ein do'Verrada?«

Das war zu viel! »Ihr solltet vorsichtig sein«, sagte Rohario mit lauter, angespannter Stimme, »wie Ihr von meiner gesegneten Mutter sprecht.«

»Es geht mir nicht um Eure Mutter, sondern um Eure Großmutter.«

Rohario lachte laut. »Großherzogin Mechella? Jeder weiß, daß sie eine Heilige war. Ich kann mir nicht vorstellen, was Ihr mit diesen Anschuldigungen erreichen wollt.«

Azéma lächelte. »Es war ein gewaltiger Skandal, größer, als Ihr Euch vorstellen könnt, mein Junge, was zwischen Arrigo und Mechella und dieser Grijalva vor sich ging. Arrigo und Mechella hatten zwei Kinder – Teressa und Alessio –, bevor sie sich auf Dauer trennten und danach getrennte Haushalte führten.«

»*Drei* Kinder.« Rohario zupfe die Manschetten zurecht, tastete an den Knöpfen herum. Alles war besser, als diesen alten Mann vor ihm zu schlagen. »Ich nehme an, Ihr macht diese Andeutungen, damit ich die Nerven verliere und mich zum Narren mache. Den Gefallen werde ich Euch nicht tun.«

Azéma war so ruhig. So selbstsicher. »Ich habe Euren Vater nicht vergessen. Ich will Euch eine Geschichte erzählen, und ich schlage vor, Ihr hört mir gut zu. Die Gräfin do'Alva war wieder Arrigos Mätresse geworden. Arrigo und Mechella hatten jeder ihre Günstlinge, ihr eigenes kleines Dorf, wie wir damals zu sagen pflegten. Sie sprachen nicht mehr miteinander, sie sahen einander nicht mehr. Großherzog Cossimio war verärgert, aber trotzdem versöhnten sie sich nicht wieder. Also kann Euer Vater nur bei einer einzigen Begegnung der beiden gezeugt worden sein, die weniger als eine Stunde dauerte und während eines Balles in einem Hinterzimmer stattfand. Selbst wenn Arrigo nicht so prüde gewesen wäre, hätte ich meine Zweifel, ob er sich in einer solchen Situation derart verhalten hätte, ganz gleich, wie schön die Frau war. Aber darüber hinaus konnte ich auf meinen Landgütern oft genug beobachten, daß ein Bulle eine Kuh mehr als einmal bespringen muß, damit Nachkommen sicher sind.«

»Ihr seid beleidigend, Maesso.« Rohario verwendete bewußt die bürgerliche Anrede, nicht den Titel des Mannes.

Azéma schien das nicht zu stören. Vielleicht war er wirklich zu alt, als daß ihn noch irgend etwas kümmerte. »Renayo sieht den do'Verradas kein bißchen ähnlich. Er ähnelt seiner Mutter, das sagen alle. Aber auch seine Kinder sehen nicht wie do'Verradas aus. Ein seltsamer Zufall.«

»Meine Mutter und meine Großmutter stammten beide aus Ghillas.«

»Also habe ich mir Mechellas kleines Dorf näher angesehen, und was habe ich gefunden? Grijalvas. Sie waren überall, diese Grijalvas.«

»Was wollt Ihr damit andeuten?« Zu seinem Erstaunen wandelte sich sein Zorn in Kälte, nicht Hitze.

»Ich will andeuten, Don Rohario, daß Euer Vater nicht der Sohn Arrigos ist, sondern das Chi'patro-Kind eines Grijalva-Malers.«

Edoard hätte jetzt bestimmt zugeschlagen. Aber Rohario hatte das schreckliche Gefühl, daß eine solche Reaktion den alten Mann auf verdrehte Art nur noch anfeuern würde. Sich vorzustellen, daß der Name seiner geliebten Großmutter Mechella – alle hatten sie geliebt! – auf solche Weise in den Dreck gezogen würde, nachdem sie sich nicht einmal mehr selbst wehren konnte! Beinahe hätte sich ihm der Magen umgedreht. Er mußte sich anstrengen, den alten Mann nicht anzuspucken. Aber es war jetzt wichtig, die Ruhe zu bewahren. »Die Grijalvas stehen seit Jahrhunderten unter einem herzoglichen Schutzedikt. Wir haben ihnen ebenso geholfen wie sie uns. Daran kann ich nichts Verdächtiges bemerken.« Andere hatten das jedoch, vor dreihundert Jahren. Einige der großen Adelsfamilien waren in diesem Zeitraum ausgestorben. Andere standen nicht mehr in der Gunst der Herzöge. Was hatten die Grijalvas anzubieten, daß sie über so viele Generationen die Favoriten der herrschenden do'Verradas gewesen waren?

»Jede Frau«, fuhr Azéma fort, als hätte er Rohario Antwort gar nicht gehört, »die von ihrem Mann verstoßen und öffentlich von seiner Mätresse lächerlich gemacht wurde, konnte Trost in den Armen eines gutaussehenden jungen Mannes finden, der stets an ihrer Seite ist. Und es gab in ihrem Haushalt einen solchen jungen Mann. Sein Name war Cabral Grijalva.«

Zio Cabral?

»Das könnt Ihr nicht beweisen«, sagte Rohario ruhig und wünschte sich, er hätte ein Schwert und könnte diesen Chiros einfach abstechen. Aber was, wenn Azéma diese boshaften Gerüchte bereits anderweitig verbreitet hatte?

»Ich kann es nicht beweisen«, stimmte Azéma mit demselben widerwärtigen Lächeln zu. »Aber ich brauche auch keine Beweise. Ich muß nur Zweifel wecken, Don Rohario. Ich brauche nur zu bewirken, daß die Leute sich wundern, und Ihr könnt sicher sein, daß ich bereits begonnen habe, Fragen an Orten zu stellen, wo mich die Leute hören konnten. Bald werden auch die Premia Sancta und der Premio Sancto von diesen Fragen erfahren. Und sobald die Ecclesia sich einmischt, werden die Beweise in den Händen von Matra ei Filho liegen. Ich nehme an, man wird Renayo bitten, die Wahrheit über seine Herkunft auf ihre Ringe zu schwören. Das ist doch nur eine Kleinigkeit.«

Eine Kleinigkeit, in der Tat. Wenn Azémas Anschuldigungen falsch waren. Rohario spürte, wie sein Herz kalt wie Stein wurde. Warum sollte jemand solche Anschuldigungen erheben, wissend, daß ein einfaches Gelöbnis auf den Stufen der Kathedrale Imagos Brillantos alle Zweifel beseitigen könnte?

28

Wo konnte man etwas leichter verbergen als vor aller Augen? Diese Erkenntnis führte schließlich dazu, daß Eleyna darum bat, das Porträt Saavedra Grijalvas zur Übung kopieren zu dürfen, überwacht vom Obersten Hofmaler.

Vom Obersten Hofmaler Sario. Seltsam, von einem

Mann unterrichtet zu werden, der nach dem Meister benannt war, der dieses Werk gemalt hatte. Das schwierigste war gewesen, ein passendes Eichenpaneel zu finden, wegen der gewaltigen Größe. Zum Glück hatte Sario bereits ein solches Paneel mit gekochtem Leinsamenöl vorbereitet – zu welchem Zweck, wagte sie nicht zu fragen.

Sie fertigte mehrere Studien der *Ersten Mätresse* an, und jedesmal korrigierte Sario ihre Zeichnung mit einer Linie, einem Schatten, einer subtilen Veränderung. Seine eigene Skizze des Porträts war perfekt, so perfekt, daß Eleyna beinahe geschworen hätte, sie wäre vom selben Maler. Als sie schließlich genug Selbstvertrauen hatte, nahm sie einen weichen Lappen und wischte die Oberfläche des Paneels wieder sauber.

Jetzt war sie bereit zu beginnen. Zweiunddreißig Tage lang malte sie beinahe ununterbrochen, gönnte sich kaum Zeit für Essen und Schlaf. Manchmal half Beatriz ihr, denn Eleyna hatte Beatriz alles erzählt, aber Beatriz hatte andere Pflichten, und Eleyna wollte nicht, daß Sario Verdacht schöpfte. Jeden dritten oder vierten Tag sprach sie in der Morgendämmerung durch das kleine Bild mit Agustin.

Es war selbstverständlich unmöglich, das Gemälde perfekt zu kopieren. Sie konnte es in allen Einzelheiten studieren, aber sie würde nie genau wissen, welche Kombination von Farben, Grundierung, Abtönungen und Lasur, Schatten und Glanzlichtern der Maler benutzt hatte, um zum Beispiel Saavedras Gesicht im Spiegel darzustellen. Oder die subtilen Verwüstungen, die die Flamme an der Bienenwachskerze angerichtet hatte, die nun kalt und niedergebrannt war. Oder das feine Aschrosa des Samtkleids, auf dem jede aufgestickte Perle sanft schimmerte.

Wer bist du? fragte Saavedra, oder Eleyna stellte sich vor, daß sie es fragen würde, wenn sie wirklich in diesem Bild am Leben gewesen wäre und in der Lage, durch ihr Spiegelbild in die Welt hinauszusehen.

»Ich bin Eleyna Grijalva«, flüsterte sie, zu verlegen, um laut zu sprechen, obwohl niemand sie hören konnte. Die Galerria war verlassen. Gefangen, verängstigt, allein und vergessen, wäre Saavedra sicher dankbar für ein wenig Trost. Selbst wenn es nur in ihrem Geist war, fühlte sich Eleyna verpflichtet weiterzusprechen.

Malst du mich in die Freiheit?

»Das kann ich leider nicht, denn ich bin eine Frau und habe die Gabe nicht. Aber ich würde es gern tun, wenn ich es könnte. Und ich versuche, dir zu helfen.«

Ich bin auch Malerin.

Dann sind wir wirklich Schwestern, dachte Eleyna. Vom selben Blut, wenn auch durch Jahrhunderte getrennt. »Warum hat Sario dich gefangen?«

Weil er mich liebt, soweit er etwas anderes lieben kann als die Vision, die ihn antreibt.

So gab sich Eleyna ihren Gedanken hin, führte ausgedachte Gespräche mit einer Frau in einem Gemälde. War Sario wirklich der einzige hier, der ein wenig verrückt war? Manchmal zweifelte sie an sich und an ihrem eigenen Verstand. Aber sie arbeitete weiter.

Wo konnte man etwas leichter verbergen als vor aller Augen?

»Wunderbar. Ich könnte beinahe glauben, ich hätte es selbst gemalt.«

»Meister Sario! Ihr habt mich erschreckt.« Eleyna fuhr mit der Hand an die Lippen, als befürchtete sie, er könne ihnen die letzten Worte noch ansehen.

Aber Sario betrachtete nur die beiden Bilder. »Ich bin sehr zufrieden mit Euren Fortschritten, Eleyna. Dieses Bild würde tatsächlich alle hinters Licht führen, deren Auge nicht hervorragend geschult ist. Ihr beweist mir ständig, daß mein Glaube an Euer Talent berechtigt war.«

»Ich danke Euch. Es ist eine Ehre, mit Euch zusammenzuarbeiten.«

»Ja«, stimmte er ihr zu. Er gab nicht mehr vor, ein demütiges jüngeres Mitglied der Familie zu sein. Er erinnerte sie an Andonio Grijalva, der vor Andreo Oberster Hofmaler gewesen war. Ein strenger Mann, hatte er den Palasso Grijalva, seine Brüder und all die jungen Schüler mit eiserner Hand und absolutem Glauben an seine eigene Überlegenheit regiert. Jedenfalls war es der damals zehnjährigen Eleyna so vorgekommen, als man ihn auf sie aufmerksam gemacht hatte und sie den Fehler machte, ihm zu widersprechen.

Aber Sario war anders. Ein Ungeheuer, denn inzwischen zweifelte sie nicht mehr daran, daß er Andreo umgebracht und Renayo gnadenlos durch das Porträt lenkte. Aber sie konnte ihm seine Arroganz nicht übelnehmen. Nicht, wenn es um die Kunst ging.

»Warum hat sie einen goldenen Schlüssel?« fragte sie.

»Weil sie die Gabe hat, es aber nie zugeben würde.« Er sah plötzlich grimmig aus. Und sie war so erstaunt über seine Antwort, daß sie ihn nur anstarrte. Frauen hatten die Gabe nicht! Er ignorierte sie und fuhr fort: »Morgen, wenn Ihr fertig seid, müßt Ihr in mein Atelier kommen. Wir müssen Euer Porträt beenden.«

Ihr Porträt beenden? Sklavin oder frei sein. Plötzlich schien er verärgert, hatte ihre Miene richtig gedeutet. »Wenn Ihr nicht auf meiner Seite steht, Eleyna, dann seid Ihr meine Feindin.« Er drehte sich um und ging; seine Schritte hallten vom Marmorboden wider.

Sie sah ihm nach, dann riß sie den Blick los. Sie durfte nicht so oft an ihn denken. Wo war Rohario jetzt? Ging es ihm gut? War er gesund? Es wäre eine Gnade, jetzt seine strahlende Energie in der Galerria zu verspüren. Hier waren alle so still geworden wie Alazais. Es war, als wohnte man in einem Palasso voller Geister.

Sie sah die Galerria entlang. War das hier kein Palasso der Geister, von toten do'Verradas, ihren Bräuten und Baronen, ihren Günstlingen und Feinden, ihren Mätressen und Hofmalern, alle ausgestellt, so daß sie Meya Suerta weiter beeinflussen, weiter heimsuchen konnten, damit sie niemand jemals vergaß? Wenn Saavedra lebte und gerettet werden konnte, was für Geschichten würde sie erzählen?

Beinahe beendet, hatte Sario gesagt, und das stimmte. Nur noch ein paar Einzelheiten: der goldene Schlüssel, dieses Schimmern auf Saavedras Fingernägeln …

Und plötzlich sah sie es. Die Oscurra. Die Buchstaben und Symbole, die geschickt in die Glanzlichter gewoben waren, die Saavedras Nägel schimmern ließen. Danach entdeckte sie sie überall, ein Muster, das sich ausbreitete. Im Licht, im Schatten, in den Flammen, im Dunkeln, in den Falten ihres Rocks, in den Locken ihres Haars, am Tischrand, in der Maserung der Tür. Oscurra, überall, gerahmt von einem Rand, der kein offensichtlicher Rand war, sondern die Begrenzung der Kammer. Selbst die Tür war verzaubert, gebunden mit geschnitzten Symbolen, die sie nicht lesen konnte, die sie so verzweifelt gern gelesen hätte.

»Ich habe diese Tür schon einmal gesehen«, flüsterte sie, aber es war nur eine vage Erinnerung aus ihrer Kinderzeit, als sie verbotene Flure im Palasso erforscht hatte.

Hinter dieser Tür hat er mich eingeschlossen. Kannst du sie nicht öffnen?

Oscurra, Muster, die die Magie der Grijalva-Maler nachzeichneten. Eine Tür, die geöffnet werden mußte. Endlich glaubte sie es.

Mit dem Gefühl, daß ihr kaum mehr Zeit blieb, beendete sie das Gemälde. Es war beinahe dunkel, als sie endlich fertig war, und sie war zu müde, viel zu müde, noch etwas anderes zu tun, als auf ihr Zimmer zu gehen und zu schlafen.

29

Die Viehos Fratos versammelten sich in der alten Kammer, die als Crechetta bekannt war, tief im ältesten Teil des Palasso Grijalva. Die weiß gestrichenen Wände leuchteten im Licht von Kerzen in altmodischen schmiedeeisernen Leuchtern in jeder Ecke. Es war kühl und feucht. Die Maler – die wenigen, die noch übrig waren – warteten. Mitten im Zimmer stand eine Staffelei, darauf ein verhülltes Bild.

Giaberto blies alle Kerzen aus bis auf eine. Schatten zuckten in unheimlichen Mustern umher. Der junge Damiano holte mit grimmiger Miene eine Lanzette heraus und erhitzte sie über der Kerzenflamme. Er ging zu jedem der anderen – neun jetzt, neben Agustin, nur noch neun – und sammelte Blut von ihnen. Die erhitzte Klinge schnitt in Agustins Arm, und er unterdrückte einen Aufschrei. Er hatte Angst, aber er wagte nicht, es zu zeigen.

Damiano brachte die Phiole mit dem Blut zu Zosio, der mit seinen arthritischen Händen nicht mehr malen, aber immer noch Farben mischen konnte. Während Zosio die Palette mit dem Blut vorbereitete, enthüllte Giaberto das Gemälde. Agustin hielt die Luft an, obwohl er gewußt hatte, um was es sich handeln mußte: Sarios *Peintraddo Chieva*.

»Chieva do'Sangua«, sagte Giaberto. »Wir verspüren alle Schmerz, denn wir alle haben unsere Macht gegeben, um jenen zu strafen, der die Treue der Chieva do'Orro gebrochen hat. Niemand, der den Goldenen Schlüssel trägt, darf ihn zu seinem eigenen Vorteil benutzen.« Hier starrte er Agustin an, um den Jungen daran zu erinnern, wie zornig die Viehos Fratos gewesen waren, als sie von Agustins Experiment erfahren hatten. Und dennoch, das Experiment hatte doch Früchte getragen, oder? »Was wir tun, tun wir für die Grijalvas und für Tira Virte.«

Giaberto griff nach einem Pinsel und begann zu malen. So wurde ein Verräter – der Mörder von Andreo Grijalva – bestraft: Milchige Blindheit überzog die Augen; die Hände wurden von einem heftigen Anfall von Knochenfieber befallen. Agustin ballte unwillkürlich die Hände zu Fäusten. Seine Finger brannten und schmerzten. Sein Blick trübte sich, als würde ihm ein Schleier vorgezogen.

Der Schmerz ließ nach, glitt von ihm ab wie Wasser über Dachziegel. Er blinzelte, starrte. Auf dem Porträt hatte der einst so stolze Sario nun eine weiße Schicht über den dunklen Augen; seine jungen, kräftigen Hände waren in den Qualen des Knochenfiebers verkrümmt.

Und dennoch ... etwas stimmte nicht. Agustin spürte nichts, und er wußte, es hätte anders sein sollen.

»Es hat nicht funktioniert«, brach es aus ihm heraus. »Es wurde aufgemalt, aber das ist alles.« *Das ist alles.*

Die Viehos Fratos hatten einen der Ihren bestraft – *und es hatte nicht funktioniert.*

»Was ist passiert?« brummte der alte Zosio.

Giaberto rang die Hände, als ob sie schmerzten. »Es liegt nicht an meinen Pinselstrichen oder eurem Blut«, sagte er mit heiserer Stimme. »Die Chieva do'Sangua hat funktioniert. Das Porträt ist offenbar nicht geblutet. Aber ich habe zugesehen, als er es malte! Und du auch, Zosio. Matra ei Filho, wir alle hier, von Damiano und Agustin abgesehen, waren Zeugen, wie dieses Porträt gemalt wurde. Und es *war* geblutet. Es wurde überprüft. Hier.« Er berührte mit der Pinselspitze einen kleinen Einstich auf dem Rücken von Sarios gemalter linker Hand. »Hier, der Stich. Es ist dasselbe Bild.«

»Könnte er ein anderes gemalt haben?« fragte Agustin. Weil er viel über die Gabe nachgedacht hatte, die er nun besaß, fuhr er direkt fort: »Könnte ein zweites Porträt ihn vor diesem hier schützen?«

Zosio schnaubte, setzte zum Sprechen an und schwieg

dann wieder. Mit einer Geste, die seine Ungeduld und seinen Zorn ausdrückte, warf Giaberto das Tuch wieder über das Gemälde. An einigen Stellen blieb das schwere Tuch an der noch feuchten Farbe hängen.

»Ich habe noch nie davon gehört oder gelesen, daß so etwas getan wurde«, sagte Giaberto erbost. »Wo hätte er es erfahren sollen? Und wenn er ein zweites Porträt gemalt hat, wo befindet es sich?«

»Aber es wäre möglich, oder?« wollte Agustin wissen. Nie antworteten sie auf seine Fragen – jedenfalls nicht direkt.

»Nein«, sagte Zosio. »Es ist unmöglich, denn sonst hätte man uns beigebracht, wie man sich vor einem solchen Trick schützt.«

»Aber was könnte sonst geschehen sein?« Ihr Mangel an Phantasie war bestürzend. »Wäre es möglich, daß er eine nicht geblutete Kopie gemalt und gegen das Original ausgetauscht hat, um diese anderswo zu verstecken?«

Giaberto schüttelte nachdrücklich den Kopf. »Mein Neffe hat recht. Dieses Bild muß eine Kopie sein. Es gibt keine andere Erklärung.« Er hielt inne, jetzt ganz der Anführer der Viehos Fratos. »Sario Grijalva hat sich gegen uns gewandt. Man kann ihm nicht mehr trauen. Wir müssen ihn bei der ersten besten Gelegenheit vernichten, oder er wird uns zuvorkommen. Wenn er Andreo umgebracht hat, dann wird es nichts mehr geben, wovor er zurückschreckt. Wir sind nicht mehr sicher.«

»Aber was können wir denn tun?« fragte Agustin, als die anderen, ebenso verstört, kein Wort mehr sagten.

Giaberto schloß die Tür der Crechetta auf und öffnete sie.

Licht fiel herein, heller als die einzelne Kerze, und beleuchtete das Tuch über dem Gemälde.

»Ich weiß es nicht«, gab er zu.

»Was meinst du, Großonkel?« fragte Agustin später an diesem Tag Cabral, als sie am Mosaikbrunnen im Hof in der Sonne saßen.

Cabral verbrachte immer mehr Zeit auf dieser Bank, lauschte dem Fluß des Wassers, beobachtete es, als würde es ihm Geschichten erzählen oder Gesichter im Nebel aufsteigen lassen.

»Ich erinnere mich an eine Geschichte, die mir Zevierin einmal erzählt hat«, sagte Cabral und zupfte, wie es seine Gewohnheit war, an den Spitzenmanschetten. »Als er und Leilias heirateten, schlug sie zum Scherz vor, er sollte einen Mann malen, der lange genug aus dem Bild steigen könnte, um sie zu schwängern, und dann wieder auf der Leinwand zu verschwinden.«

»Und was hat das mit Sarios *Peintraddo* zu tun?«

Cabral lächelte. »Geduld. Ich dachte an Saavedra Grijalva. Sie hat sich tatsächlich in dem Bild bewegt. Das konnten wir beweisen. Aber bedeutet es auch, daß sie in diesem Gemälde lebt?«

»Wie könnte das möglich sein?«

»Vor langer Zeit, in den Tagen von Herzog Alejandro, drohte eine Tza'ab-Armee in Joharra einzumarschieren. Also hat Sario Grijalva eine Armee gemalt.«

Agustin schnaubte. Nicht einmal *er* war so gutgläubig. »Und sie zum Leben erweckt?«

Cabral reagierte auf seine Skepsis mit einem Kichern.

»Hat er das wirklich versucht? Und hat es funktioniert?« Agustin hüpfte vor Ungeduld beinahe auf und ab.

»Wie begierig du darauf bist, es zu erfahren, mein Junge.« Cabral sah wieder das Wasser im Brunnen an, als entdeckte er dort eine andere Szene. »Wie anders als die liebe, Chella –« Er hielt inne und schüttelte den Kopf. »Aber das ist leider lange her. Zurück zu unserer Geschichte. Sario Grijalva malte eine Armee. Tausende von Soldaten erschienen wie aus dem Nichts auf den Sanddünen. Die

Tza'ab flohen voller Entsetzen. Aber die Phantomkrieger? Sie waren hohl, Hände und Gesichter, sonst nichts.«

»*Was ist passiert?*«

»Junge, du bist ja völlig gebannt! Ich hoffe, so etwas macht dir nicht auch noch Spaß.« Cabral lächelte, aber in seiner Stimme schwang ein grimmiger Unterton mit. »Sario malte die Dünen wieder leer, und die Armee verschwand und ward nie wieder gesehen.«

Agustin seufzte zufrieden; das war wirklich eine gute Geschichte gewesen. Aber dann dachte er noch einmal darüber nach und wurde ernst. »Was hat das alles mit Sarios *Peintraddo* zu tun? Oder mit dem Porträt von Saavedra?«

Cabral verschränkte die Hände im Schoß, so sorgfältig, wie eine Frau Schnittblumen arrangiert. Die Schwielen und Risse und hervorstehenden Adern auf seinen alten Händen schienen selbst Geschichten zu erzählen, Geheimnisse zu enthüllen – wenn Agustin nur ihre Sprache verstanden hätte. »Weiß einer von euch denn wirklich, wozu Maler mit der Gabe alles in der Lage sind? Was, wenn Saavedra Grijalva gar nicht verschwunden ist, sondern in einem Bild gefangen wurde?«

Man stelle sich das vor! Dann schüttelte Agustin den Kopf. »Das geht nicht. Aber –« Er dachte noch einmal nach. »Was, wenn es doch möglich wäre?«

»Wie konnte Sario der Chieva do'Sangua entgehen, obwohl sie in sein geblutetes *Peintraddo* eingezeichnet wurde? Auch das scheint unmöglich, denke ich, und dennoch ist es passiert. Ich glaube, die Viehos Fratos täten gut daran festzustellen, was Sario mit seiner Gabe tun kann und was nicht, jetzt, wo sie wissen, daß er zu allem fähig ist. Und vielleicht sollten sie auch einmal darüber nachdenken, warum das so ist.«

»Warum?«

»Warum Sario? Als Junge hatte er weder sonderlichen Ehrgeiz, noch war er übermäßig begabt. Hat er seinen Ehrgeiz all die Jahre vor uns verborgen? Dann ist er vielleicht gefährlicher, als sich irgend jemand hier vorstellen kann. Und wenn das der Fall ist, wenn er der Chieva do'Sangua entgehen kann, hoffe ich, daß Giaberto und die anderen angestrengt daran arbeiten herauszufinden, woher Sario diese Kenntnisse hat.«

Wasser rieselte vom oberen ins untere Brunnenbecken, ein endloser, rastloser Fluß, wie Agustins Neugier, die auch nie zum Stillstand kam. Er hatte den Fingernagel schon zwischen den Zähnen, ertappte sich aber und strich sich mit der Hand durch sein dichtes dunkles Haar. »Giaberto sagt, wenn Magie benutzt wurde, um Andreo zu töten, dann war es nicht die Art von Magie, die im Folio steht.«

»Ich habe den Folio natürlich nie gelesen. Und ich höre nur ungern, daß solche Dinge niedergeschrieben wurden.«

Agustin wartete. Aber Cabral sagte nichts mehr. Er hatte schließlich die Gabe nicht, und man konnte nicht von ihm erwarten, daß er die tiefsten Geheimnisse des Folio und des mündlich überlieferten Wissens kannte. Man konnte von Cabral nicht erwarten, daß er wirklich verstand, welche Bürden denen auferlegt waren, die die Gabe hatten ... Agustin schüttelte sich, weil er seine eigenen Argumente verachtete, die Worten entsprangen, die er so oft von den Viehos Fratos gehört hatte. Wenn er daran glaubte, dann konnte er auch ebensogut gleich annehmen, daß Eleyna nie eine große Künstlerin werden könnte. Und er wußte, daß das nicht stimmte.

Matra ei Filho! Und wo war Eleyna jetzt? Eleyna war allein mit einem Mörder im Palasso Verrada! Es mußte doch eine Möglichkeit geben, sie zu schützen. Im Atelier hatte man sogar darüber gesprochen, einen Attentäter zu finden! Er fühlte sich so hilflos, wenn er an Sario dachte, der offenbar tun konnte, was immer er wollte. Und der arme Cabral, der immer dasitzen und warten mußte, weil er die Gabe nicht hatte.

»Fehlen dir deine alten Freunde nicht, Großonkel?« fragte er schließlich, weil er Cabral plötzlich für unglaublich alt hielt. Ich werde nie so alt werden. Ich werde nie all meine Freunde und Verwandten überleben, so wie Cabral.

Cabrals Lächeln war ebenso liebenswert wie traurig. »Sie fehlen mir wirklich, mein Junge. Es ist sehr freundlich von dir, daß du hier bei mir sitzt und mich tröstest. Aber tatsächlich warte ich auf einen Besucher.«

»Einen Besucher?« Die Grijalvas gingen dieser Tage kaum noch aus, und noch seltener empfingen sie Besuch. Die Picca, normalerweise an den Tagen vor dem Mirrafloresmond voller Käufer, war leer, und die Straßen waren ruhig, da die Provisorischen Corteis eine Ausgangssperre verhängt hatten.

Dann erschien der alte Davo und führte einen Mann zu ihnen. Agustin sprang auf, so überrascht war er. »Don Rohario!«

»Meister Agustin. Einen guten Tag. Steht nicht auf, Zio, bitte.« Aber obwohl die Worte des jungen do'Verrada freundlich waren, konnte man aus seinem Tonfall, aus seinem ganzen Verhalten schließen, daß er angespannt war. »Ich bin so schnell wie möglich gekommen«, fuhr er fort. Dann begann er, auf und ab zu gehen, erst zur Hintertreppe, dann zu dem Säulengang, der zu einem anderen Teil des Anwesens führte, dann zum Brunnen, einmal darum herum – er hielt kurz inne, um zu sehen, wie das Wasser über die Kacheln rieselte –, dann noch einmal.

»Eleyna geht es gut«, sagte Cabral.

Rohario reagierte nicht. Er ging nicht nur einfach umher, das sah Agustin jetzt, er spähte auch in jede Ecke, um sich zu überzeugen, daß niemand in Hörweite war. Der Hof blieb leer; keine Diener, die fegten oder die Blumen gossen, waren zu sehen. Auf ein Nicken Cabrals ging auch Davo wieder.

»Wir sind allein hier, Rohario«, sagte Cabral, »und wir können Agustin vertrauen. Was ist denn los, mein Junge?«

Rohario blieb abrupt stehen. »Mein Junge«, murmelte er. Er bedachte Cabral mit einem seltsamen, fragenden Blick. Agustin hatte plötzlich Angst, daß Rohario etwas Rücksichtsloses sagen würde. »Bist du mein Großvater?«

Agustin griff sich ans Ohr. Sicherlich war mit seinem Gehör etwas nicht in Ordnung.

»Matra Dolcha«, murmelte Cabral so leise, daß Agustin die Worte kaum hören konnte. »Es ist also geschehen. Wo hast du das gehört?«

Ein verwirrter Bericht war die Folge: Brendizias und Bastarde. Agustin war zu entsetzt, um das verstehen zu können.

Cabral wies auf die Steinbank. »Setz dich, Rohario.«

Rohario ließ sich nieder, schlaff, wie eine Marionette, nicht mehr der Wirbelwind von Energie, der er noch Augenblicke zuvor gewesen war. Sie schwiegen. Sonnenlicht breitete sich wie Wasser über das Pflaster des Hofs aus. Der Brunnen plätscherte weiter. Cabral räusperte sich.

Rohario drehte sich abrupt um, um den alten Mann anzustarren. »Es stimmt. Ich sehe es deinem Gesicht an.«

»Ja, es stimmt. Aber das ist eine sehr lange Geschichte.«

Rohario nickte, akzeptierte, was er gehört hatte, wehrte sich nicht. Agustin bewunderte verblüfft diese Selbstbeherrschung. Und diesen Mut. Rohario do'Verrada war ein Chi'patro – und überhaupt kein echter do'Verrada. Matra Dolcha! Und wenn das stimmte, dann galt dasselbe für Großherzog Renayo. Cabral war Renayos Vater? Es war wirklich kaum zu glauben!

»Ich würde die Geschichte gerne hören«, sagte Rohario leise.

Im stillen Hof, zur Begleitung leisen Plätscherns, sagte Cabral seinem Enkel die Wahrheit.

»Wir hatten das nicht geplant«, sagte er schließlich.

»Wir hatten es nicht vorgehabt, Chella und ich. Aber ich liebte sie von dem Augenblick an, als ich sie sah – ach, Rohario, Chella hatte diese Eigenschaft, diese Luza, die weit über die Schönheit hinausgeht: Sie hatte ein ehrliches und vertrauensvolles Herz. Sie hat es Arrigo geschenkt, und er hat es ihr vor die Füße geworfen.« Es sah so aus, als wollte er zu fluchen beginnen, aber dann hielt er sich zurück. »Du solltest es ihr nicht übelnehmen, daß sie schließlich – nachdem Arrigo ihr vollkommen klargemacht hatte, daß er nichts mehr mit ihr zu tun haben wollte, als ihr Schmerz zu groß war, als daß sie ihn allein hätte ertragen können – die einfache, aber ergebene Liebe eines anderen suchte.« Er seufzte und wischte sich eine einzelne Träne von der Wange. »Daß wir ein Kind zusammen hatten – den lieben kleinen Renayo –, war die größte *Gabe*, die die Mutter mir je hat schenken können.«

Agustin konnte sich einfach nicht vorstellen, daß dieser sanfte alte Mann, der hier neben ihm saß, der Vater von Großherzog Renayo sein sollte. Der Großherzog war der uneheliche Sohn eines Grijalva-Chi'patro! Rohario wirkte verdutzt, aber seltsamerweise nicht entsetzt. Schließlich griff er in seine Jacke und holte ein altes Blatt Papier heraus. Ohne ein Wort reichte er es Cabral.

Cabral faltete es auseinander und sah sich beide Seiten genau an. »Es ist sehr alt«, sagte er. »Seltsam. Die Handschrift erinnert mich an die von Dioniso Grijalva. Er war einer meiner Lehrer, bekannt für seine exzentrische Schrift. Er starb unter ... seltsamen Umständen.«

»Umständen, die etwas mit Magie zu tun hatten?« fragte Rohario. Seine Stimme zitterte nur wenig.

»Die meisten Geheimnisse der Grijalvas haben etwas mit Magie zu tun.« Cabral drehte das alte Dokument herum, las die Worte noch einmal. »Diese Seite ist klar, es geht um die Marria do'Fantome, aber das andere sieht aus wie ein unsinniges Rezept.« Er reichte Agustin das Blatt.

Der Junge schüttelte den Kopf. »Das sind Tza'ab-Buchstaben, wie ich sie im *Folio* gesehen habe. Aber die Worte verstehe ich nicht.«

»Wo hast du das gefunden?« fragte Cabral Rohario.

»In den Kellergewölben des Palasso Justissia, in einem alten Buch aus dem Jahr 950, aus der Regierungszeit Baltrans des Ersten und Alejandros.« Rohario legte den Kopf schief und starrte lange Zeit ins Sprühwasser des Brunnens. »Und du bist wirklich mein Großvater?«

Zunächst antwortete Cabral nicht. Sie saßen alle so still, daß zwei Schmetterlinge sich kurz auf der schmiedeeisernen Rückenlehne der Bank niederließen, dann wieder davonflatterten, die hellgelben Flügel eine Erinnerung daran, daß der Sommer bevorstand. Wie würde es sein, fragte sich Agustin, ein so hohes Alter zu erreichen, daß die endlosen alltäglichen Sorgen, die Freuden, die Tragödien, schließlich zu solcher Gelassenheit verschmolzen? Er würde es nie erfahren.

Schließlich sprach Cabral mit ebendieser Gelassenheit, die aus dem Alter und dem Hinnehmen des Unabwendbaren erwuchs. »Ich bin wirklich Renayos Vater. Ich bin dein Großvater. Ich habe Mechella sehr geliebt, Rohario. Sie wäre Arrigo treu geblieben, wenn er sie auch nur ein wenig ermutigt hätte. Ach, ich will mich nicht beklagen, obwohl ich weiß, ich hätte mich nicht von meinem Herzen auf solch gefährliche Pfade locken lassen sollen. Aber ich kann das Glück nicht bedauern, das wir miteinander teilten.«

Rohario schlug die Hände vors Gesicht. Seine Schultern zuckten so, daß Agustin nicht wußte, ob er lachte oder weinte. Cabral legte dem jungen Mann tröstend die Hand auf den Arm. Und so blieben sie noch lange Zeit schweigend sitzen.

30

Das Mädchen kam im Morgengrauen herein, um das Feuer zu entfachen und die Vorhänge zu öffnen. Eleyna, halb wach, lauschte ihren Bewegungen, hörte, wie die Tür aufging und sich mit einem leisen Klicken wieder schloß. Sie stand auf und zog dasselbe Kleid an und griff nach demselben Tuch – ihrem Witwentuch mit der Hyazinthenstickerei –, das sie immer trug, wenn sie mit Agustin sprach. Sie füllte Öl in die Lampe, entzündete sie, stellte sie an den rechten Platz, eine Handbreit von der Tischecke entfernt. Dann holte sie das Pergament heraus und legte es hin, die Seiten direkt an den Tischkanten. Sie setzte sich, reckte die Schultern und steckte eine Ecke des Tuchs in das Band, das sie um die hohe Taille ihres Kleides gebunden hatte, damit es nicht verrutschte und die Magie störte.

Die Schatten wurden länger. Das Licht veränderte sich.

»Eleyna.« Ein Flüstern, eine körperlose Stimme, die jedesmal so nahe klang, daß sie sich beherrschen mußte, nicht die Hand auszustrecken, um ihn zu berühren.

»Agustin. Ich bin hier.«

»Sei vorsichtig. Gestern haben die Viehos Fratos versucht, Sario zu bestrafen, aber es hat nicht funktioniert.«

Sie hörte die Unruhe in seiner Stimme, die Angst. »Es hat nicht funktioniert?«

»Die Chieva do'Sangua hat nicht funktioniert. Sario muß sich irgendwie geschützt haben –«

Und plötzlich stürzte Sario aus ihrem Schrank. Sie starrte ihn an, verblüfft, dann riß sie sich aus ihrem Staunen, wollte aufstehen.

Zu spät. Selbst dieser Augenblick entsetzter Überraschung war zu viel gewesen. Er griff nach der Lampe, riß den Glaszylinder ab und durchtränkte das Pergament mit heißem Öl. Sein Zorn war deutlich spürbar.

Sie griff nach seinem Handgelenk, bekam Öl auf den Arm, aber es war vergeblich. Das Pergament zog sich zusammen und wurde braun, ohne aufzuflammen. Sie riß sich das Tuch ab und drückte es auf das Papier, aber es half nichts. Es war bereits geschehen.

Sicher war es nur ihre Phantasie, die sie glauben machte, sie habe Agustins Schrei gehört.

Sario riß sie vom Tisch weg. »Wie konntet Ihr mich derart verraten? Ich unterrichte Euch! Ich habe Euch auserwählt! Nicht irgendeinen Jungen, der die Gabe hat. Ich habe Euer Talent erkannt und mich entschlossen, es zu fördern, wie es kein anderer tun würde. Wie konntet Ihr nur!«

»*Mörder*! Das war mein Bruder Agustin!«

Er schlug sie. Wütend schlug sie zurück, fest genug, daß sich auf seiner Haut ein roter Fleck bildete.

»Canna!« fauchte er. Er packte sie und zerrte sie durch die langen Flure bis zu Alazais' Suite. Nur ein paar Dienstboten waren zu dieser frühen Morgenstunde unterwegs. Sie sahen sie an, aber keiner sagte etwas. Niemand stellte den Obersten Hofmaler in Frage. Jetzt nicht mehr.

Betäubt vom Schock, ließ sie sich mitzerren. Heißes Öl, das ein geblutetes Bild verbrannte. *Matra Dolcha, sei ihm gnädig. Er ist nur ein Kind, ein kleiner Junge wie dein eigener Sohn*.

Alazais war wach, saß auf ihrer Seidencouch. Sie blickte auf, als sie hereinkamen, reagierte aber nicht auf Eleynas entsetzten leisen Aufschrei, sondern wandte sich wieder ihrer Stickerei zu. Sario zerrte Eleyna weiter, in eine Kammer mit nur einer Tür.

Er schob sie hinein, schloß die Tür hinter sich und steckte den Schlüssel ein, dann wandte er sich ihr zu, starrte sie anklagend an. »Wo haben sie gelernt, durch Bilder zu sprechen? Warum hat man mir das nicht gesagt?«

Wahrhaftig ein Ungeheuer – alles andere machte ihm nichts aus. »Das war Agustin!« Sie schluchzte. »Ist er tot?«

»Mit Sicherheit verbrannt. Vielleicht auch tot.« Er zuckte die Achseln. »Ihr habt mich benutzt, Eleyna.« Es klang wie eine Klage. »Ich habe Euch alles geben wollen, was ich weiß, und Ihr dankt es mir auf diese Weise! Und sie –! Daß sie mir ein solches Geheimnis vorbehalten, aber mit einer Frau darüber sprechen, die die Gabe nicht hat –!«

Sie konnte nicht anders. Sie würde nicht zulassen, daß die Viehos Fratos sich einer Entdeckung rühmen konnten, die Agustin und sie gemacht hatten. »Es war nicht ihr Geheimnis«, rief sie triumphierend, und an seiner erstaunten Miene sah sie, daß ihn das getroffen hatte. »Agustin und ich haben es entdeckt. Sonst niemand. Wir haben Euren *Folio* nicht dazu gebraucht –«

»Das reicht!« Sein Zorn brachte sie zum Schweigen. »Ihr! *Ihr*! Eine Frau, die die Gabe nicht hat, und ein unausgebildeter Junge ...« Er berührte seinen Schlüssel, streichelte ihn beinahe, und ein seltsamer, beinahe zerstreuter Ausdruck trat auf seine Züge. »Daß ich endlich jemanden finden sollte – und dann ist es eine Frau.« Abrupt nahm er sich wieder zusammen. Er machte eine Geste, die die gesamte Kammer umfaßte. In der Ecke stand ein schmales Bett. Es gab einen Stuhl und einen Tisch, zwei Staffeleien, Farben, eine verschlossene Truhe und eine Reihe von Gemälden, die an die Wand gelehnt waren. »Ihr werdet hierbleiben.«

»Was wollt Ihr mit mir machen?« Sie hielt den Atem an, eine unheimliche Ruhe breitete sich in ihr aus, verdrängte Zorn und Angst.

Er ging zu einer der Staffeleien und zog das Tuch weg: ihr *Peintraddo*. Ihre Wahrheit war enthüllt: die Luza do'Orro in ihren Augen und im Gesicht, und ein Pinsel in ihrer Hand. Solche Schönheit: Sie schnürte ihr die Kehle zu, wie die Asche verbrannten Papiers. Er berührte die Zunge mit der Fingerspitze, dann mit dieser Fingerspitze ihre gemalten Lippen. »Es ist vollendet. Ich kann Euch nichts tun. Ihr seid sicher vor den Grijalvas, aber auch sicher vor mir, wenn es das war, was Ihr befürchtet habt. Ich habe *meinen* Teil des Handels eingehalten, obwohl *Ihr* mich betrogen habt.« Er klang beinahe wie ein kleiner Junge, der sich über eine kindische Ungerechtigkeit beklagt.

»Wenn ich dieses Bild verbrenne, um Euch zu bestrafen, werde ich mich damit selbst töten.«

»Ihr habt Agustin umgebracht«, flüsterte sie. Aber vielleicht war Agustin nur verletzt. Das Pergament hatte nicht wirklich Feuer gefangen. *Matra Dolcha, bitte mach, daß es wahr ist.*

Sario achtete nicht mehr auf sie, war in seinen eigenen ungeheuerlichen Belangen versunken. »Gestern spürte ich ein Brennen an meinen Händen, ein Fieber, aber es war, als geschähe es einem anderen, nicht mir. Mein Blick verschleierte sich für einen Augenblick und wurde dann wieder klar. Also wußte ich, daß sie versuchten, mich mit der Chieva do'Sangua zu strafen. Und ich wußte, daß in meiner Nähe ein Verräter sein mußte. Das konntet nur Ihr sein. Aber ich hatte nicht erwartet, daß ihr durch ein Bild miteinander sprechen konntet! Das hätte *mir* einfallen sollen!« Er hielt plötzlich inne und legte den Kopf schief, als lauschte er auf etwas, dann eilte er hinaus. Sie hörte, wie der Schlüssel im Schloß umgedreht wurde, dann wurde es still.

Matra ei Filho! Was war mit Agustin? Sie warf sich aufs Bett und verlor sich in Weinen. Und später in leerem Starren.

Nichts. Niemand. Zu schwer, sich zu bewegen. Vielleicht hatte er auch sie in einem Bild gefangen. Vielleicht fühlte es sich so an wie jetzt, wo schon das Gewicht der Luft sie niederdrückte. Kein Schmerz, nur Farbe und Oscurra, magische Bande, die sie fesselten, auf immer und ewig.

31

Es war dunkel. Wieso war die Dämmerung so schnell hereingebrochen? Wo war sie? Eleyna setzte sich auf. Das Bett knarrte. Die Kammer war ihr fremd, dunkle Umrisse zeichneten sich vor den Wänden ab, Staffeleien wirkten wie ungelenke menschenähnliche Gestalten mit Steckenbeinen und gewaltigen Bäuchen, daneben die kantigen Schatten von Tisch und Stuhl.

Dann fiel ihr alles wieder ein. Sie mußte die Augen schließen, die Erinnerung traf sie wie ein plötzliches, blendend helles Licht, nachdem sie sich so lange in der Dunkelheit verloren hatte. Sie hatte geschlafen, während Agustin starb – wenn er nicht schon längst tot war. Matra ei Filho. Ihr geliebter Agustin. Sie erstickte ein Schluchzen. Hörte, wie der Schlüssel umgedreht wurde.

Sie stand auf, als die Tür aufging und Sario hereinkam, eine Lampe in der Hand. In der anderen Hand hielt er ein Tablett mit Essen: Lamm, Brot, Gemüse und Fisch in einer Knoblauchsoße, die sie schon von weitem riechen konnte. Und einen guten Weißwein, um ihre Trauer zu ertränken.

Sie aß, weil es dumm gewesen wäre, das nicht zu tun. Die Stille erdrückte sie wie eine dicke Schicht Farbe, die man auf eine Leinwand aufgetragen hat, um das Bild darunter zu verbergen. Als Sario wieder ging und Lampe und Tablett mitnahm, war es zu dunkel, um etwas zu sehen, zu dunkel, um etwas anderes zu tun, als sich zum Bett zurückzutasten und sich hinzulegen. Er hatte offenbar nicht vor, ihr Feuer zu überlassen, damit sie sich nicht rächen und eines seiner magischen Gemälde verbrennen konnte, und er hatte ihr auch kein Glas gelassen, kein Besteck, mit denen sie die Bilder hätte zerstören können. In jener Nacht hätte sie das getan, wenn sie nur die Mittel gehabt hätte.

Am Morgen kehrte Sario mit Brötchen und Ziegenkäse und Tee zurück. Wieder beobachtete er sie. Sein forschender Blick ließ sie unruhig werden.

»Ich lasse Euch die Wahl«, sagte er schließlich, als könnte er gegen seinen Willen das Schweigen nicht weiter aufrechterhalten. »Ich kann es nicht ertragen, daß Eure Begabung verschwendet wird. Ich werde Euch weiter unterrichten, wenn Ihr immer noch von mir lernen wollt.«

»Niemals! Ich lasse mich nicht von Euch unterrichten – nicht von dem Ungeheuer, das meinen Bruder ermordet hat!«

Er seufzte, so leise, so vernünftig im hellen Tageslicht. »Ich *glaube* an Euer Talent, Eleyna. Wer sonst tut das noch? Wer sonst kann Euch lehren, was Ihr wissen wollt?«

Es gab in der Tat niemanden.

Sario holte Stifte und Papier heraus und ging zum Fenster. Im Hof wuchsen Blutblumen, und einige blühten bereits. Noch sechs Tage bis zum Mirrafloresabend. Er begann zu zeichnen. Unwillkürlich trat sie näher heran, damit sie ihn beobachten konnte.

Dieser Mann hatte ihr Leben zerstört und ihren geliebten Bruder ermordet.

Sie wandte sich ab und setzte sich aufs Bett, die Hände zwischen die Knie geklemmt, damit sie sie nicht verrieten. Nach einer Weile ging er, ohne ein Wort der Entschuldigung oder der Anklage, und schloß hinter sich ab.

Aber am Nachmittag kam er zurück. »Ich bin der einzige, der Euch lehren wird, Eleyna«, sagte er. »*Alle* Geheimnisse der Grijalvas.«

»Ihr habt Agustin ermordet«, flüsterte sie. *Alle Geheimnisse. Matra Dolcha, bewahre mich vor dieser Versuchung.*

Wieder stellte er sich ans Fenster und begann zu zeichnen. Sie drehte sich gerade genug um, um seinen Rücken sehen zu können, die sicheren Bewegungen seiner Hände, die entschlossene Haltung. Sie stand auf, aber nicht, um ihm zuzusehen. Er war ein Ungeheuer.

Er wußte so viel.

Sie schlich zwei Schritte näher. Er fuhr fort, tat so, als bemerkte er sie nicht. Wie gelang es ihm nur, die Blütenblätter so zu schattieren, die Sattheit ihres Rots anzudeuten?

Matra ei Filho, war sie nicht auch ein Ungeheuer? Denn in diesem Augenblick wußte sie, daß sie ihm nicht widerstehen konnte, und sie haßte sich dafür. Aber sie bat um Stifte und Papier.

Er verbrachte den Rest des Tages bei ihr. Offensichtlich hatte er Renayo so fest an der Kandare, daß er die Aktivitäten des Großherzogs nicht mehr stündlich überwachen mußte. Ein Diener brachte das Essen. Sario ging in der Abenddämmerung. Er schloß alle Werkzeuge und die Farbe weg und ließ Eleyna ohne Licht. Aber es war nicht vollständig dunkel.

Sie erforschte das Zimmer. Auf einer der Staffeleien stand immer noch ihr Porträt. Oscurra war mit dem Pinsel verwoben, den ihr Ebenbild in der Hand hielt, mit ihrem schwarzen Haar und mit der Iris ihrer Augen. Die einfache Schönheit des Gemäldes trieb ihr die Tränen in die Augen, und das wurde noch schlimmer, als sie sah, daß er in den Rand, der das *Peintraddo* einrahmte, ein Muster von Goldenen Schlüsseln gewunden hatte. Sie waren beide Ungeheuer. Sie durfte nicht vergessen, was sie war! Sie zwang sich wegzuschauen.

Auf der anderen Staffelei stand das Porträt des Großherzogs. Skizzen von Adligen und Dienern lagen in einer Ecke am Boden, hingeworfen wie Abfall, und dennoch zeugte jede einzelne von Sarios Genie. Dann inspizierte Eleyna die Gemälde, die an die Wand gelehnt waren. Hier ein halbvollendetes Porträt von Edoard. Dort das Porträt von Beatriz, beinahe fertig, dann aber offensichtlich unterbrochen. Ein paar Landschaften, eine Studie eines alten Landhauses, das Eleyna nicht erkannte, und eine zarte und rührende Aquarellstudie des Glockenbrunnens auf dem Hof im Regen.

In der dunkelsten Ecke standen drei weitere Bilder, mit der Vorderseite zur Wand. Vorsichtig klappte sie sie um.

Matra Dolcha! Die erste zeigte Andreo Grijalva. Sie entdeckte die überall verborgene Oscurra, obwohl sie die Zeichen nicht lesen konnte. Das hatte Sario ihr noch nicht beigebracht. Aber sie erriet die Absicht.

Zypressen für Tod.

Hinter Andreo stand ein Porträt von Nicollo Grijalva, das nicht so ausführlich mit den Symbolen der verbotenen Sprache bedeckt war, aber es gab einen seltsamen blutroten Fleck auf seiner Brust, wie ihn ein Nadelstich in die Haut hinterlassen würde.

Zuunterst lehnte ein gewaltiges Holzpaneel. Eleyna stellte die anderen zur Seite und rückte sie von der Wand weg. Inzwischen war es beinahe dunkel. Zuerst konnte sie die Umrisse nicht ausmachen, weil in der Mitte des Bildes ein großer dunkler Fleck klaffte.

Es war ein Zimmer, nüchtern und ärmlich, vielleicht ein Raum unter dem Dach, wegen der schrägen Decke und dem nackten Dielenboden. Ein paar unauffällige Möbelstücke, darunter ein schmales Bett, wie das in der Kammer, in der sie sich befand. Und der Fleck war gar kein Fleck, sondern graue Grundierung in Form eines menschlichen Körpers.

Sie beugte sich näher heran. Das Paneel roch seltsam nach Myrrhe. *Sprich mit den Toten.* Der Umriß einer Frau.

Eleynas Herz klopfte heftig, und sie trat rasch zurück. Fing er auf diese Weise Menschen und hielt sie in seinen Bildern gefangen? Indem er ein Zimmer malte und Platz ließ, um den Körper hinzuzumalen? Wollte er sie dort einsperren?

Moronna. Das Bild Saavedras war dreihundert Jahre alt.

Dieser Sario konnte es nicht gemalt haben. Das war so unmöglich wie blaue Rosen. Und dennoch ... zweimal war ein Sario Grijalva Oberster Hofmaler geworden, *jener* und dieser. Sie hatte das Selbstporträt des ersten Sario gesehen – ein gutaussehender Mann mit dunklen Augen und tza'ab-brauner Haut. Er sah kein bißchen wie *dieser* Sario aus, der typisch für die eher durchschnittlichen Grijalvas war, denen man ihr Chi'patro-Blut kaum mehr ansah.

Und dennoch ... wenn *dieser* Sario entdeckt hatte, daß solche Magie möglich war, wieso sollte er es nicht selbst ausprobieren wollen?

Wenn sie nur eine Lampe hätte! Sie schob sich noch näher und näher an das Bild heran. War das ein Rest Gold entlang des Kopfes? Dort, noch einer. Eine Frau mit blondem Haar. Es gab nur zwei blonde Frauen im gesamten Palasso: Prinzessin Alazais und ihre ghillasische Dienerin.

Lächerlich.

Aber sie stellte die Gemälde sorgfältig so zurück, daß Sario nicht feststellen würde, daß sie sie bewegt hatte.

Als er am nächsten Tag zum Unterricht kam, sprach sie kaum mit ihm, stellte keine Fragen außer denen, die er erwartete. »Woher wißt Ihr so viel, Meister Sario?«

Er lächelte sanft. »Ich lebe schon sehr lange.«

Die leisen Worte ließen sie schaudern, obwohl die Regenzeit zu Ende war und der Hof draußen im Sonnenlicht lag. Prinzessinnen, die aus Gemälden zum Leben erweckt wurden. Junge Männer, die schon Jahrhunderte gelebt hatten. Diese Vorstellungen kamen ihr im hellen Tageslicht plötzlich absurd vor.

Aber nicht einmal die Sonne konnte die Kälte aus ihrem Herzen verbannen.

Sie war eine Gefangene wie Saavedra. Die Tage vergingen ereignislos. Sario verbrachte jeden Tag Stunden mit ihr. Matra Dolcha, er war wirklich ein guter Maler. Er wußte so viel.

Er ist ein Mörder, und ich bin kein bißchen besser, weil ich ihn nicht abgewiesen habe. Agustin, verzeih mir.

Und das würde er tun. Also weinte sie um ihn und betete, daß er noch leben möge.

Mirraflores begann mit Sonnenschein und plötzlichem Aufblühen. Büsche trieben weiße, gelbliche und blaue Farbflächen. Die Blutblumenbeete verwandelten sich in atemberaubende scharlachrote Kissen. Dienerinnen in vollendet gepflegter Livree streuten Blütenblätter auf die Wege, und Timarra do'Verrada und Prinzessin Alazais verbrachten den Morgen damit, Blütenblätter mit Gewürzen und geriebenen Blättern zu mischen, um Duftsäckchen herzustellen.

Sario erschien kurz nach dem Läuten der Mittagsglocke.

»Interessante Neuigkeiten«, sagte er vergnügt, als wäre er nur ein freundlicher Besucher, der den neuesten Klatsch weiterträgt. »Die Provisorische Versammlung der Corteis hat sich auf eine *Constitussion* geeinigt, die sie Großherzog Renayo in zwei oder drei Tagen als Blüte ihrer Tätigkeit vorlegen wollen. Ich nehme an, zusammen mit der Ankündigung, daß sie allgemeine Wahlen für die Corteis abhalten wollen.«

Er hatte sich Zeichenpapier unter den Arm geklemmt.

Sie zog es heraus und strich es auf dem Tisch glatt. »Was ist das?«

»Rohario do'Verrada. Ich habe ihn endlich sehen können. Er ist jetzt ein einflußreiches Mitglied der Corteis. Wenn sie im nächsten Monat tatsächlich Wahlen abhalten, wird er wahrscheinlich einen der Ratssitze gewinnen.« Er lachte. »Ein do'Verrada, der sich mit dem gemeinen Volk zusammensetzt.«

»Was habt Ihr mit ihm vor?« wollte sie wissen. Dann konnte sie nicht mehr an sich halten, nahm ihm den Stift aus der Hand und fügte der Zeichnung eine Linie hinzu. »Das stimmt so nicht. Es sollte so aussehen, seht Ihr? Er hat eine Kraft in sich, die Ihr nicht begriffen habt.«

Schweigen. Sie blickte auf und wurde sich plötzlich bewußt, daß sie ihn korrigiert hatte.

Er riß ihr den Stift aus der Hand, beugte sich über die Zeichnung ... und tat nichts. Er betrachtete die Zeichnung angestrengt.

Schließlich richtete er sich wieder auf. »Aha.« Seine Miene war undurchschaubar. »Matra Dolcha«, sagte er wie zu sich selbst, als hätte er vergessen, daß sie neben ihm stand, »wie konnte es geschehen, daß ich endlich jemanden finde, und dann ist es eine Frau, und sie hat die Gabe nicht! Du würdest das wahrscheinlich amüsant finden, mein Herz!«

Sie blickte auf. Hatte er sie angesprochen? Unmöglich. Aber wo hatte sie diesen Tonfall schon einmal gehört?

»Die Zeit, dich zu befreien, ist noch nicht gekommen, mein Herz.« Saavedra.

Aber selbstverständlich.

Sario blickte auf, horchte, dann verließ er abrupt das Zimmer, aber nicht so schnell, daß er nicht noch ans Abschließen gedacht hätte. Eleyna verbrachte den Rest des Tages allein, beunruhigt von Gedanken an eine Frau, die in einem Bild gefangen war.

Als die Dämmerung in den Hof einfiel und die Kammer mit Schatten ausmalte, hörte Eleyna leises Singen, die süßen, hellen Stimmen der Sanctas, die die Blütenhymne angestimmt hatten, für die Mädchen, die ihr erstes Blut feierten.

Wie das Blut der Maler. *Matra Dolcha, sei Agustin gnädig. Wie du diese Mädchen zu Frauen werden läßt, gewähre ihm ein Leben als Mann ...* Soviel davon möglich war, denn da er die Gabe hatte, würde er niemals Kinder zeugen können und einen frühen Tod sterben.

Der Schlüssel drehte sich im Schloß. Die Tür ging einen Spaltbreit auf.

»Nein!« schrie Sario. »Nein! Ich verbiete es!«

Und, leiser, Großherzog Renayos Stimme. »Ich … ich glaube, Ihr solltet auf den Obersten Hofmaler hören. Unbedingt. Aber Sario, Ihr müßt auch zugeben … die Tradition … es gehört sich so, daß junge Frauen an diesem Tag nach draußen gehen … wie können wir die Bitten dieser ehrwürdigen Sanctas abschlagen?«

Ein entschlossener Stoß öffnete die Tür weiter. Aber selbstverständlich! Über die Ecclesia hatten Grijalvas keine Macht. Dort stand Beatriz, flankiert von drei Sanctas, die nach Rosenwasser rochen. Und hinter ihnen Sario, außer sich vor Wut, und der Großherzog, verwirrt und schwach und bleich. Gardisten begleiteten ihn, aber niemand wagte es, die Hand gegen die drei alten Sanctas zu heben, die so runzlig waren, wie ihre weißen Gewänder und Schleier gestärkt und sauber.

»Komm, Mädchen«, sagte eine von ihnen. Eine andere nahm Eleyna beim Arm und führte sie nach draußen, als wäre sie nicht ganz bei Verstand. Eleyna, zu verblüfft, um reagieren zu können, schaffte es gerade noch, einen Fuß vor den anderen zu setzen. Sario fluchte. Beatriz lächelte liebenswert. So führten sie sie durch die Gemächer und sangen dabei »Der Mutter Blut schenkt uns das Leben«, mit Stimmen, die immer noch hell und klar waren. Im Küchenhof wartete ein Pferdewagen. Beatriz half den Sanctas beim Aufsteigen.

»Das Porträt –«, rief Eleyna, die langsam erwachte, als ihr deutlich wurde, daß ihre Flucht tatsächlich gelingen könnte.

»Das ist hier.«

»Nicht die Kopie –«

»Was du brauchst, ist hier, Eleyna. Steig *auf*! Wir müssen sofort fahren.«

Eleyna stieg auf, aber sie konnte immer noch nicht fassen, was geschah. Durch einen Bogengang verließen sie den Palasso. Die Begleitung der Sanctas verschaffte ihnen sicheres Geleit durch das Tor des Palasso und vorbei an den Barrikaden, die die Straßen Meya Suertas in eine Hindernisstrecke verwandelt hatten. Aber heute war die Stimmung hier vor allem festlich.

»Neue Blüten für Euch, gesegnete Sanctas!« riefen ein paar Mädchen den Frauen auf dem Wagen zu. Die Sanctas segneten sie zur Erwiderung. Der Wagen holperte weiter. Aus jedem Gasthaus und den meisten Privathäusern konnte man Singen und Lachen hören.

»Warum sind alle so glücklich?« fragte Eleyna. Ihre neu gewonnene Freiheit machte sie schwindlig. Sie konnte sich nur noch an die weißen Wände von Sarios Kammer erinnern und an die endlosen Gemäldereihen in der Galerria.

»Die Corteis werden sich wieder versammeln«, sagte die älteste Sancta. »Sie sind glücklich über dieses Zeichen, daß der Segen der Matra auf ihnen ruht.«

»Glaubt Ihr, es sei ein Segen?« fragte Beatriz neugierig. »Es ist eine große Veränderung.«

»So spricht die Matra: daß alles, was Sie mit Ihrer Hand berührt, durch Ihre Gnade erblühen möge.«

»Selbst Sario Grijalva?« murmelte Eleyna leise.

Beatriz beugte sich dicht zu ihr und flüsterte ihr ins Ohr: »Ist er dein Geliebter?«

Sie schauderte. Waren sie nicht auf eine engere Weise miteinander verbunden als nur durch das Fleisch? Aber darüber konnte sie nicht einmal mit Beatriz sprechen. Es war zu beschämend. »Wie kommt es, daß diese Sanctas uns helfen?« fragte sie statt dessen. »Sie waren immer gegen die Grijalvas, und du – die Mätresse! – bist die Verkörperung alles dessen, was ihnen widerstrebt.«

»Ich habe sie einfach gebeten. Was immer sie von mir halten mögen, Eleyna, sie haben Mitgefühl.«

Endlich hatten sie die fackelbeleuchteten Tore des Palasso Grijalva erreicht. Dienstboten kamen heraus und nahmen auf Beatriz' Anweisung das riesige, in Tücher gehüllte Porträt und trugen es hinein. Beatriz bedankte sich mit großer Freundlichkeit und Aufrichtigkeit bei den Sanctas. Sie segneten sie und fuhren wieder in die Nacht davon.

Eleyna und Beatriz eilten durch den Torbogen in den Haupthof. Auch hier brannten Fackeln, Licht und Rauch vertrieben die Dunkelheit. Eine Frau stand im Eingang zum großen Saal. Sie kam ihnen schnell entgegen.

»Beatriz! Der Matra sei Dank, daß du heimgekommen bist!« Es war ihre Mutter. Eleyna war auf alles gefaßt. »Eleyna! Matra ei Filho, unsere Gebete wurden erhört. Mein armer Liebling hat schon nach dir gefragt.« Dionisa, die elend und erschöpft aussah, nahm Eleyna an der Hand und zog sie mit sich. Eleyna folgte, erschrocken über den Wandel im Wesen der Mutter. Beatriz schloß sich ihnen an.

Dionisa brachte sie zu einem abgelegenen Zimmer, in dem der grausige Geruch schwärenden Fleisches hing. Ohne ein Wort reichte Dionisa ihren Töchtern Tücher. Eleyna bedeckte sich damit die Nase. Beatriz gab sich damit erst gar nicht ab, sondern eilte sofort zum Bett.

Zu Agustin.

Eine Sancta kniete neben dem Bett und betete. Eleyna mußte ihren Bruder nur ansehen, sein blasenüberzogenes Gesicht, seine Hände, die versengten Lider zu unruhigem Schlaf geschlossen, sie brauchte nur einmal tief Luft zu holen und hoffte dann nur noch, daß Agustin bald sterben würde. Ihr Taschentuch war schon tränennaß.

Die Sancta blickte auf, als Beatriz sich neben sie kniete. Sie nickte, dann schaute sie Eleyna an. »Ihr seid die ältere Schwester? Er hat nach Euch gefragt, aber ich habe ihm gerade einen Schlaftrunk gegeben. Er wird jetzt viele Stunden schlafen – darum bete ich jedenfalls.«

»Gibt es noch Hoffnung?« fragte Eleyna mit heiserer Stimme.

»Nein. Es tut mir leid.«

»Ich werde hierbleiben«, sagte Beatriz. »Du weißt, wohin du gehen mußt, Eleynita.«

»Ja.« Wie betäubt verließ Eleyna das Zimmer.

Ihre Mutter folgte ihr. »Stimmt es, daß Sario Andreo umgebracht hat?« Dionisa fragte beinahe zögernd, als fürchtete sie sich vor der Antwort.

»Ja. Ich muß jetzt zu den Viehos Fratos.«

Zu ihrem Entsetzen gab ihre Mutter kampflos nach. Sie ließ Eleyna einfach stehen und kehrte ins Krankenzimmer zurück.

Eleyna ging die Treppe zum Atelier hinauf. *Ungeheuer. Ungeheuer. Ungeheuer.* Das Wort hallte bei jedem Schritt in ihrem Kopf wider. *Ich bin nicht besser als er, nachdem ich mich von ihm noch unterrichten ließ, obwohl ich wußte, was er getan hatte.*

Auf Befehl Giabertos ließ Damiano sie widerstrebend ein. Die Maler standen um das Porträt Saavedras herum, starrten, gestikulierten, debattierten. Es waren nur noch so wenige. Sie wirkten so schwach, vor allem im Vergleich mit Sarios Kraft und seinen Fähigkeiten. Kein Wunder, daß er sie verachtete. Kein Wunder, daß er die Grijalvas unbedingt zu ihrem alten Ruhm zurückführen wollte.

Moronna! Demnächst wirst du ihm noch helfen, sie umzubringen!

»Ihr habt die Oscurra gesehen«, sagte sie. Sie brummten, hielten sie aber nicht auf. »Das Muster beginnt hier ... Wo ist Cabral?«

»Er hat die Gabe nicht«, erklärte Giaberto ernst.

»Ich auch nicht. Er ist der Älteste hier. Es war *seine* Erinnerung an das Bild, die uns die Wahrheit vor Augen geführt hat, oder?«

Sie waren so erschüttert, daß sie ohne weiteren Widerspruch Damiano ausschickten, er solle Cabral holen. Dann begannen sie erneut zu debattieren. Keiner von ihnen wollte die schreckliche Wahrheit zugeben.

»Aber man kann Menschen nicht in Gemälde hinein- oder aus ihnen herausbefördern!« rief Zosio empört. »Das ist unmöglich. Ich nehme an, er hat dieses Bild gemalt, um sie zu zwingen, Tira Virte zu verlassen.«

»Nein.« Giaberto schüttelte den Kopf. »Eleyna hat recht. Wenn wir diese Oscurra lesen, finden wir Magie, die bindet – keinen Suggestivzauber. Damiano hat zehn Tage lang unsere Lagerräume durchsucht und ein altes Inventarverzeichnis aus den Tagen Cossimios I. gefunden. Falls in der Galerria nicht nacheinander mehrere Kopien des Porträts hingen, hat sie sich tatsächlich innerhalb des Gemäldes bewegt.« Nur Zosio knurrte noch. Die anderen hatten offenbar bereits die Wahrheit akzeptiert und schauten entsprechend entsetzt drein. Giaberto richtete einen fragenden Blick auf Eleyna. »Aber wenn sie wirklich in diesem Bild lebt, wie können wir sie befreien?«

»Ich habe mir dieses Gemälde ausführlich angesehen«, sagte Eleyna. »Diese Tür dort kommt mir bekannt vor.«

Während sie das sagte, kam Damiano mit Cabral zurück. Der alte Mann sah sich das Porträt lange an. Er war offensichtlich bewegt, teilte aber den anderen den Grund nicht mit. Nach langen Minuten schüttelte er den Kopf, wie ein Stubenmädchen Spinnweben mit einem Besen herunterschüttelt. »Es kommt mir vertraut vor, aber nur entfernt. Wie Eleyna habe auch ich das Gefühl, daß diese Tür hier irgendwo im Palasso sein muß.«

»Wir drei werden uns umsehen«, sagte Giaberto.

Sie gingen zum ältesten Teil des Hauses, durch uralte Flure, deren Dielen sich verzogen hatten, deren Ecken längst nicht mehr rechtwinklig waren. Hier befanden sich jetzt nur noch Dienstboten- und Lagerräume. Aber es gab auch eine Treppe, die im Dunkeln kaum zu sehen war und die zu einem weiteren Flur führte, der einmal weiß gestrichen gewesen war, jetzt aber grau war vom Staub und von den Jahren.

»Seltsam«, murmelte Giaberto. »Ich dachte wirklich, daß ich jede Ecke dieses Palasso kenne. Aber daran kann ich mich nicht erinnern.«

Als sie das erste Mal den Flur entlanggingen, übersahen sie die Tür, und dann fragten sie sich, wie das möglich gewesen sein konnte, wo sie sich doch direkt vor ihnen befand – nur Magie konnte solche Blindheit hervorrufen. Es war eine Tür, eine ganz gewöhnliche Tür, und doch alles andere als das: altes, poliertes Mahagoni mit einem schmiedeeisernen Riegel, den ein Rand von verblaßten, gemalten Runen umgab. Eine eisenbeschlagene Tür.

Cabral öffnete sie, denn sie war nicht einmal verschlossen. Sie war einfach nicht *da*, solange man nicht wußte, daß sie da sein mußte und deshalb genau hinsah. Eleyna schauderte bei dem Gedanken, daß seit dreihundert Jahren niemand davon gewußt hatte – nein, *einer* hatte es gewußt: Sario.

In der Kammer hinter der Tür lag der Staub so dick, daß ihre Schritte eine deutliche Spur hinterließen. Sie waren nur zögernd eingetreten. Ganz langsam drehte Eleyna sich um und blickte um sich. Unter all dem Staub und Schmutz entdeckte sie deutliche Zeichen alten Glanzes – es war genau wie auf dem Porträt: Fenster, ein Tisch, eine Kerze und eine Lampe, ein Spiegel auf einer Staffelei, so von Staub überzogen, daß man darin nichts mehr erkennen konnte. Es fehlten nur das Buch und die Frau.

»Hier ist sie gemalt worden«, sagte Giaberto mit leiser, ehrfürchtiger Stimme. »Ob das einmal *ihr* Zimmer war? Müssen wir hier putzen, um sie zu befreien?«

Cabral fuhr mit dem Finger über den Tisch, und Staub wirbelte auf.

Eleyna nieste. »Könntest du nicht … die andere Seite der Tür malen … und sie auf diesem Bild magisch von bindenden Zaubersprüchen befreien, damit Saavedra sie öffnen kann? Versucht sie das nicht schon?«

»Matra Dolcha«, murmelte Giaberto und sah sie an. »Aber natürlich! Vielleicht braucht es wirklich nichts Komplizierteres! Du hättest die Gabe haben sollen, meine Liebe.«

Sie wich vor ihm zurück.

»Verzeih«, sagte er schnell. »Verzeih mir, Eleyna.«

»Du hast mir ja nicht schaden wollen, Onkel.« Der Schaden war bereits geschehen: all diese Jahre, die er und die anderen ihr verweigert hatten.

»Komm, Eleynita.« Cabral nahm ihren Arm. Zusammen kehrten sie ins Atelier zurück.

Als Premio Frato übernahm Giaberto das Kommando. »Ich werde das Risiko selbst eingehen«, sagte er, »denn ihr anderen müßt stark bleiben, falls ich versagen sollte.«

Eleyna starrte ihn an, als er mit seinen Vorbereitungen begann. Nie hätte sie sich erhofft, einmal Zeugin von so etwas zu werden! Er nahm eine Lanzette, erhitzte sie in einer Kerzenflamme, bis sie zu glühen begann, und ritzte sich die Haut. Er mischte Farben mit seinem Blut, und obwohl sie es beinahe erwartete, stieg kein geheimnisvoller Nebel von den gebluteten Farben auf, sie zischten oder brannten auch nicht und wiesen kein anderes Anzeichen ihres neuen Zustands auf. Dann mischte er Tränen hinein, seinen Speichel und eine trübe Substanz aus einer Phiole, die schon vorbereitet war.

Im Atelier standen mehrere Paneele bereit. Sie wählten eins aus Eiche und stellten es gegen eine Wand, weil es zu groß für eine Staffelei war. Aus dem Gedächtnis zeichnete Giaberto die Tür auf die Grundierung, Eleyna und Cabral korrigierten ihn, dort, dort, und *dort*. Dann begann er zu malen: eine alte Mahagonitür, eisenbeschlagen, mit einem Rand von Runen, in einer einfachen weiß gestrichenen Wand. Mit dem Rand verwob er Symbole, die Eleyna kannte: Haselnußöl für Wissen, Weidenblätter für Freiheit, Rosmarin für Erinnerung.

Die Mitternachtsglocken erklangen über der Stadt, ein langes Läuten, das Mirraflores ankündigte, den Monat der Blüte, der Fruchtbarkeit. Giaberto setzte Oscurra auf die feuchte Farbe; Linien so zart wie auf einer Handfläche oder einem Blütenblatt, wie Spuren kleiner Vögel im feuchten Sand der Marsch: *Hier ist nichts gebunden. Hier ist nur Freiheit.*

Das erste Morgenlicht streifte die Dächer, als er das Bild beendete und zurücktrat.

»Matra ei Filho!« murmelte Cabral.

Man hätte es nicht unbedingt eine Bewegung nennen können. Es war eine Veränderung der Luft, ein Fließen, ein plötzliches Drängen.

Die Tür war offen!

Die Kammer in dem großen Porträt war vollständig bis auf die letzte Einzelheit. Aber sie war leer, als hätte sich dort nie jemand befunden. Giaberto sackte auf einen Stuhl, und in diesem Augenblick bewegte sich der Riegel auf seinem Bild.

Die Tür ging auf. Eine Frau trat vorsichtig eine unsichtbare Stufe hinab und ins Zimmer. Sie starrte sie an, blinzelte in dem ungewohnten Licht. Sie legte die Hand an die Kehle – ein lautloser Aufschrei –, holte Luft, hielt sie an, atmete wieder aus. Zögernd ging sie bis zur Wand und fuhr mit glatten Fingern über das Holz der Täfelung. Sie drehte sich herum, langsam, der aschrosa Samtrock schwang mit. Sie sah alle im Zimmer nacheinander an. Schließlich ging sie zu Eleyna und berührte sie, erst ihren Arm, dann den Stoff ihres Kleides und das Band an der hohen Taille. Ihre Haut fühlte sich kühl an, aber die Frau war eindeutig am Leben.

»Du bist Eleyna«, sagte sie. Sie hatte einen seltsamen Akzent, den Eleyna noch nie gehört hatte. »Ich habe dich malen sehen, und du hast mit mir gesprochen. Ich bin Saavedra. Wie lange war ich gefangen?«

32

Dreihundertsechsunddreißig Jahre.

Sie saß auf einem Stuhl im Atelier der Grijalvas – *so verändert! So viel größer!* – und sah ihre Zuhörer an: neun Viehos Fratos, einen alten Mann und eine junge Frau etwa in ihrem Alter.

Nein. *Nicht* in ihrem Alter. Unmöglich. Dafür hatte Sario gesorgt.

Die andere war jung, die andere Grijalva. *Sie* war es nicht. Sie hatte es zusammengezählt, nachdem man ihr gesagt hatte, welches Jahr man schrieb: *Dreihundertdreiundachtzig Jahre alt.*

Matra ei Filho. Was hatte er nur getan, was hatte er angerichtet mit Hilfe seiner Gabe, mit der Luza do'Orro, mit seinem unermüdlichen Ehrgeiz, der ihn dazu trieb, gnadenlos alles zu tun, was er für nötig hielt?

Und mit Raimons Zustimmung.

Sie schloß die Augen. Sanguo Raimon war tot, zweifach: einmal, weil er seinen Goldenen Schlüssel in sein *Peintraddo* gestoßen hatte, und darüber hinaus durch die Jahre, Jahrzehnte, Jahrhunderte.

Dreihundertunddreiundachtzig Jahre alt.

Bei weitem die älteste der Grijalvas.

Ironie. Und Zorn. Daß er ihr so etwas antun konnte.

So viel Zeit. Und sie hatte so wenig davon gesehen, nur in dem Spiegel, den er in das Porträt gemalt hatte. Und in ihrem Gesicht, ihrem Körper spiegelte sich noch weniger davon. Das Kind war nur drei Tage älter, obwohl sein Vater schon vor Jahrhunderten gestorben war.

Alejandro. Tot.

Sie hatten nach Essen geschickt, und sie hatte hungrig alles verschlungen, hatte die Bedürfnisse ihres frisch befreiten Körpers nicht leugnen können. Und dennoch bäumten sich ihre Gedanken, verschwenderisch in ihrer Eile, gegen solche Wahrheiten auf, die ihr neu waren: Sie selbst war ebenfalls nur drei Tage älter, das Kind wuchs erst seit drei Monaten in ihrem Leib.

Sie aß und ignorierte ihre faszinierten Blicke. Sie sahen ihr zu und flüsterten, alle, bis auf die junge Frau, Eleyna, die neben ihr saß. Sie warteten.

Alejandro. Tot.

Saavedra legte die Gabel nieder, und ein gedämpftes Klirren erklang. Ihre Hände zitterten; sie konnte sie nicht ruhig halten. Rebellierte ihr Körper? Verfiel das Fleisch nun, da es aus der gemalten Konservierung befreit war?

Schmerz überwältigte sie. *Matra Dolcha* –

Nein. Kein Verfall. Trauer.

»Tot«, sagte sie und hörte das Zittern in ihrer Stimme. »Gestern noch lebendig. Heute tot.«

Eleyna fragte leise: »Wer?«

»Alejandro.« Sie hatte diesen Namen so gern ausgesprochen. Jetzt tat es weh, weil sie wußte, daß er es nicht mehr hören konnte. »Alejandro Baltran Edoard Alessio do'Verrada, Herzog von Tira Virte.«

»Es tut mir leid«, murmelte Eleyna.

Trauer konnte von Zorn gemildert werden. Sie benutzte ihren Zorn dazu. »Aber Sario lebt. Und ich werde mich rächen.«

»Sario?« Das war der alte Mann, Cabral. »Sario Grijalva? Aber selbstverständlich ist er tot. Ignaddio Grijalva hat ein rührendes Bild von seinem Tod gemalt. Es hängt in der Picca.«

Sie zuckte zusammen. »Naddi?« Aber auch er war tot. Sie waren alle tot. »Was ist die Picca?«

»Eine kleine Galerie, in der wir Grijalvas Bilder für die Öffentlichkeit ausstellen.«

»Die *Öffentlichkeit*? Aber – niemand außer den Grijalvas darf den Palasso betreten!«

»Jetzt ist das anders«, sagte der alte Mann sanft.

Es tat so weh. Sie wußten so viel mehr von ihr als sie von ihnen, und die Welt, die sie bewohnten, war Jahrhunderte von der ihren entfernt.

»Das ist unwichtig«, sagte Eleyna knapp, was trotz ihres Tons nicht unhöflich wirkte. Saavedra hatte sie sofort liebgewonnen und hoffte, sie besser kennenzulernen. Ja, die Welt hatte sich wirklich verändert; Eleyna Grijalva, eine Frau, die die Gabe nicht hatte, stand hier unter den Viehos Fratos. »Wie kannst du glauben, daß Sario Grijalva noch am Leben ist?« fragte Eleyna.

Trotz der Frage spürte Saavedra, daß die junge Frau die Wahrheit bereits kannte. Daß sie mehr wußte, als sie zugab – vielleicht sogar vor sich selbst. Sie erhob sich, drückte die Handflächen auf echtes Holz, nicht nur auf gemaltes, und ging – *Matra Dolcha, wieder gehen zu können!* – zu dem großen Paneel, das an der Wand lehnte, um es zu betrachten. Die Reste ihres Gefängnisses zu betrachten.

Er war ein Genie, das war deutlich. Sie konnte es in jeder Linie, jedem Schatten erkennen. Wie konnte jemand dieses Werk sehen und nicht erkennen, wer es gemalt hatte?

»Sario«, sagte sie. »Mein Sario.« Selbst jetzt, wo das Bild nur noch die leere Kammer zeigte, blieb die Komposition einzigartig. »Hier ist der Spiegel«, sagte sie und zeigte darauf. »Hier, auf der Staffelei. Ein Zeichen seiner Arroganz, wie es auch ein Zeichen seiner Arroganz war, den *Folio* ins Bild zu malen. Und wie gut das zu ihm paßt.« Sie drehte sich um, sah die Männer an und erkannte, daß sie es immer noch nicht verstanden. »Hier«, sagte sie und zeigte noch einmal darauf. »Wegen des Spiegels konnte ich verstehen, was mit mir geschehen war, und daß die Welt außerhalb meines Rahmens weiter bestand, selbst wenn Saavedra Grijalva erstarrt war.« Wieder nagte die Trauer an ihr. »Und wenn niemand dort draußen mehr Saavedra kannte.«

Auf Cabrals faltigem Gesicht wich das Unverständnis langsam einem bitteren und entsetzten Verstehen.

»Als ich merkte, daß ich mich bewegen konnte, las ich zunächst das Buch – und dann entdeckte ich den Spiegel. Und im Spiegel sah ich Menschen. So viele Menschen, so viele Jahre … eine Galerie von Menschen, mit Gesichtern und Kleidern, die so ganz anders waren als alle, die ich kannte.« Es fiel ihr jetzt leichter zu sprechen; sie war frei, und ihre Vergangenheit war niemandes Gegenwart. »Es gab Zeiten, in denen ich nichts sehen konnte, gefangen im Dunkeln, als hätte man ein Tuch über das Paneel gehängt – aber nachdem ich den Spiegel entdeckt hatte, wurde das anders. Manchmal glaubte ich sogar, ihre Stimmen zu hören, obwohl sie mit seltsamem Akzent sprachen – so seltsam, wie sich der Eure nun für mich anhört.« Wieder wandte sie sich Eleyna zu. »Dich habe ich erst vor kurzem gesehen, weil du vor dem Bild gearbeitet hast.«

Eleyna nickte. »Ich habe es kopiert.«

»Und dann kam Sario. Immer wieder Sario. Seine Kleider änderten sich, seine Begleiter … aber er war immer da. Er besuchte mich. Vielleicht wollte er mich verhöhnen.« Ihre Augen füllten sich mit Tränen, keine Tränen der Trauer um Alejandro, sondern um einen Jungen, der einmal so vieles versprochen – und noch mehr erfüllt hatte. »Ich sah ihn neben dir stehen.«

Eleyna wandte sich ab, fühlte sich schuldig – und bestätigte so, was Saavedra vermutet hatte. »Ja, er heißt ebenfalls Sario.«

Cabral wandte ein: »Es kommt oft vor, daß Kinder nach ihren Vorfahren benannt werden.«

»Nein.« Die Trauer war verschwunden. Sicherheit trat an ihre Stelle. »Er war es. *Mein* Sario. Matra Dolcha, glaubt ihr denn, ich erkenne den Mann nicht, der mich verraten und gefangen hat?«

»Aber das kann nicht sein«, protestierte Cabral. »Dieser

Sario sieht ganz anders aus als der Eurer Tage. Ich habe die Peintraddos gesehen. Ich erinnere mich noch daran, wie Sario zur Welt kam. *Unser* Sario.«

Jetzt ergriff Giaberto das Wort. Er war Eleynas Onkel und eindeutig der Premio Frąto. Wie es Arturro gewesen war, wie Ferrico, wie Davo. Aber das waren Männer aus ihrer Zeit, nicht aus dieser; diese Zeit gehörte Giaberto. »Ich kann mich selbst noch daran erinnern, wie er als einer der unsrigen bestätigt wurde und wie er sein *Peintraddo Chieva* malte.« Seine Gesten waren abgehackt; er glaubte ihr nicht. »Ihr seht, hier hängt sein Porträt. Wir haben es aus der Crechetta geholt, um es in besserem Licht betrachten zu können.«

Sie trat näher heran. Ein Mann, einem Mann ihrer Zeit nicht unähnlich: die Hände vom Knochenfieber verkrümmt, die Augen mit einer milchigen Schicht überzogen. Krankheiten, die nicht zu seinem Alter passen wollten.

Saavedra schüttelte den Kopf. »Das ist nicht der Mann, den ich neben dir gesehen habe, Eleyna. Dieser Mann hatte das Gesicht *meines* Sario.« Sie drehte sich um. »Ihr habt bereits die Chieva do'Sangua verhängt?«

Giaberto war bestürzt. »Wie könnt Ihr das wissen? Wie habt Ihr davon erfahren?«

Saavedra lächelte und ging langsam wieder zum Tisch zurück. Sie nahm ein Stück Brot, betrachtete die Kruste, spürte das Gewicht – *wenigstens das Brotbacken hat sich nicht verändert!* –, und dann wandte sie sich wieder Eleyna und den Männern zu. »Ich weiß es, weil ich ebenfalls die Gabe habe.« Zum ersten Mal öffnete sie die Hand und zeigte den Schlüssel. Nach so vielen Jahrhunderten kannte sie sein Gewicht genau. »Dieser Schlüssel, diese Chieva do'Orro, gehört mir. Ich habe meine eigene Bestätigung durchgemacht. Sario selbst hat sie mir aufgezwungen. Und damit habe ich diesen Schlüssel verdient und alle Rechte, die ein Grijalva dadurch erhält.«

Unruhe brach unter den Männern aus, erster Protest. Eleyna schwieg. Saavedra ließ die Einwände über sich hinwegspülen, immun gegen ihre Stachel. Sie kannte das alles schon. Sie selbst hatte diese Einwände Sario gegenüber erhoben. *»Eine Frau kann die Gabe nicht haben.«*

Giaberto war ganz entschieden: »Nur Männer können die Gabe haben – es ist die Pflicht einer Frau, Söhne zur Welt zu bringen, die ihrerseits die Gabe haben können. Dieser Schlüssel ist nichts weiter als ein Symbol des heiligen Bandes zwischen den do'Verradas und den Viehos Fratos.«

Inzwischen wartete die andere Frau im Zimmer schweigend, beobachtete die Erste Mätresse, die gerade gestanden hatte, auch die erste Frau mit der Gabe zu sein.

Saavedra begegnete Eleynas festem Blick. »Beneidest du mich?«

Die junge Frau wurde rot. »Matra Dolcha! – Ja, ich gebe es zu. Ich beneide dich tatsächlich.« Und dann, leiser: »Es tut mir leid.«

»Das ist nicht nötig«, sagte Saavedra. »Nicht jetzt, aber du solltest es nicht bedauern. Die Mutter gibt, was sie uns geben will.«

»Aber wenn Ihr die Gabe habt –« Cabral trat zögernd vor. »Verzeiht mir. Entschuldigt, wenn ich das frage, aber … hatte Mechella recht? Seid Ihr schwanger?«

»Ja,« antwortete Saavedra ruhig. »Das Kind, das ich vor mehr als dreihundert Jahren hätte zur Welt bringen sollen, wird noch geboren werden.«

Cabral seufzte tief.

Unerwartet traten Eleyna Tränen in die Augen. Sie wandte sich abrupt ab.

Saavedra streckte sofort und ohne nachzudenken die Hand nach ihr aus. »Nein, bitte nicht – bitte, wende dich nicht von mir ab! Matra ei Filho, du bist vielleicht die einzige, die es versteht. Willst du mir das versagen?« Jetzt hatte auch sie Tränen in den Augen. »Matra Dolcha, ich bin doch ganz allein hier, aus meiner eigenen Zeit gerissen, ich habe keinen Menschen mehr, den ich kannte – bis auf dieses Kind, *Alejandros* Kind, das seinen Vater nie kennenlernen und von der Zeit seiner Mutter nur erfahren wird, was es von den Lehrern hört.« Sie konnte kaum weitersprechen. »Du siehst es, nicht wahr? Du spürst es? In deinem Herzen, in deinem Kopf?«

Eleyna hatte Saavedra den Rücken zugewandt. Nach einem langen Augenblick drehte sie sich um, unendlich langsam. Streckte eine zitternde Hand aus. »Verzeih mir ... ich mißgönne dir die Gabe nicht.« Ihre Hände trafen sich. »Es stimmt, daß du niemanden hast ... und wenn du willst, kannst du meine Schwester sein. Genau wie Beatriz, die tatsächlich meine Schwester ist. Und Agustin –« Sie hielt abrupt inne; sie ließ Saavedras Hand los. »Zio, entschuldige. Ich muß gehen und nachschauen, ob Agustin jetzt wach ist.«

»Dann geh, mein Kind.«

Bedauernd sah Saavedra ihr nach. Dann wandte sie sich Giaberto zu. »Wer ist Agustin?«

Es war Cabral, der antwortete, mit ebensoviel Trauer wie Zorn. »Agustin ist ihr jüngerer Bruder, der vor kurzem erst bestätigt wurde. Er stirbt, weil Sario eines der gebluteten Bilder des Jungen mit Lampenöl versengt hat.«

Saavedra zuckte zusammen. Dann küßte sie ihre Fingerspitzen und drückte sie ans Herz. »Matra Dolcha ... *welcher* Sario?«

»Dieser hier.« Giaberto zeigte auf das gemalte Gesicht, das sie nicht kannte. »Aber unsere Chieva do'Sangua hat versagt.«

Sie reagierte nicht sofort. Sie wußte, wie Sario sich geschützt hatte.

»Wir haben noch nicht herausgefunden, wie er das getan hat«, fuhr Giaberto, der ihr Schweigen für Staunen nahm, fort. Er warf einen Blick auf das Porträt. »Es sei denn, dieser Mann ist nicht der echte Sario. Nicht *unser* Sario.« Jetzt schaute er Saavedra an. »Seid Ihr sicher, daß es Sario war, den Ihr im Spiegel gesehen habt?«

Zum ersten Mal in ihrem Leben – ihrem durch Magie absurd verlängerten Leben – benutzte Saavedra Grijalva den Schwur, den selbst die Viehos Fratos nicht einfach abtun konnte. »Nommo Chieva do'Orro.« Sie bemerkte, wie schockiert sie waren. »Seine Kleidung war anders als früher, aber das Gesicht ist dasselbe geblieben. Ebenso wie die Chieva, die er trug.« Plötzlich wurde ihr kalt, und sie schauderte. »Vielleicht hat er mir den Spiegel aus Grausamkeit hingestellt – oder aus Gnade, so wie er es betrachtet. Aber ich glaube, dieser Spiegel hat mir die Wahrheit gezeigt – die wirkliche Welt, sein wahres Gesicht. Und in dieser Welt hat es Sario *immer* gegeben.«

»Wenn Ihr ihn also mit Eleyna gesehen habt –, wenn Ihr *Euren* Sario mit unserer Eleyna gesehen habt –« Cabrals Gesicht war grau geworden. »Bitte verzeiht mir meine Zweifel, aber es ist so schwierig zu glauben.«

Sie zuckte die Schultern. »So schwierig, wie an *mich* zu glauben.«

Giabertos Stimme zitterte. »Wie kann das möglich sein?«

Es tat weh zu sprechen; für sie war alles gestern gewesen, für die anderen war es Jahrhunderte her. »Neosso Irrado«, sagte sie. »Ihr kennt ihn nicht, wie ich ihn kenne, wie ich ihn kennenlernen mußte – obwohl er unter Euch gelebt hat. Ich habe verstanden – viel zu spät verstanden –, daß es nichts gibt, was Sario nicht versuchen wird. Es gibt keine Macht, keine Magie, die unsere Gabe uns ermöglicht, die er nicht meistern und für sich einsetzen wird.« Sie holte tief Luft. »Es gab zu meiner Zeit niemanden, der wie er war – und auch jetzt nicht.«

Giaberto klang anklagend: »Ihr klingt, als liebtet Ihr ihn!«

Sie stritt es nicht ab. »Ich habe ihn so sehr geliebt, wie ich nur konnte. Wie ich keinen anderen geliebt habe. Aber es gibt Liebe und Liebe – und was ich *ihm* gegeben habe, ist etwas ganz anderes als das, was ich mit Alejandro teilte.«

»Meine Tochter.« Cabral sprach diese Worte mit großem Mitgefühl, und er nahm tröstend ihre Hände. »Ich würde mich freuen, wenn du mich als deinen Onkel betrachten würdest, wie Eleyna eine Schwester für dich ist. Du bist eine Grijalva, eine von uns, ein Teil von mir –« Und er lachte. »Und alt genug, um meine mehrfache Urgroßmutter zu sein, fürchte ich, obwohl du so viel jünger bist!«

Ein alter Mann, älter als die meisten Maler, brach diese Stimmung, indem er fest mit dem Stock auf den Boden stieß. »Das reicht jetzt!« Seine Stimme war dünn, gebrochen; er war eindeutig im letzten Stadium jener verzehrenden Krankheit, die alle Maler mit der Gabe befiel. »All dieses Gerede von Sario – *dieser* Sario, *jener* Sario! – wenn ich etwas wirklich Wichtiges wissen will.« Er starrte sie erbost an. »Niapali-Gelb – wie habt ihr es hergestellt? Wir können es nur imitieren, aber es hat einfach nicht die Qualität der alten Bilder. Wie habt ihr das gemacht?«

Nach all diesen Schocks jetzt so etwas – Saavedra lachte. »Ihr könnt kein Niapali-Gelb mehr herstellen? Matra Dolcha – dann ist es ja ein Glück, daß ich hier bin, wie?«

Cabral ließ ihre Hände los, um sie zu unterbrechen. »Einen Augenblick!«

Seltsam zu sehen, wie ein Maler ohne die Gabe solche Autorität über die Viehos Fratos gewann. Aber sie vertraute ihm bereits, liebte ihn für seine Freundlichkeit, seine Weisheit, und sie brauchte so dringend Freunde.

Jetzt hatte er ihre Aufmerksamkeit. »Sario ist nicht nur für uns eine Gefahr, sondern für ganz Tira Virte. Wenn es stimmt, was Eleyna sagt, und Sario tatsächlich ein Bild gemalt hat, das den Großherzog in seine Gewalt bringt …« Er schüttelte den Kopf – es war mehr als deutlich, was er sagen wollte. »Gehen wir einmal davon aus, daß es stimmt, daß der erste Sario Grijalva immer noch lebt. Wie kann so etwas möglich sein? Nur ein Maler, der die Gabe hat, wäre dazu fähig. Und da gibt es nur die Grijalvas.«

Wieder erhob Giaberto Einspruch. »Aber wie kann das sein?«

Ermüdet von ihren Streitereien, ließ Saavedra sie einfach stehen. Statt dessen ging sie zu dem *Peintraddo Chieva* von Sario Grijalva – *ihrem* Sario. Und starrte es an.

Nur vor Tagen … Tagen, nicht Jahrhunderten. Vor Tagen hatte sie mit ihm gesprochen, mit ihm gestritten, ihn als das erkannt, was er war, was er aus sich gemacht hatte; erst vor Tagen hatte Alejandro sie umarmt, und sie hatten gewußt, daß sie zusammenbleiben würden, solange sie lebten.

Sie lebte immer noch. Er war vor dreihundert Jahren gestorben.

Wieder stieg der Schmerz auf. Um dem zu entgehen, wandte sich Saavedra rasch den Viehos Fratos zu. Und Cabral.

»Du«, sagte sie und winkte ihn zu sich. Dann nahm sie seine Hand. »Auf dich wäre er eifersüchtig gewesen. Ich verstehe das jetzt, viel besser, als ich es damals konnte; soviel hat sein Wahnsinn mich gelehrt.« Sie zeigte auf das Bild. »Dieser Mann hätte dich beneidet, hätte dir deine Macht geneidet –«

»Ich habe keine«, sagte Cabral steif. »Ich habe die Gabe nicht.«

»Nein, deine Macht liegt in etwas anderem. In der Lebensdauer. Und der Fruchtbarkeit.« Sie seufzte. »Er hat mir einmal gesagt, er wolle nichts mit Kindern zu tun haben, aber ich glaube, er hat gelogen. Und er sagte auch, er glaube, ein Maler lebe nur durch seine Bilder weiter – und daß er einen Weg finden werde, das zu ändern.« Sie sah

Cabral an. »Du hast die Geschichte Tira Virtes studiert. Wie lange hat der erste Sario gelebt?«

»Ich glaube, er starb mit fünfunddreißig.«

Und Alejandro – hatte er ein langes Leben oder ein kurzes? Und gab es eine andere Frau, die ihm Kinder gebar?

Selbstverständlich. Die Familie do'Verrada bestand bis auf den heutigen Tag, dreihundertdreiundsechzig Jahre später. Aber sie konnte sich nicht überwinden zu fragen. Es tat zu weh.

»Ihr habt gefragt«, wandte sie sich an Giaberto, »wie es sein kann, daß Sario noch lebt. Ich glaube, ich weiß es. Ich habe jedes Wort in diesem Buch gelesen« – sie zeigte auf das Buch, das nun geschlossen auf dem Tisch im Gemälde lag – »in diesem Buch, in Sarios Kopie des *Kita'ab*. Ihr kennt es in seiner unvollständigen Form als den *Folio* der Grijalvas. Ich habe darin einen Zauberspruch gelesen, mit dem man den Geist eines Menschen in den Körper eines anderen übertragen kann –«

Die Tür zur Treppe ging auf. Alle zuckten zusammen und fuhren herum.

Aber es war nur Eleyna. »Agustin schläft immer noch.« Sie sah erschöpft aus. »Vielleicht wäre es gnädiger, daß er nie wieder aufwacht, wenn er nur noch Schmerzen spürt.« Sie richtete ihren traurigen Blick auf Saavedra. »Ich habe gehört, was du gesagt hast.« Sie holte tief Luft, atmete wieder aus. »Vor einem oder zwei Tagen fragte ich Sario, woher er soviel wisse – und er sagte: ›Weil ich schon so lange lebe.‹ Das kam mir damals ausgesprochen seltsam vor für einen Mann, der nur sechs Jahre älter ist als ich.« Sie sah die anderen an, dann wieder Saavedra. »Ich kann herausfinden, ob das wahr ist. Ich muß in den Palasso zurückkehren.«

»Matra ei Filho – das würdest du tun? Dich einer solchen Gefahr aussetzen?«

»Unmöglich«, sagte Giaberto. »Das Risiko ist zu groß.«

Cabral war weniger entschieden, aber er schloß sich Giaberto an. »Eleyna, meine Liebe, wenn Sario in der Lage ist, Renayos Taten zu bestimmen, wird er sicher dasselbe mit dir tun.«

Sie schüttelte den Kopf, war vollkommen sicher, was sie zu tun hatte. Saavedra bewunderte ihre Ruhe und ihren Mut. »Er kann mir weder schaden, noch mich zu etwas zwingen.« Trotzig starte sie ihren Onkel an. »Er hat bereits ein Porträt von mir gemalt, das mich für immer vom Einfluß der Grijalvas befreit.«

Saavedra betrachtete die junge Frau forschend, abschätzend. Sie sah ohne Frage gut aus, ja, man konnte sie sogar als schön bezeichnen, aber wichtiger war eine Glut, eine Heftigkeit an ihr, auf die etwas in Saavedra unmittelbar reagierte, ein vertrautes Bedürfnis, daran Anteil zu haben.

Und in diesem Augenblick erkannte sie es bei Eleyna, wie sie es auch immer bei Sario erkannt und anerkannt hatte. Luza do'Orro, das Goldene Licht.

Und dennoch ... »Liebt er dich?« fragte Saavedra. Er hatte sie immer geliebt, so sehr es ihm überhaupt möglich war, etwas anderes als seine eigene Vision zu lieben, aber er lebte nun schon so lange – es hatte sicher andere gegeben. Oder vielleicht *eine* andere.

Eleyna wurde rot, aber ihre Stimme blieb gleichmütig. »Er ist nicht mein Geliebter. Aber ...« Das Zögern wies auf ein tiefes Gefühl hin. »Ich bin seine Schülerin.«

Aufruhr. Die Viehos Fratos waren wirklich tief gesunken; Saavedra hätte sich nicht daran erinnern können, daß sich die Männer zu ihrer Zeit wegen derartiger Kleinigkeiten ständig gestritten hätten. *Sie werden sie nicht gehen lassen.*

Wie sie gegangen wäre; wie sie gegangen *war* – und in eine solch gefährliche Umgebung, daß sie sich nun hier befand, an diesem Tag, und sie hätte doch schon lange tot sein sollen, so wie Alejandro.

»Aber ich bin die einzige, die es tun kann!« rief Eleyna.

»Er vertraut mir, und er glaubt, daß ich ihm vertraue. Sagt mir, was ich tun muß, und ich werde es tun.«

Giaberto begann, auf und ab zu gehen. »Was für eine Dummheit!« murmelte er.

»Ja«, stimmte Eleyna ihm zu. »Aber es muß sein, Zio.«

Er fuhr zu ihr herum. »Wenn es so ist, wie du sagst – wenn er ein geblutetes Porträt von dir gemalt hat, dann bist du wirklich so sicher vor ihm wie niemand sonst. Also gut – du mußt gehen.« Er wischte sich den Schweiß von der Oberlippe. »Als erstes mußt du Renayo von seinem Einfluß befreien. Finde das Porträt, stecke es in eine Wanne mit verdünntem Terpentin, laß es weichen. Wenn es wirklich aufgeweicht ist, fügst du mehr Wasser hinzu, eimerweise, dann gießt du alles in den Abfluß. Auf diese Weise wird seine Macht über den Großherzog ein Ende haben, ohne ihn zu vernichten.«

»Warum *verbrenne* ich es nicht einfach, oder irgendein anderes Bild, was er gemalt hat?« fragte Eleyna. »Warum tue ich ihm nicht an, was er Agustin angetan hat?«

Saavedra beendete den Streit, bevor er sich weiter ausbreiten konnte. »Ich muß ihn sehen«, sagte sie. »Ich muß diesen Mann sehen, um ihn selbst beurteilen zu können.«

Eleyna murmelte leise, so daß nur Saavedra, die dicht neben ihr stand, es verstehen konnte: »Wenn er es wirklich ist, stell dir vor, wieviel er über Malerei weiß.«

Wahrhaftig, die Luza do'Orro war nicht zu leugnen, Frau oder nicht.

Ruhig sagte Saavedra: »Ich schlage vor, daß Eleyna zu ihm geht, aber sie muß einen Brief mitnehmen, von mir, in meiner Handschrift, die er – *mein* Sario – kennt. Und wenn es tatsächlich der richtige Sario ist, wird er zu mir kommen.« Sie sah die junge Frau, seine Schülerin, an, weil sie wußte, wie weh ihr die nächste Anordnung tun würde. »Wenn er weg ist, muß Eleyna alles, was er gemalt hat, so zerstören, wie Giaberto es beschrieben hat. Und sobald Sario hierherkommt, hier in dieses Atelier, müssen wir uns ihm alle stellen. Die Viehos Fratos. Ich. So, wie vielleicht nur ich es kann.« Jetzt spürte sie keinen Schmerz mehr. Nur gnadenlose Notwendigkeit. *Wie er es mich gelehrt hat.* »Ich werde Farben brauchen. Und dieser Boden hier muß sauber geschrubbt werden.«

Giaberto rührte sich unbehaglich. »Was habt Ihr vor?«

Saavedra strich mit ihren schlanken Händen über den schweren Samt ihres Rocks. »Sario ist brillant, aber er hat zwei schreckliche Fehler gemacht, weil er so sicher war, daß niemand erkennen könne, was vor ihm liegt – oder vor ihr.« Sie holte tief Luft, um ihnen alles zu sagen. »Als erstes hat er mir bewiesen, daß auch ich die Gabe habe … und er hat den *Folio*, der auch der *Kita'ab* ist, in mein Porträt gemalt. Dort habe ich Geheimnisse erfahren – die Rezepte mächtiger Tza'ab-Magie.« Sie nickte. »Ich verspreche Euch, Nommo Chieva do'Orro, daß ich meinen Vetter in eine Falle locken werde, so daß er niemandem mehr Schaden zufügen kann.«

Sie sah, daß die anderen nicht mehr an ihr zweifelten. Ein junger Maler brachte Papier, Feder und Tinte, legte alles auf dem Tisch bereit.

Cabrals Stimme war ruhig und leise. »Noch eine Sache, bevor wir überstürzt handeln. Es gibt etwas, das ihr, die Viehos Fratos, wissen müßt, und das alle künftigen Grijalvas wissen werden.« Er warf Eleyna einen kurzen Blick zu. »Wie ihr ohne Zweifel gehört habt, hat die Provisorische Versammlung ihre Constitussion verabschiedet. In zwei Tagen werden sie sich in der Kathedrale Imagos Brillantos versammeln, zu Füßen des Premio Sancto und der Premia Sancta, und die Versammlung wird dem Großherzog das Dokument vorlegen.« Er sah alle nacheinander an, Saavedra eingeschlossen. »Und an diesem Tag wird ein redegewandter Mann von hoher Geburt sich erheben und in dem Gesegneten Namen von Matra ei Filho erklären, daß

Großherzog Renayo ein Bastard ist. Mehr als das, ein Chi'patro-Grijalva. Und überhaupt kein do'Verrada.«

Das erschütterte Saavedra ebenso tief wie auch die anderen, obwohl ihre Gründe andere waren. Die anderen sahen ihren Großherzog bedroht, für Saavedra war es zu viel zu glauben, daß Tza'ab-Blut in den Adern eines Mannes fließen sollte, den man für einen do'Verrada hielt. Wieder strich sie sich über die Falten ihres Rocks, über die beinahe unmerkliche Schwellung, die ihr eigener Chi'patro-do'Verrada verursachte.

»Euer Herzog Renayo wird diesen Mann doch sicher für seine Unverschämtheit verbannen oder ins Gefängnis stecken«, meinte sie.

Cabral lächelte traurig. »Und was, wenn die Unverschamtheit der Wahrheit entspricht?«

Giaberto schnaubte. »Lügen! Diese Libertistas kennen keine Scham. Sie schrecken vor keiner Widerwärtigkeit zurück – sie werden so tief sinken, wie es geht. Cabral, wie kannst du nur glauben, daß irgend jemand so etwas akzeptieren wird?«

»Wenn der Ankläger, dieser redegewandte Mann von hoher Geburt, der Vetter des Barons do'Brendizia ist? Wenn er verlangt, daß Großherzog Renayo auf die heiligen Ringe von Premia Sancta und Premio Sancto schwört, daß er und seine Erben wirklich do'Verradas sind?« Cabral schüttelte den Kopf. »Was, wenn er diesen Schwur nicht leisten kann, weil er um seine Seele fürchtet? Wer wagt es, im Angesicht von Matra ei Filho zu lügen?«

Giabertos Gesicht hatte einen wenig schmeichelhaften Rotton angenommen. »Willst du etwa andeuten, Cabral, daß du selbst glaubst, daß Renayo do'Verrada nicht Arrigos Sohn ist?«

Das verstand Saavedra nicht, bis Eleyna sich zu ihr beugte und ihr zuflüsterte, daß Arrigo der Vater des derzeitigen Großherzogs war.

Giaberto lachte verächtlich. »Selbst wenn es aus irgendeinem unglaublichen Grund wahr wäre, kannst du dir vorstellen, was das für Tira Virte bedeuten würde? Zu enthüllen, daß der Großherzog kein do'Verrada ist?« Er schüttelte den Kopf. »Arrigos ältester Sohn starb ohne Erben. Seine Tochter hat einen Adligen aus Diettro Mareia geheiratet, und ihre Kinder sind Fremde. Arrigos Schwester, Lizia, hat nur zwei Enkel, beides Kinder ihres Sohns Maldonno: die junge Gräfin do'Dregez, die nach Lizia benannt wurde, und ihren Bruder, den künftigen Grafen do'Casteya.«

»Das stimmt«, sagte Cabral ruhig.

»Dank dieser Libertista-Agitatoren stehen wir ohnehin schon vor dem Umsturz, Cabral. Was würde aus den Grijalvas? Ohne den herzoglichen Schutz, den uns die do'Verradas gewährten und gewähren, wo wären wir da?« Zornig schüttelte Giaberto den Kopf, eindeutig frustriert. »Ich glaube, du bist ein Revolutionär, Cabral. Und ein Agitator. Wieso sonst würdest du dich auf die Seite dieses vollkommen Verrückten stellen?«

Cabrals Ruhe schwand. »Sei nicht dumm, Berto! Damit wir eine Erwiderung vorbereiten können! Damit wir Tira Virte, die do'Verradas und uns selbst schützen können, wieso sonst? Wir müssen Renayo warnen.«

Giaberto hob angewidert die Hände. »Großherzog Renayo ein Bastard? Unmöglich! Und wenn es stimmte, welcher Filho do'Canna sollte dann sein Vater gewesen sein?«

Cabral schloß die Hand um seinen silbernen Schlüssel. »Ich wäre dir dankbar, Berto, wenn du nicht auf diese Weise von meiner Mutter sprechen würdest.«

Schweigen. Selbst Saavedra hatte es verstanden. *Es ist wahr: Der Mann, der Tira Virte regiert, ist kein do'Verrada.*

Eleyna wurde bleich und murmelte den Namen eines Mannes vor sich hin. Saavedra kannte diesen Namen nicht, so wenig, wie sie gewußt hatte, wer dieser Arrigo war. *Es gibt jetzt so vieles, was ich weder kenne noch verstehe.* Die Welt unter ihren Füßen hatte sich verändert, sie hatte keine Grundlage mehr. Und dennoch mußte sie aus den Trümmern ihres Lebens etwas Neues erbauen. Und nicht allein um ihrer selbst willen.

In das dröhnende Schweigen, das nach Cabrals schockierender Bemerkung entstanden war, sprach sie nun von etwas unendlich Intimem: »Was ist aus Alejandro geworden?« fragte sie. »Auch er war ein Herzog – ein do'Verrada, mit keiner Spur von Chi'patro-Blut. Was ist aus ihm geworden?«

Oh, wie es schmerzte: es zu wissen, es anzuerkennen. ihn nie wiederzusehen, es sei denn auf einem Gemälde; ihn nie wieder zu berühren, zu umarmen. Nie wieder mit ihm zu sprechen, nur *von* ihm, und mit Fremden.

Fremden.

Cabrals Stimme war sanft. Er verstand ihre Trauer. »Er hat noch viele Jahre regiert. Er heiratete –«

»Die Prinzessin von Pracanza.« Das wußte sie. Sie hatte mit Alejandro über diese Frau gesprochen, und sie hatte Tränen auf seine schöne Samtweste vergossen.

»Das stimmt. Obwohl er später geheiratet hat, als es seinen Beratern lieb gewesen wäre. Denn, so heißt es, er trauerte sehr, weil seine Geliebte ihn verlassen hatte.« Von der lebendigen Verkörperung dieser Trauer zum Schweigen gebracht, von der Wahrheit über ihr Verschwinden, hielt Cabral nervös inne.

Als sie sich die Tränen abgewischt hatte, fuhr er fort: »Mit Sario Grijalva als seinem Obersten Hofmaler regierte Alejandro Tira Virte viele Jahre mit sanfter Hand. Wir lieben ihn als einen unserer größten Herrscher.«

Sie lächelte. »Dann ist er doch geworden, was er glaubte, nie werden zu können.« Und sie erinnerte sich so deutlich daran, wie sie versucht hatte, seine Angst zu lindern.

Immer noch Schweigen. Sie warteten auf sie, waren verblüfft. Fürchteten sie. Sie sah es ihren Gesichtern, ihrer Haltung an. Sie hatte diese Blicke schon zuvor gesehen, diese Haltungen, bei Männern und Frauen, die Sario gegenüberstanden.

Bis auf Cabral und Eleyna. Die aus vollkommen unterschiedlichen Gründen verstanden, wieso sie sie nicht zu fürchten brauchten.

Ich werde sie alle dazu bringen, mich zu achten. Ich bin wie sie, ich habe die Gabe. Aber ich bin nicht Sario. *Wieder strich sie sich über die Schwellung unter dem samtenen Rock. Alejandro, mein Geliebter, ich schwöre dir bei der Liebe, die wir einander geschworen haben, daß dieses Kind bekommen wird, was ihm durch Geburt und Blut zusteht.*

Sie sah sie an, erinnerte sich an ihr Entsetzen, als Cabral die Wahrheit gestanden hatte: Tira Virtes Herzog war ein Bastard. Sie holte Luft. Es war an der Zeit. Nein, dank Sario war die Zeit schon lange überschritten.

»Ich bin tatsächlich schwanger«, sagte sie. »Ich trage Alejandros Kind. Grijalva. Chi'patro. Aber auch do'Verrada. Was soll aus *ihm* werden?«

33

Selbstverständlich war sie zu ihm zurückgekehrt. Demütig war sie wiedergekommen und hatte ihn um Verzeihung gebeten.

Der Hof hatte Mirraflores mit einem Ball gefeiert. Er hatte nicht daran teilgenommen. Er war wütend. Wütend! Sollten sie doch tanzen, während der Pöbel sich draußen vor den Toren zusammenrottete, lauernd mit einer Geduld, die aus langen Tagen der Ödnis geboren war und aus dem Wissen, daß die Falle – ihre Constitussion – schon bald zuschnappen würde. Sollten sie doch tanzen, während Sario innerlich tobte.

Es ärgerte ihn maßlos. *Sie* und dieser Junge: eine Frau, die die Gabe nicht hatte, und ein unausgebildetes Kind. Wie war es ihnen gelungen, die Möglichkeit zu entdecken, durch geblutete Bilder miteinander zu sprechen? Was hätte er alles erreichen können, wenn *ihm* das eingefallen wäre! Hatte er Il-Adib zu früh umgebracht? Hätte ihm der alte Tza'ab noch mehr beibringen können?

Er hatte die ganze Nacht dagesessen, lange nachdem die Lampen und Fackeln gelöscht waren, in seiner kleinen Kammer, und blicklos die Leinwände angestarrt. Er hatte doch bestimmt genug getan – und dennoch würde es nie genügen!

Er war jetzt – endlich wieder! – Oberster Hofmaler, wie er es die ganze Zeit geplant hatte. Großherzog Renayo war seinem Willen unterworfen. Durch Prinzessin Alazais würde Renayo Ghillas regieren oder sogar als neue Provinz annektieren, wie es Alejandro – mit Sarios Hilfe – damals mit Joharra getan hatte. Sollten sich diese Libertistas als zu gefährlich erweisen, würde er einfach ein paar von ihnen umbringen, wie er auch den letzten männlichen Erben von Casteya umgebracht hatte, damit Clemenzo der Erste die letzte Casteya-Tochter hatte heiraten und das Gebiet somit auch unter die Herrschaft von Tira Virte bringen konnte. Der Titel eines Herzogs hatte dem ersten Benetto nicht genügt, also hatte er – als Riobaro – durch eine Reihe gebluteter *Verträge* die Ehe mit der della-Marei-Erbin arrangiert, deren politische Verbindungen und kolossaler Reichtum Benetto in den Stand versetzt hatten, sich den Titel eines Großherzogs zu verleihen. Wenn er – Sario – es wünschte, würde sich Renayo jetzt mit einem noch großartigeren Titel schmücken können. Fürst. König. All diese Jahre hatte er den do'Verradas und Tira Virte gedient. Genau, wie man es ihn gelehrt hatte.

Aber warum? Wieso sollte das so wichtig sein? Wieso mußte er Oberster Hofmaler werden? Es war ihm doch gleich, ob die do'Verradas regierten oder diese Libertistas ihre Constitussion durchsetzten.

Seine Schülerin hatte ihn verlassen! Welchen Sinn hatte das Leben, wenn er sein Wissen nicht weitergeben konnte? Wenn er nicht als der größte Maler, der je gelebt hatte, anerkannt wurde?

Es war die ganze Zeit ein so guter Witz gewesen, er hatte all diese Moronnos verhöhnt, die sich für solche Kunstkenner hielten und niemals bemerkt hatten, daß all diese Bilder vom selben Mann stammten. Aber das Amüsement war schon lange verblaßt. Er hatte das intensive Bedürfnis, noch in dieser Nacht die Galerria aufzuschließen und all die falschen Zuschreibungen zu berichtigen. *Sario Grijalva* als Signatur auf diesem Gemälde, *Sario Grijalva* auf jenem, *Sario Grijalva* auf den besten Bildern.

Das konnte er tun. Er konnte sich in die Galerria stehlen und jedes einzelne seiner Werke mit der echten Signatur versehen. Endlich die Wahrheit kundtun.

Vor ihnen allen zu stehen, zuzugeben, daß all diese Gemälde seine waren, und diesen Leuten in die Augen zu sehen, wenn ihnen deutlich wurde, wieviel sie ihm und nur ihm verdankten. Wo wären die do'Verradas ohne seine Fähigkeiten? Wie viele tausend Söhne Tira Virtes wären in Kriegen umgekommen, wenn er sie nicht verhindert hätte? Wie viele der großen Handelshäuser wären immer noch Kramläden in winzigen Dörfern, hätte er ihr Land nicht zu einer Wirtschaftsmacht erhoben? Welche von diesen parfumbestäubten Titelprotzen hier am Hof würden noch auf ihren eigenen Getreidefeldern schwitzen, kein bißchen besser als die Bauern, wenn Sario Grijalva nicht gewesen wäre?

Aber niemand würde das verstehen. All diese Schönheit, all diese Errungenschaften, all die Taten seines langen, langen Lebens …

Niemand würde das verstehen können. Nur eine Schülerin, die er angemessen ausgebildet hatte. *Sie* würde ihm treu bleiben müssen, genau wie einst Saavedra.

Nichts anderes zählte. Nichts.

Die Nacht verging quälend langsam.

Aber am Ende, am Morgen, war sie zurückgekehrt. Selbstverständlich kehrte sie zurück. »Meister Sario«, sagte sie, den Kopf bescheiden gesenkt. »Ich bitte Euch um Verzeihung. Ich bin zurückgekommen.«

»Selbstverständlich. Ich nehme an, Ihr habt das Porträt von Saavedra vollendet? Wir werden sofort in die Galerria gehen und es uns ansehen. Dann werden wir entscheiden, womit Ihr als nächstes beginnen sollt.«

»Jawohl.« Sie zögerte, dann reichte sie ihm ein zusammengefaltetes Blatt Papier.

»Was ist das denn? Hat das nicht noch Zeit?«

Sie wagte, ihm direkt in die Augen zu schauen. Sie hatte wirklich Luza do'Orro, das war nicht zu leugnen! *Sie*, die einen neuen Zauber entdeckt hatte, obwohl sie nicht einmal die Gabe hatte. »Ihr müßt es jetzt gleich lesen.«

Er verdrehte die Augen. Nun gut, er würde ihr den Gefallen tun. Frauen kamen an Mirraflores auf seltsame Ideen. So etwas war zu erwarten. Er faltete das Blatt hastig auf, ungeduldig, mit der Arbeit fortzufahren.

Und geriet ins Taumeln.

Es geht nicht anders, Sario.

Ihre Schrift. *Ihre* Stimme, die über die Jahre zu ihm drang. *»Verbrenne es. Verbrenne alles. Alles, was in der Crechetta ist.«*

Hier, auf diesem Blatt, in frischer Tinte, diese einfachen Worte, die sie untrennbar miteinander verbunden hatten.

Es geht nicht anders, Sario.

In *ihrer* Handschrift.

Seine Hand zitterte wie bei einem Anfall. Er blickte auf, entdeckte einen seltsamen Ausdruck auf Eleynas Zügen, den Ausdruck eines Kindes, das eine Tür geöffnet und dahinter ein Ungeheuer entdeckt hat. Aber dann war auch das vorüber. Es ging alles vorüber, früher oder später, von einem Leben zum nächsten.

»Woher habt Ihr das?« wollte er wissen, hielt ihr das Blatt direkt vors Gesicht.

»Aus dem Palasso Grijalva.«

Er knüllte das Blatt zusammen. »Ihr habt mich verraten, an *sie*! Wie konntet Ihr? Ihr seid meine Schülerin!«

Sie antwortete nicht, starrte ihn nur an.

Saavedras Handschrift. Sie war ihm so vertraut wie seine eigene. Wie alles an ihr ihm vertraut war, denn sie war so sehr Teil von ihm, daß sie ihm beinahe wie seine eigene Schöpfung vorkam. Er schob sich an Eleyna vorbei und ging hinaus. Ging durch die Suite, durch das Wohnzimmer, wo Alazais auf der seidenbezogenen Couch saß und stickte. Sie drehte den Kopf, um ihm nachzusehen, wie sich eine Sonnenblume der Sonne zuwendet, aber er hatte keine Zeit für ihre geistlosen Bemerkungen. Sie war nichts, sie war vollkommen unwichtig.

Er ignorierte die Blicke, als er durch den Palasso zur Galerria rannte. Das alles war selbstverständlich unmöglich. Er riß die Türen auf und rannte den langen Flur entlang.

Er blieb stehen. Dort war sie, an ihrem Platz. Narr! Zu glauben, daß Saavedra ohne seine Hilfe hätte entkommen können! Niemand wußte etwas davon. Woher auch? Und wie könnten sie die Magie aufheben, mit der er sie belegt hatte?

Und dennoch ... Es war tatsächlich ihre Handschrift gewesen. Er trat näher an das Bild heran. Noch näher. Stand so dicht davor, daß er fast hätte hineingehen können.

Es roch nach frischer Farbe. Eleynas Kopie!

Was hatten sie mit Saavedra gemacht?

Immer noch den Brief umklammernd, rannte er zu den Ställen hinaus. »Ich brauche eine Kutsche, ein Pferd, einen Wagen! Sofort!«

»Herr, es ist nicht ratsam, das Gelände des Palasso zu verlassen –«

»Sofort! Idiot! Und wenn ich auf einem Metzgerwagen mitfahren muß!«

Am Ende war es der Wagen eines Gemüsehändlers. Es mochte seltsam aussehen, ein gut gekleideter Mann neben dem graubärtigen Fuhrmann, aber das war ihm gleich. Die Leute starrten ihn an, zeigten auf ihn, aber sie ließen den Wagen durch, denn die Unruhe war seit Tagen abgeklungen, und heute war Mirraflores, der Tag, an dem Mädchen feierten, daß sie zu Frauen wurden.

Er strich das zusammengeknüllte Papier wieder glatt, hörte die Echos längst verhallter Sätze in seinem Kopf.

»Ich bin schwanger!« hatte sie gerufen, als er sie geschnitten hatte, als er bewiesen hatte, daß sie die Gabe besaß. Alejandros Kind, das selbst in dem Augenblick, als Sario sie malte, in ihrem Bauch weiterwuchs. Alejandros fruchtbarer Samen, der Wurzeln geschlagen hatte. Niemals würde er das zulassen. Saavedra gehörte ihm!

Oder hatte es noch andere Gründe gegeben? Es war so lange her. Er konnte sich nicht genau daran erinnern, nicht mehr.

»Wir sind da, Maesso«, sagte der alte Fuhrmann. »Verzeiht, Herr, aber Ihr habt dagesessen und Euch nicht gerührt. Ich wäre dankbar, wenn Ihr absteigen würdet. Meine Enkelin feiert heute abend, und ich will nicht zu spät kommen, nur, weil Ihr hier Löcher in die Luft starrt. Matra Dolcha, diese Maler! Ich habe ja schon öfter gehört, daß ihr halb verrückt seid, aber bis jetzt wollte ich das nie so recht glauben.«

Sario schüttelte sich und sah sich um. Sie standen tatsächlich vor dem Palasso Grijalva, der still und dunkel vor ihnen lag, als wäre er verlassen. Zitternd sprang er vom Wagen und rannte unter dem Torbogen hindurch in den ersten Hof.

Er riß die Türen zum Treppenhaus auf, nahm immer zwei Stufen auf einmal. Öffnete die Türen zum Atelier.

Matra ei Filho! Dort standen sie alle in dem hell erleuchteten Saal, neun Idioten und der alte Cabral, und schauten drein wie eine Katze, die die Maus an der Sahne erwischt hat. Und selbstverständlich kein Zeichen von Saavedra. Sie hatten ihn getäuscht.

Aber dort, hinter ihnen, sah er die Rückseite eines großen Paneels. Er erkannte es sofort, obwohl er das Bild nicht sehen konnte. Er konnte es *spüren*, seine Arbeit, seine Magie, Blut und Tränen und Samen und Speichel, verbunden mit Eiche und Ölen und Farbstoffen, versiegelt mit der Oscurra, die er von dem alten Tza'ab gelernt hatte, den Geheimnissen der Al-Fansihirro.

Er ging über den Dielenboden darauf zu. Und mußte stehenbleiben.

Er konnte die Füße nicht mehr von der Stelle bewegen.

Einen Augenblick später erkannte er, was es war: ein Zauber, den man auf den Boden gemalt hatte. Und er war ihnen direkt in die Falle gegangen, quer über den Boden in den Kreis von Oscurra, der nun seine Füße umgab und festhielt. Er hätte sie nicht für heimtückisch genug gehalten, sich so etwas auszudenken. Vielleicht war ja auch das Eleynas Idee gewesen.

Erbost hielt er das Blatt Papier hoch und zeigte es ihnen. »Wer hat das getan?« rief er. »Welcher von euch? Warum habt ihr mein Bild gestohlen?«

»Ich habe es getan.« Sie trat hinter ihnen hervor: dichte Locken, klare graue Augen. »Ich werde tun, was sie mir sagen«, verkündete sie und wiederholte Worte, die er schon lange vergessen hatte, Worte, die jetzt *ihn* anklagten, mit ihrer Stimme.

Gesegnete Matra, ihre Stimme, die er so lange zum Schweigen gebracht hatte!

Wieder zitierte sie ihn: »Ich werde ihnen ein *Peintraddo Chieva* geben, aber es wird nicht das echte sein. Das werde ich selbst behalten. Das werde ich wegschließen. Und nur du und ich, wir werden die Wahrheit darüber wissen.« Ihr Gesicht war dasselbe, aber ihr Auftreten war anders, zorniger. »*Ich kenne dich*, Sario. Ich weiß, daß du es bist.«

»Vedra.« Ihr Name auf seinen Lippen. Wie Pinselstriche von einer Hand, der das Malen lange versagt gewesen war, bildeten sich die Silben nur schwer. Aber sie war es wirklich. Wunderbare Saavedra. »Ich habe nur gewartet, bis die rechte Zeit kommen würde. Dann hätte ich dich freigelassen.« Er versuchte nicht, sie zu berühren, noch nicht. »Es ist zu früh. Wer hat das getan? Diese Entscheidung war an *mir*!«

»Nicht zu früh. Zu spät. Viele, viele Jahre zu spät, Sario.« Er verstand ihren Zorn nicht. Saavedra war doch nie zornig auf ihn gewesen. »Mit welchem Recht hast du mich von Alejandros Seite gerissen? Mit welchem Recht hast du mich in ein Gefängnis gemalt, aus dem du mich nicht mehr freilassen wolltest?«

»Ich hätte dich wieder freigelassen!«

»Ich habe mein ganzes Leben verloren!« schrie sie.

»Dein *Leben* verloren? Ich habe dich doch vor dem Tod bewahrt! Davor, ein leerer, hohläugiger Schädel zu werden, Staub zu werden wie all die anderen. Wie *Alejandro*.«

»Du hast mich nicht gerettet«, entgegnete sie wütend. »Du hast mich *beraubt*. Meiner Jahre, all der Menschen, die ich kannte und liebte, aller Dinge der Welt – *in meiner Zeit* –, die ich geschätzt habe. Du bist alles, was mir geblieben ist – und das Kind.«

Er zuckte zusammen. Das *Kind*. Das einzige, was er ihr

nie geben konnte – er, der in den Augen der Welt kein Mann war, nur und auf ewig ein Junge, der malte. War das der Grund, wieso sie sich Alejandro zugewandt hatte? »Vedra«, flehte er. »Du verstehst das nicht –«

»Ich verstehe nur eines, Sario: daß du für das, was du getan hast, zahlen wirst. Ich habe vor dem Altar gebetet, ich habe die Matra um Vergebung gebeten, Alejandro um Vergebung gebeten, für das, was ich nun tun muß. Aber ich werde meinem Kind – Alejandros Kind – geben, was ihm zusteht, und wenn das bedeutet, daß ich dich opfern muß, dann sei gewiß, daß ich genau das tue.«

Was war aus seiner treuen, ergebenen Saavedra geworden? Sie, die seine Gabe und sein Schicksal immer gekannt und akzeptiert hatte? Sie, die ihn immer am meisten geliebt hatte. Nur, daß sie es auch gewagt hatte, Alejandro zu lieben, der nichts zu bieten hatte als ein hübsches Gesicht – mit seinem schiefen Zahn! – und dieser rastlosen, animalischen Energie, die die Aufmerksamkeit – und die Herzen – der Menschen zu ihm hinzog. Alejandro war ein *Nichts*. Alejandro war nur, was Sario aus ihm gemacht hatte. Wenn sie das erst einmal verstehen würde –.

»Fesselt ihm die Hände auf den Rücken«, sagte Saavedra zu Cabral. Lange sah sie die versammelten Maler an – alle, nur nicht Sario. »Ihr Viehos Fratos wart immer so verliebt in eure eigene Macht, daß ihr vergessen habt – daß ihr vergeßt! –, wie zerbrechlich etwas sein kann.«

»Das haben wir nie vergessen«, wandte Giaberto ein.

Nie vergessen. Die Worte hingen in der Luft. Nie vergessen, wie der erste Sario, wie Riobaro, Oaquino und Guilbarro und die anderen, die er gewesen war, nie vergessen würden, weil ihr Genie in ihren Gemälden fortlebte.

Gesegnete Matra! *Sie wollten ihm die Hände fesseln.*

Cabral näherte sich, mit einem Stück Strick in der Hand. Sario war stark, aber Cabral und der junge Damiano waren stärker. Und es war nicht nur physische Kraft, die ihn überwältigte, es war der Anblick Saavedras, einer lebendigen Saavedra, die ihn anstarrte, ihre Schönheit strahlend wie immer. Aber sie hatte sich gegen ihn gewandt, ihre grauen Augen waren hart wie Stein, ihre Lippen fest zusammengepreßt, ihre Miene gnadenlos.

Es war Saavedra, die ihm die Hände fesselte, obwohl sie ihn nicht berührte. Sie war es, die ihn gefangennahm, obwohl sie ihren Platz unter den Viehos Fratos nicht verließ. Ihren Platz vor ihnen, denn jeder Narr konnte sehen, wie sie sich ihr beugten.

Der Ersten Mätresse! Wie Riobaro über diese Ironie gelacht hätte. Vielleicht hätten alle Mätressen gelacht: die süße Benissia, die arme, dem Schicksal ausgelieferte Saalendra, die hinreißende Corasson, Rafeya, die unvergleichliche Diega, Lina, die selbstsichere Tazita, die praktische Lissina, und diese Hure Tazia. Sie wußten alle, daß eine Mätresse Geheimnisse haben konnte, die ein Oberster Hofmaler nie erfahren würde.

Durch wessen Macht hatten die Grijalvas ihre Stellung bei Hofe gewonnen und bewahrt? Durch die Maler oder durch ihre Schwestern und Basen?

So stand er, der größte Oberste Hofmaler, der ersten und berühmtesten der Grijalva-Mätressen gegenüber. Wie hatte es geschehen können, daß sie auf unterschiedlichen Seiten standen?

»Vedra«, begann er noch einmal. Er mußte sie überzeugen. Wenn sie erst einmal verstand, was sie gemeinsam erreichen konnten –.

»Schafft ihn mir aus den Augen«, sagte sie kalt. »Mein Sario ist für mich tot. Tot wie Alejandro, wie Raimon und Ignaddio und all die anderen, die ich kannte. Was ich hier sehe, sind nur die Überreste Sarios.«

Tot. Alles, nur das nicht. Niemals nur geistloses Fleisch und Knochen.

»Ich *bin* Sario«, schrie er. »Du weißt, daß ich es bin, Saavedra. Du weißt, daß ich hier bin, auch wenn ich im Körper eines anderen Mannes stecke. Der Körper ist nichts, nur Fleisch, das mir ein anderes Leben ermöglicht, damit ich noch besser …« Er brach ab.

Merkwürdig, sie sahen alle entsetzt aus, als hätte er etwas Abstoßendes gesagt. Sie sahen aus wie Eleyna vorhin im Palasso, starrten ihn an, als wäre er ein Ungeheuer.

Aber in Saavedras Augen glitzerten Tränen. Sie verstand ihn also doch.

»Gibt es keine Kammer, in der ihr ihn sicher einschließen könnt?« fragte sie die anderen. »Wir haben noch viel zu tun, wenn wir uns auf die Versammlung in zwei Tagen vorbereiten wollen.«

»Vedra, laß mich jetzt nicht allein. Ich brauche dich.«

»Ja«, sagte sie. »Wie du mich immer gebraucht hast.«

In diesem Augenblick spürte er ein Brennen auf der Haut, in seinen Augen und auf seiner Zunge. Er hatte viel zu lange gelebt, um seine körperlichen Reaktionen nicht aufs genaueste zu kennen und nicht zu wissen, was sie bedeuteten.

»Meine Bilder!« schrie er entsetzt. »Jemand zerstört *meine Bilder*!« Jemand weichte sie ein. Vernichtete sie! »Du mußt sofort dafür sorgen, daß sie aufhören, Vedra!«

Sie trat vor, aber nur, um sich zu bücken und mit einer Bürste und Wasser die Muster am Boden wegzuwischen, die Oscurra. *Ihre* Oscurra – schließlich hatte sie die Gabe. Sie hatte es endlich zugegeben, es akzeptiert – und benutzte es gegen ihn!

Sie richtete sich wieder auf, starrte ihn an, schien ihn zu studieren – er wußte nicht, was sie suchte. Nur daß sie, von allen, ihn ganz bestimmt verstehen würde. Und ihm verzeihen. Sie hatte ihm doch immer verziehen.

»Vedra –« flüsterte er.

Sie wandte ihm den Rücken zu.

Die anderen führten ihn weg. Es waren zu viele, und er

hatte nie gelernt, wie man sich körperlich wehrt. In keinem seiner Leben. Seine Hände waren zu wichtig.

Aber das war nun alles gleich. Für ihn zählte allein, daß Saavedra ihm zurückgegeben war. Sie war wiedergekehrt, nur, um ihn für alle Zeit zu verlassen.

Als sie ihn in eine kleine, weißgestrichene Kammer stießen, in der es weder Möbel noch irgendwelche Dekorationen gab, und die Tür hinter ihm verschlossen, blieb er mitten im Zimmer stehen und weinte.

34

Rohario betrat die Kathedrale Imagos Brilantos durch jene Seitentür, durch die er sie vor sechs Monaten in solcher Eile verlassen hatte. Dieser Tag, an dem Sancto Leo in seinen Armen gestorben war, hatte sein Leben für immer verändert. Er hatte ihn, und vielleicht ganz Tira Virte, auf einen neuen Kurs gebracht, einen Kurs, dessen Richtung jetzt nicht mehr geändert werden konnte.

Er fand seinen Vater in den Privatgemächern des Premio Sancto hinter einer Seitenkapelle. Renayo saß auf einem vergoldeten Stuhl und sah müde aus. Das Porträt, das Oaquino, der Haarkünstler, von Premio Sancto Gregorrio IV. gemalt hatte, schaute mit vager Freundlichkeit auf den Großherzog hinab. Rohario betrachtete das Porträt mit neuer Mißbilligung. Er hatte so viel von Cabral Grijalva erfahren. *Von meinem Großvater.*

Hatte Oaquino Grijalva sein Blut und seinen Speichel für dieses Porträt verwendet? Hatte er es verzaubert, so daß die sanfte Anteilnahme, die von Gregorrios Miene auszugehen schien, gar nichts mit der Persönlichkeit des Sancto zu tun hatte, sondern nur ein Zauber von der Hand des Malers war?

Er fürchtete sich davor, das große Altarbild wiedersehen zu müssen, denn sicher war auch die stille Heiterkeit der Matra auf Magie zurückzuführen, jene Heiterkeit, die ihre Anbeter nicht aufgrund seiner ihm eigenen Frömmigkeit wahrnahmen, sondern weil es ein Sterblicher mit seinen blutigen Händen so bewirkt hatte.

Und dennoch, wenn das Altarbild jenen, die es anschauten, einen Augenblick des Friedens verschaffte, was konnte das schaden?

»Don Rohario«, sprach Renayo ihn plötzlich an, und Rohario zuckte zusammen, verbeugte sich und trat näher. »Ich habe zugestimmt, Euch zu sehen, wie Ihr gefordert habt.«

»Ihr seht müde aus, Euer Gnaden.«

»Eure Sorge rührt mich. Was wollt Ihr von mir?«

Großherzog Renayo sah tatsächlich müde aus, beinahe abgehärmt – die letzten beiden Monate im Palasso Verrada eingeschlossen zu sein, mit der Drohung vor Augen, daß in der Stadt Aufstände ausbrachen, hätten zweifellos auch den Stärksten erschöpft.

»Ich danke Euch, daß Ihr zugestimmt habt, Euch mit mir zu treffen, Euer Gnaden. Ich weiß, wir haben uns nicht in Freundschaft getrennt –«

»Ich habe gesagt, ich wollte dich nie wiedersehen, und ich bin nicht sicher, ob sich daran etwas geändert hat«, fauchte Renayo. »Also los, fang an.«

Dieses Aufflackern von Energie ermutigte Rohario, der sich schon gefragt hatte, ob sein Vater unter einer Art von Bann stand. »Ich habe Euch so viele unwahrscheinliche Dinge zu sagen, Euer Gnaden, daß ich beinahe zögere, damit zu beginnen, weil ich fürchte, Ihr werdet die seltsamen Nachrichten, die ich Euch bringe, nicht glauben wollen.« Er hatte diese Ansprache hundertmal geübt. Sie klang immer noch steif.

Renayo seufzte demonstrativ. »Du bist Premio Oratorrio

der Corteis, nehme ich an? Es ist die einzige Position, die deiner würdig wäre.«

»Nein.« Dieser Gedanke brachte ihn ganz von seiner vorbereiteten Rede ab. Ein paar der reicheren Hausbesitzer und Kaufleute hatten ihn tatsächlich als Premio Oratorrio, als Ersten Sprecher der Corteis, vorgeschlagen; Rohario war froh gewesen, daß diese Vorschläge niedergeschrieben wurden, bevor er selbst hatte ablehnen können, denn wenn die Provisorische Versammlung tatsächlich diesem Kurs gefolgt wäre, hätte man seine Ablehnung als Arroganz auffassen können. »Ich werde mich für Collara Asaddo zur Wahl stellen, und wenn ich gewählt werde, werde ich dieselben Kompetenzen habe wie jeder andere Abgeordnete.«

»Wenn du das glaubst, dann bist du ein Narr. Aber ich nehme an, du glaubst es nicht und sagst solche Dinge nur, weil man sie von dir erwartet. Die Bauern und Handwerker deines eigenen Landsitzes werden dir ihre Stimmen nicht verweigern, das kann ich dir versichern.«

»Ich nehme es ebenfalls an, Euer Gnaden. Alle Männer, die sich zur Wahl stellen, haben Rang und Eigentum. Ihr glaubt doch nicht, daß wir einem Habenichts erlauben, Mitglied der Corteis zu werden? Nur ehrenwerte Männer verfügen über die nötige Besonnenheit, um regieren zu können.«

Renayo schnaubte und regte sich ungeduldig. »Das ist doch wohl nicht alles, was du mir sagen wolltest? Wolltest du mich noch einmal zu überreden versuchen, daß ich diese neue Bewegung billige? Wenn ich sie akzeptieren muß, wird mir nichts anderes übrigbleiben, aber nur, um Meya Suerta und unserer wunderbaren grünen Erde die schrecklichen Auseinandersetzungen zu ersparen, die Ghillas und Taglis erschüttert haben. Und weil ich immer noch Hoffnungen auf Ghillas habe.«

Rohario trat näher zu dem Porträt hin, betrachtete es kritisch – die Perlenstickereien des Kopfputzes waren so kunstfertig gemalt, daß jede einzelne Perle eine unsichtbare Lichtquelle widerspiegelte – und ging wieder zurück, um seinen Vater anzusehen. »Sind wir allein, Euer Gnaden?«

»Der Premio Sancto hat mir versichert, daß uns hier niemand hören wird. Ich muß ihm vertrauen, wie wir alle der Ecclesia und ihren Vertretern trauen müssen.«

»Denn was ich Euch jetzt sagen muß, sage ich nur widerstrebend, und nur, weil mich die Ereignisse dazu zwingen.« Das müde Gesicht seines Vaters machte ihm angst. »Ihr seid wirklich erschöpft, Euer Gnaden. Darf ich Euch ein Glas Wein holen?«

»Ich war krank«, sagte Renayo leise.

Und so sah er auch aus, dünn und abgehärmt. Dennoch, Rohario durfte nicht zögern. »Verzeih mir, wenn ich offen spreche, Patro. Leono do'Brendizia, der ein Vetter des derzeitigen Barons ist, hat vor, dich bei der Versammlung öffentlich anzuklagen, ein Bastard zu sein, in dessen Adern nicht ein Tropfen do'Verrada-Blut fließt.«

»Aha.«

»Mehr hast du dazu nicht zu sagen? Matra Dolcha, Patro, du scheinst nicht einmal überrascht zu sein. Willst du etwa behaupten, daß du es die ganze Zeit gewußt hast?«

Jetzt erhob sich Renayo. »Vielleicht hatte ich immer einen Verdacht. Wir haben Arrigo selten gesehen, als ich ein Kind war, obwohl wir immer für einen Teil des Jahres zu ihm geschickt wurden.« Er goß sich Wein aus einer Kristallkaraffe auf einem Beistelltisch ein. »Und Cabral hat uns immer alle behandelt, als wären wir seine eigenen Kinder. Matra Dolcha, wie glücklich wir in Corasson waren! Die Dienstboten sprachen nicht offen darüber, weil sie die loyalsten Seelen waren, die man sich vorstellen kann. Wie wir alle, so liebten auch sie meine Mutter von ganzem Herzen. Aber als ich alt genug war und in die Welt hinausging, sah ich andere Haushalte und habe meine Schlüsse gezogen.«

»Und du hast es nie erwähnt?«

Renayo lachte rauh. »Was hätte ich denn sagen sollen? Daß ich glaubte, ein Bastard zu sein? Ich hatte keinen Grund anzunehmen, daß ich je auf dem Thron von Tira Virte sitzen würde. Und als die Krone von Ghillas an Ivo ging und nicht an mich und Alessio danach unerwartet starb, was hätte ich tun sollen? Sollte ich meine Mutter öffentlich beschämen, indem ich mich wegen meiner Skrupel weigerte, Großherzog zu werden? Ich glaube nicht. Ich habe Tira Virte gegenüber meine Pflicht getan, und das tue ich weiter bis zum heutigen Tag.«

Rohario schwankte, tastete nach dem Stuhl und setzte sich hin. »Du hast nie mit mir darüber gesprochen.«

»Warum auch? Du warst eitel und nutzlos, dein Bruder hat kein bißchen gesunden Menschenverstand, und was Benetto und Timarra angeht – nun ja! Das war die bitterste Enttäuschung für mich zu sehen, daß keine der großen do'Verrada-Tugenden bei meinen Kindern zu finden waren.«

»Mir war zweifellos immer bewußt, daß wir dich und Mutter enttäuscht haben«, sagte Rohario spitz – er konnte sich einfach nicht zurückhalten. »Hat sie es gewußt?«

Renayo trank einen Schluck Wasser. »Sie wußte nichts, was sie nicht wissen wollte. Ihre Unbeirrbarkeit war ihr bester Zug. Mairie wußte, was sie wollte und wie sie es bekommen würde. Ich hatte nicht vor, ihr zu sagen, daß ihr gutaussehender und reicher do'Verrada-Gatte wahrscheinlich ein Grijalva-Bastard war.«

»Und was hast du jetzt vor?«

Renayo ließ sich Zeit, stellte das Glas zurück auf den Tisch, rückte das schwarze Lacktablett zurecht, so daß es mit der Tischkante abschloß, dann setzte er sich wieder. »Es ist nicht ungefährlich, dem Großherzog vorzuwerfen, ein Chi'patro zu sein. Edoard muß schnell heiraten, und zu unserem Vorteil. Dich hätte ich mit der ghillasischen Prinzessin verheiratet, aber ... ach, es ist etwas Seltsames an ihr. Sie geht nur noch in ihrer Suite auf und ab und wartet auf Sario Grijalva. Eleyna sagt, sie fürchtet, es liegt ein Zauber –« Er hielt inne.

Eleyna! Aber das war nicht der Augenblick, das Thema Heirat anzuschneiden.

Renayo seufzte. »Ich habe dir noch nicht die Geheimnisse der –«

»– der Grijalvas enthüllt? Zio Cabral hat mir das und vieles mehr erklärt, Patro. Deshalb bin ich auch jetzt hier.«

»Cabral hat zugegeben, mein Vater zu sein? Matra Dolcha!« Farbe stieg ihm in die Wangen, und etwas von seiner Entschlossenheit kehrte zurück. Er sprang auf und begann, in dem kleinen Zimmer auf und ab zu gehen. »Dann ist es wirklich wahr! Nur gut, daß Mairie gestorben ist, bevor sie das hören mußte. Sie hätte es gehaßt zu wissen, daß ihr Mann ein Bastard ausgerechnet der Grijalvas ist!«

»Und dir macht es nichts aus?« Dieser Mann, *dieser* Renayo, war ihm vollkommen fremd.

»Cabral ist der liebenswerteste Mensch, den ich kenne. Arrigo hat mir gegenüber seine Pflicht getan, aber er hat niemals Zuneigung gezeigt. Matra ei Filho, Junge, du mußt doch wissen, daß die Großherzöge von Tira Virte vor allem wegen der Grijalva-Magie das sind, was sie heute sind.«

Die Worte brachen ungerufen und ungeplant hervor. »Ich will Eleyna heiraten, Patro. Was hältst du *davon*?«

Renayo lachte auf. »Du bist wirklich *mein* Sohn, obwohl ich nicht weiß, woher du diesen Starrsinn hast. Ich kann es dir nicht einmal übelnehmen, daß du eine Grijalva liebst, das scheint in der Familie zu liegen. Also gut, wirf dich weg, obwohl ein Fürst aus der ghillasischen Linie sicher mehr erreichen könnte! Sie ist ein reizendes Mädchen und tapfer dazu, und eine gute Malerin. Weißt du, daß sie das Porträt der *Ersten Mätresse* kopiert und es an den Platz des

Originals gehängt hat, und *niemand hat es gemerkt*? Armer Andreo, er hatte vielleicht die Gabe, aber ich glaube nicht, daß er als Maler auch nur halb so gut war wie sie.«

»Das sind ganz neue Worte für dich, Patro.«

»Neue Worte für neue Zeiten, wie du selbst in den vergangenen Monaten oft genug zu mir gesagt hast. Eleyna hat mir auch gesagt, daß Sario Grijalva mich zwei Monate lang in seiner Gewalt hatte. Im Augenblick habe ich nicht viel für die Maler übrig, die meinen Vorgängern dienten, indem sie ihren magischen Einfluß auf andere gutgläubige Menschen ausübten. Es sind bereits Entscheidungen getroffen und Pläne geschmiedet worden. Drastische Maßnahmen für drastische Zeiten. Wir sind übereingekommen, daß es die einzige Möglichkeit ist.«

»*Wir?*« fragte Rohario. »Was hast du vor?«

»Ich werde tun, was getan werden muß. Was vielleicht schon vor vielen Generationen hätte geschehen müssen, bevor wir und sie uns mit dem Rücken an die Wand gemalt haben.« Dann lachte er wieder. »An die Wand gemalt! Ein angemessener Ausdruck, findest du nicht? Still! Wer ist da?«

Einen Augenblick lang glaubte Rohario, sein Vater hätte den Verstand verloren, aber dann hörte er die klagende Stimme.

»Euer Gnaden, wo seid Ihr?«

Renayo zog eine Grimasse. »Aha! Die Kuh hat sich von ihren Hirten losgerissen. Warum habe ich sie nur geheiratet? All dieses verlockende Gold und diese Handelsverträge. Obwohl sie im Bett recht angenehm ist und mir den Umstand erspart, mir eine Mätresse zu nehmen.«

Rohario starrte seinen Vater entsetzt an, aber einen Augenblick später ging eine Tür auf, und Großherzogin Johannah, eine Vision in Weiß, betrat das Zimmer, mehrere Hofdamen auf den Fersen. »Ich habe solche Angst, Euer Gnaden«, sagte sie mit ihrer jämmerlichen Stimme,

»draußen vor der Kathedrale warten all diese gefährlichen Männer. Darf ich hier bei Euch bleiben? Ich fühle mich hier viel sicherer.« Ihr Blick flatterte zu Rohario, sie blinzelte, starrte, dann klammerte sie sich an den Arm ihres Gatten.

»Komm mit, meine Liebe.« Mit einem Seufzen führte er sie aus dem Zimmer.

Drastische Maßnahmen für drastische Zeiten. Rohario folgte seinem Vater nicht, sondern ging auf dem Weg wieder hinaus, auf dem er gekommen war, und rund um die Kathedrale zum großen Hauptportal. Dort warteten tatsächlich eine Menge gefährlicher Männer, wenn man jeden für gefährlich hielt, der nicht zum Adel gehörte. Aber sie warteten, so war Rohario Eindruck, mit bemerkenswerter Geduld und Zurückhaltung. Diese Männer wurden in ihren Kreisen, in Gilden und Handelshäusern, Banken und Hausbesitzervereinigungen, hoch geachtet. Sie hatten ebensoviel zu verlieren wie der Großherzog, falls Tira Virte in jenem Chaos versinken sollte, das schon Ghillas verschlungen hatte. Und dennoch setzten sie ihr Leben und ihre Familie und ihr Eigentum im Namen der *Liberta* aufs Spiel. Im Namen der Freiheit. Für die Constitussion.

Wie Eleyna, die ihre Chance, als Mätresse des Erben reich und mächtig zu werden, weggeworfen hatte, weil sie malen wollte, malen mußte.

Sicherlich gab es hier auch genug ruhelose junge Männer, die in Gruppen beieinanderstanden, aber die Älteren hielten ein wachsames Auge auf die potentiellen Unruhestifter. Rohario bewunderte die Ruhe, mit der sie alle warteten. Nach Wochen aufgeregter und häufig zorniger Besprechungen hatten sie sich auf eine Constitussion geeinigt, und nun wollten sie sie ihrem Großherzog vorlegen und eine neue Art der Regierung in Tira Virte einführen, die zwar die Stellung des Großherzogs anerkannte, seine Wichtigkeit und seine althergebrachten Privilegien, die aber auch anderen geachteten Männern im Land Privilegien und Macht einräumen wollte.

Rohario ging weiter. Der Steinmetzgeselle Ruis rief ihm einen fröhlichen Gruß zu; er war in den letzten Wochen geradezu besitzergreifend geworden, was Rohario anging, und hatte ihn gegen die Beschimpfungen von Neulingen in der Versammlung verteidigt.

In einer der Bänke nahe dem Altar zeigte der Werftbesitzer Velasco auf einen freien Platz neben sich. Rohario setzte sich. Velasco saß hier mit anderen würdigen Männern, reichen Kaufleuten und ein paar adligen Landbesitzern, die sich der Sache der Libertistas angeschlossen hatten.

»Ihr seht«, sagte Velasco und wies mit großer Geste auf die Menge, »wir sind hier durchaus zivilisiert und können auch ohne Aufstände und Chaos eine Veränderung bewirken. Das wird unser erster Erfolg sein.«

»Glaubt Ihr, daß der Großherzog zustimmen wird?«

Velasco schien überrascht. »Ach, habt Ihr das etwa nicht gewußt, Don Rohario? Ich wurde gestern abend in den Palasso gerufen und sprach mit Seiner Gnaden. Er hat mir bereits versichert, daß er das Dokument unterzeichnen wird und all unseren Bedingungen zustimmt.«

Zu verblüfft, um antworten zu können, war Rohario dankbar, daß in diesem Augenblick die Premia Sancta und der Premio Sancto erschienen. Die Versammelten, die sich zuvor unterhalten hatten, schwiegen sofort. Sobald die Kirchenoberen ihre Plätze zu beiden Seiten von Lampe und Altar eingenommen hatten, führte ein Hauptmann des Shagarra-Regiments das Gefolge des Großherzogs herein. Auf Trompeten und Banner war demonstrativ verzichtet worden.

Aber Velasco erhob sich und rief laut: »Erhebt Euch für Großherzog Renayo, Großherzogin Johannah und Don Edoard do'Verrada.«

Rohario stand auf, wie auch alle anderen in der riesigen Kathedrale. Die Wirkung war verblüffend. Alle hatten sich erhoben, um dem Mann ihren Respekt zu erweisen, dessen Autorität sie nun mindern wollten. Es war auf merkwürdige Weise tröstlich.

Renayo betrat die Kathedrale; er sah streng und würdevoll aus. Edoard machte einen etwas verstörten Eindruck, aber er schien sich in geschlossenen Räumen nie so recht zu Hause zu fühlen. Der Großherzog erwies der Premia Sancta und dem Premio Sancto seine Reverenz, dann nahm er seinen Platz in der herzoglichen Loge links neben dem Altar ein, wo sein Stuhl ganz vorn stand.

Velasco, immer noch Premio Oratorrio der Provisorischen Versammlung, stand auf und ging bewußt langsam nach vorn, das kostbare Pergament in den Händen. Er kniete vor dem Großherzog nieder – Rohario bewunderte, wie sich Velasco und die anderen Führer der Libertistas anstrengten, dem Großherzog und seiner Stellung ihren Respekt zu demonstrieren – und reichte das Pergament nicht Renayo, sondern einem der Ratgeber. Der Ratgeber räusperte sich und las das gesamte Dokument laut vor.

Die versammelten Männer lauschten mit angespanntem Schweigen. Renayos Miene blieb ernst. Zu RohCAIO's Erleichterung brachten sie das gesamte Dokument hinter sich, ohne daß jemand den Frieden störte. Die Bank, auf der er saß, wurde härter und härter, und gegen seinen Willen wurde er immer unruhiger. Er wartete.

Es geschah, sobald der Ratgeber fertig war und Renayo das Dokument reichte.

»Ich bitte um Gehör!« Dort drüben, auf der anderen Seite des Kirchenschiffs, stand Azéma. »Bei dem Recht, das die Ecclesia jedem gewährt, gegen die Lüge zu sprechen, fechte ich das Recht von Renayo Morisso Edoard Verro do'Verrada an, diese Constitussion zu unterzeichnen. Er ist nicht der Sohn Arrigos. Er gehört nicht auf den großherzoglichen Thron. Seine Unterschrift ist nicht bindend.«

Und aus war es mit dem Frieden.

Rohario beugte sich vor, drückte die Hände auf die Ohren, um das Brüllen Hunderter von Stimmen auszuschließen, dann überlegte er es sich anders. Es war besser, sich den Schwierigkeiten aufrecht zu stellen. In dem riesigen Gebäude hallte der Krach doppelt laut wider, so laut, daß Rohario sich fragte, wie lange die hohen Fenster und die zarten Glasgefäße mit dem gesegneten Wein standhalten könnten.

Es war seltsam – wenn es überhaupt möglich war, in dem Wahnsinn eine Ordnung auszumachen, dann war zumindest die Hälfte des Schreiens und Fluchens und wilden Aufruhrs *gegen* Azéma gerichtet. Es gab also Hoffnung. Renayo hatte Anhänger, selbst unter denen, die seine Macht beschneiden wollten.

Der Premio Sancto erhob sich mit Mühe von seinem Stuhl und hob die Hand, aber niemand achtete darauf. Das gewaltige Chaos schien kein Ende nehmen zu wollen. Selbst als auch die Premia Sancta aufstand, selbst als Rohario sah, daß sich ihr Mund bewegte, ihre Worte aber im Tumult viel lauterer Stimmen untergingen, nahmen das Gebrüll und die Unruhe nicht ab. Renayo saß mit steinernem Gesicht da und starrte die Menge an. Wie sollte er dieser Versammlung je vertrauen können, wenn sie sich so benahmen? Rohario biß sich auf die Lippe, und dann entschloß er sich endlich zu handeln. Er stand auf.

Aber in diesem Augenblick wurden die großen Tore der Kathedrale aufgerissen, Licht strömte hinein und warf neue, schärfer umrissene Schatten in den Mittelgang. Eine Prozession trat ein, eine Reihe von Männern in dunklen, förmlichen Anzügen, graue Mützen unter den Armen. Jeder von ihnen trug an einer schweren goldenen Kette einen goldenen Schlüssel um den Hals. Jeder hielt in der rechten Hand eine Ausgabe der Heiligen Verse. Hinter ihnen schritten Diener in schlichter Livree und trugen zwei riesige, verhüllte Gegenstände herein, die aussahen wie …

Gemälde! Sie waren so groß, daß Rohario sich nicht vorstellen konnte, welche Bilder es sein sollten. Hinter den Bildern, geführt von Cabral Grijalva, kam ein Mann, dem man die Hände auf den Rücken gefesselt hatte. Rohario erkannte ihn nicht, aber auch er trug den goldenen Schlüssel um den Hals. Direkt hinter ihm kam eine Frau mit einem schwarzen Schleier, der ihr bis zur Taille hing; ihr aschrosa Samtkleid hatte einen weiten Rock und war, der Farbe und dem Stil nach zu schließen, ein Relikt aus längst vergangener Zeit. Hinter ihr drängten sich weitere Grijalvas, Erwachsene und Kindern, und alle zusammen näherten sich wie Bittsteller dem Altar. *Da!*

»Eleyna!« Er rief ihren Namen, beugte sich vor, aber entweder hörte sie ihn nicht, oder sie zog es vor, ihn zu ignorieren. Ihre Miene war entschlossen. Ihre Schwester Beatriz, die unnatürlich ruhig wirkte, hielt ihre Hand.

Er konnte den Blick nicht von Eleyna abwenden. Er konnte es nicht ertragen, sie allein dastehen zu lassen. Auch in seinen Adern floß Grijalva-Blut. Warum sollte er sich ihnen nicht anschließen? Er wollte zu ihr eilen, aber eine Hand an seinem Arm hielt ihn zurück.

»Euer Platz ist hier, Don Rohario«, sagte der Mann neben ihm, der diese Bewegung mißverstanden hatte, »nicht bei Eurem Vater. Ihr habt Euren Platz gewählt, und der ist bei uns.«

Genau wie Eleyna sich entschieden hatte, am Ende doch zu den Grijalvas zu stehen.

Rohario senkte den Kopf. Er erinnerte sich der Worte seines Vaters, erst eine Stunde zuvor. *Wir sind übereingekommen, daß es die einzige Möglichkeit ist.* Er setzte sich wieder. Nun schrien diejenigen, die vor einem Augenblick noch den Großherzog oder Azéma verflucht hatten, etwas anderes: »Grijalvas! Maler!«

Die schwarzgekleideten Männer knieten nieder, nicht vor dem Großherzog, sondern vor dem Premio Sancto und der Premia Sancta, die sich wieder hingesetzt hatten. Die Diener enthüllten die beiden Gemälde und drehten sie langsam um, damit alle sie sehen konnten: *zweimal* die *Erste Mätresse*, das wohl berühmteste Gemälde in Tira Virte.. nur, daß auf einem davon die Gestalt Saavedra Grijalvas fehlte. Das Zimmer war eine perfekte Reproduktion, aber es befand sich keine Frau darin.

Die verschleierte Frau ging die Stufen zum Altar hinauf. Dort blieb sie stehen, während die Versammelten langsam ruhiger wurden, bis nur noch Flüstern die Stille störte, die sich über die Kathedrale gesenkt hatte.

»Wenn ich um Aufmerksamkeit bitten darf«, sagte Cabral Grijalva. Seine Stimme trug weit und klang offen und selbstsicher. Schon sein hohes Alter sicherte ihm die Aufmerksamkeit. »Wenn Ihr Euch diese Bilder ansehen wolltet, Euer Heiligkeiten, dann werdet Ihr bemerken, daß die Farben auf einem alt und gerissen und verblaßt sind, obwohl es hervorragend ausgeführt wurde, wie es sich für ein Bild eines der Alten Meister gehört. Und hier eine Kopie, die vor kurzem gemalt wurde: Könnt Ihr noch die frische Farbe riechen? Seht Ihr, daß sie noch nicht vollkommen trocken ist, sondern erst langsam Schicht um Schicht trocknet?«

Der Premio Sancto legte die Hand ans Herz, als sei er erstaunt. Er zeigte auf das Bild, das nur ein leeres Zimmer zeigte.

Cabral fuhr fort. »Viele Jahre lang habt Ihr, Eure Heiligkeiten, und Eure Vorgänger Gerüchte von der Magie gehört, die Grijalvas angeblich praktizieren, und diese Gerüchte ignoriert. Grijalvas haben mit den Großherzögen zusammengearbeitet, um den Wohlstand unseres Landes zu mehren. Und das ist ihnen auch gelungen. Aber heute bin ich hier, als der älteste Grijalva, um Euch zu sagen, daß diese Gerüchte der Wahrheit entsprechen. Es liegt tatsächlich Magie im Blut der Grijalvas, obwohl nur wenige von uns diese Zauber wirken können.«

Rohario sprang auf. Aber er war der einzige. Kein Aufschrei erhob sich, nicht einmal ein Flüstern. Jedermann in der Kathedrale lauschte angestrengt, was Cabral Grijalva als nächstes sagen würde, jedermann wartete auf die Reaktionen von Premio Sancto und Premia Sancta. Rohario setzte sich wieder.

»Ich gehöre nicht zu diesen Malern, Eure Heiligkeiten, denn dieselbe Gabe, die ihnen den Zugang zur Magie ermöglicht, läßt sie auch jung sterben, aber ich schwöre Euch auf diesem heiligen Boden, daß es in der Familie der Grijalvas solche Männer gibt. Und daß sie viele, viele Jahre den do'Verradas und Tira Virte treu gedient und ihr Leben aufgeopfert haben. Aber am Ende war es vielleicht unsere eigene Angst, die uns am meisten geschadet hat. Denn obwohl wir uns immer angestrengt haben, nur den Herzögen zu dienen, die uns beschützten, gab es einige wenige unter uns, die sich entschieden, ihrem eigenen Nutzen zu frönen. Und deshalb müssen wir uns nun Eurer Gnade und der Gnade der Ecclesia anvertrauen, die uns als Chi'patros so lange verachtet hat.«

Er hielt inne, als wollte er um die Erlaubnis zum Weiterreden bitten. Noch zögerten Ihre Heiligkeiten. Rohario wäre am liebsten aufgesprungen und hätte gerufen: *Das könnt Ihr ihnen nicht verweigern!* Aber er hielt den Mund. Und endlich wies die Premia Sancta Cabral mit einer Geste an, mit seiner Rede fortzufahren.

Cabrals Stimme blieb ruhig. »Denn der größte unserer Maler, Sario Grijalva, hat aus Haß und Neid seine Base Saavedra, die Geliebte Herzog Alejandros, in diesem Porträt eingesperrt, auf daß sie nie einen anderen Mann lieben möge als ihn selbst. Derselbe Sario hat sich mit unaussprechlichen Methoden, von denen kein anderer Grijalva je auch nur träumte, sein Leben über endlose Jahre verlängert. Dieser Sario hat den Obersten Hofmaler Andreo aus blindem Ehrgeiz ermordet und versucht, Großherzog Renayo in die Gewalt seiner Magie zu bringen.«

Erschrockenes Gemurmel erhob sich, aber Cabral bedeutete den Versammelten ungeduldig zu schweigen. »Das können wir Grijalvas, die wir Tira Virte dienen wollen, nicht zulassen. Wir bringen Euch hier Sario Grijalva, der immer noch denselben Namen trägt, wenn auch einen anderen Körper als den, mit dem er vor nunmehr fast vierhundert Jahren zur Welt kam.«

Die Premia Sancta erhob sich mühsam und trat zögernd vor. Sie betrachtete sich die beiden Gemälde, strich mit den Fingern darüber. Rohario sah, wie sie den Kopf schüttelte. Die Menge war so still, daß man das Rascheln von Stoff hören konnte, wenn sich jemand bewegte, und das Knarren von Lederschuhen auf dem Boden.

Als die alte Frau sprach, erwies sich ihre Stimme als so robust, wie ihr Körper zerbrechlich war. »Diese Bilder sind, was Ihr sagt, Meister Cabral. Aber welchen Beweis könnt Ihr mir liefern? Hier, auf diesem Bild, sehe ich Saavedra Grijalva, und hier ...« Sie zeigte auf das Bild, auf dem nur ein leeres Zimmer zu sehen war.

Die verschleierte Frau zog sich das Spitzentuch vom Kopf.

Ein Augenblick vollkommener Stille trat ein. Dann sprachen alle gleichzeitig.

Aber sie wurden sofort wieder ruhig, als Saavedra Grijalva die Hand hob.

Saavedra Grijalva! Wie konnte das möglich sein? Und dennoch, das gemalte Zimmer, in dem sie gestanden hatte, war leer. Wohin sonst sollte sie gegangen sein?

Rohario starrte sie an. Er hatte diese Frau seit Jahren aus der Ferne bewundert, und nun, als sie vor ihm stand, sah sie so anders aus, nicht wegen ihrer Züge, sondern wegen ihrer Substanz: eine wahrhaft schöne Frau, aber eine, die er nicht kannte. Und als er nach Eleyna Ausschau hielt, wußte er, daß ihm ihr Gesicht unendlich lieber und viel vertrauter war, obwohl er sich Saavedra Grijalvas Gesicht auf dem Bild sein ganzes Leben lang angesehen hatte.

»Ich bin Saavedra Grijalva«, sagte sie mit wohlklingender Stimme, die bis in die letzte und abgelegenste Ecke der Kathedrale trug. Eine Stimme, die einen seltsamen Akzent hatte. »Ich bin es wirklich, und ich wurde gefangen und in diesem Bild eingesperrt von meinem Vetter Sario, der nun als Angeklagter vor Euch steht und seine Schuld bereits zugegeben hat.«

Sario Grijalva hatte den Kopf gesenkt. Er rührte sich nicht, ließ nicht vermuten, daß er ihre Worte überhaupt gehört hatte. Rohario konnte sein Gesicht nicht sehen.

»Ich bin zu Euch hierhergekommen«, fuhr Saavedra fort, »um vor Großherzog Renayo und zu Füßen von Premia Sancta und Premio Sancto um Schutz für mich selbst und meine Familie zu bitten. Wenn meine Familie gesündigt hat, dann nur, weil sie Tira Virte dienen wollte. Sie haben ihre Pflicht gegenüber den do'Verradas über alles andere gestellt. Das weiß ich, denn ich war schon am Leben, als die Grijalvas Oberste Hofmaler wurden, und ich sehe nun, wie sich das Land verändert hat, um wieviel größer und reicher es ist, wieviel mehr Menschen hier leben, seit dem Tag, an dem dieser Bann über mich gesprochen und ich eingesperrt wurde.«

»Wie kommt es, daß Ihr nun wieder frei seid?« fragte die Premia Sancta.

Und aus der Menge, von – aber natürlich! – Ruis kam eine andere Frage: »Wieso sollen wir Euch das glauben?«

Sie lächelte und antwortete zuerst der Sancta, wie es sich gehörte. »Nachdem man entdeckt hatte, daß ich in diesem Bild lebe, war es ziemlich einfach, eine Tür zu malen – die andere Seite dieser Tür, die Ihr hier seht –, die nicht durch Zauber verschlossen war, so daß ich den Riegel öffnen und herauskommen konnte. Und was Euch angeht, junger Mann – tretet vor.«

Rohario bewunderte ihren Mut.

»Ich kenne Euch nicht, aber ich möchte Euch bitten, dieses Gemälde genau anzusehen. Habt Ihr je erlebt, daß ein Spiegel in einem Bild ein Gesicht reflektieren kann? Seht genau hin!«

Ruis folgte ihrer Aufforderung. Und wich erschrocken zurück. »Ich kann mein eigenes Gesicht sehen!«

»Gut. Und jetzt soll sich Sario Grijalva vor den Spiegel stellen. Und Ihr, junger Mann, schaut hin und seht, was für ein Gesicht gespiegelt wird.«

Sario wurde herangeführt; er leistete keinen Widerstand. Ruis schnappte hörbar nach Luft. »Das ist nicht sein Gesicht! Da im Spiegel ist das Gesicht eines anderen Mannes!«

Wieder brach allgemeine Verwirrung aus. Männer standen auf, um besser sehen zu können, während andere auf die Bänke schlugen und nach Ruhe schrien. Saavedra Grijalva wartete unbeirrt, bis endlich wieder Stille eintrat.

Während der ganzen Zeit zuckte Renayo mit keiner Wimper. Rohario schaute von ihm zu den Grijalvas, und dann sah er, daß Eleyna ihrerseits einen suchenden Blick über die Menge schweifen ließ ... er hielt sich zurück und winkte nicht, aber da! Sie hatte ihn entdeckt. Als genügte es ihr zu wissen, daß er anwesend war, wandte sie sich wieder dem Geschehen um Saavedra zu.

»Vor zwei Tagen entkam ich meinem Gefängnis«, fuhr Saavedra fort. »Vor nur fünf Tagen befand ich mich noch in meiner eigenen Zeit. Vor fünf Tagen habe ich –« Sie hielt inne. Trauer zeichnete ihr Gesicht. »Ich habe mit Herzog Alejandro gesprochen. Aber ich hatte nie die Gelegenheit, ihm zu sagen, daß ich von ihm schwanger bin.«

Inzwischen wischte sich mindestens einer der Männer in Rohario Bank die Tränen aus den Augenwinkeln.

Ihre Stimme klang kräftiger als je, so klar wie die großen Glocken im Turm. »Ich gebe zu, zu meiner Scham und zu seiner, daß dieses Kind ein Chi'patro ist. Dieses Wort ist oft genug gegen meine Familie verwandt worden. Aber es ist alles, was mir von ihm geblieben ist, und ich werde mich nicht dafür schämen. Ich flehe Euch an, Euer Heiligkeiten, ihm diese Sünde zu vergeben.« Sie warf sich vor Premia Sancta und Premio Sancto auf die Knie.

»Matra Dolcha, Mädchen«, sagte die Premia Sancta und reichte Saavedra die Hand. »Das ist längst Vergangenheit. Du hast genug gelitten.«

»Aber was ist mit meiner Familie? Müssen sie auch bestraft werden für die Gabe, die sie von Matra ei Filho erhielten und die sie in all diesen Jahren im geheimen nährten?«

Die beiden Heiligkeiten senkten die Köpfe.

Endlich erhob sich Herzog Renayo. Er sah so würdevoll und edel aus wie immer, sein dunkelblauer Gehrock vollendet geschnitten, wenn auch seit zehn Jahren aus der Mode, denn Renayo weigerte sich, etwas im neuen Stil anzuziehen. Matra! Und wieso sollte er auch, wenn er das nicht wollte? Der alte Stil stand ihm. Zum ersten Mal in seinem Leben brachte Rohario seinem Vater ehrliche Bewunderung entgegen.

»Ich muß unterbrechen«, sagte Renayo, »denn es gibt eine Angelegenheit, die wir noch nicht abgeschlossen haben. Ich habe dieses Dokument noch nicht unterzeichnet.« Während die Versammelten immer noch mit offenem Mund starrten, immer noch im Bann von Saavedras Geständnis und Absolution, nahm Renayo eine Feder und unterzeichnete mit großer Geste die Constitussion.

Jubel erhob sich, so laut, daß die hohen Fenster und die vergoldeten Leuchter bebten.

Renayo wartete, bis der Jubel abgeklungen war, dann ging er zu den Grijalvas hinüber, zu den Malern mit der

Gabe. Es waren nur noch neun von ihnen, einer von Arthritis so gebeugt, daß er kaum stehen konnte, ein anderer so jung wie ein Geselle. Sie sahen alles andere als gefährlich aus.

»Es stimmt, daß die do'Verradas vom Dienst der Grijalvamaler großen Nutzen hatten«, sagte Renayo. »Und dennoch, Geheimnisse sind der Ecclesia zutiefst zuwider. Also gebe ich im Geist der Constitussion, die ich soeben unterzeichnet habe, folgende Erklärung: Alle Maler jedweder Familie sollen sich künftig um die Ehre bewerben können, die offiziellen Dokumente für den Hof zu malen. Ich setze an die Stelle des Obersten Hofmalers einen Rat für Dokumente, der die Aufträge für Porträts oder Gemälde vergeben wird, die offizielle Verträge dokumentieren sollen.«

Mehr Jubel. Rohario begann sich zu fragen, ob sein Vater nach der Einsetzung der Corteis nicht beliebter sein würde als zuvor. Matra ei Filho hatten Tira Virte wirklich gesegnet, wenn es hier möglich war, etwas zu verändern, ohne auf die Gewalttätigkeit zurückgreifen zu müssen, die andere Reiche zerstört hatte.

»Was diese Grijalvas angeht, die hier vor euch stehen, so bin ich durch das Schutzedikt Alessios des Ersten gebunden, das der Erste Benetto erneuerte. Aber es ist an der Zeit, daß dieses Edikt aus meinen Händen in die der Ecclesia übergeht.«

Renayo senkte demütig den Kopf. Dasselbe taten ihm viele der Versammelten nach, drückten die Hüte an die Brust. Die Grijalvas knieten, langsam und vielleicht etwas widerstrebend, vor Premia Sancta und Premio Sancto nieder. Alle von ihnen senkten die Köpfe, selbst die Maler, die die Gabe hatten und deren Arroganz legendär war – *alle*, bis auf den Angeklagten. Rohario suchte nach Eleynas dunklem Kopf und sah Cabral – Großvater! – auf den Knien, mit gesenkten Kopf und ohne daß seine Würde Schaden genommen hätte.

Endlich hob Saavedra Grijalva nun den Kopf und sah Ihre Heiligkeiten direkt an. Sie war stolz, aber auch gedemütigt durch ihr tragisches Schicksal, und sie war majestätisch wie eine Königin in ihrem eleganten Gewand, das seit dreihundert Jahren aus der Mode war und dennoch so neu aussah, als sei es gerade erst genäht worden.

»Matra Dolcha, Mädchen, wir können jene nicht verstoßen, die uns um Gnade bitten«, sagte die Premia Sancta, griff nach ihrer Hand und half ihr auf. »Steh auf. Du hast schwere Sünden auf dich geladen, aber die Gnade der Mutter gibt uns allen Leben und Hoffnung. Also wird auch dir unter Ihren sanften Händen vergeben.«

Unter dem sanften Blick des großen Altarbildes, dachte Rohario, das Sario Grijalva mit seinem eigenen Blut gemalt hatte. Unter dem Altarbild, auf dem die Matra ein Abbild Saavedras war. Wie hätte sie ihr nicht vergeben können?

Renayo trat vor und ergriff Saavedras Hand. »Was Ihr erlitten habt, meine Liebe, ist nicht zu beschreiben. Ich werde nicht erlauben, daß Ihr noch mehr leidet.« Er wandte sich der Versammlung zu. Seine Stimme drang in die Tiefe der Kathedrale. »Soll Herzog Alejandros Kind verstoßen werden?«

»Nein!« schrien sie, tausend Stimmen in einer. Alle bis auf Azéma, der ganz allein dastand, ein zerbrechliches Schilfrohr, das vergebens gegen die steigende Flut ankämpfte.

»Könnt Ihr schwören, Saavedra Grijalva, auf das Buch der Heiligen Verse, daß Ihr tatsächlich das Kind Alejandro do'Verradas tragt?« Der Premio Sancto streckte ihr einen alten ledergebundenen, edelsteingeschmückten Band der Heiligen Verse entgegen.

Saavedra drückte zunächst ihre Handflächen, dann die Stirn daran. Die Masse ihres dunklen Haars verbarg das Buch vor der Sicht anderer, aber niemand brauchte es genau zu sehen. Es genügte, daß sie es wußten. »Ich schwöre es.« Sie hob den Kopf, damit alle ihre Worte hören konnten. »Der Vater des Kindes, das ich trage, ist Alejandro Baltran Edoard Alessio do'Verrada, er, dem ich ewige Liebe geschworen habe. Das schwöre ich auf die Heiligen Verse von Matra ei Filho, deren Segen ich erflehe.«

»Dieses Kind, das sie trägt, wäre Herzog von Tira Virte geworden, wenn es ein Junge gewesen wäre.« Renayo streckte der Großherzogin den Arm entgegen. Nein, bemerkte Rohario plötzlich. Er winkte dem armen, verstörten Edoard, der Saavedra wie eine Vision anstarrte, die ihm ein Omen verkündete – sei es ein gutes oder schlechtes. »So verkünde ich hiermit im Geist dieser neuen Constitussion, die ihr mir als eurem Großherzog vorgelegt habt, wie es mein Recht ist, die Verlobung Saavedra Grijalvas mit meinem Sohn Edoard und erkläre gleichzeitig das Kind, das aus dieser Verbindung geboren wird, für legitim. Wenn es ein Junge ist, soll dieser Junge nach meinem Sohn Edoard Erbe sein.«

Inzwischen waren die Versammelten von all diesen Enthüllungen zu erschöpft, um mehr als ein allgemeines Gemurmel zu äußern. Renayo legte Saavedras Hand in Edoards. Rohario erkannte nun, worin der Plan bestanden hatte, der, wie immer, vom Großherzog und seinen Helfern, den Grijalvas, ausgeheckt worden war. *Wir* sind *übereingekommen, daß es die einzige Möglichkeit ist.*

Großherzog Renayo war nie ein Mann gewesen, der sich von anderen sein Schicksal aus der Hand nehmen ließ. Die Grijalvas taten, was immer nötig war, um zu überleben.

Renayo ließ den Blick über die Versammelten schweifen und richtete sich auf, denn er war immer noch – nicht, daß sie es vergaßen! – ihr Herzog. »Was diese andere Anklage angeht«, sagte er höhnisch, »so werde ich das Andenken an meine Mutter nicht entehren, indem ich darauf antworte, aber ich schwöre ...« Er kniete vor Premia Sancta und Premio Sancto nieder und küßte ihre Ringe. »Ich schwöre bei diesen Ringen«, fuhr er fort, stand wieder auf und zeigte auf seinen Sohn und dessen Verlobte, »daß mein Erbe wahrhaftig der Linie der do'Verradas entstammt.«

35

Eleyna hielt Agustins in Binden gewickelte Hand, als er starb. Er war in den zwei Tagen davor nur zweimal aufgewacht, einmal vor Schmerzen und das zweite Mal so schwach, daß ihm nichts mehr etwas auszumachen schien. Am Abend nach der großen Versammlung in der Kathedrale hauchte er schließlich sein Leben aus.

»Ein Splitter des Spiegels kehrt zur Großen Seele zurück.« Die Sancta schloß ihm die verbrannten Lider.

Dionisa weinte; Beatriz versuchte, sie zu trösten. Am nächsten Morgen setzten sie Agustin in der Familiengruft bei. Bis zum Mittag hatte Beatriz ihre wenigen Besitztümer gepackt, zwei dicke Notizbücher eingeschlossen, und verabschiedete sich.

»Ich muß gehen«, sagte sie zu Eleyna. »Wenn eine Grijalva in eine Sanctia eintritt, wird die Ecclesia einsehen, daß wir ihres Schutzes und ihrer Verzeihung würdig sind.«

»Aber was ist mit deinem Landhaus und den Bällen und den schönen Kleidern, Beatriz?«

Beatriz lächelte traurig. »Ich werde Pflanzen studieren, Eleynita, und eine bessere Möglichkeit finden, Verbrennungen zu behandeln, damit andere arme Kinder nicht so leiden müssen wie Agustin. In der Sanctia werde ich im Garten arbeiten dürfen. Ich werde Erbsen anpflanzen und Großmutters Notizen studieren, und eines Tages werde ich die Gabe der Grijalvas verstehen.«

»Verstehen?«

»Du glaubst doch sicher nicht, daß es ein Segen ist, der auf uns niederging?«

»Was willst du damit sagen?«

»Es muß eine Erklärung geben, Eleyna! Zum Beispiel dafür, wieso nur Männer sie haben und Frauen nicht, von einem Fall abgesehen. Und wieso die Männer steril sind, Saavedra aber nicht. Und ich habe vor, die Antworten auf all diese Fragen zu finden. Wir Grijalvas haben die Gabe immer nur *benutzt*. Wir haben nie versucht zu begreifen, was sie ist und woher sie kommt. Und weshalb ausgerechnet wir, die Chi'patro-Abkömmlinge von Tza'ab-Banditen, sie entwickelt haben.«

Schließlich mußte Eleyna lachen, wenn auch voller Trauer. »Du bekommst immer, was du willst, Beatriz. Ich habe keine Ahnung, wie du das anstellst.«

Beatriz gab ihr einen Abschiedskuß und verließ den Palasso zusammen mit den Sanctas.

Eleyna stand im Hof und ließ sich von der Sonne wärmen. Der Regen hatte aufgehört, und lange Tage voller Sonne und Wärme waren angebrochen. In wenigen Wochen würde sich unerträgliche Hitze über das Land senken, aber jetzt war das Wetter einfach vollkommen. Das Licht war hell und klar. Eine Malerin konnte sich nichts Besseres wünschen, um ihren Gegenstand mit vollkommener Klarheit zeichnen zu können.

Im Palasso war die Stimmung gedrückt. An Astraventa, in dreißig Tagen, würde Saavedra Edoard do'Verrada heiraten. Renayo hatte auf einer großen Zeremonie mit allen Ehren bestanden. Er hatte nicht vor, Edoards Braut geringschätzig zu behandeln, und schon gar nicht das Kind, das sie trug. Saavedra verbrachte bereits die meiste Zeit im Palasso Verrada. Sie schien sich mit Renayo sehr gut zu verstehen. Schließlich waren sie beide Pragmatiker.

»Komm, Mädchen, setzen wir uns in die Sonne.« Giaberto trat aus dem Schatten des Säulengangs und führte Alazais an der Hand. Sie wirkte wie betäubt, aber sie ließ sich auf die Bank sinken, eine unvollendete Stickerei in den Händen. Sie war einfach gekleidet, eine schlichtes weißes Kleid mit hoher Taille über einem weißen Unterkleid. Offenbar hatte sie vergessen, die Schuhe anzuziehen. Sie schenkte Giaberto ein vages Lächeln.

»Wo ist Sario?« fragte sie mit ihrer gleichmäßigen Stimme. »Ich bin Prinzessin Alazais. Mein Vater und meine Mutter sind ... vom Pöbel umgebracht worden.« Ein leichter Schauder erfaßte sie, und Eleyna schauderte ihrerseits beim Anblick dieses Geschöpfs.

Denn genau das war sie – ein Geschöpf. Soviel hatte Sario zugegeben. Alazais war keine Frau, sie war ins Leben gemalt worden.

Und dennoch war sie auf ihre Art eine Frau, sie lebte, atmete, sprach und fragte wieder und immer wieder nach ihrem Schöpfer. Niemand verstand, wie Sario einen solch gewaltigen Zauber hatte bewirken können.

»Eine zutiefst verabscheuenswerte Tat«, hatte Saavedra erklärt, und die anderen hatten zugestimmt. Sario Grijalva war verabscheuenswert. Er mußte bestraft werden, und zwar so, daß er nie wieder den zerbrechlichen Frieden bedrohen würde, den die Grijalvas zwischen ihrer Familie, den do'Verradas und der Ecclesia gemalt hatten.

Aber Eleyna war nicht gestattet worden, an dieser Besprechung der Viehos Fratos teilzunehmen. Wieder einmal hatte man sie ausgeschlossen.

Aus einem entfernten Flur hörte sie das Weinen ihrer Mutter, heftiges Schluchzen, das nicht nachließ.

Um Agustin.

Eleyna wischte sich Tränen von der Wange und ging, um sich dem Mann zu stellen, der eine Frau ins Leben gemalt und einen unschuldigen Jungen umgebracht hatte. Er wurde tief im Palasso gefangengehalten, in einem kleinen

Zimmer, das kaum Möbel enthielt und mit einem eisernen Riegel verschlossen war.

»Meisterin«, sagte der Diener, der die Tür bewachte. Er verbeugte sich. Alle behandelten sie mit Hochachtung, nun, da überall bekannt war, welche Rolle sie mit ihrer beinahe perfekten Kopie der *Ersten Mätresse* bei der Befreiung Saavedras und schließlich auch des Großherzogs gespielt hatte.

Meisterin. Das gefiel ihr.

»Ich muß Sario sehen«, sagte sie und wurde sofort eingelassen. Der Diener schloß die Tür hinter ihr wieder ab.

Sario Grijalva stand mitten im Zimmer und starrte die leere Wand an. Erst nach einiger Zeit drehte er sich um. Als er sah, daß sie es war, machte er ein paar Schritte auf sie zu. »Sie geben mir nicht einmal ein Stück Kreide oder einen Stift. Es ist eine Qual, nicht malen zu dürfen.«

Agustins Mörder. Der größte Maler, den die Familie je hervorgebracht hatte. Es entsetzte sie, ihn so betteln zu sehen.

»Ihr wißt, daß ich Euch nichts dergleichen bringen darf. Ihr könntet selbst Kreide dazu nutzen –«

»Schon gut.« Mit einem Ruck wandte er sich von ihr ab und ließ sich auf die Pritsche sinken. »Wenn ich nicht malen kann, kann ich das Leben nicht ertragen.«

Matra Dolcha! Das war wirklich nicht mehr der Mann, den sie in Erinnerung hatte. Das war nicht ihr arroganter Moualimo. Seit er Saavedra gegenübergestanden hatte, war er so gewesen, abwechselnd mutlos und jämmerlich. Etwas in ihm war zerbrochen. Eleyna stand da und wußte nicht, was sie sagen sollte. Sie hätte ihn hassen sollen, weil er Agustin ermordet hatte, aber bei der Gesegneten Matra, sie konnte es einfach nicht! Sie konnte hassen, was er getan hatte – die Arroganz und Grausamkeit, die sich in diesen Taten offenbarte –, aber nicht *ihn* selbst.

Plötzlich blickte er auf. Trauer zeichnete sich auf seinen

Zügen ab. Er sah unendlich alt aus, die Augen getrübt von Erinnerungen. »Ihr seid die einzige, die mich besucht. Spricht Vedra je von mir?«

»Wir sehen sie selten. Sie wird Don Edoard heiraten.«

»Das hat mir niemand gesagt.« Er zog sich in seinen Schmerz zurück. Seine Hände, die ihm immer noch auf den Rücken gefesselt waren, zuckten, als hätten sie ein Eigenleben. »Niemand kommt zu mir. Niemand! Sie haben mich alle verlassen.«

»Ich nicht.« Das hatte sie ausgesprochen, ohne zu überlegen.

Er sprang auf und ging zu ihr. Er wirkte, als hätte ihn diese innere Stimme, die ihn trieb, endgültig dem Wahnsinn verfallen lassen. »Nein, das habt Ihr nicht, weil Ihr wie ich seid.«

Sie wich vor diesen Worten zurück.

»Befreit mich«, murmelte er mit einem Blick zur verschlossenen Tür. »Wir werden fliehen, wir beide, und malen. Wir werden nur noch malen.«

Tränen brannten ihr in den Augen, aber vielleicht nur, weil sie sich schämte, zugeben zu müssen, daß sie ernstlich in Versuchung war. Nur noch malen. Vom größten Grijalva-Maler, der je gelebt hatte, unterrichtet zu werden. So gut zu werden wie er.

»*Ihr seid wie ich.* Das ist die Wahrheit, und Ihr wißt es.«

»Ich weiß es.« Sie weinte, nicht nur aus Scham, sondern weil es unmöglich war. »Aber ich kann nicht tun, worum Ihr mich bittet.«

Lange Zeit starrte er sie nur an, und sie hielt seinem Blick stand. Sie wußte, was er war. Dann zuckte er die Schultern und ließ sich wieder auf die Pritsche fallen. Alle Leidenschaft war aus ihm gewichen. Er wußte, daß er besiegt war und daß sie ihm nicht helfen konnte, obwohl ein Teil von ihr sich verzweifelt danach sehnte.

Ohne aufzublicken, sagte er: »Ihr seid die einzige, der ich

trauen kann. Ihr allein. Ihr müßt tun, was ich sage. Versprecht Ihr mir das?«

»Was wollt Ihr von mir?« fragte sie vorsichtig, aber er fuhr bereits fort, überzeugt, daß sie einverstanden war, oder vielleicht war es ihm gleichgültig.

»Es gibt eine Weinhandlung, und über der Weinhandlung befindet sich ein Atelier, unter dem Dach. Der Pächter heißt Oliviano. Der Eigentumsvertrag ist hinter einer falschen Wandtäfelung versteckt, auf die ein Efeukranz gemalt ist. Mein Erbe wird derjenige sein, der Oliviano die folgenden Worte sagt: Al-Fansihirro.« Er wartete. Sie wiederholte die Worte. Zufrieden fuhr er fort. »Damit geht das Haus an Euch über. Geht die Treppe zum Atelier hinauf. Ihr müßt den Sperren widerstehen. Löst die Oscurra mit Wasser und Seife, nur so weit, daß Ihr das Atelier betreten könnt. Und dort müßt Ihr das Buch suchen. Verbrennt das Buch. Versteht Ihr? Verbrennt es. Es ist alles in meinem Kopf, all das Wissen. Ich brauche es nicht mehr, aber es darf auch sonst niemand erfahren.«

»Welches Buch?«

»Der *Kita'ab*. Ihr müßt es verbrennen.«

Sie schluckte. »Eine Kopie des *Kita'ab*? Wie kann das sein?«

»Ich bekam sie vor vielen Jahren von einem alten Tza'ab. Der *Folio* der Viehos Fratos ist eine unvollständige Kopie, in der so vieles fehlt ... so vieles. Sagt, daß Ihr tun werdet, worum ich Euch gebeten habe.«

»Ja. Ja, das werde ich.« Zumindest bei diesen Dingen wußte sie, was das richtige war. »Damit niemand mehr tun kann, was Ihr getan habt.«

»Moronna! Was interessiert es mich, ob andere mir folgen, ob sie suchen, wie ich suchte? Ich will nicht, daß sie finden, was ich besessen habe! Nur ich, Sario, werde den *Kita'ab* und die verborgene Magie gemeistert haben. Nur ich! Ich bin der wahre Meister der Gabe, und niemand wird mir folgen können. Versteht Ihr das?« Er schrie jetzt. »Euch allein gestehe ich das Recht zu, so gut zu malen, wie ich gemalt habe, die Meisterin zu sein, die mir folgt, aber ich werde niemandem mein Wissen über die Gabe ausliefern. Niemand sonst wird das besitzen!«

Er war tatsächlich wahnsinnig. Aber er hatte auch recht.

»Ich werde gehen«, sagte sie schließlich. »Ich werde tun, worum Ihr mich gebeten habt.«

»Verbrennt es«, sagte er leidenschaftlich. »Verbrennt alles, was Ihr dort findet. Wollt Ihr mich denn wirklich nicht befreien, Eleyna?«

Sie schaute zur Tür, von außen verschlossen und verriegelt, und dann wieder zu ihm zurück. »Ich kann Euch nicht befreien. Das wißt Ihr. Matra Dolcha, Ihr habt meinen geliebten Bruder umgebracht. Wie könnt Ihr erwarten, daß ich das vergesse? Und Euch freilassen, damit Ihr so etwas vielleicht dem Bruder einer anderen Frau antut?«

Aber er dachte nur an sich selbst. Das hätte sie längst wissen müssen. »Ich kann so nicht leben, im Gefängnis, wo man mir für immer verbietet zu malen. Tut, was ich Euch gesagt habe, ich bitte Euch.«

Sie ging. Seine Angaben entsprachen der Wahrheit, und zu ihrer Überraschung erkannte sie die Weinhandlung. Rohario hatte dort für kurze Zeit als Schreiber gearbeitet.

Rohario. Zuletzt hatte sie ihn in der Menge in der Kathedrale gesehen. Dann hatte er ihr einen Brief geschrieben, in seiner wunderschönen Handschrift, in dem er sie darüber in Kenntnis setzte, daß er seine Landgüter aufsuchen müsse und bald zurück sei. Und sie seiner Liebe versicherte.

Liebe war ein seltsames Wort: Es sprach von dem, was eine Seele an eine andere band. Und was das anging, liebte sie Sario Grijalva, auch wenn er ein Ungeheuer war. *»Ihr seid wie ich.«* Auf ewig an ihn gebunden, mußte sie zumindest in dieser Angelegenheit seiner Bitte nachkommen.

Eleyna stellte sich dem Pächter, Oliviano, vor. Sie überraschte ihn mit ihrem Wissen um das Versteck des Eigentumsvertrags, sie sprach das Wort aus, das sie als Erbin kennzeichnete. Sie verlangte nach Seife und Wasser. Seltsam, das Treppenhaus zu betreten und so intensiv zu empfinden, daß sie auf keinen Fall hier sein sollte. Aber sie ließ sich auf Hände und Knie nieder und schrubbte die Oscurra weg, die auf das Holz gemalt war. Sie stellte sich vor, wie Sario in seiner Zelle schauderte, während sein Blut und Speichel in kaltem Wasser weggewaschen wurden. So gern hätte sie sich die Wandmalerei mit ihren Blättern und Ranken und Blüten näher angesehen, aber sie wagte es nicht. Sie wollte nicht zulassen, daß diese Magie sich ihrer bemächtigte, bevor sie sie für immer auslöschen konnte.

Als sie fertig war, öffnete sie die Tür mit dem kleinen Bronzeschlüssel, den sie in dem Umschlag mit dem Vertrag gefunden hatte.

»Hier oben habe ich immer das Tablett mit dem Essen abgestellt«, sagte Oliviano, der ihr dicht auf den Fersen war, neugierig und dennoch ängstlich. »Vor der Tür. Weiter bin ich nie gekommen.«

»Ich werde allein hineingehen«, sagte sie.

Sie öffnete die Tür und betrat das Zimmer. Es war ein langgezogener, dunkler Raum. Sie klappte die Fensterläden auf und schaute über Dächer und die gekachelten Fassaden von Wohnhäusern und Läden hinweg. Sie maß das Zimmer mit ihren Schritten, blies den Staub von der Tischplatte. Dies hier war das Atelier, in dem er Alazais geschaffen hatte; sie erkannte es nach dem Bild. Unter dem Bett stand eine Truhe. Sie zog sie heraus und schloß sie mit dem Schlüssel auf.

Ein paar versiegelte Tontöpfe. Eine winzige silberne Schmuckschachtel. Drei Glasphiolen mit altem, trockenem rotem Farbstoff. Ein Schädel.

Schaudernd stellte sie den Schädel auf den Tisch, dann

griff sie wieder in die Truhe und holte ein Buch heraus, das so alt war, daß es knisterte, als sie es aufschlug. Die fließende Schrift war ihr fremd, aber die Ränder! Nie hatte sie solch geschwungene Linien gesehen, wie sie sich um die Wörter herum und durch sie hindurch wanden. Das Pergament selbst war schwer und dick, und als sie mit dem Finger darüberfuhr, spürte sie die dünne Linie der Tinte unter ihren Fingerspitzen und hatte das Gefühl, als wäre die Seite selbst warm und irgendwie am Leben.

Sie blätterte weiter, konnte jedoch nicht einmal die Schrift entziffern. Aber das hohe Alter des Buches und diese wunderschönen fließenden Randzeichnungen zogen sie an. Worte waren ihr nicht so vertraut wie die Sprache der Bilder, aber Worte konnten immer irgendwann gedeutet werden. Und in diesen Worten lag das Wissen, das Sario so lange Zeit gehortet hatte. Hastig schloß sie das Buch.

Es stand auch eine zerbrochene Staffelei im Zimmer und dahinter eine große Leinwand, die mit einem vergilbten Leinentuch verhüllt war. Sonst gab es kein Anzeichen von Sarios Anwesenheit, keine Farben, keine Pinsel, keine Spuren seines Lebens und Werks. Aber sein Leben hatte sich auch vor allem in seinen Bildern niedergeschlagen, nicht in Rückständen des Alltagslebens.

Sorgfältig zog sie das Leinentuch weg – und starrte das Bild an, das Tuch noch in der Hand.

Es war ein Sammelporträt mehrerer Männer: Jedes Gesicht hob sich deutlich vom Hintergrund ab, und alle waren umgeben von Ranken beinahe unsichtbarer Oscurra, die sich durch das Bild zog wie ein lebendes Wesen, eine ungebrochene Kette. Einige der abgebildeten Männer trugen die Kleidung vergangener Jahrhunderte, einer die Mode von vor etwa zehn Jahren. Sie erkannte Sario – ihren Sario – sofort. Matra Dolcha! Dort war *Riobaro* Grijalva, der berühmte Oberste Hofmaler! Sie hatte das Tischtuch in Gaspars Wirtshaus mit seinem Namen unterzeichnet, als

Tribut an die großzügige Geste des großen Meisters. Und war das dort nicht Dioniso Grijalva? Der Erste unter ihnen aber war der erste Sario, sein Abbild trug deutliche Spuren des Alters.

Der Geist eines Mannes, übertragen in den Körper eines anderen. Und dies hier war sein *Peintraddo Memorrio*, sein wahres Selbstporträt, die Aufzeichnung dieser Leben. Eleyna erkannte die Pflanzen, die die Oscurra umgaben: Weide für Freiheit, Verbene für Verzauberung, Wacholder für Schutz, weiße Eiche für Unabhängigkeit, goldfarbene Rosen für Vollendung.

Er hatte sechzehn Männer umgebracht und sich ihrer Körper bemächtigt, ihre Leben geführt. Wessen Schädel war es wohl, den er behalten hatte und der nun hier auf dem Tisch lag?

Auf dem Tisch stand auch eine Lampe. Eleyna entzündete sie. Lange Zeit sah sie in die Flamme. Dann suchte sie nach einem Ölkrug und füllte nach.

Sie riß das erste Blatt aus dem Buch und hielt es nahe ans Feuer. Sario sah ihr, aus jedem seiner Leben, dabei zu. Sie konnte sich vorstellen, daß er sie irgendwie aus seiner Zelle durch diese gebluteten, gemalten Augen beobachtete. *»Ich werde niemandem mein Wissen um die Gabe ausliefern.«*

Nur ihr. Hatte er nicht versprochen, sie alle Geheimnisse der Maler zu lehren? Und darüber hinaus die Geheimnisse, die nur er kannte, die er in mehr als dreihundert Jahren seines widernatürlichen Lebens erkundet hatte? All das hatte er in ihre Hände gelegt, in ihre allein. Denn sie war wie er.

Ihre Hände zitterten, als sie die Seite dichter an die Flamme hielt. Brüchig vor Alter, lockten dennoch die fließende Schrift, die Randzeichnungen, flüsterten wie mit *seiner* Stimme. Im Lauf der Zeit würde sie die Worte erschließen können, wie er es getan hatte. Sie würde alles erfahren, was er gewußt hatte, und obwohl sie die Gabe nicht hatte und selbst keine Magie bewirken konnte, würde sie doch Schüler nehmen können, sie lehren.

Matra Dolcha. *Das* war es, wohin solche Gedanken führten: zu Stolz, Arroganz, Vernichtung. Zum Tod. Mit diesem Wissen hatte er Agustin umgebracht, Andreo und all die Männer auf dem *Peintraddo*, und wahrscheinlich noch unzählige andere, an die die Erinnerung für immer verloren war.

Mit einem Fluch hielt sie eine Ecke des alten Pergaments in die Flamme. Die Randzeichnungen flackerten auf und zogen sich zusammen. Die Schrift flammte silbern auf und erstarb. Ihre uralte Schönheit wurde braun, dann schwarz, dann explodierte sie zu einer weißen Flamme, die Eleyna die Finger verbrannte. Sie schrie auf und ließ das Blatt fallen.

So würde auch *sie* verbrannt werden, wenn sie Sarios Weg folgte. Weinend sah sie zu, wie der Rest der Seite noch einmal aufflackerte. Als nur noch Asche übrig war, wandte sie sich abermals dem *Peintraddo Memorrio* zu.

Sie ging darauf zu, strich mit dem Finger leicht über die Oberfläche, als könnte sie dadurch erfahren, welche Spuren von ihm immer noch vorhanden waren. Die Farbe war an einigen Stellen gerissen, uralt und verblaßt, an anderen neu, beinahe frisch, der Stil änderte sich im Lauf von Zeiten und Moden, aber es war doch eindeutig dieselbe Handschrift. Sie waren meisterlich gemalt, diese Männer, die sie da von der Leinwand her anstarrten. Jeder ein Individuum, und dennoch hatte jeder die Augen des ersten Sario: wüstenbraun. Die Komposition hätte ungelenk sein sollen, und tatsächlich war ein Teil des Gemäldes unvollendet geblieben, weiße Leinwand ohne jede Spur einer Zeichnung oder Grundierung, aber das *Peintraddo* war trotzdem aus einem Stück. Selbst wenn sie nicht einige der Männer gekannt, andere Gesichter nach Gemälden wiedererkannt hätte, hätte sie Sarios Leben verfolgen können, über jeden der Männer, die er sich angeeignet hatte. Es war ihm gelungen, die Gesichter so anzuordnen, daß der Blick von Leben zu Leben wanderte, eine natürliche Abfolge. Tief in den Farben entdeckte sie Oscurra, zarte Spuren wie eine verborgene Lebensgeschichte, die sich über diese Jahre und Gesichter zog.

»Verbrennt alles, was Ihr dort findet.« Aber das konnte sie nicht. Sie konnte es nicht zerstören.

Sie wischte sich die Tränen von den Wangen, dann ging sie zurück zum Tisch. Der Schädel lag dem *Kita'ab* gegenüber, und in dieser Position lagen bereits die Grundzüge von Sarios Lebensgeschichte: das Wissen, das den ersten Sario getötet hatte – obwohl er immer noch lebte –, hatte auch das Beste in ihm umgebracht, hatte bewirkt, daß er sich den schlimmsten Aspekten seines Ehrgeizes unterwarf. Was stand darüber hinaus noch in diesem heiligen Buch der Tza'ab? Sicherlich nicht nur Schlechtes – konnte hier nicht auch *Gutes* festgehalten sein, Dinge, die Sario ignoriert hatte? Sie konnte es nicht beurteilen.

Wieder fuhr sie mit dem Finger über die Seiten und wußte, daß sie das Buch nicht verbrennen konnte. Aber sie konnte es auch nicht behalten. Soviel hatte sie von Sario Grijalva gelernt.

Sie schloß das schwere Buch, packte es vorsichtig wieder in die Truhe, ebenso wie den Schädel, und schloß ab. Sie bedeckte das *Peintraddo* wieder mit dem Tuch, schloß die Ateliertür hinter sich und ging durch stille Straßen zurück zum Palasso Grijalva. Im Hof stand Großherzog Renayos Kutsche. Im Atelier brannten Lampen. Sie eilte nach oben, klopfte, wartete, fragte sich, welcher Empfang ihr wohl zuteil werden würde.

Sie ließen sie ein.

»Ich bin froh, daß du da bist«, sagte Cabral und zeigte auf den Platz neben sich. »Setz dich, Kleines. Und sieh zu.«

Sie war erschrocken, nicht nur den Großherzog hier zu

sehen, sondern auch den Premio Sancto und die zerbrechliche Premia Sancta. Sie saßen auf der anderen Seite des Ateliers. Auf einer Staffelei mitten in dem großen Raum stand eine Staffelei mit dem Bild eines einfachen, weiß gestrichenen Zimmers ohne Fenster, ohne Türen, ohne Möbel bis auf einen Spiegel, der auf einer Staffelei stand und der eine Kerze und eine Lampe reflektierte, die sich in dem Teil des kleinen Zimmers befanden, der nicht zu sehen war. In den Ecken standen weitere eiserne Kerzenständer mit erleuchteten Stundenkerzen. Zwei Lampen hingen von der Decke, und so groß war Saavedras Kunstfertigkeit, daß man an ihren Flammen erkennen konnte, daß sie gerade erst entzündet worden waren. Ansonsten war die Kammer unauffällig. Nicht einmal der Dielenboden wies irgendwelche besonderen Merkmale auf.

Saavedra stand neben der Staffelei und bereitete ihre Palette vor. Sie trug nun ein hochtailliertes weißes Kleid mit lavendelfarbenem Muster; Eleyna erkannte es als eines von Beatriz' Kleidern, das man ein wenig am Saum ausgelassen hatte, weil Saavedra größer war als ihre Schwester. Die Viehos Fratos saßen auf der anderen Seite, und der arme Edoard hinter seinem Vater, von wo aus er seine zukünftige Braut mit einem Blick bedachte, der zu gleichen Teilen Ergebenheit und Entsetzen widerspiegelte.

Eleyna zuckte zusammen, als die Malerin sich mit einer Lanzette stach und ihr Blut in die Farben mischte. Die Premia Sancta murmelte ein Gebet. Aber niemand schritt ein.

»Bringt ihn her«, sagte Saavedra.

Und als sie ihn gebracht hatten, fragte sie: »Gibt es noch etwas, das du uns mitteilen willst?«

»Es gibt nichts, was ich euch mitteilen will«, erwiderte Sario, »aber ich warte darauf, daß du mir dafür dankst, daß ich dich gezwungen habe zu erkennen, daß du die Gabe hast.«

Das ignorierte sie. »Was ist mit dem Geheimnis deines

langen Lebens? Wie kommt es, daß du jetzt hier bist? Wessen Körper und Leben hast du gestohlen? Ich weiß, was du getan hast, denn ich habe es in dem Buch gelesen, das du in mein Zimmer gemalt hast. Es war dieses Buch, Sario, das mich alles gelehrt hat, was ich heute abend brauche, um zu tun, was ich tun muß.«

Er preßte die Lippen aufeinander und sagte kein Wort mehr.

»Stellt ihn dorthin«, befahl sie. Sie schoben ihn vorwärts, bis er in einem Kreis stand, der auf den Boden gemalt war. Erst dann lösten sie seine Fesseln. Sie drehten ihn um, so daß er Saavedra den Rücken zuwandte.

Und in diesem Augenblick entdeckte er Eleyna. Seine Augen blitzten auf.

Saavedra entzündete eine Kerze und stellte sie vor ein Bild von Matra ei Filho. Leise murmelte sie vor sich hin, eine melodische Rezitation, die bald den ganzen Raum mit ihrem leisen Summen erfüllte.

»Vergeßt nicht, Eleyna«, sagte Sario mit leiser, drängender Stimme und starrte sie so zwingend an, daß sie nicht wagte, ihren Blick abzuwenden. »Es gibt keinen goldenen Schlüssel, den Ihr in der Hand halten könnt und der Euch zu einer meisterhaften Malerin macht. Der goldene Schlüssel, den wir Maler tragen, ist nur ein Symbol für das, was wir anstreben.«

Aus dem Augenwinkel sah Eleyna, wie Saavedra malte, die selbstsicheren Pinselstriche einer Meisterin, die alla prima malte, die ein Porträt in einer einzigen Sitzung vollenden wollte.

»Vergeßt nicht, daß Ultramarin hervorragend für Lasuren geeignet ist.« Er fuhr beinahe hektisch fort. »Aber es wird heller, wenn Ihr es bereits mit Öl gemischt aufbewahrt, also müßt Ihr ein wenig Wachs hinzufügen.«

Neben ihr bewegte Cabral sich unruhig, während Saavedra weitermalte und das Licht matter wurde.

»Schlämmkreide ist gut für Farben zum Zeichnen geeignet, aber die Kreide aus Ghillas hat die größere Leuchtkraft … und was die Öle angeht, so trocknet Leinsamen am besten, aber Mohnöl vergilbt weniger im Lauf der Jahre.«

Damiano stand auf und entzündete weitere Lampen, und ihr gemeinsames Leuchten warf eine seltsame Helligkeit über das Zimmer, als schließe es sie alle in einer einzigen Flamme ein.

»Wenn Ihr eine Leinwand vorbereitet, die von bester Qualität sein muß, geht Ihr folgendermaßen vor … Für Tempera benutzt nur Eier von Stadthühnern für die hellen Farben, aber von Landhühnern für die dunkleren.«

Renayo hüstelte. Der Premio Sancto murmelte mit seiner wohlklingenden Stimme das Abendgebet, ein Kontrapunkt zu Saavedras leisem Gesang.

»Für die dünnsten Farbschichten müßt Ihr Eure Finger benutzen … Wenn ein Teil eines Werks nicht ganz in Ordnung ist, solltet Ihr alles verwerfen und wieder von neuem beginnen.«

Eleyna roch Wachs und Terpentin, Harze und Öle und den Schweiß von Menschen in einem abgeschlossenen Raum; dazu kamen andere Gerüche, Kräuter und Erde und Holz, die Jahre, die stetige Schritte in die Dielen getreten hatten und die sich mit dem Gewicht jedes Worts und jeder Geste in die Mauern gesenkt hatten. Urin. Tränen. Schweiß. Speichel. Samen. *Blut*. Die Grijalvas erzeugten ihre Gabe mit ihrem eigenen Körper.

»Und vor allem, Eleyna«, sagte er eindringlich, »habt *Geduld.*«

Dann flackerten sämtliche Lampen auf und gingen aus, als wäre ein Windstoß durchs Zimmer gefegt.

Alle schwiegen.

Das Licht einer einzelnen Kerze versah das Zimmer mit langen Schatten. Sario war verschwunden. Die Premia Sancta erhob die Stimme und sprach den Totensegen.

Cabral erhob sich und zündete zusammen mit Cabral und Damiano die Lampen wieder an, bis das Zimmer hell erleuchtet war. Saavedra war stehengeblieben, den Kopf gesenkt, und regte sich nicht.

Aber auf dem Gemälde war nun ein Mann zu sehen, mit dem Rücken zum Betrachter. Eleyna keuchte und sprang auf. Das war Sarios Rücken, sie erkannte ihn genau, ebenso wie die Kleidung, die er getragen hatte, und eine Spur seines Profils, seinen Haarschnitt.

Aber es war nicht Sarios Gesicht, das sie im Spiegel sah. Es war ein anderes Gesicht, das des ersten Sario, der schon vor über dreihundert Jahren gestorben war. Und der nun endlich an einem Ort festgehalten wurde, wo er nie altern würde, nie welken, nie sterben. Und wo er das größte seiner Meisterwerke vor Augen hatte: *sich selbst.*

Eleyna brach in Tränen aus und rannte aus dem Zimmer.

36

»Eleyna! Eleynita! Bist du noch nicht fertig?« Beatriz kam ins Zimmer gestürzt und sah sich kritisch um. »Hier ist es ja noch karger als in meiner Novizinnenzelle! Und in deinem Atelier unten hast du noch nicht gefegt!«

»Dieses sackartige Gewand und der gestärkte Schleier sehen an dir einfach entzückend aus, Bellita!«

Beatriz lachte. »Und mein Garten blüht und gedeiht, das kann ich dir sagen. Die Sanctas haben mir viel Platz für meine Experimente gegeben. Ich habe auch noch einige Beete zu ihrem Kräutergarten hinzugefügt und ihn besser geordnet.«

»Und bei mir haben sich fünfzig Schüler beworben«, erwiderte Eleyna, »obwohl der Unterricht erst in einem Monat beginnen wird! Wenn dir dieses Zimmer hier karg vorkommt, dann liegt das nur daran, daß du glaubst, ich sollte es mit gestickten Wandbehängen und schwarzen Lackvasen aus Zhinna und all diesem scheußlichen modischen Zeug vollstopfen. Ich habe den *Eigentumsvertrag* für diese Wohnung erst vor fünf Tagen beendet. Du kannst nicht erwarten, daß ich genug Zeit hatte, anständige Möbel zu kaufen.«

Beatriz half ihr, das Kleid hinten zuzuknöpfen. »Wenn du eine wichtige Dame der Gesellschaft sein willst, Sorella, mußt du dir eine Zofe und andere Dienstboten zulegen. Im Augenblick ist nur Davo hier, und du kannst ja wohl von ihm nicht erwarten, daß er dir beim Anziehen hilft.«

»Hab Geduld, Bellita. Sobald Rohario und ich verheiratet sind, wird sein Kammerdiener die besten Leute einstellen. Ich werde Rohario das alles überlassen. Er kümmert sich gern um solche Dinge.«

»Ist er wieder zurück? Habt Ihr die Erlaubnis der Ecclesia erhalten?«

Eleyna spürte, daß sie rot wurde, also beschäftigte sie sich damit, ihren Spitzenschal zu falten. »Der Premio Sancto hat zugestimmt, aber ich glaube, er hatte ein Glitzern im Auge, als er erklärte, wir sollten an Sancterria heiraten.«

Beatriz schnaubte. »Als ob die Feuer von Sancterria dein Blut von all diesen Makeln befreien könnten!«

»Rohario ist zu Saavedras Hochzeit in die Stadt zurückgekehrt.«

»Aber selbstverständlich! Es sieht so aus, als wäre ganz Meya Suerta draußen unterwegs und wartete auf den Beginn der Feiertage. Astraventa ist ein glückverheißender Termin für eine Hochzeit, nicht wahr? Besonders wenn die Braut bereits einen Stern in ihrem Spiegel eingefangen hat.«

»Beatriz!«

Aber sie lachte nur und schob Eleyna vor den Spiegel und frisierte sie dort. »Ich hätte mir nie vorstellen können, daß einmal eine Grijalva, die das uneheliche Kind eines do'Verrada trägt, so beliebt sein würde. Nun gut. Mehr kann ich mit deinem Haar nicht anfangen.« Zerstreut schlenderte Beatriz zum Fenster hinüber und entdeckte dort die verhüllte Leinwand, die Eleyna erst an diesem Morgen aus dem Versteck in dem Dachzimmeratelier hergebracht hatte. »Was ist denn das? Hast du ein neues Bild gemalt?«

Eleyna fuhr herum. »Bitte nimm das Tuch nicht ab.«

»Wie du willst«, erwiderte Beatriz und zog die Brauen hoch. »Offenbar ein Geheimnis.« Sie fuhr mit dem Finger über das vergilbte Tuch, runzelte wegen des Staubs mißbilligend die Stirn und beugte sich dann aus dem offenen Fenster. »Ach! Dort sind Sancta Louissa und ihre arme Mutter, die ein wenig Luft schnappen, während sie auf mich warten. Die Geschichte dieser beiden ist wirklich herzzerreißend, aber ich werde sie dir lieber später erzählen, denn ich sehe, daß Sancta Juania, die ich gern die Schlange nenne, schon nach mir Ausschau hält. Sie wird langsam unruhig, also muß ich gehen!« Sie küßte Eleyna auf die Wange und ging zur Tür.

»Warte!«

Beatriz blieb stehen und sah sie fragend an. »Was ist denn, Eleyna? Du siehst so ernst aus, trotz des Feiertags.«

Seit Wochen lag diese Bürde schwer auf ihren Schultern. Wie leicht es gewesen wäre, Beatriz gehen zu lassen und das Geheimnis zu bewahren! So viel Wissen, das nur auf sie, auf irgend jemanden, wartete, der es erforschte. Sie holte tief Luft, schloß die Truhe auf, die in einer Ecke stand, und holte das Buch heraus. Dann hielt sie es Beatriz hin.

»Das hier hat einmal Sario Grijalva gehört«, sagte sie. Das schwere Buch schien in ihren Händen zu brennen, aber sie wankte nicht. »Es ist eine uralte Ausgabe des *Ki-*

ta'ab – des Heiligen Buchs der Tza'ab, aus dem später der *Folio* entstand.«

Beatriz starrte sie nur an.

»Ich konnte es nicht verbrennen, obwohl ich genau das hätte tun sollen! Aber ich wollte mir kein Urteil anmaßen.« Ungeduldig drückte sie es Beatriz in die Hand. »Nimm es! Ich überlasse es dir, Beatriz, weil du die Beste von uns bist. Dir vertraue ich an, die richtige Entscheidung zu treffen.«

Plötzlich traten Beatriz Tränen in die Augen. »Du traust dir nicht zu, mit dem Wissen richtig umzugehen, das es enthalten könnte?« fragte sie voller Mitgefühl. »Dolcha Eleynita, du bist nicht wirklich wie er, auch wenn du ihn geliebt hast.«

»Ich habe mein Herz erforscht, Bellita. Ich unterscheide mich nicht so sehr von ihm, wie du vielleicht glaubst. Ich werde malen wie niemand zuvor, ich werde mir einen eigenen Namen machen: die Künstlerin Eleyna Grijalva. Aber was, wenn ein Teil von mir mehr will, immer mehr, wenn ich anfange, andere zu benutzen, und mich nur noch um mich selbst und niemanden sonst schere? Nein, dem werde ich mich nicht überlassen. Nicht so wie er.« Und wieder nötigte sie ihre Schwester, das Buch zu nehmen.

Ein Schatten fiel über Beatriz' Züge, wich aber schnell wieder jener Ruhe, die für alle, die sie kannten, so tröstlich war. Sie nickte nur und nahm das alte Buch aus Eleynas Händen.

Ohne ein weiteres Wort gingen sie zusammen durchs Wohnzimmer und in die Halle, wo sie sich trennten. Nun, da Beatriz weg war – und der *Kita'ab* mit ihr –, empfand Eleyna die Stille als bedrückend. Aber langsam spürte sie, wie ihr leichter ums Herz wurde, wie der Schatten sich hob.

Ja, sie war wie Sario, und das konnte sie nicht bedauern. Aber sie hatte auch die Weisheit besessen, sich von dem

Schlimmsten in ihr selbst abzuwenden, und das unterschied sie von ihm.

Hinter ihr wurde eine Tür aufgerissen. Einen Augenblick später wirbelte Rohario sie herum und küßte sie.

»Ich war zuerst im Palasso Grijalva«, sagte er. »Ich gestehe, ich hatte vergessen, daß du nicht mehr dort sein würdest. Das ist alles so neu für mich.« Er sah sich mit demselben kritischen Blick um wie zuvor Beatriz. Das Wohnzimmer war frisch gestrichen, es roch immer noch nach Farbe, aber die Fenster standen offen, um frische Luft hereinzulassen. »Die Zimmer sind groß und elegant genug, und dieser Friesemark-Stil gefällt mir. Der Mutter sei Dank, daß die Handwerker hier wissen, wie man ihn kopiert. Der große Raum unten wird sich gut für Besprechungen eignen, und ich hoffe, die Streitereien meiner Genossen werden dich und deine Schüler nicht zu sehr stören. Aber ich werde darauf bestehen, daß wir uns im Sommer nach Collara Asaddo zurückziehen. Es ist ein angenehmer Ort, sehr ländlich. Und die Verwaltung eines Landgutes ist eine ausgesprochen interessante Beschäftigung. Beinahe so interessant wie Politik. Ich verstehe wirklich nicht, wieso mir all das nicht früher aufgefallen ist.«

»Weil du so eitel und unnütz warst, mein Herz.«

Er lachte. »Das kann ich nicht leugnen. Deine Mutter war wütend, als sie mich sah. Du hast deine Familie nicht im Guten verlassen, Eleynita.«

»Nein. Du weißt doch, daß sie mich nicht weglassen wollten. Aber ich habe keine Angst mehr vor meiner Familie.«

Das schmeichelte ihm, weil er glaubte, daß es sein Schutz war, unter dem sie sich sicher fühlte. Und sie sah keinen Grund, ihm diese Illusion zu rauben.

Er drehte sich um, sah sich weiter das Zimmer an. Er hatte eine neue Art gefunden, das Halstuch zu binden.

Zweifellos würde dies bald von den jüngeren Mitgliedern der Corteis übernommen werden. Nun gut, zumindest würde die Versammlung nicht unter schlechtem Geschmack leiden.

Rohario hielt inne, als sein Blick auf das Porträt über dem Kamin fiel. »Das habe ich noch nie gesehen! Wer hat ein so gutes Porträt von dir gemalt, mein Herz? Es ist wundervoll!«

»Es ist von Sario Grijalva.« Sie war auf seine Ablehnung gefaßt, aber er war nur neugierig.

»Ich dachte, du hättest all seine Werke zerstört.«

»Das habe ich. Bis auf das Bild der armen Alazeis.«

Er legte den Kopf schief und sah sie lächelnd an. Sein Lächeln hatte ungeheuer gewonnen, seit sie einander zum ersten Mal gegenübergestanden hatten. Er hatte nichts Verwöhntes und Oberflächliches mehr an sich. »Alle bis auf das. Und jenes dort. Wissen sie, daß wir es haben?«

»Nein.« Sie hielt die Luft an.

»Es ist ein wunderschönes Porträt, Eleyna. Wir werden es nicht weggeben.«

Erleichtert seufzte sie. »Selbstverständlich nicht.«

»Aber ich bestehe darauf, daß du ein Porträt von mir malst, das wir danebenhängen.«

Zwei Porträts. Und das war alles, was sie je haben würden.

»Wieso schaust du plötzlich so niedergeschlagen drein, meine Liebste?«

»Es wird keine Porträts von Kindern geben.«

»Wir haben doch schon darüber gesprochen, Eleyna. Und ab jetzt werden wir darüber schweigen.« Er nahm sie am Arm und führte sie zu den Fenstern, die auf einen Innenhof hinaus gingen. Akazien blühten, und ein gepflasterter Weg wurde von Zitronenbäumchen gesäumt. Handwerker arbeiteten an einem Brunnen, einer kleineren Kopie des Glockenbrunnens. Eleyna und Rohario standen schweigend beieinander, bis die Glocken, die die Hochzeit ankündigten, zu läuten begannen.

Sie küßte ihn. »Wir werden sehr gut miteinander auskommen, Rohario!«

»Das will ich hoffen! Und jetzt komm. Patro wird wütend sein, wenn wir zu spät kommen. Er sagt, ich komme in letzter Zeit immer zu spät, aber das liegt nur an diesen endlosen Besprechungen. Ich hätte nie geahnt, daß zehn Männer zwanzig Meinungen haben können und ihnen dann auch noch so nachdrücklich Ausdruck verleihen.«

Aber sie erkannte an seinem Tonfall und seiner Miene, daß ihm sein neues Leben gefiel. Man stelle sich vor, ein do'Verrada Mitglied der Corteis! Die Zeiten hatten sich wahrhaftig geändert.

»Ehe ich es vergesse ...«, fügte er hinzu und versuchte, gleichgültig zu klingen, aber er konnte seinen Stolz nicht verbergen. »Die Corteis wollen dich damit beauftragen, die offizielle Dokumentation der Versammlung zu malen. Die Wahlen werden im kommenden Monat stattfinden, und die Abgeordneten werden an Providenssia zum ersten Mal zusammentreten.«

»Und *ich* soll sie malen! Rohario!« *Die offizielle Dokumentation der neugewählten Corteis!* »Eine solche Ehre hatte ich nicht so bald erwartet. Hast *du* sie dazu gebracht, mir den Auftrag zu erteilen?«

»Da überschätzt du meinen Einfluß. Ich glaube, es war das Wandbild in Gaspars Gasthaus, wenn du es wirklich wissen willst. Alle wollen so schmeichelhaft porträtiert werden, wie du ihn dargestellt hast. Komm, wir sollten jetzt wirklich gehen.«

Als sie wartete, bis er vor dem Spiegel sein Halstuch zurechtgezupft hatte – er war immer noch ein wenig eitel, und all diese jungen Männer kopierten begeistert seinen Kleidungsstil –, sah sie sich zufrieden im Zimmer um.

Ein großzügiger Raum, offen und luftig, mit hohen Fenstern in zwei gegenüberliegenden Wänden. Platz genug für eine Couch, Staffeleien, einen Arbeitstisch. Platz genug zum Malen. Hier würde sie sich von Cabral unterrichten lassen, solange er noch die Kraft dazu hatte. Und von Giaberto und den anderen älteren Malern, wenn sie sich dazu herablassen würden herzukommen. Hier würde sie selbst ihre besten Schüler unterrichten. Hier würde sie die Luza do'Orro an andere weitergeben.

Technik und Verstehen und diese unnennbare, unstillbare Gier. Das Geheimnis des Goldenen Schlüssels.

»Ich kann diese Farbe nicht ausstehen.« Rohario schaute stirnrunzelnd auf seine Weste hinab. »Warum muß ausgerechnet Mandarine so modern sein? Es ist an der Zeit, dafür zu sorgen, daß es wieder aus der Mode kommt. Eleyna.« Er begegnete ihrem Blick im Spiegel, und einen Augenblick lang war es, wie in jenen anderen Spiegel zu schauen, den auf dem Porträt, in dem Saavedra einmal gefangen gewesen war. Oder auf den, in dem sie Sario eingesperrt hatten. »Es gibt da etwas, das ich gern wissen würde. Wenn es stimmt – was ich halb bezweifle, weil es einfach so unglaubwürdig klingt –, daß Sario Grijalva so lange lebte, weil er die Leben anderer führte, wer war er denn in diesen anderen Leben? Immer Sario oder ein anderer?«

Es gab Wahrheiten, die man nicht teilen konnte. Denn schließlich hatte er dieses Geheimnis allein in ihre Hände gelegt. »Er hat es nie gestanden«, sagte sie ruhig. »Er hat es niemandem gesagt, nicht einmal Saavedra.«

Vielleicht würde sie irgendwann Sarios *Peintraddo Memorrio* irgendwo ausstellen können, denn es verdiente ausgestellt zu werden. Als sein letztes und großartigstes Zeugnis.

Die Glocken erklangen – ein neuer Anfang. Sie lächelte und nahm Rohario Arm, und zusammen gingen sie hinaus.

Galerria 1347

»– hier entlang, Baltran … hier durch. Siehst du? Nein, nicht, Junge! Wir gehen nicht wieder nach draußen. Hier entlang. Bitte.«

Der Kurator bemühte sich um eine Gruppe von Bankiersfrauen, die ihre schwarzen Spitzentücher schmükkend über die Frisuren und sittsam über die tiefen Ausschnitte ihrer modischen Kleider gezogen hatten.

»Wenn wir ganz leise sind, Baltran, können wir uns vorbeischleichen, ohne –«

»Patro!« Der Junge packte ihn an der Hand und zog ihn zum Fenster. »Siehst du die neuen Kanonen da draußen, Patro? Sieh nur, wie schön sie sind.«

Alejandro seufzte und ergab sich ins Unvermeidliche. Er mußte die Höflichkeiten und Freundlichkeiten und die Konversation der Bankiersfrauen über sich ergehen lassen, alles ehrenwerte Damen der guten Gesellschaft. Er kannte ihre Gatten und war ihnen bei Dinners vorgestellt worden oder wenn sie ihre Töchter bei Hofe vorstellten. Gesegnete Matra, wenigstens hatte Teressa ihre Freude an solchen Pflichten – menschliche Eigenheiten amüsierten sie immer.

Als sie endlich weitergingen, wartete er, bis ihre Stimmen verklungen waren (»so ein gutaussehender junger Mann!«), bis sie die Galerria wirklich verlassen hatten. Baltran stand jetzt vor einer *Hochzeit*, die Hände in den Taschen, und schien ungeheuerlich gelangweilt.

»Muß das denn sein, Patro? Hier gibt es doch nur Bilder!«

Dieses Kind war nie zufrieden. Es war ruhelos, dachte ununterbrochen nach, aber seine Gedanken hatten keine Ähnlichkeit mit denen, die seinen Vater plagten. Dieser Junge dachte ständig an Neues, an neue Erfindungen, neue Ideen, und unaufhörlich stellte er Fragen, Fragen, Fragen. Von denen sich keine beantworten ließ.

Alejandro dachte an die Vergangenheit. »Denk nur, Junge, du bist mit jedem do'Verrada verwandt, dessen Porträt hier hängt.«

Baltran seufzte ausgiebig. »Patro, ich mag keine Bilder. Ich möchte ins Theater gehen. Bei der Schlachtszene haben sie Explosionen auf der Bühne! Und danach gibt es ein Feuerwerk. Großmutter Vedra sagt, sie nimmt mich mit. Laß mich doch gehen, bitte!«

»Erst wirst du dir mit mir die Bilder ansehen. Du wirst einmal Großherzog sein, und –«

»Wenn ich Großherzog bin, lasse ich all diese Bilder woanders hinschaffen.«

Alejandro lächelte. Er gönnte dem Zehnjährigen seine Pläne. Auch er hatte mit zehn grandiose Pläne gehabt. Aber es war nicht nötig, dem Kind die Illusionen zu nehmen. Die Zeit und das Leben würden das schnell genug tun. Baltran würde schon verstehen lernen, wieso diese Galerria so wichtig war, für die do'Verradas *und* für Tira Virte.

»Aber jetzt bist du nur der Erbe des Großherzogs. Und da ich der Großherzog bin, kann ich dir befehlen mitzukommen.«

»Dazu brauchst du erst die Erlaubnis der Corteis.«

»Nicht, wenn es um meinen eigenen Sohn geht.«

Baltran lachte und rannte voraus, obwohl er wußte, daß er in der Galerria nicht rennen sollte. Alejandro brachte es nicht übers Herz, ihn zurückzurufen.

Mein eigener Sohn.

Ein schwerer Schlag. Und schlimmer noch waren die

endlosen geheimen Beratungen gewesen, was zu tun sei. Der Mutter sei Dank, damals war sein Vater schon tot gewesen, umgekommen bei den Erbfolgekriegen in Ghillas. Und bestand nicht überhaupt die größte Ironie darin, daß Edoard überhaupt nicht sein Vater gewesen war? Sein wahrer Vater hatte vor vierhundert Jahren gelebt. Aber Edoard hatte das nie etwas ausgemacht. Edoard hatte ihn wirklich wie seinen eigenen Sohn erzogen. Genau so, wie Alejandro jetzt Baltran erzog.

Niemand durfte es wissen. Das hatten ihm alle gesagt. Niemand durfte es je erfahren.

»Patro! Patro! Hier ist deine *Geburt*! Und hier die *Hochzeit* von Großmutter und dem armen Großvater. Erzähl mir noch mal von der Schlacht! Stimmt es, daß er einen Angriff anführte?«

Tatsächlich hatte Edoard bei einem Rückzugsmanöver innegehalten, um einem seiner jungen Leutnants zu helfen, der eine Bauchwunde hatte, und war dabei in den Kopf geschossen worden. Es tat immer noch weh, sich an jenen Tag zu erinnern, als sie die Nachricht erhalten hatten. Es tat weh, weil ihm damals, mit zehn Jahren, klargeworden war, daß seine Mutter seinen Vater nicht so sehr liebte wie er selbst.

»Er starb, weil er ein guter, freundlicher, ehrenhafter Mann war, Baltran. Denke daran.«

Baltran gab keine Antwort. Er schien sich ausnahmsweise das Bild anzusehen. »Stimmt es, daß Großmutter verzaubert ist, Patro?«

Alejandro lächelte. »Nicht mehr als ich. Wo hast du denn so etwas gehört?«

»Viele Leute sagen das. Sie sagen, daß die Grijalvas alle Zauberer sind, aber daß sie sich der Gnade der Ecclesia unterworfen haben, noch bevor du auf der Welt warst, und daß die Premia Sancta diesen schrecklichen Makel von ihnen genommen hat.«

»Sie haben es offen zugegeben, das stimmt. Vor allen Leuten in der Kathedrale. Du kennst doch Großmutters Geschichte! Wie sie in einem Bild gefangen war, dreihundert Jahre lang?«

Baltran zog ein Gesicht, kein bißchen beeindruckt, und ging weiter zum Ende der Galerria, um es so schnell wie möglich hinter sich zu bringen, damit er wieder tun und lassen konnte, was er wollte. »Aber du weißt auch, was sie noch sagen, Patro.« Er biß sich auf die Lippen, erinnerte sich an Worte, die er zufällig gehört hatte, vermutlich an einem Ort, an dem er sich überhaupt nicht aufhalten sollte.

»Was denn?«

»Sie sagen: ›Ha! Ha! Ha!‹« Er imitierte das Lachen eines dicken Mannes, genoß die Übertreibung und den Widerhall seiner Stimme. »›Das nennt ihr Magie, daß sie den Herzögen mit ihren Porträts schmeichelten und ihre schönen Frauen die Erben der do'Verradas bezauberten?‹ Warum haben die schönen Frauen die Erben bezaubert, Patro? Wie haben sie das gemacht? Waren es schöne Frauen wie Großmutter?«

»Ganz sicherlich schöne Frauen wie Großmutter.«

Zum Glück war der Junge mit seinen Gedanken schon wieder woanders. »Warum wohnt Großmutter nicht im Palasso? Warum ist sie zu ihren Verwandten gezogen? Sie hat sie wohl lieber als mich?« Er schob schmollend die Unterlippe vor, aber dann grinste er, denn er wußte genau, daß seine Großmutter Vedra ihn und seine kleine Schwester Mechellita abgöttisch liebte.

So, wie sie mich geliebt hat. Aber Alejandro mußte lächeln.

Es war nicht einfach, mit Saavedra zu leben oder sie zur Mutter zu haben. Sie war eine Flamme, auf die alle Motten zuflatterten, und er war nur ein kleiner Junge unter vielen gewesen. Sie liebte ihn, aber sie erwartete von ihm auch nur das Beste. »Ihre Familie brauchte sie, mein Junge. Nachdem ich deine Mutter geheiratet hatte, hat sie uns verlassen.«

Daß sie nun die Grijalvas regierte, wie sie zuvor Edoard regiert hatte, mit eiserner Hand, bezweifelte er keinen Augenblick. Daß sie ihn leidenschaftlich liebte, bezweifelte er noch weniger. Aber manchmal fragte er sich doch, wie es gewesen wäre, eine ganz durchschnittliche Mutter zu haben.

Sie umgingen weitere Besuchergruppen, die sich um diesen *Vertrag* oder jene *Hochzeit* versammelt hatten, wohlhabende Reisende aus anderen Städten, die, der Mutter sei Dank, weder ihn noch Baltran erkannten. Alejandro sah sich zufrieden die Gemäldesammlung an. Über die Hälfte der Bilder war in ein neues Gebäude gebracht worden, das neben den neugebauten Versammlungsräumen der Corteis lag, und nun kamen weniger Besucher in diese Galerria, was Alejandro sehr gefiel. Die berühmtesten und monumentalsten Gemälde waren in die neue Galerria Nationalla gebracht worden, aber er zog diese Sammlung hier vor, ein intimeres und subtileres Porträt des Vermächtnisses der Grijalvas.

Dessen Krönung er selbst darstellte. Ein Mann, in dessen Adern sowohl das Blut der do'Verradas als auch das der Grijalvas floß, auf dem Thron von Tira Virte. Aber die höchste Ironie bestand darin, daß er der erste war.

Und der letzte sein würde.

»Warte, Baltran!« Aber Baltran war schon weit weg. Teressas Kind, ganz eindeutig, mit diesem beweglichen Geist und all diesen verfluchten Fragen. Alejandro wußte nicht, wer Baltrans wirklicher Vater war. Er hatte nie gefragt und sich darauf verlassen, daß seine Frau einen Mann mit dem passenden Stammbaum und der Fähigkeit, den Mund zu halten, ausgewählt hatte.

Er hatte der Heirat zugestimmt und sich glücklich geschätzt, daß er seine Braut mochte und sie ihn. Teressa, benannt nach ihrer Großmutter, der ältesten Tochter von Arrigo und Mechella, war in einem Revolutionshaushalt aufgewachsen. Sie hatte eine umfassende klassische Bildung erhalten, und ihr Vater, sowohl ein Sonderling als auch der Principio della Diettro Mareia, hatte seinen Palasso den Wissenschaftlern geöffnet, damit sie dort ihre seltsamen Experimente durchführen konnten.

Als Saavedra der jungen Braut Alejandros Problem ganz offen dargestellt hatte, hatte Teressa das ganz ruhig akzeptiert. Er nahm an, daß sie ihn als eines dieser seltsamen Experimente betrachtete, das noch nicht ganz erklärbar war. Es gehörte zu Teressas Lieblingsbeschäftigungen, mit seiner Zia Beatriz zusammenzusitzen, die jetzt Premia Sancta war und deren weiße Gewänder immer Erd- und Grasflecken aufwiesen. Stets hatte sie ein seliges Lächeln auf den Lippen, und sie konnte ununterbrochen über ihre verdammten Erbsenexperimente reden und die geheime Sprache der alten Tza'ab-Mystiker.

»Patro! Patro!« Vom anderen Ende der Galerria her durchschnitt Baltrans schrille Stimme die Stille. »Sie haben Großmutters Porträt weggenommen!«

Alejandro seufzte. Er eilte weiter, vorbei an einer der großen Nischen, deren Fenster sich zum Park hin öffneten, ohne der kleinen Gruppe von Besuchern, die dort vor den Bildern saß, weitere Beachtung zu schenken.

»Junge, du mußt lernen, deine Stimme zu dämpfen«, sagte er, als er neben seinem Sohn stand.

»Großonkel Rohario tut das auch nicht. Er brüllt wie ein Löwe.«

»Wenn du einmal dreiundfünfzig Jahre alt und dreißig Jahre lang Abgeordneter der Corteis bist, dann kannst du das auch. Was ist los?«

»Großmutters Porträt ist nicht mehr da.«

»Ja. Wir haben zugestimmt, daß es in die Nationalla gebracht wird.«

»Aber warum, Patro? Warum nicht das andere? Von *ihm* sieht man nur den Rücken, und das Zimmer ist so häßlich. Ich würde viel lieber Großmutters hübsches Gesicht sehen.«

Alejandro blickte auf zu dem Bild, das unter dem Titel *Der Spiegel der Wahrheit* bekannt war. Man hatte ihm die Geschichte oft erzählt. Aber dieses Gesicht im Spiegel zu sehen, ein anderes als das des Mannes, der mit dem Rücken zum Betrachter stand, ließ ihm immer noch einen Schauder über den Rücken laufen. Soviel wurde in diesem Bild enthüllt, über sein Vermächtnis, über das Wesen der Gabe der Grijalvas, über die Wahrheit seiner, Alejandros, Herkunft. Die Wahrheit darüber, was er war.

»Warum hat er im Spiegel ein anderes Gesicht, Patro?«

»Weil das Gesicht, das sein Körper zeigt, ein anderes ist als sein wahres Gesicht.«

Baltran betrachtete das Bild mit höchster Mißbilligung. »Ich kann Gemälde nicht ausstehen. Großtante Eleyna sagt, man kann in ihnen lesen, in all diesen *Verträgen* und *Hochzeiten*, wenn man die Sprache kennt, in der sie gemalt sind. Aber warum kann man es nicht einfach aufschreiben? Wäre das nicht einfacher? Patro!« Wieder sprang er zu einem anderen Thema. »Bekommen wir einen Winkersignalmast im Palasso? Maesso Oswaldo sagt, mit Winkersignalen kann man Nachrichten von Aute-Ghillas nach Meya Suerta innerhalb von zwölf Stunden übermitteln!«

Man kann Nachrichten erheblich schneller übermitteln, wenn Grijalvas, die die Gabe haben, sich durch geblutete Bilder miteinander verständigen. Aber das sprach er nicht laut aus. O ja, die do'Verradas wußten es, die Ecclesia wußte es, selbst die Corteis wußten Bescheid. Aber niemand *glaubte* es mehr. Sie wollten ihre Winkersignale. Soviel zuverlässiger. Und soviel *wissenschaftlicher*.

»Komm, Baltran. Ich glaube, für heute haben wir genug gesehen.«

Der Junge schoß sofort davon. Alejandro versuchte nicht mehr, ihn aufzuhalten. Er sah sich noch einmal das Porträt Sario Grijalvas an. Das selbstverständlich überhaupt kein Porträt war. Es war tatsächlich Sario Grijalva, der größte Grijalva-Maler, bestraft für seine Verbrechen, indem man ihn in diesem Bild eingesperrt hatte, das seine Base Saavedra gemalt hatte.

Es war Saavedra gelungen, ein gutes Leben zu führen. Von den anderen Kindern, die sie und Edoard in ihrer kurzen und nicht unglücklichen Ehe gehabt hatten, war nur eines ein Junge gewesen, und er war schon als Kind gestorben. Die anderen drei waren Mädchen, inzwischen alle erwachsen und verheiratet. Alejandro fragte sich manchmal, was aus ihm geworden wäre, wenn Saavedra nie in diesem Bild gefangen gewesen wäre. Er wäre als Alejandros I. Chi'patro-Sohn zu Welt gekommen und im Palasso Grijalva aufgewachsen. Von dem Tag an, da er imstande gewesen wäre, ein Stück Kreide zu halten, hätte er Malerei gegessen, geatmet und gelebt. Vielleicht würden jetzt einige *seiner* Werke hier hängen, in der Galerria Verrada.

Die Vorhänge in der Ecke bewegten sich. Er zuckte zusammen, trat zurück, dann entspannte er sich wieder und streckte die Hand aus. »Komm ruhig heraus, Bela, ich bin es nur, Sandro. Hab keine Angst.«

Sie schlich auf ihn zu. Sie war nur spärlich bekleidet, mit einem vergilbten Hemd und einem schäbigen Spitzentuch, und im Lauf der Jahre war sie einer wilden Katze immer ähnlicher geworden, hatte Angst vor Menschen und floh schnell. Die Diener nannten sie Ila Luna, die Verrückte.

»Setz dich zu mir, Bela«, sagt er in der Hoffnung, sie weiter hervorzulocken, aber sie kam nur bis zu dem ersten Flecken von Sonnenlicht auf dem Marmorboden. Sie war wirklich schön und so jung. Ewig jung, bis auf die zarten Risse, die langsam auf ihrer Haut sichtbar wurden, und die seltsame gelbliche Färbung, die sie annahm – Zia Eleyna hatte ihm einmal gesagt, das käme davon, daß Sario Grijalva minderwertige Farben benutzt habe, um sie zu schaffen.

Lautes Lachen erklang von weiter hinten, eine neue Besuchergruppe näherte sich, und Ila Luna floh hinter die Vorhänge zurück. Alejandro wartete, aber sie spähte nicht mehr heraus, obwohl er am Faltenwurf des schweren Stoffs sehen konnte, wo sie sich verbarg. Armes Geschöpf. Plötzlich fragte er sich, ob ein Maler mit der Gabe nicht etwas in Erfahrung bringen konnte, was sie heilen könnte, oder ob sie dazu verurteilt war, neben ihrem gefangenen Schöpfer zu warten, bis sie, wie ein uraltes Gemälde, schließlich zerfiel.

Langsam folgte er seinem Sohn, blieb aber stehen, als er bemerkte, wer dort in der Nische saß. Auch Baltran war hier stehengeblieben, gebannt von der unwiderstehlichen Anziehungskraft, die ein vereinzeltes Kind zu jeder lebhaften Gruppe von Kindern hinzieht.

Eleyna Grijalva hatte ihre jungen Schüler in die Galerria geführt. Sie saßen vor Guilbarro Grijalvas berühmter *Geburt der Cossima*, Skizzenblöcke in der Hand, und kopierten das Werk des Meisters. Baltran sauste zu seiner »Großtante«, verbeugte sich schüchtern und wurde mit einem Kuß belohnt. Dann ging er zu zwei Mädchen, die auf einer Bank saßen, die Skizzenblöcke auf den Knien, und begann sofort, sie auszufragen.

Eleyna strich sich das silberne Haar aus der Stirn und drehte sich um. Sie bemerkte Alejandro und kam lächelnd auf ihn zu.

»Euer Gnaden«, sagte sie. Sie war ungemein selbstsicher, aber wie hätte das auch anders sein können? Sie war allgemein als beste Malerin von Tira Virte anerkannt. Von überall kamen Schüler, um sich von ihr unterrichten zu lassen. Könige und Königinnen baten darum, von ihr gemalt zu werden. »Ich freue mich, dich zu sehen, Junge. Du bist seit zwei Monaten nicht mehr zum Unterricht gekommen.«

»Staatsangelegenheiten«, sagte er, aber er konnte sich nicht zu einem Lächeln zwingen, obwohl er es als Scherz gemeint hatte.

»Schade«, sagte sie und nickte verständnisvoll.

»Ist es zu spät?« fragte er plötzlich. »Ist es für mich zu spät, es je richtig zu lernen?«

»Deine Gabe vollständig zu nutzen? Dafür ist es wahrscheinlich wirklich zu spät, Alejandro, obwohl es mir leid tut, das sagen zu müssen, weil ich weiß, daß es dir weh tut.« Er senkte den Kopf, und sie fuhr fort: »Aber es ist nie zu spät, malen zu lernen, wenn du es wirklich willst. Es ist nie zu spät, die Zeit, die dir verbleibt, so gut wie möglich zu nutzen. Viele haben spät mit der Malerei begonnen und dennoch viel erreicht, weil sie unbedingt lernen und arbeiten *wollten*. Du bist begabt, und du malst gern, nur –« Sie machte eine Geste, die den gesamten Palasso umfassen sollte. *Seinen* Palasso.

»Nun, das ist das Ironische daran, nicht wahr, Zia? Der Großherzog hat so viele Pflichten, und Malen gehört nicht dazu. In zehn Jahren wird Baltran zwanzig sein, und ich könnte ohne großes Aufsehen abdanken, aber dann werde ich selbst vierzig sein und am Ende meines Lebens, oder?«

»Wie lange du leben wirst, verglichen mit Malern, die ihr Blut und ihre Tränen jeden Tag benutzen, wissen wir nicht. Und wer von uns weiß schon genau, wie lange sie oder er leben wird? Du darfst nicht daran denken, mein Junge. Du hast deine Pflichten, und du erfüllst sie gut. Du bist ein guter Mann und Großherzog, Alejandro.«

»Selbst wenn mein Herz woanders liegt?« Er zeigte auf die *Geburt der Cossima*.

»Das liegt an dir. Es mag sein, daß du nicht so weit kommst, wie du möchtest. Du hast vielleicht nicht das Talent, auf das du hoffst. Selbst im Palasso Grijalva ist nur einer in jeder Generation Oberster Hofmaler geworden.«

Er streckte die Hand aus und griff nach dem goldenen Schlüssel, den sie an einer Kette um den Hals trug. »Du hast nicht die Gabe, aber dennoch trägst du diesen Schlüssel.«

Sie lächelte traurig. »Ich habe ihn verdient.«

Alejandro schaute zu Baltran hinüber, der mit vor Aufregung ganz schriller Stimme über Dampflokomotiven redete.

So viele Geheimnisse, die man erforschen mußte! So viel zu lernen! Es hatte keinen Sinn, um etwas zu trauern, das längst vergangen war. »Nächste Woche komme ich wieder. Das verspreche ich dir.«

»Ich warte auf dich, Junge.« Sie küßte ihn auf die Wange und wandte sich wieder ihren Schülern zu.

All diese do'Verrada-Gesichter, gemalt von Grijalvas. Und hier stand er, Großherzog Alejandro do'Verrada, der zweite dieses Namens. Er, der auch ein Grijalva war, nur halb ausgebildet, der aber ohne Zweifel die Gabe hatte. Ein wahrhaft seltsames Ende einer Geschichte, die vor vierhundert Jahren mit seiner Mutter begonnen hatte.

Es war absolut nichts Bemerkenswertes an Sario Grijalva. Nicht äußerlich; nichts, was andere hätten sehen können.

Sie blieb vor dem Porträt stehen, immer noch eine energische Frau, obwohl ihr Haar inzwischen weiß war bis auf ein paar schwarze Strähnen, eine letzte Erinnerung an ihre Jugend vor so langer Zeit. Sie war immer noch schön, denn Alter und Würde bewirken bei Frauen, die so viel durchlebt haben, eine neue Art von Schönheit.

Sie nannten es den *Spiegel der Wahrheit*, und vielleicht hatten sie damit recht. Aber für sie war es immer eine Erinnerung an ihre eigene Gefangenschaft gewesen, obwohl dreißig Jahre vergangen waren, seit sie hinaus in die Freiheit gegangen war, durch eine eisenbeschlagene Tür und die gemalte Oscurra eines Obersten Hofmalers, in eine veränderte Welt.

Sie hatte getan, was notwendig war, und gelebt. Sie war nicht unglücklich. Wie neue Farbstoffe für begeisterte Maler, gab es in dieser Welt Ideen, bunt, mutig und aufregend, und sie war froh, das alles gesehen zu haben. Im Meya Suerta ihrer Geburt, erdrückt von strengen und freudlosen Regeln, wäre das nicht möglich gewesen. Hier wurde sie als Malerin akzeptiert, hier konnte sie sich eingestehen, daß sie tatsächlich die Gabe hatte. Tatsächlich leitete sie nun seit dreißig Jahren die Geschicke der Familie, als Premia Sorella, wie man sie nun nannte. Nicht ein einziges Mal hatten sie an ihrem Recht gezweifelt, eine der Ihren zu sein. Und seit dem feindseligen Abschied und dem eindeutigen Erfolg von Eleyna Grijalva waren auch niemals wieder Zweifel daran aufgekommen, daß Grijalvas, die die Gabe nicht hatten, dennoch über das Recht verfügten, unabhängig zu werden, sich ihren eigenen Ruf zu erwerben und nicht mehr nur als Kopisten ihrer Verwandten zu dienen.

Wahrhaftig, es war eine gute Zeit, um am Leben zu sein.

Und jede Gabe hat ihren Preis.

Sie betrachtete das Bild. Er stand mit dem Rücken zum Betrachter, in einem dunklen Frack mit langen Schößen, die ihm bis fast an die Knie reichten, Manschetten mit Elfenbeinknöpfen, die aber kaum zu sehen waren. Ebenso wenig wie sein Gesicht, nur eine Andeutung des Profils, ein unauffälliges Gesicht, dunkle Augen, schwarzes Haar.

Aber dies war nicht das Gesicht, das sie im Spiegel erblickte. Der Spiegel fing das Licht der Kerzen und Lampen ein, und er zeigte das andere Gesicht, sein wahres Gesicht: braunes Haar, braune Augen, wüstendunkle Haut. Nichts Bemerkenswertes an Sario Grijalva. Nichts bis auf seine Luza do'Orro, die heller schien als die aller anderen. Vielleicht war es eine Illusion, entstanden durch das Nachmittagslicht, aber sie glaube, sie sehen zu können, seine Luza; wirklich *sehen* zu können, ein Zittern tief im Spiegel, eine Aura von bebendem Licht.

Sie begegnete seinem Blick – er sah sie aus dem Spiegel heraus an. Er sah sie; sie wußte, daß er sie sah. Wer sollte das besser wissen als eine, die selbst diese Art Gefangenschaft ertragen hatte?

Vedra.

Seine Stimme. War das nur ihre Phantasie, oder hörte er ebenfalls, wie sie damals, die Stimmen, erblickte die Parade von Gesichtern und Moden, die im Spiegel an ihm vorbeizogen, in dem er die Welt außerhalb seines Gefängnisses sehen konnte? Das auch einmal ihr Gefängnis gewesen war.

So mußte er nun warten, wie sie so viele Jahre gewartet hatte, während alle, die sie kannte, gestorben und zu Staub und entfernten Erinnerungen geworden waren. Im Lauf der Zeit würden die Kerzen und Lampen, die sein Gefängnis beleuchteten, niederbrennen, und endlich würden sie völlig verlöschen und ihn in endloser Nacht zurücklassen.

Alle waren der Ansicht gewesen, es sei eine angemessene Strafe.

Wieder, drängender jetzt: *Vedra!*

Er liebte sie immer noch. Er würde sie immer lieben. Diese Bürde trug sie schweigend. Und eine, die noch größer war: daß auch sie Sario liebte, den Sario, den sie einmal gekannt hatte, den Jungen, mit dem sie aufgewachsen war. Was er getan hatte, war unverzeihlich und durfte nie vergessen werden, damit die Jungen, die die Gabe hatten – es waren immer weniger – verstehen würden, worin die Gefahren unkontrollierter Macht lagen.

Aber sie konnte auch sein Licht nicht vergessen.

»Du bist der Beste«, sagte sie, und das entsprach der Wahrheit. Sie konnte ihm die Wahrheit sagen. Er war der größte Maler, den die Familie je hervorgebracht hatte. »Und dennoch warst du auch der Geringste von uns, weil du dem Schlechtesten in dir nachgegeben hast, weil du nur an dich gedacht hast, ganz gleich, was du über deine Pflicht gegenüber der Kunst sagtest.«

Ich weiß, was ich bin.

»War das nicht auch dein Untergang?« fragte sie ihn. »Hättest du nicht deine Gabe anerkennen, den Grijalvas dienen und dein Schicksal annehmen können wie wir anderen?«

Niemals.

Sie glaubte ihm. Es brannte so hell in ihm.

Aber sie war jetzt älter. Sie hatte geliebt, und sie hatte gelitten. Sie hatte ihren Geliebten verloren. Und einen sanftmütigen und treuen Ehemann. Und ein Kind, aber sie hatte auch vier andere geboren, die noch lebten und ihr Enkel geschenkt hatten. Sie war eine anerkannte Malerin, hatte die Gabe und war die Erste unter den Viehos Fratos. Und ihr Sohn – ihr erstgeborener und liebster Sohn, weil er die Frucht der Leidenschaft ihrer Jugend war – regierte als Großherzog von Tira Virte.

Sie konnte es sich leisten, an diesem schönen Frühlingsmorgen großzügig zu sein. Sie nahm ihren goldenen Schlüssel in die Hand, küßte ihre Fingerspitzen und sprach einen Segen über den Mann im Spiegel.

Peintraddos Dei Tira Virte

(aus: La Guide Michallin, *von Enrei Michallin; Libarairie dei Arteio, Aute-Ghillas, 1419)*

Erste Versammlung der Corteis
von Eleyna Grijalva, 1316.
Öl auf Leinwand.
Galerria Nacionalla do Tira Virte.

Dieses gewaltige Gemälde, das die Eröffnung der neugewählten Corteis zeigt, ist das berühmteste Gemälde Tira Virtes aus dem vergangenen Jahrhundert. Allein die technische Brillanz und die subtile Charakterzeichnung zeigen schon, wieso die Künstlerin die gefragteste Malerin ihrer Zeit war. In einem Triumph von Bewegung, Licht und Komposition sieht man, wie die Gesetzgeber sich auf ihren Plätzen niederlassen, Freunde grüßen, mit dem Premio Oratorrio sprechen, Papiere durchblättern – all das im Morgenlicht, das durch hohe Fenster einfällt. Man beachte vor allem, wie durch das Licht die Aufmerksamkeit auf die Palmenzweige gerichtet wird, die ins Podium des Oratorrios geschnitzt sind, ein Symbol des Siegs des Volkes.

Auch bestimmte berühmte Persönlichkeiten werden durch das warme goldene Licht, das auf sie fällt, in den Vordergrund gerückt. Der Gatte der Künstlerin, Rohario do'Verrada, steht neben Ruis Albanil, dem Steinmetzgesellen, der zu diesem Zeitpunkt gerade erst mit seinem stürmischen Aufstieg zur Macht begonnen hatte; und in ähnlicher Weise sind auch andere Persönlichkeiten hervorgehoben, die ihre Spuren in der Gesetzgebung hinterlassen haben. Die Künstlerin selbst steht im Schatten, erkennbar an dem Pinsel, der ihr aus der Tasche ragt, und der Chieva do'Orro um ihren Hals.

Die Abdankung
Unbekannter Künstler, 1358 (?)
Öl auf Leinwand.
Picca Grijalva.

Ein Familienporträt im um 1355 beliebten Stil, ist dieses Gemälde von Großherzog Alejandro II., Großherzogin Teressa und ihren beiden Kindern nicht nur wegen seines Liebreizes bemerkenswert, sondern auch wegen des Mangels an Förmlichkeit und wegen des seltsamen Humors, mit dem es ein solch ernstes Thema darstellt.

Alejandro, in sitzender Position, reicht seinen Siegelring seinem Sohn Baltran, der zur Rechten seines Vaters kniet. Der junge Mann trägt einen schwarzen Anzug, dessen Strenge nur durch die Blumen an seinem Revers aufgelockert wird: roter Klee für Fleiß, ein Feigenblatt für Diskussionen und Gänseblümchen für Unschuld. Die junge Mechella sitzt auf dem Boden und hat sich an das linke Bein ihres Vaters gelehnt, ein Kranz von Eichenblättern, für Unabhängigkeit und Mut, krönt ihr Haar. Gelehrte, nach deren Ansicht das Gemälde später als 1358 entstanden ist, berufen sich auf diesen Kranz, denn zu diesem Zeitpunkt hätte niemand die Affären (sie weigerte sich, ihren langjährigen Geliebten, den Komponisten Friedrich Shopan zu heiraten, weil sie die Ehe für ein von Männern geschaffenes Gefängnis für die Frauen hielt), skandalösen Schriften und leidenschaftlichen öffentlichen Auseinandersetzungen vorhersehen können, die ihre Laufbahn als engagierte Kämpferin für die Rechte der Frauen prägten.

Großherzogin Teressa steht rechts hinter ihrem Gatten, eine Hand auf der Lehne seines Stuhls; sie wirft dem Maler – und dem Betrachter – einen eher ironischen Blick zu. In

Taillenhöhe, halb verdeckt vom Stuhl, hält sie einen kleinen Weidenkorb mit Walnüssen, die für Intelligenz und List stehen und zweifellos in diesem Fall auch für die Neigung der Grijalvas, ihre Gemälde mit häufig unsinniger Pflanzensymbolik zu überhäufen, besonders, da Teressa eine ausgesprochen zurückhaltende Großherzogin war, die sich zwar um ihre Kinder und um Wohltätigkeitseinrichtungen kümmerte, aber keinerlei Anteil an der Regierung nahm.

Die meisten Debatten über dieses Gemälde kreisen um die Gestalt Alejandros. Er sieht weder krank noch sonderlich alt aus – vielleicht hat der Künstler geschmeichelt –, obwohl seine sitzende Haltung offensichtlich die nicht identifizierte Krankheit verbergen soll, die ihn zwang, im Alter von Vierzig abzudanken. Er hat einen Strauß blauer Rosen auf dem Schoß, die in der Symbolsprache der Grijalvas für das Unmögliche stehen. Aus seiner linken Hand baumelte eine Kette mit einem goldenen Schlüssel, vielleicht eine Anspielung auf die Abstammung seiner Mutter aus der Familie Grijalva. Seltsamer ist, daß um seine Stiefel Erbsenpflanzen zu sehen sind, einige davon blühend; die Forschung hat keine ikonograpische Bedeutung der Erbsen ermitteln können, aber die eng verwandten Wickenblüten stehen für Abschied. Daß hier eigentlich Wicken gemeint waren, wird auch durch winzige Schriftzeichen gestützt, die sich überall auf Alejandros Stuhl finden und die als Schrift einer mystischen Tza'ab-Religion identifiziert wurden. Es handelt sich um einen einzigen Satz, der sich ständig wiederholt: »Nun ist es zu Ende, nun bin ich frei.«

Alejandro dankte wegen schlechter Gesundheit im Jahr 1358 ab und zog sich in den Palasso Grijalva zurück. Sein Todesdatum konnte nie genau ermittelt werden. Die Behauptungen einiger Kunsthistoriker, Großherzog Alejandro selbst habe das Bild gemalt, viele Jahre nach seiner

Abdankung, sind vollkommen aus der Luft gegriffen und absurd.

Der Spiegel der Wahrheit,
von Saavedra Grijalva, 1316.
Öl auf Holz.
Galerria Verrada.

Das schönste Stück dieser kleinen, aber exquisiten Sammlung – die nicht so bekannt ist wie die beeindruckende Sammlung der Galerria Nacionalla, aber von großem Interesse für den Kunstliebhaber – ist Saavedras anerkanntes Meisterstück. Diese intime, detaillierte und scharfsinnige Charakterstudie ist um so bemerkenswerter, als das Modell dem Betrachter den Rücken zuwendet.

Der abgebildete Mann wird im allgemeinen als Sario Grijalva identifiziert, ein Maler von geringer Begabung. Er ist in jenem Stil gekleidet, dem man den Namen *Ila Revoluccion* gab, zu Ehren der großen Revolution, die Ghillas nach vielen Jahren voller Unruhe und Krieg von der Tyrannei der Könige und des Adels befreit hat. Sein Profil läßt auf das eher durchschnittliche Gesicht eines typischen Tira Virtiners schließen, mit dunklem Haar, dunklen Augen und der charakteristischen Grijalva-Nase. Aber im Spiegel kann man ein anderes Gesicht sehen – mit schärferen Zügen, dunkleren Augen und der bräunlichen Haut eines Tza'ab-Stammesangehörigen.

Viele Gelehrte haben über die Bedeutung dieses Gemäldes diskutiert. Soll es die Chi'patro-Ursprünge der Grijalvas darstellen? Spielt es auf eine geheimnisvolle Geschichte von Gefangenschaft und Trauer an, wie sie in schauerlichen Einzelheiten in dem Roman von Branwell Brontis erzählt wurde, der später zum Motiv einer Operette der Gebrüder Strassi wurde? Weisen die Unterschiede in der Kleidung der beiden Männer darauf hin, daß hier jemand in eine unbekannte Vergangenheit zurückblickt? Oder stellt das Bild, wie einige behaupten, eine Allegorie darauf dar, daß die Matra in der Lage ist, das wahre Herz eines Menschen zu erkennen, wenn dieser den Mut hat, in den Spiegel seiner Seele zu blicken?

Das faszinierendste an diesem Gemälde, der Aspekt, der es zu einem wahren Triumph der Kunst macht, ist die hervorragende Nutzung des Lichts. Die beiden Kerzen in dem fensterlosen Raum sind schon lange abgebrannt, ihre Dochte kalt, das geschmolzene Wachs an den schmiedeeisernen Kerzenhaltern wieder fest geworden. Auch eine der beiden Lampen brennt nicht mehr, was Sario nur noch eine einzige Lichtquelle läßt, um sein Bild im Spiegel zu betrachten. Bald schon, so scheint die Malerin nahezulegen, wird auch diese Lampe ausgehen und ihn in vollkommener Dunkelheit zurücklassen. Was der Abgebildete selbst über dieses Schicksal denkt, während er weiterhin sein Spiegelbild anstarrt, werden wir selbstverständlich nie erfahren.

Ausgewählte Begriffe

Aguo	eigentlich »Wasser«; Grijalva-Meister; die anderen Titel sind Seminno (Samen) und Sanguo (Blut)
Al-Fansihirro	»Kunst und Magie«, ein Tza'ab-Begriff
alla prima	schnelles Malen in einer einzigen Sitzung
amaniaja	»morgen«
Borrasca	»Sturm, Unwetter«
Chi'patro	»Wer ist der Vater?«, Bastard
Chiaroscuro	das Spiel von Licht und Schatten in der Malerei
Chiros	»Schwein«
dolcho, dolcha	»süß«
Filho do Canna	»Hurensohn«
Kita'ab	das heilige Buch der Tza'ab
Lingua Oscurra	»verborgene Sprache« in Gemälden
Luza do'Orro	»Goldenes Licht«; Vision, Genie
Moualimo	»Lehrer«
Neosso Irrado	»Zorniger Junge«
Nommo Chieva do'Orro	»Im Namen des Goldenen Schlüssels«
Nommo Matra ei Filho	»Im Namen von Mutter und Sohn«
Peintraddo Chieva	»Schlüsselgemälde«, das zur Disziplinierung verwendet werden kann
Tza'ab Rih	Land der Tza'ab
Viehos Fratos	»Alte Brüder«, der Rat der Meistermaler in der Familie Grijalva
Zocalo	»Platz«

(die Aussprache entspricht der des Spanischen)

Danksagungen

Russell (Agent Provocateur) Galen
Danny (Mr. International) Baror
Michael (Zauberfinger) Whelan
und
dem Faxgerät im Athens Gate Hotel,
Athen, Griechenland
–MR
diversen Kurierdiensten
–JR
Howard Kerr für künstlerischen Rat
–KE

GOLDMANN

Der phantastische Verlag

Phantastische Sphären, in denen Magie und Zauberer, Ungeheuer, Helden und fremde Mächte regieren – das ist die Welt der Fantasy bei Goldmann.

Jennifer Roberson:
Herrin der Wälder 24622

Allan Cole/Chris Bunch:
Die Fernen Königreiche 24608

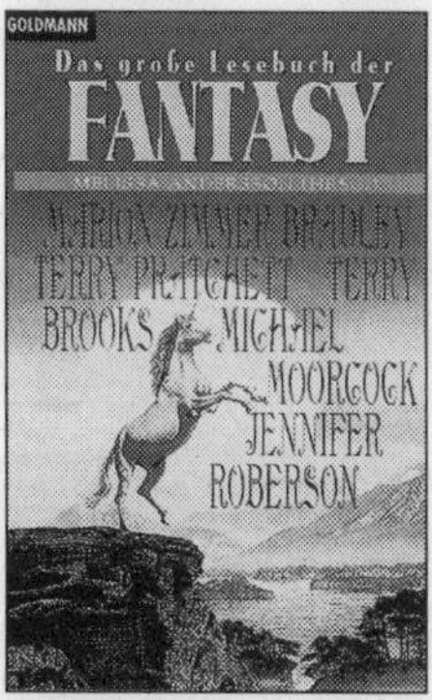

Melissa Andersson: Das große
Lesebuch der Fantasy 24665

Gillian Bradshaw:
Die Ritter der Tafelrunde 1 24682

Goldmann · Der Taschenbuch-Verlag

GOLDMANN

Der phantastische Verlag

ENWOR – Wolfgang Hohlbeins Fantasy-Klassiker im Goldmann Verlag

Wolfgang Hohlbein,
Der wandernde Wald 23827

Wolfgang Hohlbein,
Die brennende Stadt 23838

Wolfgang Hohlbein,
Die verbotenen Inseln 23912

Der steinerne Wolf	23840
Das schwarze Schiff	23850
Die Rückkehr der Götter	23908
Das schweigende Netz	23909
Der flüsternde Turm	23910
Das vergessene Heer	23911

Goldmann · Der Taschenbuch-Verlag